T0166198

CLASSIQUES JAUNES

Littératures francophones

L'Œuvre fantastique

Tome I

Théophile Gautier

L'Œuvre fantastique

Tome I

Nouvelles

Édition critique par Michel Crouzet

PARIS
CLASSIQUES GARNIER
2023

Michel Crouzet est spécialiste de la littérature française du XIXᵉ siècle. Ses recherches portent sur le romantisme, et plus particulièrement sur Stendhal. Il a notamment publié *Stendhal et le désenchantement du monde* et *Parcours dix-neuviémiste*. Il est aussi l'éditeur scientifique des œuvres de Jules Barbey d'Aurevilly, Théophile Gautier et Walter Scott.

Couverture : *Tenepsis-Sigantium* de damie-m, 2014. Source : deviantart.com.

© 2023. Classiques Garnier, Paris.
Reproduction et traduction, même partielles, interdites.
Tous droits réservés pour tous les pays.

ISBN 978-2-406-14398-7
ISSN 2417-6400

INTRODUCTION

« Les violettes de la mort »

LE FANTASTIQUE DE THÉOPHILE GAUTIER

THÉOPHILE GAUTIER, ÉCRIVAIN FANTASTIQUE ?

L'œuvre *fantastique* de Théophile Gautier se confond avec sa production littéraire tout entière : elle va de 1831 avec *La Cafetière*, quand le jeune poète cède à la mode qui porte universellement vers le récit fantastique selon les modèles allemands et anglais[1], à 1865, avec le chef-d'œuvre, le point d'achèvement de l'évolution spirituelle et esthétique de Gautier, *Spirite* ; il n'écrira plus ensuite qu'une longue nouvelle, *Mademoiselle Dafné*, qui relève au juste d'un fantastique « expliqué » ou parodique et qui n'avait pas tout à fait sa place dans ce recueil. Mais c'est peut-être *nous*, les éditeurs modernes, qui avons constitué cette « œuvre » : le premier regroupement des récits fantastiques de Gautier remonte à 1962 ; il fut suivi de beaucoup d'autres, il assura un *retour* de Gautier sorti alors de son purgatoire. Il en sortit comme auteur « fantastique » ; et certains de ces récits furent consacrés comme des classiques du *genre*. Mais cette qualité, ce classement de ces œuvres sont des faits de la critique moderne. Ce découpage, au reste variable, car les contraintes des éditeurs et un certain arbitraire des commentateurs ont fait que les réunions de textes ne sont presque jamais identiques, ce découpage

---

1   Voir R. Jasinski, *Les Années romantiques de Th. Gautier*, Paris, Vuibert, 1929, p. 64 *sq.*, et 102 *sq.*, c'est le temps du Petit Cénacle où Gautier écrit *Albertus* et subit la mode sata-nique ou « gothique » que l'on retrouve dans *Les Jeunes-France* ; c'est aussi le moment où Gautier écrit un premier article sur Hoffmann, qui est resté inédit. *La Cafetière* est-elle la première prose de Gautier ? L'on sait que des attributions controversées ont mêlé ses débuts à ceux de Nerval ; voir R. Jasinski, *ibid.*, p. 138, et la mise au point de J. Richer, *Études et recherches sur Th. Gautier prosateur*, Paris, Nizet, 1981, p. 199 *sq.*

dans son œuvre, Gautier ne l'a jamais fait. Il a tout au long de sa vie publié et republié dans divers rassemblements ces textes ; ils furent « nouvelles », « romans et contes », ils furent pour certains intitulés « humoristiques », mais jamais ils ne furent *fantastiques* ; seuls portent ce titre le premier (désigné comme *conte fantastique*) et le dernier de nos récits (intitulé, *nouvelle fantastique*). Et *Onuphrius* : mais cette fois dans la formule « les vexations fantastiques », le mot est à prendre dans son sens littéraire, il renvoie à un premier niveau parodique, et aussi dans son sens banal, *le fantastique* est vraiment... fantastique, second niveau ironique. La qualité d'auteur *fantastique*, Théophile Gautier ne l'a endossée qu'ironiquement et comme une sorte d'autodérision : « N'étant bon à rien, pas même à être dieu, je fais des préfaces et des contes fantastiques, cela n'est pas si bien que rien, mais c'est presque aussi bien, et c'est quasi synonyme[1]. » Le très jeune héros d'Omphale eût été déshérité et chassé par son oncle s'il avait prévu qu'il serait un *conteur fantastique*.

Craint-il ce classement comme tout autre, plus que tout autre ? Parce que son fantastique serait irréductible à tout autre ? Le fait est là : son œuvre fantastique n'a donc jamais été séparée par lui du reste de ses productions ; fut-elle vraiment remarquée par ses contemporains ? Les critiques actuels de Gautier retiennent parfois l'épithète en la prenant avec des pincettes : on parle « de récits marqués du sceau du fantastique », « des contes étiquetés comme fantastiques ». Les recueils de son

---

1   *Les Jeunes-France, Romans, contes, nouvelles*, Paris, Gallimard, Bibliothèque de la Pléiade, 2002, t. I, p. 21 (abrégé désormais en Pl.). De même, *Mademoiselle de Maupin*, p. 279, « et je ne chercherais pas à embrasser je ne sais quelle fantastique idéalité parée de nuageuses perfections », *Albertus*, str. LXXVI, sur l'atelier de l'artiste, « un monde fantastique / Où tout parle aux regards, où tout est poétique.... ». Ni les *Nouvelles* de 1845, ni le recueil *La Peau de tigre* de 1851, ni la réédition de 1865, ni *Les romans et contes* de 1863 ne séparent les récits fantastiques des récits ordinaires ou des récits « merveilleux ». *Omphale* figure avec *La Morte amoureuse* et le drame fantastique parodique *Une larme du diable* dans le recueil publié sous ce titre en 1839. En 1851 Gautier rassemble sous le titre *Œuvres humoristiques, Les Jeunes-France* et *Une larme* ; en 1873 un recueil posthume de « Contes humoristiques » contenant *La Cafetière, Deux acteurs* et *Une visite nocturne* est joint aux *Jeunes-France*. Le recueil de 1962 publié chez José Corti et dû à l'initiative de P.-G. Castex contient les contes fantastiques, mais pas les « romans » de Gautier, et leur joint *Une visite nocturne* qui relève plutôt de la science-fiction. Les éditions postérieures intègrent ou refusent *Onuphrius*, les récits de la drogue (qui ont même été joints aux *Paradis artificiels* de Baudelaire comme si Gautier n'avait droit qu'à une existence littéraire mineure) et boudent le plus souvent *Spirite* (ainsi, l'édition Garnier-Flammarion élimine *Spirite*, comme l'édition Folio qui refuse aussi *Le Club des hachichins*).

œuvre narrative sont purement chronologiques et ne laissent supposer aucune ligne transversale unissant les récits en groupement thématiques ou génériques. En suivant tous ceux qui avant nous ont utilisé cette étiquette, nous prenons donc dans une certaine mesure le risque de pratiquer un montage, nous séparons un *corpus* sans que Gautier ne nous y autorise explicitement ; en fait le statut d'une « œuvre fantastique » dans son œuvre ne relève pas d'une perception du fantastique construite récemment et propre à la critique moderne.

Il faut prendre la chose à l'envers : « admirateur d'Hoffmann » au même titre qu'Onuphrius, il est à l'origine de la littérature fantastique, et le *fantastiqueur* originel n'a pas le sentiment d'une rupture ou même d'une différence quand il passe des récits de ce monde aux récits de l'autre monde ou aux récits unissant les deux. On l'a dit, « il faut lire les contes fantastiques de Gautier comme un seul conte, comme une seule aventure, comme une seule quête[1] », et Gautier va et vient du roma-nesque fantastique au registre normal du récit parce que l'un et l'autre constituent une unité, une commune recherche, et qu'ils sont instaurés dans une double relation de complémentarité et d'opposition. Il faut donc tenter de définir ce versant de son œuvre à partir de ses rapports avec l'autre, par exemple « les nouvelles poétiques », qui se déroulent de ce côté de la réalité : les thèmes qu'elles éliminent vont s'épanouir dans l'univers fantastique de Gautier. Est-il le seul romantique à pratiquer cette indivision qui constitue sans doute le romantisme intégral, où en quelque sorte le fantastique va de soi et n'a pas besoin d'être souligné pour être perçu ?

Les récits fantastiques sont une exigence de Gautier, ils se trouvent dans la logique de sa pensée et de son œuvre. Ils font partie d'une thématique qui les englobe et les soutient : antithèse, contrepoint, oxy-more, le fantastique relativement aux récits qui s'en tiennent au monde réel, joue comme une opposition, un complément, une solution. Il est autobiographique, il naît de la vie et intervient en elle.

Quelle était donc sa perception du fantastique ? Cet homme pour qui le surnaturel est *naturel* et existe au même titre que le monde extérieur et matériel, et qui s'en est servi « pour matérialiser le rêve[2] », nous conduit peut-être à ce paradoxe radical d'un fantastique qui serait

---

1 Voir *Bulletin*, 1996, p. 485, l'article de C. Guttierez.
2 R. Jasinski, *À travers le XIXᵉ siècle*, Paris, Minard, 1975, p. 185.

la réalité la plus réelle ; osons-le dire : qui serait la normalité, alors que le réel serait l'anormal. Dans ce renversement, Gautier refuse en fait les termes antinomiques, rêve-réalité, temporel-éternel, ici-bas et là-haut, existence idéale / chute dans le réel privé de sens, et c'est toutes les antinomies qu'il refuse ; comment ferait-il du fantastique une catégorie close, lui qui n'a jamais rien voulu séparer ? Si fantastique il y a chez Gautier, il est de nature à changer notre perception du fantastique et du réel aussi bien et à mettre en question ce que nous nommons ainsi. Parlant d'une montée du fantastique chez Gautier, R. Jasinski a écrit, « il devient un homme pour qui le visible s'ouvre sur l'inconnu[1] ».

Gautier est un auteur étrangement muet sur son œuvre, sur la genèse de ses récits et romans : le pourquoi et le comment demeurent des mystères, sauf s'il s'agit de commandes ; encore sont-elles honorées Dieu sait quand. Difficile alors de supposer qu'il ait pu se soumettre à un plan de composition, à un « genre » stable, qu'il ait inscrit des œuvres écrites pendant plus de trente ans dans des registres différents et figés, qu'il ait, souterrainement mais méthodiquement, obéi à un principe d'unité, à des « normes », à des « codes » pour édifier un « corpus » ? Et pourtant, on va le voir, la notion de *convention* ou de *forme* a quelque chose de souverain à ses yeux.

Ainsi, d'emblée, il faut séparer le Gautier *fantastiqueur* du Gautier *merveilleux* qui ont pourtant toujours vécu et écrit ensemble. Il y a un Gautier auteur de contes de fées ou de récits roses (en a-t-il jamais de fait de vraiment noirs ?) qu'il faut tout de même congédier de notre recueil[2].

---

1   *Cf.* « Situation de Gautier », dans *Europe*, mai 1979.

2   Les récits merveilleux de Gautier, *Le Nid de rossignols* (1833), *L'Âme de la maison* (1839), *La Mille et deuxième nuit* (1842), *L'Oreiller d'une jeune fille* (1845), *L'Enfant aux souliers de pain* (1849) ne sont pas traités par la critique avec équité. On trouvera des tentatives de classement des textes fantastiques de Gautier dans le livre important et complet de P. Whyte, *Théophile Gautier, conteur fantastique et merveilleux*, University of Durham, Durham Modern Language Series, 1996, dans A. B. Smith, *Théophile Gautier and the fantastic*, Mississipi University, 1976, p. 52 *sq.* L'article de R. Baudry, « Fantastique ou merveilleux Gautier ? » *Bulletin* 1983, parle des « récits dits fantastiques » et les considère comme merveilleux, dans la mesure où Gautier respecterait la distinction de l'au-delà et de la réalité en les unissant, soit que le héros visite l'au-delà soit qu'il profite de sa pénétration dans la réalité : à la rigueur le fantastique serait du merveilleux néfaste ; une autre étude du même critique qui essaie de trouver des thèmes communs à Gautier, Mérimée, Maupassant, les exclut du fantastique ; voir encore M. C. Schapira, *Le Regard de Narcisse*, PU de Lyon-Éditions du CNRS, 1984, p. 233, où les distinctions sont très incertaines.

Contes d'enfants, pour enfants ou surtout pour adultes, contes bleus en tout cas, ces œuvres malheureusement négligées sont étrangères au fantastique ; la limite classiquement reconnue entre les deux « univers » est un critère solide pour distinguer les récits fantastiques de leurs voisins. « Le féerique[1], a dit R. Caillois, est un univers merveilleux qui s'ajoute au monde réel sans lui porter atteinte ni en détruire la cohérence », alors que le fantastique « se présente comme un scandale, une déchirure, une irruption insolite presque insupportable dans le monde réel » ; dans l'univers homogène, « étanche » de la féerie, l'« enchantement va de soi » (l'enfant, a-t-on dit, est insensible à la dualité du réel et de l'irréel), le « surnaturel » est dans « l'ordre des choses », alors que dans le fantastique, lié négativement à une « mentalité » rationnelle, qui adhère à la croyance en un ordre nécessaire, déterminé, maîtrisé, il ne peut être qu'une « rupture, une agression, une menace contre la stabilité des lois immuables ».

À la poésie de la féerie, s'oppose le réalisme inhérent au fantastique, qui par définition a banni l'« impossible » à l'état pur et qui subit l'épouvante ou la déroute morale qu'il implique à l'intérieur du monde banal[2]. Le merveilleux est sans mystère, le fantastique « suppose la solidité du monde réel, mais pour le ravager », il repose sur un goût d'une certaine peur, qui « sévit seulement dans un monde incrédule où les lois de la nature sont tenues pour inflexibles et immuables » ; mais cette sécurité rationaliste admet, revendique l'état de panique déclenché par toute anomalie, par toute instauration de l'inexplicable. Qui n'a de puissance que dans un monde supposé explicable de part en part. Alors que le merveilleux suit une convention toute faite et toute reçue, qu'il ne cherche pas à être cru et qu'il l'est d'emblée, le fantastique

---

1   Cf. *Images, images. Essais sur le rôle et les pouvoirs de l'imagination*, Paris, Corti, 1966, p. 14, 19-20, 29, et *Anthologie du fantastique*, Paris, Gallimard, 1966, p. 161. L. Vax développe des idées similaires dans *La Séduction de l'étrange*, Paris, PUF, 1965 [rééd. : 1987], p. 7 et surtout p. 225. La distinction la plus solide est celle de P.-G. Castex dans sa mise au point qui figure dans le numéro des *Cahiers de l'Association internationale des Études françaises* consacré au fantastique, 1980, p. 260.

2   La distinction est admise par Gautier qui dans son article de 1836 sur Hoffmann l'oppose au merveilleux des contes de fées, des récits orientaux, car le fantastiqueur allemand a toujours « un pied dans le réel », demeure positif et plausible, et inscrit l'événement surnaturel dans la réalité, « plus l'histoire s'éloigne du cours ordinaire des choses, plus les objets sont minutieusement détaillés, l'accumulation des petites circonstances vraisemblables sert à masquer l'impossibilité du fond ».

doit s'imposer, il doit faire croire ce qu'on ne peut pas croire. Dans le merveilleux il n'y a qu'une réalité (irréelle) ; dans le fantastique, il y en a deux, face à face.

Cherchera-t-on comme Guiomar[1] une distinction de deux univers par l'*effet*, on découvrira que l'un est le renversement de l'autre : maléfique/bénéfique ; le merveilleux, message de l'homme à lui-même, nous sauve de la mort, de la condition humaine ; le fantastique, appel à la mort, message de l'univers à l'homme, porte atteinte à notre intégrité comme une menace venue d'ailleurs[2]. La mort en effet, la mort tentatrice, dérègle le merveilleux, mais sous toutes les formes possibles, comme mort du corps ou mort de l'âme, elle est représentée, présentée par le fantastique.

Cette distinction n'est-elle pas adaptée, adoptée, chez Gautier ? Dissonant, son fantastique répond néanmoins à ces définitions classiques sur lesquelles repose sans aucun doute le « corpus » fantastique que la tradition de la critique a instauré chez Gautier. Encore peut-on hésiter sur le statut du *Chevalier double :* cette ballade romantique inspirée des poèmes traditionnels scandinaves a des allures de légende ; elle nous fait entrer d'un bout à l'autre dans l'univers unidimensionnel du très ancien et du très lointain où tout est normalement possible et admis. Où l'affleurement permanent du surnaturel répond à l'attente des croyances. Tout se tient dans ce poème en prose, la séduction satanique, l'hérédité néfaste, les présages de l'horoscope, les virtualités mythiques, les suggestions inquiétantes de la tempête, de la forêt, de la chevauchée, le roman d'amour, le combat gigantesque ; quand paraît le double, ce n'est pas par une brèche dans la cohérence de notre monde, le moi-spectre est en plein accord avec le monde où il est domicilié. Et les nouvelles de la drogue qui réduisent le fantastique au statut de visions évanouies le matin, d'hallucinations paradisiaques ou cauchemardesques, il faudrait alors, puisqu'elles se nient elles-mêmes et ne mettent pas en question la primauté du monde tel qu'il est, les rapprocher du fantastique expliqué et les situer aux confins du fantastique.

---

1   *Cf.* M. Guiomar, *Principes d'une esthétique de la mort*, Paris, Corti, 1967, p. 358 *sq.*, qui admet une zone indivise entre les deux « univers » et des œuvres qui se situent *entre* eux. On pourra consulter T. Todorov, *Introduction à la littérature fantastique*, Paris, Seuil, 1970, p. 58-59 sur les mêmes distinctions.

2   Mais justement Gautier ne répond pas à cette définition : son fantastique propose une défaite de la mort, ce qui a pu conduire parfois la critique à le rallier au merveilleux.

Mais P.-G. Castex[1], plus nuancé que R. Caillois, a toujours assorti sa définition du fantastique, voisine de celle de l'essayiste, d'une clause capitale : au rapport du banal et de l'impossible, évident et irréfutable, il ajoute le lien du mystère et des « états morbides de la conscience », le mystère subjectif de l'*autre côté* de l'homme : *ce qui paraît* dans la légende scandinave, c'est le double, thème fantastique, thème moderne, comme résultat de la conscience de soi ; ce qui naît de l'opium ou du haschich, c'est le *fantastique* lui-même, thématisé, reproduit, parodié, les rêveries du drogué le placent dans le monde que l'écrivain connaît bien, dans la liberté chaotique de l'imagination, dont la littérature *fantastique* est bien née elle aussi ; mais cette fois il l'éprouve comme le « côté nocturne » de lui-même, l'inquiétante étrangeté des pouvoirs de l'image sur lui, l'amère transcendance intime du rêve excessif, qui mène « le hachichin » de l'extase au fou rire mortel et au cauchemar pétrifié.

Enfin si Gautier n'a pas songé lui-même à établir de coupure entre son œuvre « fantastique » et son œuvre ordinaire, c'est peut-être que, fidèle comme l'a dit Baudelaire à son « Idée fixe », « l'amour exclusif du Beau[2] », il voyait dans l'une le prolongement de l'autre, la quête par d'autres moyens, du type suprême de la Beauté, quête qui de toute façon part de l'insupportable réalité pour en outrepasser les limites ; ce qui manque dans la prison du réel, dans l'ordre étroit et pauvre du monde, peut toujours être retrouvé et reconquis, et l'épiphanie de la Beauté, fondée sur l'indubitable réminiscence qui soulève tout personnage de Gautier d'un enthousiasme indestructible[3], est assurée dans cet ordre par le bouleversement de ses frontières (frontières du corps, du temps, de l'espace, de la vie et de la mort, de la terre et du ciel).

Par la magie blanche ou la magie noire, par la nécromancie ou par des évocations plus banales, cet avènement, ce miracle sont possibles.

---

1 Voir le texte indiqué supra n. 2, p. IX, et surtout le liminaire capital du *Conte fantastique en France* […], Paris, Corti, 1951 [rééd : 1987], p. 8.

2 *Cf.* Baudelaire, *Œuvres complètes* (abrégé en *O.C.*), éd. Claude Pichois, Pl., t. II, p. 117.

3 Ces notions « platoniciennes » sont évoquées par Gautier pour toute perception de la beauté : l'inconnu est toujours *reconnu* chez lui ; voir G. Poulet, *Études sur le temps humain*, Paris, Plon, 1949, p. 280 et 281 qui relève qu'il y a aussi réminiscence dans le fantastique ; en 1851, Gautier écrit que les personnages d'Hoffmann « ont quelque chose de déjà vu qui vous trouble profondément, […] vous éprouvez comme l'impression d'un rêve persistant à travers la veille ».

Loin de s'autodétruire dans un prétendu formalisme, le mot « fantastique[1] » chez lui conserve la liberté de son emploi, il renvoie à une expérience du narrateur, du voyageur, de l'artiste, il commence par exemple au travail de l'« œil visionnaire [...] qui démêle tout de suite le côté étrange des choses », le *fantastique* est une manière de percevoir les objets, ou c'est un objet de rencontre, quand ce qui est révèle une intensité, une étrangeté, une anormalité qui l'apparente à ce qui n'est pas, ou à ce qui est de l'ordre du caprice, de l'imaginaire[2] ou de l'idéal ou d'une stylisation des choses.

Il y a pour Gautier un *fantastique* qui n'est pas surnaturel, mais naturel, para-naturel, préternaturel ; en 1858 E. Hello[3] écrit que le fantastique est « puisé dans la nature même des choses », qu'il n'est pas « un monde différent du nôtre, c'est le monde visible éclairé par le monde invisible, le voile est levé, voilà tout. La féérie au contraire au lieu de nous montrer sous forme symbolique un être idéal, fait passer devant nos yeux une série capricieuse d'être purement imaginaires ».

Pour Gautier tout le théâtre séparé du réel par le « cordon de feu » de la rampe est « un monde fantastique ». Gautier n'a-t-il pas dit encore que « l'œil visionnaire du poète sait dégager le fantôme de l'objet et mêler le chimérique au réel dans une proportion qui est la poésie même » ? Idée qui ne vise à rien moins qu'à confondre *poétique* et *fantastique*. L'œuvre fantastique de Gautier devrait s'étendre vers les poèmes, parfois plus *classiques* pour l'effet fantastique que nos récits, vers les chorégraphies de Gautier, souvent plus affirmées dans l'expression de ses thèmes majeurs. Ainsi les danseuses spectrales, les fiancées mortes de *Giselle :* mais la danseuse elle-même n'est-elle pas pour Gautier un être « fantastique » ?

---

1   Dans son article de la *Chronique de Paris* du 14 août 1836, Gautier demande que les contes d'Hoffmann soient nommés « plutôt contes capricieux ou fantasques que contes fantastiques ». En 1832, Jules Janin baptise « fantastiques » des « contes » surtout fantaisistes et capricieux. Sur l'invention du mot « fantastique » en France, voir P.-G. Castex, *Le Conte en France* [...], p. 8 et 45 *sq.*, E. Teichmann, *La Fortune d'Hoffmann en France*, Genève, Droz, 1961, p. 43, et G. Ponnau, *La Folie dans la littérature fantastique*, Toulouse, Éditions du CNRS, 1987 et 1990, p. 34 *sq.*

2   L'emploi du mot a été étudié par A. B. Smith, *op. cit.*, qui a montré la continuité du réel et du fantastique dans les textes du *Voyageur*, chaque fois que le monde prend une allure étrange, anormale, excessive, inquiétante, qu'il se met à ressembler aux inventions mentales ; le mot n'est pas synonyme de surnaturel et ne renvoie absolument pas à un « genre » narratif.

3   Cité par P. Whyte, *op. cit.*, p. 2.

Ce qui avant *Spirite* en est peut-être la meilleure annonciation, ce sont les données de *La Péri*, soit l'union des esprits de la terre et de ceux du ciel, la création de l'«ange complet, […] un être dont chaque moitié aura renoncé à son bonheur pour le bonheur de l'autre, […] l'égoïsme de l'âme et l'égoïsme de la matière sont vaincus » : l'une aspire à l'idéal, à l'infini, l'autre s'ennuie sans corps et sans amour[1].

Dans le schéma des récits *normaux* de Gautier, dans l'attente du miracle de la Beauté absolue, dans l'incarnation soudaine et réelle de ce quelque chose d'*autre* sans lequel le réel est nul et vide, on retrouve la séquence fantastique. On peut comme Fortunio se créer son Eldorado, le recevoir de l'au-delà, le rêver dans l'extase de la drogue, le voir dans le grand musée de l'art : seuls changent les moyens et les modalités de la révélation.

Chez Gautier, les portraits, statues, tapisseries s'animent toujours et partout. L'héroïne incarne toujours dans son corps la Beauté impensable et impossible ; tantôt l'on s'élève de la réalité à l'Idée, tantôt l'Idée descend dans la réalité. Dans *Maupin* les deux mouvements se confondent. La chimère soudain est là. Le rêve a occupé le réel, a coïncidé avec lui. Coïncidence qui ne dure pas plus longtemps dans les épisodes fantastiques que dans l'unique étreinte des amants de *Maupin*.

Aussi voit-on le fantastique se diffuser, se ramifier partout, et s'annoncer dans l'étrangeté des conduites et des scènes, dans les suggestions à prolonger les thèmes potentiels esquissés çà et là : par exemple dans *La Toison d'Or*, quand Tiburce parle à la Madeleine de Rubens comme pourra le faire Octavien à Arria Marcella : « Viens, Madeleine, quoique tu sois morte il y a deux mille ans, j'ai assez de jeunesse et d'ardeur pour ranimer ta poussière » ; mais *Mademoiselle de Maupin* qui est une sorte de trésor contenant à l'état virtuel toute l'œuvre fantastique de Gautier, reprend *Omphale*[2], préfigure *Arria Marcella* (l'idéal féminin de

---

1 *Correspondance générale*, t. II, p. 43 *sq.*, lettre à Nerval du 25 juillet 1843. *La Péri* développe un aspect qui n'est plus accepté dans *Spirite*, le double mouvement de l'âme humaine qui veut monter, et de l'âme céleste qui rêve de la vie terrestre et passionnelle, « la terre est le rêve du ciel, le ciel, le rêve de la terre ». Un mélodrame comme *La Juive de Constantine* où le fanatisme juif considère comme déjà morte la jeune fille qui a aimé un Français, est conforme au thème central de la morte vivante.

2 Voir Pl., t. I, p. 249, « qu'une Vierge de Raphaël se détache de sa toile et me vienne embrasser ») ; p. 290, « ce que j'envie le plus aux dieux monstrueux et bizarres de l'Inde, ce sont leurs perpétuels *avatars* et leurs transformations innombrables » ; p. 367, annonçant encore *Avatar*, le thème du corps volé par un autre qui a la beauté que D'Albert voudrait

D'Albert a un pied sauvé « des cendres d'Herculanum ») et contient *Avatar* : le héros rêve de posséder « le mot » qui fait « transmigrer les âmes d'un corps dans un autre », et avoue : « Ce que j'envie le plus aux dieux monstrueux et bizarres de l'Inde, ce sont leurs perpétuels *avatars* et leurs transformations innombrables ». Cherbonneau parle comme D'Albert : « Il n'y a plus que le commun qui soit extraordinaire, pour moi ». Et la fin de *Spirite* réalise l'androgyne dans l'unité céleste de l'homme et de la femme.

Et quand il s'agit de la toute-puissance de la « chimère », de la fascination de la conscience par elle-même, du mal de l'analyse ou des dangers des rendez-vous avec l'image, Gautier demeure immuablement un romantique ironique, aussi inquiet de succomber à l'excès de subjectivité qu'au cliché romantique, et cela dans *Onuphrius* comme dans *Maupin*, dans *La Toison d'or* comme dans *Spirite* où le fantastique se fait *classique* et grec, où le mystère est dûment contrôlé et maîtrisé par le voyant. On l'a dit, Gautier demeure sensiblement l'adepte *sobre* qui dans la soirée du Club ne consomme pas de haschich. Il le demeure dans son grand article sur Nerval où il prend ses distances avec le génie troublé de son ami, qui « ne dominait plus son rêve », « l'envahissement progressif du rêve a rendu la vie de Gérard de Nerval à peu près impossible dans le milieu où se meuvent les réalités … il semblait prendre plaisir à s'absenter de son œuvre », bien qu'il ait su allier « l'étrangeté la plus inouïe » et « des formes pour ainsi dire classiques[1] ».

S'agissant d'Hoffmann, Gautier a dit « qu'il a toujours un pied dans le monde réel », qu'on y trouve « le positif, le plausible du fantastique », car « il faut dans la fantaisie le plus folle et la plus déréglée une apparence de raison[2] ». Mais que fait Gautier dans ces récits à qui l'on conteste la qualité de fantastique et à qui lui-même ne l'accorde pas toujours ?

---

avoir, et le souhait de « mettre son âme à la porte d'un corps qui m'appartenait » ; de même il y a tant de liens entre *Le Roman de la momie* et *Arria Marcella* : lord Evandale, comme Octavien, inconsolable veuf, « rétrospectivement amoureux » de la princesse égyptienne et dédaignant toute femme réelle ; la formule du « temps sorti de son ornière » et du « sablier du temps retourné » ; elle est aussi dans *Fracasse* ; le désir « rétrospectif » (Pl., t. II, p. 516) du voyageur anglais qui permet « peut-être » à son « âme sympathique » d'arriver « jusqu'à l'âme inquiète qui errait autour de sa dépouille profanée ».

1   De même, à propos d'*Aurélia,* « la raison froide assise au chevet de la fièvre chaude, l'hallucination s'analysant elle-même par un suprême effort philosophique », *cf. Histoire du romantisme*, p. 127 et 129.

2   *Cf.* P. Whyte, *op. cit.*, p. 4.

Le mot lui-même sert d'enseigne et d'annonce, et même de preuve, le *fantastique* est institué dans le texte parce que le terme est référé à quelque chose de bien connu, nommé le fantastique ; par un renversement réellement fantastique, c'est le mot qui fait admettre la chose : soit que le récit et les personnages eux-mêmes renvoient aux grands classiques du genre, qu'ils découvrent entre *la littérature* et la littérature des ressemblances et des convergences qui témoignent paradoxalement qu'on en sort, soit que les choses, les êtres (comme l'antiquaire du *Pied de momie* qui est « rabbinique et cabalistique ») se rapprochent d'une limite de la réalité qui entre dans une étrangeté qui excède l'univers ordinaire, soit enfin que le mot *fantastique* lui-même appliqué à des êtres ou des choses ait assez de puissance propre pour transformer le monde du récit et régner sur lui ; par la vertu du terme se crée un lien entre le *fait* de l'aventure d'une part, irréfutable, bien que perçu uniquement par le héros, mais ambigu et questionnable (est-il rêve, hallucination, folie, erreur ?) et d'autre part le *topos* littéraire. Ainsi Angéla est définie comme « cette mystérieuse et fantastique créature », tout le mobilier de Guy attendant l'esprit a « une vie fantastique », Pompéi nocturne semble se réparer « pour quelque représentation d'une vie fantastique », le haschich devient « la drogue fantastique ».

Pour Gautier, il y a du fantastique, il existe, le lecteur le rencontre et ce n'est pas un fantasme. Et tout compte fait cet aspect problématique du *fantastique* de Gautier est instructif, il met à mal les dogmes de la critique concernant *le* fantastique, ou la littérature fantastique. À vouloir raisonner en termes de catégorie littéraire définie trop théoriquement, ou de « genre narratif » étudié dans une vaste extension, on perd la possibilité de saisir concrètement, historiquement ce qu'il faudrait nommer le fantastique d'auteur, le fantastique comme expression personnelle[1]. Les structures, les thèmes du récit fantastique ne sont pas chez Gautier séparables d'une *interprétation* ou d'une *recréation*, d'une *invention* propres : *tautégorique*, en un sens, le fantastique de Gautier se dit lui-même, recoupe l'entreprise fantastique générale, se conforme à des principes ou des constantes ; mais *allégorique*, c'est-à-dire repris par un écrivain selon ses impératifs créateurs, chargé de sens et de valeurs personnelles, peut-être même

---

1   Sur ces problèmes, voir la tentative de mise au point de Jean Molino dans « Trois modèles d'analyse du fantastique », *Les Fantastiques, Europe*, nº 611, 1981.

utilisé dans des perspectives d'expression seconde et symbolique, le fantastique s'intègre à l'œuvre de Gautier pour s'individualiser et retrouver sa vraie dimension, l'originalité.

LE ROMANTISME ET LE FANTASTIQUE

Sans doute Gautier ne distinguait pas vraiment les deux termes. Il faudrait alors faire comme lui et au fond admettre que le fantastique du Romantique, le sien, ne trouve de sens que dans et par le romantisme. Invoquer des catégories génériques en dehors des œuvres qui les constituent est périlleux. Vérité méconnue par l'essentialisme naïf et imprudent des théoriciens et des « poéticiens », qui ratent le recoupement réellement créateur de la catégorie générale par l'histoire et l'œuvre individuelle. Or les écrivains romantiques sont *aussi* des écrivains fantastiques : le romantisme pour eux contient le fantastique comme une de ses expressions ou exigences fondamentales. Il est peut-être la pointe la plus extrême du romantisme. Toute l'œuvre fantastique d'Hoffmann n'est-elle pas en un sens l'exploration pure et simple de l'attitude *romantique* ? Les romantiques français ont donc pratiqué le fantastique, ou un fantastique sans être des écrivains exclusivement fantastiques ou tenus de respecter des règles d'un fantastique en soi. Le cas de Gautier n'est pas unique. Baronian[1], qui avait noté que tous les écrivains français « ont une ou deux fois dans leur existence flirté avec le fantastique », a bien montré comment tout romantique contient un fantastique, sans qu'aucun ne soit un écrivain fantastique *spécialisé*. Mais son fantastique personnel est *spécifique*.

Nous sommes leurrés par la confusion entre le *fantastique* tel que l'œuvre de Poe sans doute l'a instauré, comme un continent littéraire à part qui tend à l'autonomie et au respect d'une formulation générique, et le moment fantastique propre à la génération dont fait partie Gautier, où la formule fantastique est pour chaque écrivain et à l'intérieur de sa propre création, le point suprême, le moment radical du comportement romantique : la mise en liberté de l'imagination, ou tout simplement l'imagination *elle-même* rétablie dans ses droits et sa souveraineté et

---

1   J.-B. Baronian, *Panorama de la littérature fantastique de langue française*, Paris, Stock, 1978, p. 108 ; l'ouvrage qui contient tous les préjugés hostiles au fantastique du romantisme français en constate néanmoins p. 72 le caractère « individualiste » et personnel. L'auteur (p. 60) nie que la littérature française présente une œuvre fantastique « majeure ».

revenue à la totalité de ses possibles. Il y a sans doute chez Poe[1], et à partir de son exemple, une pureté, une surenchère des procédés, un détachement du « romantisme » global et presque doctrinal, qui *arrêtent* le fantastique et l'enferment dans une catégorie spécifique.

D'où la légende selon laquelle le Français n'a pas la tête fantastique[2] : la vérité c'est que dans le XIXᵉ siècle romantique tout le monde fait du fantastique et que personne n'est proprement, purement *fantastique*. Et le problème n'est pas la diffusion dans la société de superstitions, de croyances, mais le fait qu'elles entrent soudain et massivement dans la littérature et dominent soudain la nouvelle. Le fantastique, lié à un romantisme pérenne au point d'en être comme l'autre nom, est toujours un discours sur le peu de réalité, une affirmation que la réalité est oppressive et insuffisante pour la plénitude de la vérité humaine, qu'il y a de l'irréel et du surréel, du possible et de l'impossible possible à retrouver et à accomplir.

« Le fantastique, a dit M. Schneider, est une continue, une irrépressible protestation contre ce qui est, contre le monde créé et la vie qu'on y vit » ; « l'univers, pour P. Seghers, il faut le briser [...] il faut aller plus loin, partir, inventer un monde second où l'on oublie, où l'on s'oublie » ; il est confirmé par ce mot que Gautier aurait dit : « il y a des moments, où je voudrais tuer tout ce qui est[3]... ». « Le fantastique, dit Baronian, est le pas de charge perpétuel mené à l'assaut du quotidien, le lieu de la déroute des prérogatives du réel[4]. »

---

1 L'ouvrage de Baronian cité ci-dessus est particulièrement utile pour suivre cette deuxième naissance du fantastique après 1860, ou déjà même dans les années 1850. Voir *op. cit.* p. 102 *sq.* sur cette seconde vague du fantastique (E. Poe : « au lieu de jeter un individu dans un univers inquiétant, lâcher un individu inquiétant dans un monde normal ») ; sur « l'âge d'or » qui s'ouvre en 1830, et qui malgré un recul après 1836, dure jusqu'au milieu du siècle, voir l'historique de P.-G. Castex dans *Le Conte fantastique* [...], chap. IV. Edgar Poe, comme l'a montré G. Poulet, a conforté Gautier dans ses intuitions légitimant le fantastique.

2 Gautier à Berlin lors de son voyage en Russie constate que le fantastique y est paradoxal, il s'étonne qu'Hoffmann ait pu y vivre : « il a fallu toute la délirante poésie du conteur pour loger des fantômes dans une ville si claire, si droite, si correcte, où les chauves-souris de l'hallucination ne trouveraient pas un angle où s'accrocher de l'ongle ».

3 Dans É. Bergerat, *Théophile Gautier, Entretiens, souvenirs et correspondance*, Paris, Charpentier, 1880, p. III.

4 Gautier sait bien que le fantastique prend à contrepied la « mentalité » moderne rationaliste, incrédule, limitée aux lumières du bon sens, et il se demande si le public français est bien capable de l'admettre : voir l'article sur Hoffmann de 1836, le fantastiqueur allemand croit au diable, mais que ferait le diable à Paris ? Il serait volé, dupé ; que seraient

On ne le réduit pas impunément à une technologie, à l'affirmation d'une littérarité, à la mise en œuvre d'une grille thématique ou narrative, pas davantage à un problème de croyance ou de mentalité ou de psychologie. La proposition qui se voulait polémique et péjorative, « il n'y a pas à proprement parler de littérature française fantastique, c'est-à-dire une expression littéraire consciente, organisée, autour de quelques grands archétypes[1] », serait alors exacte et confirmée par Gautier : pour lui la littérature fantastique et la littérature sont indivises, et la première dans sa démarche absolue et radicale, est celle peut-être qui donnerait tous les droits à la fiction.

On se méfiera encore de l'idée que le récit fantastique est une parfaite machine à épouvante, qui ne renvoie qu'à elle-même et n'a de sens que comme mécanisme fictif et comme jeu avec la peur[2] ; cette idée est plus que périlleuse s'il s'agit de Gautier ; de même si la thèse de Louis Vax, qu'il n'y a pas de fantastique en soi – en dehors des œuvres fantastiques –, que le fantastique n'existe qu'en acte et en œuvres, est incontestable, elle conduit par malheur le critique soit à majorer le problème de l'adhésion de l'auteur à son récit, soit à légitimer d'une manière surprenante l'impersonnalité de l'univers fantastique ; « Théophile Gautier croyait-il à l'existence objective des fantômes tirés de sa fantaisie ? Certes non, puisqu'il savait bien qu'il les tirait de son propre fond. Il y croyait dans la mesure où ils acquéraient quelque consistance, quelque épaisseur esthétique dans sa conscience[3] » ; Gautier parle lui-même avec quelque pudeur dans *Arria Marcella* de ces « croyances que nous ne sommes

---

les revenants parisiens ? Des dandies fréquentent les boulevards ; « le Français n'est pas naturellement fantastique, et en vérité il n'est guère facile de l'être dans un pays où il y a tant de réverbères, tant de journaux », pas de demi-jour dans les maisons, la langue, la pensée toute voltairienne, « un conte d'Hoffmann est bien la chose la plus impossible » ; de même dans l'article sur Achim von Arnim, « il n'a pas la manie si commune en France d'expliquer son fantastique par quelque supercherie ou quelque tour de passe-passe ; chez lui le spectre est bien un spectre ».

1   J.-B. Baronian, *Un nouveau fantastique*, Lausanne, L'Âge d'Homme, 1977, p. 79, « tout au plus », ajoute le critique, des moments, des périodes, des miracles, des lueurs d'étrangeté ; de même, p. 81, où seul Maupassant trouve grâce à ses yeux comme le premier grand écrivain fantastique français.

2   « J'avais du plaisir à avoir peur », dit Gautier à propos de sa jeunesse et de sa lecture des romans noirs anglais (*Les Jeunes-France*, t. I, p. 16). Sur ce point, voir Irène Bessière, *Le Récit fantastique*, p. 26.

3   L. Vax, *La Séduction de l'étrange, op. cit.*, p. 162-163 ; voir, de même, p. 6, 69, 75, et 159 *sq.*

pas loin de partager » : nous reviendrons sur l'adhésion de Gautier au surnaturel de ses récits, et davantage sur la consistance chez lui d'une *pensée* du fantastique. Mais pourquoi l'écrivain qui écrit une fiction fantastique aurait-il avec elle des relations différentes de celles qu'il a avec une fiction réaliste ? Balzac *croyait* à ses personnages et s'inquiétait du mari à donner à Eugénie Grandet.

La critique a de la peine à faire de la création fantastique un acte littéraire, aboutissant à un objet, une œuvre à considérer comme tout autre. Le préjugé consiste à la rendre étroitement subjective. Comment peut-on dire que « le fantastique de Spirite est donc... surtout psychologique[1] », formule étrange qui semble signifier qu'il n'est pas dans les événements mais dans l'analyse des personnages : si c'était vrai, il n'en existerait pas moins comme événement raconté, littéraire, pris en compte par l'intérêt du lecteur et son adhésion. Les textes *réalistes* écrits par des gens qui sans doute ne croient qu'à ce qu'ils voient, sont beaucoup plus obsessionnels, fantasmatiques, dictés par les hantises de l'inconscient, *psychiques* ou subjectifs en un mot, que les textes fantastiques ou merveilleux.

En psychologisant le fantastique, la « mentalité moderne » ou moderniste commet l'erreur que n'a pas faite un Gautier : instaurer une rupture, une différence absolues entre la fiction fantastique et les autres. Parce qu'elle va à l'encontre de la rationalité ? Mais dans la mentalité rationaliste, c'est toute fiction, ou toute la littérature qui deviennent incompréhensibles et inacceptables. Le cas d'un revenant n'est pas différent de celui de tous les personnages imaginaires : Emma Bovary par exemple manque cruellement d'*explications*. Quand on isole le fantastique du cours normal de l'imagination, la critique est condamnée à le *psychologiser*. L'hésitation de Gautier entre des récits situés dans la réalité et des récits qui sont situés dans l'irréalité (mais elle est *possible* même pour un bon sens exigeant et c'est tout le problème), ne trouve d'explication que dans les contingences biographiques et psychologiques.

Certes Gautier avait foi dans son œuvre fantastique qui est non seulement une création personnelle, mais aussi une expression de lui-même : la plus intime peut-être. Il s'y met en scène, il s'y confesse : il y

---

1   *Cf.* Pl., t. II, p. 1497.

fait son portrait, par fragments, tantôt au physique, tantôt au moral, il est toujours un peu son héros, son narrateur, et produit comme terme de cette autobiographie déguisée[1] un portrait en pied de lui-même, une définition de lui-même comme écrivain, comme voyageur, comme *barbare*, comme rêveur et même comme railleur, dans Guy de Malivert.

Mais alors faut-il parler d'obsessions, de hantises et suivre les *psy* qui, depuis la psychiatrie à quatre sous de Van der Tuin (1933), ont continué son entreprise résolue mais malheureuse d'explorer la personnalité de Gautier (que l'on dit fragile, angoissé, obsédé par la mort, incapable de vivre dans la réalité), ou même de questionner son inconscient ? Sur ce point les études sont curieusement innombrables : la critique « moderniste » de Gautier esquive difficilement le piège du psychique[2] : elle repose sur le préjugé qui rattache le fantastique directement à l'inconscient. Comme c'est une idée romantique, l'erreur n'est pas totale : il faut bien expliquer le romantisme par le romantisme. Alors ce serait le fantastique le grand révélateur du psychisme profond, l'expression directe et franche de ce qui est archaïque, primitif, premier, magique, le refoulé du sujet individuel sous la pression de la civilisation y figure en clair ; mais pour autant le fantastique est-il un trouble morbide et inconscient curieusement exhibé dans des contes et ne méritant qu'une approche presque médicale ?

Plus que tous les romantiques ses contemporains, Gautier est rituel-lement, prioritairement, victime d'un travail de réduction *psychologique*. La critique, offusquée par ses thèmes, scandalisée au fond par ses idées, réduit son œuvre à une sorte de confession indirecte, où il n'aurait parlé que de lui-même, de ses troubles, de ses défaillances. En vérité on lui fait

---

1   « Une confidence masquée » dit M. Voisin de son œuvre fantastique, *Le Soleil et la nuit. L'imaginaire dans l'œuvre de Th. Gautier*, Éd. de l'Université libre de Bruxelles, 1981, p. 223.

2   Par exemple, M. Claude Schapira, « Une relecture des *Nouvelles* de Théophile Gautier », *Bulletin*, 1981 : les nouvelles poétiques et les nouvelles fantastiques sont parallèles et en contrepoint, mais les secondes disent mieux les raisons inconscientes de l'inaptitude de Gautier au bonheur, son angoisse du néant, sa peur de la castration, son incapacité à vivre, son fétichisme, ses mauvaises relations avec sa maman, et c'est comme procédé de compensation imaginaire ou de réassurance, que le Narcisse impénitent a recours au fantastique, qui serait l'appréhension d'un univers artificiel, une représentation au second degré supprimant le premier, le réel. Dans son *École du désenchantement*, P. Bénichou ouvre un nouveau front polémique à l'encontre de Gautier : il est soumis cette fois à un contrôle politique et non psychique ; il est coupable d'avoir abandonné l'idéologie humanitaire par fidélité au principe de l'art pour l'art.

payer cher son esthétisme et sa négation du progrès : la bonne conscience contemporaine, la mentalité scientiste si profondément antilittéraires, ont ramené les démarches fondamentales de Gautier à des faiblesses de sa personnalité. Que ne lui a-t-on prêté comme obsessions, névroses, perversions, hantises, complexes, fétichismes, « mentalité primitive », nécrophilie, psychoses, psychasthénie, narcissisme ; étrange parti pris qui ne peut admettre son culte absolu de l'art et veut à toute force expliquer les défaillances supposées de l'artiste par les lacunes et les failles et les tares et l'inauthenticité de l'homme. Parce que le fantastique ou le romantisme défient ou bafouent les rationnels éclairés, ils sont condamnés par le pédantisme des *sachant* ou des forts en psychisme.

Un fil direct, on le sait, unit *Arria Marcella* à Freud par l'intermédiaire de cette *Gradiva* de Jensen (1903) qui reprenait et le thème pompéien et l'imaginaire archéologique (si cher à Freud que l'archéologie lui fournit les définitions de son inconscient !) et le thème de l'amant de la Beauté parfaite insoucieux des femmes réelles et rêvant de la Beauté idéale et grecque[1]. La nouvelle, comme si elle combinait *La Toison d'or* et *Arria Marcella*, ramène le héros à Zoé, la femme vivante, le détourne de l'érotisme idéal et substitue aux apparitions supposées de la chimère l'épouse véritable : le héros est *guéri* de son excès d'images, de sa misogynie et ramené à la norme, au mariage. Le récit relève du fantastique expliqué, avec cette nuance qu'il est *moral* et thérapeutique, en transformant le conte fantastique en enseignement et en réduisant l'aventure à un mécanisme hallucinatoire, il supprime l'œuvre et nie le projet même du *fantastiqueur* : il oppose la vivante (Zoé) à l'image folle de la statue animée (*celle qui s'avance*), il propose par l'intégration du fantasme au réel une vraie guérison, une normalisation. En vérité, le psychanalyste n'aime pas le fantastique et prétend l'expliquer pour s'en débarrasser.

Et ce qui restait de littérairement *intéressant* dans cette fable morale est totalement évacué par l'analyse freudienne qui n'est que la formulation en termes prétendument objectifs d'un impératif moral. Le fantastique réduit au psychique, c'est-à-dire à une morale, s'évanouit : très curieusement le freudisme s'en prend au fantastique, et le supprime

---

1   *Cf.* J.-L. Steinmetz, « Gautier, Jensen et Freud » dans le numéro spécial d'*Europe*, nº 601, mai 1979 ; voir aussi la mise au point de G. Ponnau, *La Folie* [...], *op. cit.*, p. 153-158, et l'article de L. Grasso, « La fantaisie pompéienne de Gautier », dans *Bulletin*, nº 7, 1985.

mais en l'absorbant. Sur ce point nous suivons complètement les critiques de L. Vax[1] qui n'a cessé de s'élever contre cette forme destructrice d'*explication* du fantastique ; l'analyste travaille à rebours de l'écrivain, il met le mystère en pleine lumière et le dissipe, « on n'éclaire pas le clair-obscur, on ne peut qu'en jouir ou le détruire » ; l'expérience du fantastique (qui est une certitude, un émotion, un plaisir) est traduite en autre chose, identifiée à un schéma génétique qui croit trouver le dessous des cartes et le fond du panier, le pourquoi du mystère, bref des « platitudes » qui relèvent de la causalité psychique et celle-ci ne supporte pas l'existence séparée, spécifique de la littérature. Le fantastique devient un masque (à arracher), et un signifiant qui renvoie à la banalité d'un anormal normal ; alors le fantastique doit se contenter d'être complètement et de part en part une allégorie, la représentation déguisée de l'inconscient ; il ne dit rien d'autre.

C'est ce qui devrait faire réfléchir en fait à la dette des théories de l'inconscient envers le fantastique lui-même : le rationalisme qui explique tout a identifié le fantastique à l'irrationnel et l'a assimilé à l'inconscient. Or, L. Vax, reprenant sans doute les distinctions capitales que fait Schelling à propos du mythe, affirme avec force, et avec trop de force sans doute, car il risque de tomber dans l'excès inverse, que le récit fantastique est « une tautégorie aux faux airs d'allégorie[2] » ; tant il est vrai que tout se joue entre ces deux termes, dans le dosage des deux dimensions. Le fantastique *est*, il est un événement, il a son existence propre, « ce qui est envisagé par la conscience fantastique est réel *ipso facto* » ; s'il devient la mise en scène déguisée d'un épisode déclaré inconscient, il entre par là même dans le registre de la leçon de morale, il s'annule comme fantastique, comme littérature. C'est le scénario de la modernité : la littérature mise à nu et à mort par ses célibataires, les frelons stériles du savoir. Mais pour autant est-il pur de tout sens second, de toute portée anagogique ? « Le fantastique ne renvoie qu'à lui-même » ; qu'il soit événement ne l'empêche peut-être pas d'être aussi figure, poésie, pensée.

---

1   Voir en particulier dans « L'art de faire peur » (« La psychologie des profondeurs recouvre une psychologie des platitudes »), dans *Les Chefs-d'œuvre* […], *op. cit.*, p. 10-11, et *La Séduction de l'étrange*, *op. cit.*, p. 43-49, 86-87, 104. T. Todorov, *op. cit.* p. 168 va jusqu'au bout de l'erreur destructrice : « La psychanalyse a remplacé (et par là rendu inutile) la littérature fantastique aujourd'hui ».

2   Voir *La Séduction de l'étrange*, *op. cit.*, p. 43.

Mais, pour Gautier, le fantastique *arrive* d'autant mieux qu'il y croit ; il n'est ni un obsédé qui se délivre de ses fantasmes, ni un auteur de récits *purs :* ou du moins les récits sont comme les mythes pour lui, des contes à dormir debout, mais qui relèvent d'*une* croyance et d'*une* vérité. Car *il y croyait*, il croyait à tout le surnaturel parce qu'il avait tendance à croire à tout, le « désir rétrospectif » était chez lui, comme l'a montré G. Poulet[1], affaire de croyances métaphysiques, de foi esthétique, de doctrine, d'espérance. Nous allons voir comment et pourquoi. Aussi croyait-il à la puissance irrésistible du fantastique : il touche à « des fibres trop tendues pour qu'elles ne résonnent pas aussitôt[2] ». « Nous sommes tous des primitifs », disait-il aux Goncourt.

Il y croyait au nom de la loi suprême de l'écriture qui interdit la pure artificialité du faiseur. Il a loué Achim d'Arnim pour « son entière bonne foi, sa profonde conviction ; il raconte ses hallucinations pour des faits certains » ; dupeur, dupé, ou possédé de la sincérité supérieure de l'auteur ou de l'acteur, il n'a jamais séparé le fantastique de la croyance en lui, « il ne faut pas si l'on veut produire de l'effet avec une donnée fantastique, procéder en incrédule[3] » ; et à la question, « pourquoi les histoires de revenants, d'apparitions, produisent-elles un effet si profond ? », il répond en rejetant toute écriture sceptique du fantastique, car celui-ci est « basé sur le désir que l'âme a d'être immortelle », la croyance aux apparitions n'est donc « qu'un corollaire de l'immortalité de l'âme[4] ». Il avait dès sa jeunesse adoré les récits de terreur, il aimait la peur avec délice et l'angoisse était son état habituel, il ne pouvait pas séparer l'écriture de la peur du sentiment vécu de la peur : il était Onuphrius intégralement, il le redevint pour écrire Spirite, tous les témoignages le montrent terrifié par l'obscurité, hanté par les présences et les sinistres accompagnateurs[5].

Le fantastique de Gautier ne saurait donc être à lui-même sa propre fin ; il est fin et moyen ; le fantastique d'auteur, comme toute œuvre

---

1   *Études* […],*op. cit.*, p. 298 ; de même, p. 278 : « ce qui domine chez Gautier c'est la hantise de la mort » ; sur l'unité de sa doctrine, p. 300. Sur l'*angoisse* de Gautier, voir P.-G. Castex, *Le Conte fantastique* […], p. 215-216.

2   *Cf. Histoire de l'Art dramatique*, t. V, p. 285.

3   *Portraits et souvenirs littéraires*, p. 316-317.

4   *Histoire de l'art dramatique*, t. V, p. 285, juin 1848.

5   Voir Maxime Du Camp, *Souvenirs littéraires* Paris, Aubier, 1994, p. 366-367 : « Il lui semblait que dans l'ombre la mort le guettait et allait le saisir, l'idée de la mort ne le laissait pas tranquille… »

littéraire au sens plénier du mot, est un fantastique de conviction et de confidence. S'il est vrai que Gautier est un écrivain qui s'est censuré et refoulé, si, comme une lettre à Sainte-Beuve de 1863 le dit clairement, « *Fortunio* est le dernier ouvrage où j'aie librement exprimé ma pensée véritable[1] », si après cette date (1837) sous la triple contrainte du *cant*, du journalisme et de la « description physique », Gautier a cessé d'être subversif et d'« énoncer toute doctrine » et « son idée secrète », on comprend que, dans la littérature fantastique, il ait été le plus fidèle à son malheur de vivre, à ses espoirs, à sa *foi*[2] ; le récit de l'impossible était son plus franc aveu, car il était justement *impossible* : il ne se libérait pas de ses « fantasmes » en leur donnant corps et réalité, c'était plutôt ses croyances et sa foi qu'il pouvait exprimer sans que ce fût lui qui parlât officiellement ; mieux, les jeux internes de l'humour narratif, les conventions adaptées du genre l'autorisaient à un certain détachement dans l'expression de l'incroyable auquel il croyait. Ce qui l'exprimait et le soulageait, l'écriture fantastique, moyennant à coup sûr des ambiguïtés, des glissements subtils, presque un usage second du genre et de ses thèmes, le préservait aussi et le dissimulait.

Car un fantastique peut en cacher un autre : dès *La Cafetière*, on a l'impression que Gautier utilise le fantastique plus qu'il ne s'y établit, qu'il pratique un fantastique à double détente. Suivons le récit : nous entrons avec le héros dans « un monde nouveau » par étapes, par l'élimination progressive du monde ordinaire, l'avènement graduel du malaise, de la terreur (comme *signe* du franchissement d'un seuil), par le surgissement d'une autre réalité, qui appartient à un autre temps magiquement conservé, par l'inanimé surnaturellement animé, et animé d'une manière bizarre (mais logique : ainsi l'épisode des portraits qui sont des boîtes fermées à clef), et grotesque et excessive (le rythme fou) ; tout cela est « classique », et au reste figure dans les modèles de Gautier.

Mais le fantastique a commencé *avant* l'heure fatidique (à 11 heures) et recommence *après*, à une heure : il y a « quelque chose » d'autre, il se produit un saut dans la scène impossible. La jeune fille est radicalement autre que la cafetière qu'elle est ; elle est l'autre absolu, la beauté parfaite,

---

1	Texte cité par Lovenjoul (*Histoire* [...], t. I, p. 105).

2	C'est ce que relève aussi G. Poulet (Études [...], *op. cit.*, p. 303-304) sur l'espérance de Gautier que le révolu soit retrouvable et que le possible soit encore et à jamais actualisable.

et pour le héros amoureux fou, le fantastique devient extatique, il connaît la « joie ineffable » d'une danse à deux, d'une union dans la musicalité, d'une contemplation spiritualisée : « Mon âme, dégagée de sa prison de boue, nageait dans le vague et l'infini ». La sortie du fantastique se fait aussi normalement : par l'échéance du jour, la crainte d'une « illusion diabolique », la persistance des traces qui prouvent l'apparition, mais avec l'indication à la fois heureuse et désespérée que le héros avait bien rencontré et serré dans ses bras à jamais, la Beauté et l'Amour.

L'aventure fantastique se double d'une expérience qu'il faudrait dire extatique et *mystique* ; l'*autre* monde où le temps est suspendu, et l'objet capable anormalement de revivre ont surtout communiqué la vision de la Beauté, permis une élévation surhumaine à la fois amoureuse et spirituelle, laissé un visage, une œuvre d'art. Le fantastique s'est organisé autour d'une épiphanie de la Beauté : c'est peut-être que pour Gautier, la Beauté est le vrai fantastique ; en tout cas elle est « sainte », « surhumaine[1] », elle produit la terreur et l'anxiété, son existence plus forte que la nôtre nous arrache à nous-mêmes[2] ; au sein de l'effroi, vient la joie. Toutes les héroïnes fantastiques et funèbres de Gautier sont des mortes qui vivent puis se refroidissant deviennent comme des marbres, comme la Mort. La Beauté froide, venue par la « porte ouverte » de l'au-delà[3], est une présence glacée car elle est proche de la Mort ; quand Gygès vit Nyssia « blanche et nue comme une ombre, il crut que la Mort avait rompu les liens de diamant dont Héraclès l'avait autrefois enchaînée[4] ». La Beauté, c'est la mort, parce qu'elle est l'absolu qui tue le relatif et l'humain et le fantastique c'est l'autre voie créatrice pour l'artiste vers son but, la Beauté, elle passe par la mort.

---

1   *Histoire de l'Art dramatique*, t. I, chap. III, mars 1838 : « La Beauté est sainte puisqu'elle vient de Dieu, et que personne ne peut l'acheter ni la donner, la beauté comme le bonheur est une chose surhumaine, digne de tous nos respects et de toute notre admiration » ; D'Albert avoue que la première sensation de l'art « est un saisissement et une admiration, qui n'est pas sans quelque terreur […] pour moi, dit-il, la Beauté, c'est la divinité visible, c'est le bonheur palpable, c'est le ciel descendu sur la terre », et encore : « J'ai désiré la Beauté, je ne savais pas ce que je demandais, c'est vouloir regarder le soleil sans paupières, c'est vouloir toucher la flamme. » (*Maupin*, Pl., t. I, p. 361).

2   Conception « platonicienne », si on se réfère au livre de J.-L. Chrétien, *L'Effroi du beau*, Paris, Cerf, 1987, p. 53 à propos du *Phèdre*, et p. 30 : « La Beauté nous regarde […] et c'est pour soutenir ce regard que nous devons changer notre vie. »

3   Voir sur ce thème le chapitre de M. Guiomar, *op. cit.*, intitulé « La porte heurtée ».

4   *Le Roi Candaule*, Pl., t. I, p. 989.

UN FANTASTIQUE GOGUENARD, PERPLEXE, DÉSINVOLTE

En même temps que l'autre monde de Gautier semble avoir en son centre la Beauté et que son fantastique contient une dominante esthétique, son récit va s'adonner à l'humour à haute dose. De récentes études l'ont montré avec pertinence[1] : humoristique, burlesque, fantaisiste, parodique, le récit fantastique est alors fantaisiste, enjoué, satirique, moqueur, il s'amuse de lui-même, il n'est pas toujours sérieux, il n'est pas *noir*. Où s'arrête le jeu chez Gautier ? Et la gaieté du texte ou de l'écrivain ? Or, nous dit-on, « le fantastique ne devrait jamais provoquer le rire[2] ». Avec Gautier il se met à distance de lui-même, par cette séparation il devient incertain et douteux quant à son effet d'abord parce qu'il contient une moquerie de lui-même et un incontestable comique. Cette rupture du sérieux vient d'abord de ce qu'il se présente comme un fantastique de seconde main : les récits étalent des « effets de citation » multiples, Gautier ne peut produire son fantastique qu'en se référant à du fantastique tout fait. Qui se défait. L'aventure ne semble se définir qu'à travers les lieux communs du genre fantastique, et en se situant dans la convention[3]. C'est que Gautier a pour l'usage du convenu une passion véhémente : « plus les romans sont faux, plus ils nous plaisent[4] ». La création au second degré, l'usage explicite du modèle, et du répertoire, le plaisir d'inventer à partir d'une tradition et d'en reprendre l'art, ou davantage la thématique, de se mettre en état de parodie et de pastiche (tout est dit, il n'y a que des redites), coïncident avec un retournement du récit sur lui-même, un art de conter qui s'affiche et se met au premier plan et ne permet jamais au lecteur d'oublier les procédés, artifices, grosses et petites ficelles qui le constituent, ou la présence du conteur contant et se moquant de son conte, bref un texte pratiquant sa propre dérision et détruisant l'illusion qu'il devrait provoquer : est-ce compatible avec le fantastique ?

---

1 *Cf.* les articles d'A.-M. Lefebvre, de Carmen Fernandez-Sanchez et de Michel Viegnes.

2 Voir M. Guiomar, *op. cit.*, p. 361, E. et J. de Goncourt, *Journal*, 23 nov. 1863 : « Les deux vraies grandes notes de son talent sont la bouffonnerie et la mélancolie noire. »

3 Voir J. M. Smith, « Gautier man of Paradox », dans *Esprit créateur*, 1962 ; M. Voisin, « Introduction à l'humour narratif de Th. G. », et dans D. Sangsue, *Le Récit excentrique*, le chapitre consacré à Gautier et en particulier « Parodisation », p. 306 *sq.*

4 *Cf. Chronique de Paris*, 5 juin 1836 : « Le charme d'un roman consiste à nous transporter hors du monde actuel dans une sphère idéale et charmante. »

Or « Gautier peut se moquer de tout, y compris du sujet de son récit[1] ». Alors le ton enjoué et léger, la plaisanterie, la satire, la rupture des tonalités, le grand jeu avec tout, cette « bouffonnerie » dont les Goncourt ont dit qu'elle était avec « la mélancolie noire » la grande *note* du talent de Gautier, sont-ils constitutifs du fantastique ? Il a bien dit à propos de Scarron que « la tragédie et la comédie sont trop absolues dans leurs exclusions », aussi a-t-il détesté Scarron lui-même et Offenbach, confié à Baudelaire qu'il avait le rire et l'esprit *en horreur* car ils détruisent la beauté. Alors le comique et le tragique ne sont-ils accessibles qu'ensemble, l'un par l'autre, l'un avec l'autre comme les deux faces du même texte. Vraiment *perplexe*, ou bitonal ou binoculaire, ironique au sens profond, romantique par cette capacité au dédoublement, Gautier est plus que jamais hoffmannesque ; dans *Princesse Brambilla*, son maître a évoqué « cette merveilleuse faculté qui permet à la pensée de faire elle-même son propre double et de mesurer aux singulières incartades de son sosie les siennes propres, et, pour garder un terme impertinent, de reconnaître ici-bas les incartades de toute existence pour s'en divertir[2] ». Voir double, penser double, écrire double, faire surgir le double de tout et de soi-même d'abord.

Le fantastique s'affirme et se nie. N'est-il pas en péril dès lors qu'il est l'objet d'un soulignement littéraire et d'une définition par les précédents et les références connues[3] ? Avec *Onuphrius* (dont Gautier maintient qu'il est « fantastique[4] »), il s'était avancé très loin, trop loin peut-être, dans les voies d'un fantastique « goguenard », menacé de tourner en antifantastique parce qu'il se réclame du fantastique. Le sous-titre l'indique : les aventures du héros sont des « vexations », quelque chose de mineur, elles sont délibérément « fantastiques », et propres à un « admirateur » du fantastique, qui n'est menacé peut-être que de sa croyance au fantastique, ou plus généralement à la magie littéraire ; ce Don Quichotte du fantastique est victime d'un excès de littérature, d'une folie qui n'est que *la littérature* sortie de son ordre illusoire, et mise en pratique ;

---

1   *Cf.* article cité d'A-M. Lefebvre.

2   *Cf.* Pl., t. I, p. xLvii, le texte cité de *Princesse Brambilla* (éd. Aubier, 1951, p. 160).

3   Sur l'aspect très « littéraire » et parodique d'*Albertus* où le fantastique a une allure « réfléchie » et ironique, voir l'étude de R. Jasinski dans *Les Années romantiques de Th. Gautier, op. cit.*

4   Dans la lettre à Mélanie Waldor du 26 juillet 1832 : « Quoique fantastique, je ne crois pas que cela soit déplacé même dans son plus grave recueil. Il y a une idée philosophique là-dessous. »

ce qui ridiculise et le chimérique Onuphrius et les chimères qui ont déréglé son esprit.

Et il a tout lu, et les légendes, et les romans, et les livres occultistes, et les *classiques* du fantastique, il croit au diable, il croit à Hoffmann, de la même manière[1] ; et pourtant il prend son « fantastique », comme l'écrivain lui-même, « dans les événements ordinaires ». Alors nous sommes dans *la littérature* et nous y restons : pire que le fantastique expliqué, il y a le fantastique exhibé devenu sa propre moquerie.

Véritable florilège de thèmes et d'allusions, le récit fantastique se confirme par d'autres récits ; déjà Hoffmann dans *La Nuit de la Saint-Sylvestre* avait associé son homme sans reflet au héros de Chamisso, Peter Schlémihl, l'homme sans ombre. Gautier fait mieux ; Onuphrius devient tous les héros fantastiques à la fois. Le diable : il l'attend, il l'imagine, il le rencontre, c'est le diable le plus conformiste, physiquement semblable aux représentations des légendes, mais aussi très moderne et très « romantique » (les byroniens sont « sataniques », donc Satan est byronien), et même très « fantastique » car ses persécutions (manipulations du temps et de l'espace, révolte de la matière et des instruments du peintre, obsessions et possessions), ses apparitions (par le procédé du double, par le miroir, par le vol de l'identité et des œuvres ou des idées[2]), font qu'Onuphrius est victime d'un diable qui connaît son fantastique et dispose d'un « sabbat complet » mais *classique* où la réalité répète le livre, l'image, la tradition : il sera même poursuivi par l'ennemi des Farfadets, qu'il a lu. On ne sait plus si « fantastique » renvoie à « surnaturel » (à l'aventure d'un homme persécuté par un démon à la fois farceur et féroce), ou à l'*imaginaire*, c'est-à-dire à un mal simplement littéraire, qui existe dans et par la littérature et qui résulte de la perversion de l'idéalisme poétique.

Même dans son cercueil, où il craint d'être mangé par les vers, Onuphrius compose des *vers :* ce sont ceux de Gautier lui-même, cité avec Young, Hervey, Shakespeare… Le fantastique est-il compatible avec cette parodie visible, ces rappels de la convention qui identifient situations et personnages à partir d'un fantastique bien connu, avec

---

1   Sur les relations de Gautier et d'Hoffmann, *cf.* Alain Montandon, « Des stéréotypes chez Hoffmann et Gautier », *Bulletin*, 2006.

2   Trépané par le diable, Onuphrius voit s'enfuir de son cerveau et errer dans sa chambre ses idées et projets littéraires ; dans *La Princesse Brambilla*, Hoffmann montrait un mannequin qui laissait s'échapper des tirades des tragédies de l'abbé Chiari.

cette destruction *ironique* de lui-même et de tout. Certes, dans les *Jeunes-France* Gautier va trop loin dans l'instrumentation du fantastique qui devient la preuve que le cliché se trouve en toute littérature.

Chez Gautier le fantastique est *annoncé* : effet d'humour qui pour Gautier dénonce la « littérature », mais en constitue aussi le plaisir. Ses personnages sont référés (par lui, par eux-mêmes) à des modèles littéraires. Le diable n'est pas absent de nos récits, mais ce n'est pas lui qui intervient, ou du moins il intervient en imitant ses représentations romantiques, il se déclare conforme à la littérature, il renvoie à Byron et à Goethe, il tient absolument à être pris pour Méphistophélès : dans *Deux acteurs*, il est à ce point littéraire et romantique qu'il s'identifie à la version dramatique de lui-même et se soucie avant tout d'être correctement imité dans son personnage de théâtre, en particulier dans son terrible rire. Qu'il partage d'ailleurs avec Kaspar, le personnage du *Freischütz*.

Faust est le point de départ, de référence, la caution des récits ; Hoffmann aussi qui permet Cherbonneau (nouveau Casse-noisette, nouveau Coppélius de *L'Homme au sable*), Madame d'Ymbercourt (nouvelle Olimpia, marionnette sans âme), qui fournit Daucus-Carotta, qui transforme les visions du drogué en libres variations « fantastiques » sur un personnage et un thème, car autour du grotesque roi des légumes se groupe, infini, l'univers entier du comique ; Hoffmann, trésor de formes et d'êtres impossibles et mobiles, propose des lieux communs pour l'extase et pour la réalité[1]. Mais Esquiros aussi, confondu avec son personnage dans *La Pipe*, ou Poe, évoqué par Guy de Malivert confronté aux premiers faits étranges de *Spirite*. Le baron de Féroë, compatriote, disciple, lecteur de Swedenborg, explicite à merveille ce rôle de la référence fantastique : il est né du livre-source, il lui est correspondant, et il est lié à l'aventure angélique de *Séraphîta* par des liens analogiques évidents ; la mention du mystique du Nord forme un contexte fondateur, une caution et une autorité. L'allusion fantastique clairement formulée, définit le monde du récit, sa réalité et son mode de vérité[2].

---

1   Dans *Avatar*, c'est le comte Labinski lui-même qui évoque la légende du double mortel ; Swedenborg, mentionné à propos de Prascovie, est présent dans *Spirite*.

2   Il faudrait ajouter les interventions d'auteur de type plus classique où Gautier souligne à la fois le bizarre, l'invraisemblable, l'incroyable de son conte pourtant *vrai*, où il fait ou ne fait pas les descriptions attendues, où il répartit les portraits, coupe et reprend son récit par un perpétuel entretien avec le lecteur et en gardant l'attitude du « conteur contant » qui lui est consubstantielle. Spirite dans sa « dictée » conserve ce ton direct,

Au reste, la littérature, les livres, dont l'aventure racontée reproduit un épisode explicite, sont partout ; c'est dans le livre que se trouve l'explication du mauvais œil, dans un livre que se trouvent les pratiques défensives. La Parisienne que néglige Guy est peut-être en fait une nouvelle incarnation de la femme sans cœur de *La Peau de chagrin*. Il semble parfois que le fantastique se déploie à partir d'une convergence des textes littéraires ou des arts, de multiples mises en abîme, sinon de transpositions textuelles et esthétiques ; le récit succombe ou résiste à la littérature et à la culture. Le « hachichin », persécuté par Hoffmann, rencontre Shakespeare, Don Juan, se bat avec une Chimère, se retrouve dans un monde babélien ou piranésien ; le héros d'*Omphale* est lui-même plongé dans une culture rococo ; Nodier, Shakespeare, Balzac, Heine, Madame Radcliffe, Molière figurent dans *Avatar*.

À quel prix[1] ? Peu soucieux d'envahir et de bouleverser la conscience du lecteur, Gautier pratique délibérément un « humour narratif » qui implique un incontestable jeu sur l'illusion et sur le fantastique, la désinvolture dandy ou « excentrique », une confusion de l'univers du narrateur et de celui de la narration, une démarche explicite du « narrateur » intervenant dans son conte pour en montrer l'artifice, l'arrangement, l'arbitraire.

En se détachant de son objet, l'écriture se conteste-t-elle ? Se renonce-t-elle ? Je n'entrerai pas ici dans ce débat truqué qui consiste à opérer sur les écrivains des « modernisations » impossibles et à ramener toute littérature à la « littérarité » et à l'entreprise de la *selfconsciousness*. Il reste que Gautier, l'ironiste, le dédoublé (ce n'est pas hasard si nous allons retrouver au centre de nos récits le thème du double et du miroir), hostile à toute unicité ou univocité du moi et du monde, a considéré comme compatible avec l'illusion absolue du récit de l'impossible et de l'incroyable, l'intervention d'auteur, et au-delà, les jeux narratifs, jeux sur l'œuvre, jeux dans l'œuvre, tout ce qui dans le récit le met en question, mais non en péril.

---

enjoué, allusif et poursuit le même jeu avec « la littérature ». Enfin le « nous », le « je », ou l'impersonnel du récit contribuent à maintenir en toute circonstance un dialogue avec le lecteur, et à imposer le droit du romancier fantastique à la parenthèse amusante, au commentaire latéral (et inutile), au dénigrement et à la plaisanterie à l'égard de tout et de lui-même.

1   Sur ce point on se reportera d'abord à la grande étude de Françoise Court-Pérez, *Gautier, un romantique ironique, Sur l'esprit de Gautier*, Paris, Champion, 1998.

Il se met donc en scène comme auteur (et comme auteur *fantastique* dans *Omphale*), indique quand il entre dans l'invraisemblable et l'inexplicable, souligne de lui-même les « taquineries », les « ironies », les « entêtements » de la destinée, dispose ses descriptions et portraits (*Spirite* dans son récit en fait autant), institue enfin un dialogue avec son lecteur, en marge ou en sourdine, soit qu'il s'explique (« si vous blâmez cet abus de corail, songez que... »), soit qu'il offre ses regrets (« ses jambes, nous devons l'avouer, étaient dénuées de bas... »), soit qu'il se commente (« Après le souper (car on soupait chez mon oncle), charmante coutume... »), soit enfin qu'il se moque de son histoire, de ses personnages (« mais il y perdait son latin, et à vrai dire ce n'était pas grand-chose... »), et qu'il propose une prolongement narratif inutile (« peut-être ce garçon descendait en droite ligne du flûteur qui précédait Diulius »).

Est-il plus discret quand, sous le masque d'un « on » et d'un conditionnel, il insinue dans le cours du texte ses impressions d'auteur : « on dirait qu'il galope dans un nuage », à propos d'Oluf, « on eût dit que le jour allait paraître », sur le minuit pompéien, « on eût pu aisément trouver des figures et des groupes dans cet amas de vapeurs sombres », pour la vision du ciel parisien dans *Spirite*[1] ? Ou quand il se montre, se commente lui-même comme écrivain, quand il détache sa comparaison mythologique, isole en hors-texte ses allusions, décoche lui-même une pointe précieuse (ainsi l'opiomane qui traite le chien comme un élément décoratif pris dans le jeu des couleurs du jardin : « heureux animal qui n'a d'autre fonction que d'être noir sur un tapis de gazon vert »), une métaphore discordante et sensiblement ridicule (le pied de momie, comme « une grenouille effarée », le commodore assimilé à « un Indien tatoué avec de la craie », la cervelle de Paul comme « une noisette sèche » qui ballotte dans son crâne, Clarimonde devenue « un vrai caméléon ») ou laisse son héros définir sa destinée dans un *paradoxisme* audacieux : ainsi Onuphrius dans son tombeau voulant tuer son rival, « Sanglante dérision, moi, enterré, je voulais donner la mort... ». Mais Octave n'est pas mal non plus quand à la question de Cherbonneau, « une femme vous a-t-elle trahi ? », il répond, « je n'ai même pas eu cet honneur ».

---

1 La possibilité que Cherbonneau ait volé des yeux d'enfant pour les placer dans sa face cadavérique est présentée de la même manière : le plus effrayant est dit avec désinvolture et grâce à ce procédé de la demi-affirmation. De même *le jour de minuit* dans Pompéi.

Ce mixte d'adhésion et de désaveu de son propre récit s'étend jusqu'à l'acceptation trop facile, trop préparée, excessive même du fait fantastique ; quand l'opiomane découvre une lacune concernant son retour de la ville noire, il la comble par une surenchère compromettante : « je revins probablement à cheval sur un nuage ou sur une chauve-souris gigantesque » ; de même son ami « *pressent* » une voiture à sa porte, et lui « *reconnaît* » sa morte. Du fantastique normalisé dont il ne faut pas s'étonner, on passe à une mise en question du sérieux du récit. Moqueur impénitent, il ne peut éviter de s'amuser de son récit fantastique, ou de laisser ses personnages s'en distraire. Avec Gautier, le fantastique reprend Hoffmann mais admet Sterne, Rabelais ou Molière : ainsi le comte Labinski frappé par la « sarcastique métamorphose » qui pouvait lui permettre de « se tromper lui-même », d'être « à la fois Clitandre et George Dandin[1] ! ». L'amant d'Omphale se prenait pour Chérubin. La substitution des âmes finit par ressembler à l'essayage d'un costume neuf : le docteur conseille à Octave de se remuer et de marcher pour voir si « sa peau neuve ne le gêne pas aux entournures ». Spirite se défend d'être « l'âme d'une femme de lettres ».

La conscience humoristique est équitablement répartie entre le narrateur et les personnages ; les rêveurs gardent la conscience de rêver et soulignent en pince-sans-rire l'incongruité de leurs propos et de leurs visions ; ils sont complaisamment absurdes. Le sens de l'humour ne quitte pas les personnages anglais de *Jettatura*, soit qu'Alicia se moque des « Apollons à breloques », ou d'elle-même et de son poids, soit que son oncle énonce de trop belles maximes d'une sagesse tournée à l'absurde : « On n'épouse pas les vampires… » ; mais Gautier n'est pas en reste, lui qui évoque des touches de piano « pareilles à des dents de douairière » ou qui laisse le héros d'*Omphale* parler de sa marraine qui avait « trop d'un côté et pas assez de l'autre », puisqu'elle a cinquante-sept ans et trois dents. Dans *Spirite* l'initiateur de Guy, le céleste baron de Feroë n'est pas dénué avec son disciple d'une complicité railleuse et caustique : est-ce qu'il ne s'amuserait pas de cette intrigue ?

---

1   De même, l'étonnante phrase de Spirite : « J'en puis parler puisque je suis morte. » Ou celle du héros du *Pied de momie* : « Ce pied fera mon affaire », et à propos de son dîner avec ses amis : « Il m'eût été difficile de dîner avec moi. » Toute la nouvelle peut-être ne fait que reprendre le cliché, « avoir un pied dans la tombe ».

Cherbonneau qui se moque carrément du comte après l'avoir métamorphosé est un ironiste et aussi un burlesque : ses cabrioles triomphales aboutissent à une chute humiliante. La lune dans *Onuphrius* se met à faire le clown et à imiter Deburau : ce qui amène Carlo Pasi à parler du « fond clownesque de l'esprit et de l'art de Gautier » et à voir dans le héros lui-même « un Pierrot fantastique[1] ». Où cesse le rire noir, où cesse la truculence débridée d'un narrateur qui refuse d'être, lui, séduit par l'« étrange » et qui reconquiert par le jeu narratif sa liberté ?

Faut-il dire que le fantastique de Gautier est par nécessité contrapunctique : il lui faut des niveaux opposés, le bas et le haut, la poésie et la prose, l'extraordinaire et le banal, sinon le trivial, la montée et la chute. La satire de la société *accompagne* et double le fantastique : il faut un double mouvement, de bas en haut et de haut en bas. De ce rapport de l'impossible avec le réel banal, naissent les virtualités inattendues, cocasses ou comiques, de l'aventure. Pour Omphale, le pire dans l'au-delà, c'est de s'y trouver avec son mari : car « être avec mon mari, c'est être seule ». Dans *La Morte amoureuse*, une surcharge ambiguë marque la confession de Romuald, le satanisme de l'abbé[2] ; une tonalité plus nette d'amusement sous-tend, dans *Avatar*, l'évocation des métamorphosés, la permutation des noms et prénoms représentant l'échange des âmes et des corps et les dualités nouvelles, bref l'embrouille des identités, vieux thème de la comédie, qui vire à la farce dès que l'avatar est terminé. Alors le quotidien offre des obstacles insurmontables. L'impossibilité de fixer les personnages en un nom, en une désignation (« le faux comte reçut une lettre du vrai », le vrai Octave reçoit une lettre de lui-même) parvient à son comble dans la scène au reste effrayante aussi où ils sont face à face : et à la fin, après « le testament fait à un mort par un vivant », et l'« oraison funèbre adressée à lui-même » par Octave-Cherbonneau, le récit développe jusqu'au bout, jusqu'à un ludisme peut-être vertigineux, cet enterrement d'Octave auquel il est lui-même prié, où le docteur s'enterre lui-même, après avoir annoncé sa propre mort et fait de lui-même, c'est-à-dire d'Octave, son propre héritier.

Il faut des présages et oracles au récit fantastique : tout est dit, et dès le début, par les intéressés, mais ils ne le savent pas. Ainsi la bonne

---

1 Carlo Pasi, *Il Sogno della materia, saggio su Th. Gautier*, Roma, Bulzoni, 1972, p. 89 et 110.
2 On n'oubliera pas que le héros de *La Cafetière* éclate de rire dans la scène fantastique.

Katy sait sans le savoir que le théâtre sera pour son fiancé une trappe infernale, et que l'avenir de parfaits philistins dont elle rêve se réalisera ; le héros du *Pied de momie* croit plaisanter en disant au vieil antiquaire : « Vous en parlez [du pharaon] comme si vous étiez son contemporain… » ; Prascovie ne sait pas à quel point elle a raison en se disant : « Si je t'avais accueilli ce soir, j'aurais cru me donner à un autre. » Mais ce principe d'une expression qe l'on croit figurée et qui est littérale tourne au jeu de mots tragique quand Alicia écrit à Paul : « mon oncle que vous avez fasciné, je ne sais pas comment… ».

Le disparate des tons atteint son plus grand écart dans *Le Pied de momie* car le héros y provoque les plus singuliers rapprochements ; le contrepoint des deux mondes unis par le retour fantastique de la princesse est tranquillement exploité dans le sens de la farce ou du vaudeville par un narrateur-héros, parisien et artiste amusé ou même amusant, ridicule ou moqueur, créant ou subissant le comique par son imperturbable satisfaction de lui-même, et son immuable toupet de Jeune-France du XIXe siècle. Il nous étonne par son absence d'étonnement, et son inaltérable fidélité à ses usages ; quand à la fin il demande, « récompense antithétique d'assez bon goût », la main de la princesse en échange de son pied, quand le pharaon se conduit en beau-père prudent et refuse un mariage fondé sur une différence d'âge trop forte, vingt-sept ans contre vingt siècles, mais meurtrit tout de même la main de son « gendre » avec une poignée de main « à l'anglaise », alors dans ce vaudeville archéologique, le lecteur s'aperçoit que l'Égypte pharaonique est depuis le début traitée avec une familiarité compromettante ; la princesse qui remettait son pied comme on remet une chaussure et *présentait* son sauveur à son père semble annoncer Labiche. La nouvelle n'est pas loin du *Virgile travesti* et nous conduit à Offenbach. Et avant les aventures d'un nez racontées par Gogol, nous avons celles d'un pied, autonome, animé, « boudeur et chagrin », objet et personne, pris dans un extraordinaire système d'échanges et de trocs, puisqu'il est volé, vendu, acheté par le vieux marchand, acheté une deuxième fois par le héros, donné, échangé contre une « main », et pour finir contre une petite statue.

Cette tonalité comique, cette présence du grotesque, expliquent ces fins de récit, *ces fins en queue de rat* comme disait Flaubert. C'est la chute du fantastique, le surnaturel, vaincu par le réel, avec lequel il coexiste, c'est-à-dire avec la peinture du vide ridicule de la vie sociale, retombe dans le quotidien et s'évanouit ou reste comme un souvenir inoubliable et très lointain.

Chez Gautier, la chute est abrupte et dure : la réalité traite le rêve sans pitié. Il se réduit à une porcelaine en miettes, à un vieux rouleau d'étoffe dans *Omphale* ; cette fois l'héroïne surnaturelle n'a jamais cessé d'être traitée en objet matériel : elle n'a jamais osé se retourner pour ne pas montrer qu'elle n'était qu'une tapisserie, une pure surface sans rien derrière, un corps très voluptueux mais privé de toute épaisseur : dans son retour à la vie, elle reste un morceau d'étoffe ! Et à la fin elle est roulée, mise au grenier, vendue, retrouvée chez un fripier, remise en vente (pour pas cher), marchandée, vendue à un Anglais, perdue enfin par un amant qui s'en félicite, tant il est vieilli et enlaidi.

Pauvre Omphale, pauvre Henrich qui parle éternellement de ses enfants à Katy près de son poêle. Pauvre Onuphrius si vite oublié et surtout devenu une donnée statistique, unique il est vrai et capable de dérégler la science, aberrant toujours, raté absolu, qui n'est même pas capable d'entrer dans une catégorie et d'être classé ou expliqué. À la fin du *Chevalier double* un récitant imprévu semble désavouer la légende. L'opiomane en pleine extase voluptueuse se trouve avoir embrassé son chat. Le « hachichin » a retrouvé sa « raison », et sa « lucidité », mais pour quoi faire ? Son métier de journaliste ! Les fins de Gautier sont des pirouettes, elles se retournent contre l'œuvre fantastique, en consacrent l'évanouissement, la précarité, la nullité. Le vrai miracle dans *Jettatura*, est-ce le fait que le rubicond commodore soit devenu pâle ? La sortie du récit de Spirite et de Guy autorise avant qu'on les suive dans le ciel un surgissement massif et impitoyable d'un grotesque très gros : chez Gautier, la farce pénètre, renforce le fantastique.

UN FANTASTIQUE *LUMINEUX*

C'est une idée reçue depuis Caillois[1] que le fantastique ne prouve rien, n'accrédite aucune doctrine, qu'il joue avec la peur. Pour Gautier, l'une et l'autre proposition sont sans doute à revoir. Chez lui le fantastique n'est pas « lié à l'appréhension des valeurs négatives[2] », c'est tout

---

1   *Images, images* […], *op. cit.*, p. 26.
2   Formule de L. Vax, dans *Les Chefs d'œuvre* […], *op. cit.*, p. 20, qui indique par là que le fantastique « nourri de rebuts » prend ce que rejettent science, morale, religion, bon goût ; même tendance de l'analyse dans *La Séduction de l'étrange*, *op. cit.*, p. 244.

le contraire, on y trouve les seules valeurs positives, ni à une écriture du démoniaque, ni à une poétique du *cauchemar*. Ni à « une peur en quête de raisons d'avoir peur[1] ». S'agissant de *Maupin*, Hugo avait parlé de son goût de l'étrange, de « la face aperçue de peu de regards », et dit : « il incline au fantastique, mais au fantastique lumineux, en relief, en ronde-bosse, au fantastique rabelaisien, au fantastique de l'ancienne comédie italienne et non au fantastique allemand[2] ». Son imagination travaillerait dans la clarté, inventerait des êtres et des formes dans la pleine lumière solaire : et dans nos textes, le plein jour, l'azur du ciel et de la mer sont peut-être pour les apparitions un décor plus convenable que le minuit de la tradition. G. Poulet a parlé « d'un fantastique élégiaque », qui remonterait à la poésie amoureuse latine ou à Chénier, C. Pasi d'un « fantastique *volontaire* » et même lucide ; et de fait on trouve dans nos récits un fantastique *passif* et un fantastique *actif*, voulu et agissant.

L'élément fantastique chez Gautier ne se réfère pas pour l'essentiel au côté noir des choses, à la remontée maléfique des puissances des ténèbres et de l'épouvante. Gautier a rompu pour l'essentiel le lien entre le fantastique et la négativité absolue du satanisme. Le fantastique ordinairement, par ses thèmes, son imagerie, sa recherche d'une peur plus forte que toutes les peurs, a partie liée avec le démon et il représente, il orchestre toute la puissance de l'esprit du mal : tentation, culpabilité, laideur, méchanceté totale, perte de l'humanité, désespoir, dévastation ontologique, inversion de toutes les valeurs. Comment parler des revenants sans tenir compte du fait que leur surgissement dans un univers dont l'ordre sacré les exclut pour protéger les vivants et laisser les morts enterrer les morts, est d'abord une usurpation du démoniaque, une victoire diabolique, une intrusion terrifiante de la mort.

Rien de plus étranger à Gautier : pourtant en lui l'héritage de *Faust* demeure essentiel et lui-même dans *Albertus ou L'âme et le péché*. *Légende théologique* qui contient tout un recueil de poésies aux sous-titres significatifs, a pratiqué ce fantastique du mal, de l'horreur et de la terreur, et avec une complaisance peut-être inquiétante déployé toute la poésie négative du sabbat et du cauchemar, comme dans *La Comédie de la mort* il a joué sans mesure de tout l'arsenal du macabre, du funèbre, du sépulcral.

---

1   *Ibid.*, p. 53.
2   *Cf. Vert-Vert*, 15 décembre 1835.

Aussi bien on le sait par le livre de Fr. Brunet[1], le fantastique démoniaque des grands opéras comme *Don Giovanni*, *Le Freischütz*, *Robert
le Diable*, l'a profondément séduit, et l'œuvre de Weber surtout l'a
bouleversé par la puissance terrifiante et religieuse de l'évocation cosmique du « mauvais esprit », du fonds ténébreux de l'homme et des
choses, le mystère fascinant de l'immense et sombre forêt où se font les
enchantements.

Mais ce type de fantastique *noir* est justement absent des nouvelles de
Gautier : on pourrait dire que dans son œuvre en prose, dans ses nouvelles,
il construit justement son fantastique en opposition avec ce que tout
le monde considère comme le fantastique. Non pas avec la thématique
générale à laquelle il demeure apparenté : le thème du retour des morts
ou surtout des mortes, c'est l'épisode stable et toujours repris d'une
transgression des limites de l'ici-bas et de l'au-delà, du retour dans la
vie des êtres « dont la mort est la condition existentielle[2] », de l'irruption
de ceux qui nient les frontières de l'ordre naturel et les contraintes de
temps et d'espace, d'un érotisme funèbre qui unit les belles mortes et
les héros vivants et qu'on qualifie communément de nécrophile. Mais
toutes les suggestions terrifiantes et horrifiantes sont ici atténuées, ou
supprimées et mêmes retournées. Et pourtant Gautier a pris la peine
de nous dire que « notre siècle sceptique » a tort « de nier l'intervention
du diable dans les affaires humaines » alors que les romans, les opéras
comiques, les ballets, les vaudevilles témoignent de son existence[3]… Il
est vrai qu'il croit à tout et que le démon et la séduction-répulsion
qu'il peut inspirer n'est pas au cœur de son fantastique. Cherbonneau
n'accepte pas d'être comparé à un démon : « il n'y a point de diablerie
là-dedans. Votre salut ne périclite pas », dit-il à Octave. Le fantastique
de Gautier rompt avec la négativité infernale et le lecteur n'y est pas
malmené, il n'est pas conduit au frisson de la terreur ou accablé par

---

1 François Brunet, *Th. Gautier et la musique*, Paris, Champion, 2008, p. 253-272 : il a parlé
   des « notes affreusement sépulcrales » qui accompagnent l'apparition du Commandeur,
   « les acteurs représentent sans en avoir conscience un *auto-sacramental* plein de significations mystérieuses et de perspectives sinistres ».
2 Formule de M. Guiomar, *op. cit.* p. 279. Le seul effet d'horreur dans la décomposition du
   succube transformé en belle fille, se trouve dans *Albertus* : on comparera avec la discrétion
   de nos récits et l'on évitera d'accuser carrément Gautier lui-même de perversité et de
   nécrophilie.
3 *Cf. La Presse*, 24 sept. 1844 ; cité dans Pl., t. I, p. 1469.

l'angoisse, il ne regarde pas si les portes sont bien fermées, ou s'il y a quelque chose sous son lit. Le fantastique de Gautier ne fait pas peur, il ne provoque pas de répulsion ; ce fantastique qui ignore ou affaiblit le démoniaque, ces récits de rêves qui ne sont pas tous des cauchemars, ces visions de l'au-delà qui instaurent un fantastique amoureux et voluptueux, qui impliquent la découverte d'une plénitude de vie et de félicité, ne renvoient jamais à l'absolu mal, mais à la Beauté et à l'amour. Le fantastique de Gautier est l'accès au Tout-autre, c'est-à-dire à l'Idéal, qui est l'au-delà de notre monde, à la Beauté, synonyme de bien-être absolu et de perfection de l'être.

Certes, on a peur dans les récits de Gautier : les héros de *La Cafetière*, d'*Omphale*, pour ne rien dire d'Onuphrius qui se définit par la peur du diable, dans lequel il croit résolument, et à juste titre puisqu'il en est persécuté ; Romuald devrait avoir vraiment peur, mais il fuit sa peur, toujours divisé et en état de mauvaise foi puisqu'il a succombé à la tentation et à la séduction, il refuse les évidences, les suggestions vampiriques et démoniaques de Clarimonde et de ses apparitions et il ne veut pas savoir ou voir qu'elle est peut-être un vampire, une goule, le diable lui-même sous prétexte qu'elle n'en a pas l'air, qu'elle n'a ni griffe ni cornes ; le héros du *Pied de momie* dont les cheveux en se hérissant, font sauter sa coiffure de nuit, Guy surtout, quand il contemple son miroir qui est le seuil du monde de l'*inconnu*, et ressent comme Job un frisson horrifié de toute sa chair : tous connaissent une inquiétude, une mise en question sinon en danger de leur personne, de leur humanité, quand commence l'aventure fantastique et que la réalité autour d'eux prend une disposition bouleversante ; mais c'est une étape, la face négative de l'expérience qui va, par un renversement de sa bipolarité, se muer en félicité surhumaine.

Le soupir entendu par Guy est *effrayant*, il cause « cette impression que le surnaturel fait éprouver aux plus braves ». Mais de quel danger s'agit-il ? Spirite ne cache pas que l'intrépidité de Guy « qui n'a pas hésité… à s'engager dans les mystérieuses terreurs de l'inconnu » a pris des risques : il y a dans l'au-delà « des esprits de mensonge et de perversité… des anges noirs » et nuisibles. Guy a été prévenu par Féroë qu'il peut trouver « des merveilles » ou « des épouvantements », qu'il ne risque pas de péril au sens propre, mais que sa raison comme son âme « peut rester profondément et à jamais troublée » ; la formule qui revient toujours, même dans la bouche d'Arrius Diomedès, c'est le danger de sortir de la sphère proprement humaine, du cercle où l'homme est cantonné, de franchir *la limite redoutable* du monde des hommes : c'est dans ce franchissement que se trouve le fantastique de Gautier. Quand survient l'image de Spirite, Guy sait qu'il met le pied hors du cercle de la finitude humaine, « sa vie pouvait être désorbitée et tourner désormais autour d'un point inconnu » : là est le principe du fantastique, changer d'orbite, dépendre d'un centre inconnu, le tout autre met en jeu l'humanité et lui révèle ses limites, sa limite, l'humanité.

Il y a danger *pour l'âme*, elle peut en revenir souffrante, désespérée d'elle-même, pleine de lassitude et de nostalgie, c'est un danger métaphysique, pourrait-on dire, il ne relève pas de l'éthique, il n'est jamais question de péché, de démesure, de crime de l'orgueil humain ; l'initiation fantastique est le franchissement d'un seuil, il faut que l'homme sorte du *cercle* où il se trouve, de la sphère du *fini* qui lui est impartie : au dehors, dans le *monde extérieur*, c'est l'Inconnu, l'absolu qui met en déroute la raison et le consentement de l'homme à vivre dans le fini, qui n'est pas humain sans doute. Le fantastique qui brise ou recule les limites de l'homme peut lui restituer ses possibles, combler ses désirs, élargir ses pouvoirs. Le peut-il, le veut-il ? Mais il faut subir ce premier contact avec l'Inconnu : les manifestations premières de Spirite, le soupir, l'ombre dans le miroir, font trembler Guy du frisson *sacré* ; ce trouble qui n'est pas de la peur, ni de l'horreur, est pour Guy « cette espèce d'anxiété pleine de questions », éveillée par la rencontre avec l'inconnu, l'entrée dans l'autre sphère qui met l'homme au-delà de lui-même, car il est confronté à l'amour pur et à la beauté pure ; ce trouble a un rôle d'annonciation et d'initiation. Le suicide serait calamiteux : ce serait comme une effraction de l'autre monde, un refus de sa révélation progressive.

Sans doute le satanisme, le sentiment du mal absolu, la passion de la perversité sont des attitudes assez étrangères à Gautier ; il n'entre dans l'univers diabolique qu'à partir de l'insensibilité surhumaine ou a-humaine de l'artiste, militant actif d'une « cruauté » qui l'arrache à lui-même et à la réalité[1] ; alors, comme Henrich, il rencontre le diable,

---

1   Sur Satan « esthète », voir M. Milner, *Le Diable dans la littérature française*, Paris, Corti, 1960, t. II, p. 175.

son double, mais ce n'est pas à partir d'une tentation ou d'un amour du mal ; Henrich n'a appelé le diable que comme acteur, en le jouant, son « masque » méphistophélique est un appel, comme tout masque, et il donne prise au démon par le trouble de l'identité propre à l'homme de théâtre et à tout artiste ; Henrich rêve de « vivre dans la création des poètes », d'avoir « vingt existences », d'être tout ce qu'il joue. Souhait surhumain de métamorphoses et de totalité, qui provoque, qui *tente* le diable ; Henrich n'est pas tenté par lui, sinon par ce que le dédoublement du moi, la pathologie de la personne inhérente à la création, la tendance à devenir un autre par la magie de l'art et de l'illusion, contiennent de démoniaque.

Le thème du double dans *Deux acteurs* se joint à celui du satanisme et le transcende, car Henrich n'a pas d'autres affinités avec le démon que son art, et le diable, cabotin vaniteux, veut le punir de le jouer mal et le tuer pour le remplacer un soir. Et ce démon viennois, bon bourgeois au-dessus de tout soupçon et qui cache son animalité révélatrice, ne semble produire de la peur et ne faire de mal que *dans son rôle*, comme « comédien consommé », c'est un peu un diable de tympan de cathédrale, mais surtout un diable de papier et de théâtre qui rôde dans les coulisses et qui désire être applaudi.

Dans le fantastique ironique de Gautier, plus tourné vers la magie blanche que vers la magie noire, le démoniaque est problématique ; il est proposé comme une piste plus ou moins fausse : « Je ne suis pas trop noire pour un diable », dit l'appétissante Omphale. Dans *La Morte amoureuse*, le dédoublement général du récit brouille sans les effacer les données d'un manichéisme simple qui isolerait dans une pureté infernale la négativité de l'être démoniaque : certes, comme Arria Marcella, la morte n'est pas franche du collier, et ce qui est soupçonné et rapporté sur son passé (de vivante ou de morte) prouverait qu'elle a, comme on dit, rôti le balai ; mais la beauté, la tendresse de Clarimonde, autorisent la mauvaise foi de Romuald qui sait la vérité et qui ne veut pas la reconnaître comme vampire (« jamais Satan n'a mieux caché ses griffes et ses cornes ») ; peu à peu il abandonne tout subterfuge et consent à l'épreuve finale de vérité : mais d'un bout à l'autre du récit ses hésitations sont renforcées par le caractère vraiment démoniaque de l'ennemi de la Beauté, le vrai sacrilège, Sérapion, dénonciateur satanique de Satan : peu importe alors qu'il ait raison.

Les vampires féminins chez Gautier ont des traits vampiriques, elles ne sont pas totalement vampires, il y a doute sur leur qualité car elles restent des femmes et pas seulement par l'apparence. Comme Spirite reste Lavinia. En fait, il y a chez Gautier un respect fondamental de la forme humaine : il n'y a pas chez lui de créature purement fantastique et surnaturelle, pas de démons, de monstres, d'esprits, d'automates. Si le diable-dandy dans *Onuphrius* laisse apparaître sa queue au milieu d'un salon, il se hâte de la dissimuler, et seul Onphrius le voit tel qu'il est. À Vienne, le diable est *en bourgeois* comme un policier, et c'est par éclairs qu'on peut découvrir en lui les yeux, les dents et les griffes qui appartiennent à l'imagerie traditionnelle. Ce sont surtout des humains doués d'un potentiel diabolique que nous montre Gautier : ainsi le Maure chanteur-enchanteur du *Chevalier double*, comparé d'abord à un « ange tombé », identifié enfin à un « incube ». Ainsi Cherbonneau, cet être des limites, qui par son corps à peine vivant, mais surtout par ses pouvoirs surhumains, par sa science démesurée, pourrait poser la question de son appartenance à l'humanité ; pour le comte Labinski, la question de son appartenance à l'empire infernal du mal ne fait pas de doute : mage, sorcier, magicien, alchimiste, de quelle nature est son pouvoir ? Mais l'inquiétant thaumaturge est un personnage complexe : si luciférien que soit son projet, il n'emploie que des moyens « naturels », et au fond, dans ses cures merveilleuses, dans sa protection du véritable amour, il n'agit pas pour le mal et consent même à défaire l'enchantement réalisé à la prière d'Octave.

Non moins « démoniaque » et plus ambigu encore est le seul héros *noir* de nos nouvelles, Paul d'Aspremont, personnage né d'une jonction du folklore superstitieux de Naples et du thème romantique du maudit, ou du héros fatal et irresponsable de ses crimes. À Naples, cité syncrétique où perdurent tous les anciens âges, où font irruption toutes les énergies religieuses originelles, règnent le sens instinctif du mystère et la religion du *fascino*, antérieure à toutes les religions et leur survivant[1] ; mais le vieux sentiment d'effroi du Napolitain (qui ne va pas sans humour) est relayé et amplifié par une autre *peur*, celle du *voyant* ; son œil a une puissance active, réalisatrice, dominatrice ; il peut ce qu'il *veut* (comme un personnage de Balzac), passions, idées, images sont pour lui projetées dans le réel. Initialement Paul, conforme à la *jettatura* traditionnelle,

---

1   Sur cet aspect capital du mythe napolitain chez les romantiques, voir A.-M. Jaton, *Le Vésuve et la Sirène. Le mythe de Naples de Mme de Staël à Nerval*, Pisa, Pacini, 1988, p. 113 *sq.*

ne *réalise* que ses mauvaises humeurs. Mais ne sont-elles pas le signe de mauvais instincts ? et peu à peu échappant au thème folklorique, Paul, que Gautier a tout de suite rapproché de l'« archange rebelle », se révèle comme l'instrument du mal, voué inexplicablement, diaboliquement à vouloir malgré lui la mort et le désastre, à aimer et à tuer celle qu'il aime.

Alors Gautier, d'ordinaire complice des superstitions, évoque « le coin sombre » de l'âme humaine où « s'accroupissent les hideuses chimères de la crédulité, où s'accrochent les chauves-souris de la superstition ». C'est là que naissent les monstres, Paul en est un, il entre dans le démoniaque non pas seulement parce qu'il est maléfique, mais parce qu'il acquiert (et même revendique dans le duel avec Altavilla) une conscience monstrueuse de lui-même : énigme vivante, exception rejetée de tous, ennemi des hommes, *différent* et néfaste au point d'engendrer le refus collectif de l'humanité, il se découvre, dans la haine des autres, le cauchemar, la malédiction, le bilan criminel de sa vie, comme « un monstre » marqué du « signe de Caïn », une anomalie absolue, gratuitement nuisible.

Toutes les révélations le conduisent à admettre que « les puissances de l'enfer » sont en lui, « que le mauvais ange regardait par ses prunelles », qu'il est « un assassin, un démon, un vampire » ; mais il n'est pas satanique, car il ne s'identifie pas dans son être au mal, il est bon (« mon cœur n'est qu'amour et bienveillance »), il est criminel et innocent, *fatal*, il devient une raillerie adressée à tout ordre, à toute loi. Le *jettatore* romantique n'a pas de place sur terre ; est-ce un homme ? La mer l'a apporté, la mer le remporte, il n'a pas droit à une sépulture, il n'a pas droit à une trace, un souvenir. Cet être qui trouble le cosmos disparaît dans un dérèglement universel, une tempête où la nature pleine de désespoir et de douleurs semble elle-même, pour l'anéantir, se dresser contre la création, faire renaître le chaos ; dans l'orage, cette convulsion furieuse du cosmos qui emporte l'être sans nom, l'eau et le feu, la mer et le ciel s'unissent, révoltés contre l'ordre, révoltés contre le fauteur de désordre qu'était Paul. L'être impossible et désespéré disparaît dans le désespoir du monde.

Telle est la réserve de Gautier pour ce qui est des procédés de l'horreur. Elles ne sont pas très inquiétantes, les revenantes de Gautier[1], ces

---

1   Sur ce thème de l'apparition de l'ombre, de l'aimée ressuscitée, voir les belles pages de Léon Cellier (*Mallarmé et la morte qui parle*, Paris, PUF, 1959, p. 27 *sq.*) qui suit depuis les Anciens jusqu'au XIXᵉ siècle chez les poètes et les conteurs cette figure de la revenante amoureuse.

tendres spectres, ces chastes succubes que sont Angela, ou Hermonthis, ou ces sensuelles maîtresses d'outre-tombe, Omphale qui par habitude trompe son marquis de mari, Carlotta qui ne veut pas mourir encore, Arria Marcella qui attend ses amants depuis l'au-delà[1]. Une seule fois, Gautier fait un récit vampirique, qui est au fond surtout onirique. Et avec quelle discrétion, quel adoucissement du thème convenu : il y a dans le fantastique de Gautier une sensualité, un sens *charnel* qui tiennent à distance les puissances du malaise et du maléfice.

Il n'y a donc qu'un vampire chez Gautier (le vampirisme d'Arria Marcella est simplement suggéré) et il est amoureux. Clarimonde, morte plusieurs fois et depuis longtemps, attend au fond de son tombeau, intacte, et une gouttelette de sang à la bouche ; elle est belle, mais bestiale, elle aime le sang qu'elle boit à « petites gorgées gourmandes », elle aime les jeunes hommes, et surtout les jeunes prêtres : jalouse de Dieu, elle séduit ses serviteurs en leur promettant, comme le serpent de la Genèse, de les diviniser par le plaisir. Mais Gautier qui réduit la succion du sang à un seul épisode, a évité les poncifs vulgaires du vampirisme, la contagion par la morsure, la perte du reflet, le brutal scénario de la mise à mort de l'être déjà mort ; Clarimonde se meut presque librement dans le temps et l'espace et dans l'irréalité du rêve, elle ne revient pas chaque matin gorgée de sang dans son caveau.

Surtout elle n'a plus l'égoïsme terrifiant du vampire : elle en est une variante inversée, en elle la femme « répond » du vampire. Elle aime son unique amant, elle embrasse sa main en buvant son sang, ce sang qu'elle économise avec tendresse, qu'elle fait couler avec scrupules, qu'elle pompe en pleurant ; cette « buveuse de sang et d'or » s'empresse de bander et de soigner les plaies qu'elle a faites. Tant de délicatesse et d'amour conjurent complètement la répulsion et la relation des amants fantastiques devient une métaphore de l'amour, il y a entre Clarimonde et Romuald qui ont commencé par échanger leur souffle, un échange consenti de sang et d'être, une union totale[2] ; si Romuald rompt cet amour, c'est parce qu'il ne peut plus supporter

---

1   Personnage riche aussi en suggestions vampiriques, et peut-être par son mystère plus inquiétant que Clarimonde.
2   En un sens aussi Paul comme un vampire prend à Alicia et sa vie et son sang. Mais *La Morte amoureuse* est ainsi susceptible d'une interprétation allégorique masquée par le démoniaque apparent.

le dédoublement de sa vie et de son identité ; mais comme l'a noté
C. Pasi[1], il trouvait la vie, la beauté, l'amour dans sa vie nocturne,
alors que sa vie diurne était un désert d'ennui et de douleur, une sorte
de mort ; paradoxalement le vampire, la mort, doués d'une sorte de
pouvoir positif, lui donnaient la vie.

Enfin l'exercice du fantastique chez Gautier (pour ses personnages,
pour lui-même, s'il est vrai que ses héros sont les délégués à la réalisation
de ses souhaits, les pratiquants de sa foi intime) ne va jamais sans le
sentiment d'un danger et des conseils de mesure ; on lui a bizarrement
reproché d'avoir fui la destinée de Nerval, de n'avoir été ni fou ni drogué,
ni suicidaire ; d'avoir dit : « Je ne crois pas qu'on ait jamais bien écrit
quand on a perdu la raison[2]. » Ses études sur Nerval révèlent bien ce
sentiment de l'excès irréversible auquel était parvenu son ami, parti avec
lui des mêmes désirs et des mêmes recherches. La folie n'est pas l'autre
nom du fantastique. L'artiste qui participe au divin, sans être un dieu,
est un homme menacé. Mais le passage de l'Achéron, la rupture avec
l'humain, la transgression des limites du réel et de la vie (c'est le destin
d'Onuphrius en un sens), il ne les a confiés à ses aventuriers du surnaturel
qu'en multipliant dans ses récits mêmes les précautions et les mises en
garde. L'humour est un moyen de défense contre l'excès de subjectivité
et de rêve. Après bien des jeux sur la « folie » d'Onuphrius, elle est à la
fin du conte affirmée et analysée sans ambages : « Sorti de l'arche du
réel, il s'était lancé dans les profondeurs nébuleuses de la fantaisie et
de la métaphysique, mais il n'avait pu revenir avec le rameau d'olive. »
Parti « trop haut et trop loin », il n'a pu redescendre de l'absolu ; c'est
presque dans les mêmes termes que Gautier évoque la fin de Nerval. Il
avait atteint le point de non-retour où l'imagination se donne pour la
réalité. Il faut pourtant vivre « de la vie humaine », patienter comme le
fait le baron de Féroë, conjurer l'impatience et la fureur contre la réalité ;
la fin d'*Onuphrius* annonce le conseil de Spirite : « … mais redescendez,
revenez aux régions où l'air est respirable pour les poumons mortels
[…]. Craignez la folie, l'extase y touche » ; ni la démence ni le suicide,

---

1   Voir *Il Sogno* […], *op. cit.*, p. 205.
2   *Cf.* l'article sur Hoffmann de 1836, Gautier continue : « Je pense que les tirades les plus
     véhémentes et les plus échevelées ont été composées en face d'une carafe d'eau. » Gautier,
     on le sait, n'a pas admis le mythe d'Hoffmann alcoolique et fou : « il faut dans la fantaisie
     la plus folle et la plus déréglée une apparence de raison, un prétexte quelconque, un plan,
     des caractères, une conduite ».

prolongements logiques de la « foi » dans le fantastique, n'ont place dans les contes de Gautier[1]. Bien au contraire, ils présentent deux types d'héroïnes : celles de l'au-delà, qui invitent au grand départ, auxiliaires plus ou moins du démon, et les autres, bienfaisantes filles de la terre, prosaïques amoureuses, comme Katy, épouses-amantes irréductiblement attachées à l'aimé, comme Prascovie, les salvatrices, les guérisseuses des chimères et des délires comme Jacintha, Brenda, la vraie morte amoureuse comme Alicia, victime consentante de sa passion unique ; il y a les héroïnes fantastiques, et les héroïnes antifantastiques, qui défont les enchantements et qui affirment que l'idéal est sur terre, dans l'amour partagé[2].

UN ÉCRIVAIN ENTRE DEUX ŒUVRES ET DEUX MONDES

LA QUESTION DE LA *FORME*

Comment concilier le Gautier descripteur, pour qui le monde extérieur existe, et avec quelle insistance, quelle fascination, pour qui le mot « esthétique » semble ne renvoyer qu'à son sens premier, ce qui relève de la perception sensible et surtout de la vue, avec le Gautier fantastique et onirique, l'écrivain nécromant qui semble revenir toujours à cet épisode des grandes épopées, la *nekuia*, la descente dans le monde des morts à qui le héros rend un peu de vie le temps de les questionner, mais il est aussi l'écrivain céleste qui est cette fois inspiré par le mythe d'Icare comme l'a montré Barbara Sosien, et qui aspire à monter et prend son

1 En ce sens, il reste dans le fantastique un « ironiste » qui raille à la fois le réel et l'idéal, le « bourgeois » et l'« artiste ».
2 L'analyse subtile et brillante de Barbara Sosien, *op. cit.*, p. 94, p. 97 et note, découvre dans les deux chevauchées nocturnes de Romuald, la première le conduit vers Clarimonde, la seconde avec elle vers le bonheur de sa double vie, une écriture fantastique de type plus traditionnel : dans les deux cas il y a un souvenir du poème célèbre de Bürger, *Lenore*, dont le vers le plus connu, « *Die Toten reiten schnell* » se retrouve dans la vitesse infernale, le dynamisme fou des chevaux magiques ; les personnages sont comme des spectres emportés dans un envol surhumain dans un espace vide, mais il y a aussi une sorte d'évanouissement du monde mis en déroute, devenu « un antimonde », un néant réel, ou une réalité infernalisée et négative, retournée sur elle-même, un nocturne où la nuit engendre une non-vie générale.

vol dans l'espace d'en haut. Ainsi il nous raconte des événements qui se déroulent ici et maintenant (ce sont ses « nouvelles poétiques »), ou ici et autrefois (c'est le romancier historique[1]), et avec les récits fantastiques, il circule dans le temps et l'espace, il est dans l'au-delà, plus bas ou plus haut, avec les morts ou surtout les mortes, ou avec les esprits désincarnés. Auteur de deux œuvres ainsi séparées, il est alors proche de ses héros (Romuald, Guy) qui vivent dans deux univers différents, le rêve et la veille, le monde et l'extramonde, deux vies antithétiques et inconciliables.

Et pourtant tous ses récits disent la même chose, la même quête de la Beauté et de l'Amour, la recherche de l'être parfait capable de dispenser un bonheur absolu, c'est la quête du romanesque tel que l'écrivain romantique la conçoit, mais ce pourchas de l'Idéal semble s'accomplir avec plus de conviction et de joie dans l'autre monde que dans le nôtre. Le désir fondamental de l'homme est-il mieux satisfait par le fantastique que par le réel, le normal est-il plus étranger à l'homme que l'anomalie imaginaire et visionnaire ?

Le problème du fantastique chez Gautier doit-il se comprendre à partir de cette dualité de deux vies qui s'opposent dans la mesure où la vie irréelle serait la même que la vie réelle, mais plus parfaite et vraiment achevée ? Où le romanesque de l'ici-maintenant souffrirait d'une déperdition, d'une entropie, alors que dans l'autre monde, hors du temps et de l'espace, dans le nulle part et l'intemporel, le roman serait la réalité ? Et le fantastique de Gautier serait son vrai roman, son rêve romanesque enfin formulé, enfin possible dans un autre monde. Telle est la dualité paradoxale de l'œuvre de Gautier : pour trouver la réalité, il faut en sortir. Dans et par le fantastique il se contredit et se parachève.

Tout commence à *Mademoiselle de Maupin*, roman de l'androgyne, de son apparition et de sa disparition, roman d'une quête impossible, roman antiromanesque peut-être, puis tout s'achève en tout cas sur les dernières lignes de *Spirite*, où l'union totale de deux âmes, l'une féminine, l'autre masculine, réalise l'androgyne divin et éternel, l'absolu du romanesque, qui paraît et disparaît dans les profondeurs infinies de la lumière céleste[2]. Ce qui n'a pas eu lieu dans notre monde, arrive dans le ciel.

---

1   Il peut être ici dans notre monde, mais autrefois, dans les récits historiques, qui s'apparentent aux récits fantastiques par leur mouvement de rétrospection.

2   Dans *Maupin* (p. 498), figure déjà l'image de deux âmes devenues « deux perles destinées à se fondre et n'en plus faire qu'une seule ».

Disons-le autrement : tout un versant de l'œuvre de Gautier est voué à Vénus Anadyomène, à sa nudité triomphante, à celle qui naît de l'écume des mers ou du sperme de Poséidon, à la déesse au corps parfait, à la souveraine du désir. Et puis tout s'achève à Athènes, quand Pallas-Athénè, « la céleste, la vierge, l'immaculée » est associée à Spirite, quand la déesse pudique, combattante et pensive semble devenir aussi la Joconde au sourire ironique et tendre, porteuse d'une promesse énigmatique et infinie. Elle a « la radieuse beauté plastique » et aussi la « beauté de l'âme ».

Ce rapprochement et ce retournement font voir le trajet de l'œuvre de Gautier et sans doute la situation réciproque de deux niveaux du romanesque. De deux esthétiques. Ils sont l'un et l'autre plus que romanesques, ultra romanesques : c'est que chez Gautier le héros est à la fois amant et artiste, il doit conquérir et mériter la femme et la beauté, cette beauté ne renvoie pas seulement au désir, mais aussi à la création ; le Graal chez Gautier, c'est l'œuvre, il est esthétique, et c'est le bonheur amoureux, il est érotique. Il y a la beauté éclatante, solaire, visible, la chair resplendissante de la déesse, et l'autre beauté, invisible, angélique, le rayonnement de l'âme. Deux déesses, deux modes du désir, deux mondes. Et cette dualité semble bien aboutir à une conciliation dans l'extra-monde fantastique et non ici-bas, dans le monde terrestre et matériel.

Et au fond, il y a cette divergence entre l'amant et l'artiste qui est un conflit, et dans le monde fantastique il n'est plus aussi insoluble que dans le monde réel. Tel serait l'autre paradoxe de Gautier : son fantastique n'est ni ténébreux, ni maléfique, ni démoniaque, il est amoureux et il annonce cette belle et grande nouvelle, qui n'est pas nouvelle tout de même, que le désir triomphe de la mort, ou qu'il s'épanouit davantage dans la mort que dans la vie. L'amour absolu n'existerait que dans l'extra-monde. Mais pour répondre à cette question, il faut d'abord résoudre deux problèmes de fond : pourquoi l'artiste devrait-il choisir entre l'art et l'amour, au nom de quoi l'esthétique et l'érotique seraient-elles antagonistes ?

Ces conflits ont leur origine dans l'esthétique de Gautier, dans sa fidélité au rêve grec qui contribue curieusement à son romantisme hyperbolique[1] : on n'a peut-être pas prêté toute l'importance qu'il méritait

---

1   Voir, sur ce paradoxe d'un romantisme *grec*, P. Tortonese, « Gautier classique, Gautier romantique. Considérations en marge de l'exposition Gautier au Musée d'Orsay », dans

à l'article ancien de Raymond Giraud[1] qui a mis en valeur à propos
de l'androgyne la dette de Gautier envers Winckelmann et suggéré
qu'il avait de son œuvre une connaissance plus large. Il en retient les
passages[2] définissant la beauté absolue de l'Hermaphrodite qui unit les
formes opposées du corps masculin et du corps féminin en une sorte de
beauté totale et idéale, et cette monstruosité voluptueuse et ambiguë
est une création pure, un « rêve de poète et d'artiste » où « à la grâce la

Bulletin, 1997, qui aborde le problème du nu, les relations de Gautier et de la beauté
moderne ; voir, de même, Michel Brix, dans « Gautier, *Arria Marcella*, et le monde gréco-
romain », *Retour du mythe, 20 études pour M. Delcroix, réunies et publiées par Christian Berg*,
Amsterdam, Rodopi, 1996.

1   *Cf.* « Winckelmann's Part in Gautier's perception of classical beauty », *Yale French Studies*,
n° 38, 1967. Toute sa vie, après *Maupin*, Gautier répètera ces textes, qu'il évoque l'androgyne
plastique ou l'androgyne musical dans *Contralto*.

2   Déjà paraphrasés dans le roman de Latouche, *Fragoletta* (éd. Dejonquères, 1983, p. 48-54)
lors de la discussion que soulève entre les personnages l'Hermaphrodite de Polyclès : c'est
le passage décisif du roman ; l'exaltation de la sensualité de la statue aboutit déjà à la
récusation de la métaphysique infirme et de la croyance dans *l'âme*. Voir Winckelmann,
Œuvres Complètes, Histoire de l'Art chez les anciens, Paris, An II de la République française,
Livre IV, ch. II, § 26 et *sq.*, p. 363 *sq.* ; bien qu'il rattache l'androgyne au modèle des
eunuques, ou aux vrais androgynes existant dans la réalité, en fait surtout un cas
particulier de la construction de la beauté à partir d'éléments choisis sur des êtres réels,
ici ce seront les beautés et propriétés des deux sexes qui sont combinées, unies en une
mixité équivoque et parfaite, où la virilité voisine avec la délicatesse, la plénitude, la
morbidesse des chairs, l'arrondissement des formes de la femme, où les caractéristiques
des sexes sont rassemblées et présentées, mais il s'agit bien d'une *conception* idéale et non
d'une *mimesis* ; l'androgyne est comme les dieux, éternellement jeunes, c'est une création
de l'esprit et Winckelmann découvre de même dans les divinités juvéniles masculines,
types de la nature supérieure de l'homme, nés de la sphère des idées, une réunion de
toutes les beautés, l'association de la force et de la délicatesse, qui va s'accentuer dans « la
deuxième espèce de jeunesse idéale », elle aussi redevable envers les eunuques, il s'agit
de Bacchus dont les traits tiennent de l'homme et de la femme (membres délicats, corps
arrondi, hanches charnues et gonflées, os et muscles faiblement indiqués, genoux d'un
adolescent, bref l'aspect d'une vierge déguisée) ; le Bacchus indien, qui est barbu, est à la
fois jeune et vieux. Les dieux, symboles de la force virile et de l'enjouement de la jeunesse
n'ont pas besoin de nerfs et de muscles très affirmés, ils n'ont pas de vie matérielle. À la
limite la beauté de l'Androgyne qui unit la beauté de l'homme à celle de la femme vient
de ce qu'il surmonte la différence de sexes et représente un être humain plus humain car
délivré de cette particularité. Chez Gautier pourtant l'androgyne a une nature surtout
féminine ou surtout masculine, et c'est alors Bacchus qui le représente, mais contrairement
à Winckelmann il ne peut lui attribuer un quelconque modèle réel, il est donc inventé,
c'est un être *impossible* ; c'est donc une idée, une chimère, et c'est aussi la forme exemplaire,
absolue de l'être humain ; et de *Maupin* à *Spirite*, on passe de l'androgyne comme union
des formes physiques et des sexes à l'androgyne comme fusion des âmes. Reste toujours
le rêve d'une totalité de l'être humain. La peinture de David n'a pas négligé l'androgyne
comme coexistence des lignes masculines et féminines dans le même corps.

force [est] unie », qui peut passer « de la forme au son[1] » ; surtout le nu
chimérique plus que tout autre renvoie à la Forme dans sa perfection.

C'est ce mot, si capital chez Gautier, et si plein d'ambiguïtés, qui
révèlerait sa dette envers Winckelmann, et son indifférence à l'autre
esthétique, celle qui oppose à la beauté de la forme, la beauté d'expression
et qui avec Stendhal et dès 1817 s'est proposée comme le fondement de la
révolution romantique et de l'art moderne. « J'adore sur toutes choses la
beauté de la forme » ; revenons d'un mot à l'origine winckelmannienne
de la formule : le nu est le modèle premier de l'art, la forme originelle,
définitive et absolue de la beauté[2]; objet de l'art, et objet d'art, il est
à la fois naturel et idéal : le mot renvoie à la relation de l'Idée avec la
Beauté, celle-ci est divine et ne peut être perçue qu'en Dieu dont elle est
l'émanation ; ainsi la Forme, c'est aussi l'Idée ; pris dans la réalité mais
surtout inventé par l'esprit, contemplé beaucoup plus qu'observé, le nu
représente l'homme sous son aspect universel, éternel, l'homme dans son
être et en quelque sorte défini en soi, dans sa perfection ; et cette beauté
absolue est objective, elle rend objective une conception presque divine
de l'homme, qui trouve sa manifestation dans la matière travaillée et
composée, selon des lignes et des contours, à partir de règles de mesures,
de proportions, de dimensions, d'harmonisation, qui forment la statue
et celle-ci manifeste l'état idéal de l'homme, le développement extrême
de sa nature sur le plan éthique et esthétique.

Le nu sculptural est « le divin poème de la forme humaine », encore
est-il tributaire d'une formation, de l'imposition d'une forme qui le
constitue et le représente[3], qui devance la nature et l'accomplit. Gautier
en 1847 devait dire que la sculpture était « le plus réel et le plus abstrait
de tous les arts, le plus noble » : abstrait, car impliquant une conception,

---

1   *Cf. Contralto, Poésies complètes*, t. III, p. 31.
2   Voir *Le Moniteur Universel*, 30 janvier 1851, « la forme la plus parfaite que l'homme puisse
     concevoir est la sienne. Son imagination ne saurait aller au-delà. La représentation du
     corps humain, dégagée de toute particularité et de tout accident constitue le beau idéal …
     Le corps humain étant admis comme la figure de l'idéal, ses formes furent ennoblies,
     agrandies, dégagées de tout détail misérable » ; *La Presse*, 10 mars 1837, « sans le nu pas
     de grande peinture », « diviniser le corps humain, sanctifier la beauté a toujours été le but
     de la peinture et de la sculpture », de même le 10 avril, sur les dieux anthropomorphiques
     de la Grèce comme types universels de la beauté.
3   N'oublions pas que le mot *plastique* (*cf.* Littré) au XIXᵉ siècle renvoie à un pouvoir de créer,
     de fabriquer, de modeler, de donner un corps, ou à l'acte de façonner une matière et à
     celui de reproduire et de représenter (sculpture, dessin, peinture, poésie).

une vision de l'homme général, réel car présentant dans un objet matériel l'essence ou l'idée de l'homme. Les Grecs ont ainsi donné sa forme au corps humain, créé la Forme originelle et fondamentale par un travail d'abstraction, de généralisation, de purification, d'idéalisation. Le nu est l'idéal de l'être humain, c'est une œuvre et c'est l'œuvre en soi[1].

Car le mot *forme* qui renvoie à des procédures formelles de constitution et de représentation de l'objet, se met à posséder aussi le sens philosophique de *forma*, la forme, c'est le principe intelligible, l'essence d'une chose, sa nature idéale[2]. Alors le nu renvoie à l'être de l'homme, à sa généralité pure, comme à l'idée de Beauté, et l'art grec devient l'indépassable origine, le modèle absolu de l'Art.

Il semble bien que Gautier, romantique païen ait très profondément partagé cette conception. Le mot forme pourvu d'un sens spécifique et d'une valeur en quelque sorte philosophique, est alors central dans son esthétique. D'Albert nous dit par exemple que « pour un adorateur exclusif de la forme », rien n'est plus attirant que l'union des beautés masculines et féminines dans l'Hermaphrodite[3].

Intemporelle, éternelle, inscrite pour toujours dans le marbre, la beauté des dieux grecs est absolue pour Winckelmann parce qu'elle est

---

1   Dans le nu de la sculpture, il y a une parfaite adéquation de la forme et du fond : ainsi par exemple « le seul sujet de la sculpture, c'est la forme, c'est la beauté… le marbre calme, impassible, éternel » (*Revue de Paris*, mars-avril 1841), et « la religion d'Homère, de Phidias, de Cléomène subsistera toujours, eux seuls ont connu le vrai beau, l'idéal cherché à travers la forme humaine » (*Revue des Deux Mondes*, 1ᵉʳ septembre 1841) : en découvrant *la forme* du corps humain, archétype de toute beauté et de toute forme, les Grecs ont mis au monde la Beauté absolue et le principe de la Forme, de l'idéalisation créatrice et représentative, ou de l'éternité de l'œuvre, si la forme considérée comme élaboration d'une matière dure et solide, devient ce qui moule et façonne un contenu, l'épiderme, le vêtement, l'extériorité qui donne une enveloppe dure, solide, stable, régulière à une intériorité. Voir les articles de Fr. Moulinot, « Les formes de l'éternité dans la critique d'art de Gautier. Les années 1830 et 1840 », dans *Bulletin*, 1996, de Lois Cassandra Hamrick, « *L'Art robuste seul a l'éternité*. Gautier et la sculpture romantique », dans *Bulletin*, n° 18, 1996 et de P. Tortonese, « Gautier classique, Gautier romantique. Considérations en marge de l'exposition Gautier au Musée d'Orsay », dans *Bulletin*, 1997. Voir encore Gautier, « Plastique de la civilisation. Du beau antique et du beau moderne », dans *L'Événement*, 8 août 1848, « le corps humain comme type du beau, comme suprême effort de configuration de la matière servait d'idéal régulateur aux conceptions artistiques ; en effet l'esprit ne peut imaginer une forme plus parfaite que celle de l'homme ».

2   Voir, par exemple, dans *La Presse*, 8 avril 1837, cette argumentation : sans le nu, pas de sculpture, sans le nu, pas de forme, en déifiant la forme humaine, la statuaire grecque a créé la forme, donné une forme au Beau par l'intermédiaire du corps humain.

3   *Cf. Maupin*, Pl., t. I, p. 378.

abstraite, qu'elle élimine l'accidentel, l'apparent, le contingent, c'est-à-dire le particulier, le temporel, le réel et les détails qui le caractérisent : autant de défectuosités ou d'imperfections non représentables, parce qu'elles ne sont pas vraies si elles peuvent être réelles, et qu'elles relativisent la beauté et diminuent son caractère général et intemporel[1]. Elle est divine ou elle n'est pas, elle prend l'homme dans un état d'éternelle jeunesse, ou d'éternelle vieillesse, et dans le calme, le repos, la sereine indifférence d'une vie inaltérable.

Alors la puissance calme de l'Olympien, sa noble simplicité, sa grandeur tranquille, donnent une image absolue de l'homme soustrait à toute contingence ; ce qui conteste le principe d'une représentation du moderne, costume, mœurs, sentiments, réalisme historique, c'est le grief de Gautier envers Balzac, « peu sensible à la beauté plastique », préférant la pensée, la vérité à la forme.

Mais surtout la forme est incompatible avec l'affectivité, avec les passions et les émotions, avec l'expression du désir, qui accuse le manque et la souffrance, avec la violence pathétique qui manifeste le trouble de l'être et sa chute dans le temps de l'insatisfaction, le malaise de l'incomplétude, les tourments de la douleur. Autrement dit la Forme, objet de contemplation et d'admiration pour l'esprit, est pure de toute relation avec ce qui détruit l'harmonie des lignes, des contours, des visages, avec l'expression toujours tendue, et même violente ou malheureuse de la sensualité ou de l'affectivité, de l'émotion ou de la passion.

LA FORME OU L'ÂME ?

Avant le conflit de la forme et de l'idée, ou du fond et de la forme, distinction au reste que Gautier comme tous les romantiques tend à refuser et qui relève du combat du bourgeois[2] contre l'artiste, il y a cette opposition intérieure au romantisme, à Gautier lui-même, et qui se développe peut-être à travers le siècle entre la Forme et l'âme, celle-

---

1   *Cf. Le Moniteur Universel*, 15 mai 1866 : « Les Grecs n'admettaient pas le Vrai altérant le Beau et ils modéraient de parti pris l'expression des sujets dramatiques » ; la forme pure exclut l'anecdote, l'incident, le détail historique, toute particularité trop réelle, donc ce qui est pathétique et en dehors de la généralité humaine. C'est aussi bien la règle du classicisme littéraire.

2   Il est remarquable que Paul Bénichou reprenne la querelle en prenant plutôt le parti du bourgeois qui n'aime pas « la forme » et identifie le formalisme à la désertion par le poète du combat politico-humanitaire.

là est matière, objet, et aussi bien mise en forme, séduction sensuelle, et celle-ci renvoie à l'intériorité, à l'image, à la passion, à l'idéal, à la subjectivité en général. En ce sens la fidélité de Gautier à Winckelmann n'en fait pas un attardé du néo-classicisme, mais plutôt sans doute un précurseur de la décadence et des modernes, du schisme de l'esthétique et de l'affectivité passionnelle.

Gautier fait le procès de la civilisation moderne pour son incapacité à créer des formes, à aimer la Forme, pour son choix privilégiée de l'idée, de la vérité, ou des finalités pratiques : la forme garantit la pureté et la gratuité du beau. Mais sa fidélité à la Grèce implique autre chose. La beauté de la Forme est une beauté objective, corporelle, intelligible, et faiblement expressive, puisqu'elle n'évoque que le calme insouciant des dieux, elle suppose un équilibre parfait de l'âme et du corps, la coïncidence du désir et du plaisir, l'identité du réel et de l'idéal. Elle est païenne et on a l'impression que les Romantiques païens comme Gautier voient dans l'antiquité l'état de nature rousseauiste, un point d'équilibre entre le désir et la satisfaction.

Et c'est bien le reproche que fait la critique stendhalienne au beau antique : il est chaste[1] et ignore la passion ; celle-ci demande au corps beaucoup plus que sa perfection comme corps, elle lui demande d'être une chair vivante, animée, désirante, conductrice du mouvement de la sensibilité, productrice d'une communication passionnelle avec le spectateur, elle exprime l'âme et met en relation deux subjectivités. Dans la beauté d'expression, il n'y a plus d'opposition entre le corps et l'esprit, la matière et l'âme, et c'est la passion qui surmonte tout dualisme et qui, spiritualisant le corps et révélant l'infinité du désir, constitue l'unité de l'Éros et de la Beauté.

Le beau antique et païen a fixé un équilibre en éliminant la passion dans l'accord du corps et de l'âme, du réel et de l'Idée. L'idéal d'artiste chez Gautier, a dit J. Starobinski, « se lie à toutes les activités où l'être corporel et l'existence charnelle se surpassent non pour quitter la condition corporelle et charnelle mais pour lui conférer un rayonnement glorieux[2] ». Il faut peut-être nuancer cette belle définition et admettre chez Gautier une évolution, une hésitation, une contradiction, fidèle à l'équilibre, il passe au déséquilibre romantique ; le mouvement

---

1   *Histoire de la Peinture en Italie*, éd. du Bibliophile, t. II, p. 48, note.
2   *Cf. Portrait de l'artiste en saltimbanque*, Genève, Skira, 1970, p. 32.

de sa création s'établirait entre ces deux pôles, la forme et l'âme ; mais le royaume de l'âme, ce qu'elle invente et dont elle est la seule caution, c'est le fantastique.

Le point de départ ou le socle permanent des convictions de Gautier serait winckelmannien ; de là viennent les déclarations païennes[1] de D'Albert par exemple, qui admet que tout ce qui est intensément vivant, est beau, et que « la mortification de la matière, essence du christianisme » se marque d'abord dans la dissimulation du corps, qui équivaut à une condamnation générale du soleil, de la ligne, de la couleur. Relèvent donc du « paganisme » la réduction de la beauté à celle du corps nu, au « précieux don de la forme anathématisée par Christ[2] », et l'insistance sur la matérialité éclatante, sensuelle et solide de l'œuvre[3] ; il y a de la spiritualité, soit de la mollesse et de la rêvasserie chrétiennes, dès que cette affirmation intégrale du monde extérieur et de la beauté objective s'atténue, se voile de brouillard, de nuage, d'ombre, d'incertitude, de faiblesse ; « le Christ a enveloppé le monde dans son linceul » et provoqué une évanescence des choses qui profite à la vie de l'esprit. L'idéalisme chrétien est un déséquilibre, il rompt l'unité de l'âme et du corps, il prononce la déchéance du corps (donc de la beauté) et la supériorité de l'esprit, en voilant la nudité, en discréditant le plaisir comme la matière, il a destitué l'art de sa solidité objective, rejeté le modèle de toute Beauté hors du monde, bref substitué ce qui n'est pas à ce qui est, le désir d'infini au plaisir du fini ; à la forme, il a opposé l'âme.

Si l'on perd le nu, c'est-à-dire le corps, on perd la manifestation première et dernière du Beau, l'exhaussement du physique à l'ordre

---

1   Mais la passion règne dans les récits grecs, et dans *La Chaîne d'or* (Pl., t. I, p. 599) Plangon reconnaît la générosité de Bacchide et exprime l'idée vraiment grecque, « c'est une grande âme, une grande âme dans un beau corps » : voir aussi sur *Andrea del Sarto* de Musset, ce mot de Gautier, le corps est « cette enveloppe de l'âme qui n'est pas l'âme et peut en sembler la splendeur visible ».

2   Voir *Maupin*, p. 324, et encore p. 358, « avec quelle ardeur j'ai recherché la beauté physique, quelle importance j'attache à la forme extérieure, et de quel amour je me suis pris pour le monde visible » ; p. 474, la prosopopée adressée aux statues grecques, « vous représentez la première divinité du monde, la plus pure symbolisation de l'essence éternelle, la Beauté », de même p. 368-373.

3   *Cf. ibid.* p. 371, la pudeur, « invention moderne, fille du mépris chrétien de la forme et de la matière ». Peut-on parler de platonisme à propos de Gautier ? Il faut être prudent et ne pas oublier que Platon est le fondateur de l'idéalisme, qui discrédite le sensible au profit de l'Idée.

esthétique, on perd la Forme, et avec elle c'est la puissance de concevoir, de produire la Beauté, de l'unir au plaisir, à tous les plaisirs qui disparaît. Spirite dit à propos du couvent où elle meurt, que bien loin de correspondre à « une religiosité pittoresque et poétique », il refuse tout ce qui pourrait « amuser les yeux » et condamne la beauté comme superflue, « partout règne une sévérité morne, insouciante du beau et ne songeant point à revêtir l'idée d'une forme » : l'ascétisme rejette le sensible, l'esthétique au sens originel, refuse à la vérité tout contact avec les sens, la propose sans voile ni ornement, à l'état pur. Il nie que le croyant ait un corps et peut-être surtout que le corps soit une forme.

S'affirme au contraire l'exigence d'une beauté objective, entièrement visible, palpable, touchable (« j'aime à toucher du doigt ce que j'ai vu »), elle est là, immédiate, offerte, donnée entièrement : ainsi « Vénus ne cache rien… on peut la voir », elle surgit de la mer, pure nudité « d'une vigueur surhumaine » mais qui se montre tout entière et ne désigne rien au-delà de la perfection de son corps. N'est-elle pas dans cette assurance sensiblement masculinisée ? Les Grecs, dit Gautier, favorisaient le principe mâle, et dans l'androgyne, ils préféraient viriliser « la beauté spéciale de la femme[1] ». En face de la Vénus Anadyomène, Marie, beauté « immatérielle, si ailée, si vaporeuse », affirme bien la souveraineté et la divinité de la femme, mais D'Albert en refuse l'image délicate et finement nuancée parce qu'elle signifie au-delà d'elle-même, parce qu'elle se tient en retrait du donné, dans l'effacement des couleurs, des reliefs, des traits, dans « la demi-teinte » du portrait, dans un clair-obscur généralisé, elle manifeste l'idéalisme chrétien parce qu'elle signifie au-delà de ce qu'elle montre, tous les éléments qu'il peut dénombrer et apprécier, les longs yeux, l'ovale de la figure, les sourcils, les tempes, les pommettes, les cils, le cou, ont quelque chose de fuyant ; ils évoquent un point de fuite, ils conduisent plus loin, vers quelque chose qui est pressenti et non donné objectivement[2]. Alors s'introduit une faille entre l'objet et son sens, entre le physique et le moral, entre le réel et l'idéal suggéré, alors intervient le sujet qui se sépare de lui-même en imaginant, en rêvant, en idéalisant.

---

1   *Cf. Maupin*, p. 378. À la fin de *Spirite*, c'est le Parthénon reconstruit qui sera jugé en fonction de la direction idéale que supposent ses lignes et contours : cette fois le temple semble rapporté à autre chose que lui-même, qu'il désigne allusivement.

2   Alors « le monde palpable est mort », si « une pensée ténébreuse et lugubre remplit seule l'immensité du vide ».

Dès que l'on quitte le nu éclatant et resplendissant, est-on menacé de tomber dans l'ascétisme attribué au christianisme ? Son idéalisme aurait-il banni la représentation matérielle de la beauté et de la vitalité, interdit leur présence dans le monde, dans le marbre ? L'esthétique de la Forme confirme ses origines winckelmaniennes par l'opposition, capitale pour notre propos, entre la Forme ou la Beauté et l'âme : « je n'ai jamais demandé aux femmes qu'une seule chose, c'est la beauté, je me passe très volontiers d'esprit et de l'âme... j'adore sur toutes choses la beauté de la forme[1] » ; D'Albert précise bien qu'il a toujours recherché « la beauté physique,... la forme extérieure », aimé « le monde visible », qu'il est trop blasé et trop corrompu pour « croire à la beauté morale », qu'il ignore du reste le bien et le mal, qu'il est sans conscience, qu'il est indifférent à tout et à tous (« rien ne me touche, rien ne m'émeut »), il est porté à tout détester, mais surtout à ne rien aimer. Car il n'aime que la Forme, elle est tout entière dans une seule personne, c'est son « type de beauté », c'est Théodore, et quand il pense au bonheur de Silvio heureux fiancé d'une jeune fille qu'il aime, D'Albert oppose toujours les mêmes termes, « la beauté morte et palpable, la beauté matérielle » contre « la beauté invisible et éternelle, la beauté qui ne vieillit point, la beauté de l'âme ». L'artiste ne connaît que la Forme, objet de contemplation, modèle de création, image de la Beauté absolue ; mais l'amant peut-il se confondre avec l'artiste, aimer d'amour la femme absolue, la femme sculptée, la femme peinte, confondre le sérail et le musée ?

G. Poulet l'a affirmé avec force, Gautier veut « se percevoir et percevoir l'objet vivant de sa contemplation dans un même moment et dans un même monde[2] ». Reste à savoir dans quel monde : le fantastique ou le réel ? Faut-il aller jusqu'au bout du déséquilibre pour le surmonter ? Dans l'idéalisme absolu pour trouver le vrai réel ?

La figure de l'idéal « sort de l'insubstantialité », donne « une intense impression de vie », le type imaginaire doit devenir un être du monde extérieur, l'amour « est suspendu à l'acte par lequel l'amant reconnaît dans un être de chair l'incarnation d'un type précédemment rêvé ».

---

1   Voir *Maupin*, p. 322, la beauté, c'est la *divinité visible*, le *bonheur palpable, le ciel descendu sur terre*; de même p. 358-362, p. 376, « je verrais une belle femme que je saurais avoir l'âme la plus scélérate du monde...j'avoue que cela me serait parfaitement égal. »

2   Voir *Trois Essais de mythologie romantique*, Paris, Corti, 1966, p. 102-106, l'analyse vaut pour Nerval comme pour D'Albert, et p. 110, l'être rêvé est de plus en plus réel, de plus en plus visible, il acquiert « une évidence proprement extérieure ». De même p. 111-112.

Mais il y a un danger d'idolâtrie, la forme reste l'essentiel, l'amant est sans cesse menacé de n'aimer dans un être que la « forme extérieure[1] », ce que l'artiste apprécie comme objet d'art.

Cette relation d'exclusion entre la Beauté et l'âme, elle se comprend mieux si nous remontons à la source esthétique de ce schisme, qui sépare chez les Grecs la Forme et l'intériorité ou son expression, la Beauté et le monde des désirs et des émotions, le corps humain divinisé et donné dans une extériorité lumineuse et comblée, et la vie tumultueuse de la chair vivante, pathétique, coupable ou sauvée, heureuse ou malheureuse, déchirée entre le fini et l'infini. Et cette opposition, ou cette rupture de la beauté et du désir va devenir le conflit de l'amant et de l'artiste. Il faudrait alors oser dire que dans son conflit esthético-théologique avec le Christ, Gautier accepte bien la matérialisation de l'idéal dans la matière, mais plus difficilement l'incarnation de l'âme dans un corps.

DUALISMES ET DÉCHIREMENTS

Car l'âme, ce n'est pas seulement un principe spirituel d'animation du corps, pour le romantique, c'est le monde du sentiment et du cœur, c'est le désir ou la subjectivité désirante, ou son insatisfaction ontologique, la mélancolie[2], cette épine dans la chair, qui résume peut-être tout le déséquilibre chrétien et moderne, cette maladie de l'être prenant conscience de lui-même et se découvrant condamné à souffrir, comme le dit Mme de Staël, de « l'incomplet de sa destinée » : à n'être jamais tout ce qu'il voudrait ou pourrait être. À être divisé entre la réalité et l'idéal. Et le rêve grec de Gautier renvoie justement aux premiers romantiques qui, pour creuser la distance avec l'Antiquité, avaient vu en elle un état de plénitude absolue, où l'humanité soustraite à l'aliénation du péché vivait « tout ce qu'il est donné à l'homme enfermé dans les bornes de la vie d'accomplir ici-bas[3] », où elle ne connaissait pas de désir excédant la vie terrestre, ou de désir excédant tout plaisir, s'étendant au-delà de toute satisfaction.

---

1   *Cf. Maupin*, p. 507 sur D'Albert, « il attache une importance extrême à la forme extérieure ».
2   *Cf. La Presse*, 27 juillet 1849, sur la mélancolie, « cette grande poésie des temps modernes qui courbe nos fronts en les élargissant et met l'infini dans nos prunelles ».
3   Voir A. W. Schlegel, *Cours de littérature dramatique*, Genève, Slatkine reprint, 1971, t. I, p. 21-22.

Corinne[1] unit tous ces thèmes qui sont chez Gautier quand elle remarque d'une part que les Anciens craignaient moins la mort parce qu'ils aspiraient moins aux promesses de l'au-delà, et d'autre part parce qu'ils ignoraient la mélancolie, parce que leur santé physique, morale et même politique les mettait en harmonie avec eux-mêmes et de plain-pied avec le monde, ils ne sentaient jamais en eux de l'insatisfaction, ils ne succombaient jamais à un excès de désir ou de pensée, ils n'avaient pas à se replier sur eux-mêmes, pour analyser, travailler, creuser leurs sentiments, ils ne s'aventuraient pas dans la dimension toute intérieure du possible, de l'inaccompli, de l'idéal. Là est la maladie moderne, la fascination de l'homme par ce qui n'est pas, par ce qu'il n'est pas, par le mouvement propre de la pensée ou du désir qui outrepasse les limites de tout objet.

Dans la mélancolie, mais aussi dans la passion, dans l'imagination, dans les puissances propres à l'âme disjointe du corps et du réel ou se retournant contre eux, il y a une mise en péril de la Beauté ; en 1867 Mallarmé[2] en parle dans des termes qui renvoient à Gautier, il oppose « la beauté complète et inconsciente, unique, immuable ou la Vénus de Phidias » à « la Beauté ayant été mordue au cœur depuis le Christ par la Chimère », ou par l'ironie, ou le doute, ou la conscience de soi ou le travail de l'intériorité, qui va toujours au-delà de tout. Le sourire de la Joconde, dit-il, en fait « une sœur d'Hamlet ». Mais c'est le sourire de Spirite !

Mais Gautier avait dit aussi du Titien qu'il était « le seul artiste entièrement sain qui ait paru depuis l'antiquité[3] », le seul pur de « la maladie moderne », il a la joie, le calme, la solidité du païen, s'il montre « toutes les amoureuses poésies du corps féminin », c'est avec « l'impassibilité de Dieu montrant Ève toute nue à Adam », « il sanctifie la nudité par cette expression du repos suprême, de beauté à jamais fixée, d'absolu réalisé qui fait la chasteté des œuvres antiques les plus libres[4]. » Pourtant, dans

---

1   *Cf. Corinne*, Folio, p. 216-218, livre VIII, II, dans le même passage, il est indiqué que les Anciens ne représentaient pas la douleur et préféraient « le calme héroïque... le sentiment de sa force qui pouvait se développer au milieu d'institutions franches et libres », « les plus belles statues des Grecs n'ont presque jamais indiqué que le repos » ; de même IV, II.
2   *Cf.* la lettre à Lefébure du 17 mai, dans *Correspondance*, t. I *(1862-1871)*, Paris, Gallimard, 1959.
3   *Voyage en Italie*, 1875, p. 224-225.
4   Dans la *Revue de Paris* d'avril 1841, Gautier fait cette critique à Pradier, le plus *athénien* pourtant des artistes modernes, il oublie « que les marbres ne doivent être aimés que

La Comédie de la Mort[1], Raphaël déplore la disparition de la beauté, car « pour rendre saintement la beauté de la femme », il fallait unir « l'amour avec le foi ».

L'artiste moderne est-il victime de la double mort de l'amour et de la foi : c'est-à-dire de la perte de l'âme si le mot renvoie à la subjectivité primordiale, celle de la passion, du sentiment et du désir ? En tout cas, l'artiste créateur de la Forme est objectif et chaste, il est aussi impassible et aussi étranger à la passion que son œuvre : au contraire dans l'esthétique de l'expression, la beauté, cette « promesse de bonheur » selon Stendhal, ne se définit que par sa relation toute subjective avec le désir, et l'amant et l'artiste participent à la tension de l'Éros. Car entre l'artiste et son œuvre, la passion est une médiation, elle est naturellement idéaliste (oserai-je dire : visionnaire et fantastique ?) et inspiratrice, elle contient et enveloppe des virtualités esthétiques et c'est le désir passionnel qui assure le passage du réel à l'idéal : passage et non confusion, c'est l'expérience de la passion qui constitue l'artiste, et non la passion qui serait actuellement ressentie dans l'acte créateur. Ce qui s'ouvre devant nous chez Gautier avec cette séparation de l'âme et de la forme, c'est l'impossible union de l'amant et de l'artiste, de la passion et de la beauté, du désir et du corps. Et à la limite du corps et de l'âme : celui-ci est païen, celle-là chrétienne. Chez Gautier elle requiert l'aventure fantastique.

Dans un passage provocant, Fortunio[2] force la courtisane romaine, Cinthia, à dénuder sa poitrine et son dos, et du doigt en palpe les beautés « avec le même sang-froid que s'il eût touché un marbre », si bien que « l'on eût dit un sculpteur qui passe le pouce sur les contours d'une statue pour s'assurer de leur correction », après quoi il lui enjoint de se rhabiller, « nous t'avons assez vue » ; il y aurait alors une misogynie méprisante, une chasteté de l'artiste ou un principe d'inhumanité dans l'esthète qui ne partage pas les passions de l'humanité et qui dans la femme ne voit plus du tout la femme dès lors qu'elle possède la beauté

---

platoniquement », il ne faut pas être trop fidèle à la nature pour rester dans la pureté poétique, « l'amour de la chair le fait quelquefois dévier de la pureté des artistes grecs ». De même, dans *Le Moniteur Universel* du 30 juin 1855 : « La tranquillité de l'artiste pour qui les tentations n'existent plus et qui dans la nudité de la femme ne voit que les moyens de rendre plastiquement son rêve intérieur ».

1 *Poésies complètes*, t. II, p. 22.
2 *Cf.* Pl., t. I, p. 629.

d'une statue : alors elle est un pur objet, un objet d'art, pas de désir. « L'admiration d'artiste », seul sentiment que l'art peut éveiller dans le contexte winckelmannien, n'incite guère Tiburce à la galanterie et constitue un vrai remède à l'amour, il est trop délicat en matière de forme, toute femme est vue comme un modèle, et « pour le côté physique de la femme », il est devenu par ses lectures et son savoir, « de la force d'un statuaire athénien », mais il a quitté le monde de la vie et de la sensibilité, « la douleur et la joie, lui reproche Gautier, vous semblent deux grimaces qui dérangent la tranquillité des lignes : la femme est pour vous une statue tiède[1] ». Belle formule : le regard froid, l'insensibilité ascétique de l'artiste assimilent la femme à une statue, et ce n'est qu'en la touchant qu'il perçoit une différence de chaleur, mais elle n'en reste pas moins une statue[2].

« J'ai pour les femmes le regard d'un sculpteur, et non celui d'un amant », nous dit le héros de Gautier[3]. Et lui-même affirme : « j'ai toujours préféré la statue à la femme et le marbre à la chair ». Dès lors que la Forme se crée par l'élimination de la passion, qui est incompatible avec l'acte créateur, et qui est éliminée de l'être représenté, le regard de l'amant et celui de l'artiste sont différents et même opposés[4] : ce dernier qui ne voit que la forme est pur de tout désir et de tout sentiment, il est pris dans l'antinomie de la forme et de l'âme. Il ne connaît qu'une passion, comme le dit Baudelaire, « la passion unique, d'une nature toute spéciale, universelle et éternelle », qui est « l'enthousiasme créé par la beauté[5] », qui n'a rien à voir avec la passion ordinaire : la passion esthétique n'y prend pas racine, elle n'en est pas le devenir, l'incompatibilité qui les sépare originellement ne permet pas à l'artiste d'être aussi un amant.

---

1 *Cf. ibid.*, p. 805. Voir l'allusion ironique à Pygmalion, p. 788, « il sut trouver le moyen d'attendrir et de réchauffer un marbre ».

2 Sur ces thèmes, voir I. J. Driscoll, « Visual Allusion in the Work of Théophile Gautier », *French Studies*, oct. 1973.

3 Dans *Maupin*, Pl., t. I, p. 369.

4 *Cf.* l'article de Paolo Tortonese, « Sexe et idéal : Don Juan dans *La Comédie de la mort* et dans la critique de Gautier », *Bulletin*, 2002, qui montre que chez Gautier l'amour est un leurre ou un piège, que le sentiment amoureux ne constitue pas une médiation entre l'artiste et l'idéal, malgré l'exemple de Raphaël et de la Fornarina ; je le suis moins bien quand il admet que la sexualité est plus *idéale* que l'amour, donc plus proche de l'art., elle est en fait de nature ascétique.

5 Voir Baudelaire, *O.C.*, éd. citée, t. II, p. 11 ; de même, p. 115, la dérision de « *la poésie du cœur* ».

Il y a d'un côté ce que l'on a nommé *la folie* de Gautier[1], soit la volonté de confondre l'amant et l'artiste, de « matérialiser physiquement l'objet d'amour en objet d'art », ou inversement d'aimer une œuvre, bref de minéraliser la chair ou d'animer l'art ; dans *Maupin*, la femme réelle, Rosette, est vaincue par la femme idéale. En fait, dans la théorie de Winckelmann, cette confusion est impossible : le regard de l'artiste ne peut inclure la moindre sensualité dans sa perception de l'œuvre. Mais Gautier, dans son désir éperdu d'incarner le rêve et l'idéal, franchit cette limite et s'ouvre alors dans son œuvre le thème provocant de l'amour pour la femme-statue ou la femme-tableau, thème infiniment variable au reste car il peut être pris au pied de la lettre, ou rester métaphorique (Madelaine nue est admirée et aimée comme une statue et aimée comme une femme), ou relever d'une métamorphose comme dans les récits fantastiques et amoureux, où le corps inerte de la femme est rendu à la vie.

En fait, c'est la discorde entre l'amant et l'artiste, qui constitue la thématique des récits qui se déroulent de ce côté-ci du monde ; l'esthète va nier l'amant car il a besoin d'exposer la femme comme un objet d'art (ainsi fixée et célèbre, elle est sauvée de la mort ordinaire), il en est puni de mort dans *Le Roi Candaule* ; ou l'artiste reçoit une véritable éducation sentimentale qui lui permet d'être aussi un amant, elle est réussie pour Tiburce, qui finalement aime Gretchen comme femme et comme modèle, ratée pour Fortunio qui a peur de la passion dès lors qu'elle doit unir la liberté de deux sujets[2].

Mais *Mademoiselle de Maupin*, le grand roman initial de Gautier, est le plus radical. Nous voudrions en dire quelques mots pour préciser notre propos : ce récit rococo[3] défait le roman et tourne à sa dérision, il est

---

1   *Cf.* l'article d'A. Ubersfeld, « T. Gautier ou le regard de Pygmalion », dans *Romantisme*, nº 66, 1989. En fait, nous y reviendrons, le thème de Pygmalion est soigneusement évité : sauf Tiburce, le héros-artiste de Gautier n'est jamais au travail et aucun n'est amoureux de son œuvre.

2   Il voit la beauté de Musidora « avec le double regard de l'amant et de l'artiste », il est vrai qu'il se connaît aussi bien en femmes et en statues qu'en chevaux, (p. 697), mais ne supportant pas que l'objet Musidora devienne un sujet, il revient à l'objet d'amour docile et permanent, la femme esclave. Dans *Fracasse*, l'antinomie perd de sa tension dans la mesure où le théâtre rassemble les amants qui sont en même temps des artistes.

3   Voir sur ce point l'article très complet et très suggestif de Catherine Thomas, « Les Petits romantiques et le rococo : éloge du mauvais goût », *Romantisme*, nº 123, 2004 ; rejeté, puis réhabilité le rococo a toute la force ironique et libératrice du cliché, il est synonyme

nettement une satire de l'érotisme romanesque et un pamphlet contre la passion, comme la Préface est une satire de la civilisation utilitaire : l'artiste ne peut pas, ne doit pas être un amant, parce qu'il n'y a pas d'amour, et parce que la Beauté n'est pas un objet d'amour.

La passion amoureuse n'existe pas, ou plutôt elle relève d'un idéalisme de mauvais aloi, « cette molle passion a tant de prise sur les rêveurs et les mélancoliques » ; elle serait « chrétienne » en somme ; de même la préface de *Fortunio* réserve le spiritualisme et autres « maladies litté-raires » aux phtisiques dont le règne finit[1].

Mais alors il n'y a pas de médiation entre la vie et la création, entre le réel et l'idéal, celui-ci dans sa transcendance absolue échappe à l'amant comme à l'artiste, l'éros n'est plus un intermédiaire avec l'Idée, il n'est plus désir de connaissance et vision du Beau. Paradoxalement, l'idéalisme ou le platonisme tronqué de Winckelmann a séparé l'Idée du désir : il lègue une esthétique anti-érotique. *Mademoiselle de Maupin* raconte une quête qui n'aboutit à rien. C'est un antiroman où toute référence à l'art d'aimer comme au romanesque de la tradition, renvoie ironiquement le lecteur à la galanterie précieuse de l'Hôtel de Rambouillet, à l'adoration respectueuse des personnages de *L'Astrée*, ou des romans de chevalerie, à la mièvrerie des vieux romans vraiment roses (Rosette n'est-elle pas la dame en rose ?), c'est le platonisme quintessencié qui parle en galimatias et en madrigaux, la grande passion éternelle, et elle est dûment codée, conventionnelle, jouée comme une pièce que répètent sans y croire et sans se tromper l'homme et la femme, de même que la vertu et les résistances des « Lucrèce méthodiques » sont des mimiques hypocrites[2] et que l'apparence courtoise de l'homme cache la brutalité du satyre.

L'essentiel en tout cas dans tout roman est de le prendre tout de suite par la fin. Mais *rococo* par sa tonalité et son écriture, le roman l'est encore par son libertinage « régence » et Crébillon fils, et les couples sans faire d'histoires n'obéissent qu'à la loi du plaisir instantané ou de la vanité d'avoir et d'enlever les amants et maîtresses des autres ; la

---

de futilité, et s'oppose au sérieux du sentiment ou de la passion. Voir aussi Michel Brix, « Autour d'*Avatar*. Gautier et le libertinage », dans *Bulletin*, 2006.

1   *Cf.* t. I, p. 450 et p. 606.

2   Voir p. 373, D'Albert sur sa poésie : « le sentiment de l'amour moderne y manque totale-ment », rien à voir avec les poésies érotiques de l'ère chrétienne, « une âme qui demande à une autre âme de l'aimer, parce qu'elle aime », il s'en tient à la dure franchise de l'*amour* païen qui ne connaît qu'une injonction impérative, « hâtez-vous ».

femme (et l'homme) est un objet, « une machine à plaisir » et Rosette
et D'Albert qui ne s'aiment pas parcourent allègrement non la Carte
du tendre, mais celle du sexe, où la mer de l'ennui tient la place essentielle, car le déchaînement physique, comme les égards d'une tendresse
enveloppante et dévouée ou d'une « sainte prostitution », étouffent le
poète. Et dans tout ce roman où l'on badine avec l'amour[1], Rosette est
le seul personnage à aimer vraiment mais vainement puisqu'elle aime
éperdument Théodore.

Saturnien qui devrait être guéri par Vénus, D'Albert a mal commencé,
il n'a pas aimé une femme, mais l'amour[2], il a fait « trop de cas de la
femme et pas assez des femmes », qu'il méprise explicitement, il est
d'emblée victime d'une déception préétablie[3] ; il regarde les femmes
au nom d'une sorte d'idéal de la Femme, toute femme réelle est alors
insuffisante et défectueuse relativement à cet idéal, à la forme féminine,
si bien que Rosette comprend fort bien que dans les bras de D'Albert[4],
elle n'est pas elle-même, elle est « un chemin, et non but », un objet
transitif, un point de passage du désir qui vise en elle « autre chose » (« il
passait à travers moi »), elle est un être prétexte ou écran qui indique et
cache au-delà de lui le véritable terme du désir de l'artiste, c'est-à-dire
la Beauté en soi, qui peut être l'androgyne ou un leurre. Le principe
platonicien de l'Éros comme visée d'une transcendance à travers les
objets est bien affirmé, mais il est sans force, il ne suppose pas de désir
passionné, il est sans amour.

« Je n'ai pas jeté sur sa beauté, nous dit D'Albert à propos de Rosette,
ce voile de perfection dont l'amour enveloppe la personne aimée[5] » : il
ne l'a pas regardée avec le regard de l'amant passionné. Mais avec le
regard dépassionné de l'artiste qui n'aime pas. « Tu as servi, reconnaît

---

1   Que de virginités morales dans ce roman *régence*.

2   *Cf.* p. 256, et 268.

3   Que l'on retrouve dans Tiburce, insensible à l'amour et justifié ainsi : « Mais au fond
    c'était un cœur d'or et sa recherche de la beauté physique trahissait aux yeux attentifs
    d'amères déceptions dans le monde de la beauté morale. À défaut de la suavité du parfum
    il cherchait l'élégance du vase ». Même image dans *Maupin*, p. 369.

4   *Ibid.*, p. 340, confirmé par D'Albert, p. 296-297 et p. 369, « j'ai regardé l'amour à la
    manière antique et comme un morceau de sculpture plus ou moins parfait » ; p. 328,
    « dans les femmes je n'ai cherché que l'extérieur et comme jusqu'à présent celles que j'ai
    vues sont loin de répondre à l'idée que je me suis faite de la beauté… ».

5   De même sur son intention première, p. 279, « je ne demanderais aux femmes que ce
    qu'elles peuvent donner, du plaisir, et je ne chercherais pas à embrasser je ne sais quelle
    fantastique idéalité parée de nuageuses perfections ».

D'Albert, de corps à mes rêves » et, au lieu d'être une maîtresse, « tu n'étais qu'un instrument de volupté, un moyen de tromper un désir impossible à réaliser ». Et ce désir au fond ne la concerne en rien en tant que personne.

Pour l'artiste à la fois ascétique et cynique, qui méconnaît radicalement la passion, la femme est à tenir à distance, soumise à une réduction indispensable, elle est un objet, une forme objective et extérieure, un objet de plaisir, ou un pur contenant pour des rêves qui ne viennent pas d'elle. Elle est alors un objet d'art, et donc jamais comme le veut l'amour-passion, une personne aimée et qui aime, la personne aimée et aimante.

Et Madelaine de son côté ne veut pas de ce rôle. Elle refuse d'être « condamnée aux roucoulements élégiaques » des jeunes filles, elle n'aime ni l'homme ni les hommes, « elle n'aime pas D'Albert mais a pour lui du goût et du penchant », elle s'engage comme Cléopâtre[1] pour une seule nuit d'amour, pour un dépucelage vite fait par un amant robuste. Après quoi elle s'embarque non pour Cythère mais pour Lesbos[2].

Mais d'abord elle-même qui évoque le langage des romans pour parler de son cœur[3], et de la « petite fleur bleue au cœur d'or, la plante de l'idéal », qui était si bien enracinée en elle, a été moralement déniaisée par les conversations des hommes entre eux et leur insupportable brutalité. Qu'on ne lui demande pas de croire à l'âme, à la passion, au romanesque, à un engagement quelconque. Et protégés par cette déclaration d'absence d'amour, les héros de l'histoire procèdent, l'une à son initiation amoureuse, l'autre à la réalisation de son rêve de « jeune enthousiaste de la beauté », il voit nue comme une déesse, « palpable et cristallisée, la nuageuse chimère qui l'avait fui jusque là[4]. » C'est la beauté parfaite, sans défaut, où rien ne choque ni ne déçoit et que le regard peut parcourir sans que le peintre cesse d'être pleinement satis-

---

1   *Cf.* p. 328 ; voir p. 393 la reconnaissance de « sa sublime cruauté », digne d' « une grande voluptueuse » qui avait trouvé le moyen de sauver son illusion sur l'homme qui avait été son amant, de l'empêcher de se dégrader, de « passer de l'état de "vrai héros de roman" à celui de "bourgeois prosaïque" ».

2   Après avoir réalisé le tour de force classique du roman libertin, accomplir plusieurs séductions en un laps de temps dûment mesuré : Madelaine a satisfait jusqu'à l'épuisement un homme et une femme en une seule nuit.

3   *Cf.* p. 393-398.

4   *Cf.* p. 513 *sq.*

fait. Alors l'artiste en quelque sorte peut devenir l'amant. C'est le seul moment où les deux êtres qui sont en lui coïncident, et cette union ne dure qu'une nuit.

La scène est belle, bien menée, évoquée avec esprit, elle est sensuelle et galante, faut-il ajouter qu'elle est volontairement banale, ou rococo, et n'évoque rien de plus que le déploiement du plaisir que présentaient les exercices expérimentaux de D'Albert et de Rosette : la finitude du plaisir physique y est au fond identique. La reprise parodique du roman libertin est ici complète : il n'y a rien plus que le contact de deux épidermes. D'autant plus que la lettre d'adieu de l'héroïne confirme qu'il ne peut rien y avoir de plus : « j'étais votre idéal,.. ; j'ai servi de corps à votre rêve le plus complaisamment du monde ». Une nuit suffit : la passion s'accroît d'elle-même, mais le plaisir diminue de lui-même et s'embourgeoise[1].

Déjà, avec Rosette, D'Albert s'en plaignait, l'amour de la forme extérieure, et le plaisir purement physique qui en résulte, ne permettent pas aux cœurs de battre à l'unisson[2] : « mon âme ne s'est jamais unie avec son âme… Non, cette femme n'est pas ma maîtresse ». Mais la rencontre avec le rêve incarné en une femme a-t-il produit autre chose ? N'y aurait-il pas dans le roman quelque nostalgie de la passion ? De la dimension d'infini impliquée par la présence de l'idéalité dans la sensualité ? Mais Octavien, Guy de Malivert sont des « romanesques », et dans le fantastique l'Éros retrouve toute sa puissance transcendante, il est la force qui nie la mort, qui anime les mondes et unit les amants.

UNE MÉSALLIANCE FONDAMENTALE

L'aveu de D'Albert, « Je me suis toujours cramponné à la matière, à la silhouette extérieure des choses et j'ai donné dans l'art une grande place à la plastique[3] », définit excellemment la Forme, elle est idéale, et elle est un objet, un objet de contemplation, certes, pur, inutile, mais extérieur au sujet. Que signifie alors la quête de l'idéal, comment est-il

---

1   Pourtant la Maupin pour rester désirable admet qu'il faut rester à distance et laisser le désir inassouvi ; « en amour comme en poésie, rester au même point, c'est reculer », p. 521.

2   *Cf.* p. 291. Et la Maupin elle-même a dit, « ce que je demandais avant tout, ce n'était pas la beauté physique, c'était la beauté de l'âme, c'était de l'amour » (p. 493-494).

3   *Cf.* p. 412.

lié à la réalité de l'existence du héros-artiste ? Si le désir est enfermé dans la finitude cynique du plaisir, qu'est ce qui peut lier l'amant et l'artiste, ou l'acte d'aimer et l'acte de créer ? G. Poulet a défini Maupin comme « l'histoire d'un homme qui rêve et dont le rêve consiste à imaginer dans le plus grand détail un certain idéal féminin que la réalité ensuite lui présente incarnée dans une femme vivante[1] ». Mais quelle relation entre « l'idéal de pure beauté que je caressais depuis si longtemps[2] » et la venue fortuite d'une femme, et l'idéal est-il né d'une pure contemplation idéelle ou de l'imagination du désirable ? D'un sérail intérieur de formes féminines, pures apparences au fond indifférenciées et indifférentes, ou de l'élan infini de l'Éros en quête de son objet ? « Mon mauvais cœur incapable d'amour[3] », dit D'Albert, qui est bien un Narcisse, non pour des raisons psychiques, mais par la logique d'une esthétique qui, entre l'artiste et l'idéal, ne connaît qu'une relation de contemplation abstraite et impersonnelle, et interdit la médiation existentielle, vécue, charnelle de l'affectivité et du désir. Délié du réel, livré à sa solitude morale, il est sans œuvre et sans amour.

En fait, dans ce roman allègre, réfractaire au sérieux, mais pessimiste et négatif tout compte fait, il y a un double échec ou un double malentendu, la légèreté amorale enveloppe un désenchantement. D'Albert est un artiste désœuvré et virtuel qui avoue qu'il ne peut rien réaliser, qu'il ne peut concilier l'idée et l'exécution, incarner justement son rêve esthétique dans un objet d'art. Et la beauté, que l'artiste ne peut créer va s'incarner non dans une œuvre mais dans une chair vivante. Qui répète l'androgyne, la forme absolue de la beauté. Mais non du désir. Peut-elle tenir lieu de l'idéal, et représenter le rêve amoureux[4] ? La femme réelle, Rosette, n'est qu'une femme, privée de toute possibilité de signification idéale, elle est même une sorte de jouet ou de hochet. Et la femme de rêve est inaccessible, elle est plus qu'une femme et moins qu'une femme. Elle n'aime pas et ne peut être aimée : elle aussi s'en tient à la finitude

---

1   Voir *Trois Essais, op. cit.*, p. 94 et 97, le roman de Gautier est « comme une structure mentale exprimant au moyen de formes délimitées un certain idéal de beauté et lui donnant ainsi par une opération de l'art, une authentique réalité » ; en se transformant en roman, le thème « s'enrichit en se déterminant, il gagne en évidence et en stabilité ».

2   *Cf.* p. 477.

3   *Cf.* p. 317.

4   Dans sa déclaration d'amour (p. 475-477), D'Albert écrit, en se comparant à Prométhée, « moi j'avais créé une femme », « la forme que j'avais rêvée pour l'amour de mon âme ».

de son plaisir ou préfère fuir toute relation, quitte à se souvenir à jamais de son étreinte unique avec son premier amant.

L'élan de D'Albert n'est-il qu'une quête sans objet ? La poursuite des nuées par Ixion ? La quête n'aboutit ni à l'amour ni à la création : l'amant et l'artiste sont incompatibles et également stériles. L'union de l'érotique et de l'esthétique est impossible dans un roman qui exclut la passion. La contemplation ne peut devenir amour que si elle l'est déjà et la beauté de la forme ne peut être aimée, pas plus qu'elle ne peut exprimer l'amour. C'est ce que dit Gretchen à Tiburce en lui reprochant son égoïsme d'artiste[1] : « vous n'aimerez jamais, … vous n'êtes pas amoureux, … vous n'êtes qu'un peintre, ce vous avez pris pour de l'amour n'était que de l'admiration pour la forme et la beauté ».

Ce qui révèle la beauté à l'amant, c'est la beauté qui est objet d'amour. Le désir est le principe d'incarnation de l'idéal, il a une portée ou un sens métaphysique, une puissance ascendante, il fait corps avec l'idéal dont il est l'enracinement corporel. Mais pour D'Albert, ce qui est fondamental, c'est la maladie de l'impossible (« l'impossible m'a toujours plu[2] »), le sentiment d'une insurmontable distance entre l'artiste et l'idéal, lequel devient ce qui ne peut pas être, ce qui se trouve à l'opposé du réel, au-delà de tous les possibles, hors de l'humain : l'artiste alors désire d'être Dieu ou de sortir lui-même de l'humanité, d'être surhumain ou a-humain, un Titan qui pourrait défier Dieu, une femme qui connaîtrait des voluptés inconnues, un despote capable de refaire le monde, celui à qui serait donné l'impensable privilège de conquérir ce qui n'existe pas.

Et si c'était le fantastique l'objet de ce désir qui alors ne serait pas inutile et dénué de fin ? Si c'était là seulement que le souhait de l'artiste-amant se réalise ?

Ce qui provoque et aggrave ce sentiment du lointain, de l'inaccessibilité de l'idéal, c'est dans l'artiste lui-même la conscience d'une impuissance,

---

1   *Ibid.*, p. 777, « ce qu'il prenait pour de l'amour n'était que de l'admiration d'artiste… la femme n'était pour lui qu'un modèle » ; p. 813-814, elle trouve une solution et décide d'être son modèle à défaut d'être sa maîtresse.

2   Voir p. 328-331, si un second miracle de Pygmalion est improbable, alors on peut aimer une statue : elle ne sera jamais femme ; de même 262-263, impossible d'assouvir D'Albert, « je demande à la nature et à ma société plus qu'elles ne peuvent donner. Ce que je cherche n'existe point … » ; *Toison d'or*, p. 815, « après tout ce n'est pas votre faute si vous ne savez pas aimer, si l'impossible seul vous attire, vous n'avez envie que de ce que vous ne pouvez atteindre ».

d'une indignité, d'une insuffisance radicale et irrémédiable. C'est qu'il est jeté dans un corps, victime d'une mésalliance originelle avec sa nature physique, ou cette sensibilité dont Gautier aurait dit aux Goncourt, qu'elle était « un côté inférieur en art et en littérature » : on ne doit « jamais laisser de la sensibilité dans ses œuvres... cela est honteux et dégradant[1] ».

Comment l'esthétique alors serait-elle unie à l'érotique si l'artiste vit l'union de son âme et de son corps comme une chute qui le rend incapable de beauté ? Il est nostalgique d'un paganisme qui aurait ignoré l'âme, hostile au Christ mais marqué par son idéalisme qui a « anathématisé la forme » et fait du corps l'ennemi de l'âme, épris d'un idéal esthétique singulier fondé sur un puritanisme de la Forme et une absence radicale de tout appel à la sensualité ou à l'affectivité. L'accès à la beauté parfaite suppose une véritable conversion à un idéalisme purement contemplatif ; les personnages de Gautier sont les premiers à ressentir en eux ce dualisme de l'âme et du corps, ce malaise d'être incarné : principe de malheur et de stérilité. Dans le pessimisme mélancolique de Gautier, n'y a-t-il pas au premier rang l'angoisse de la dégradation et de la décomposition putride de son corps, symbole de la destruction universelle ? À quoi répond l'exigence d'une préservation, d'une survie éternelle, d'un salut du corps conservant pour toujours sa forme intacte.

L'insupportable prison, c'est l'ego, l'égoïsme, le corps. Gautier, qui se révolte contre la mort, a aussi la passion de la perte de soi, de l'évasion hors du conditionnement matériel de la personnalité. Rendre le corps transcendant, transcender le corps, ces deux désirs vont soutenir le fantastique. Il prolonge et inverse le manichéisme que résume ce mot de Marie-Claude Schapira : « aucun héros de Gautier n'habite son corps avec bonheur » ou ne se reconnaît en lui. L'hédonisme cynique qui nie que le désir ait un sens au-delà de lui-même, en perçoit les exigences comme une humiliation[2], elles sont en lui mais il les désavoue, comme si elles n'étaient pas lui.

---

1 *Cf. Journal*, 9 nov. 1863.
2 *Cf.* p. 399 *sq.* ; voir p. 363, « je me suis prostitué », dit D'Albert, « je traînais mon corps aux bourbiers du plaisir » ; p. 291 ; Rosette qui reconnaît n'avoir donné à D'Albert que les apparences de l'amour, se justifie en parlant « d'une sainte prostitution, d'une honorable tromperie », p. 341 ; de même le trouble scandalisé de D'Albert aimant un homme, « j'ai horreur de moi-même, ... quelle passion insensée, coupable et odieuse s'est emparée de moi... » ; de même, p. 289, p. 492 *sq.*, sur la Maupin et son horreur physique des hommes

Il naît un dualisme irréductible entre l'ange et la bête : ainsi la Maupin le premier soir de son escapade est humiliée d'être littéralement tentée par le désir de l'homme, n'importe lequel, « effervescence subite », bouillonnement incongru du sang, vague idée du plaisir, la « voix du corps » parle plus haut que l'esprit ; devant les « sarcasmes » de la nature envers l'âme, l'insidieuse provocation de la plus légère sensualité qui peut jeter une jeune fille dans les bras du premier laquais qui est près d'elle, elle en est presque à partager le mépris des hommes à l'égard des femmes : le salut de son orgueil a tenu à si peu de chose. Quand vierge et blasée, innocente et savante, elle prend conscience de son dégoût irréversible des hommes, il reste en elle la crainte d'une révolte de son corps : « l'esprit est convaincu, le corps ne l'est pas et ne veut pas souscrire à ce dédain superbe ». Et quand elle décide enfin de sauter le pas et de rendre son corps aussi savant des choses de l'amour que son esprit l'est déjà, il s'agit d'humilier sa chair, de lui interdire de « faire la fière devant mon âme », et il faut « la souiller également », la découverte du plaisir devient alors une souillure infligée à l'âme, forcée de subir la loi grossière et matérielle du corps ; les hommes se jettent sur les souillons plus que sur les princesses, mais toute copulation n'est-elle pas une souillure qui rabaisse l'homme et la femme ? Le corps, l'instinct tirent l'homme et la femme vers le bas, la matière, l'animalité, le confort des liaisons aussi étouffantes et aussi prosaïques que le mariage banal, comme en témoigne la relation de Rosette et D'Albert.

Celui-ci ne souffre pas moins d'être attaché par des liens incongrus et incompréhensibles, à « cette pauvre charogne », ce corps que son âme ne laisse pas tomber à plat malgré « l'ardent désir qu'elle en a » et qu'elle fait tenir debout, « ce cher corps, cette précieuse boîte de passion » et cet alambic à fabriquer « du chyle et du sang ». Qu'est-ce qui pourrait unir ces étrangers, ces ennemis, l'âme et le corps, et aussi l'homme et la femme, le moi et l'autre ?

Dans ce roman, chez les protagonistes, il y a bien la nostalgie du roman et de la passion : c'est elle qui serait le principe d'unité. Les exercices érotiques de D'Albert avec Rosette ont pour but de réduire la double divergence qu'il sent en lui : elle l'écarte des autres et en particulier

---

et sa nostalgie de la passion, son désir de la beauté de l'âme, sa vision de l'amour comme « union absolue », le besoin de « se doubler en se donnant » ; voir, de même, p. 495, p. 508-509.

de la femme. Quand il se considère « comme une goutte d'huile dans un verre d'eau », il se voit comme une juxtaposition de substances, jamais comme un mélange, ni comme une unité ; la volupté même ne parvient pas à le lier à lui-même, car plus profondément il peut dire : « mon âme est pour mon corps une sœur ennemie », et dans toute relation d'amour, il doit forcer son âme, la traîner par les cheveux car elle refuse d'être associée à son corps. C'est l'âme qu'il faut faire entrer dans le jeu. D'Albert le constate avec Rosette à jamais séparée de lui par l'absence d'amour, « mon âme ne s'est jamais unie à son âme », dans « ce déplorable hymen », son âme qui n'était pas invitée, ne ressentait que tristesse, dégoût et pitié ; alors il devait « forcer [son] âme à partager l'amour de son corps ».

Le manichéisme naïf et premier de Gautier, qui reproduit celui de Winckelmann en un sens, souffre de ne ressentir les liens de l'âme et du corps que comme des attaches extérieures, et non une union intrinsèque. Et quand ce déchirement livre l'amant ou l'esthète à une sorte d'inhumanité et le conduit à l'amour de l'impossible et à l'impossibilité de l'amour, alors son âme privée de corps rêve « d'aller animer une de ces statues dont l'exquise beauté l'attriste et le ravit », ou se rejette « sur les tableaux et les statues », et Gautier nous dit à propos de la passion de Tiburce pour la Madeleine de Rubens, c'était une vraie passion, « une passion extravagante, insensée et capable de tout, elle brillait surtout par le désintéressement[1] ». Mais déjà dans *Maupin*, Gautier avait dit, « il y a quelque chose de grand et de beau à aimer une statue, c'est que l'amour est parfaitement désintéressé ». Le mot convient à l'artiste, pas à l'amant.

LE FANTASTIQUE ET L'ÂME

Si le fantastique est une sorte de recours permanent de Gautier, c'est qu'il s'offre comme une grande synthèse, une réconciliation, un non-choix entre les opposés. Inutile et important, jeu gratuit et affirmation de ces croyances, de la philosophie dont il s'est réclamé, il est impossible et il contient tous les possibles, il faux, chimérique et idéaliste, et il est réel. En lui meurent les oppositions.

---

1 *Toison d'or*, p. 788. L'androgyne, qui représente l'être humain soustrait aux déterminations de la sexualité, serait d'autant plus beau qu'il dénature l'homme et le sépare de toute fonction génésiaque.

C'est André Breton qui le dit, « ce qu'il y a de fantastique dans le fantastique, c'est qu'il n'y a plus de fantastique, il n'y a que du réel ». Et le confirme le fait que Gautier passe immédiatement et spontanément à la littérature fantastique dans une sorte de conversion, qui complète ses points de vue initiaux plus qu'elle ne les contredit. Le monde fantastique, c'est le réel total, sans pertes ni choix déchirants. En plongeant dans un romanesque totalement idéal qui semble puéril et impensable aux bourgeois et aux critiques modernistes, on est sans doute au cœur de la réalité : dans le fantastique toutes les antinomies disparaissent.

« Du fantastique en sculpture, cela semble d'abord impossible, car la sculpture est le plus positif des arts[1] ». Tel est l'écart qui sépare les deux pôles de l'esthétique de Gautier : le versant objectif et le versant subjectif, la forme et la matière, d'un côté, l'âme et de l'image de l'autre, la préférence pour ce qui est, et l'option pour ce qui n'est pas, pour la réalité de l'irréel, les « réalités de l'idéal », selon la belle formule de G. Poulet. L'immatériel est bien loin d'être inexistant, c'est lui qui a toute la plénitude de l'être. « J'aime mieux une statue qu'un fantôme, et le plein midi que le crépuscule[2] », a dit D'Albert : ce choix exclusif était téméraire. Et Gautier n'aura pas séparé la belle revenante, ou la danseuse aérienne et évanescente[3] de « Notre-Dame de Milo », selon la formule de H. Heine. Faut-il matérialiser le rêve dans le marbre et courir le risque d'être soi-même envahi par des rêves de pierres ou le restreindre aux décevantes réalités des femmes ordinaires ? Le fantastiqueur esquive le danger de matérialiser l'idéal et il est l'opposé du larbin descriptif.

Il y a une puissance du fantastique (c'est la puissance de l'esprit ou de l'idée), qui lui permet de proposer à Gautier une résolution de ses conflits. Il n'est pas un supplément d'âme, il est l'âme elle-même. Il n'existe que par l'âme et pour elle, il n'est soutenu que par l'imagination qui est irréductible à autre chose qu'elle-même et qui a un pouvoir

---

1   *Cf. La Presse*, 1ᵉʳ mars 1849.
2   *Cf.* p. 368.
3   *Cf.* Fr. Brunet, *Théophile Gautier et la danse*, Paris, Champion, p. 114, sur le ballet comme « forme parfaite, poésie mimée, rêve visible, idéal rendu palpable », p. 115, « rien ne ressemble plus à un rêve qu'un ballet… tout le monde chimérique se meut devant vous » ; p. 176, « pour qu'un ballet ait quelque probabilité, il est nécessaire que tout y soit impossible » ; p. 109, « les ballets sont des rêves de poète pris au sérieux ». Sur l'évolution de Gautier (p. 60 *sq.* et 106 *sq.*) : il va de la danse comme forme à la danse comme expression.

d'instauration, c'est le monde de l'intériorité et du sujet, qui le fait exister, le maintient hors de lui et s'y déploie librement, c'est à la fois son œuvre et son expérience ; le fantastique naît de la subjectivité et de ses pouvoirs, et elle est le lieu où il se passe comme événement ; et c'est le monde que le désir appelle à l'existence et où il triomphe seul. C'est le monde idéal, il ne vit que par le pouvoir idéaliste de l'homme et selon ses impératifs et il délivre la réalité de ses insuffisances et mutilations. L'expérience fantastique laisse toujours un doute, non pas sur son authenticité, mais sur celle de la réalité[1].

FANTASTIQUE ET VÉRITÉ

UN DÉBAT INUTILE

Pour Gautier, ce qui rend possible et même nécessaire son activité de fantastiqueur, c'est que le fantastique est vrai : c'est un coup de force contre la raison et un coup de grisou dans l'ordre littéraire. Et le fantastique de Gautier, ou de tout autre romantique, prend à revers les préjugés des théoriques, il récuse l'embarras des rationnels pour qui le monde littéraire devrait se limiter à l'univers de la représentation scientifique, il conjure avec énergie l'aplatissement des esprits sous le rouleau compresseur des positivismes, qu'ils soient empiriques ou logiques.

Mais pour admettre le paradoxe du romantique, qui en réalité va de soi, si le fantastique est le régime normal de l'imagination créatrice et instauratrice, il faut libérer le fantastique du tabou dont la critique moderniste l'a entouré. Je pense à la théorie de T. Todorov[2], pour qui le lecteur rationnel découvre dans le récit fantastique un malaise, il réagit à l'impossibilité d'une explication rationnelle de l'événement, de son intégration à l'ordre du monde institué par le savoir, le lecteur

---

1   *Cf.* le mot de Gautier à propos de Goya (*Voyage en Espagne*, Paris, GF, 1981, p. 169), « on se sent transporté dans un monde inouï, impossible et cependant réel » définit à merveille le fantastique.

2   Voir *Introduction* [...], *op. cit.*, en particulier p. 29, 36, 46, et 165, 175-176. Dans *Mana*, 1983, l'étude de C. Grivel, « L'idée du fantastique », constitue une critique pertinente de T. Todorov, ainsi que l'article cité de J. Molino.

hésite : il ne peut se livrer qu'à une lecture négative, qui proteste contre l'événement et son évidence apparente, il doit s'opposer au récit et le prendre à revers pour procéder à sa réduction, il va décider si l'événement est ou n'est pas, s'il relève de la pure imagination ou peut être ramené quand même à une causalité ; la raison ne cède pas et rétablit son pouvoir, ce qui réduit tout bonnement le fantastique, récit de faits impossibles réclamant une impossible adhésion, à exhiber son irréalité et son « autoréférentialité » : c'est l'hésitation le thème du récit, donc le récit lui-même. Déjà Caillois avait dit, « le fantastique ne saurait surgir qu'après le triomphe de la conception scientifique de l'ordre rationnel et nécessaire du phénomène[1] ». Ce qui fait que le fantastique n'a qu'une existence négative : il relève de la raison dans la mesure où il suppose sa suprématie, où il la combat vainement et n'affirme rien qu'un fantôme d'irrationalité. Ou bien, réduit à la psychologie, il tombe à l'état de document sur l'inconscient. Mais pour un Romantique sans doute le normal, c'est le fantastique et l'anormal, l'utile ou l'esprit dit positif. Que veut dire l'accusation portée contre Gautier par la critique psychologique qui le réduit au narcissisme : il serait prisonnier d'une pensée « dé-réelle » ? Étrange arrogance d'un discours qui revendique le monopole de la « réalité ».

Gautier nous avait prévenus : « le fantastique que rejette absolument la sèche raison est inhérent à la nature humaine comme l'ombre au corps[2] ». Et un théoricien moderne[3] nous dit fort bien que le fantastique relève comme toute littérature du mentir vrai, et que « le lecteur normal consomme le fantastique comme il consomme la littérature ». Il ajoute même que le fantastique est « la littérature au carré ». Elle fait un plus gros mensonge que d'autres genres, il est plus dur à avaler, mais il est vrai lui aussi.

La définition de Todorov doit donc être récusée comme partiale, pour ses présupposés qui détruisent le fantastique sous prétexte de l'analyser et qui, avec lui, condamnent aussi bien toute littérature d'imagination. En fait, un roman naturaliste avec ses grosses ficelles provoque peut-être plus d'hésitation qu'un récit fantastique. Au fond, le critique moderniste et rationalisé rejette le fantastique pour des raisons idéologiques, il est

---

1   *Cf. Anthologie du fantastique, op. cit.,* p. 9.
2   *Cf. Le Moniteur univ*ersel, 11 mars 1861.
3   *Cf.* Jean Fabre, *Le Miroir de la sorcière,* Paris, José Corti, 1992, p. 273 et 275.

scientiste et incapable de relativiser la rationalité scientifique : la vérité de la science positive, l'ordre des choses auquel tout acte de pensée et d'écrire doit se soumettre, est celui qui est défini par la science et qui surtout la définit, ce qui est connaissable est explicable et conforme au principe de causalité de la science ou au principe de raison. Mais son contre-sens va plus loin. Les mots d'âme, d'esprit, de surnaturel, le gênent et l'indignent comme si le conte fantastique était un texte religieux impliquant que le lecteur croie en lui : et c'est très mal de croire ; donc le fantastique pour être acceptable ne doit rien représenter, alors il ne peut exister que dans l'ordre narratif et il s'évanouit avec l'illusion et le jeu qui le déterminent. C'est donc le refus rationnel du surnaturel qui sévit dans ces options : au fond du fantastique il n'y avait rien que lui-même, parce que, s'il en était autrement, un lecteur moderne se mettrait à croire aux revenants, aux anges, aux sylphes et aux korrigans.

Le soupçon initial a conduit à séparer la fiction fantastique des autres et à affaiblir jusqu'à le nier son effet proprement littéraire : seul le récit fantastique, parce qu'il donne à lire une transgression de l'ordre rationnel du monde, mettrait le lecteur dans l'impossibilité de croire le récit, la question, doit-il croire au récit ou non, resterait sans solution. S'il répond oui, c'est qu'il succombe à la peur et à l'angoisse. Qu'il régresse vers la mentalité des époques de ténèbres. En somme, on ne croit pas au fantastique parce qu'il faudrait croire en lui. Pour le rationaliste, toutes les croyances sont identiques et également irrecevables.

Le fantastique ne serait pas explicable ; il est donc sommé de s'expliquer ou dénoncé comme un saut aberrant dans la crédulité, sinon la foi ! On va le soumettre au principe de raison suffisante qui accroche par principe tout effet à une cause et repose sur le postulat d'un déterminisme et d'une intelligibilité universels. Et lui seul dans la littérature devrait se subordonner à cette exigence de la rationalité qui n'autoriserait dans son cas qu'une adhésion difficile, hésitante, presque nulle ou suspecte : on admet sans recourir à une irrésolution les contes de fées cauchemardesques qu'on appelle couramment romans de Sade, de Zola, de Céline, on ne leur demande pas de s'expliquer. Par contre le fantastique est suspect, la critique le prend avec des pincettes comme s'il menaçait l'incroyance. Faux problème : il ne requiert pas plus, et pas moins de croyance que toute fiction littéraire.

Le débat est donc truqué : d'abord, parce que le récit fantastique a pour le lecteur une solution ; c'est le fantastique lui-même, qui relève d'une vraisemblance littéraire et qui explique le récit fantastique dès lors qu'il est lu et interprété conformément à sa nature. Le fantastique ne relève pas d'un irrationnel pur, il requiert une explication, mais elle est fantastique, elle repose sur une « vérité » générique, un vraisemblable[1], un répertoire de « lieux » admissibles par le lecteur qui y trouve du plaisir et qui sont la condition de son plaisir, et l'identification du « thème » vaut comme explication : la qualité de vampire, de *jettatore*, de démon, autant d'explications qui sont valides dans la culture fantastique que le romantisme a intronisée en donnant un statut pleinement littéraire aux contes de bonnes femmes et aux superstitions populaires.

Il n'est pas vrai que dans le récit fantastique l'adhésion du lecteur reste en état de suspension : comme dans toute lecture narrative, il marche, il y croit, il accepte ; du moment qu'il lit avec plaisir et intérêt, il adhère au *livre*, il suit les données de la fiction comme fiction ; le fantastique comme toute littérature n'est ni vrai ni faux, il relève comme toute fiction du vraisemblable qui ne relève pas de la croyance. Le surnaturel est dans le fantastique de l'ordre de la vraisemblance[2]. Qu'est-ce que la culture littéraire, sinon la disponibilité au vraisemblable, le sens du possible, l'ouverture de l'intelligence et de la sensibilité à la multiplicité des possibles ? Avec le romantisme, le fantastique connaît en effet une ouverture radicale. Et par là c'est la réalité réelle, les évidences les plus certaines du bon sens qu'il rend contestables sinon invraisemblables : ce qui est *irrésolu*, c'est la réalité.

Il n'est pas vrai non plus que le fantastique soit inexplicable : il a ses preuves, sa logique, son ordre particulier ; l'autre monde, celui du mystère et du prodige, a son intelligibilité et sa régularité. Et mieux encore le fantastique romantique est *pensable* parce qu'il est l'affirmation-négation, la demi-affirmation sous le voile du conte, l'approche dans et par la fable, d'une vérité ou d'un savoir ; il relève de la *séduction* poétique et de la conviction non rationnelle mais raisonnée[3]. Il y a chez Gautier une

---

1   Il est admis par L. Vax, *La Séduction de l'étrange, op. cit.*, p. 129.
2   *Cf.* Marmontel, *Éléments de littérature*, Paris, Desjonquères, 2005, l'article *Vraisemblance* : toute fiction est conforme à notre manière de voir, « et tout ce que l'esprit humain peut concevoir, il peut le croire, pourvu qu'il y soit amené ».
3   Voir les embarras de L. Vax, *La Séduction de l'étrange, op. cit.*, p. 77, qui a le grand tort de refuser l'idée que « sous la fiction » fantastique, il se trouve « quelque vérité existentielle

pensée du fantastique qui l'apparenterait à la *Naturphilosophie* romantique. Pensée qui fait corps avec la fiction, qui la soutient sans la déterminer et la réduire à la *nécessité* d'une démonstration : le fantastique est une fiction, pas une croyance. Le XIXᵉ siècle sans doute *croit* aux revenants, aux esprits, aux anges : c'est un milieu favorable au fantastique, mais le récit fantastique, contrairement à ceux qui font tourner les tables et parler les morts, n'y *croit* pas, ou du moins il n'implique pas plus de *foi* que le roman réaliste ou le théâtre de l'école du bon sens.

La littérature du merveilleux, du surnaturel, de l'impossible, du miraculeux, relève donc de la catégorie littéraire du *vraisemblable*. Louis Vax, en s'inspirant des distinctions aristotéliciennes, a parlé à propos du fantastique de « l'imaginaire invraisemblable[1] », qu'il sépare du surnaturel et qu'il rattache à une étrangeté irréductible qui est née de notre illusion et produite par notre émotion et dont le seul statut est d'être hors de tout statut.

Le fantastique a-t-il ses origines lointaines dans la *poétique* du classicisme et ses réflexions sur le vraisemblable ? C'est ce que suggère le livre important de Catherine Kintzler qui découvre dans l'opéra français du XVIIIᵉ siècle un genre de poésie dramatique voué *entièrement* au merveilleux et au surnaturel. Et c'est Corneille son lointain fondateur, il a fait la théorie de « l'impossible croyable[2] » ; pour repousser les limites de la

---

dont la fable ne serait que l'enveloppe extérieure » ; mais il insiste p. 79 sur l'autosuffisance du récit fantastique ; p. 158-159 sur celle de l'émotion fantastique qui n'est pas l'indice d'une vérité : « Nous pouvons être émus par des récits où rien n'est proposé à notre croyance, où nous ignorons même s'il s'est passé quelque chose. » Voir encore p. 159 la distinction entre l'« étrange » qui montre le désarroi d'une conscience débordée par une situation, mais qui ne peut avoir de statut stable sans s'autodétruire, et le « surnaturel », objet de croyance.

1 *Ibid.*, p. 153 : sont distingués ainsi le vrai vraisemblable, l'imaginaire vraisemblable, le vrai invraisemblable et l'imaginaire invraisemblable.

2 *Cf.* Catherine Kintzler, *Poétique de l'opéra français de Corneille à Rousseau*, Paris, Minerve, 1991, et Pierre Corneille, *Discours sur la poésie dramatique*, dans *Théâtre*, Paris, Gallimard, Bibliothèque de la Pléiade, 1950, t. I, p. 113 *sq.* qui distingue le vraisemblable ordinaire (ce qui arrive le plus souvent), de l'extraordinaire (ce qui n'arrive pas souvent mais demeure possible et croyable), pour arriver à *l'impossible croyable* (les miracles, les événements singuliers et uniques), qui présente des choses impossibles en elles-mêmes mais possibles dans une dimension différente de la réalité (les actions des dieux, les mythes), le poète a le droit d'inventer de l'impossible si son poème repose sur une hypothèse qui le rend possible, parce qu'il y a une cohérence interne qui régit toute l'œuvre ; Marmontel, dans le texte cité et dans l'article *Merveilleux*, distingue le merveilleux naturel, c'est la dernière limite des possibles, la réunion de tous les extrêmes, et le merveilleux surnaturel, qui sort

vraisemblance, intégrer au théâtre les extrêmes possibilités de l'héroïsme humain, ou la présence du divin, il a ouvert ce nouveau domaine *poétique*, celui des événements *impossibles* selon l'ordre normal du monde et de ses lois, mais *possibles* et croyables dans une œuvre qui s'en excepte et explicitement fait référence à une cohérence d'un autre *ordre*.

Cette étude analyse admirablement la question de la vraisemblance comme principe générique et elle part de cette filiation cornélienne qui peut être utile, croyons-nous, pour admettre le statut *littéraire* du fantastique : c'est elle qui rend compte du développement du théâtre lyrique ; c'est un domaine entièrement régi par une poétique de l'enchantement ; alors que le vraisemblable générique de la tragédie en élimine le surnaturel, il règne inversement sur la scène lyrique ; c'est alors le merveilleux qui est le vraisemblable[1], du moins son continent extrême ; là sont les dieux et demi-dieux, les personnages des légendes et des mythes, les personnifications des forces naturelles, les oracles, les prémonitions, les songes, les métamorphoses, l'action des magiciens, les résurrections, les apparitions etc. : tout est prodige et féérie ; le mensonge cohérent, érigé en système, constitue une autre vérité, le spectateur l'accepte comme l'*hypothèse* qui gouverne le spectacle et le met en accord avec lui-même et avec les faits représentés.

Le surnaturel peut donc impliquer une illusion consentie et conditionnelle : le spectateur du XVIIIᵉ siècle ne l'accepte pas à la Comédie française, mais l'accepte à l'Opéra. Le vraisemblable sépare (et libère) l'univers de la représentation esthétique de celui de la vérité rationnelle, il rend le surnaturel *pensable*, comme un objet réel dans son irréalité, et le monde fantastique alors comme le monde merveilleux n'est pas miraculeux, au sens strict du mot, il n'est pas *inexplicable*, il a son ordre régulier, légal, ses points de repère que le lecteur connaît.

---

des lois de la nature, mais qui demeure une imitation exagérée de la nature : agissent alors des êtres supérieurs à nous mais attachés à notre nature ; l'intelligence littéraire de Marmontel, très supérieure à celle des critiques modernistes, résout le problème de la *croyance* : le merveilleux « n'est pas un objet de créance », mais « un objet d'opinion hypothétique et passagère », car en littérature il n'y a pas *d'illusion complète*, il y a illusion et conscience de l'illusion.

1   *Cf.* Marmontel, *op. cit.*, article *Opéra* : il transporte la tragédie « dans l'imagination du lecteur », « réalise pour les yeux ce qui ne se peint qu'en idée », tout est magique, surnaturel, enchanteur, et à nouveau il précise qu'il n'y pas de croyance, faute d'illusion complète, mais une adhésion de l'esprit au système proposé à l'imagination.

VÉRITÉ ET CONVENTION

Mais Gautier n'est-il pas lui-même fidèle aux notions de poétique et de forme : fidèle au point d'être sans doute isolé dans son temps. Fidèle à la notion de vraisemblance, à cette idée suggérée par Marmontel, que la fiction, présentée comme une hypothèse, se définit par sa cohérence et le respect de sa règle implicite : en ce sens, c'est la convention qui instaure l'opéra. Ou tout genre. Ou aussi bien le fantastique. Le beau et le laid relèvent de ces critères internes qui sont au fond les conventions de chaque art ou de chaque genre.

Et le romantisme de Gautier repose sur le coup de force le plus radical, il refuse la *mimesis*, ou le critère de la vérité et de la fausseté de l'œuvre : l'art n'est plus conditionné par l'imitation de la réalité, Gautier a retourné le principe même de la *mimesis* en proclamant la supériorité de l'art sur la réalité et surtout l'antériorité de l'œuvre sur son prétendu modèle. On a voulu en faire « l'inventeur du second degré[1] », mais il avait pris ses précautions et écarté la possibilité d'une distinction ; pour lui, le second degré, c'est plutôt la réalité, et la littérature et l'art constituent le premier degré qui détermine le second. Qui représente qui ? La réalité peut ressembler aux clichés, ne se définir qu'à travers eux, étaler sa fidélité aux représentations dont elle est la représentation seconde.

Et la nature, qui possède moins d'être que l'art, qui lui est inférieure en puissance affirmative et en perfection, devient le double raté et bâclé du premier modèle, l'art. La nature n'est pas vraie, elle est par nature inférieure à l'art et moins vraie que lui. Maxime du Camp[2] rapporte les impressions de Gautier quand il fréquentait l'atelier de Rioult : la vraie femme, ce n'était pas le modèle, mais son imitation.

Le romantique propose une vision esthétique du monde, le beau a une telle supériorité ontologique sur le vrai ou le réel, que l'art est « une création dans la création », il se suffit à lui-même et le fantastique peut revendiquer d'être le rival de ce monde, l'autre du réel, et davantage l'autre monde. Qui est la doublure de l'autre ? Qui est plus réel que le réel, sinon le monde de l'art et de la beauté ? De l'imagination souveraine ?

---

1   *Cf.* P. Tortonese, dans l'Introduction à l'édition des *Œuvres, choix de romans et de contes*, Paris, Robert Laffont, « Bouquins », 1995 ; rééd. : 2011.
2   Maxime Du Camp, *Théophile Gautier*, Paris, Hachette, 1907, p. 186-187.

Ce qui singularise donc Gautier dans son époque, c'est son indifférence relative aux problèmes de la *mimesis*, de son perfectionnement, de son ouverture, de ses modalités. Il s'en soucie d'autant moins que dans sa réduction de l'art et de la réalité à une équivalence profitable à l'art, il supprime toute référence au vrai pour généraliser le vraisemblable ; or celui-ci implique si je puis dire une définition a priori de la vérité par la règle d'une convention à respecter. L'esthétisme n'admet qu'une loi, la convention, elle instaure une distance fondamentale entre le monde de l'art et le monde réel, et l'on peut traiter avec une égale désinvolture les références à la vérité, à la réalité, à la nature : « l'art ne peut exister sans convention ». Dès qu'on entre dans l'esthétique, on est sous l'empire de sa loi unique, la convenance interne et externe, la convention, et c'est elle qui est fondatrice de la vérité esthétique tant qu'elle est respectée. Ainsi, c'est la convention qui institue le réel et la vérité est générique.

Et le charme de l'opéra, Gautier le définit… comme Marmontel[1] : il repose entièrement sur une hypothèse acceptée a priori par le spectateur, c'est-à-dire sur des convention qui l'éloignent de la nature ; il a toujours dédaigné la réalité, « la grossière réalité n'y est pas admise », c'est là qu'on trouve encore des dieux, des princesses et des princes, des sylphides, des nymphes, et la convention gouverne tout, « le conspirateur chante à tue-tête, la femme affligée fait des cabrioles », c'est le seul refuge de la fantaisie, pas d'habit moderne, « rien d'actuel… on est dans le monde enchanté » ; les répartitions des voix constituent une nécessité bien supérieure aux nécessités de l'intrigue.

Les contes de fées « sont peut-être les seules histoires vraies » : parce que le conte de fées repose purement et simplement sur une convention sans aucune interférence avec la réalité. Peut-être en est-il de même pour le roman qui devrait être intégralement *roman* : « plus les romans sont faux, plus ils nous plaisent », leur charme « consiste à nous transporter hors du monde actuel, dans une sphère idéale et charmante » : à quoi bon les rendre aussi ennuyeux que la vie, « la vérité n'est pas belle et ce n'est pas pour rien qu'on l'a mise au fond du puits. Qu'elle y reste[2] ». Alors « on aura beau dire. *Notre-Dame de Paris* ne vaut pas le *Château des Pyrénées* » : Mme Radcliffe l'emporte sur Hugo dans le respect du pacte de *fausseté* qui unit romancier et lecteur.

---

1   *Cf.* Fr. Brunet, *Th. Gautier et la musique, op. cit.*, p. 156 *sq.* et p. 195.
2   Dans *Chronique de Paris*, 5 juin 1836.

C'est trop peu dire que Gautier est indifférent au problème du réalisme : ce n'est pas pour lui un problème. Existe-t-il au reste ? « Boucher est un maniériste du joli, Courbet un maniériste du laid[1] » ; puisqu'il n'y a que des logiques formelles, des manières qui créent leur réalité, on peut tout de même choisir celle qui donne le plus de plaisir ou d'illusion. Choquée de voir un vrai berger si différent de ceux de l'Opéra, l'héroïne de *Jean et Jeannette* conclut : « La réalité devrait copier le faux[2]. » L'art doit-il copier le réel ? L'exigence a autant de sens que la proposition inverse, la réalité doit copier l'art. S. Guéguan a montré à quel point Gautier a une attitude réceptive à l'égard de la photographie : la reproduction mécanique de l'objet est acceptée si elle se soumet à un point de vue imposé par l'opérateur qui insère la règle de sa subjectivité dans l'objectivité passive de la machine.

Grâce à sa fidélité au relativisme profond qu'implique la notion de vraisemblance, seule capable de rendre compte du fantastique, Gautier soupçonne le réalisme de reposer sur une convention de la laideur ou d'un mauvais goût méthodique du même ordre peut-être que celui des Grotesques, mais plus mauvais parce qu'il refuse d'être un goût choisi, difficile et témoignant d'une grande virtuosité stylistique. Et dans tous ses récits, c'est un refrain continuel, que la réalité imitée fidèlement n'est pas crédible, elle est invraisemblable, impossible, irrecevable, fausse en un mot : *Avatar* est un « conte invraisemblable et pourtant réel », si dans *Fortunio*, Musidora est transformée par l'amour[3], ce n'est pas une invraisemblance, une faute de l'auteur contre la vérité, d'ailleurs « rien n'a ordinairement l'air plus faux que le vrai… le faux a toujours des apparences très grandes de probabilité », car il est fait « pour produire l'effet du vrai » ; parle-t-il d'une histoire des hachichins à Paris sous la Restauration, elle n'eût pas été croyable, « et cependant rien n'eût été plus vrai, selon l'habitude des choses invraisemblables ».

Alors que signifie l'affiliation de l'écrivain à la réalité des choses, sinon sa conversion à une impossibilité et une fausseté ? Donc le vrai

---

1   Voir *La Presse*, 15 février 1852 ; à propos d'Hoffmann, Gautier écrit, « en art une chose fausse peut être vraie, et une chose vraie, fausse » ; sur les contes de fées, « qui sont peut-être les seules histoires vraies », Pl., t. I, p. 993, dans *L'Oreiller d'une jeune fille*.
2   *Cf.* Pl., t. II, p. 242.
3   *Cf.* Pl., t. I, p. 676 et p. 1009.

et le faux n'ont pas cours dans l'esthétique, « en art une chose fausse peut être vraie et une chose vraie peut être fausse ». Faut-il se méfier de ces déclarations d'indifférence aux notions de vrai et de faux ? Gautier est un sceptique : il nous le dit dans *Jettatura*, « on peut croire ou nier tout », tout est vrai et tout est faux, certes, mais le négateur nous conduit insidieusement à une vérité, à l'affirmation que tout est vrai, « à un certain point de vue, le rêve existe autant que la réalité ». Ce qui n'est pas, existe autant que ce qui est, tout est réel même ce qui ne l'est pas. Celui qui ne croit à rien peut croire à tout.

LA PENSÉE-POÉSIE DU FANTASTIQUE

Et donc ce fantastique douteux, moqueur, irrespectueux et qui est même heureux, devient le rival de la vérité : il offre une cohérence, une puissance affirmative, une unité de pensée. Ce serait sa convention fondatrice, et la preuve de sa *vérité*. Soyons prudents : s'il est vrai qu'à vouloir à tout prix enfermer le fantastique dans l'affirmation d'un objet de *croyance*, dans l'irrationnel gratuit ou dans l'arbitraire de la littérarité, on est conduit à le vider de toute substance, peut-on inversement le ramener à une doctrine ? On ne peut pas renvoyer l'écrivain fantastique chez le psychiatre qui l'accusera de pratiquer une « pensée déréelle », ni en faire un idéologue, un fondateur de religion, un spéculatif. Pourtant l'étude décisive de G. Poulet a pu montrer que Gautier a invariablement, bien avant sa lecture de *Faust II* et de la présentation de Nerval, et bien après encore, affirmé les mêmes idées, qui se rattachent « à des croyances métaphysiques ou du moins à une foi esthétique[1] » ; cette « unité de doctrine véritablement saisissante » qui préfigure le texte de Goethe sur le royaume des Mères, puis l'amplifie et le développe, correspond à l'unité de presque toute son œuvre fantastique. Gautier l'expose en son nom dans *Arria Marcella*, mais il n'a cessé de la mettre en œuvre : serait-il vrai alors que le fantastique fait penser et qu'une pensée est sa condition de possibilité ?

Mais que veut dire *pensée* ? Gautier ne peut sans se contredire gravement se transformer en un doctrinaire ni faire de son œuvre l'exposé

---

1   Dans G. Poulet, *Études sur le temps humain, op. cit.*, p. 298 et 300 ; voir encore sur ce qui « permet » le fantastique de Gautier dans son thème central, p. 282 (« une sorte de platonisme ») et p. 292. Je renvoie aux textes qui montrent dès 1832 sans doute la présence inchangée de cette préoccupation chez Gautier.

d'une pensée extérieure à elle : « l'art n'est fait ni pour dogmatiser, ni pour enseigner ; ni pour démontrer ». A. Houssaye[1] a raconté un entretien de Gautier avec Napoléon III ; Gautier aurait dit : « il n'y a point d'idées… la vérité marche dans un cortège de sentiments » ; et le Bien et le Mal, objecte l'Empereur ; Gautier réplique, « ces deux idées sont des sentiments ».

Lui-même pourtant en 1863 a bien expliqué à Sainte-Beuve, nous avons cité le texte plus haut, qu'après *Fortunio* où il avait « librement exprimé [sa] pensée véritable » il n'avait plus « énoncé de doctrine » et « gardé [son] idée secrète » ; et de même il a confié à Feydeau qu'en se cantonnant dans la description, il était « certain de ne pas être considéré comme séditieux ».

En 1832, Gautier avait écrit à propos d'*Onuphrius* : « Quoique fantastique, je ne pense pas que cela soit déplacé même dans le plus grave recueil. Il y a une idée fantastique là-dessous ». *Idée fantastique* : le récit met en œuvre un projet, une idée directrice. Les grands types littéraires, il les a volontiers interprétés comme allégories : Pierrot, c'est « la symbolisation de l'âme humaine [...] tourmentée d'aspirations vers les régions supérieures[2] ». Son analyse de *La Péri* est absolument du même ordre, il la termine ainsi : « telle est l'idée fondamentale de ce poème tourné en ronds de jambes ».

À coup sûr, Gautier n'était pas un idéologue et ne prétendait pas avoir des « idées » ; Faguet et bien d'autre lui ont vertement reproché de n'avoir jamais rien eu à dire. Mais l'impression du sentiment, sa vérité globale, l'idée parlant aux sens et au cœur et le pénétrant dans ses profondeurs, Gautier les trouve dans le mythe, dans l'idée-image à caractère mystérieux qui est aussi un récit-pensée. Gautier, si bon romantique, pense en récits ou en fables ; sa phrase célèbre : « Il n'y a que les contes de fées qui soient vrais », peut se retourner : il n'y a de vérité que racontée. Ou sculptée : le héros du *Pied de momie* peut contempler

---

1   *Mémoires*, IV, p. 133 ; on comprend mal le grief de Gide accusant Gautier dans *Incidences* d'être « l'artisan le plus sec, le moins musicien, le moins méditatif de notre littérature » et d'être un homme de « demi-conviction » : s'agit-il de le soupçonner de ne pas être *sincère* dans son fantastique ? *Cf.* l'article de Hilada Nelson, « T. Gautier : The invisible and impalpable World, a demi-conviction ? » dans *The French Review*, vol. 45, n°4, 1972 ; mais pour Jasinski, *op. cit.*, p. 185, c'est « un homme pour qui le surnaturel n'existe pas moins que le monde extérieur ».

2   Cité par C. Pasi, *Il Sogno* [...], *op. cit.*, p. 110.

d'« interminables légendes de granit ». Cherbonneau en Inde a étudié les « panneaux d'hiéroglyphes », les sculptures symboliques, les légendes des civilisations perdues.

Gautier a aimé les mythes, les mystères[1], les vérités des emblèmes et des symboles, les savoirs secrets des fresques hiéroglyphiques et il est permis peut-être de proposer comme possible une lecture allégorique de son œuvre fantastique, comme il en propose pour ses ballets.

Alors, s'il y a chez Gautier une pensée inhérente au récit, c'est une pensée qui ne pense pas, une pensée-sentiment, une pensée-événement, une pensée intuitive, non une formulation conceptuelle et systématique, une pensée non réfléchie, non élucidée ; il ne s'agit pas d'une représentation de la vérité qui serait extérieure au sujet traité, ou à sa mise en image ou en récit : c'est une pensée vécue et surtout racontée. Ou mieux une pensée qui raconte ou se raconte. Qu'on ne comprend qu'en lui appartenant.

La critique rationnelle, prise dans la métaphysique de la représentation, est incapable à tous les stades de son évolution de surmonter le schisme de la forme et du contenu, de la *narration* et de l'*idéologie,* elle ne peut admettre qu'une fiction reste pure fiction et demeure dans la catégorie du vraisemblable, tout en suivant un schéma directeur, l'unité d'une intelligibilité qui soutient la cohérence des faits racontés.

Et le romantisme n'a jamais hésité à surmonter le dualisme savoir-littérature, pensée-poésie. « Les Sciences, avait dit Novalis, doivent être poétisées ». Autrement dit, il faudrait pour penser cette pensée qui constitue le récit sortir des catégories de la rationalité et s'aventurer vers « le savoir romantique » dont on a dit qu'il obéissait au « principe de la raison insuffisante[2] », et qui est lié à l'imagination du fantastique par des liens intrinsèques, c'est « le lieu où se noue la surabondance du sens dans l'irréductible objection de l'imagination aux formes imposées par la géométrisation de l'univers scientifique[3] ». Le romantique est fidèle à cette *surabondance* de sens qui excède la rationalité, mais justement

---

1   Voir d'excellentes remarques à ce sujet dans R. Snell, *Th. Gautier, a Romantic Critic of the visual Arts,* Oxford, Clarendon Press, 1982, p. 66 *sq.*

2   Voir G. Gusdorf, *L'Homme romantique, op. cit.*, p. 318.

3   *Ibid.*, p. 145 ; voir aussi p. 350-353, p. 265, le conte unit la nature et le monde des esprits, parce qu'il renvoie à un temps d'anarchie du monde, à « l'état de nature de la nature », étrangère à toute loi. Il y a magie, c'est-à-dire thaumaturgie, si choses et idées, sujet et objet fusionnent, si le monde animé par l'homme ne fait qu'un avec lui ; une complicité

il ne commet pas l'erreur de la penser, ou de la théoriser, *il la réalise*, il la fait voir et vivre, sa pensée est poésie ou récit, sa philosophie est poétique ou sa poésie est philosophie.

Chez Balzac, Nodier, Nerval ou Gautier, le savoir romantique s'expose, ou mieux se constitue dans un fantastique qui lui est indivis. L'un et l'autre, le savoir et l'aventure extraordinaire, participent aux mêmes expériences d'élargissement de la conscience et de la pensée, à la même lucidité exceptionnelle et sublime (conditionnée par la rupture avec le monde et la vie physique et la neutralisation de la raison), à l'état de *crise* où le sens interne, la concentration spirituelle, le délire lucide, « la lucidité extatique », comme dit Cherbonneau, ou le rêve conduisent à la révélation.

En ce sens le récit fantastique fait ce qu'il dit, il fait être le fantastique, il explore le monde où la pensée peut aller jusqu'au bout d'elle-même, s'avancer dans « l'indéfini du possible », il propose l'extrême eschatologie, la pensée des limites, dans *l'image-idée*, dans le *récit-fable*, dans le récit-rêve, dans l'alibi de l'aventure impensable. Que les personnages affichent cette pensée du fantastique fait oublier que plus souterrainement, plus sournoisement elle est comme expérience et comme vérité à l'œuvre dans le récit et dans la création du récit. Le fantastique *fait exister* une face de la réalité, la face nord, la face extrême, celle où l'esprit pénètre les choses et s'unit à elles. Le récit est une conquête du savoir, une trouée dans le monde réel qui conduit à la clairvoyance, à un état enfin complet de l'homme. La spéculation qui se fait récit, est aussi une action, car elle se fait, elle s'objective en une réalité racontée.

La formule de Hugo[1], « le conte, cette forme du songe », rappelle la définition de Novalis[2] : « le *Märchen* est comme un mirage de rêve » : un univers sans liaison, un ensemble de choses et d'événements merveilleux. Il renvoie à un surnaturalisme inhérent au récit qui s'identifie au fantastique tant qu'il participe à un *idéalisme magique*, à la révélation des pouvoirs de penser et de produire du *réel* auquel l'homme parvient s'il est uni à son en deçà, à son au-delà, à l'autre monde qui double le nôtre.

---

originaire porte le monde à se conformer à l'homme, si bien que l'imagination suit les lignes de force de la nature.

1   Voir *William Shakespeare*, Paris, Flammarion, 1973, p. 92.
2   *Cf.* G. Gusdorf, *L'Homme romantique, op. cit.*, p. 355, l'œuvre de Hugo, « la plus extraordinaire mise en œuvre de l'idéalisme magique de Novalis ».

Et au monde d'abord, car la magie « est l'art d'user du monde à son gré ». Comprenons bien que si l'imagination constitue le fantastique, c'est un acte esthétique, et c'est un acte magique, dans les deux cas elle a un pouvoir *plastique*, elle donne une formule unifiée de l'homme et du monde, elle réconcilie en acte l'esprit et les choses, le pouvoir de l'esprit et la loi des choses : « la physique n'est rien d'autre que la doctrine de l'imagination », comme le dit Novalis, elle est une force de production et d'instauration de ce qui est : une force d'incarnation si l'on veut. Alors, « l'image est une magie[1] », comme le récit.

Le fantastique a ainsi une fonction unifiante, il est pensée, poésie, image et action, il instaure une vraisemblance en régularisant les événements, et toutes les pensées de Gautier reposent sur ce principe de l'unité : son intuition immédiate et première, c'est bien l'unité mystérieuse du monde et de l'homme, la révélation de l'accord entre l'imagination, le désir et les lois des choses. On a parlé à son sujet d'un « panthéisme[2] », débarrassé de toute spéculation métaphysico-religieuse et sans divinisation de l'univers, admettant simplement l'appartenance de l'homme au grand Être de la nature globale ; il serait passé du platonisme « à un panenthéisme d'allure mystique », ou bien, puisque la puissance poétique, la magie des idées et des images supposent l'accès au sens des forces cosmiques, il aurait, pour reprendre la formule de Mallarmé, aspiré à « l'explication orphique de la Terre, qui est le seul devoir du poète », il a saisi chez Baudelaire cette recherche « des rapports inappréciables pour d'autres et dont la bizarre logique nous frappait », et Baudelaire lui a retourné le compliment et loué « son immense intelligence innée de la correspondance et du symbolisme universels ».

C'est bien toujours à l'idée d'unité et de rapports que ces approches nous conduisent : unité du penser et du dire, du savoir et de la poésie, du récit et de la vérité, mise en accord des êtres et des choses, de l'esprit et du monde, saisie d'une homogénéité universelle, relation du tout et de la partie, pratique de l'analogie comme législation secrète du monde et des poèmes. Mais d'abord ce que supposent ce réalisme magique, cette puissance de l'imagination, cette capacité à pénétrer le réel, à le

---

1   Sur ce thème, *ibid.*, p. 337 *sq.* ; voir aussi, p. 339, le texte de Novalis.

2   *Cf.* Fr. Brunet, *Th. Gautier et la musique, op. cit.*, p. 309, il admet une musique de la nature, « croit confusément en un panthéisme bienveillant du monde naturel » ; voir G. Poulet, *op. cit.*, p. 306 ; *cf. Poésies complètes*, t. III, p. 4, *Affinités secrètes. Madrigal panthéiste.*

reproduire et à le produire, c'est une relation d'identité et de fusion du sujet et de l'objet. Et surtout bien sûr pour nous, la relation originaire, fondatrice, du surnaturel et du naturel, la relation de ces deux faces de la même médaille, de ces deux côtés du monde et de l'homme qui sont unis et s'opposent, comme l'ombre et la lumière, comme tout objet et son ombre.

N'a-t-il pas dit lui-même que « le fantastique que rejette trop absolument la sèche raison, est inhérent à la nature humaine comme l'ombre au corps ; c'est la noire silhouette dessinée par le réel sur le rideau de l'infini avec des allongements et des déformations bizarres, fantômes ou caricatures du vrai. Le supprimer de l'art, c'est faire comme Peter Schlemihl, qui se rendit la vie impossible par la vente de son ombre, peu de chose en apparence, mais chose capitale au fond[1] ». Les vérités grimaçantes du fantastique seraient l'ombre de l'homme, son double obscur, et cette ombre projetée en silhouette sur le rideau du théâtre d'ombres de l'infini, serait le *réel*, la vérité dernière de l'homme, ombre d'un ombre en quelque sorte présente sur le théâtre de l'être, qui ferait penser au mythe de la caverne, et ce serait la seule lumière sur lui-même accessible à l'homme.

LE FANTASTIQUE DE LA NATURE

NATURE ET SURNATURE

Le fantastique de Gautier a rompu avec toute démonologie, mais se trouve lié à une magie naturelle dont le magnétisme animal est le nom commode et sans doute le tronc commun. Alors le *surnaturel* est un autre nom du *naturel*. Il postule un réseau cosmique de forces et d'influences cachées, l'unité du psychique et du cosmique, une continuité du monde et du sens par delà le visible et le sensible, par delà la différence de l'intérieur et de l'extérieur : il unit une métapsychologie à un surnaturalisme et à une cosmologie vitaliste et spiritualiste. Et il recoupe l'esthétique.

---

1 *Le Moniteur universel*, 11 mars 1861, cité dans Pl., t. I, p. XXVII.

Le fantastique va nous proposer un univers continu, paradoxalement l'idéalisme du Romantique refuse tout dualisme, toute opposition du sujet et de l'objet qui réduirait celui-ci à la pensée de celui-là ; le penseur-poète, qui connaît le monde ou co-naît avec lui et en lui, sait que la nature et lui-même constituent une unité, participent au même dynamisme, subissent les mêmes forces ; il sait qu'il n'y a pas de frontières entre l'esprit et le corps, entre l'âme humaine et la nature, le sensible et le spirituel, l'imaginaire et le réel, entre la vie et la conscience, entre moi et les autres. La pensée-poésie est une *autre* pensée, elle est *unifiante*. Et pour elle le miracle est naturel, et le fantastique est explicable et il va de soi. L'homme parvient ainsi à une sorte d'*intimité* avec la nature et à « un nouveau merveilleux[1] ».

Le fantastique, c'est la protestation contre l'enfermement dans l'identité de toutes choses au nom de l'unité et de la perpétuelle mutation du monde : alors parlons peut-être de panthéisme, le fantastique, c'est la manifestation du Grand Pan de la nature, l'être qui est tout et qui est unique, qui naît et renaît sans cesse et toujours autre, et qui, transcendant toutes les divisons et oppositions, ne cesse de revenir à son unité, de retrouver sa puissance positive et réelle dans la négation des formes provisoires, précaires, irréelles au fond que nous prenons pour l'univers. « Tout est plein, a dit Puységur, le disciple de Mesmer, la nature, la matière une fois mue conserve toujours le degré de mouvement qui lui a été donné primordialement[2] » ; l'être est une plénitude qui actualise tous ses possibles, et le mot fait penser à celui de Hugo, « tout est », ce qui veut dire, tout est également, et le surnaturalisme est « la partie de la nature qui échappe à nos organes. Le surnaturalisme, c'est la nature plus loin », l'invisible, les êtres du fantastique existent, ils sont la nature, et ils naissent de sa puissance infinie de création. Tout est, tout ce qui peut être, est. Le fantastique serait la réalisation des possibles de la nature, comme si le poète-conteur prenait sa relève pour la conduire à terme et l'actualiser. Prouver que ce qui n'est pas, ne peut pas être, est bel et bien.

C'est alors Cherbonneau qui nous donne la clé du fantastique de Gautier, que l'*avatar* résume depuis le début peut-être : le docteur, qui est aussi un magicien qui a transformé son savoir en un pouvoir, a prise

---

1   *Cf.* Gusdorf, *Le Savoir romantique de la nature*, Paris, Payot, 1985, p. 177.
2   Cité par G. Poulet, *op. cit.*, p. 287.

sur le principe des choses et ces expériences reposent sur une puissance qui produit ces « effets qui semblent merveilleux quoique naturels » et qui sont dus à la maîtrise des « forces occultes inemployées » ; il est parvenu aux sources de la magie naturelle première, à la connaissance fondamentale qui permet non de créer, ni même de modifier la nature, mais de la faire obéir en la nommant, de la faire évoluer à travers ses formes.

L'itinéraire de Cherbonneau le mène vers la langue première, vers les emblèmes et les mythes qui contiennent le premier et le dernier mot de Tout, l'« ineffable syllabe » qui participe à l'acte créateur. L'Inde, où l'esprit des fakirs libéré par leur ascétisme radical et leurs pénitences inhumaines peut parcourir l'infini, revenir à l'Origine et posséder l'univers, a rétabli le Savant dans le savoir premier et divin, dans l'harmonie de l'homme et du langage, de l'homme et de la nature ; il est à l'origine des choses, il est pour ainsi dire situé à la position centrale à partir de laquelle se déploie la pensée divine s'irradiant dans l'univers, dans les cercles concentriques où elle se projette, il se trouve intégré à la matrice qui produit et reproduit sans fin l'univers.

L'univers tient donc en un mot, parce qu'il a *un* principe et qu'il est *un*. Le docteur fantastique *commande* aux âmes, à l'esprit, à la vie et à la mort, il commande *presque* tout, ne lui échappe que l'âme de la femme qui aime, il détient *le mot*, il est le *verbe*, il pourrait être Dieu (mais il s'en garde bien) parce qu'il maîtrise *le* principe créateur, soit le rapport entre la Substance et les formes, entre l'esprit et ses incarnations infinies. La cosmologie magique de Cherbonneau fait un immense détour par la mythologie indienne et le retour au Commencement où l'humain est encore et déjà divin, pour consacrer un surnaturalisme romantique, le mouvement qui transcende tous les êtres qui ne sont que les manifestations provisoires de l'unité première, qui toujours revient dans la pluralité infinie de ses formes.

Il indique que le Même ou l'Un, immuable, identique à lui-même, éternel, ne cesse de se diviser, de se différencier, de s'opposer à lui-même, de devenir autre ou l'autre, tout en restant l'Un et le Même à travers la variations de ses formes ; les sages indiens parvenus à libérer leur âme de leur corps sont arrivés à l'esprit du monde, à la source des êtres, ils ont vu le surnaturel en action, en mouvement, en état de création, « ils parcourent l'infini en tous sens, assistent à la création des univers, à la genèse des dieux, et à leurs métamorphoses ».

L'Inde a enseigné à Cherbonneau que les « formes » et la « matière » sont des apparences, les corps vivants sont des guenilles que l'on peut chiffonner, la femme qu'il rajeunit est « une forme repétrie par ma volonté », car « l'esprit est tout [...] c'est l'esprit qui agite la masse », les dieux eux-mêmes sont des apparences modifiables d'un seul principe.

Le médecin thaumaturge ne peut pas créer de substance, mais il peut être le maître des formes, les soumettre à sa volonté et diriger les « avatars » où l'être s'incarne indéfiniment à travers les apparences. Comme il le fait pour lui-même à la fin. Il a donc cherché à acquérir le pouvoir qui agit réellement sur la matière, et c'est le pouvoir sur l'âme qui seul contient le pouvoir sur les choses et les êtres, tel est son « rêve scientifique », il faut l'atteindre par-delà le « voile de chair », la « prison d'argile » qui cache l'âme ; il faut que l'esprit enfin pur du Savant puisse agir sur l'Esprit lui-même. Alors il commande aux formes, c'est-à-dire à leurs métamorphoses infinies, engendrées à partir de la « concentration ou expansion de l'âme ».

Au fond, le chœur des religions, mythes, symboles, divinités proclame cette unité de l'être (« nous ne sommes que des formes, c'est l'esprit qui meut la masse »), et dans cette continuité tout est forme, changeante et mobile, toutes les formes renvoient à une unité, à un principe immuable et moteur, qui crée des métamorphoses et les recrée sans cesse.

Et ce retour au principe originel, au Commencement de tout conduit au surnaturalisme romantique. La sagesse indienne, comme le message de Spirite, donne une tonalité plus spiritualiste à cette *pensée* de Gautier : mais ce qui ne bouge pas, c'est ce qu'il faudrait nommer le *principe des métamorphoses*, il implique l'unité de l'être du monde, qui se divise dans la multiplicité des formes et qui revient toujours affirmer leur relativité, leur précarité ; le fantastique serait ce jeu permanent de l'unité et de la division. Dans *Spirite*, les visions célestes révèlent qu'il n'y a pas de différence entre l'ordre et le mouvement : l'Être est un immense fleuve qui s'écoule et se crée et se recrée à l'infini, une unité qui se modifie et se déplace, il est permanent et stable dans le flux sans fin de sa mobilité. Au fond, il n'y a pas eu de *création* : ou plutôt elle dure toujours : l'antichristianisme de Gautier trouve peut-être là son explication.

Mais les aveux de Gautier sont clairs, les propos de Cherbonneau manifestent bien les intuitions de sa pensée-poésie : il perçoit d'abord dans l'univers une puissance mystérieuse, chaotique, primitive, c'est « la nature dans l'état de nature », selon la formule extraordinaire de Novalis ; sans règles, sans lois, sans limites, elle inquiète et même terrifie, tout en proposant la grande promesse fantastique. « L'homme romantique vient au monde sous les espèces d'une incarnation au sein d'une nature qui définit ainsi pour lui une deuxième zone de sa présence, un second ordre de l'incarnation[1]. »

L'artiste peut trouver que la nature, « ciel, astres, terre, maisons, forêts », est un décor plus ou moins raté, disposé autour de lui par « un mystérieux machiniste » pour dissimuler les coulisses plutôt laides « de ce Théâtre qu'on appelle le monde » ; en fait, la nature est *panique* : « Nous sommes entourés de merveilles, de prodiges, de mystères, auxquels nous ne comprenons rien, en nous-mêmes gravitent des mondes ténébreux dont nous n'avons pas conscience, l'infini et l'inconnu nous pressent et nous obsèdent, au ciel et sur la terre, dans le soleil, dans l'acaride du fromage, en tout, en bas, en haut dans le petit et le grand : miracles, stupeurs, abîmes. Et nous trouvons le magnétisme exorbitant, chimérique… »

Hors de moi, en moi, il y a cette présence écrasante, cette pression de l'être. Le monde n'est pas une forêt de symboles mais une jungle énigmatique de présences incompréhensibles au sein desquelles nous sommes immergés. Dans la musique de Weber, « magicien d'une merveilleuse puissance d'incantation », Gautier a perçu « un rapport avec les forces occultes de la nature, les esprits élémentaires… », ce rapport provoque « le petit frisson que fait naître l'invisible pressenti[2] », en évoquant la forêt magique, le musicien « fait entendre comme le frémissement de la vie universelle ». Impression que Gautier a de lui-même développée en la personnalisant peut-être, elle est fantastique à la lettre : la musique renvoie à l'étrangeté qui s'empare d'un honnête homme pendant une nuit d'hiver ; « lorsque la pluie cingle les carreaux à travers l'obscurité de la nuit, que les arbres s'entrechoquent sous la rafale », alors l'on goûte intensément la douceur du foyer, on commence à dormir dans le calme et le chaleur, mais « un son bizarre, inexplicable, soupir des âmes et des choses, vous fait soudain tressaillir, craquement de boiserie, plainte du vent dans le tuyau d'orgue de la cheminée, votre chien qui

---

1   Voir Gusdorf, *L'Homme romantique, op. cit.*, p. 282.
2   *Cf.* Fr. Brunet, « Théophile Gautier et l'Allemagne », *Bulletin*, 1997.

rêve jappe la tête sur ses pattes ? On ne sait. Mais tout votre être est remué profondément, vous devenez fébrile, inquiet, nerveux..., car il est évident qu'il va se passer quelque chose, vous n'êtes plus seul dans votre chambre ».

C'est déjà la scène du début de *Spirite*, c'est la scène hoffmannesque typique où le calme des choses se transforme soudain en une terrifiante animation ; et par l'intermédiaire de l'écoute musicale, Gautier nous dit sa stupeur effrayée devant le monde de la nature : il est naturellement fantastique par ce qu'il recèle de menaces et de présences possibles qui peuvent surgir en tout instant. Que sommes-nous par rapport à la nature, elle nous cerne, nous enveloppe, tout être a sa vie, sa voix[1], devant l'inconnu du monde, décidément extérieur et étranger à son humanité, l'homme se sent seul et perdu, mais aussi entouré, accompagné. Bergerat a pu dire : « Son œuvre est pleine de la hantise des effets sans cause qui sont les problèmes du surnaturel après avoir été ceux du panthéisme. »

Comme le dit bien cette scène d'hiver au coin du feu, les choses ne sont jamais purement les choses, on n'est jamais seul, un mobilier confortable peut se transformer, se mettre à parler, devenir quelqu'un. Déplorant la perte chez l'homme moderne du sens des symboles, des mystères, Gautier indique que ce « rêve enseveli » qui constitue l'univers est compris par l'artiste qui est superstitieux par définition : « on ne sait pas ce qui peut arriver ».

Le mot, qui contient tout le fantastique, résume la vision du monde de Gautier, explique pourquoi sceptique et crédule, il est d'abord superstitieux. Sa fille et son gendre ont évoqué presque dans les mêmes termes son universelle, son excessive crédulité[2] : « Il n'était pas superstitieux, il était la superstition même[3]. » Et il croyait aux sortilèges, enchantements, envoûtements, au sens des songes, des petits événements, à la magie. Il

---

1 Voir Fr. Brunet, *Th. Gautier et la musique, op. cit.*, p. 177, à propos de Félicien David et d'une relation de la musique et du panthéisme, « le grain de sable a sa voix comme le poète » ; voir *Le Moniteur universel*, 17 déc. 1866, à propos du prélude du *Freischütz*.

2 *Cf.* É. Bergerat, *op. cit.*, p. 166 *sq.*, et Judith Gautier, *Le Collier des jours. Le second rang du collier. Souvenirs littéraires*, Paris, F. Juven, s.d., p. 295 *sq.* : il croyait à la fatalité, aux envoûtements, aux songes, aux vendredis, au nombre 13, aux salières renversées, aux couteaux en croix, il avait une bourse destinée à attirer l'argent, et bien entendu le mauvais œil était sa hantise.

3 *Cf.* Pl, t. I, p. XXVI, cette suggestion, le fantastique serait, « un moyen de se préserver du vertige de l'imagination ».

n'y avait pas une croyance de bonne femme à laquelle il n'adhérât, et il était le premier à dire comme Paul d'Aspremont : « Alors, ce serait donc vrai. »

« Vous qui croyez à tout et qui avez trente-sept religions », lui disait Bergerat ; il a loué Achim d'Arnim pour « son entière bonne foi, sa profonde conviction ; il raconte ses hallucinations pour des faits certains » ; dupeur, dupé, ou possédé d'une sincérité supérieure, Gautier n'a jamais séparé le fantastique de la croyance en lui, « il ne faut pas si l'on veut produire de l'effet avec une donnée fantastique, procéder en incrédule[1] » ; et à la question, « pourquoi les histoires de revenants, d'apparitions, produisent-elles un effet si profond ? », il répond en rejetant toute écriture incrédule du fantastique, il est « basé sur le désir que l'âme a d'être immortelle », la croyance aux apparitions n'est donc « qu'un corollaire de l'immortalité de l'âme[2] ».

Il avait dès sa jeunesse adoré les récits de terreur, il aimait la peur avec délices et l'angoisse était son état habituel, et surtout il était poursuivi par le guignon : « Les Parques n'ont mis que des fils noirs dans le peloton de mon existence[3]. » « La vie lui semblait semée des embûches les plus noires », a dit Bergerat[4], il se sentait menacé par une malfaisance du destin, il ne pouvait pas séparer l'écriture de la peur du sentiment vécu de la peur : tout était signe pour lui, il était Onuphrius intégralement, il le redevint pour écrire *Spirite*, tous les témoignages le montrent terrifié par l'obscurité, hanté par les présences et les sinistres accompagnateurs[5].

Tout était donc *religion* pour lui, « il ne souriait d'aucune religion », et disait toujours, selon Maxime Du Camp : « c'est peut-être vrai » ; il était fidèle à sa piété chrétienne et portait, selon A. Houssaye, « sur son cœur une médaille de la Vierge Marie que sa mère lui mit au cou à sa

---

1   *Portraits et souvenirs littéraires*, p. 316-317.

2   *Histoire de l'art dramatique*, t. V, p. 285, juin 1848.

3   Voir Maxime Du Camp, *Souvenirs littéraires*, éd. citée, p. 354.

4   *Op. cit.*, p. 166, et dans *Souvenirs d'un enfant de Paris*, t. I, p. 315 : « Son œuvre est pleine de la hantise des effets sans cause qui sont les problèmes du surnaturel scientifique après avoir été ceux du panthéisme. Il avait certainement foi en cette immortalité des âmes désincorporées dont mille phénomènes inexpliqués encore sinon inexplicables attestent la matérialité ambiante et suspendue. »

5   Voir Maxime Du Camp, *op. cit.*, p. 366 : « Il lui semblait que dans l'ombre la mort le guettait et allait le saisir, l'idée de la mort ne le laissait pas tranquille… »

naissance[1] », et il était fidèle à tous les dieux et tous les mythes, il en déplorait la chute. L'esprit humain, nous dit *Jettatura*, « garde toujours un coin sombre, où s'accroupissent les hideuses chimères de la crédulité, où s'accrochent les chauves-souris de la superstition », le commodore lui-même cède à la croyance dans le *fascino* et reconnaît qu'il devient crédule dès que la vie de sa nièce est en jeu. « La vie ordinaire elle-même est si pleine de problèmes insolubles que l'impossible y devient probable ». Le coin sombre est-il en nous ? N'est-ce pas le côté sombre, nocturne des choses qui nous obsède ? Qui vient se loger en nous dans toute émotion, dans toute inquiétude ?

Parti pour l'Égypte sans médaille bénite, sans bague à chaton de turquoise, sans branche de corail à deux pointes, il se sent exposé aux « influences malignes[2] ». Gautier subissait la superstition comme la conséquence de son sentiment panique initial, comme l'expression de son rapport au monde, de son immersion dans la puissance mystérieuse et immanente des choses. Il était avec tous ceux qui « se tordent sous l'immense pression de la divinité et de l'infini[3] ». Ou sous la pression de cette surabondance de sens dont nous avons parlé : la superstition, comme le fantastique, c'est une vérité, c'est *la vérité* pour la pensée-poésie, elle repose sur l'expérience de celui qui réside dans le monde, au sein de cette ténébreuse unité, où tout se tient, où toute perception nous situe, nous engloutit dans un ensemble transcendant, c'est *une pensée*, et une *connaissance*, c'est même la seule intelligibilité pour une conscience assiégée, débordée par l'excès de sens des choses, leur valeur bénéfique ou maléfique ; le superstitieux ne peut séparer l'intuition de soi et l'intuition des choses, il s'abandonne lui-même pour adhérer à une signification contraignante et mystérieuse née de l'unité du monde à laquelle il participe et qui le traverse de part en part.

---

1   *Les Confessions*, t. VI, p. 318.
2   Cité par Stéphane Guégan, *Théophile Gautier*, Paris, Gallimard, 2011, p. 673.
3   *Histoire de l'art dramatique*, t. I, p. 201 : « Moi qui comprends le prêtre d'Athys, le fakir indien, le trappiste et le derviche, se tordant sous l'immense pression de l'infini, et tâchant d'apaiser le dieu inconnu par l'immolation de leur chair, et les libations de leur sang… » De même *Voyage en Italie*, chap. XXII : « Si nous n'avons pas la foi, nous l'admirons chez les autres, et si nous ne pouvons croire, du moins nous pouvons comprendre. » Sur la « religion » de Gautier, des remarques pertinentes dans H. E. A. Velthuis, *Th. Gautier, l'homme et l'artiste*, Université de Groningue, 1924, p. 33 *sq.*

Gautier était sous l'influence du mystère, sous la pression angoissante des choses, toujours, à tout instant ; en lui, hors de lui, il y avait « l'infini et l'inconnu », les « mondes ténébreux » ; quand il regardait quelque chose, il se demandait si, de l'autre côté, il n'y avait pas « un œil inconnu », un « hôte étrange » qui le voyait. Le mauvais œil, cette « religion » millénaire, qui survit à toutes les religions à Naples, était pour lui d'une évidence terrible, « ce qu'il a écrit de la *jettatura* n'était qu'une faible expression de ce qu'il en pensait » ; pour lui, c'était clair et irréfutable, Offenbach avait le mauvais œil, Nerval avant son suicide avait été « fasciné » par un corbeau.

Aussi *croyait-il* à la puissance irrésistible du fantastique : il touche à « des fibres trop tendues pour qu'elles ne résonnent pas aussitôt[1] ». « Nous sommes tous des primitifs », disait-il aux Goncourt. Mais il était tout autant un moderne, car toutes sortes de savoirs de son temps venaient confirmer le fantastique, soutenir sa *vraisemblance* d'une dose de *vérité*, et tout à la fois, en étayant cette consonance profonde de l'homme de la nature, accroître son angoisse et l'en délivrer : des puissances cachées de l'univers devenaient des champs de forces pénétrables par la raison et en quelque sorte normalisées, on pouvait les nommer, les comprendre, les reconnaître, les expérimenter.

Selon Bergerat, « l'idée qu'il avait de la divinité, idée toute orientale et presque indienne, [...] avait établi en lui une croyance inébranlable aux influences occultes d'un monde supérieur ». « Il se figurait l'homme, a dit sa fille Judith[2], environné d'un réseau de forces inconnues, de courants d'influences bonnes ou mauvaises, qu'il fallait utiliser ou éviter ; il pensait que des êtres s'échappait un rayonnement qui heurtait ou caressait le rayonnement d'autres êtres et qui était cause d'antipathie ou de sympathie ».

Mais son époque lui fournissait de quoi nommer, désigner, définir de loin et approximativement ces forces mystérieuses. Le fantastique relevait d'une pensée et d'un savoir. Lui-même a salué le magnétisme animal « comme un fait désormais acquis à la science et dont il n'est pas plus permis de se moquer que du galvanisme ou de l'électricité », bien que « ses apparences fantastiques et singulières effrayent beaucoup

---

1   *Histoire de l'art dramatique*, t. V, p. 285, texte de 1838.
2   *Le Second Rang du collier*, dans *Revue de Paris*, 1er août 1903.

de gens pour qui l'inconnu est la chose la plus terrible ». Le *magnétisme* est un de ces prodiges dont nous sommes environnés et aussi un savoir[1].

Le fantastique en général n'est donc pas sans relations avec des savoirs qui au XIXe siècle ont permis le romantisme : « Le monde véritable que la science nous révèle est de beaucoup supérieur au monde fantastique créé par l'imagination », a dit Renan. Mais il n'y a pas de coupure entre les deux, et P.-G. Castex a montré[2] comment le fantastique après les années 1850 (Gautier l'a fait dès 1846 avec *Le Club des Hachichins*) a su s'adapter aux nouvelles connaissances, mimer la démarche expérimentale et la rigueur de l'énoncé scientifique ou se proposer comme une connaissance supérieure, une science plus complète ; G. Ponnau[3] a précisé comment la psyché humaine (au sens propre, l'âme, l'espace du dedans, la force intérieure) présente simultanément aux aliénistes et aux fantastiqueurs un continent inconnu et merveilleux ; devant les profondeurs du gouffre interne, les aberrations de l'esprit en travail, les créations inexplicables de l'imagination, le fantastique et la pathologie sont contigus, solidaires, confondus. Les récits de la drogue sont des contes expérimentaux nés explicitement des rencontres entre écrivains et savants, de leurs échanges multiples, de leur commune interrogation sur la nature de la folie, du rêve, de l'hallucination, de leur sentiment d'un surnaturel établi dans l'homme : le fantastique en serait la vraie porte d'accès ; Gautier s'est trouvé au centre de cette étude collective, le destin de son article sur le haschich le montre bien ; ici le document est récit, le thème (les visions du drogué) est expérience, la drogue est pratiquée pour son pouvoir *fantastique*.

Il y a donc cette étrange brassée de savoirs, de pratiques qui regroupe l'hypnose, le somnambulisme, le magnétisme animal, l'usage des drogues,

---

1 *Cf.* G. Poulet, *op. cit.*, p. 287-288.

2 Voir *Le Conte fantastique* [...], *op. cit.*, p. 93 *sq.* et p. 108 *sq.* Ainsi se constitue une « magie » moderne qui ne prétend pas s'opposer à la science, mais aller plus loin qu'elle ; le docteur Cherbonneau par exemple n'ignore rien de l'anesthésie, découverte des années 1840, et en propose une pratique absolument radicale en la combinant avec le magnétisme.

3 On se reportera aux p. 4 et 5, p. 15 *sq.*, p. 23 *sq.* de l'ouvrage de G. Ponnau, *La Folie* [...], sur les liens directs de Gautier et des aliénistes, les séances de l'hôtel Pimodan ; p. 40 *sq.* sur le destin de l'article de Gautier « Le Haschich », reproduit par Moreau de Tours dans son livre, par les *Annales médico-psychiques* de 1843, par le *Journal du magnétisme* de 1845 ; enfin le chapitre III, p. 49 *sq.*, a une importance globale pour notre propos, il montre comment magnétisme et spiritisme permettent une « adaptation » du fantastique à l'ère positiviste ; il est pleinement un merveilleux moderne.

les états limites de l'homme où parle l'âme, et les fluides mystérieux qui sont l'âme des êtres et des choses, le galvanisme, ou électricité animale, l'électricité elle-même, la chimie aussi bien, et la sympathie, la volonté leur sont réunies. Tous ces termes sont assimilés et presque interchangeables, le magnétisme est le plus significatif : Cherbonneau a commencé par lui et il a vite dépassé les plus célèbres des successeurs de Mesmer. L'essentiel, c'est ce qui leur est commun et ce qui permet une synonymie des mots, des virements de croyance, une « coalescence des concepts » selon la formule de G. Gusdorf. Dans tous les cas, il y a mystère et expérience, des faits et *une* pensée.

Le fantastique est « une forme de surnaturel qui prend simultanément en compte les exigences de la raison positive et la permanence des mystères liés aux activités déroutantes de l'esprit humain[1] ». On peut dire qu'il intériorise le surnaturel, confère aux « fantasmes de la folie un caractère surnaturel », mais on reste dans les phénomènes naturels avec les fameux fluides et toute cette batterie de termes.

Qu'ont-ils en commun ? Ils renvoient d'une manière plus ou moins approchée à des points de convergence et tendent à constituer une intelligibilité unique : ils renvoient à la force vitale qui est une *âme* naturelle, infrasensible et suprasensible (le magnétisme est un fluide universel, mais il régit l'homme, sa santé, son équilibre, ses pouvoirs) ; la pensée romantique l'oppose à toute vision mécaniste de la nature et de l'homme, c'est une force spécifique, autonome, spontanée, une animation organique qui se distingue de la matière inerte, parce qu'elle vit et meurt, parce qu'elle se crée elle-même, elle a son principe en elle-même, une intériorité et une finalité qui l'arrachent à la causalité pure et simple. L'indivision de la nature et de l'esprit, substituée au dualisme mécaniste établit que tous les *fluides* communs à l'homme et à la nature sont physiques et psychiques : l'organisme humain est dans l'organisme universel, il participe à son mouvement, à son achèvement (d'où la métempsycose et les avatars divins). L'homme est dans la nature, il est en elle, elle est en lui : autrement dit, ce qui est lui, est aussi hors de lui, le premier postulat est l'unité du dedans et du dehors.

La nature est esprit, l'esprit est nature ; ensuite ces fluides qui sont une force vitale et une force psychique sont invisibles, bien que naturels

---

1 *Cf.* G. Gusdorf, *Fondements du savoir romantique, op. cit.*, p. 362.

ils ne sont pas sensibles, ils sont cachés, latents, impalpables, par là immatériels et ainsi ne tiennent pas compte de l'espace (ni du temps), leur action transcende toute relation directe, matérielle et observable, leur action se fait à distance (le modèle premier est l'aimant ; d'où l'importance de la notion d'influence, de la sympathie, de la polarité : attraction-répulsion). L'action sans relation directe et causale est aussi une communication d'âme à âme, ce qui implique une magie naturelle, ou la voyance à distance, la télépathie, l'évocation. On peut voir par-delà l'espace et le temps, on peut savoir aussi : régulièrement l'aventure fantastique contient une séquence où les personnages issus de mondes différents communiquent par transmission de pensée, transparence des consciences, intuition intérieure, bref par une télépathie généralisée. Par la transmission fluidique l'âme agit sur la nature, sur les autres (c'est l'hypnose, la force de la suggestion).

Enfin, dans l'action magnétique, l'hypnose, le somnambulisme, le rêve, il y a un court-circuit de l'activité consciente, un dédoublement du sujet humain, qui perd sa lucidité rationnelle et découvre en lui une dimension d'inconscience, qui elle-même libère une réalité humaine (mémoire, savoir, vision) en deçà ou au delà de la vie consciente, une conscience d'avant la conscience, ou une volonté non volontaire plus profonde que la volonté. La vie et la conscience sont désaccordées, la réalité de l'esprit est en deçà, au-delà de la conscience. Alors, dans le sujet humain peut se trouver une altérité, qui le dépossède et l'enrichit, la barrière entre les consciences n'existe plus, et peut-être moins je suis moi (comme le drogué) et plus je suis. Mon être est hors de moi ou bien le moi est double.

On reste aussi bien en deçà de toute connaissance. Onuphrius est-il un possédé qui réclame l'exorciste ou un maniaque chez qui le génie poétique a mal tourné et qui relève de l'aliéniste ? Ou encore autre chose ? La vérité statistique l'exclut de toute classement, il demeure in-connu. Inconnaissable, hors de toute catégorie, désespérément. Le savoir romantique est pour l'écrivain un « réservoir d'images », un répertoire de thèmes d'autant plus utiles qu'il a conscience du mystère de l'homme : le connaître, c'est reconnaître qu'il est inconnaissable. Le fantastique est-il le seul discours possible sur l'homme, la seule voie d'accès à sa nature ? Cherbonneau, pour porter son diagnostic sur le mal d'Octave, récuse les termes de la psychiatrie, hypocondrie, lypémanie, mélancolie suicidaire, il s'en tient aux rapports de l'âme et du corps et à leur rupture presque faite.

Les conquêtes de l'âge positiviste sont présentes dans nos récits, elles y sont mentionnées, elles en sont le point de départ. Ainsi, la précision archéologique dans *Arria Marcella* ; mais elles ne sont jamais suffisantes : il faut recourir à l'unité des fluides et à leur convergence ; la science médicale de Cherbonneau repose sur un usage simultané du magnétisme, de l'électricité, de la télépathie, de la neurologie, de l'anesthésie, Altavilla fait appel à la magie naturelle pour expliquer raisonnablement le *fascino*, l'expérience médiumnique rejoint l'angélisme swedenborgien dans *Spirite* ; Gautier peut se référer à des « certitudes supranormales et empiriques » et se placer à la confluence des sciences et des psychologies, philosophies, voyances, magies, occultismes, etc. : pour aller plus loin encore. L'unité des forces naturelles requiert une pensée unifiante. Il trouve de quoi se confirmer dans son intuition de l'être considéré comme une unité dynamique, active, ouverte de forces agissant les unes sur les autres, immanentes aux choses, et aussi de nature spirituelle ; elles créent une implication matérielle de tout élément, mais aussi une force réelle de la pensée : la matière est esprit, et l'esprit, matière ; dans cette totalité, l'homme est un élément passif et actif.

L'univers fantastique s'inscrit dans ces savoirs qui lui confèrent naturellement une sorte d'encadrement synthétique : ce que le récit fait surgir, c'est un monde où tout se tient et s'échange. Fluidisme, psychisme, spiritualisme vont de pair, ils renvoient à *une* « force presque animante[1] » ; la vie se spiritualise comme la matière, soumise au dynamisme de l'âme, à la toute-puissance de la pensée et de la volonté. « Il y a un magnétisme irrésistible dans la pensée générale », dit Gautier pour expliquer pourquoi Paul succombe à la crédulité napolitaine : il y a dans la foule des idées, une communication muette qui hypnotise le héros ; comme un courant électrique, la pensée se meut dans l'espace et agit à distance sur les esprits et les choses ; le mauvais œil réunit, concentre, distille des miasmes morbides, des influences fatales et « des électricités dangereuses ». Altavilla l'explique par « l'électricité intellectuelle » qui fait la force du regard. Cherbonneau vivifie et foudroie, armé « de la volonté, cette électricité intellectuelle » ; Gautier a dit

---

1 Formule de G. Poulet, *op. cit.*, p. 288.

aussi bien que la vapeur « est moins forte que la pensée » des Égyptiens antiques. Les âmes toujours apparaissent comme des étincelles, sans doute jaillies du *feu divin*. L'âme que le fakir fait voir à Cherbonneau est « une étincelle bleuâtre » qui passe « avec la fulgurante rapidité d'une lueur électrique ».

L'âme du comte a été perçue voltigeant autour de sa femme, il a évoqué Prascovie « de toute la force d'une idée fixe », la pensée se propage dans l'espace ; allons plus loin : elle peut se matérialiser, devenir une force pratique, une puissance réelle qui transcende la matière, ou la séparation des êtres ; le magnétisme, le mot revient sans cesse pour renvoyer au principe le plus important, il est la désignation métaphorique constante de cette force de l'esprit, du désir, de la volonté : « Esquiros expliqua tout au moyen du magnétisme », c'est « le secret magnétisme » du sein moulé qui a mis Octavien en rapport avec Arria, alors que le « fluide conducteur » des cheveux d'« une morte antique » s'était évaporé. « La volonté divine », dit Spirite, est comme « le fluide nerveux qui communique aux membres du corps la volonté humaine ». Le magnétisme rend compte de la circulation de la pensée, de la puissance de la vie mentale, de son action à distance, de son partage entre les consciences.

Clarimonde surgit sur la terrasse de son palais lors du départ de Romuald, « son âme était trop sympathiquement liée à la mienne pour n'en point ressentir les moindres ébranlements ». Le miroir magique de Cherbonneau appartient aux accessoires des sorciers et des démons, mais aussi aux pratiques de suggestion hypnotique. « Pour nous il ne nous paraît pas plus exorbitant de lire avec la poitrine qu'avec les yeux ». L'intelligence, la volonté, le regard agissent sans se limiter aux données corporelles ou matérielles. Une même sensibilité, une même intelligence anime tout l'être, traverse l'espace et la matière, perçoit à distance à travers tout obstacle. Le rêve, l'extase, le somnambulisme, ou l'hypnose, le sommeil sont des modes de détachement de l'âme et du corps, et d'expansion de l'âme à travers l'espace et le temps, des moyens de communication et de connaissance, de rencontre de l'homme et du monde ; la pensée pense hors d'elle-même, hors du sujet, qui ainsi dédoublé, arraché aux limites de sa personnalité, découvre qu'il sait ce qu'il ne savait pas ou ne savait pas savoir. La pensée circule et agit de loin, la télépathie et le pressentiment vont de soi, la vision à distance traverse l'espace avec la même rapidité que l'électricité ; la somnambule rajeunie par le docteur qui la présente comme « une pythie ou une sibylle » moderne, voit à des distances énormes que son esprit parcourt en un clin d'œil, à la même vitesse que l'électricité, qui « est à la pensée ce qu'est le fiacre au wagon » : la volonté, le regard agissent à distance, comme des forces matérielles, avec la même immédiateté fulgurante que le courant électrique, aussi invisibles que lui ; la conscience n'est-elle pas homogène au monde, la nature et l'esprit constitués par les mêmes forces ?

Alors, le fantastique, s'il naît d'abord d'un sentiment *panique* de la nature, vient régulariser, rendre acceptable ou assimilable par la pensée-poésie et le récit le chaos des choses et leur ténébreuse agitation. C'est l'invisible qui éclaire le visible. Le fantastique est la clé du réel si impressionnant, il repose sur un réseau d'accords et de désaccords analogiques, de sympathies et antipathies qui sont déjà des forces de rayonnement ; les secrets de la matière révèlent son immatérialité dans sa matérialité.

Car tout est polarités, influences, attractions ou répulsion, affinités, irradiations, émanations, mouvements ondulatoires, évocations, les forces expérimentalement constatées, mais inconnues, indéterminées, sont matérielles mais aussi spirituelles, elles agissent en dehors de toutes les relations tangibles qui ont lieu dans l'espace des corps physiques, leur action mécanique cède alors la place à l'action d'autres facteurs (psychologiques, mentaux, spirituels) : les mouvements du monde se conservent et se propagent, les ondes magnétiques constituent cette communication universelle, où le passé et le lointain sont accessibles, où l'action matérielle ou surtout psychique se transmet et devient une force. La pensée est voyance et action, elle participe au réseau des communications de tout avec tout, elle sait et peut agir très loin d'elle dans l'espace et le temps ; en même temps le sujet absent de lui-même est plus profondément accordé à lui-même ; la pensée débordant la conscience devient une action sur l'objet, elle s'unit à lui pour le dominer.

Alors, le fantastique court-circuite la représentation et la conscience qui sépare le sujet de l'objet et de lui-même, et l'homme libéré de la servitude corporelle peut unir « le sens intérieur » à cette pensée, à cette sensibilité universelles qui sont diffuses dans l'harmonie du cosmos : n'était-ce pas le sens de l'astrologie ou astrobiologie ? Qu'est-ce que

Le Chevalier double, sinon une histoire d'*influences,* un regard qui trouble la mère, un désir mauvais qui marque l'enfant, une naissance sous de mauvaises étoiles, une possession funeste léguée aussi par l'hérédité ; le jeune Oluf enfin triomphe de « *l'influence maligne* de l'œil orange, du corbeau noir et de l'étoile rouge ». Dans la folie, « l'âme plus exaltée et plus subtile perçoit des rapports invisibles, des coïncidences non remarquées et jouit de spectacles échappant aux yeux matériels[1] » : le fantastique est-il autre chose que la révélation, ou l'objectivation de ces rapports ?

Dans ce monde plein où les esprits cohabitent avec les hommes, où Spirite subit une « attraction » terrestre, et entoure Guy d'« influences », où il arrive que l'arrière-monde des âmes se rende visible et matériel (ainsi pour l'opiomane), tout correspond et communique, car la nature est une surnature ; « toute communication entre nos âmes et nos corps est rompue désormais », dit Clarimonde quand elle est renvoyée au néant, à l'espace de nulle part ; de notre monde aux étoiles, à l'ailleurs absolu, s'étend un réseau continu de « sympathies[2] », d'affinités, des vagues d'ondulations et de vibrations.

---

1   Dit à propos de Nerval dans les *Souvenirs romantiques,* p. 247. Gautier ajoute : « Pour lui le songe ne différait pas de l'action, ce fut ainsi qu'il perdit la notion du chimérique et du réel. » À comparer avec ce texte : « La nuit, le rêve ne nous délivre-t-il pas des lois de la pesanteur, ne nous donne-t-il pas la faculté d'aller et de venir, de voltiger sur la cime des choses ou de nous perdre dans les futurs infinis ? Ce songe général et persistant et qui exprime le désir secret de l'humanité n'a-t-il aucun sens prophétique ? » Ce sont les « volitions de l'âme débarrassée temporairement du contrôle un peu grossier de la raison et des sens ». (« À propos de ballons », 25 sept, 1848, *Fusains et eaux fortes,* dans *O.C.,* t. III, p. 258 *sq.).*

2   *Cf.* J. Gautier, *Le Collier des jours. Le second rang du collier, op. cit.,* p. 296 : « Il se figurait l'homme entouré de forces inconnues, de courants d'influences bonnes ou mauvaises, qu'il fallait utiliser ou éviter ; il pensait aussi que des êtres s'échappait un rayonnement qui heurtait ou caressait le rayonnement d'autres êtres et qui était cause d'antipathie ou de sympathie. » Voir de Th. Gautier lui-même, le texte de 1838 cité par G. Poulet, *op. cit.* p. 287 : « Le magnétisme animal est un fait désormais acquis à la science [...]. Nous ne voyons rien là de plus merveilleux que ce qui nous environne ; nous sommes entourés de merveilles, de prodiges, de mystères. En nous-mêmes gravitent des mondes de ténèbres dont nous n'avons pas conscience. L'infini et l'inconnu nous pressent et nous obsèdent, au ciel, sur la terre, dans le soleil, dans l'acaride du fromage, en haut, en bas, dans le petit et le grand. » Sur cette cosmologie occultiste et spiritualiste, voir J. Decottignies, *Essai sur la poétique du cauchemar en France à l'époque romantique,* Université de Lille III, Atelier des thèses, 1973, p. 305 *sq.,* p. 324-337 ; *Prélude à Maldoror, vers une poétique de la rupture en France, 1820-1870,* Paris, A. Colin, 1973, p. 123 *sq. ;* et l'article de H. Nelson, « Th. Gautier : the invisible [...] ».

L'ARCHIMÉDECIN ROMANTIQUE

Cherbonneau dont on a peut-être sous-estimé le rôle, la carrure et la portée chez Gautier, comme dans le romantisme, rassemble dans sa personne tous les traits du médecin romantique ; d'emblée, il méprise la science officielle, la médecine purement mécanique et matérialiste du corps, science de l'apparence et de la mort, il la dépasse en faisant mieux qu'elle (il fait mieux que les anesthésiques), puis il s'exprime en termes balzaciens, il sait que la maladie est un mal de la personne tout entière, et qu'elle est d'abord morale, car « la pensée est une force qui peut tuer », et par *pensée* il désigne tout ce qui relève des passions : l'ambition, l'amour, le désespoir d'exister ; médecin moral, il est surtout un adversaire de la mort, il a une réputation de *résurrectionniste*, c'est le médecin des moribonds, celui qui parviendrait peut-être à *guérir* de la mort ; et puis comme *magnétiseur* célèbre, on a l'impression qu'il combat la mort par une sorte d'homéopathie, par une mort voulue et partielle qui met l'âme en liberté.

Soigner l'âme, « la disséquer » en somme, c'est soigner ses rapports avec le corps, c'est être capable d'agir sur eux, de les relâcher à volonté, d'atténuer ou d'interrompre ses relations avec la matière vivante ; d'où ses expériences de catalepsie, somnambulisme, vision à distance, télépathie, lucidité extatique, insensibilité corporelle ; alors apparaît sa vraie spécialité médicale, si l'on peut dire, c'est un médecin de l'âme ; magnétiseur aux dons miraculeux, il agit sur le principe spirituel de la vie, « la volonté de vivre » qui est malade chez Octave. On peut penser à Balzac, ou à Schopenhauer. Ses passes fluidiques sont des jets de lumière et de volonté, et le récit amplifie fantastiquement ses pratiques du magnétisme.

Pourtant, son « rêve scientifique » va plus loin : il faut atteindre l'âme elle-même, à nu, sans l'écran de la chair. Il lui faut une initiation ascétique qu'il va trouver dans l'Inde, il doit tuer la matière et la vie en lui-même comme les fakirs, parvenir au principe des avatars, voir son âme à distance de soi, connaître le mot qui fait obéir l'âme. Il lui faut accepter une forme de mort dans la vie pur accéder à un pouvoir sur la mort.

C'est « le verbe primordial », qui est le principe originel et universel à partir duquel l'esprit s'empare des formes, les crée, les recrée et les met en mouvement. Le médecin romantique parvient à une puissance presque divine.

Les sages indiens sont « presque des dieux », lui-même est comme eux, il tient sous son pouvoir le principe de toutes les métamorphoses, de toutes les formes que nous prenons pour la réalité. Dans son appartement surchauffé comme s'il était la jungle ou plutôt la matrice ou une sorte de couveuse de l'univers, il a son baquet mesmérien, sa machine électrique, l'arsenal rassurant du magnétiseur parisien, mais il est bien plus puissant : il peut tout, car sa volonté qui a su renoncer à tout peut tout, elle « vivifie ou foudroie », il dispose de la vie et de la sienne d'abord, puisqu'à la fin, il s'avance vers une sorte d'éternité, qu'il peut se réincarner dans un corps plus jeune que le sien.

Mais son pouvoir est en lui-même, dans sa personne, il est d'origine ascétique, pas de science sans la grande épreuve du renoncement à la vie physique. Il est devenu un thaumaturge plus qu'un savant : dans la séance de transfert des âmes, ce sont ses mains qui produisent « des jets lumineux », c'est « la batterie magnétique de son regard » qui atteint au prodige sans précédent d'agir vraiment sur l'âme et la volonté ; elle atteint l'âme avec une précision de chirurgien, « entre la base du cervelet et l'insertion de la moelle épinière », elle abolit la conscience, libère l'esprit du temps, de l'espace, du corps. Lui-même initialement « docteur hoffmannique » un peu grotesque devient un prêtre, un sacrificateur, presque un dieu, un démiurge.

Balthazar Cherbonneau renvoie peut-être alors à Balthazar Claës, le héros balzacien de l'*absolu* ; il le dit lui-même : « Nous autres rêveurs, un peu alchimistes, un peu philosophes, nous cherchons tous plus ou moins l'absolu. » Héros de la démesure[1], Prométhée moderne d'une aventure surhumaine, il est d'abord le héros du savoir romantique, de la connaissance totale, de la possession du principe créateur. Par le savoir absolu, il parvient à l'état « où l'on *peut* ce que l'on *veut* » selon la formule de *Spirite*. Savoir, c'est vouloir et pouvoir. Mais c'est sans doute le vouloir, « cette électricité intellectuelle » qui « vivifie ou foudroie », qui est déterminant en lui : il est à la fois la concentration et l'expansion de l'âme, l'acte spirituel constitutif de la réalité ; son corps qui a toutes les apparences de la mort est maintenu en vie par la volonté.

---

1   *Cf.* l'étude un peu injuste de G. Ponnau, *La Folie* […], *op. cit.*, p. 150 *sq.*, qui fait entrer Cherbonneau dans le type du « savant fou ». C'est à Hetzel, l'éditeur de Jules Verne, que Gautier a proposé *Avatar*.

Alors, Cherbonneau est lui-même le héros du fantastique, il le théorise, il lui apporte une formulation ou un fondement, il le pratique, il met surtout en question la réalité : si elle n'est qu'un ensemble de formes évanescentes et illusoires (ainsi Spirite parle «du monde invisible dont le réel est le voile» : c'est le voile de Maia que Schopenhauer emprunte lui aussi à l'indouisme), alors elle est inconsistante et irréelle, et l'on peut se demander si la vie idéale, la vie dans le monde de l'idée ou du rêve, n'est pas tout aussi réelle : «d'un certain point de vue, le rêve existe autant que la réalité» ; qui rêve au juste, est-ce moi qui rêve, ou suis-je rêvé moi-même, ou est-ce le monde qui est rêvé ?

Cherbonneau le dit fort bien, comme Hugo d'ailleurs, «l'esprit est tout, la matière n'existe qu'en apparence, l'univers n'est peut-être qu'un rêve de Dieu ou une irradiation de Verbe dans l'immensité». À propos de la *Péri*, «poème tourné en ronds de jambes», Gautier a dit : «La terre est le rêve du ciel, le ciel, le rêve de la terre.» Tout ce qui existe relève quelque part du rêve d'un autre, d'un ailleurs.

Les relations veille-rêve, réalité-vision vont donc se troubler, s'évanouir, s'intervertir : la vie de l'imagination, le regard intérieur vont devenir les plus *vrais* ; le sommeil, le somnambulisme, l'hypnose, l'inconscience extatique, la rêverie du drogué, la chimère du fou vont devenir un accès à la vérité, une lucidité supérieure, une communication sacrée ; si les liens du corps et de la matière se relâchent, l'esprit est libéré. La «crise» magnétique fonde cette connaissance sublime, cette conscience inconsciente : en perdant son moi, l'être endormi voit, sait, pense ; il est au plus profond de lui, et hors de lui, dans l'ailleurs idéal, dans les régions plus pures de la spiritualité, là où le sensible et l'extrasensible, le naturel et le surnaturel se confondent. On sait comment Gautier prophétisait la navigation aérienne[1] : elle sera puisque c'est un rêve de l'homme ; «toute idée formulée est accomplie, tout rêve passe dans l'action [...] on n'invente que ce qui existe ou peut exister» ; le fantastique est du réel, du réel possible, non encore actualisé ; l'impossible a la promesse d'être réel.

Alors tout est rêve, le rêve, seul réel, est copié par la réalité : Gautier nous a déjà dit que l'art était imité par la nature. Telles sont les beautés du magnétisme tel que Gautier l'a utilisé avec Balzac ; ses virtualités vont

---

1   *Fusains et eaux-fortes*, p. 257.

de la psychothérapie à une cosmologie spiritualiste, à une divinisation du médecin ou à une équivalence du rêve et de la réalité.

Il y a surtout pour le magnétisme au sens très large, une projection du désir dans la réalité, une projection de la pensée en réalité : le magnétisme recoupe en effet l'esthétique. Gautier parle de « la force de projection du rêve », qui est une pensée plus pure et plus libre. La pensée peut tuer chez Balzac, elle peut donner la vie et la retirer chez Gautier. Car l'âme est dans le regard : l'œil est un agent fantastique actif[1]. Dans le cas du « mauvais œil », don surnaturel où s'établit encore le contact des mondes, mais où la voyance prophétique s'inverse, elle est d'abord essentiellement le pouvoir de l'œil de l'âme, le pouvoir de voir par-delà les limites oculaires et matérielles de la vue.

C'est la seconde vue[2], cet « esprit de divination » qui appartient à Katy et à Prascovie, grâce auquel cette dernière perçoit brusquement le regard d'Octave, c'est-à-dire l'âme d'Octave dans le corps de son mari, c'est-à-dire la présence d'un autre *en lui*. Cherbonneau quand il observe son malade voit *en lui*, comme le geste tout médical de lui prendre le pouls établit « une communication magnétique » qui semble « soutirer » l'âme au patient.

L'œil a un pouvoir de révélation, de domination[3], de création peut-être, d'action en tout cas. Le mauvais œil est le cas limite et inversé de la « seconde vue » : le *jettatore* n'est-il pas supposé avoir deux prunelles dans un œil, et au fond voir double, voir comme s'il y avait un double

---

1 Sur ce point, voir R. Benesch, *Le Regard de Th. Gautier*, Zürich, Juris Verlag, 1969 et les remarques de Snell, *Théophile Gautier, a romantic* [...], *op. cit.*, p. 66. L'œil agit, qu'il attire à lui, ou projette au-dehors, il est un centre de radiations d'une immense portée.

2 Qui est un phénomène magnétique, la « crise » du magnétisé reposant sur une rupture avec le monde sensible et la conscience actuelle, il en résulte une concentration des forces intérieures, une transe lucide, où l'esprit libéré voit, sait, pense au-delà de toutes les limites humaines.

3 Il est présent dans toute l'œuvre de Gautier : voir *Le Roi Candaule*, par exemple, où les yeux de Nyssia sont doués d'une double prunelle et décrits déjà comme ceux de Paul (Pl., t. I, p. 948 et 957) ; l'étude sur Balzac, *voyant*, qui avait « des yeux à faire baisser les prunelles aux anges, à lire à travers les murs et les poitrines, à foudroyer les bêtes furieuses... » ; l'œil dans les récits fantastiques a cette valeur éminente : rappelons Daucus Carotta, l'antiquaire, l'abbé Sérapion, le diable ; voir J. Decottignies, *Essai sur la poétique [...]*, *op. cit.*, p. 264 sur le visage de Paul : il a des yeux saillants et rapprochés (surtout dans l'émotion, la ride qui se creuse entre les sourcils les unit plus nettement), qui semblent se concentrer comme une lentille, il a enfin un profil d'oiseau de proie. Ce sont les traits distinctifs du *jettatore*.

néfaste en lui qui regarde à sa place avec ses yeux ? La superstition médi-
terranéenne, véritable métaphore du pouvoir de l'œil, est reprise par
Gautier avec un grand luxe d'explications magnétiques qui montrent
qu'il s'agit de l'action projective, fascinante, d'une conscience sur une
autre conscience ou sur la réalité ; le mental a un rayonnement spatial ;
« la prunelle est une lentille qui concentre les rayons de la vie », l'effluve
fluidique qui surgit de cette concentration de lumière externe et interne
est « une électricité oculaire » ; Paul, simplement, monstrueusement,
réunit, concentre, distille « les électricités dangereuses, les influences
fatales de l'atmosphère pour les darder autour de lui ».

À la limite, le « mauvais œil », avec cette surpuissance de réflexion
de la lumière qui crée cet influx meurtrier, est une sorte de magnétiseur dont le côté désastreux serait hypertrophié. Ainsi, Paul est une
réplique de Cherbonneau ; ils relèvent du type du héros magnétiseur,
chez qui la « volonté » humaine outrepasse dangereusement les limites
de l'homme. Le regard impérieux, dominateur, créateur, du docteur
est décrit avec non moins de précision que celui de Paul : ses prunelles
d'un bleu céleste ne sont-elles pas le seul élément vivant, jeune, éternel
de son être décharné ? Ces yeux profonds comme une galaxie, et disposés en auréole comme ceux d'un hibou, semblent contenir l'infini du
ciel, briller d'une lumière propre, receler des univers ou une puissance
mystérieuse de rayonnement, qui pénètre sous la réalité comme une
radiographie, transperce les apparences, voit le fond des choses et agit
sur lui. Cet œil prismatique voit, concentre, réfléchit, il sait : il suffit
au docteur de regarder Octave pour comprendre son mal.

Cherbonneau est proche de Paul, dans la mesure où il s'excepte de
l'humanité : il sait tout, il peut tout ; il est voisin du poète puisqu'il
sait l'unité du monde, et parce qu'il sait surtout le langage réel fondé
dans l'être. Il possède la puissance absolue, il l'a atteinte par ce savoir
mystique, qui ne peut être acquis que par l'ascétisme effrayant des
pénitents indiens : et le savoir appartient à celui qui renonce à son
moi, qui a vaincu en lui la matière, diaphanisé le corps, qui vit à la
limite de la mort ; il est tout entier esprit et puissance dans ce pacte
singulier qui lui donne la divinité en échange de son humanité. Mais
il sera vaincu par le regard non moins lucide, mais innocent et pur
d'une femme amoureuse.

LES MÉTAMORPHOSES DE THÉOPHILE GAUTIER

Et Cherbonneau possède la puissance projective du sujet-médium capable d'agir sur les objets, sur un autre sujet, et indépendamment du corps, d'âme à âme ; bref, il fonde une « sorcellerie » au sens propre sur une mystique naturaliste. Il est le maître des métamorphoses, et la figure centrale du fantastique de Gautier, c'est la métamorphose[1] ; ce thème puissamment mythologique, qui unit la nature à la surnature qu'elle peut produire incessamment par ses modifications, qui font partie de sa nature, implique un fantastique *naturaliste*, qui remanie, dissocie, recompose la nature engagée dans une interminable genèse ; ainsi les « monstres fantastiques » de l'art chinois sont « le produit de toutes les impossibilités soudées ensemble[2] ».

Dans la nature, il y a, *latent*, un monde transnaturel qui ignore les *impossibilités*. Chez Gautier, on pourrait dire que le surnaturel ne propose pas un autre monde, mais un changement du monde, un autre arrangement du monde, soit un monde dont la naissance est permanente et inachevée. Alors, il se métamorphose, se produit et se reproduit de lui-même, à partir de lui-même, comme si sa substance unique et mobile changeait de forme sans changer d'être : comme si le fantastique était une agression permanente contre l'ordre du monde, ou la stabilité, la solidité, la cohérence des êtres et des choses, contre leur définition, leur séparation, leur division.

Le fantastique de Gautier est une protestation contre toutes les séparations. Le mal, c'est la chute de l'homme dans le contradictoire, la bipolarité (l'âme/le corps, la matière/l'esprit), la dispersion dans le temps et l'espace, les limites et les ordres qui fragmentent la totalité de l'homme et du monde. Novalis voulait en finir avec le principe de non-contradiction ; Gautier en semble proche car il déclare la guerre au principe d'identité et lui oppose le principe de la métamorphose, qui

---

1   *Cf. Maupin*, p. 456, le boudoir forestier de Rosette est décoré de dessus-de-porte et de glaces « représentant les scènes les plus galantes des *Métamorphoses* d'Ovide » : Théodore, dans la séquence amoureuse avec Rosette, se transforme sensiblement en un personnage masculin. Gautier lui-même a subi une métamorphose physique et morale : voir J. Savalle, *Travestis, métamorphose, dédoublements, essai sur l'œuvre romanesque de Th. Gautier* (Paris, Minard, 1981), sur ce tournant de 1837-1838 et l'idée d'un « cycle des métamorphoses » dans son œuvre.

2   *Le Pavillon sur l'eau*, Pl., t. I, p. 1123 ; *cf.* G. Gusdorf, *L'Homme romantique, op. cit.*, p. 211 : « le romantisme relie jusqu'à les confondre le surnaturel et le naturel. »

serait le fantastique en lui-même : il postule que toutes les divisions, antinomies, oppositions, séparations, contradictions, enfermements dans une limite ou une stabilité sont provisoires. L'unité, la continuité du monde, la mutation, les transferts d'existence récusent les frontières, bornages, limites qui établissent les êtres et les choses dans la permanence et l'identité à eux-mêmes. La métamorphose, qu'elle soit réalisée et aboutie, qu'elle soit en cours, qu'elle soit pressentie comme possible, peu importe, la métamorphose peut rétablir l'unité de Tout, l'unification du monde ; alors, l'immensité de ses virtualités est retrouvable, latente, à venir : on dirait qu'il faut que la nature ou l'homme puissent se corriger en tout instant de n'être que ce qu'ils sont, de ne pas être ce qu'ils ne sont pas.

« La vision romantique de l'univers interprète le réel en continuité, la réalité humaine fait corps avec le paysage, elle fait âme aussi[1]. » La métamorphose vient pallier l'insuffisance ou l'entropie des formes existantes et closes par un retour aux forces originelles, à leur libre circulation, à leur puissance de production. Dans *Madrigal panthéiste*[2], Gautier nous dit que tout meurt, tout se quitte, « S'en va dans le creuset profond / Grossir la pâte universelle / Faite des formes que Dieu fond », et que tout renaît « par de lentes métamorphoses » où revivent les anciennes sympathies. Si tout communique, tout est en genèse permanente.

Dans chaque être, il y aurait un mouvement, un changement d'être qui serait préétabli ; impossible de dire « je suis », sans accepter de dire encore « je suis ceci et aussi cela, je suis déjà un autre ». L'identité est un moins d'être, les catégories de toutes sortes sont un défaut, une fausse note dans la consonance de toutes les choses, un point mort du mouvement universel : la métamorphose affirme au contraire que chaque être qui a une unité est uni au reste, ouvert à ses influences, capable de retrouver le courant originel qui pose les formes et en dispose : il est déjà, d'emblée, plus que lui-même, il est en mouvement vers, en participation avec. Être, c'est devenir un autre : alors, le monde est fantastique parce que toutes les frontières sont poreuses, toutes les

---

1   *Cf. ibid.*, p. 251-252, sur le magnétisme fondé sur l'unité des êtres, un espace mental transpersonnel, des relations à distance, la mise en rapport des systèmes nerveux dans une *neurogamie*.

2   *Cf. Poésies complètes*, t. III, p. 4, *Affinités secrètes, Madrigal panthéiste*.

limites, franchissables : la métamorphose, élément traditionnel des mythologies, devient avec le Romantique la manifestation des possibles de l'être. Le réel, c'est la manifestation de tout ce qui peut être, de tout ce que produit le changement de tout toujours à l'œuvre, toujours en cours, et l'impossible, l'improbable s'effacent devant la grande promesse des possibles, tandis que le réel fermé sur lui-même se dévitalise et se déréalise. Il faudrait dire que, dans le fantastique, tout ce qui peut être, ou a pu être, sera.

Si Gautier pourrait être l'Ovide du romantisme, s'il renvoie aux aventures de Narcisse et d'Écho, à celle de Tirésias[1], à l'histoire de la nymphe Salmacis et d'Hermaphrodite, devenu asexué dans l'étreinte furieuse de la nymphe dont le corps se confond avec le sien, si comme Barbara Sosien a pu le montrer, ses récits se réfèrent largement à la légende d'Icare, s'ils évoquent Méduse (Paul en serait le répondant masculin), ou Prométhée (créateur d'une femme), ou Pygmalion, sculpteur amoureux de la statue qu'il a faite, et que Vénus autorise à transformer en une femme qu'il épouse (le mythe est devenu dès le XVIIIe siècle le symbole du créateur), il est imprudent tout de même de le réduire aux métamorphoses classiques : chez lui, le *principe de la métamorphose* désigne un fantastique original ; la métamorphose est la loi cachée des choses, mais aussi de l'imagination et du désir.

Sur ce point, je dois dire que je comprends mal les efforts de la critique pour déchiffrer les récits de Gautier essentiellement à partir du seul mythe de Pygmalion, devenu même un bien étrange *complexe* propre à Gautier dans l'article de Ross Chambers[2] ; cette histoire serait la structure générale sous-jacente de l'œuvre de Gautier et/ou de son psychisme, bref un *inconscient* diffus, narratif ou psychologique, qui aurait un pouvoir contraignant de structuration des récits, et tel qu'on devrait le retrouver sous les divers textes, quel que soit leur libellé. Alors Gautier serait prisonnier d'un seul récit fondateur, venu d'Ovide

---

1 Transformé en femme, comme D'Albert le souhaite pour lui-même, il avait pu comparer le plaisir de la femme à celui de l'homme et juger que le premier est supérieur au second, ce qui irrite Junon qui le rend aveugle.

2 *Cf.* l'article cité d'A. Ubersfeld et le livre d'Anne Geisler-Szmulewicz, *Le Mythe de Pygmalion au XIXe siècle*. Méduse, jointe à Pygmalion, jouit aussi d'une ubiquité abusive ; il n'y a aucune pétrification dans Gautier ; ou alors, c'est toute mort qui devient une pétrification. Et pourtant, c'est Nyssia, « Méduse de beauté », qui est atteinte, blessée, pétrifiée, si l'on veut, par le regard masculin de Gygès.

et réinterprété par les modernes, que la critique fait sortir de dessous les textes, même si Gautier ne l'a jamais directement suivi.

« J'aimais autrefois la forme païenne », a-t-il dit et il a chanté « l'implacable blancheur » de la femme-cygne. Certes, il est tentant de penser à Pygmalion quand la *folie* de l'artiste esthète, comme nous l'avons vu, le conduit à *aimer* les statues et les peintures, à assimiler si souvent ses héroïnes à des statues : mais jamais ce thème n'aboutit au désir réel d'une métamorphose de la femme objet d'art en femme vivante et objet d'amour, d'une animation du marbre ou de du bronze ou de l'ivoire en chair. La confusion, nous l'avons vu, de l'esthétique et de la sexualité, est impossible chez Gautier.

L'histoire de Pygmalion telle qu'elle est[1], est le récit d'une métamorphose qui est due au désir, l'ivoire de la statue aimée devient une femme vivante, et c'est une vraie séduction, la statue s'éveille sous les caresses et les baisers, jusqu'au point où miraculeusement elle les rend, alors soudain elle rougit, elle vit. Certes, la résurrection de Clarimonde est très proche du texte d'Ovide[2]. La force de l'Éros pénètre de vie la matière inerte ; chez Gautier, elle rend la vie à une morte. Mais Clarimonde n'est pas une statue.

Le paradoxe, c'est que parmi toutes les métamorphoses de Gautier, celle-ci est esquivée : aucune statue ou peinture ne s'anime et ne devient une femme. Le thème de Pygmalion dans sa littéralité stricte est absent de Gautier ; la critique doit donc, pour le retrouver, infléchir et réécrire les récits[3] : quand Gautier ressuscite des mortes, on les baptise *statues* et l'effort pour les rappeler à la vie par le désir est référé universellement à Pygmalion ; selon Ross Chambers, la statue est le *paradigme* de la morte ; le récit est biaisé et la statue métaphorique envahit le texte : la morte

---

1   Cf. *Métamorphoses*, Livre X, Garnier-Flammarion, p. 260.
2   Le livre de Mme Geisler-Szmulewicz a bien mis en valeur ce rapprochement.
3   G. Poulet, qui est sans doute à l'origine de cet usage interprétatif de Pygmalion, y voit « la métamorphose d'une forme artistique en un être vivant », soit l'incarnation de la beauté et de l'idéal, qui conduit aussi bien Gautier à animer des statues, à chercher dans la vie l'être de chair en qui « il reconnaît matérialisé le fantôme de ses pensées », qu'à ressusciter dans ses récits une morte comme Clarimonde (*Études sur le temps humain*, *op. cit.*, p. 279 *sq*.). Alors, la légende de Pygmalion s'élargit démesurément, et n'a plus qu'une signification esthétique : disparaît le fait premier et *monstrueux*, que la statue est aimée d'amour, et le fait second, que l'amour vivifie, que le statue aimée s'anime peu à peu et répond au désir. Toutefois Gautier va appliquer à la résurrection d'une morte, Clarimonde, le schéma de la résurrection.

revient à la vie non comme femme, mais transformée, recomposée dans son idéalité comme statue, seule la statue recompose la vie et lui donne solidité et intégrité.

Clarimonde est certes *comparée* à une statue, et quand la vie la quitte, elle a la blancheur, la froideur du marbre, et Gautier garde d'Ovide la relation du désir et de l'animation, l'accès à la chaleur de la vie par l'ardeur du désir ; Arria Marcella est rapprochée d'une statue de Vénus qui a enthousiasmé Octavien, mais elle n'est pas une statue, si elle en a la beauté ; et aucun sculpteur n'intervient jamais dans ces métamorphoses, c'est l'amant qui les produit.

C'est là sans doute que l'assimilation au mythe de Pygmalion achoppe le plus nettement : le rêve de l'artiste (D'Albert, Tiburce) de faire de la Beauté idéale et parfaite une réalité et une femme, rêve si proche du désir de Pygmalion, rêve qui pourrait recouper son aventure, ne va jamais au-delà de ce voisinage ou de cette similitude. Cette métamorphose qui pourrait aller de soi est contournée justement. Tiburce est *presque* Pygmalion, mais ce n'est pas de son œuvre qu'il souhaite la métamorphose et l'animation du portait ne va pas au-delà du souhait qu'il formule ; c'est Gretchen qui, en un sens, le réalise[1].

Le problème, c'est moins la présence cachée de Pygmalion[2], que le refus de Gautier de reprendre le mythe tel quel, de le retenir nettement comme métamorphose, et sans doute d'accepter la confusion d'une relation amoureuse et d'une relation esthétique, de faire aimer par un artiste un produit de sa propre imagination : l'amant dans le récit antique n'est pas sculpteur de profession, il se définit d'abord comme un ennemi de la femme. Chez Gautier, la métamorphose qui détermine le récit fantastique (la morte ranimée) ne concerne que l'amant.

Faut-il ajouter que le mythe de Pygmalion figure littéralement chez Gautier, comme projet d'un ballet-pantomime, *La Statue amoureuse*, qui semble bien parodique et moqueur[3] et qui est proche *d'Arria Marcella* par l'opposition du paganisme et du christianisme : un peintre allemand vivant à Rome se met à aimer une statue de Vénus, il lui passe

---

1   Si, dès le xviiie siècle, le mythe de Pygmalion représente la puissance du créateur (voir l'ouvrage de Mme Geizler-Szmulewicz, p. 165, sur les relations du créateur et de son œuvre).

2   Le mythe d'Orphée et d'Eurydice est présent dans les chorégraphies de Gautier, mais nul spécialiste des mythes ne s'y est intéressé.

3   *Cf.* Fr. Brunet, *Th. Gautier et la danse, op. cit.*, p. 272, l'œuvre est proche d'*Arria Marcella*.

un anneau au doigt (on est alors dans Mérimée) ; «depuis 1500 ans, la déesse n'avait pas eu d'admirateur, n'était-elle plus qu'une froide pierre ? L'admiration et l'amour de Konrad lui ont rendu tous ses privilèges de déesse et de femme.» Elle revit donc pour se mettre en ménage avec le peintre, mais son amour diminue ; à mesure qu'elle est moins aimée, Vénus se refroidit, se pétrifie et elle finit reprise entièrement par le marbre.

Il est difficile peut-être pour un écrivain moderne de prendre pour héroïne une *ancienne* statue, qui peut dire comme Biondetta dans Cazotte, cette phrase stupéfiante : «Je suis femme par mon choix... je suis femme depuis six mois.» Le burlesque de Scarron n'est pas loin dans ce mariage d'un peintre et d'une déesse de marbre devenue tout récemment une simple épouse.

Et puis, la métamorphose du Romantique n'est pas celle de l'antiquité, elle est plus subtile ou nuancée. Citant le mot de Goethe sur la nature, «éternellement elle se métamorphose et elle ne connaît pas les arrêts », G. Gusdorf ajoute[1], que la *métamorphose* est «la notion fondamentale de la biologie de Goethe et de la *Naturphilosophie*» : la nature est en état de création permanente, c'est «une constante métamorphose» ; alors que la science mécaniste met l'accent «sur la stabilité des êtres et des choses, soucieuse d'établir la permanence du Même», la pensée romantique insiste sur le renouvellement des formes dû au dynamisme universel.

La métamorphose chez Gautier ne va pas d'une identité à une autre, elle conteste, elle relativise la notion d'identité ; elle en ébranle la solidité et la pertinence non pas en montrant l'aspect successif de la métamorphose (ceci devient cela), mais plutôt en rendant toutes les formes incertaines, provisoires, hypothétiques ; toutes sont homogènes par l'impossibilité de les fixer dans des catégories, de les arrêter en un état, d'en poser des définitions. Il nous dirait plutôt qu'il n'y a pas d'identité, qu'il n'y a que des métamorphoses, partout, en tout temps. Il y a une simultanéité dans la métamorphose : elle devient un oxymore ; Clarimonde est la «morte amoureuse», la nouvelle s'est appelée «les amours d'une morte», elle est morte et elle aime, elle est morte et elle vit, comme Spirite, qui reproduit cette dualité et cet *adunaton*.

---

1   Voir *Le Savoir romantique*, *op. cit.*, p. 88-91.

On n'est jamais ceci, on est ceci et cela, ou ni ceci ni cela. On est toujours autre chose, hors de toute catégorie. Le devenir ne doit rien exclure. Quand D'Albert décrit son paysage intérieur et son impossibilité à être quelqu'un ou quelque chose, il nous dit bien qu'il est en dehors de toute classe, extérieur à tout ce qui est, « malheureux hippogriffe, le plus misérable ramassis de morceaux hétérogènes... » ; plus compliqué que la « monstrueuse Chimère » qui est une vierge, un lion, une chèvre, un dragon, il est un chaos de métamorphoses inachevées, en cours, ou possibles : « Vous avez planté du blé ; il pousse de l'asphodèle, de la jusquiame, de l'ivraie, et de pâles ciguës aux rameaux vert-de-grisés. Au lieu de la racine que vous aviez enfouie, vous êtes tout surpris de voir sortir de terre les jambes velues et entortillées de la noire mandragore. » D'une semence sort n'importe quoi, toujours autre chose. On ne sait jamais qui on est, qui est qui, qui est quoi. Qui devient quoi. La métamorphose généralise l'entre deux, l'ambiguïté, l'indivision, la puissance de changer aux dépens de l'acte du changement, elle nous place devant la question insoluble de l'équivoque. L'identité devient l'objet du questionnement et du doute.

Est-ce qu'il y a des espèces, des genres, des sexes ? *Mademoiselle de Maupin* est une histoire de métamorphose des sexes : il en est toujours question, c'est le thème du roman, et il ne s'en produit aucune. Sinon métaphorique : le dépucelage de Madelaine, qu'elle considère comme sa *métamorphose*[1] heureusement réussie ; et elle a aussi nommé son travesti « ma métamorphose ». Mais le désir de changer de sexe figure littéralement dans le roman : l'androgyne affirme de lui-même l'insuffisance de chaque sexe, appelle à briser ces limites de l'homme enfermé dans un seul sexe[2]. L'être bisexué conteste la catégorie bipolaire fondamentale, la différence des sexes, ou la nécessité de passer par le sexe opposé pour parvenir à la plénitude du sien propre.

---

1   *Cf. Maupin*, Pl., t. I, p. 514-515, « changer le nom de fille en nom de femme, c'est une métamorphose, une transformation ». De même, p. 440 et p. 378.

2   Voir l'article devenu classique de J. Molino, « Le mythe de l'androgyne » dans *Aimer en France*, qui étudie la place du mythe au XVIIIe siècle et dans le premier Romantisme, en particulier dans la peinture et le roman ; à propos de *Fragoletta*, Gautier, en 1839, lors de son adaptation dramatique, a écrit : « Nous qui avions dans un roman caressé cette gracieuse chimère, rêve de l'Antiquité. » C'est bien comme rêve poétique que l'Hermaphrodite de Polyclès est célébré par Gautier ; il dit encore que les anges de Prud'hon, qui possèdent les grâces du jeune homme et de la jeune fille, représentent « pour ainsi dire un troisième sexe plus parfait que les autres ».

Le romantisme se saisit du mythe pour répondre à cette fatalité de la division et traduire le malaise qu'elle provoque. À la construction idéale de Winckelmann, qui réunit les beautés de deux sexes en un seul être dans un rêve d'esthète qui conçoit un corps parfait, stérile, inutile, succèdent les représentations romantiques dans la peinture, la sculpture, le roman, où la différence du masculin et du féminin tend à s'affaiblir, tandis que les débuts du savoir romantique vitaliste découvrent que le sexe engage tout l'être humain, affirment que la bipolarité du masculin et du féminin est une donnée première, que la séparation détermine l'attraction et le retour à l'unité. Mais il faut passer par la chute irrémédiable que représente la distinction des sexes et qui tend à constituer l'androgyne comme un monstre, ou un moment dépassé d'une théologie de l'histoire humaine.

Dans le roman de Gautier, l'insuffisance de l'identité sexuelle est une évidence, qui légitime l'androgynie comme idéal, comme désir et comme impossibilité. Personne ne changera de sexe, mais tout le monde le désire, il n'y aura que des changements de sexualité. C'est ce que constate Madelaine : « le sexe de l'âme » ne correspond pas toujours « à celui du corps ». D'Albert lui écrit à la fin : « Vous êtes une femme, nous ne sommes plus au temps des métamorphoses[1]. »

Mais l'androgyne, même contrefait dans un déguisement, appelle à surmonter la clôture du sexe : il est l'unité originelle, que restitue la figuration par l'androgyne esthétique de la beauté complète et parfaite de l'homme unissant les deux sexes en un seul être. La dualité devient unité dans la beauté absolue, c'est ce que nous a dit Winckelmann : mais *avant* la sculpture, qui marie la grâce à la force, « une peau de velours » à des « muscles d'acier », Antinoüs à Hercule, il y a l'archétype mythique du *Banquet* et du discours d'Aristophane, figure du couple parfait et premier, de l'unité du masculin et du féminin, figure originelle du désir, figure de l'être accompli sans perte ni limitation et de l'union de l'âme et du corps. Le vrai androgyne, que l'on trouve dans *Avatar* et dans *Spirite*, c'est le couple des amants parfaits : le couple humain, que Séraphita laisse derrière elle avant de mener sa vie angélique, le couple que Spirite constitue aussi, mais dans le ciel. On trouvera parodique le couple des amants que la Maupin laisse derrière elle après avoir partagé à la suite leur lit à eux deux.

---

1   *Op. cit.* p. 474.

Mais Madelaine tend à réunir le masculin et le féminin : c'est l'Amazone, Bradamante, la beauté de la femme et le courage de l'homme, le charme de l'une, la force de l'autre. Et il est vrai que les deux protagonistes souffrent de leur sexe, d'être limité à un seul sexe : D'Albert fatigué de ne jamais sortir de lui-même, harassé de la monotonie de cette prison de l'identité où il est lui, rien que lui, toujours lui, à jamais, rêve de se changer, de s'accroître, d'être un autre, d'être de l'autre sexe[1] : « j'ai souhaité d'être femme pour connaître de nouvelles voluptés » ; être une femme, voir l'homme de l'autre côté, se voir comme un autre, connaître les plaisirs de l'autre sexe, c'est retrouver l'unité première, la totalité de l'expérience humaine, connaître toute l'étendue du désir, toutes les voluptés, en transgressant les limites de son propre sexe. Et la Maupin, dans sa décision initiale de rompre avec sa condition de jeune fille, de feindre d'être un homme pour voir les hommes de près, dans leur vérité, adopte de plus en plus un comportement masculin (« beaucoup d'hommes sont plus femmes que moi ») ; elle découvre avec Rosette, ou avec le page, qu'elle désire la femme, et parallèlement se sent virile et étrangère au désir de l'homme : « Je perdais insensiblement l'idée de mon sexe et je me souvenais, à peine de loin en loin, que j'étais femme. » Si elle reprenait ses jupes, elle passerait pour un homme déguisé en femme[2].

Mais l'androgyne, Gautier nous en a prévenu, c'est un être parfait et une idée, il est plus qu'humain, et le thème du roman, où il figure la beauté absolue comme transgression vivante des sexes, c'est plutôt le brouillage des différences sexuelles, leur équivoque permanente, toujours entretenue et même réciproque pour le héros et l'héroïne. Qui est l'autre ? Et qui suis-je moi ?

Contralto nous l'annonce, l'androgyne, c'est une énigme, une « beauté multiple », l'équivoque complète d'un « sexe douteux, d'une grâce incertaine » devant lequel « L'amour, ayant peur d'être infâme / Hésite et suspend son aveu » : la métamorphose des sexes, c'est le sexe indécidable, l'indéfinition sexuelle, l'impossible classement dans l'un ou l'autre sexe.

Aussi, paradoxalement, ce roman du plaisir et même du libertinage est un roman chaste. L'androgyne, beauté idéale, n'est pas objet de désir :

---

1 *Op. cit.* p. 290 et 329.
2 *Ibid.* p. 504-506.

comme l'a montré F. Monneyron[1], il questionne le désir, le décourage, ou le refuse, ou le force à se sublimer. Le déguisement de la Maupin constitue un être qui fait hésiter sur son sexe ou qui hésite lui-même sur son sexe : il est au-delà de la différence sexuelle et il en généralise la suspension, le désir s'arrête devant l'équivoque qui propose la *beauté idéale*. Aimée par un homme et par une femme, puisqu'elle est également homme et femme, ou plus exactement puisqu'elle est trop belle pour un être un homme[2], elle est la forme de la femme dans une apparence d'homme, et elle désoriente le désir D'Albert qui ne peut que *pressentir* la femme, et qui se trouve plongé lui-même dans une incertitude concernant sa propre identité sexuelle et morale : qui suis-je si *j'aime un homme* ? « Je ne sais plus qui je suis ni ce que sont les autres, je doute si je suis un homme ou une femme, j'ai horreur de moi-même... il y a des moments où il me semble que ma raison s'en va, et où le sentiment de mon existence m'abandonne tout à fait ». Saisi par ce doute sur lui-même, il semble entraîné vers une crise de son identité, c'est-à-dire une absence d'identité.

Madelaine, de son côté, ne sait plus ce qu'elle est, elle reconnaît qu'elle est hors des deux sexes : « Je ne suis plus une femme, mais je ne suis pas encore un homme[3]. » Trop femme et trop homme pour s'accoupler à l'un et à l'autre, aucun sexe n'est le sien : « Je ne sais où m'arrêter, et je flotte perpétuellement de l'un à l'autre. » Cet état de translation, cette situation d'un entre-deux sexuel indéterminé aboutirait-il à un *troisième sexe* à part, une autre catégorie, une non-catégorie sexuelle ? Aurait-elle par là surmonté la division des sexes, échappé à la répartition, sauvé l'équivoque de l'androgyne[4] ? Réalisé une métamorphose ? Ou s'est-elle fixée dans une absence d'identité sexuelle ?

---

1   Voir, p. 102, par exemple, le désir tend à la possession, la beauté idéale s'y refuse, et le désir tue le désir en l'assouvissant ; il faut donc un passage de l'objet à l'idéalité qui maintient le désir ; le Pygmalion de Gautier aime une statue qui reste statue.

2   Selon le préjugé « chrétien », qui n'accepte pas la beauté masculine et qui ne reconnaît pleinement que la beauté de la femme. Alors Théodore a « une beauté excessive même pour une femme », et elle ne peut avoir la beauté d'un homme, « il lui est plus resté de Salmacis qu'à l'Hermaphrodite des *Métamorphoses* ». De même, à propos de l'*Endymion* de Girodet : « chez les Grecs l'Idéal n'avait pas de sexe, et l'homme le représentait aussi bien que la femme ».

3   *Op. cit.* p. 459.

4   Comme le remarque F. Monneyron, si elle n'est plus à la lettre homme *et* femme, elle rompt l'unité de l'androgyne. Autre cas d'équivoque : dans *Omphale*, Hercule sensiblement féminisé et Omphale très audacieuse et très affranchie.

La vérité, comme le dit F. Monneyron, c'est que, dès que sa féminité éclate par la vertu du théâtre, où son déguisement est nié par un autre déguisement inverse qui gomme le premier, dès qu'elle a une identité sexuelle visible, que l'incertitude qui créait l'androgyne « a fait place à la certitude d'un sexe », la tension qu'il engendrait par son incertitude disparaît et l'on entre, en sortant de toute dimension idéale, dans une sorte de *normalité* (dans le plaisir) et de dualité : si la Maupin satisfait charnellement sa double nature d'homme *et* de femme, si elle est bisexuelle, elle est l'addition de *deux* sexualités, tantôt homme, tantôt femme, toujours double. Malmenée, l'identité sexuelle revient tout de même.

Reste que le roman se termine sur une forme de métamorphose capitale, car elle n'est qu'un jeu et un jeu esthétique : c'est le théâtre. D'une part, il est défini comme une représentation fantasque et libre de l'univers, livrée aux caprices de tous les changements et de toutes les transgressions ; il est donc d'autant plus vrai qu'il est plus faux. D'autre part, en devenant des êtres qui ne sont pas eux, les personnages deviennent eux-mêmes ; la scène instaure une métamorphose limitée, une manifestation des possibles que chacun contient, une transformation libre et créatrice de soi.

Dans les récits comme *Omphale*, *La Morte amoureuse*, *Arria Marcella* ou *Le Pied de momie*, l'ordre du monde est sévèrement restitué par des personnages munis de l'autorité paternelle ou du pouvoir clérical, ils proclament l'interdit sur les aventures amoureuses. Ils sont chrétiens, moraux, surtout militants d'un ordre qui refuse la métamorphose d'une tapisserie en femme, d'une morte en vivante, qui repose sur des séparations, des barrières dont le franchissement est impossible, et quand les amants s'affranchissent de ces limites, ces gêneurs leur opposent le principe de réalité, le retour à la réalité telle qu'elle est, le système établi qui divise, enferme, isole les êtres, les règnes, les espèces, et d'abord distingue le monde inanimé du monde animé, la mort de la vie, et rejette dans la mort ou pire encore dans la destruction de leur corps, les audacieuses revenantes. Mais l'ordre qu'ils veulent, comme Sérapion, c'est un ordre ascétique et sévère, la vie désertique et nulle de Romuald dans son presbytère, la suspension de la vie dans le couvent de Spirite. Fermé, hostile à la beauté, leur ordre est un *arrêt* général de la vie, de son mouvement.

Sur ce point, Gautier accuserait volontiers le monothéisme de monter la garde au nom du respect de la création autour des identités figées et mortes, des dualismes et des schismes, de conserver les frontières et les oppositions, bref d'être bien plus hostile que le polythéisme à la polyvalence de l'être, à la libre communication des substances, au dynamisme, à la mobilité, à la fluidité des métamorphoses.

Le fantastique suppose au contraire l'ébranlement des catégories fermées, la porosité des murailles, la multiplication des passages entre les réalités distinctes et opposées. Ainsi, la lourde matière devient une vapeur diaphane, quand Onuphrius est traversé par un attelage, quand le traîneau de Spirite passe à travers une voiture, ou bien elle se change en un objet d'usage quand la route que suit Onuphrius encore devient un tapis qu'on déroule devant lui. Plus inquiétante est l'animation des clochers qui lui font la nique ou la transformation de la lune en figure de Deburau. Quand il s'enfuit délirant du salon où le diable le persécute, alors, dans la nuit, tout prend vie autour de lui et contre lui, la ville endormie tout entière, tous les objets s'agitent comme pour le traquer.

Le fantastique joue de la confusion de l'inanimé et l'animé, de la chose et du vivant, de l'inerte et du mobile : alors, la matière prend l'initiative et le monde bascule. Avec Gautier on arrive au fantastique par transitions[1] : il faut franchir un seuil, qui implique le frisson et l'angoisse. Le fantastique, c'est le passage à l'action de l'objet. Le mystère semble émaner d'un monde en apparence inerte, dont on avait cru à tort que la vie était absente : en fait, est-elle jamais résorbée dans la matière et celle-ci privée d'âme ? Dès 1836, Gautier avait tiré d'Hoffmann un passage *idéal* résumant sa manière et montrant comment le fantastique surgit comme un état des choses où elles sont plus conformes à elles-mêmes, presque essentielles, et en même temps complètement autres, dédoublées, en somme prolongées vers une dimension invisible, complétées par le passage du latent à l'actuel, à la vie.

« Un conte commence » ; « vous voyez » un intérieur allemand, anodin et simple, « uni », dit Gautier ; « mais une corde de clavecin se casse avec un son qui ressemble à un soupir de femme, et la note vibre longtemps dans la caisse émue » ; le lecteur commence à se méfier de

---

1 *Cf.* L. Vax, *La Séduction de l'étrange, op. cit.*, p. 217 : « Le fantastique doit toujours sourdre du monde, et non jaillir de l'esprit de l'auteur. »

cet ameublement « si calme et si bon » ; puis la bouilloire « se met à jargonner et à siffler », le narrateur et le lecteur découvrent l'effroi d'une réalité qui n'est plus « naturelle », ils attendent « quelque événement extraordinaire » : entre une jeune fille, un vieux conseiller aulique, et c'est la terreur ; il y a dans la jeune fille des éléments inconciliables, un « reflet vert suspect » dans ses yeux bleus, des lèvres trop rouges pour un teint trop pâle, une « petite queue de lézard » qui frétille au coin de sa bouche ; le conseiller a des « grimaces ironiques » et semble révéler des travaux d'alchimie et de cabale plus que « la lecture de Puffendorf et Grotius » ; dès lors la terreur est là, dans les choses qui ont bougé, changé d'être, de dimension d'existence, comme les humains ont cessé de l'être purement et simplement.

On a l'impression que Gautier a souvent réécrit ce passage à un état *second* des choses ou de l'homme, cette naissance de la fantasmagorie à partir d'une métamorphose progressive des simples objets ; le fantastique *commence* dans *La Cafetière* quand les choses, le lit, le feu, la pendule, les bougies, le soufflet, la pelle, les fauteuils se mettent en mouvement d'eux-mêmes et deviennent les agents de leur propre fonction, quand la cafetière saute de la table, se met entre les tisons et revient sur la table une fois le café fini, puis se métamorphose en femme, mais redevient une cafetière cassée en morceaux parce qu'elle est tombée de sa hauteur ; d'abord les objets s'humanisent, pendant qu'à l'inverse les portraits sortis de leurs cadres et livrés à la danse ressemblent à des objets ou à des automates forcenés ; l'animation de la cafetière nous est dissimulée, non son retour à l'état matériel.

Le fantastique commence quand la réalité inerte est pénétrée par le mouvement. Ce même décor de la plongée dans le fantastique revient dans *Omphale* dès que paraît dans la chambre une vie sourde, étrange, mais féminisée et érotisée (la pendule émet des soupirs, le balancier ressemble aux battements d'un cœur), dès qu'une animation plus violente (le vent, les craquements et ondulations de la tapisserie) préludent au retour à la vie de l'image. Avant la métamorphose de la tapisserie et la préfigurant, une sorte d'affirmation atténuée puis accentuée des objets déclenche un mouvement qui s'amorce, demeure entre l'apparence et la réalité et se prolonge dans l'instant décisif du changement d'être ; dans *Le Chevalier double*, la tempête initiale qui accompagne la séduction satanique offre la même émotion, le même trouble de la réalité, et la chevauchée d'Oluf lui fait traverser la menace perceptible de la forêt de sapins, et les caprices ravissants du bois de bouleaux gelé : tout est double pour lui, même les choses et le paysage.

Le héros du *Pied de momie*, dans son rêve de voyant, voit en effet sa chambre « telle qu'elle était effectivement », c'est-à-dire immobile et « normale » ; chaque objet est ou semble être ce qu'il doit être, les meubles sont en place, la lampe, les aquarelles, les rideaux, « tout avait l'air endormi et tranquille » et ce calme hyperbolique, cette inertie recouvrent une tension qui monte, que le narrateur partage ; les choses attendent et lui aussi. Tout en restant ce qu'elles sont, les choses sont un peu plus ce qu'elles sont, elles se dérèglent conformément à elles-mêmes, le mobilier se trouble, les boiseries craquent, la bûche lance un jet de gaz bleu, les disques des patères sont des yeux attentifs, leur animation se généralise et correspond à celle du pied qui semble mu par un courant électrique et qui devient convulsif. Tous les objets devenus actifs *attendent* l'autre pied qui arrive.

Et dans *Spirite*, le liminaire descriptif et biographique qui semble résolument balzacien, fait apparaître dans le cabinet de Guy deux actions infimes et incompréhensibles ; *quelque chose* de son propre mouvement se manifeste, à l'extérieur de lui, il y a une pression sur lui ; sa main « prise de fourmillements et d'impatience », agit à sa place et écrit à Mme d'Ymbercourt un billet de rupture insolent et véridique, mais la lettre n'est pas de son écriture, et il se dit à lui-même, curieusement lucide sans le savoir : « Si j'étais un peu superstitieux, il ne tiendrait qu'à moi de voir là dedans un avertissement du ciel. » En fait, tout l'appartement luxueux, élégant, confortable participe à la venue du surnaturel et à sa manifestation : milieu complice, en attente, docile, il s'anime quand il s'approche ; quand Malivert sort pour aller tout de même retrouver Mme d'Ymbercourt, il « crut entendre » un soupir léger, faible, aérien, sans origine, insituable, mais c'est une « note vague, inarticulée, plaintive » que l'on ne peut attribuer au chat, ou peut-être à l'atmosphère générale de la pièce, et cette fois Guy est profondément troublé de cette impression que le texte dit *surnaturelle*.

Puis, on a le passage « hoffmannesque » mais retourné : Guy, alerté par les propos du baron, attend, le soir, chez lui, quelque chose qui serait une communication des esprits : tous les sens en éveil, il perçoit l'animation des choses, le silence bruyant de leur vie, il « sent » l'inconnu présent ; mais, ce soir-là, les choses ne disent rien, il doit reconnaître que les formes entrevues dans le clair-obscur, les plis des rideaux, les danses des vagues images ou des points lumineux sont vides de sens ; il n'y a que des illusions, « des chimères nocturnes ». Les choses n'ont pas vécu d'une étrange animation durant cette nuit.

Elles parlent le soir où l'esprit doit se matérialiser et où Guy s'efforce de l'évoquer ; Guy ne voit ni n'entend rien, mais tous les objets de son monde prennent des « aspects étranges », possèdent par-delà leur existence ordinaire quelque chose d'autre, une expressivité (le rire, le dépit, la désapprobation), une intention, bref « une vie fantastique ». Et après l'apparition dans le miroir, Malivert amoureux fou, le lendemain à son réveil, sait que dans son appartement toujours identique à lui-même, où rien n'est changé dans la présence des choses, « derrière le calme des apparences », s'agite « tout un monde de mystère ». Dans le mobilier et son dynamisme diffus et changeant, il y a ce que Gautier appelle « la réalité du surnaturel » qui a ses degrés, son rythme d'apparition, son *lieu*, ses moyens de se révéler en pénétrant les choses d'une vie qui fait des moindres bruits de signaux, des avertissements. Dès lors, le réel banal s'ouvre sur l'Inconnu. La porte d'un buffet ou d'une armoire est « une porte sur l'infini ».

Ainsi, l'objet inerte s'anime, contient une *anima*, une âme, un principe de vie qui surmonte la barrière de l'organique et de l'inorganique, du matériel et du vivant. Mais cette puissance de vie latente et provisoirement développée ne se transforme jamais en un nouvel être, ou comme Angéla il disparaît avec le retour des objets à leur état *normal*.

Sans changer de forme, l'objet matériel a accompli sa métamorphose en être vivant. Il faut ajouter que l'objet se met à vivre d'autant mieux chez Gautier qu'il a été lui-même un vivant : de là le thème du retour à la vie du portrait peint et de la tapisserie, comme s'ils contenaient à jamais, d'une manière virtuelle, la vie de celui qui est représenté. Le thème parcourt l'œuvre de Gautier[1], tableaux et tapisseries jouent un rôle déterminant dans *La Cafetière* et *Omphale*, Mademoiselle de Maupin

---

1   *Cf.* P.-G. Castex, *Le Conte fantastique, op. cit.*, p. 226 ; voir aussi Pl., t. I, p. 445 et t. II, p. 645-648 ; *Voyage en Russie*, chapitre III ; *Émaux et Camées, Poésies Complètes*, t. III, p. 101, *Le Château du souvenir* ; *Le Moniteur Universel*, novembre 1858, sur le malaise éveillé par les portraits qui semblent « vouloir se détacher de la muraille et vous demander l'âme que

se dit « étrangement préoccupée » par ce « monde fantastique créé par les ouvriers de haute lisse » : les ondulations de l'étoffe, les jeux de lumière, comme elle l'explique, donnent « une espèce de vie fantasmatique » aux personnages représentés, dont elle se sent regardée et espionnée, ou qui sont porteurs de lourds secrets qu'ils pourraient dire. Ces images qui proposent l'inquiétante possibilité d'une animation sont, dans *Le Château de la misère*, des portraits de famille décomposés et pourrissants, des « fantômes peints » devenant le soir « terrifiants et ridicules », ou des tapisseries moribondes, mangées par l'usure, aux ondulations suspectes. Et Gautier reprend à son compte cette rencontre dans le *Voyage en Russie* : dans un vieux château féodal, il trouve une galerie de portraits d'ancêtres, ce sont des « tableaux morts » représentant des morts, et devant les moins détériorés qui conservent une apparence de vie, il lui semble que « quelqu'un » le regarde à travers ces toiles « comme à travers un masque ».

La représentation, surtout dans le cas de la tapisserie qui, flottant au vent, conserve quelque chose de mobile et de libre, contiendrait donc quelque chose de la vie des vivants qui ne figurent plus qu'en effigie. Tout ce qui est œuvre ou *forme*, nous y reviendrons, conserve sur la réalité qui n'en est que la copie une sorte de supériorité : comme chez O. Wilde, le tableau a plus de vérité et d'être que son modèle ; le portrait, la tapisserie ne semblent jamais détachés des personnages qu'ils figurent, le *spectre* de l'être représenté fait partie de sa représentation, et Gautier si intensément figuratif en art semble toujours penser que l'imitation contient la réalité, incorpore une âme latente, est en somme la « chrysalide » du monde. Ce qui imite, simule la vie, semble l'avoir accaparée, incorporée à jamais, et la garder, alors que les modèles vivants sont morts ; l'image, immortelle, leur survit et vit à leur place : est-ce l'âme qui reste dans l'image et qui reprend corps ? L'image est-elle un condensé d'énergie, un réservoir de vie qui ne dépérit pas quand la réalité se corrompt et meurt ? Il suffit à Henrich de « faire » le diable pour le faire venir. Dans l'animation de l'effigie, se produit la coïncidence de l'idéal et du réel, de l'être conçu et de l'être existant qui est le thème majeur de l'érotique et de l'esthétique de Gautier ; la création tend à être créature.

---

le peintre a oublié de leur donner ». *Cf.* R. Baudry, « Des portraits qui s'animent dans les contes de Gautier », *Bulletin* 1996, qui suit aussi le thème chez les autres romantiques.

Ce que le héros de *La Cafetière* prend pour de « vaines peintures » d'ancêtres sont en fait *la réalité*, leurs yeux brillent, leur bouche parle. La beauté en tout cas n'est jamais une simple chose, fût-elle figurée et tissée sur une toile de tapisserie : une tension vitale ou voluptueuse reste toujours dans Omphale ; la mystérieuse et galante marquise, qui n'est plus du tout la mythologique Omphale, est le personnage de la tapisserie et pas son modèle ; et cette Omphale Pompadour, cet être intermédiaire, et d'une stylisation si affectée que son rococo, dans sa fausseté hyperbolique, rejoint les « grotesques » anticlassiques, a une vie potentielle, elle est offre et demande d'amour.

Ce qui revit d'abord dans ces figures, c'est le regard : ceux que nous regardons nous regardent, et c'est bien cela qui émeut et terrifie, cette réciprocité avec l'*inconnu*. Mais d'emblée Gautier refuse de traiter les portraits comme des personnes : il n'y a pas de métamorphose de l'image en un être, l'image du personnage peint s'anime mais comme image, c'est l'œuvre qui vit. Gautier rend la vie non aux êtres représentés, mais à l'objet qui les représente : dans *La Cafetière*, les *portraits* doivent s'extraire avec peine de leur tableau qui est une sorte de logis trop étroit ou de prison, il faut une clé pour les mettre en liberté ; et Omphale aussi, profitant de l'agitation de la tapisserie, s'en détache, saute sur le parquet, vient vers le héros ; mais elle est femme et tapisserie, créature en vie et morceau de toile qui dissimule son envers et marche à reculons, être de laine qui pèse un certain poids tout de même dans la tapisserie où des fils sont rompus, être de chair et de plaisir en même temps. La métamorphose chez Gautier, s'il s'agit des objets inanimés, les laisse dans l'équivoque d'une mutation incomplète ou provisoire, dans la dualité et l'unité à la fois. La métamorphose demeure une possibilité puisqu'elle ne s'arrête jamais et n'a pas de terme.

Il en est de même pour cette autre barrière que toute son œuvre fantastique va abolir, celle qui sépare les morts des vivants. L'opposition de la mort et de la vie devient réversible : hanté par la mort, comme on l'a dit, Gautier travaille à la nier, et à établir des possibilités de retour à la vie pour les morts ou surtout les mortes ; son fantastique opte résolument pour les revenantes et multiplie les séquences de résurrection. Comme si la mort ne séparait que deux espèces de vivants, comme si vie et mort devenaient des états différents de l'être, des *formes* de la même substance, unies par une continuité toujours confirmée.

Angéla, Omphale, Clarimonde, Carlotta, dans *La Pipe d'opium*, la princesse Hermonthis, Arria Marcella, Spirite enfin (d'une manière plus ambiguë puisqu'elle reste au-delà des limites de la vie), sont des êtres rappelés à la vie, revenus du royaume des morts ou entraînant le héros, comme la princesse égyptienne, vers les profondeurs abyssales et granitiques où se conserve immuable tout le passé des Pharaons.

Mais Gautier va bien au-delà de cette perméabilité de la frontière qui *sépare* les vivants des morts, de son franchissement permettant aux mortes de devenir des vivantes : le jeu des métamorphoses refuse ce mot de *séparation*, soit un jeu à deux termes fermés sur eux-mêmes, le choix réduit à une alternative et une succession. La métamorphose postule la simultanéité ou la combinaison, une interpénétration de la vie et de la mort ou leur inclusion l'une dans l'autre. À Naples, les chevaux ne sont plus vraiment vivants sans être pourtant morts, on voit « courir ventre à terre des bêtes mortes » : dès son poème *La Comédie de la mort*, Gautier s'est emparé d'un thème romantique, l'union de la vie et de la mort, « *la Vie dans la Mort* », et « *la Mort dans la Vie* ». Le vampirisme suppose bien des êtres qui sont morts et vivants.

L'oxymore contient la métamorphose. Si, de part et d'autre de la frontière, il y a non des morts ou des vivants, mais des morts-vivants et des vivants-morts, des êtres en état de dualité, de transition ou de passage, non figés dans des catégories, mais participant de l'une et de l'autre, relativisant la différence entre la vie et la mort, ils produisent cette terrible question : où est la vie, ou est la mort ?

En quoi consiste la vie ? Mais les morts-vivants ont plus de vie et moins de mort, si j'ose dire, que les vivants-morts, si ceux qui vivent à nouveau, sont plus vivants que ceux qui *vivent* au sens propre ; et tout simplement, alors, le sens des mots lui-même doit changer, obéir à la métamorphose. Car les vivants déjà morts sont les vrais morts. Dans l'expérience du fantastique, la métamorphose qui conduit vers la mort est une plénitude de vie, alors que la persévérance du vivant à rester *seulement* un vivant l'unit à la mort. La vie est du côté de la mort, la mort est du côté de la vie.

On est donc, dans ce jeu de la métamorphose comme ouverture qui ne se ferme jamais, comme refus de tout clivage absolu, vivant et mort, mort et vivant. Il y a les enterrés vivants comme Onuphrius, menacé de dissection, vivant dans la mort, situation de désespoir et symbole de toute vie peut-être. Il y a la masse des gens *normaux*[1], qui se contentent justement de *vivre* une vie réduite à elle-même, plaisir, confort, conformisme, ennui, satisfaction de soi : alors, « la vie est la mort dans l'âme » et le monde social est d'autant plus dévasté par une sorte de négativité active que ses figurants ont opté pour un immobilisme moral complet, qui les retranche de la métamorphose et les rejette du courant de la vie qui justement inclut la mort.

Mais les héroïnes de la vie, les mortes vivantes, ne sont jamais complètement mortes ni complètement vivantes[2] : est-ce que la barrière de la mort existe sans exister, puisqu'on peut la franchir et ne pas l'avoir franchie, être ressuscité sans cesser d'être mort ? Les héroïnes vivent une double vie ou une vie en double, de morte et de vivante. Spirite est morte et ne cesse pas de vivre dans la vie terrestre et ses passions, elle est immatérielle sans être désincarnée. Angéla se blottit dans les bras du narrateur pour se réchauffer, elle est devenue « froide comme un marbre ». Clarimonde vit, revit, meurt, meurt à nouveau, de telle manière que comme le dit le titre, elle est beaucoup plus morte que vivante, ce qui ne l'empêche pas de *vivre*, puisqu'elle vit *moins* (par exemple dans la scène de l'ordination), puisqu'elle meurt et doit être rappelée à la vie par le baiser de Romuald ; après quoi, il semble qu'elle soit encore morte, comme le dit Sérapion, et qu'à sa nouvelle apparition devant Romuald, elle sorte manifestement du tombeau (elle reconnaît que tous ses gens la croient morte) ; elle est « Clarimonde la morte qui force à cause de toi les portes du tombeau et qui vient te consacrer une vie qu'elle n'a reprise que pour te rendre heureux » ; elle est pourtant pâle comme un suaire et « les violettes de la mort sur les joues » ; et quand se termine la vie double du héros, nous apprenons qu'elle n'a peut-être jamais cessé d'être morte et enterrée dans sa tombe. De même, Arria Marcella, qui est à la fois calme et passionnée, « si froide et si ardente, si morte et si vivace », demande à Octavien de lui communiquer la chaleur de la vie

---

1   *Cf.* dans *Europe*, 1979, l'article de Marie-Claude Schapira, « Le thème du mort-vivant dans l'œuvre de Gautier », qui étudie le poème « La Comédie de la mort ». On trouve des remarques judicieuses sur les personnages dépossédés d'eux-mêmes, devenus des morts virtuels : D'Albert, Octave, Sigognac, les personnages narcissiques incapables d'aimer. Voir aussi Maria do Nascivento Oliveira, « Les *visages* du mourir dans les contes fantastiques de Gautier », *Bulletin*, 1996 : la survie pétrifiée de l'Égypte est le cas extrême de la vie dans la mort.

2   Ce qui justifie la comparaison avec des statues.

et du désir, car son corps est glacé, elle a des bras de statue « froids, durs et rigides comme le marbre ».

Mas qui sont-elles, ces héroïnes au statut indécidable, plus qu'humaines et moins qu'humaines ? Clarimonde, est-ce un ange, un démon, Satan, une femme, une courtisane de haut vol, une *vampire femelle*, une statue, une obsession, une illusion ? Dans l'univers de la métamorphose, l'identité des personnages est en question, elle est multiple et changeante. Le récit fantastique peut être, sans le dire trop clairement, le récit d'une métamorphose, ou de deux : *Jettatura* raconte la métamorphose de Paul en monstre rejeté par les hommes et les choses ; à Naples, il devient celui qu'il était à son insu, parallèlement à la métamorphose d'Alicia en ange (en elle « la femme avait presque disparu pour faire place à l'ange »). Mais Spirite, la jeune morte devient aussi une créature angélique, entraînant avec elle Guy vers les hauteurs de la vie céleste, où tous deux se métamorphosent encore en créant le vrai androgyne par leur fusion en une perle unique.

Dans le fantastique, l'homme révèle ses possibilités de dépassement de sa nature. « J'essayai par le magnétisme, dit Cherbonneau, de relâcher les liens qui enchaînent l'esprit à son enveloppe. » Alors, l'homme peut s'émanciper de la matière, s'élever au-dessus de la vie terrestre, se prolonger vers l'état divin, aller au-delà de son statut naturel.

Mais, dans le système des métamorphoses, Je, Moi, l'être identique et permanent que je suis, tout cela est frappé d'incertitude. Sans une forme fixe, sans une identité arrêtée, la métamorphose, au sens propre de transformation, est en question. Carlotta est *une dame*, mais est-elle *une* et *une seule* ? Sa figure passe par trois physionomies différentes, avant que ses traits se fixent. Il y a des hybrides dans le fantastique de Gautier, ils dérèglent la notion même d'espèce humaine ; ils envahissent toute la réalité dans *Le Club des hachichins*, où l'invention imaginaire suractivée produit à l'infini des métamorphoses, un véritable sabbat de formes bizarres et mouvantes, ou complexes et hétéroclites : le monde de l'hallucination, ou de la fantaisie imaginaire à l'état pur, est le fantastique absolu, l'accès de la subjectivité à sa toute-puissance, à son pouvoir de création, à sa libération de toutes les entraves du moi, du corps, du réel, du temps, de l'espace. Alors règne absolument la métamorphose, mais il n'y a plus rien d'autre ; dans le néant de l'objectivité, elle s'abolit, ou plus exactement elle ne présente qu'elle-même, elle existe pour elle-même, elle est tout et il n'y a rien, puisque dans sa gratuité et son dérèglement absolu, elle parvient à son état pur, elle décompose ce qu'elle compose, elle défait ce qu'elle fait, à l'infini ; sa puissance ne rencontre qu'un obstacle : le pouvoir de la musique. Ses créations s'abolissent dans leur création, dans un mouvement de dévoration de toute réalité. La métamorphose à l'état pur tend à être un transformisme sans objet et sans limites, un jeu bouffon ou triste de déréalisation absolue. La victoire sur l'identité est une élimination de la réalité.

Les métamorphoses se succèdent, s'accumulent, se métamorphosent elles-mêmes. Objet et sujet se fondent, fixer un objet, c'est le devenir. Et surgit cette double métamorphose : le narrateur contemple une fresque représentant la nymphe Syrinx qui devient un roseau pour éviter l'agression de Pan ; il devient la fugitive elle-même sur le point de devenir une plante, il devient Daphné en train de se métamorphoser, il est à moitié une statue. Plus rien n'est vraiment nommable : il n'y a plus que *cela*, et cela se transforme sans arrêt.

Emporté lui-même, le drogué devient le musicien Weber, il a son âme en lui, mais il devient aussi l'air qu'il joue, il improvise des masses d'opéra qui sont de lui ou qui sont lui ; il perd sa tête, devient un éléphant, retrouve sa tête mais vide de sa cervelle, il se pétrifie, devient « une viande de marbre » ou se croit le perroquet de la reine de Saba. Il y a dans l'expérience du haschich un surcroît de vie, une capacité à ressentir les plaisirs que donne un monde plus riche, parvenu à son essence : il y a une croissance du sujet ; c'est le monde du fou rire, d'un toho-bohu comique, mais il contient une menace : il faut *mourir* de rire.

Et la métamorphose se heurte à son propre principe et à sa liberté totale : elle n'engendre que des hybrides, des créatures impossibles, des *compositions* en effet fantastiques de monstres, des arrangements fortuits d'éléments hétéroclites et contradictoires où reviennent tous « les songes pantagruéliques », toutes les inventions cauchemardesques ou grotesques, « la ménagerie des rêves monstrueux ». Elle est immense, elle exhibe les hommes-plantes, les hommes-animaux, qui sont des composées de parties animales, minérales, végétales, des créatures existant par fragments qui se modifient (mains qui sont des nageoires, trompes qui se transforment en feuillages) ; des hommes qui sont formés d'objets, hommes-meubles, hommes-ustensiles, hommes-horloges, des hommes simplifiés, des nez sur des pattes de poulets ; et des hommes défigurés, animalisés, chosifiés par le rire et ou la danse qui crée des hommes-oiseaux, des hommes tirelire, avec des bouches en coups de hache et des nez en dodécaèdres. Celui qui joue un grand rôle, c'est le roi des légumes Daucus-Carotta, personnage littéraire qui vient tout droit d'Hoffmann ; c'est un légume, un oiseau aux yeux étranges, il a une poitrine de chapon, ses jambes sont des mandragores, et il finira en salsifi. Le drogué de Gautier a la possibilité de dessiner certains de ces êtres extravagants et d'en imaginer un lui-même : c'est une locomotive, avec un cou de cygne et une gueule de serpent, elle a des pattes faites avec des roues et des poulies, des ailes et une queue.

Finalement, le hachichin lui-même pris dans cette cohue d'êtres qui ne sont plus que des apparences, où tout se modifie, même le goût des aliments, où tout se confond (le monde est comme un bain de lumière, un océan de sensations), est saisi par le désir de se métamorphoser, de disparaître comme individu, de ne plus être composé d'un corps et d'un esprit. Alors, il serait un esprit pur et angélique dans le monde *aromal*, un corps quelconque privé d'individualité, une partie du cosmos, fondu en lui (« absent de moi-même, débarrassé de moi »), enfin libre, et proche des êtres élémentaires et des âmes sans corps. Mais aussi, il deviendrait dans cette fusion océanique « comme une éponge au milieu de la mer », il serait poreux et pénétré par les choses, il serait un lieu de passage des forces physiques, un obscur objet radicalement privé d'identité et existant à peine. Mais, dans sa mélancolie où il sent son âme se détacher de son corps, sa vie le quitter peu à peu, son moi s'évanouir, Octave retrouve le souhait du hachichin, son corps perméable « laisse échapper [s]on moi comme un crible l'eau par ses trous », il ne peut se distinguer « du milieu où [il] plonge ». Alors, il est déjà dans le mouvement des *avatars* : quittant sa forme, son apparence, en mourant lentement, il retourne à la matrice de tout (« je me sens fondre dans le grand tout »). Absent de lui-même, prêt à troquer son âme personnelle pour une participation à l'âme du monde, sous une forme quelconque, sauvé de son mal et perdu comme moi, il va tenter de renaître comme un autre, de revivre dans un autre corps. Le grand Brahma-Logum vit dans une catalepsie sans fin : il a son âme hors de lui-même tandis que son corps semble mort. Où est-il ? Qui est-il ? L'avatar, comme l'expérience du drogué, relativise l'identité : dans le fantastique, qui est qui ?

Cherbonneau lui-même est physiquement une créature monstrueuse et disparate[1] : hybride, certes, et inclassable, situé hors de toute espèce et de tout genre, sur-humain et sous-humain, il a, comme les dieux de l'Inde qui lui font escorte, la puissance de se métamorphoser, il devient un avatar d'Octave et de lui-même, mais il relève dans sa personne d'une monstruosité stabilisée. Il regroupe en lui des métamorphoses réalisées et stoppées. Il est un entassement paradoxal de contradictions, une surenchère d'antithèses, un composé impossible, donc « fantastique », un mélange sans nom d'humanité et de bestialité (il devient une « araignée humaine », son crâne démesuré est comme un œuf d'autruche, il est simiesque), de jeunesse et de vieillesse, de blancheur et de noirceur, de vie et de mort (il a la face et la maigreur d'un squelette). C'est un objet ou un ensemble d'objets hétéroclites (un casse-noisette, un mètre qu'on plie, un porte-manteau, ses muscles sont des cordes), et c'est une âme toute-puissante, un regard agissant, c'est un clown avec ses cabrioles et ses chutes ; et, à la fin, Gautier lui concède d'unifier et d'ennoblir « ses traits désordonnés » dans une majesté de mage qui écarte de lui « le crayon de la caricature ». Le modeste médecin est presque un dieu[2].

Mais surtout *je* est un *autre* dans l'univers de la métamorphose, la formule nervalienne se confirme en changeant de sens ; je suis toujours déjà un autre, car je peux, je dois changer, je peux compter sur une transformation de ma forme ; je peux être moi et un autre, me changer et m'accroître sans cesser d'être moi, et même sans devenir tout à fait un autre. Car nous dit D'Albert, « il est ennuyeux d'être soi et même d'être un autre ». À quoi bon être un *autre* moi si je suis déjà autre que moi ?

Ce qui implique d'une manière essentielle dans le Romantisme que la métamorphose soit soumise au mouvement sans fin, et donc la possibilité de la métempsychose, radicalement subversive de l'identité : je puis aller de forme en forme, m'incarner et me réincarner, changer de corps, mais aussi être changé de corps, redouter que l'*on* occupe mon corps. Ne plus savoir qui est moi, qui est qui. Et, comme on le dit dans *Avatar*, devenir « un être double », fabriqué avec des parties d'un autre.

---

1   Frère jumeau du fakir de l'ultime révélation. Les dieux sont de même « hybrides et touffus comme la nature de l'Inde ».

2   Sur Gautier et la « laideur », voir Snell, *op. cit.*, p. 34 et p. 80.

Qui suis-je si mon identité est à ce point mobile, malléable, interchangeable ? D'Albert fait de longues poses devant son miroir[1] pour vérifier qu'il est bien lui-même, ou pour guetter inversement si la métamorphose attendue ne s'est pas produite, si sa beauté ne s'est pas améliorée à son insu : « j'espère toujours qu'un printemps ou l'autre, je me dépouillerai de cette forme que j'ai, comme un serpent qui laisse sa vieille peau » ; les atomes qui l'ont composé n'ont qu'à « se cristalliser » autrement. La vie serait-elle une mue saisonnière, le corps une simple peau qui tombe au printemps ? C'est ce qu'il devient dans le laboratoire de Cherbonneau : on change de corps comme de vêtement ou de déguisement.

Symétriquement et inversement, Paul devant son miroir avant de s'aveugler renonce à lui-même, il opère sur lui-même une métamorphose négative, il s'améliore en se mutilant : il dit *adieu* à sa « forme manquée et sinistre... argile scellée au front d'un cachet fatal », au « fantôme pâle » qu'il « promène depuis tant d'années dans la vie » ; ses yeux, dépendance fatale, malédiction de son corps, négation de lui-même, masque et trahison de son âme, doivent être arrachés de sa forme. Si le mauvais œil relève d'une mutation démoniaque, l'aveuglement la corrige.

Alors l'*avatar* serait bien le principe du fantastique de Gautier, car il est le principe même de la métamorphose romantique : D'Albert et Paul nous le disent. Elle promet de rendre le corps transcendant, et/ ou de transcender le corps, deux désirs qui soutiennent le fantastique. Deux libérations. « Le désir le plus profond de l'âme est de sortir de l'enveloppe qui la tient prisonnière[2]. » Le « désir de l'idéal, a dit Gautier à propos du haschich, tend chez l'homme à relâcher les liens qui relient l'âme au corps[3] ».

« C'est diablement embêtant d'être soi, toujours soi, rien que soi », a écrit Gautier à Nerval[4]. La vraie prison, c'est l'ego, l'égoïsme, le corps (« je suis prisonnier de moi-même », dit D'Albert). L'identité au sens matériel, l'identité possessive : « J'ai renoncé à mon moi », se dit Octave.

---

1 *Cf. Maupin*, Pl., t. I, p. 259 et 325 ; de même, Rodolphe, dans *Celle-ci et celle-là*, tient d'abord le matin à constater devant son miroir qu'il n'a pas changé de physionomie en dormant et qu'il n'est pas *un autre* ; voir encore Pl., t. II, p. 476, l'adieu de Paul à lui-même.

2 Propos rapporté par A. Houssaye (*Les Confessions*, t. IV, p. 320).

3 Voir plus haut sur les rapports de l'âme et du corps dans le manichéisme de Gautier.

4 Voir *Correspondance générale*, t. I, p. 164.

Cherbonneau, pour réaliser l'avatar, doit anéantir la personnalité de ses patients ; ses « sujets », comme tout somnambule, obéissent mécaniquement. C'est le triomphe du magnétisme. Gautier, qui se révolte contre la mort et la décomposition putride de sa chair, a aussi la passion du néant, de la perte de soi, c'est-à-dire, en un sens, de l'évasion hors du conditionnement de la personnalité. C'est le souhait de D'Albert, « jeter mon individualité aux orties », quitter ce « diable de moi qui me suit obstinément ». La blessure qu'on oserait dire ontologique de Gautier ou du romantique, c'est qu'il est ici et maintenant, dans ce lieu et ce temps, un corps, ce corps, ce seul corps. Qu'il est à jamais cet homme, un tel, et rien d'autre.

L'expérience fantastique de la métamorphose renvoie chez Gautier au malaise de la personne, à l'attitude qui soutient indifféremment sa vie et son œuvre. C'est un homme « mal dans sa peau », à la lettre, mal à l'aise dans cette guenille, cette défroque, ce déguisement mal cousu de la chair qui est son corps, blessé d'avoir *une* identité, d'être limité à une matière, un temps, un espace. Sur ce point, ses héros, c'est lui : tous sont mécontents d'être ce qu'ils sont, parce qu'ils ne sont que cela. S'évader, transcender les limites, toutes les limites, se quitter, se multiplier (c'est le souhait d'Henrich l'acteur), changer un corps bâclé et fortuit, changer de corps, jouer de ses apparences d'une manière flamboyante, de ses vêtements et de ses cheveux et de sa barbe (comme les Jeunes-France, comme Onuphrius, comme les « hachichins »), être exotique dans son costume, dans ses idées, dans son être, n'être jamais d'ici, mais de l'autre patrie lointaine, s'excepter des coordonnées du temps et de l'espace (être un Vénitien contemporain de Casanova, un Égyptien des hautes dynasties, un Pompéien du Ier siècle, un Indien des débuts du monde ou un Russe en Russie, un Espagnol en Espagne, un Turc en Turquie), chercher à partir d'un sentiment définitif d'exil la « vraie patrie[1] » dont toute situation vous prive : ces désirs (être un autre, être ailleurs, être antérieur) sont présents et réalisés dans la thématique de la métamorphose ; le fantastique alors semble chez Gautier parallèle et semblable au voyage ; à son gendre, il dit : « Je voyage pour me déplacer, sortir de moi-même et des autres,

---

1   Sur cette appartenance à un « ailleurs », voir la lettre à Nerval citée (*Correspondance générale*, t. II, p. 40 *sq*.) et *Quand on voyage*, 1865, p. 245. D'Albert disait : « Il est ennuyeux d'être soi-même et même d'être un autre. »

je voyage pour réaliser un rêve tout bêtement, pour changer de peau si tu veux[1]. » L'étranger, c'est l'étrange ; le voyageur se rend étranger à lui-même, l'altérité le modifie et l'élargit.

Mais celui qui a « la maladie du bleu » et qui se soigne avec des « doses d'azur[2] », qui obéit à un tropisme de la lumière pure, de la lumière qui est chaleur et beauté, qui a une vertu physique et sensuelle et une puissance spirituelle, cherche dans le voyage sans doute l'anéantissement et la régénération extatiques de son être[3].

Se métamorphoser, c'est, au niveau élémentaire, le jeu du déguisement ou du masque : quand Romuald s'habille en jeune seigneur, c'est une transformation de lui-même (« je n'étais plus le même, je ne me reconnus plus ») ; il est beau, c'est un achèvement de lui-même, ce qu'il était n'est plus que l'ébauche grossière de la statue qu'il est devenu, et ces quelques aunes d'étoffes le transforment moralement, l'esprit de son costume lui entre dans la peau[4]. Et le masque suffit à changer l'être : D'Albert, pour s'évader de lui-même, réclame des dons magiques : avoir la beauté de l'ange, la force du tigre, des ailes et le pouvoir de se transporter partout en un clin d'œil ; et il ajoute curieusement à tous ses souhaits de transformation radicale, d'échappée hors de l'espèce humaine, le simple désir d'« un beau masque » pour « séduire et fasciner sa proie[5] ». Un peu de tissu sur le visage suffit-il à modifier la forme humaine ? À faire paraître ce que l'on est (« le masque nous a rendus vrais », disent Jean et Jeannette), à faire devenir ce qu'on paraît, à engager dans une théâtralité sans limites, dans un jeu qui se joue de lui-même ? Qui se joue de toute stagnation dans une identité bloquée ?

Est-ce cela que signifie le fait que Clarimonde morte ait auprès d'elle « un masque noir brisé, un éventail, des déguisements de toute espèce » : une défroque de carnaval, de bal, de théâtre, de mise en

---

1   Voir É. Bergerat, *Théophile Gautier. Entretiens* [...],*op. cit.*, p. 125-126.
2   Dans *Loin de Paris*, 1865, p. 2, et *Quand on voyage*, 1865, p. 161.
3   Voir H. E. A. Velthuis (*op. cit.*, p. 43 et *sq.*) sur la démarche extatique de Gautier.
4   Ne pas oublier que Mademoiselle de Maupin, pour sa nuit d'amour, se présente dans son costume de scène et que tout le roman dépend de son déguisement initial, du masque qui la dissimule et qui lui permet de voir sans être connue.
5   Sur le masque chez Gautier, voir A. Bouchard, « Le masque et le miroir dans *Mademoiselle de Maupin* » *RHLF*, 1972. Voir aussi *Albertus*, str. 72 : « Jouissons, faisons nous un bonheur de surface, / Un beau masque vaut mieux qu'une vilaine face. » Le masque est-il une identité de pure *surface* ? Le bal masqué est un *topos* des contes fantastiques.

scène de soi ; l'insaisissable créature est-elle vouée à traverser tous les
travestissements, à errer dans les espaces et les temps, la vie et la mort,
le tombeau et la féerie vénitienne ?

Mais le devenir autre, c'est aussi devenir l'autre : dans cette métamorphose qui est celle des amants[1], il ne s'agit plus d'une union des
corps, mais d'une unité ou d'une fusion de deux êtres en un. Le vrai
androgyne, c'est la perle unique finale de Spirite, qui contient les amants
célestes qui ne sont pas réunis, mais confondus. L'héroïne elle-même
avait prévenu Guy[2], « nous serons l'unité dans la dualité, le moi dans
le non-moi … » La métamorphose érotique suppose une dimension
extatique, une sorte de transsubstantiation des moi (c'est un moment
angélique au sens strict du mot), qui permet un échange de deux existences, une seule vie à deux ; tout en respectant chaque individualité,
le couple parfait, supprimant toute distance et tout intervalle, constitue
un seul être. Le moi demeure, il s'accomplit dans la fidélité à son désir,
et il franchit les limites de son identité.

Ainsi, l'instant miraculeux du baiser entre D'Albert et Rosette :
dans cette minute où il a aimé, au sens absolu du mot, « je ne songeais
pas si j'étais moi ou un autre », nous dit D'Albert, « je me sentais réellement un autre » ; il y a échange des âmes, interpénétration des vies. Et
la Maupin rêve d'un amour qui permettrait de « n'être qu'un en deux
corps, de fondre et mêler ses âmes de façon à ne plus savoir si vous êtes
vous ou l'autre… de se doubler en se donnant. »

Je m'accrois au-delà de moi en me renonçant, je m'abolis pour être
plus que moi, je donne ma vie pour recevoir la vie ; dans cet enlacement,
cet enroulement de lierre ou de vigne, dans cet échange des vies et cette
permutation des âmes et des corps, nous avons sans doute la préfiguration
de l'éros fantastique, où le désir tout-puissant surmonte la mort, toutes
les distances, toutes les limites pour la brève union parfaite de deux
vies. Alors, cette métamorphose renvoie explicitement au récit ovidien
de l'union funeste de la nymphe Salmacis et d'Hermaphrodite, mais
Gautier n'en retient pas le trait capital : l'absorption du jeune enfant

---

1   L'expérience est analogue à celle du théâtre : être soi-même à travers l'altérité du rôle.
2   *Cf.* Pl., t. II, p. 1221 et Pl., t. I, p. 293 *sq.* et p. 494. Sur Salmacis (Pl., t. I, p. 291), dans
     le texte d'Ovide, il est clairement indiqué que, du côté de la nymphe, il y a un excès de
     désir, une démesure sexuelle. Or, son très jeune partenaire résiste. Alors, elle demande
     aux dieux qu'il ne puisse plus se détacher d'elle. Du coup, il ne s'agit plus que d'un
     demi-homme uni à une demi-femme.

dans le corps de la nymphe détruit leurs différence sexuelles, le corps nouveau n'est ni homme ni femme. Pour lui, il semble que, dans le cas d'une métamorphose équilibrée, l'amour surmonte non les différences sexuelles, mais la séparation des êtres enfermés dans leur identité (dont le sexe n'est qu'un élément), et la réciprocité absolue dans le don fait que chacun gagne en aimant et en étant aimé ce qu'il perd en identité, c'est-à-dire en égoïsme.

La métamorphose, ce pouvoir de changer de forme, d'aller de forme en forme, d'opposer à l'ordre la continuité d'un mouvement, d'un dynamisme, d'une exubérance de l'être, le don d'emprunter à la nature sa plasticité et de jouir de l'infini de ses possibles, la métamorphose laisse-t-elle quelque chose de permanent et de stable qui en chacun demeurerait identique à lui-même ? Ce serait l'âme, ce principe qui conserverait le moi dans ses incarnations et réincarnations : l'avatar, la métempsycose se réfèrent à cette subjectivité intangible. Mais, si on a le pouvoir comme Cherbonneau de dissocier son âme de son corps, d'agir en général sur l'âme sans la modifier pour la changer de corps[1], s'il y a un mot qui « fait transmigrer les âmes d'un corps dans un autre », sans abîmer la dépouille corporelle, alors la métamorphose ouvre au fantastique un nouveau domaine où il risque de rencontrer le comique traditionnel de personnages interchangeables.

Le principe d'identité qui semble respecté est mis à mal : on ne sait plus quelle âme est dans tel corps, si l'habitant de ce corps en est le vrai titulaire, ou s'il s'agit d'un usurpateur audacieux. Il y a des assassins qui tueraient pour voler un corps, comme D'Albert, ou des voleurs de corps ; lui-même se plaint qu'un scélérat lui ait volé la forme qui lui revenait, si bien qu'il est l'ébauche, le brouillon d'un autre qui est sa copie tout à fait améliorée ; il n'est plus que le modèle qui a permis au voleur d'être la statue, alors qu'en fait c'est l'autre, le voleur, qui se pavane avec sa forme qui l'a plagié. « Ce monsieur est moi » : d'où l'envie de tuer le coquin « pour mettre son âme à la porte de ce corps qui m'appartient ».

---

1   *Cf. Jean et Jeannette*, Pl., t. I, p. 242 : la soubrette Justine a réussi « cette métamorphose » en changeant la vie de sa maîtresse sans modifier son âme ; elle rejoint les dieux, les génies, les magiciens qui changent de corps sans changer d'âme. L'âme d'Onuphrius décide de le quitter quand il est menacé de dissection. Voir aussi *Maupin*, Pl., t. I, p. 326 et 367.

Cherbonneau lui-même à la fin du récit a deux corps, il ne résiste pas au désir occuper le plus jeune de ces corps qui est vacant, il fait changer son âme de corps, on le soupçonne déjà d'avoir volé les yeux d'un enfant ; dans le fantastique de la métamorphose, il est courant d'avoir deux vies, des identités mobiles, de voir plusieurs candidats à un même corps, d'assister à des déménagements et des emménagements d'âme, de succéder à l'âme d'un autre dans son corps. Comment être sûr que l'âme qui est dans ce corps l'occupe légitimement ?

Mais, comme on peut être dépouillé de son corps, comme l'âme peut être chassée de son logis corporel, de même on peut découvrir, comme le fait Paul, qu'on est possesseur d'une fausse identité, qu'on a longtemps cru être un autre que celui qu'on est, et qu'on abrite en soi un double qui est le vrai moi, un autre qui est moi, et qui est le mauvais ange, qui regarde par ses yeux, à sa place et en lui et malgré lui, qui est donc en fait « un assassin, un démon, un vampire ». En moi il y a un autre, l'autre fondamental de l'homme. Et Onuphrius inversement est volé de son moi, on le trépane pour lui voler ses idées, on le dépouille de ses œuvres.

Dans cet immense jeu fantastique de la métamorphose, il est difficile de rester un je : dans l'avatar, je ne suis qu'un point emporté par l'océan de la vie, je ne suis qu'une forme sans durée et sans nécessité, je peux naître et renaître, mourir et rajeunir, participer à une genèse permanente qui ne me fera jamais être davantage. Alors, où s'arrête le mouvement de dépersonnalisation qui lamine l'identité, qui en fait une illusion ? Le noyau infracassable de l'identité, là où le je perdure et ne succombe pas au change universel de la métamorphose, c'est l'âme, c'est-à-dire la passion ou le désir.

LA TEMPORALITÉ FANTASTIQUE

TOUTE VIE EST ANTÉRIEURE

Si le romantisme est historique par essence, c'est peut-être parce que le passé est constitutif du présent, et parce que la supériorité ontologique de ce qui a préexisté remplace la prééminence de la forme sur l'être, de l'essence sur l'existence. Mais alors pour Gautier le scandale majeur, et ce qui lui fait craindre la puissance du néant, c'est l'impossibilité de répondre à la question posée par Villon[1] : où est passé le passé, que fait le temps de ce qu'il produit et détruit, « Où va ce qui n'a pas de corps ni de fantôme / Ce qui n'est rien ayant été », où va « le présent qui se fait passé » ? C'est le poème *Pensée de minuit* qui traduit cette angoisse de la perte absolue : toute l'immense activité de l'humanité bascule sans cesse dans le non-être, tout ce qui n'est plus, tout ce qui a été avant nous, nous-mêmes et tous les moi, tout ce qui est antérieur, tout a disparu et disparaît à jamais, comme si rien n'avait jamais existé. Le temps dévorant semble supprimer le passé de l'histoire dans une annulation permanente de tout ce qui a été : à quoi bon alors vivre ou créer si dans cette solitude absolue l'homme qui n'a rien trouvé en arrivant, ne laissera rien en partant ? Mais de cette angoisse vont naître, non une philosophie sans doute, mais une *vision* fantastique du monde et une poétique.

Le poète conserve de la foi religieuse non pas l'espérance d'une temporalité rédemptrice, mais la confiance en un au-delà laïc, en « un autre monde », un *coin du chaos*, un royaume qui serait *la patrie et l'exil* de tout ce qui a été, pays sans nom, terre invisible des ombres, espace « sur le bord du néant jeté », « limbes de l'impalpable », ni paradis, ni enfer, car soustrait à toute justice suprême, lieu neutre et absolu, un *quelque part* insituable mais certain, dans « une région *vague* » et indéterminable : on ne sait rien de ce refuge du temps, sinon qu'il contient tout, plus que tout.

---

1   *Cf.* G. Poulet, *Études sur le temps humain, op. cit.*, p. 283 *sq.* ; voir aussi *Pensée de minuit*, poème de 1832, publié avec *La Comédie de la mort, Poésies Complètes*, t. II, p. 124 ; de même, dans article de *La Charte*, 27 avril 1837.

Car Gautier d'emblée imagine que cet au-delà conserve tout ce qui a été : les êtres qui ont vécu dans une histoire, les êtres qui n'ont vécu dans que dans la fiction, ou la représentation artistique, tout ce qui a été possible et virtuel ; il assimile « les formes idéales, pures conceptions poétiques non encore réalisées dans le temps et les formes concrètes de la réalité passée, sorties du temps ». Et, dans *Maupin*, il évoque « l'impalpable royaume où s'envolent les divines créations des poètes et les types de la suprême beauté ». Pour Gautier, est passé *historique* la totalité de la vie de tous les hommes, en particulier de leur vie spirituelle. Le paradis laïc, auquel l'homme vivant pourrait avoir accès, contient tout ce qui est l'objet d'une élection, relève d'une certaine grandeur, d'une gloire, d'une valeur, surtout d'une mise en forme. Cette éternité, située dans l'espace et le temps et toujours accessible, conserve ce qui relève des faits, des œuvres, des idées, des pensées, des passions. Et la conquête de cet océan du temps et des choses éternelles par l'imagination et l'écriture, la saisie par une sorte de *filet* qui leur donnerait une figure, un corps matériel, qui les capturerait dans une formule, c'est la finalité de l'activité esthétique et fantastique.

Cet autre monde qui double et reproduit à jamais le nôtre, est une mémoire absolue : est-ce à dire que pour le romantique la mémoire n'est pas seulement un phénomène de la personne, mais surtout peut-être un fait ontologique, une donnée collective et impersonnelle ? L'antériorité est partageable, il y a *un* passé qui unit les esprits, circule entre eux, les contient peut-être. L'analyse de G. Poulet en a donné la preuve quand il a montré[1] que le poème de Nerval, *Fantaisie*, et les textes qui lui font écho chez Gautier, conduisaient à admettre une sorte d'imagination indivise entre les deux poètes et leur référence commune à une confusion des temps (« de deux cents ans mon âme rajeunit »), au souvenir d'une autre vie dans un autre temps, c'est-à-dire à une paramnésie pratiquée à deux. Ils ont en commun un site, un idéal de beauté, une image créée et se créant elle-même, qui voyage de l'un à l'autre, des lectures communes, des visions qu'ils exploitent parallèlement. On ne parlera pas de trouble psychique, ni de mystification littéraire : ils ont en commun la conviction que la mémoire de l'antériorité est transpersonnelle, que l'on a des souvenirs que l'on n'a jamais eus, qui se détachent de la mémoire strictement individuelle et qui peuvent exister chez un autre, où ils sont

---

1   G. Poulet, *Trois Essais, op. cit.*, p. 83.

tout aussi personnels et impersonnels. C'est « dans une autre existence peut-être » que le poète a déjà vu la dame du château, dont il se souvient : s'il y a mémoire, s'il y a une mémoire historique qui coïncide avec des événements antérieurs à nous, s'il y a des souvenirs qui recoupent ceux d'un autre, alors c'est que *nous* appartenons à une antériorité commune où nous puisons *nos* souvenirs, où ils sont présents encore et disponibles.

Et c'est *La Vie antérieure* de Baudelaire qui confirme Nerval et Gautier : « J'ai longtemps habité sous de vastes portiques... / C'est là que j'ai vécu dans les voluptés calmes[1] » ; Gautier, quand Spirite joue du piano, nous dit que « les notes éveillaient en Guy des vibrations si profondes, si lointaines, si antérieures qu'il croyait les avoir entendues dans une première vie[2]. » À quel temps, à quel lieu, à quelle position dans le temps et l'espace renvoie chez Baudelaire cette vie antérieure, ce passé qui confond la mémoire et le rêve, qui attache le bonheur absolu à un univers de jouissances et de puissance situé non pas seulement *ailleurs* mais *avant* ? La vraie vie est dans l'*antériorité*, et elle est accessible : ainsi se formule une autre pensée-poésie du fantastique de Gautier et c'est un thème tellement romantique qu'on a de la peine à l'isoler pour le comprendre. Pour admettre ce privilège de ce qui est *antérieur* : toujours antérieur, absolument antérieur, situé dans la temporalité ou l'histoire en position d'antécédent. Cherbonneau en Inde va vers l'antérieur absolu, l'origine du monde de tout. Ce qui a le plus de valeur est passé, est dans le passé, et il peut être retrouvé. La *Vie antérieure* est d'abord à rebours du temps, pour *vivre* il faut remonter le temps, revenir toujours à ce qui a eu lieu avant, en arrière, plus tôt. Avant nous. Dans le non-lieu absolu qui est tout le passé et se trouve hors du temps.

Mais le poète le dit, cette temporalité antérieure est un fait de mémoire personnelle, et elle est aussi en moi comme une lointaine durée, vécue antérieurement à la durée proprement biographique, une durée qui serait de l'ordre du mythe, et qui serait logée dans une autre mémoire : une mémoire qui excède la mémoire ordinaire, parce qu'elle remonte plus *avant*, parce qu'elle est indéterminée et insituable, parce

1   *Cf.* Baudelaire, *Œuvres complètes*, éd. citée, t. I, p. 17 et p. 862-864 : A. Adam a rapproché le poème d'un texte de *Maupin* sur le bonheur suprême, mais il est au conditionnel et non au passé.

2   De l'homme aimé et heureux, Octave dit : « Quelle sublime vie antérieure Dieu récompense-t-il en lui par le don magnifique de cet amour ? » ; sur le mot « antérieur », voir *Spirite*, note 144.

qu'elle me porte et m'échappe ; elle est en moi, au fond de moi, mais aussi avant moi, elle est personnelle, elle contient mon secret et elle est impersonnelle ou *trans-individuelle* : comme le souvenir d'une origine où en quelque sorte je me suis devancé. C'est ce que suggère le poète : avant moi, il y a ce moment ou cet état de perfection totale dont je suis dépendant, mais qui demeure comme extérieur à ma vie d'individu et à ses débuts objectifs. J'y étais, j'étais antérieur à moi-même, et pourtant la vie *antérieure* m'est intérieure et intime, elle est ma subjectivité ; c'est la preuve de sa vérité, l'antériorité m'offre à moi-même mon bonheur et mon être essentiel ; ma mémoire antérieure, c'est mon souhait le plus profond, la reconnaissance de mon désir et de moi. Là où mon identité semble s'accroître et s'étendre et se perdre dans un arrière-fond illimité de la durée et de la personnalité, là elle se trouve vraiment.

Mais alors, dans l'*antérieur*, le souvenir et l'imaginaire se confondent, l'extension de la personnalité se fait aussi dans cette unification du réel et du possible, du vécu et de l'idéal ou du désirable. Il faudrait dire que pour le romantique l'histoire, c'est la vie antérieure, celle où je suis les autres et où la réalité répond à mon désir. Dans le fantastique, il y a coïncidence entre le passé et l'idéal.

Avant moi, il y avait mon rêve et ma vie profonde et vraie, et ils ne sont pas seulement à moi. Et là se trouve la justification du privilège de l'antériorité : elle est en moi et en même temps elle me contient, elle est en moi et elle est plus profondément moi ; et ce qui a été a plus de densité d'être que ce qui est ou ce qui sera. Cherbonneau le dira dans une formule lapidaire : « L'homme n'invente rien, et chacun de ses rêves est une divination ou un souvenir. » L'homme est essentiellement temporel, il vit, il rêve à l'intérieur du temps, il le devance ou le répète, et il ne peut que redécouvrir ou retrouver.

Mais cela veut dire que le passé tend à revenir et que le rêve tend à être réel, qu'il remonte et descend le temps indifféremment, que dans le cours du temps l'objectif et le subjectif sont en état d'échanges et de substitutions ; cela implique que tout est sorti du sujet, car le rêve a une « force de projection », il détient « cette puissance de créer hors du temps et du possible une vision presque palpable[1] ». On connaît aussi l'adage peu progressiste de Gautier : « Il n'y a pas de choses nouvelles. »

---

1   *Portraits et souvenirs littéraires*, p. 35.

En somme, l'antérieur a plus d'être que ce qui est postérieur, il est premier et originel, et il est seul capable de création ; et il y a fort peu à attendre du futur qui se trouve sans doute déjà dans la grande matrice universelle, l'antériorité.

Mais la vie antérieure vers laquelle se dirige la remontée fantastique du cours du temps, c'est une manière de sortir du flux temporel, une démonstration que le temps est maîtrisable parce qu'il est relatif à nous : « Le temps n'existe que par rapport à nous[1] ». Le temps est subjectif : principe cardinal du fantastique. Ou de toute esthétique.

En lui-même, il dépend de l'activité de l'esprit qui peut l'allonger, le densifier, le produire. Il n'est contraignant, destructeur, identique à la mort, que si nous y consentons : si nous perdons le sens et le désir de la vie antérieure. Ne serait-elle pas alors notre but, notre vrai milieu, notre vie idéale, notre seul projet possible : revenir à la vie antérieure, c'est revenir à nous. Proposition romantique s'il en est, qui postule et légitime la rétrospection fantastique de Gautier.

Octavien, dans ses « élans insensés vers un idéal rétrospectif », « tentait de sortir du temps et de la vie » ; D'Albert se disait dans *Maupin* : « On ne peut subsister ainsi à côté du temps et de l'espace, il faut que l'on trouve autre chose » : il lui fallait trouver le fantastique. Selon Spirite, les esprits échappent aux limites ou catégories spatio-temporelles, ils se déplacent dans le temps et l'espace souverainement, ou surtout, comme les héros des récits, ils déplacent les données apparentes du temps et de l'espace. L'existence onirique de Romuald se déroule dans un *continuum* autre, parallèle et opposé à son monde réel, bien qu'il soit dans la même époque historique[2]. L'esprit ne peut-il pas tisser librement sa toile tem-

---

1   *La Presse*, 31 mars 1846. De même, dans *Jettatura* : « On peut croire ou nier tout ; à un certain point de vue le rêve existe autant que la réalité. » G. Poulet a montré comment cette soumission du temps à la volonté du sujet était déjà présentée par Th. de Quincey (*Études sur le temps humain*, p. 286-287). Elle fera partie de l'expérience centrale du « hachichin » : un rêve d'un quart d'heure peut contenir autant de pensées et de sensations que s'il durait trois cents ans. Cette fois encore, le magnétisme soutient Gautier : le principe d'une communication universelle des êtres conduit à la possibilité d'une perception de ce qui est situé à une très grande distance dans l'espace et le temps, l'être intérieur peut retrouver en lui un passé qui excède sa conscience et sa personne.

2   Le temps réel demeure indéterminé dans le récit, alors que le rêve excède une nuit ou plusieurs nuits et s'étend sur trois ans. Mais dans *La Cafetière* la voix de l'horloge rappelle les limites temporelles intangibles à l'intérieur desquelles le spectre de la danseuse peut revenir.

porelle, en tisser plusieurs ? Si on ne peut pas s'évader du temps, on peut jouir d'une ubiquité temporelle, on peut remonter vers l'antérieur, parvenir, c'est-à-dire revenir, à la source créatrice de toutes choses[1].

Si le fantastique de Gautier nous a placé dans la nature et l'espace, s'il nous a semblé mettre en question tout ordre impliquant un jeu régulier d'identités closes et déterminées, il va de même nous placer dans le temps et à rebours de son mouvement et pour le même motif : à l'exotisme de l'espace, « le goût de l'Amérique, des femmes jaunes et vertes », Gautier, de son propre aveu, a joint « le goût de l'exotique à travers le temps[2] », plus raffiné, inventeur de plaisirs plus neufs et plus profonds. Lui-même était donc « un voyageur du temps ». Le voyage pour lui est spatial et temporel : il a des patries idéales qui sont historiques (l'époque Louis XIII, l'antiquité égyptienne ou gréco-latine), ou géographiques (l'Espagne, l'Inde, l'Orient). En fait, elles sont les deux à la fois : il rencontre toujours l'*autre* lui-même, l'homme d'*avant*, qui peut être même archaïque, barbare, primitif, mais toujours antérieur, l'homme inchangé, épargné par le temps et le progrès, l'homme intemporel, bien que vivant dans le temps, et dans la même période, mais non dans la même histoire que le voyageur ; il s'y rencontre lui-même, il y trouve son semblable *antérieur* et idéal.

Émile Montégut a pertinemment fait le lien entre le voyage et le fantastique, ou voyage de l'esprit et du rêve dans l'extramonde : « Le spiritualisme de Gautier consiste dans son désir secret du don d'ubiquité, non seulement à travers l'espace, mais à travers le temps. C'est une manière comme une autre d'affirmer la spiritualité de son âme que ce tourment d'une liberté presque sauvage qui le pousse à s'affranchir autant qu'il le peut des barrières de l'espace et du temps[3] ».

Ou de l'identité. Le voyage et l'histoire forcent les frontières très étroites de l'identité du moderne. La mémoire de la *vie antérieure* constitue un élargissement du moi, il remonte en amont de lui-même, et il outrepasse par la mémoire les limites de la personnalité ordinaire et conforme ; elle l'installe dans un monde passé où il était déjà sans y être encore, il se

---

1 Ou, comme le « hachichin », tomber dans le présent éternisé par l'arrêt du temps. Alors, le flux temporel s'immobilise et se pétrifie. Au début des « vexations » d'Onuphrius, il y a des manipulations de l'heure et du temps.

2 *Journal des Goncourt*, 23 novembre 1863 ; voir aussi Robert Baudry, article cité.

3 Cité dans Pl., t. II, p. 1347-1348.

reconnaît comme semblable et différent, comme moi et comme autre que moi. Contrairement à l'individualisme moderniste, où le sujet se prend pour un commencement absolu et se veut amnésique, l'homme romantique sait qu'il a été commencé, ou qu'il a commencé avant lui-même, qu'il n'est ni son origine ni l'auteur de lui-même, qu'il est porté par la transcendance d'un passé qui est lui, qui est en lui, sans être à lui. La subjectivité qui révèle la *vie antérieure* du moi donne accès aussi bien à l'histoire, ou vie antérieure collective, ou mémoire commune, gisement fondamental où le moi et les autres partagent le même donné temporel.

Gautier peut-il n'être qu'un *contemporain* ? Vivre, créer, dans le présent de la modernité, se réduire aux ressources de son époque, fût-elle d'une originalité hyperbolique, s'en tenir à l'expression d'un lieu, d'un temps, le sien ? Les propos que Bergerat lui fait tenir à la fin de sa vie – « il me semble que je ne suis plus un contemporain, je parlerai volontiers de mon individu à la troisième personne… » – sont-ils emblématiques de sa difficulté à vivre son époque, c'est-à-dire à ne vivre qu'elle seule, à ne participer qu'à un seul temps, à n'avoir qu'une existence balisée par les dates de sa naissance et de sa mort ?

Mais l'*antériorité*, c'est une sorte de sur-mémoire qui dépasse les limites d'une vie ou d'un individu. Elle contient plus que *mon* passé ; si je la trouve au fond de moi, c'est qu'elle est indivise entre moi et l'humanité, que tout homme partage ce gisement immense de souvenirs avec tous les autres.

Le cas de Gautier n'est pas différent de celui d'un Michelet ou d'un Flaubert : le romancier, l'historien, le *fantastiqueur* (qui est aussi et peut-être d'abord un conteur historique) font de leur subjectivité et de leur imagination un moyen d'exploration du passé, admettent que leur passé personnel comprend et contient aussi l'*antériorité* collective de l'histoire ; le *fantastiqueur* ressuscite les morts et les mortes, l'historien et le romancier ressuscitent l'histoire en s'identifiant à elle par une expérience intérieure ; elle n'est pas un pur objet de savoir impersonnel, c'est au fond d'eux-mêmes qu'ils trouvent le passé collectif, qui serait en quelque sorte leur vie *antérieure* dans toute son extension[1]. Gautier

---

1   S'il est vrai que Gautier demeure longtemps fidèle au souvenir de la Cydalise, à sa beauté
     de blonde aux yeux noirs (« elle est embaumée et conservée à jamais dans le pur cristal
     d'un sonnet de Théo », a dit Nerval), ou à d'autres images de jeunes filles plus ancien-
     nement aimées, si aussi bien Carlotta Grisi qui, en 1832, incarne l'héroïne du ballet de

a reconnu que les poètes et les romanciers de l'histoire ont « rendu à
l'histoire les plus grands services en faisant vivre des chroniques mortes,
en rendant le sang et l'âme à des héros sur lesquels l'oubli tamisait sa
poussière dans la solitude des bibliothèques[1] » et il a salué *Salammbô*,
si proche dans son projet du *Roman de la momie*[2], admiré en particulier
la présence *vivante* de l'héroïne, « cette chaste création macérée dans les
parfums et les extases, [...] faite de vapeurs, d'arômes et de rayons. » Le
récit historique est l'œuvre du savoir et de l'imagination, donc une œuvre
de la *mémoire* qui est le pouvoir d'imaginer le passé, ou d'imaginer *dans*
le passé.

Selon Novalis, « nous sommes en relation avec toutes les parties
de l'univers comme avec le passé et l'avenir[3] ». Pour le savoir romantique, la subjectivité personnelle affirme la solidarité et la similitude
de tous les hommes et de tous les temps. Seul le semblable comprend
le semblable comme différent de lui-même. C'est le *sens historique* selon
Nietzsche : épouser une époque, la vivre comme la sienne, s'identifier à
elle, explorer ce par quoi je suis identique à elle, pour percevoir l'unicité
de ses valeurs. L'historien positiviste moderne au contraire a perdu le
sens commun de l'*antériorité*, il ne peut percevoir le passé qu'à travers le
conformisme de ses préjugés.

Le vrai historien est comme le poète, l'*antérieur* est en lui, il ne date
pas de lui-même, il prend date hors de lui, avant lui. Et dans le fantastique, le poète-historien visite l'*antériorité* ou il en est visité : ce qui
revient pour lui, en lui, ce n'est pas la revenante des contes, ce n'est pas
le spectre vêtu d'un drap de lit et agitant des chaînes, c'est en un sens
l'histoire, une certaine forme d'histoire. L'écrivain a un certain pouvoir
de remonter le temps, d'aboutir à une coïncidence des temporalités, de

---

La Sylphide, devient en lui ce que fut la Sylphide de Chateaubriand, la femme idéale, le
modèle de la Femme, c'est simplement la preuve que Gautier est le premier à éprouver
cette force de l'antériorité.

1   *Cf. Le Moniteur universel*, 31 octobre 1856, cité dans Pl., t. II, p. 1332.

2   Voir *Correspondance générale*, t. VIII, p. 82 ; voir aussi *Le Moniteur universel*, 22 décembre
1862, sur le projet de « reconstruire à travers les siècles une civilisation évanouie, un
monde disparu. Quel plaisir, moitié avec la science, moitié avec l'intuition, de relever
ces ruines enterrées sous les écrasements des catastrophes, de les colorer, de les peupler,
d'y faire jouer le soleil et la vie, de se donner ce spectacle magnifique d'une résurrection
complète. Ce don de résurrection que M. Flaubert possède pour les choses, il n'en est pas
moins doué à l'égard des personnages » (cité par Stéphane Guégan, *op. cit.*, p. 480).

3   *Cf. Grains de pollen*, § 92, Paris, Aubier, 1947.

réunir le révolu et l'actuel. De nier l'irréversibilité du temps. L'historien le fait par le savoir et l'imagination aussi, il nous ramène *en esprit* au passé ; le fantastiqueur se propose de faire revivre le passé, de nous faire vivre dans deux époques à la fois. Comme si nous y étions.

Il s'agit alors, chez Gautier, selon la formule de G. Poulet[1], d'un « triomphe de l'imagination sur le temps », grâce à la « croyance métaphysique » qui insère le fantastique dans une *rétrospection* véritablement visionnaire. C'est bien dire que le fantastique est l'affirmation intrépide que ce qui n'est pas a plus d'être et de sens que ce qui est, ce qui n'est pas détermine ce qui est ; et la conviction, détestable pour le sens commun positiviste et sot, que l'irréel, l'inobjectif, le subjectif, l'immatériel, l'imaginaire, le possible, le virtuel, l'inexistant ont plus de réalité que la réalité.

L'étude de G. Poulet commence par ces mots souvent cités : « Ce qui domine chez Gautier, c'est la hantise de la mort », ou de l'inévitable déperdition de la réalité, de l'entropie temporelle et matérielle qui fragmente, décompose et pulvérise toute chose. Il a pu y répondre en bloquant le temps dans une immuable éternité (la Forme, l'Art), ou en s'abandonnant au présent pur et indéfiniment répété ou rénové ; il s'est fixé aussi dans la conviction que le passé est toujours retrouvable, parce qu'il est intégralement sauvé, éternellement intact, que ce qui a eu lieu peut encore avoir lieu, que ce qui n'a pas eu lieu peut même paradoxalement revenir. Que rien ne meurt, que la vie est bien dans l'antériorité et que celle-ci ne passe jamais, ne se perd jamais.

Que l'on peut remonter le cours du temps, être le contemporain du passé, faire coexister les époques et les mondes temporels, vivre à la fois dans deux temporalités très éloignées : Gautier n'admet pas que la nature repose sur un ordre compartimenté et séparateur, il ne supporte pas non plus *l'ordre* exclusif du temps. Le fantastique repose sur ce principe ou ce rêve que le successif peut devenir simultané, que l'on peut réunir des époques différentes en un seul moment, supprimer la fatale exclusion qui isole le maintenant de l'avant et rejette le révolu dans le néant.

L'« extramonde » (« le monde extérieur » de Nerval) est accessible, par un voyage « parmi les ombres » avec le « rameau d'or qui commande

---

1   *Cf. Études sur le temps humain, op. cit.*, p. 302-303.

aux fantômes », davantage par un voyage des morts ou des mortes parmi nous : le but en quelque sorte unique de ces récits est de vaincre le temps, de suspendre son vol, de sortir de son écoulement, de le faire remonter en arrière ou de faire revenir le révolu. Car il n'y a rien de révolu, le passé n'est pas passé ; comme le dit *Arria Marcella*, quand Gautier dévoile sa conviction, « rien ne meurt, tout existe toujours, nulle force ne peut anéantir ce qui fut une fois » ; il y a une mémoire totale qui conserve tous les événements ; matériellement, pour les regards vulgaires, le fait unique dans le temps a disparu à jamais, mais, son spectre, son idée intelligible persiste dans l'infini : « Pâris continue d'enlever Hélène dans une région inconnue de l'espace. La galère de Cléopâtre gonfle ses voiles de soie sur l'azur d'un Cydnus idéal. »

Dans cette proposition capitale, les verbes au présent indiquent-ils que l'action dure toujours, qu'elle a lieu encore et toujours, et comme elle a eu lieu ? Quand Nerval, dans sa présentation du *Second Faust*, a annoncé cette nouvelle inouïe à Gautier qui s'en est profondément pénétré, il hésitait entre deux versions : ce qui reste, ce qui peut revenir, c'est peut-être le souvenir de l'événement (qui n'a jamais eu lieu que dans la littérature !) ; il se refait *présent*, nous en restons à une sorte de répétition de type historique, ou idéale ; connaître le passé, c'est le répéter en esprit. Mais cet exemple de l'enlèvement d'Hélène, type éternel de la Beauté parfaite, va plus loin, il est possible que ce soit l'événement lui-même qui se répète, qui revienne *en lui-même*, se reproduise dans sa matérialité. Alors, toute l'histoire serait en état de se réactualiser, « le cercle d'un siècle » pourrait recommencer, et l'horloge du temps, revenant en arrière et se fixant sur une date très lointaine, pourrait se détraquer, briser la chaîne du temps : alors, il pourrait tout entier être contemporain. De lui-même, de nous.

LA RÉTROSPECTION

Pour Gautier, comme l'avait dit Maistre, l'homme « n'est pas fait pour le temps ». Les romans de l'artiste de Gautier organisent la rencontre de l'idéal dans la réalité, la descente du Type dans le temps, la présence de l'Image dans la chair, du rêve dans le sensible, le fantastique va plutôt assurer la réincarnation des belles défuntes, permettre leur évocation rétrospective, substituer à la beauté attendue et à venir, la beauté perdue et revenue.

Le mouvement *rétrospectif* est alors la grande promesse qui favorise le romantique et qui propose à Gautier une sorte de solution. Il remonte vers l'Idéal, c'est le monde des Formes, des Types, des Idées. En se situant dans le temps et l'histoire, en s'installant sur l'axe réversible des époques, Gautier organise l'*avatar*, si l'on veut, de l'être, soit l'accès à un principe des choses qui engendre sans cesse les formes de ce qui est. Par le renversement du temps, Gautier va parvenir au roman des romans, au romanesque absolu, au musée de toutes les beautés, au lieu de sauvegarde de toutes les héroïnes de l'histoire, de la fiction et du mythe, et elles seront vivantes ou jouiront d'une vie intermédiaire et provisoire, d'une vie charnelle qui n'est pas incompatible avec leur permanence dans l'au-delà qui est aussi l'en deçà.

Si le fantastique, pour Gautier, *prouve* l'immortalité de l'âme, il prouve aussi l'immortalité de l'aimée. Il l'a dit à propos de la fin de *Roméo et Juliette*[1] : « Qui de nous, épicier, ou poète, clerc d'huissier ou Don Juan, rapin ou maître illustre, n'a pas eu dans son histoire quelque souvenir chaste et blanc, quelque morte adorée [...] qu'il aurait voulu aller visiter une fois encore dans le caveau où Roméo pénètre ? Qui de nous n'a pas caressé cette enivrante chimère de sentir la bouche qu'on croyait glacée à jamais vous rendre votre baiser et les mains fluettes de la ressuscitée se croiser derrière votre cou ? » Deux fois, dans *La Morte amoureuse* et *La Pipe d'opium*, il décrit le baiser qui provoque la résurrection de la chair, l'arrachement de la morte à la mort.

Dans *Spirite*, Malivert a la « révélation d'un bonheur rétrospectif » qu'il n'a justement pas deviné ; il est accablé par une sensation d'irréparable : « La vie ne se retourne pas comme un sablier. Le grain tombé ne remontera jamais. » Certes, car la quête de l'amour rétrospectif n'est plus nécessaire dans la perspective inverse d'un avenir totalement heureux dans l'au-delà et elle n'est plus impossible dans l'hypothèse extrême du récit : que la rétrospection permet de reprendre et de prolonger ce qui n'a jamais eu lieu, comme s'il avait eu lieu.

Et il y a de toute façon un bonheur éblouissant dans ce voyage en arrière, dans cette rencontre de ce qui a été, dans cette manière de renouer

---

1   Voir *Histoire de l'art dramatique*, t. IV, 1845, p. 29 et *La Presse*, 20 janvier 1845 : « Qui de nous ne s'est pas repenti de ne pas avoir été rouvrir le cercueil, pour se convaincre de ce fait si simple et pourtant si incroyable d'une séparation éternelle, qu'il a fait inventer l'immortalité de l'âme ? »

avec le monde aboli et neuf de l'antérieur. Car la rétrospection vaut en
elle-même : remonter, « marcher au milieu du passé rendu visible et
palpable[1] », revenir « en quelques minutes » sur « vingt siècles », ce que
fait le touriste à Rome et à surtout à Pompéi, rentrer dans l'immémorial,
dans un temps plus originel et plus parfait, c'est en soi le plus grand
bonheur. « Qui n'a souhaité par un désir rétrospectif vivre un instant
dans les siècles évanouis[2] ! » Le « hachichin », avant de prendre son
dîner à rebours, a fait en entrant dans l'hôtel « un pas de deux siècles
en arrière » : « Le temps semblait n'avoir pas coulé sur cette maison. »
Gautier paraît alors ne plus redouter le devenir et ne plus craindre le
temporel : sa patrie (et celle de son fantastique), c'est le révolu, il y
parvient par un mouvement de retour en arrière, par l'annulation des
pertes dues à l'action du temps ; ainsi, dans le fantastique, il s'établit
une contemporanéité de tous les temps.

Cette spéculation sur le temps (qui se fait par le récit, et celui-ci
acquiert une valeur d'expérience ou d'exemple) a été analysée dans les
études indispensables de Georges Poulet. Nous allons y venir, disons
seulement ici qu'elles récusent la théorie du fantastique *inexplicable* ou
livré à l'irrationnel. Ces thèmes ne sont pas réductibles à l'inconscient de
Gautier, ne réclament nullement de recourir à sa petite enfance et à ses
relations avec son papa, sa maman et ses petites sœurs pour comprendre
son psychisme profond, ce ne sont pas des aberrations d'un spiritualisme
condamné d'avance ni d'un idéalisme qui recouvrirait la prétention du
poète à un « sacerdoce » littéraire : le fantastique de Gautier renvoie
à une cosmologie et une histoire visionnaires, et il faut en accepter la
présence chez lui, comme on l'accepte chez Nerval ou Goethe, dont il
s'est inspiré, comme on l'accepte chez Hugo auquel il est comparable.

Il y a un humanisme romantique (faut-il dire qu'à l'époque moderne
le mot « humanisme » conserve un sens et une valeur dans le romantisme

1   Voir ce texte sur les fouilles du Palatin, cité par J. Richer, *Études et recherches [...], op. cit.*,
p. 74 : « Pour nous, il n'est pas de plaisir plus vif, de sensation plus étrange que de nous
promener dans ces habitations exhumées qui ont gardé les formes de la vie antique ;
c'est comme si on marchait au milieu du passé rendu visible et palpable. On remonte en
quelques minutes le cours de vingt siècles. On reprend le temps où il en était à l'époque
d'Auguste et de Tibère. Ces hommes disparus dont parle l'histoire reprennent une sorte
de réalité. [...] L'illusion est si forte qu'on se croit leur contemporain ».
2   Voir *Quand on voyage*, p. 313, à propos d'Avila : « On y marche dans un rêve sans être sûr
de son identité. »

seul ?) qui affirme tous les possibles qui excèdent l'espace-temps humain et qui pourraient définir une histoire entière des individualités par-delà les limites convenues de la mort et de l'histoire ; qui repose sur l'intuition que la destinée de l'homme, pour être complète, réclame un accomplissement total, une dimension transnaturelle et une palin-génésie ; que l'identité individuelle s'étend jusqu'aux bords extrêmes du cosmos et de la temporalité, dans l'expérience d'une solidarité d'une étendue démesurée. Alors, l'ange est le devenir d'une évolution inachevable de toute âme, une image de la transfiguration possible de l'humanité.

L'expérience fantastique participe à l'affirmation romantique d'une plénitude du sens et du moi, d'une capacité de l'homme à accomplir la totalité de ses virtualités, à conquérir sa vérité par une tension paroxystique de son être, qui transgresse toutes les limites apparentes ou injustes.

Si fantastique il y a, c'est parce qu'elles sont trop étroites, que le réel, le visible, le vivable sont insuffisants pour l'humain. Ce qui n'est pas, ou semble ne pas être, est ainsi doué de la puissance d'exister. Et dans le fantastique, les relations de Gautier avec la mort et le temps sont remaniées : n'est-il pas « une véritable quoique subtile machine de guerre contre le pouvoir de la mort » ? Celle-ci serait alors comme « apprivoisée » dans et par l'écriture fantastique[1] : la vie et la mort seraient saisies dans leur unité ; dans la mesure où le temps peut revenir et le passé s'écouler dans le présent, le temps n'est plus synonyme d'anéantissement, il devient au contraire le réceptacle de la beauté et du bonheur.

La relation avec le temps et la mort que suppose la rétrospection du passé, c'est-à-dire la possibilité d'un accès possible aux ressources infinies de l'histoire et aux sources de toute création, propose en vérité une descente de l'idéal dans le réel, et atténue, supprime peut-être même

---

1   Selon Fr. Court-Pérez, le fantastique constitue un remaniement des catégories de la vie et de la mort (voir « L'apprivoisement de la mort ; l'évolution de la notion de mort dans l'œuvre de Théophile Gautier », *Bulletin*, 1996). Mais je suis moins convaincu par l'affirmation que, dans l'aventure amoureuse des récits fantastiques, la mort contamine la vie, qui est détruite par ce contact avec la mort : les personnages ne parviennent plus à vivre, une fois achevé l'instant où la morte a transfiguré leur vie, où ils ont été favorisés par ce miracle ; ils n'ont plus ensuite d'accès à la vie. En fait, il faudrait dire qu'en même temps, ils ont découvert le sens de leur vie en perdant le bonheur purement terrestre : le fantastique implique un héroïsme, ou une sorte de rémunération du sacrifice.

le conflit de la mort et de la vie, la dualité du rêve et de l'existence. Alors, paradoxalement, c'est le temps et la mort qui permettent et promettent l'incarnation de la beauté et la joie de la posséder. Il y aurait véritablement une vie dans la mort (la mort morale du sacrifice et la mort matérielle), la frontière de la vie et de la mort serait relative, dès lors que le temps deviendrait vivable et fécond et que serait bouleversé l'ordre immuable qui rejette le passé dans le néant.

Inutile de vouloir « tuer le temps[1] », ou de lui opposer ce qui demeure immuable, ce qui ne peut pas se détruire, l'éternité des choses et des mondes qui se sont détachés du temps, la pureté abstraite du Beau en soi, l'incorruptible solidité des matières soustraites à tout changement. Le retour du temps dans le temps relativise[2] pour Gautier l'antériorité chosifiée de l'Égypte antique, soucieuse d'interdire la décomposition de la chair qui désespère Gautier autant et plus que la mort elle-même[3]. « Le rêve de l'Égypte était l'éternité », soit une vaine et tragique tentative de suspendre le temps, d'abolir la durée : le héros du *Pied de momie* découvre d'interminables expositions d'éternités de pierre. Le temps bloqué devient aussi désert que l'ennui. « Vous ne savez plus vous conserver », dit le pharaon à son gendre trop charnel, la momification atteint à une survie de la forme qui s'apparente à l'art. Mais peut-on momifier, minéraliser toute une civilisation ? L'éternel est éternellement identique à lui-même.

Le rêve égyptien tourne au cauchemar et le « hachichin » est tourmenté par l'allongement infini de l'espace et la stagnation du temps : il est, en un sens, libéré de l'un et de l'autre, mais au prix de terribles tortures, tout en étant condamné à toujours recommencer sa tentative de sortie de l'hôtel Pimodan ; celui qui ne veut plus passer sa vie normalement semble pétrifié dans un éternel retour au point de départ ; la matière dont il ne voulait pas l'a investi. C'est « un spleen », une nouvelle prison, un enchantement néfaste à rompre. Le spectacle, à la fin du *Pied*

---

1   La formule apparaît à propos d'Onuphrius enterré vivant. Elle apparaît aussi à propos de Musidora (Pl., t. I, p. 684 : « ne pouvant tuer le temps, j'avais pris le parti de me tuer moi-même »). Dans *Le Club des hachichins*, « le temps est mort », on va l'enterrer.

2   Cf. *Nostalgies d'obélisques* dans *Poésies complètes*, t. III, p. 40.

3   Voir, sur ce point qui constitue le tragique de Gautier, la préface de Jean Gaudon, éd. Folio, p. 41-43 ; plus que l'au-delà, ce qui terrifie Gautier, c'est bien la précarité de la chair et du corps. Edgar Poe, lui aussi, voudrait sauver la chair et se fait nécrophile par peur de la mort. Sur Gautier et la mort, voir H. E. A. Velthuis, *op. cit.*, p. 75 sq.

de momie, de l'humanité primitive devenue un objet indestructible, un infini minéral, n'est pas sans faire penser au cauchemar du temps mort du « hachichin ». L'enfer aussi ignore le temps.

G. Gusdorf a évoqué le projet romantique[1] « de réhabiliter la mort » ou de la rendre *positive* : c'est peut-être alors ce qui soutient le fantastique de Gautier et ce thème de la rétrospection comme palingénésie. Alors, les morts reviennent vers nous, nous revenons aussi vers eux, il n'y a pas de vie, pas de culture sans cette relation à la mort par le biais de l'antériorité. Le récit fantastique enregistre cette renaissance, cette nouvelle naissance du passé constitutive du présent, cet afflux de ce qui est l'essentiel, la puissance d'aimer et de créer par la communication des mondes et des temporalités : il y a co-naissance entre les vivants et les morts, entre les temps séparés et réunis, et il y a aussi connaissance, initiation, révélation.

Ou réminiscence : disons un mot de cet aspect qui confirme et éclaire la prégnance de l'antériorité. Rosette dit, à propos de D'Albert, que son âme n'a pas été « trempée assez complètement dans les eaux du Léthé », elle se souvient du ciel et elle en garde « des réminiscences d'éternelle beauté. » C'est la variante platonicienne de la vie antérieure : l'artiste se souvient d'avoir connu la beauté avant même d'exister ; quand il se demande[2] d'où vient la beauté idéale qu'il recherche sans la connaître, qui lui a donné « l'idée de cette femme imaginaire » qu'il attend, où se trouve « le modèle, le type, le patron intérieur » de cette réalité à laquelle nulle réalité ne répond, il pose le problème de cette connaissance d'avant la vie qui oriente la vie, de cette mémoire antérieure, qui fait d'un passé inoubliable le but à trouver. Mais tout ce qu'on trouve est en fait retrouvé : tout ce qui est inconnu est déjà en nous, ce n'est que du méconnu.

Là où l'artiste sent qu'il connaît de l'absolument nouveau, il connaît un passé qui lui est rappelé sans être uniquement le sien. Les derviches tourneurs à Constantinople bouleversent Gautier parce qu'il les reconnaît : « Des souvenirs d'existences antérieures me revenaient en foule, des physionomies connues et que cependant je n'avais jamais rencontrées me souriaient avec une expression indéfinissable de reproche et d'amour. » Il est dans le rêve et dans le souvenir, il se trouve devant

---

1 *Cf. L'Homme romantique, op. cit.*, p. 182 *sq.*
2 *Cf. Maupin*, Pl., t. I, p. 340 et p. 264.

quelque chose d'inouï et de familier. Et, en fait, revient pour lui, et en lui, quelque chose qui n'était jamais venu à lui et qui avait été toujours en lui. Dans l'épisode algérien des Aïssaoua, Gautier voit revenir un passé historique, « les temps de l'antiquité la plus reculée », mais ces mélodies du désert, par leur pouvoir d'incantation, éveillent « des nostalgies bizarres, des souvenirs infinis, et racontent des existences antérieures qui vous reviennent confusément ; on croirait entendre la chanson de nourrice qui berçait le monde enfant » : dans le passé qui revient, se creuse soudain la profondeur sans fond d'un passé absolu, et le voyageur est reporté aux origines de l'homme.

De même, les chants des tsiganes en Russie lui inspirent « une mortelle envie de disparaître à jamais de la civilisation », de courir librement les forêts avec ces sorcières envoûtantes qui chantent pour lui, qui le ramènent au passé fondamental, à la vie primitive et libre, naturelle et présociale, « hors de toute contrainte et de toute loi divine et humaine », à l'*avant* mythique de l'homme, à l'homme originel, qui subsiste au fond de tous ceux « sur qui pèse d'un poids si lourd le mécanisme compliqué de la société humaine ». La réminiscence nous fait sortir de l'histoire pour remonter au mythe, aux récits premiers des origines qui seraient notre *vie antérieure*. Ainsi, « le vague désir d'une patrie primitive agite les âmes qui ont plus de mémoire que d'autres, en qui revit le type effacé ailleurs[1] ».

Tiburce reconnaît la tête de Marie-Madeleine, Octavien reconnaît Arria-Marcella. Les découvertes bouleversantes que nous faisons sont inséparables d'une sensation de *déjà vu*, de *déjà connu*. Les musiques ethniques aux sources inconnues et au pouvoir immense sont la mémoire de l'immémorial, elles rappellent la vie antérieure de toute l'humanité, elles font revenir à ce qui n'a sans doute jamais eu lieu, mais dont rêve au fond de lui tout homme : la réminiscence provoquée par l'art musical renvoie à l'Idée, désigne l'idéal comme ce qui a été et ce qui doit et peut être, le souvenir impersonnel et insituable rappelle la vie à elle-même et lui rend vigueur et dynamisme.

Et, s'agissant d'Hoffmann dans un texte de 1851, Gautier a assimilé son fantastique à cette paramnèse de la vie antérieure, ses personnages « ont quelque chose de *déjà vu* qui vous trouble profondément, des voix

---

1   *Cf.* Pl., t. I, Introduction, p. XVI.

connues murmurent à votre oreille, vous éprouvez comme l'impression d'un rêve persistant à travers la veille. Il semble qu'on se souvienne d'une foule de choses oubliées et dont la mémoire se réveille à mesure qu'on tourne les pages[1] ». Alors, écrire le fantastique, est-ce écrire un livre palimpseste où chacun peut déchiffrer des souvenirs, des rêves, qui sont lui-même et datent d'avant lui-même ? La trouée faite dans le temps réel conduit à un savoir, à une clairvoyance, à un état enfin complet de l'homme.

LA RÉTROSPECTION. GOETHE, NERVAL, GAUTIER

Je ne reprends pas toute la belle analyse faite par G. Poulet de la découverte par Nerval puis par Gautier du *Second Faust* et surtout du *mythe*[2] du royaume des Mères qui féconde profondément les deux écrivains[3] : d'une part, le commentaire de Nerval réplique presque littéralement à la question posée par *La Pensée de Minuit* ; d'autre part, l'épisode des amours de Faust et d'Hélène[4] propose à Gautier un récit fantastique exemplaire, escorté de sa poétique et de sa justification philosophique. Déesses déchues mais puissantes, les Mères selon Goethe, isolées dans une région où il n'y a ni temps ni espace – la région vague des images – sont

---

1   Cité par G. Poulet, *op. cit.*, p. 280-281, qui ajoute à ce texte l'évocation dans *Maupin* de *As you like* : « en lisant cette pièce étrange, on se sent transporté dans un monde inconnu, dont on a pourtant quelque vague réminiscence », et l'on est ému comme si on croisait *son idéal*, le fantôme de la femme qu'on aime. N'oublions pas qu'Angéla, dans *La Cafetière*, sait le nom de Théodore, que le héros de *La Pipe d'opium* sait le nom de Carlotta, qu'Octavien *reconnaît* Arria Marcella....

2   *Cf.* G. Gusdorf, *L'Homme romantique*, *op. cit.*, p. 176, sur cette approche vraiment mythique de la vérité ; voir aussi G. Poulet, *Études sur le temps humain*, *op. cit.*, p. 304 ; Gautier transmet aux symbolistes ce que Goethe lui avait donné par l'intermédiaire de Nerval, en y ajoutant aussi des références très probables à Edgar Poe. G. Poulet parle d'une « unité de doctrine vraiment saisissante », d'une « philosophie », (*ibid.*, p. 283-284), contribuant à établir une poétique magique, par un « effort raisonné pour faire de l'inspiration poétique l'acte par lequel s'opère la transposition de l'être en dehors du présent et du temps ».

3   Voir Nerval, *Œuvres complètes*, Pléiade, t. I, p. 501-526, le texte intégral de 1840, l'*Introduction*, l'*Examen analytique* et la présentation des scènes traduites par le poète. Voir, en particulier, p. 503 et 506 : Nerval invoque Leibniz et Swedenborg.

4   Dès 1828, dans *Le Globe* du 20 février, J.-J. Ampère en avait souligné l'importance (*cf.* G. Poulet, *Études sur le temps humain*, p. 289). Voir *ibid.*, p. 291 *sq.*, p. 303, et *Vacances du lundi*, 1864, à propos d'un paysage de haute montagne : « Tel devait être en *dehors de l'espace et du temps* le lieu innommé où Faust va trouver les Mères ». Voir aussi *L'Illustration*, 8 mai 1869, sur les fresques de Chenavard : « l'atmosphère où se meuvent les figures est ce vide formidable qu'habitent les Mères du Second Faust. »

« entourées des images de toutes choses créées », on y voit le spectacle de tout ce qui n'est plus. Mais Nerval donnait l'impression, en 1840, de greffer son commentaire de Goethe sur le poème déjà cité de Gautier ; il indiquait que les siècles écoulés « étaient conservés tout entiers à l'état d'intelligences et d'ombres dans une suite de régions concentriques étendues à l'entour du monde matériel » ; que ces êtres « accomplissent ou rêvent d'accomplir les actes » qui leur ont valu l'immortalité ; donc que « l'éternité conserve dans son sein une sorte d'histoire universelle visible par les yeux de l'âme ». Ainsi, il est consolant de « penser que rien ne meurt de ce qui a frappé l'intelligence ».

Le principe de l'immortalité de l'âme implique l'existence de cette éternité synchronique, où coexistent toutes les figures du passé et de l'avenir (elles vont errant dans le spectre qu'a laissé ou laissera leur siècle) ; ce paradis de l'histoire ou ce Panthéon cosmique[1] accueillant tout ce qui mérite d'être protégé du néant « doit exister dans l'immensité des régions ou des planètes » ; les âmes y conservent « une forme perceptible » aux autres âmes et à tous ceux qui « ne se dégagent des liens terrestres que pour un instant, par le rêve, par le magnétisme ou par la contemplation ascétique ». Ajoutons la communication par le magnétisme, fluide cosmique et force de transmission agissant sans limite de temps et d'espace.

Ce qui laisse espérer que l'on puisse attirer de nouveau ces âmes dans la matière créée de notre monde, ou que l'on puisse « condenser dans leur moule immatériel et insaisissable quelques éléments purs de la matière qui lui fassent reprendre une existence visible plus ou moins longue ». Ces âmes ne sont pas privées de toute possibilité de survie charnelle, on peut donc communiquer avec elles, et elles peuvent participer à la vie humaine (le désir ou l'aspiration de Faust peut ainsi atteindre Hélène, il peut prendre pied dans son histoire), il est possible de les rendre quelque peu matérielles ; ou peut-être le poète les rencontre en esprit et fait partager cette intuition aux spectateurs ou lecteurs du drame.

Nerval assurait, avec plus de clarté que le texte goethéen, que cette région, ce là-bas de l'antériorité, était la garantie que rien ne meurt, que toute chose continue à se mouvoir, que le passé n'est pas

---

1   Méphistophélès se décide difficilement à suivre Faust dans son voyage, il est sans pouvoir sur tout ce qui n'est pas chrétien, donc sur l'antiquité.

mort, mais bien vivant, actif, mobile, qu'il se préserve du néant par
le mouvement, par une perpétuation du mouvement[1] ; rien ne meurt
et l'éternité, loin d'être fixe et figée, comme le monde momifié de
l'Égypte, se transforme indéfiniment, et la fine analyse de Poulet aboutit
à constater que Nerval proposait à Gautier un Goethe modifié. Dans
ce vide infini, le monde continue à s'épanouir, toujours grandissant,
le passé lui-même s'accroît : le royaume des Mères est « une suite de
régions concentriques », où « tout communique avec tout, où l'univers
est conçu comme une infinité de forces déployées dans un *sensorium*
infini, qui contient à la fois tout ce qui a vécu, tout ce qui vit, tout ce
qui *peut* vivre et revivre[2] ».

Le passé, qui est à l'abri du néant, est uni au futur qui sera, au
possible qui n'a pas encore été : cette *cosmologie eschatologique* de Nerval-
Gautier, selon la formule de Poulet, tend à introduire une puissance
créatrice dans cette perspective consolante, selon laquelle rien ne meurt,
tout survit ; tout se passe comme si le passé créé et conservé était aussi
créateur. Comme si l'antériorité était une virtualité créatrice et non
seulement reproductrice.

Ainsi, il y a deux mondes correspondants et perméables, il est établi
que « rien ne meurt, tout existe toujours, nulle force ne peut anéantir
ce qui fut une fois [...] la figuration matérielle ne disparaît que pour
les regards vulgaires... ». Action, parole, forme, pensée, tout ce qui
transcende la matière, et d'abord et surtout la Beauté, l'Éternel féminin,
qui est la Beauté en soi, jouit d'une éternité et d'une immatérialité, qui
lui permettent de revenir dans le temps présent et dans la matière : le
type reste identique dans ses diverses formes. Ce monde correspondant
double le nôtre et il est possible, dans le credo de Gautier, de réunir les
deux mondes, de les rendre simultanés et continus. Dans le néant, il y
a Tout, parce qu'il n'y a pas de néant.

Cette cosmologie rassurante va contenir un créationnisme esthétique.
C'est ce que Gautier ajoute à Nerval, et cette fois, il rencontre E. Poe : la
démonstration de Poulet[3] note que chez Gautier les cercles *concentriques*
de l'éternité et de l'infini deviennent *excentriques*. Ils ont le pouvoir de

---

1   Le texte de Goethe était d'inspiration monadologique : les monades conservent leur
    activité dans le royaume des Mères.
2   *Cf.* G. Poulet, *Études sur le temps humain, op. cit.*, p. 294.
3   *Ibid.*, p. 298 *sq.* Voir, p. 302, la rencontre avec Nerval et son *Imagier de Harlem* en 1851,
    le passage concernant l'œuvre en 1867. Voir aussi, p. 305, l'application à *Avatar*.

s'agrandir, ils « vont s'élargissant », dit *Arria Marcella*, ils se propagent en *ondulations*, en *vibrations*, dans un développement constant et sans fin. Octavien aurait voulu que les « ondulations des siècles apportassent jusqu'à lui une de ces sublimes personnifications des désirs et des rêves humains, dont la forme, invisible pour les yeux vulgaires, subsiste toujours dans l'espace et le temps ».

G. Poulet relève que la théorie *ondulatoire* de la lumière est contemporaine de ces spéculations qui affirment une théorie ondulatoire du temps, comparé à plusieurs reprises par Gautier au mouvement de l'eau où tombe une pierre : le choc se propage, s'écarte, s'étend jusqu'au prochain rivage. Alors, dans cet océan du temps, il ne s'agit plus seulement de la possibilité qu'un fait passé parvienne à notre présent en suivant les cercles qui l'emportent toujours plus loin à partir de l'ébranlement initial ; c'est notre présent lui-même qui provoque le mouvement des ondes du temps, l'élargissement vers le futur inconnu des ondulations nées à partir de nous. En 1848, Gautier, à propos des fresques de Chenavard, développe cette idée : toute action tombée dans le temps vogue à travers lui, son ébranlement « ne s'éteint jamais et se propage en ondulations plus ou moins sensibles jusqu'aux limites des espaces ». Mais il est logique de penser que nous-mêmes, qui vivons dans le temps, produisons des vibrations qui vont se prolonger « dans les siècles qui ne sont pas encore » : « Les choses actuelles sont peut-être douées de la propriété d'émettre des spectres et de les envoyer vers l'inconnu ».

Ainsi, tout événement s'imprime, s'installe dans ce mouvement cosmique, il retentit très loin dans le temps et l'espace ; en se communiquant, il déclenche d'autres événements, il se reproduit, mais surtout il produit. Gautier pouvait alors célébrer la mort de Baudelaire en disant que « ce monde d'idées, d'images, de rêves » qui n'est plus, qui disparaît « à la surface du sombre océan des choses, produit peut-être des ondulations » qui vont jusqu'aux limites de notre cosmos[1]. La mort du poète portée par les cercles du temps féconde l'avenir.

---

1   Voir G. Poulet, *Études sur le temps humain, op. cit.*, p. 307. Sur l'activité « typologique » de Gautier, il faut se reporter aux *Trois Essais*, ouvrage peut-être trop négatif dans son insistance sur la déperdition des types et leur dessèchement. Voir, p. 112, le texte de Gautier de 1845 qui concerne Gavarni, mais qui est important pour ses récits : « trouver

LA RÉTROSPECTION ET SES CONDITIONS

Mais c'est bien ce que signifiait le royaume des Mères : elles gardaient non le temps événementiel, mais les Formes, les Images, les Types, les archétypes, les prototypes, les Idées, tout ce qui détient le pouvoir de transcender le temps, de se répéter, de se reproduire, de produire, toutes les virtualités créatrices. Ce qui a une forme, possède l'être et la durée[1]. Ainsi, les héroïnes de Gautier, Clarimonde et Arria Marcella ne meurent vraiment que si ils elles sont réduites à l'état de débris matériels confus et *informes*. La forme se conserve comme matrice des possibles, elle peut revenir, parce qu'elle a été créée et échappe au destin de la pure matière vouée à disparaître dans la corruption et la fragmentation, et parce qu'elle revient toujours à elle-même, à ses pouvoirs créateurs. C'est une double pérennité. Telles étaient les formes sauvegardées par les Mères : avec la cosmologie philosophique de Goethe, l'antériorité contenait une esthétique et le fantastique. Elle était douée du pouvoir infini de s'actualiser dans le temps et l'espace.

Ce qui se conserve et revit, se propage et renaît, c'est ce qui a été ou ce qui n'a jamais été, c'est tout ce qui peut et doit être, au nom d'une prééminence de la forme sur l'être, ou de l'essence sur l'existence ; le « spectre » chez Gautier tend à être l'émanation d'un être analogue à l'Idée ou au Type. Ce qui a une *forme*, ce qui a été créé, constitué, inventé par l'esprit, par « la pensée plastique[2] », c'est la matière assi-milée à l'esprit par le travail de formalisation et d'élaboration, et ce qui est forme, par définition, ce sont les Types ; Gautier pratique « une typification de la vie[3] », c'est elle qui assure l'idéalisation du réel et la *réalisation* de l'idéal. Elle contient peut-être en elle-même l'acte esthétique : l'acte formaliser est celui de typifier, il détache,

---

des types dans les figures que l'on coudoie chaque jour, démêler les aspects saillants des physionomies... »

1   De la Forme, principe de l'œuvre absolue, on passe aux formes, mais aussi aux Types, ou aux Idées, qui ont une puissance de reproduction et de production et qui transcendent aussi le temps.

2   Belle formule de G. Poulet, *Études sur le temps humain, op. cit.*, p. 294. Il faudrait dire que de la *Forme* abstraite, première et dernière, l'esthétique de Gautier passe au Type, notion infiniment plus souple, plus vivante, plus moderne ou plus romantique.

3   *Cf.* G. Poulet, *ibid.*, p. 282, sur le besoin de Gautier d'idéaliser le réel et lui substituer le type intemporel. Voir aussi *Trois Essais, op. cit.*, p. 97-98 : l'idéal est « une forme qui se donne une matière, une substance, de lui-même dans le monde sensible ».

éloigne, purifie l'objet, le rend *signifiant* ou intelligible en le déréalisant, il est senti et perçu, mais aussi reconnu, comme s'il avait été rêvé ou mémorisé.

Sont des Types les grandes individualités, comme les personnifications idéales et synthétiques, qui représentent un caractère, une qualité ou une catégorie d'hommes, par la fusion des êtres semblables en un seul individu représentatif et général, qui serait une Idée concrète et vivante.

Qu'est-ce alors que le fantastique sinon une sorte de *réminiscence* de l'antériorité qui consiste en un retour de personnages *typiques*, un retour au moment vrai et absolu de la Réalité, qui est possible parce que les formes premières ont gardé leur vie et leur puissance ? Et ce qui est se déduit et se justifie de ce qui doit être. D'où l'humour esthétique, l'ironie qui va et vient entre ces deux dimensions hiérarchisées de la réalité. La nature semble fausse au regard de la Beauté et du Musée des Œuvres ; c'est la convention, l'art, la représentation qui sont vrais[1]. La copie, c'est le réel ; l'être appartient à ce qui passe pour l'imitation du réel, et qui est au contraire l'imitation de l'Idée, du référent sublime, c'est-à-dire des créations de l'Art.

Le théâtre en particulier joue ce rôle ironique chez Gautier : comme lieu de jonction du réel et de l'idéal, il est beaucoup plus réel que la réalité. «La vie est toujours la même, dit Spirite, c'est une pièce de théâtre dont seuls les spectateurs changent» ; c'est la vie qui imite le théâtre, où se produisent les types poétiques. Les récits fantastiques sont souvent des mises en scène. C'est au théâtre, et un théâtre fortement stylisé et conventionnel, que Pompéi revit intégralement et qu'Octavien aperçoit Arria Marcella[2]. Gautier préfère aux personnages issus d'une *mimesis* les types classiques du théâtre, ceux qui sont consacrés et même sacralisés par la convention, supérieure par essence à l'observation et à l'imitation : les personnages pris dans les répertoires traditionnels, comme ceux de la *commedia dell'arte* ou de la pantomime, ceux qui viennent jouer «Shakespeare aux Funambules», cette petite troupe

---

1   Voir les déclarations provocantes de Gautier dans la Préface des *Jeunes-France*, Pl., t. I, p. 14-17, *Une larme du diable*, scène IX, *Caprices et zigzags*, p. 6 et p. 82 sur l'antériorité et la supériorité de l'art relativement à la nature.

2   Voir à ce sujet l'article de Marc Eigeldinger, «L'inscription du théâtre dans l'œuvre narrative de Gautier», *Romantisme*, n° 38, 1982.

de quelques figures immuables qui résument toutes les passions avec toute la force d'une symbolisation invariable et originelle[1], mais aussi la caricature du capitaine Fracasse qui passe de l'image à la scène et de la scène à la réalité, tant le théâtre est le modèle du monde, tant il joue chez Gautier le rôle d'une ironie. C'est lui qui manifeste la vraie nature de la Maupin, et l'acteur Henrich suscite le diable car le paraître produit l'être et la copie engendre le réel. « Après tout, nous dit-on dans *Le Capitaine Fracasse*, puisque le théâtre est l'image de la réalité, la vie doit lui ressembler comme l'original à son portrait. »

Mais il faut généraliser cette complicité de l'art et du fantastique et reconnaître que celui-ci est toujours préparé et accompagné par une « esthétisation » du réel, qui accède à un état de composition, de signification symbolique, de perfection ou de pureté, qui révèle qu'il est prêt pour le fantastique et disposé selon lui. Ainsi, dans *La Cafetière*, ce qui trouble le narrateur, annonce l'événement, permet le réanimation du passé, c'est l'état de conservation parfaite, de fraîcheur, de jeunesse du vieux mobilier qui est totalement intact et en quelque sorte déjà soustrait au temps par cette perfection. Dans *Omphale*, alors que le pavillon, le jardin de l'oncle sont des ruines dégradées, c'est la tapisserie qui survit et revit. Nous l'avons vu, c'est aussi le rôle des portraits qui pérennisent la forme des disparus et qui témoignent que le passé peut demeurer présent.

Il y a une montée du réel vers le fantastique, dans la mesure où sa soumission à un principe d'unité formelle et de construction révèle qu'il est plus essentiel, plus voisin d'un état typique, plus visiblement proche de son idéal.

S'il y a dans Gautier un « platonisme[2] » impénitent, il se trouverait là, dans cette fidélité à la suprématie de l'Idée et du Type, dans ce plaisir de rapprocher les choses de leur perfection ontologique ou originelle : la réalité ne lui est visible qu'à partir du Type et en fonction de sa proximité avec lui ; à Pompéi, le joueur de flûte napolitain est voisin de son Modèle ; dans *Spirite*, les chevaux du fiacre athénien sont « le squelette

---

1 Un bon exemple de théâtre conventionnel et dénué de toute surprise : la pièce de Plaute dans *Arria-Marcella*, voir *infra*.

2 *Cf.* R. Jasinski, *Les Années* […], *op. cit.*, p. 311 ; voir aussi G. Poulet, *Études sur le temps humain*, *op. cit.*, p. 279, 282, 293, 306, et *Trois essais* […], *op. cit.*, p. 103 et 112. Il est intéressant de noter que par deux fois Malivert a l'impression que le visage de Spirite, qu'il n'a jamais vu, lui est néanmoins connu.

ou plutôt la maquette » des animaux des métopes du Parthénon, mais pas le cocher en costume de palikare ; le type se conserve ou se dégrade en grotesque moderne.

De même, les références aux chefs-d'œuvre de l'art et de la littérature constituent des comparants des personnages et des événements et établissent un prélude du fantastique ou son contexte. Des « mises en abyme » discrètes font surgir des analogies entre l'aventure et les œuvres célèbres ; la réalité est ainsi déchiffrée à partir de l'art. Onuphrius, le Don Quichotte du fantastique, voit le monde à travers ses livres. A-t-il absolument tort ? Car enfin Gautier lui donnerait raison quand il affirme que les grands types littéraires, les grands personnages du roman et du théâtre, Desdémone, Marguerite, Clarisse, Julie, Othello, Faust, Lovelace, Saint-Preux, sont d'une authenticité certaine, ils « ont vécu et d'une vie bien plus forte que les fils de la chair puisqu'ils ne mourront jamais[1] ». Le peuple immense des personnages de la littérature, parce qu'il a été créé par l'imagination, semble habiter la région des Mères et participer à l'éternité des Types.

Mais tout le fantastique semble convoquer les personnages de de l'histoire et des grandes œuvres ou des grands récits : c'est un Musée idéal de l'Humanité ou une Bibliothèque universelle que le royaume des Mères et des apparitions fantastiques. Ces êtres glorieux et beaux, dont l'existence était seulement en sommeil, participent à une renaissance plus générale des Figures et des Formes, de tout ce qui appartient de près ou de loin à ces « sublimes personnifications des désirs et des rêves humains », aux grands types de la Beauté, de la Volupté et de l'Héroïsme que l'histoire, les mythes, les légendes et l'art ont immortalisés. C'est dans ce Panthéon qu'Octavien a situé ses amours.

L'allusion culturelle[2] assure chez Gautier la présence des fictions du passé, des classiques en somme ; dans la réalité, ils sont les témoins

---

1   *Cf. La Presse*, 27 juillet 1846 ; de même, 27 janvier 1845 : Dieu a créé, pour récompenser Don Juan d'avoir été fidèle à son idéal, une figure « à partir des types d'Hélène, Cléopâtre, Beatrix, Laure, Ophélie » ; voir aussi la belle lettre à Cormenin du 10 septembre 1851 (*Correspondance générale*, t. IV, p. 388), qui contient la liste des grands types littéraires anciens et modernes et une apologie du masque, nécessaire pour éloigner l'acteur du personnage réel.

2   Voir les études convergentes de P. Whyte, « Les références artistiques comme procédé littéraire dans quelques romans et contes de Gautier », de M. Eigeldinger, « L'inscription de l'œuvre plastique dans les récits de Gautier », et d'Alain Montandon, « La séduction de l'œuvre d'art chez Gautier » dans *L'Art et l'artiste...*, *Bulletin*, 1982. Voir encore

de la prééminence du monde antérieur et idéal des Types. Le réel est comme l'art ; la comparaison (si souvent présentée comme une affirmation atténuée : « on eût dit ») fait de la réalité une répétition virtuelle de l'art, une œuvre possible (ainsi le grotesque déduit d'Hoffmann, Goya, Callot). De toute façon le réel répète l'art ; il va à la rencontre de l'idéal, donc du déjà vu, ou du déjà rêvé. Il est toujours relatif à une œuvre : il vient de l'art, il y va quand Gautier le décrit comme digne de servir de modèles à des artistes connus. À quoi il faut ajouter que, très souvent, et à des points stratégiques du récit, l'allusion esthétique est aussi mythologique ou historique, indifféremment.

Pour Gautier, qui ferait penser à Ballanche, le mythe[1], ou la légende, ou l'histoire héroïque et lointaine, sont aussi des *formes*, des séquences construites et significatives d'événements, des structures immuables récurrentes qui organisent les faits, des symboliques narratives, que la palingénésie peut insérer encore dans le temps ; le canevas mythique se recharge de sens en se répétant, il fait sortir le temps de lui-même en le transformant en répétition ou en le ramenant au très ancien, à l'origine : le mythique est l'archétype éternel des événements de la vie humaine, et la nouvelle fantastique vient lui demander une caution d'éternité et de familiarité que lui assure parfois le simple fait de le mentionner. Le fantastique reprend la séquence mythique et se présente comme une mythologie moderne[2]. Spirite est aussi Pallas Athéna : dans la scène ultime de la vie terrestre des amants, tous les éléments métaphoriques ou métonymiques du fantastique se rassemblent dans la visite du Parthénon ; oserait-on dire que, pour Gautier, comme pour Victor Hugo, si l'on en croit l'analyse par Péguy de *Booz endormi*, il y a un mystère païen de l'Incarnation ; que celle-ci eut lieu sur la colline sacrée d'Athènes, et que Spirite recommence cette incarnation, ou mieux la retourne en une désincarnation sacrée. L'histoire, l'art, le mythe président au chef-d'œuvre absolu de l'Acropole, c'est l'Idée faite chair et pierre, la

---

I. J. Driscoll, « Visual allusion in the work of Th. Gautier » dans *French Studies*, 1973, article bien inspiré, qui montre comment la référence artistique sert de présence-témoin pour l'idéal.

1   *Cf.* le bel article de Véronique Avignon, « L'univers mythique de Théophile Gautier », *Bulletin*, 1994. Voir aussi Dillingham, *op. cit.* p. 19, sur Gautier et l'apologie des dieux du paganisme, et aussi bien pour l'invention de nouveaux mythes.

2   Est-ce un hasard si, dans *Le Club des hachichins*, sont évoqués les récits mythologiques de métamorphose ?

jonction de l'humain et du divin (d'où le bel oxymore, « leurs attitudes humainement divines »), c'est le point le plus haut de l'humanité où tout a commencé et où tout s'est arrêté.

On comprend alors pourquoi l'épisode d'Hélène et de Faust longuement commenté par Nerval a pu sembler emblématique à Gautier : c'est peut-être le récit fantastique exemplaire pour lui. Il unit des personnages typiques et quasi mythiques : d'une part, la Beauté absolue de la Grèce, l'Éternel féminin, l'héroïne semi-divine d'un texte littéraire fondateur ; de l'autre, l'incarnation de l'esprit de l'Homme, emporté dans la quête illimitée du savoir, et tous deux peuvent revivre en sortant de leur temps et en retrouvant une certaine matérialité, ils peuvent s'aimer en dehors du temps et de l'espace : « par l'aspiration immense de son âme à demi-dégagée de la terre », comme le dit Nerval, Faust attire dans son cercle Hélène, « fantôme pour tout autre, elle existe en réalité pour cette grande âme », pleine « d'un amour d'intelligence, d'un amour de rêve et de folie ». Faust prend pied dans le monde ancien, enlève Hélène à Pâris, à Ménélas, la délivre des enfers[1], vit avec elle, mais il ne déclenche pas une nouvelle guerre de Troie, l'histoire existe aussi dans le royaume des Mères, et Hélène, éternelle par sa beauté, peut par « une abstraction subite » sortir de l'antiquité, renier ses dieux et son temps, résister aux Grecs dans le burg médiéval de Faust, devenir une dame aimée courtoisement par son chevalier.

Gautier a si souvent mentionné ce texte qu'il faut bien y reconnaître une formule de son fantastique[2], et il est évoqué avec tant d'insistance dans *Arria Marcella* que la nouvelle pourrait passer pour une libre adaptation de Goethe ou être interprétée comme une poétique du fantastique : *Faust II* est rappelé et inversé ; devant la porte de Pompéi et les rainures de sa herse qui rappellent aux touristes français les donjons médiévaux, ceux-ci imaginent un chevalier romain sonnant du cor pour faire lever

---

1   Nous l'avons vu, ce ne sont pas les âmes qui se rencontrent, ce sont les deux êtres qui revivent.

2   Voir le reproche fait à Balzac. *Cf.* G. Poulet, *Études sur le temps humain, op. cit.*, p. 297 : « il ne sut jamais évoquer l'antiquité de la belle Hélène ». Voir, de même, les textes de Gautier p. 298-299, 301-302, et les épisodes semblables qu'il peut imaginer : dans le *Second Faust*, « la guerre de Troie étend ses rayonnements jusqu'à l'époque chevaleresque, la belle Hélène monte dans le donjon en poivrière ». Dans *Arria Marcella*, « Pâris continue d'enlever Hélène dans une région inconnue de l'espace [...] Faust a pour maîtresse la fille de Tyndare et l'a conduite à son château gothique, du fond des abîmes mystérieux de l'Hadès ». Dans *Spirite*, Guy pense aux navires grecs qui continuent à fendre la mer.

la herse « comme un page du XVᵉ siècle » ; ce n'est plus le burg qui est assiégé, mais la ville antique. Octavien est comme Faust, ses amours sont dans le royaume des Mères, ce sont « les grands types conservés par l'art ou l'histoire » : « comme Faust il avait aimé Hélène [...], une de ces sublimes personnifications des désirs et des rêves humains, dont la forme, invisible pour les yeux vulgaires, subsiste toujours dans l'espace et le temps. »

Mais, comme Gautier, il unit à Hélène « tout un sérail » de femmes idéales qui ont mérité par leur beauté d'être célèbres dans l'histoire et dans l'art et de survivre comme des types apothéosés de la Femme : Sémiramis, Aspasie, Cléopâtre, Diane de Poitiers, Jeanne d'Aragon. Arria Marcella enfin parle comme Goethe ou Gautier, elle exprime l'idée « d'évocation amoureuse » qui l'a atteinte dans « ce monde où [elle] flotte invisible pour les yeux grossiers » ; Gautier n'a plus qu'à commenter ses paroles, paraphraser Goethe et Nerval, identifier le prodige d'Octavien, vivant tout un jour sous le règne de Titus et aimé d'Arria Marcella, à celui de Faust vivant avec Hélène. C'est du fantastique à la puissance deux, le disciple proclame qui est son modèle, quelle est sa caution, ou plus exactement il donne une valeur typique à son aventure : originale et unique, elle reprend et prolonge le récit souche ou source de Goethe, les deux histoires relèvent de l'affirmation du même fantastique.

Et l'aventure de Gautier manifeste bien et vérifie le principe de la rétrospection : elle exige que la marche linéaire du temps soit arrêtée, que deux époques, éloignées l'une de l'autre, situées sur des cercles très différents du temps, se rencontrent, s'interpénètrent et coïncident : alors, « l'éternité des temps peut être possédée ou à tout le moins vécue, sentie, dans le moment présent[1]. » Alors, dans le fantastique, où une simultanéité prodigieuse permet d'être en même temps dans le présent immédiat et dans une époque très ancienne, l'homme emporté par le flux temporel fait l'expérience de ce qui est soustrait au temps et revient, immuable.

Il y a dans le temps un dysfonctionnement, les époques séparées et incompatibles se rencontrent et se confondent, le temps s'arrête, il ne passe plus, l'éternel, l'intemporel, ou le sempiternel de l'Égypte, où se

---

1 *Cf.* G. Poulet, *Études sur le temps humain, op. cit.*, p. 306.

conserve l'infini incommensurable des siècles, surgissent dans l'histoire et la remplacent, car il s'est produit un hiatus, un intervalle vide dans la trame du temps qui est comme suspendu, on peut alors s'en évader, ou il peut contenir une autre temporalité.

Alors que presque toutes les nouvelles, *La Cafetière*, *Omphale*, *Le Pied de momie*, *Le Club des hachichins*, reposent d'une manière ou d'une autre sur cette perturbation du temps par le retour de l'antériorité et la jonction du passé et du présent, Gautier n'a thématisé ces principes que dans *Arria Marcella* ; prenant conscience de son fantastique, il a dans cette nouvelle adopté deux images pour désigner le prodige[1].

Le désir fou d'Octavien « a eu la force de faire reculer le temps, et de passer par deux fois la même heure dans le sablier de l'éternité » : « pour lui la roue du temps était sortie de son ornière et son désir vainqueur choisissait sa place parmi les siècles écoulées[2]. » L'image du sablier renversé et celle de la marche du temps qui dérape ou se trouve dévoyé affirment la rupture du déroulement linéaire du temps : soit il s'écoule en sens contraire, il se répète, le passé repasse dans le présent ; soit le passage du temps s'arrête, loin de s'écouler, il s'étale dans le même présent, et deux mondes séparés deviennent contemporains et continus, perméables l'un à l'autre, ils se superposent et se confondent momentanément.

Dans ce prodige d'un retournement, l'irréversibilité du temps est vaincue ; Gautier nous l'a dit : le sujet humain est dans le temps mais aussi le temps dépend de lui. Ici, il a vaincu le temps : qu'il ait imaginé ou vécu (Gautier ne fait pas de différence entre les deux) cette sortie hors de la durée, il est dans deux époques à la fois.

Cette victoire qui inverse le malheur fondamental de l'homme, la fuite du temps qui signifie sa mort et la vanité de ses œuvres et de ses désirs, Gautier l'a désignée par le mot de *rétrospection*, mais il en a

---

1   *Cf.* G. Poulet *ibid.*, p. 297 et, dans Pl, t. I, p. 1460, les remarques de P. Laubriet dans sa présentation du *Pied de momie*.

2   La formule revient dans le *Roman de la momie*, quand lord Evandale entre dans la salle du tombeau et sort de la vie moderne (Pl., t. I, p. 505) ; dans le jugement sur Balzac, « à l'inverse des poètes et des rêveurs qui trouvent que la roue du char de la vie est sortie de son ornière et ne savent à quoi s'occuper » ; dans *La Presse*, 18 juillet 1854 : « grâce à la vapeur l'espace n'existe plus, et le roue du temps est sortie de son ornière ». L'image, on le sait depuis la mise au point de G. Poulet, vient de *Wilhem Meister* et elle remonte à *Hamlet*, « The time is out of joint », traduit antérieurement en français par « le char du temps est sorti de sn ornière ».

présenté deux formules différentes mais non exclusives : il a parlé « de rétrospection évocatrice[1] » et de « désir rétrospectif ».

La première, si on la prend à la lettre, renvoie à un *acte* et à un pouvoir de *magicien* ; évoquer, c'est tirer de, faire venir à, convoquer, faire obéir à un appel, à une volonté puissante, l'image, l'idée ou l'ombre de quelque existant ; c'est bien le sens que Gautier donne à sa formule : il la commente ainsi : « le poète a, comme la pythonisse d'Endor, la puissance de faire apparaître et parler les ombres[2] ». Alors, le magicien est aussi *nécromant*[3], il rend la vie et la parole aux ombres, aux fantômes, aux morts. Le poète est aussi un évocateur, par sa parole il peut rendre présent ce qui est absent, imaginaire, impossible, il donne figure et réalité à l'irréel, il reste dans son rôle s'il ajoute à son pouvoir celui du magicien-nécromant ; alors, il exerce une véritable action sur le passé à partir du présent, sur les morts à partir des vivants, il recrée les époques révolues et fait revenir les disparus. Et c'est toujours évoquer, faire apparaître, faire vivre, agir par le verbe, soumettre les choses à la domination ou projection de l'esprit.

La poésie pour Baudelaire est aussi bien « une sorcellerie évocatoire[4] » ; le rêve, dit Gautier, a « une force de projection, [une] puissance de créer hors du temps et de l'espace, une vision presque palpable[5] ». Cherbonneau est tout-puissant car il connaît les mots qui agissent. Plus

---

1   *Cf.* G. Poulet, *Études sur le temps humain*, p. 295-296 : le thème « éclate avec une telle abondance qu'on peut en relever à partir de 1841 plus de cinquante exemples ». Il en cite quelques-uns : « une espèce d'évocation magique du passé » (*La Presse*, 22 fév. 1847), « nul ne peut saisir les images d'un passé tombé dans le néant, hors le poète aux puissantes évocations » (*ibid.*), « on est tellement subjugué par les effets de ce galvanisme de l'art ressuscitant les morts [...] on finit par s'intéresser si vivement aux fantômes qu'évoque la magie du poète, qu'on les prend pour les individualités historiques dont il a voulu remuer les cendres » (*La Presse*, 2 avril 1850).

2   *Cf. La Presse*, 13 mars 1843, à propos des *Burgraves*. La pythonisse consultée par Saül évoque l'ombre de Samuel qui lui prédit sa défaite et sa mort. Voir aussi *Italia*, 1850, p. 69 : « Nous avons eu souvent cette chimère, si jamais nous étions investi d'un pouvoir magique, d'animer toutes les figures créées par l'art... et d'en remplir un pays dont les sites seraient des fonds de tableaux réalisés. »

3   *Cf.* G. Poulet, *Études sur le temps humain*, p. 295, et Jean Richer, « Portrait de l'artiste en nécromant », *Revue d'Histoire Littéraire de la France*, 1972, qui propose des exemples proches de Gautier : Bürger, Goethe et *La Fiancée de Corinthe*, Cazotte, Nodier, Mérimée et *La Guzla* : soit le nécromant rend la vie au cadavre dans sa tombe, soit il le fait revivre et l'attire vers lui.

4   Et de même la dédicace des *Fleurs du Mal* à Gautier, « parfait magicien ès lettres françaises ».

5   Voir G. Poulet, *Études sur le temps humain*, p. 296.

profondément, le fantastique n'appartient pas à la *représentation*, il est de l'ordre de la *présentation*, il *réalise* la subjectivité, et Gautier semble bien conscient qu'il implique, du côté de l'écrivain-magicien ou mage, une puissance de dire et de *réaliser* et des pouvoirs communs aux personnages et à l'auteur.

Mais la victoire sur la mort et le temps se parachève dans le fantastique de Gautier par une victoire plus radicale de l'âme sur la condition matérielle de l'homme. Pour parvenir à ce « lieu » de nulle part, dans ce temps où le passé est le futur, et où le réel se confond avec l'essentiel ou le possible, il faut que l'esprit triomphe de ses entraves, qu'il se meuve dans le monde pur des idées. Pas de fantastique sans la foi dans la puissance *idéaliste* de l'homme, c'est-à-dire en une réconciliation de l'idée et de l'acte, en une « force plastique de l'âme[1] » douée du pouvoir de *réaliser.*

C'est elle qui remonte le cours du temps, trouve le futur dans le passé, rappelle les morts, matérialise le « spectre » des êtres et des choses, anime l'image, rend la croyance équivalente à la création. La *psyché* a sur la réalité un pouvoir générateur et créateur : et cette fois nous retrouvons nos fluides. Toutes les références du *fantastiqueur* qui s'organisent autour du magnétisme, assimilent l'influx psychique et la pensée (ou la volonté) et supposent l'action à distance de l'âme immatérielle par-delà les mondes ; elle fait de l'idée une substance, de son souhait, un objet et un acte[2].

D'où cette déclaration capitale dont nous verrons qu'elle est à prendre au pied de la lettre : « La croyance fait le dieu, et l'amour fait la femme. » La « chambre noire » de l'esprit (le mot est utilisé par Gautier à propos du *jettatore* qui, en s'aveuglant, va en effet justifier complètement la formule) concentre et condense les forces *réalisantes* du dedans. On sait comment Gautier prophétisait la navigation aérienne[3] : elle sera puisque c'est un rêve de l'homme ; « toute idée formulée est accomplie, tout rêve passe dans l'action [...] on n'invente que ce qui existe ou peut exister. »

1 *Cf.* J. Decottignies, *Essai sur la Poétique* [...], p. 348 *sq.*, sur la réalité des productions mentales, la puissance réalisatrice des images, et, p. 357, sur l'objectivité des apparitions, en particulier dans *Arria Marcella* où une mystique naturelle remplace complètement la démonologie traditionnelle et encore perceptible dans *La Morte amoureuse.*

2 Sur ce thème que le héros, mais le poète aussi, a un pouvoir de reconstructeur et de restaurateur de la réalité du passé, voir des remarques intéressantes dans R. Chambers, *RHLF*, 1972, et I. J. Briscoll, « Visual allusion in the work of Théophile Gautier », dans *French Studies*, 1973.

3 Dans *Fusains et eaux-fortes, op. cit.*, p. 257.

Ainsi, les récits fondés sur une « rétrospection évocatrice[1] » identifient le fantastique avec le pouvoir reconnu au poète de « faire apparaître et parler les ombres[2] ». Spéculations et récits sont parfaitement
adéquats ; par essence le créateur, *le poète* est un mage, il devient un
magicien et un nécromant actif et puissant ; il confère ces pouvoirs
à ses héros (comme Cherbonneau) et à lui-même comme créateur du
récit fantastique.

Mais, comme dans les récits populaires ou les contes de fées, l'usage
du pouvoir magique est conditionnel, la jonction des deux mondes peut
rencontrer plus ou moins d'obstacles ; il faut un lien entre eux, quelque
chose doit permettre de les unir, quelque chose sur quoi l'action et
l'imagination évocatrices et rétrospectives puissent prendre appui :
une réalité qui fasse transition et, appartenant aux deux mondes à la
fois, assure leur coïncidence, un objet qui les accroche l'un à l'autre,
qui manifeste comme vestige ou relique ce qui a été, et qui soit investi
d'un potentiel de vie, donc de survie, capable de lancer l'opération de
l'évocation ; il faut une chose qui, par la force de sa présence et son
appartenance au passé, annonce, garantisse, qu'il peut venir, car elle
contient une puissance de rappel et de résurrection. Ainsi, quand lord
Evandale découvre, sur le seuil de la salle où se trouve le sarcophage de
la momie[3], la forme d'un pied humain moulé dans la poussière et datant
de trente siècles, il est bouleversé par une « sorte d'horreur religieuse » ;
il perçoit soudain que tout se passe comme si l'histoire n'avait pas eu
lieu, et alors Gautier reprend à la lettre l'explication d'*Arria Marcella*.

Ce pied humain est un intermédiaire, un intercesseur, il fait office
de passeur entre les siècles. Si le héros de *La Cafetière* a « un frisson de
fièvre » en entrant dans sa chambre, comme s'il franchissait le seuil
inaugural d'« un monde nouveau », d'un monde *autre*, déjà autre dès
l'arrivée, c'est parce que tout est ancien, tout ce qui est dans la chambre,
même le tabac encore frais, est intégralement du passé intact, c'est

---

1   *Cf. Spirite*, chap. v, sur la « projection de la volonté » capable d'amener les esprits dans
le monde visible, Guy formule donc de toutes ses forces le désir de communiquer avec
l'esprit qu'il pressent autour de lui, qui ne « ne devait pas résister beaucoup à l'évocation »
puisqu'il s'était déjà manifesté tout seul.

2   Voir *Poésies complètes*, t. II, p. 124, et G. Poulet, *op. cit.* p. 284 et 291 ; voir *ibid.* p. 279 sur
Gautier nouveau Pygmalion, et p. 296, sur la magie poétique chez Gautier.

3   Voir Pl, t. II, p. 502-505 et G. Poulet, *Études sur le temps humain*, p. 296, sur le rôle de ces
« empreintes » du passé.

un ensemble de choses ouvragées, décoratives, surchargées du reste et conformes, dans leur mauvais goût naïf, à un style. Tous les objets témoignent d'une véritable suspension du temps, le fantastique peut venir, ranimer un monde déjà intemporel : Théodore aura été une sorte de jeune marié du siècle passé.

Quant au pied de la momie, qui sert de tiret entre les millénaires[1], ce n'est pas un simple objet, un de ces « objets perdus » qui encombrent le bric-à-brac de l'antiquaire, il établit progressivement la communication avec le passé, il l'annonce par son parfum d'abord, puis par son agitation frénétique et galvanique qui commence et s'accroît à mesure que la princesse Hermonthis arrive dans notre siècle : soudain là-bas et ici semblent en relation et partager la même réalité spatiale et temporelle. Le pied est ici, mais il semble agir là-bas, créer une relation effective entre les mondes, lancer un appel suivi d'une réponse. Il est doué de vie et même de personnalité, il parle, il est boudeur, chagrin, rebelle, jusqu'à ce que la princesse le chausse comme un soulier. Il y a une sorte de métonymie fantastique dont il est l'agent, et c'est le pied perdu qui assure la relation entre les mondes[2], c'est-à-dire entre le tout et la partie, entre un personnage vivant et l'immensité des siècles.

Tout se passe donc comme si, malgré 4000 ans d'intervalle, les deux éléments séparés du même corps avaient l'un sur l'autre une puissance d'appel et d'attraction. C'est que la momie est plus qu'un corps éternisé ; elle est un corps devenu l'équivalent d'une œuvre, une sorte de statue à l'état brut : en ce sens, elle est une forme autant et plus qu'un corps. Et le pied lui-même est un objet d'art, le narrateur le prend d'abord pour le fragment d'une Vénus antique, il pourrait venir d'un bronze florentin, « d'un airain de Corinthe », c'est « un ouvrage du meilleur temps », et aussi, comme sa légèreté révèle, il est fait de chair et n'en est pas moins beau, il a la beauté naturelle que le pied humain conserve quand il est respecté, et choyé par les mœurs. Et la princesse elle-même, revenue à la vie est aussi une Forme : elle pourrait être « un bronze de Corinthe », elle est « d'une beauté parfaite », elle rappelle « le type égyptien le plus pur ».

---

1   *Cf.* Franc Schuerewegen, « Histoires de pied. Gautier, Lorrain et le fantastique », dans *Nineteenth Century French Studies*, 1985, Summer, vol 13, n° 4.

2   Sur ce rôle des *objets* et celui des personnages-guides, voir l'étude de R. Baudry, « Fantastique ou merveilleux Gautier ? », dans *Bulletin*, 1983.

Mais le sein moulé dans la lave du musée de Naples a la même puissance d'évocation : « cette empreinte creuse », si proche « du fragment de moule d'une statue », renvoie l'imagination de l'artiste à la statue grecque dont il aurait pu faire partie, et celle de l'homme de désir à la femme représentée ici encore par une seule partie d'elle-même[1]. C'est encore un de ces objets qui sont « des commutateurs des mondes[2] » ; le moulage « de la rondeur d'une gorge » est le déclencheur du fantastique, soit d'un mouvement de complétude, d'une dynamique globalisante de reconstitution de la femme, de son univers tout entier, de retour complet du monde antique. Quand Octavien voit Arria Marcella, il voit « la pointe de ses seins orgueilleux » et il les reconnaît, il voit qu'ils « s'adaptaient parfaitement à l'empreinte en creux » du musée, puis Tyché le conduit dans un « dédale » et à travers l'inconnu vers « la gorge superbe victorieuse des siècles ».

Le sein parfait d'Arria Marcella qui a un pouvoir magnétique sur Octavien, et qui détermine cette immense recréation métonymique domine le fantastique de Gautier. Le moulage est un fragment du corps en attente de sa complétude, c'est une forme vide et creuse, un contenant en attente de son contenu ; c'est une forme, c'est la forme elle-même ; c'est la condition de *l'évocation rétrospective* ; est éternel le corps de la femme qui est déjà une œuvre, qui est potentiellement une représentation esthétique, sculpturale ou picturale, de ce qui est le motif permanent de la Beauté plastique.

Le moulage né du hasard de l'éruption du volcan a duré plus que les empires, il a l'éternité de l'Art ; il incarne *l'idéal rétrospectif* d'Octave qui n'a jamais rêvé qu'aux « personnifications des désirs et des rêves humains » du royaume des Mères, qui aime dans l'au-delà, c'est-à-dire dans l'en deçà, les « grands types féminins conservés par l'art ou par l'histoire ».

Mais l'empreinte moulée dans la lave n'est pas le seul objet en *forme* de creux qui puisse, comme talisman, symbole, ou tout simplement comme *moule*, jouer un rôle dans la recréation de la ville. Si de tous les éléments intermédiaires et actifs qui permettent la rétrospection, celui

---

1　Déjà à Rome, Octavien a été bouleversé par la vue d'une chevelure exhumée d'un tombeau, et il a tenté à partir de deux ou trois cheveux de faire évoquer par « une somnambule d'une grande puissance [...] l'ombre et la forme de cette morte ».
2　Formule de R. Baudry, art. cité.

qui survit par définition, celui qui contient un potentiel infini d'être, c'est la *forme*[1], elle est à la fois Type, Idée, et *moule*, c'est-à-dire une stylisation indéfiniment productrice et reproductrice d'êtres, un creux efficace qui constitue de la réalité. Qui appelle et provoque les choses qui sont latentes dans ce vide créateur de plein. « Sa vie se remplissait d'un seul coup », nous dit-on d'Octavien. Les touristes contemplent et commentent alors les ornières des rues, les rainures de la herse d'une porte de la ville, les maisons vides ; autant de vacuités en attente de substance[2]. Il y a une analogie significative entre ces formes vides, qui est favorable au retour du passé : elles sont prêtes à l'accueillir. Et il se déploie tout entier, la ville réoccupe son espace, reconstruit ses ruines, revient à la vie, parce que la destruction a surpris la ville et l'a anéantie sans la détruire, toutes les choses, tous les petits objets quotidiens de l'existence sont restés tels qu'ils étaient : il suffit de « faire passer deux fois la même heure » de l'an 79 « dans le sablier de l'éternité » pour retrouver cette antiquité évoquée.

Le poète nécromant est un restaurateur, un réparateur, un réveilleur certes, mais aussi un reconstructeur, sa « magie d'idées » ramène naturellement les choses à leur état idéal et complet, il tend à les recréer dans leur intégralité. Octavien que la réalité déchue rebute et qui aime dans l'au-delà, a rêvé d'aimer la Vénus de Milo reconstituée ; l'objet du désir est un objet total.

Il y a, à travers les nouvelles, un thème de la femme morcelée, recomposée dans sa perfection idéale, perdant toute forme quand elle devient poussière et cendres (Clarimonde, Arria Marcella) ; le thème commence avec Angéla, dont il ne reste au matin qu'un morceau de porcelaine brisée, et qui retrouve tout de même par le dessin un visage reconnaissable. Le récit fantastique suit cette chute de la Beauté dans la dispersion et la destruction, son retour à l'être, sa rechute au néant informe, à la décomposition putréfiée, sous l'injonction des personnages autoritaires qui interrompent les amours d'outre-tombe et interdisent cette résurrection de la chair.

---

1   Voir sur ce point G. Poulet, *Trous essais.*, p. 304 ; la « forme » est créatrice par sa virtualité inépuisable de répétitions, en elle « le pas encore » coexiste avec le « déjà plus ».

2   Voir H. Kars, « Le sein, le char et la herse. Description, fantastique et métadiscours dans *Arria Marcella* de Théophile Gautier », dans *La Littérature et ses doubles*, textes réunis par Leo H. Hoek, *CRIN*, n° 13, 1985.

Ainsi, il y a une autre condition de *l'évocation rétrospective*. Il faut que l'opération magique agisse sur un monde suffisamment vivant et encore formé pour qu'il puisse répondre et accueillir les spectres de l'extra-monde. Car les héroïnes évoquées apparaissent dans leur monde et avec lui : le XVIIIe siècle avec Angéla, Omphale, la Venise du même siècle avec Clarimonde qui y fait vivre Romuald comme la Biondetta de Cazotte l'a fait pour Alvar, toute l'antiquité pharaonique avec la princesse Hermonthis, Pompéi tout entier reconstitué avec Arria Marcella (son sein parfait et éternisé permet sa résurrection et celle-ci s'étend à toute la ville), l'Inde profonde avec Cherbonneau. Mais il y a toujours un écart plus ou moins saisissant entre notre réel qui subit une *entropie*[1] et *l'autre monde* que l'affirmation forte de l'idéal et la puissance des formes protègent de la désagrégation.

Il y a opposition entre la marche harassante dans la boue du héros de *La Cafetière* et son étrange nuit extatique, il y a incompatibilité entre la maladie qui épuise, pourrit toutes les choses de la maison d'Omphale, « ruine d'hier », ruine précoce et horrible, et la triomphale vitalité de la tapisserie et de son héroïne rococo, qui fait revivre l'insouciant bonheur de vivre de son époque, que semble maudire et détester l'oncle du narrateur ; aussi fait-il promptement déménager le portait venu de son passé. De même, il y a une distance symbolique entre le brocanteur, lui aussi ennemi du passé, sa boutique absurde, incohérent assemblage d'objets hétéroclites, devenus les déchets d'une histoire mise en miettes[2], entre l'acheteur du pied qui commet le sacrilège de vouloir le rendre utile comme presse-papier, et le passé hiératique, continu, unifié des Pharaons ; au monde de la dispersion, du non-sens, de la futilité gratuite et sotte, s'oppose l'immensité d'un passé conservé totalement et en ordre, à jamais identique à lui-même.

Et dans sa double vie, jamais Romuald ne peut concilier sa vie fastueuse et libre de jeune seigneur vénitien et le désert vide de l'existence d'un curé de campagne. Par contre, avec Pompéi, toute la vie antique se réveille et revit : il s'agit de « bonnes ruines », d'une *ville-momie*, intacte sous les laves du Vésuve, « le terrible embaumeur », a dit Gautier ; le

---

1   Formule de R. Chambers, art. cité, p. 640. Voir, dans le même numéro, l'article de J. Richer, « Portrait de l'artiste en nécromant », déjà cité.

2   N'oublions pas qu'Isis, dont la princesse laisse au narrateur une petite statue, a recueilli pieusement tous les fragments du corps d'Osiris.

passé est magiquement, intégralement restauré, car ces ruines ne sont pas vraiment des ruines (la mort y a fait une seule intrusion catastrophique), elles ne sont pas dues au lent travail du temps qui tue le passé et décompose les objets en une sous-réalité moribonde.

Ainsi, la ville latine est déjà « ressuscitée », dit le texte pour les touristes français, elle a « secoué un coin de son linceul de cendres », bien avant la nuit miraculeuse. Car Pompéi n'est pas une « ruine ruinée[1] » ; si la cité fascine Gautier comme une palingénésie permanente, où le passé conserve ses possibilités de reprendre vie, c'est que la ville présente des traces d'une vie *arrêtée*, les éléments d'une existence familière et banale qui a été suspendue sans être supprimée : elle peut reprendre car en subsistent les *formes* intactes et prêtes à recréer de la réalité[2]. C'est une ville-forme, une ville-moule, une ville-œuvre : elle appartient de plein droit au Trésor fondamental des Formes, des Images, des Mythes que constitue l'Antiquité gréco-latine[3] ; les personnages de Gautier, dans la voie des Tombeaux (qui insidieusement conduit Octavien au royaume des morts), rient « comme des héritiers » : les rêveurs sont chez eux, ils n'ont qu'à faire appel à leur mémoire pour s'adapter à Pompéi ; avec son latin de Gaulois, Octavien se confond avec les habitants. Dans la cité antique, l'art est partout, l'art est quotidien et la beauté, générale, et dans *Arria Marcella* (comme dans *Jettatura*) la description évoque tout ce qui a été œuvre et beauté peinte, ouvragée, ciselée, écrite, jouée au théâtre[4]. Le « platonisme » de Gautier a opté pour la suprématie de ce qui lui semble le spirituel et l'essentiel ; « rien ne meurt de ce qui a frappé l'intelligence[5] », avait dit Nerval. Préexistent et subsistent le conçu, le créé, l'imaginé.

1   *Cf.* Th. Gautier dans *Le Moniteur universel* du 4 juin 1858 ; voir, sur les ruines et Pompéi, A.-M. Jaton, *op. cit.* p. 127 ; voir encore R. Chambers, art. cité, p. 654.

2   *Cf.* Pl., t. II, p. 1291, ces deux textes de Gautier. Celui-ci de 1866, à propos de la nouvelle, « basée sur cette fantasmagorie rétrospective » : « Il ne faut pas un grand effort d'imagination pour repeupler des demeures dont les habitants semblent être sortis la veille ». Et cet autre, de 1851, écrit à propos du tableau *Le Tepidarium* de Chassériau : « Quand la forme des lieux s'est conservée si intacte, il semble étrange que la vie en soit retirée, et l'on croit à tout moment que les anciens hôtes vont reparaître, et pour peu que l'on soit poète ou visionnaire, l'on jurerait les avoir vus ».

3   Sur cette valeur de Naples comme cité des origines, voir A.-M. Jaton, *op. cit.* p. 125 *sq.*

4   Voir *Corinne*, Livre XIII « Le Vésuve et la campagne de Naples » et l'improvisation de Corinne elle-même.

5   Cité par G. Poulet, *op. cit.*, p. 293.

Pompéi revit en idée, en image parce qu'il s'agit de la ville qui est une Idée, qui est voisine des origines, née quand l'humanité se mouvait dans la vérité première et puissante des Types : Athènes où s'achève *Spirite* précise cette donnée du fantastique.

La fin du roman rappelle *Arria Marcella* par le contrepoint entre l'Antiquité et l'époque moderne que permet le voyage vers la Grèce : la même houle, qui soulève le bateau à vapeur, a roulé les navires des temps homériques ; la mer, « vague, immense, profonde comme l'infini », ce monde éternellement bleu, comme la lune, qui rend tout lointain et splendide, sont identiques à eux-mêmes, ils sont tels qu'ils furent au temps des Grecs ; autant les hommes sont incapables de rappeler les Anciens, autant les chefs-d'œuvre du Parthénon, que Malivert parcourt comme Octavien a parcouru Pompéi, sont vivants, présents, sacrés, entourés d'« une atmosphère d'or », choyés par « le baiser du temps ». Et Spirite, comme Arria, se tient sur le seuil du temple comme une Athénienne ressuscitée, vêtue comme une canéphore, elle ressemble à une vierge des Panathénées descendue de sa frise, sa couronne de violettes fait penser aux parabases d'Aristophane : soudain, « dans un éblouissement rapide », comme si elle avait en elle-même la pouvoir de provoquer cette « vision rétrospective », elle fait surgir le Parthénon intact, sauvé, tel qu'il est en lui-même, tel qu'il n'est plus.

Ce n'est pas un simple retour au passé chronologique, c'est un retour aux sources, et même aux sources ontologiques, aux Types et aux Fixes. À Athènes, Paul visite la colline sacrée « où le genre humain, dans sa fleur de jeunesse, de poésie et d'amour entassa ses plus purs chefs-d'œuvre ». C'est le début de tout, et le beau en soi, les contrées chères à Gautier sont l'origine, l'antériorité elle-même : Antiquité gréco-latine, Égypte, Inde, le berceau oriental de l'Humanité, les *Civilisations-Mères* ; le fantastique double l'exotisme spatial et historique de Gautier ; le voyage, dans *Le Pied de momie*, conduit à la crypte initiale et centrale du Monde, vers un ciel d'en-bas, un infini souterrain, un enfer piranésien où se conserve une science mise « en légendes de granit » ; on y trouve, comme dans une matrice fossile, toute l'humanité première conservée ; c'est le même mouvement qui a emporté Cherbonneau en Inde dans sa quête, à travers des épreuves sans nombre, vers le Savoir premier, le savoir du Mot qui est son *fiat lux*. La recréation est possible parce qu'on va vers les sources de toute création. Alors, la réalité est proche de son Absolu ;

elle contient, elle offre les éléments qui font fonction de passeur, et qui eux-mêmes assurent cette jonction de l'essence et de la réalité, qui est le prélude du fantastique.

LE DÉSIR RÉTROSPECTIF. UNE COSMOLOGIE ÉROTIQUE

Gautier a distingué *l'évocation rétrospective*, acte magique, acte de l'esprit ou de l'imagination, du *désir rétrospectif*, formule parfois équivoque qui peut désigner simplement le désir de vivre entièrement « dans les siècles évanouis[1] », mais qu'il faut prendre au pied de la lettre : il a parlé de « l'amour rétrospectif », qui saisit Octavien quand il visite l'emplacement même où fut retrouvé le moulage d'Arria Marcella ; et il s'agit bien d'amours d'outre-tombe, d'unions par-delà la mort, de passions pour des mortes, mais des mortes situées aussi loin, dans des régions aussi confuses que « la vie antérieure », des mortes qui se trouvent à une distance temporelle incommensurable. Lord Evandale se trouve « rétrospectivement amoureux de Tahoser morte... il y a 3500 ans. Il y a pourtant des folies anglaises moins motivées que celles-là[2] ». Octavie à l'endroit où fut trouvé le corps d'Arria verse « une larme en retard de deux mille ans ». Mais « les âmes jumelles ne peuvent se réunir en ce monde[3] ».

Mais cette *folie* qui situe le désirable dans la vie antérieure et seulement en elle, a fait que Gautier est un écrivain de l'amour, un auteur *romanesque*, parce qu'il est un écrivain fantastique, pénétré par la nostalgie des temps très anciens[4]. On l'a dit nécrophile[5], et lui-même a joué à *sexualiser* cette thématique dans un but de provocation : à propos de son *exotisme dans le temps*, il dit aux Goncourt en 1863, « Flaubert serait ambitieux de forniquer à Carthage, vous voudriez la Parabère, moi, rien ne

---

1   Par exemple : « et qui n'a souhaité, par un *désir rétrospectif*, vivre un instant dans les siècles évanouis », dans *Quand on voyage* (cité par G. Poulet, *Études sur le temps humain*, p. 291). De même, le mot « évocation » peut avoir un sens amoureux : ainsi, Arria parle de « la puissante évocation de ton cœur », de « l'idée d'évocation amoureuse », de « chimère rétrospective ».

2   Voir Pl., t. II, p. 634 ; de même, p. 516 : « il lui sembla qu'il aurait aimé s'il eût vécu 3500 ans plus tôt cette beauté que le néant n'avait pas voulu détruire et sa pensée sympathique arriva peut-être à l'âme inquiète qui errait autour de sa dépouille profanée. »

3   Dans *Le Moniteur Universel*, 6 avril 1868.

4   *Cf. Journal des Goncourt*, 23 août 1862, sur « la nostalgie d'un temps ». La Parabère est une maîtresse célèbre du Régent.

5   *Cf.* Pasi, *Il fantastico*, qui parle « d'érotisme funèbre » et compare Gautier à Edgar Poe.

m'exciterait comme un momie ». En fait en affirmant qu'il n'y a d'amour que rétrospectif, il proposait ce qu'il avait contourné auparavant, ce que la thématique de l'amant-artiste avait bloqué, il exaltait le romanesque absolu, le romanesque fou des amours impossibles, des amants mélancoliques dédaigneux des femmes réelles, fuyant les amours terrestres et ne trouvant de volupté qu'hors de la vie, du temps et de l'espace. Le cynisme des propos dissimulait-il qu'il était embarrassé de proposer avec ses héroïnes fantastiques (qui en réalité ne sont pas *mortes* sans être pour autant vivantes), un irréalisme de l'amour, qui se dirigerait tout droit vers le monde des anges ?

En fait l'érotisme de l'antériorité ne se comprend pas sans une sorte d'exaltation du désir et de la subjectivité : si le rêve selon Gautier a « une force de projection », une puissance de créer, de même il n'y a pas de fantastique sans la foi dans la puissance idéaliste de l'homme, c'est-à-dire en une réconciliation de l'idée et de l'acte, du désir et de l'objet, en une « force plastique de l'âme[1] » douée du pouvoir de réaliser le subjectif. C'est elle qui remonte le cours du temps, trouve le futur dans le passé, rappelle les morts, matérialise le « spectre », anime l'image, confère au désir une puissance de réalisation. Est-il beaucoup plus radical que Stendhal et sa théorie de la cristallisation à laquelle il fait allusion dans *Spirite* ? La psyché a un pouvoir générateur et le fantastique de Gautier nous dit que l'amour est souverain, qu'il est une loi cosmique, une puissance magique, qu'il a à distance un pouvoir de création.

L'amour engendre l'être et la vie : la vraie barrière pour Gautier n'est pas tant celle qui sépare la vie et la mort, mais celle qui sépare l'amour et le non-amour. C'est là que l'être se distingue du néant : l'Éros agit contre l'ordre apparent du temps et la fatalité de la mort, il a « la force de faire reculer le temps et passer deux fois la même heure dans le sablier de l'éternité » ; « la puissante évocation de ton cœur a supprimé les distances qui nous séparaient », dit Arria Marcella à Octavien.

C'est ce que nous révèle cette phrase aux sens multiples : « la croyance fait le dieu, l'amour fait la femme ». Prononcée justement par Arria, elle signifie d'abord que l'amour survit à la mort, que l'on aime encore au-delà de la vie, que l'amour réveille, ravive, ressuscite la femme : elle est créée par et pour l'amour. C'est aussi l'interprétation proprement

---

1   *Cf.* J. Decottignies, *Essai sur la Poétique* [...], p. 348 *sq.* et p. 357.

gautiériste, c'est-à-dire érotique, de la cosmogonie de Goethe et de Nerval : Octavien le dit lui-même, quand il reconnaît au théâtre le sein orgueilleux et parfait du musée, il est troublé « magnétiquement », il comprend que la roue du temps n'est plus dans son ornière, mais il comprend alors que « son désir vainqueur choisissait sa place parmi les siècles écoulés ». Et que le sein parfait d'Arria Marcella est éternel, que le corps de la femme est déjà une œuvre, que l'Éros qui engendre la Beauté transcende le temps. C'est donc l'amour qui dispose du temps et de l'espace, c'est lui la loi secrète de la rétrospection et du retour des Types, le sujet du désir a le pouvoir d'agir dans le cosmos. La magie chez Gautier n'est ni noire, ni blanche, mais amoureuse.

Enfin troisième sens de cette formule qui renvoie à l'esthétique de Gautier, dont nous avons vu initialement qu'elle s'articule mal avec l'érotique, puisque l'amant et l'artiste ne peuvent s'unir, et que l'artiste est voué à n'aimer que la beauté parfaite de l'art, sans pouvoir surmonter l'absence de toute médiation passionnelle entre l'idéal conçu et imaginé et la réalité. Petit-Pierre, le héros de la nouvelle *Le Berger*, comprend la *forme* à mesure qu'il aime, ce qui manque à ses dessins, c'est *le désir*[1]. Devenu une sorte de foi, il soutient sa recherche et sa découverte de la beauté, il en est créateur, il *fait* la femme. La beauté idéale est née du désir loin de lui être étrangère ou antérieure. Dans la mort, c'est le paradoxe, l'amour, la beauté et la volupté sont unies[2]. Alors, comme dans *Spirite*, la femme aimée devient la Muse de l'amant-artiste.

Ou plus exactement il se produit un équilibre nouveau entre l'un et l'autre : dans *Spirite*, Malivert se détachant de l'univers sensible, dédaigne la vision du Parthénon reconstitué, oublie l'art pour l'amour, l'esthétisme en est moins rejeté que remanié, puisque dans « les yeux de pervenche » de Spirite semblable à une vierge de Panathénées descendue de sa frise, il y a « une lueur attendrie » absente des yeux de marbre blanc, et « la radieuse beauté plastique » est ainsi complétée « par la beauté de l'âme ».

---

1   Voir Pl., t. I, p. 924.
2   On comprend mal que P. Laubriet (*cf.* Introduction, Pl., t I, p. xv), ait conclu à un échec de l'amour chez Gautier, toujours contrarié, toujours vaincu par la mort, ou maudit, car les personnages rêvent d'un amour absolu, donc impossible. Mais, pour le romantique, l'amour est heureux s'il existe, le bonheur d'aimer est son seul but, et c'est le sens même de l'aventure fantastique ; encore faut-il lui donner sa place dans l'œuvre de Gautier.

Et Cherbonneau qui sait tout et qui a même lu la Bible nous donne le principe du fantastique de Gautier : « l'amour est plus fort que la mort », Clarimonde l'avait dit avant lui, en ajoutant que l'amour finirait par vaincre la mort, et Octavien découvrant qu'il se trouve en l'an 79 avant l'éruption du Vésuve ne doute plus qu'Arria ne soit vivante, « rien ne devait être impossible à un amour qui avait la force de faire reculer le temps et passer par deux fois la même heure dans le sablier de l'éternité ». C'est donc bien le sein d'Arria Marcella et son pouvoir magnétique sur Octavien, qui dominent le fantastique de Gautier ; « cette gorge superbe victorieuse des siècles et que la destruction même a voulu conserver » a la puissance de survivre à l'action destructrice du temps, car le corps de la femme est déjà et toujours une œuvre et il est l'objet du désir : « l'art comme l'amour n'est qu'un effort de l'âme qui veut se soustraire à la mort. Tout homme digne de ce nom cherche à s'assurer de l'immortalité du corps ou de l'esprit, et c'est ce qui fait qu'il n'y a de réel au monde que l'art et l'amour, les deux seules choses qui créent[1]. »

Si l'amour fait la femme, c'est qu'il a une puissance génératrice et fondatrice, qu'il est la force constitutive, la vraie magie, la suprême volonté qui se projette par-delà les mondes ; Gautier croit aux mythes de la réincarnation (d'où son indianisme) et, comme le fera le surréalisme, en l'efficacité organisatrice du sentiment et du désir[2].

Est-ce dans la mort que l'amour découvre toute sa force ? À l'origine de l'aventure fantastique, il y a le désir de vivre, c'est-à-dire le désir tout court, des jeunes mortes qui ne consentent pas à mourir, à cesser d'aimer et d'être aimées ; la mort de l'amour est la vraie mort, la mort sans appel : « on n'est jamais morte que quand on n'est jamais plus aimée », dit Arria qui explicite la loi du fantastique de Gautier. C'est toujours le désir de *revivre*, c'est-à-dire de vivre dans l'amour, qui attire les héroïnes défuntes, ne s'en distingue que le cas de *Spirite*, où la morte attire le vivant dans la mort, encore veut-elle vivre dans son existence surnaturelle l'immense amour raté durant sa vie.

---

1 *Cf. La Presse*, 11 février 1850.
2 Autre thème « surréaliste » que Gautier pouvait trouver dans ses lectures spiritistes : G. de Caudemberg expliquait que la vie matérielle de l'homme est incomplète (sur cette lecture, *cf.* notre notice sur *Spirite*, t. II). Semblable aux systèmes des analogies, l'expérience spirite restitue à l'homme sa part manquante ou occultée ; elle lui rend son être *complet*, il peut « lire sa pensée », lire les livres sans les lire, une véritable pentecôte lui donne la connaissance de tous les langages.

C'est toujours la femme qui par amour force le passage de la mort
à la vie[1] : parce qu'elle veut de toutes ses forces vivre encore et qu'elle
ne se résigne pas à être retranchée de l'amour par la mort. Celle-ci
doit subir la prééminence de celui-là. Ainsi « la morte qui parle » de
Mallarmé, dont Léon Cellier[2] a montré ce qu'elle doit à Gautier, ou au
passé de la poésie élégiaque.

Alors le fantastique, c'est Angéla, celle qui est morte de trop danser,
qui veut la joie et le vertige de danser encore et toujours dans les bras
d'un amant, de danser à en mourir encore, puisque sa fatigue annonce
sa destruction. C'est Omphale dont le sein est « d'une forme parfaite
et d'une beauté éblouissante », et qui se réveille de l'ennui de sa longue
solitude en compagnie de son nigaud de mari (« être avec mon mari,
c'est être seule »), parce qu'un jeune et intéressant Chérubin est venu,
« j'ai eu à m'occuper de quelqu'un », enfin séduite et séductrice, elle
aime, elle le dit, elle le prouve et elle revit.

Et Clarimonde, dont le nom renvoie à la clarté éclatante de la
beauté et à son identification avec *le monde*, les charmes inquiétants
de la vie temporelle et les passions de la chair, mais aussi aux *mondes*,
aux sphères différentes du cosmos où elle se meut, c'est elle qui avoue
la première : « je t'aime », elle invoque un désir premier, antérieur à
tout (« je t'aimais bien longtemps avant de t'avoir vu… je te cherchais
partout … tu étais mon rêve, j'ai dit tout de suite, c'est lui »), une prédestination amoureuse qui transcende toutes les limites de l'existence ;
et c'est toujours le désir qui explique ses disparitions (« je t'ai attendu
si longtemps que je suis morte »), son retour à la vie grâce au baiser
de Romuald (« maintenant nous sommes fiancés […] je te rends la vie
que tu as rappelée sur moi une minute avec ton baiser »), ses autres
réapparitions, elle est « Clarimonde la morte qui force […] les portes
du tombeau » et qui vient consacrer à Romuald « une vie qu'elle n'a
reprise que pour [le] rendre heureux » ; et il faut que se produise la
jonction de notre monde avec l'autre si éloigné, ce pays de nulle part,

---

1   Ainsi, Clarimonde et Arria, soupçonnées d'aller et venir couramment de la mort à la vie,
    héroïnes expertes en plaisirs, savantes en voluptés.
2   *Cf.* L. Cellier *op. cit.*, p. 33-40, sur les précédents, ou les référence contemporaines dans la
    poésie et le roman ; voir, p. 174, la morte parle pour annoncer son retour à son mari, il faut
    alors un rituel d'accueil et d'évocation ; « Pour revivre il suffit qu'à tes livres j'emprunte /
    Le souffle de mon nom murmuré tout un soir ». Voir encore le poème de 1844, *Les Taches
    jaunes, Poésies complètes*, t. II, p. 242.

d'où l'on ne revient jamais, ce monde du rien, privé de lumière : « ce n'est que de l'espace et de l'ombre, ni chemin ni sentier, point de terre pour le pied, point d'air pour l'aile », c'est l'espace pur et vide du néant, qui est l'image de la mort ; elle a dû lutter de toutes les forces de sa volonté, trouver un corps, soulever la dalle de son tombeau en meurtrissant ses mains. A-t-elle alors vaincu la mort, vaincu Dieu dans le cœur de Romuald, définitivement conquis son amant ? Ce n'est que la lassitude de Romuald déchiré entre ses deux vies et ses doutes, l'ultime exhortation de Sérapion qui précipitent le dénouement, soit le triomphe du néant sur la vie (tu as, dit Clarimonde, mis à nu « les misères de mon néant »). Clarimonde est une morte amoureuse, certes, mais aussi une courtisane amoureuse et fidèle, une étrange Dame aux camélias (« elle avait assez d'or, elle ne voulait plus que de l'amour, un amour jeune, pur, éveillé par elle, et qui devait être le premier et le dernier. »)

Et la mystérieuse créature de *La Pipe d'opium*, cette ombre qui évoque « celle qui fut moi », elle veut vivre six mois encore, et elle pourra, au nom d'un contrat fantastique, obtenir cette « seconde vie » si le narrateur va l'embrasser sur la bouche dans la ville noire, et cette vie sera consacrée à son sauveur ; et ressuscitée elle s'explique : avant d'aller « s'enfoncer pour toujours dans l'immobile éternité », elle voulait jouir « de la beauté du monde », de toutes les joies et voluptés terrestres, « elle se sentait une soif inextinguible de vie et d'amour », et pour cela il lui fallait gagner les six mois sur l'échéance fatale de la mort.

Mais c'est *Arria Marcella* qui accomplit le mieux « l'idée d'évocation amoureuse » que Gautier admet parmi ses « croyances philosophiques » et qui gauchit la cosmogonie de Goethe et de Nerval. La rencontre des amants séparés par l'immense distance historique et spatiale de leurs cercles respectifs se réalise dans leur absence : jusque ici les amants, fussent-ils chacun d'un côté différent de la frontière de la vie et de la mort, ou de celle de la matière et de la vie, étaient l'un devant l'autre. Cette fois un désir identique et symétrique naît au même instant et provoque très loin la rencontre des cercles et la translation des ondulations, et pour que les amants se trouvent l'un devant l'autre, et fous d'amour, il faut que les deux êtres à la lettre exorbités et sortis de leur temps respectif soient rendus à la même réalité : la morte morcelée retrouve son être en même temps que sa ville. C'est « la puissante évocation de

ton cœur qui a supprimé les distances qui nous séparaient » nous dit
l'héroïne, et pour Octavien, c'est « son premier et dernier amour ». La
puissance mystérieuse et rétrospective qui a bouleversé le temps et
reconstruit le passé, c'est le désir, loi de la réalité, loi de l'être. Quand
Arria réplique aux malédictions de son père, elle lui dit : « ne me
replongez pas dans le pâle néant, laissez-moi jouir de cette existence
que l'amour m'a rendue ».

Le pouvoir de la rêverie d'Octavien, sa contemplation amoureuse
du « morceau de boue durcie » qui conserve la *forme* d'Arria au Musée,
« sa passion impossible et folle » pour les grands types féminins, qui
avait fait naître son « désir fou », tout cela est entré en consonance et
en concordance avec ce monde où comme le dit la ressuscitée, « je flotte
invisible pour les yeux grossiers », son âme a senti qu'elle était aimée,
elle a été atteinte par la force qui traverse l'espace et le temps ; pour
la pensée et le désir, il n'y a pas de distance, il n'y a pas d'obstacle ni
de frontière. Le désir dans l'extramonde appelle le désir, l'être aimé
devient soudain, ou, redevient un être aimant : « ton désir m'a rendu
la vie ».

L'amour est comme un écho cosmologique qui réveille la vie et qui
unit les amants à la même heure dans le même lieu. Aucune action,
aucune parole, aucune forme, aucune pensée ne peut mourir ou perdre
son efficience originelle, et l'accord immédiat des âmes attirées par un
désir instantanément réciproque retentit avec une puissance irrésistible à
travers les mondes, il est réellement créateur, il est évocateur, il répond
à l'attente (« c'est toi que j'attendais », dit Arria), ou au rêve invincible
qui a écarté Octavien des formes vulgaires de l'amour et l'a entraîné
depuis toujours vers les « types radieux ».

Le fantastique repose donc sur un coup de foudre premier, il peut
être cosmique et agir intemporellement et immatériellement, comme
puissance d'appel, comme puissance génératrice à travers l'immensité
des mondes. Le coup de foudre (il faut prendre le mot à la lettre) traverse l'espace et remonte le temps. La démiurgie du désir suppose l'idée
d'un rendez-vous simultané, d'une convergence miraculeuse des désirs,
d'un écho transcendant et symétrique à travers les univers. Les amants
se rencontrent *en idée* et marchent symétriquement l'un vers l'autre ;
« Aussitôt, dit Arria, que ta pensée s'est élancée ardemment vers moi,
mon âme l'a senti dans ce monde... » ; « Je t'aimais bien longtemps

avant de t'avoir vu, mon cher Romuald[1] », avoue Clarimonde. L'amant peut être visité par la créature d'outre-tombe ou conduit par elle.

Il faut de toute façon un double consentement, une sorte de pacte antérieur, des fiançailles de toujours : sur ce point Gautier rejoint toute une « mythologie » plus ou moins nervalienne de la destinée. « Le consentement de la volonté donne seul prise aux esprits sur nous », enseigne le baron de Féroë ; la « projection de la volonté » est « nécessaire pour amener les esprits du fond du monde invisible sur les limites de celui-ci ».

Est-ce le désir qui gouverne les mondes, qui les force à accomplir le souhait fondamental des hommes et des femmes, qui contraint les objets, le cosmos tout entier, à répondre au vœu du sujet, aux chimères qui hantent son esprit ? L'autre monde qui double le nôtre est plus nettement que chez Goethe et Nerval soustrait à la simple conservation du passé et à sa répétition : le coup de foudre, la naissance du désir sont des événements cosmiques ; car le fantastique est un passage du possible au réel, il ajoute à ce qui arrive ce qui peut arriver si le réel s'accroît de toutes ses virtualités, accomplit tout ce qu'il contient.

Comme l'art, il va jusqu'au bout de lui-même : l'art qui ne porte pas sur le réel, mais sur le possible, est fantastique ou n'est pas. Et il n'en a pas moins besoin de la réalité. Dans le fantastique érotique, l'âme veut le désir, elle veut vivre amoureusement et même charnellement ; elle a besoin d'un corps, elle tend à se réincarner et le ciel a besoin de la terre. Et dans l'au-delà la passion se conserve et peut s'accomplir.

Le cas de Spirite le confirme curieusement : elle-même reconnaît que son amour d'enfant *se continue* dans sa vie comme esprit, ce qui lui permet de *déclarer* son amour. L'ange amoureux ne peut pas renoncer à un amour qu'il n'a pas connu et entend réaliser dans la mort ce que la vie ne lui a pas donné, vivre outre-tombe une vie qui n'a pas eu lieu de ce côté-ci de la tombe, il ne se résigne pas à cette privation de l'amour, il entend réparer le malheur qui a empêché son amour, et la morte amoureuse vient séduire l'amant vivant, il est vrai pour l'attirer hors de la vie et *spiritualiser* le désir. La jonction des mondes se fait à partir de la morte, mais l'au-delà, les puissances mystérieuses et divines qui président au destin de Spirite et lui permettent cette

---

1   Voir, sur ce point, R. Chambers, art. cité, p. 643.

traversée des cercles concentriques des mondes et leur communication et leur interpénétration, l'autorisent et même l'encouragent à concilier amour et angélisme.

Initiée à la vie divine, elle déclare elle aussi, « mon amour vainqueur de la mort me suivait au-delà de la tombe », « la transition d'un monde à l'autre » l'a laissé intact, il survit à sa courte apparition sur notre planète. Elle est et reste la jeune fille morte d'amour pour Malivert, que Féroë a immédiatement reconnue en elle, « l'âme scellée à votre sceau [...], la femme créée exprès pour vous ». Et durant sa vie de religieuse, cette « naufragée de l'âme » que rien ne retient dans la vie terrestre, sauf sa passion impossible, lui donne déjà la dimension mystique de la perfection dans le détachement, elle est conduite à n'aimer Malivert qu'en Dieu. La prise de voile lui est d'autant plus facile qu'elle ne peut être belle pour lui.

À mesure qu'elle est retranchée de la vie, se renforce en elle la certitude qu'elle est vouée à trouver le plus grand bonheur outre-tombe ; que la mort est pour elle la condition de la vie. Que c'est une décision de la puissance qui régit les mondes célestes. Lors de la prise de voile encore, elle se sert de la pieuse légende selon laquelle la grâce demandée par la nouvelle religieuse lui est accordée : elle demande à la bonté divine « la faveur de vous révéler mon amour après la mort » et elle devine à l'immense joie qu'elle ressent que son vœu est exaucé. Elle est alors une privilégiée du ciel qui consent qu'elle obéisse à la loi du désir et va autoriser sa rencontre avec Guy. Certes, elle combat les pensées et les rêves d'amour qui lui viennent toujours et ce conflit hâte sa fin, mais lui laisse l'espoir d'être pardonnée pour « cet amour unique, si chaste et si pur, si involontaire » qu'elle s'est efforcée d'oublier ; elle meurt aisément car, dit-elle, « j'avais par delà cette vie un espoir longtemps caressé, et dont la réalisation possible m'inspirait une sorte de curiosité d'outre-tombe ».

Libéré par la mort, l'esprit prend son vol dans l'immensité lumineuse où le désir et l'acte coïncident et qui est peuplée des âmes sorties de la vie ou en attente d'y entrer : Spirite sait alors la destinée qui l'attend avec Malivert, constituer l'androgyne céleste, le couple angélique unissant « les deux moitiés du tout suprême », elle a pressenti en lui « l'âme sœur », et si son amant, plus lourdement enfoncé dans la matière qu'elle-même, ne l'a pas connue, il s'est néanmoins réservé le plus haut idéal en se tenant à l'écart des amours vulgaires. Mais cette prédestination est d'autant plus évidente qu'elle sait, dit-elle, que « grâce à la faveur qui m'était accordée, je pouvais vous faire connaître cet amour que vous aviez ignoré pendant ma vie, et j'espérais vous inspirer le désir de me suivre dans la sphère que j'habite[1] ». Et Féroë confirme, « une permission rarement accordée réunit dans les ciel les âmes qui ne se sont pas rencontrées dans la vie, profitez-en… ». L'amour est plus fort que la mort, car il semble bénéficier dans l'infini du cosmos d'un préjugé favorable, d'un soutien actif, d'une partialité pour tout dire.

Mais c'est plus simplement et plus charnellement le plaisir qui conjure et congédie la mort : dans le fantastique sensuel de Gautier, ce sont les gestes de l'amour qui ont un pouvoir magique et un rôle surnaturel, ils rendent la vie qui se confond avec la sensibilité et la volupté. Omphale, lasse de faire tapisserie et trouvant que le narrateur lui plaît, s'est animée progressivement, regards, signes, œillades, soupirs, puis elle se détache du mur, se met à parler, enlace son jeune amant dans son lit et lui prouve sa réalité tangible et de plus en plus voluptueuse.

C'est le baiser qui, dans une séquence quasi rituelle dans nos récits, vivifie le corps ; le surnaturel surgit par le plaisir, dans la transformation progressive de la morte inanimée en un corps plein de couleurs, de chaleur, d'ardeur, et cela dans *La Morte amoureuse*, dans *Arria Marcella*, texte dont on a dit qu'il était « éminemment occultiste[2] », dans *La Pipe d'opium* (« si tu as le courage d'aller embrasser sur la bouche celle qui fut moi… ») ; le désir révèle qu'il est la force constitutive, la vraie magie, la suprême volonté qui se projette par-delà les mondes.

Car le baiser, comme dans *Maupin*, est l'acte charnel et spirituel qui unit et confond les amants, par lequel ils participent à la même vie et à la même identité ; dans le baiser[3], l'échange des souffles devient une transmission de vie, et le don des lèvres, le don de l'âme ; c'est l'acte qui donne l'âme, qui *ranime* par le partage de la vie et qui fait basculer d'un monde dans un autre. Le baiser qui unit les amants fait triompher la vie

---

1   Et Spirite, qui a des missions et doit quitter Malivert, est « rappelée par quelque ordre inéluctable prononcé "là où on peut ce qu'on veut" ».

2   Voir J. Decottignies, *op. cit.* p. 384 ; la vitalité de Clarimonde suit exactement le désir de Romuald ; par exemple, dans la scène de l'ordination, quand le héros se voue au sacerdoce, l'héroïne se dévitalise.

3   *Cf.* Anca Mitroi, « Gautier et Zola : baisers à bout de souffle », article cité.

de la mort[1], il réveille et ressuscite Clarimonde dans un texte capital.
Une même progression transforme dans la scène de veillée funèbre le
décor de mort en décor de volupté et d'ivresse, la beauté sculpturale
de Clarimonde en celle d'une fiancée pudique, l'inertie du cadavre
devient la vie latente d'un corps endormi, les pensées pieuses du jeune
prêtre deviennent les rêveries, la curiosité, la contemplation passionnée
de l'amant : car la mort semble chez la morte « une coquetterie de
plus », elle a « une puissance de séduction inexprimable », comme si
elle devait aboutir à rendre plus puissant le désir. Et simultanément
l'amant, qui pleure de désespoir, souhaite ramasser toute sa vie pour
la donner et « souffler » sur elle « toute la flamme qui [le] dévorait ».

Quand montent le chagrin, et l'amour et le souhait de rendre la vie,
alors ils ont tous trois une *force réalisante*, la mort paraît une illusion, le
corps de Clarimonde est moins froid, on pourrait croire que son sang
se met à circuler ; alors aussi l'amant dépose un baiser sur les lèvres de
l'aimée ; et à ce point de croissance de l'amour, elle aime et elle vit, elle
répond au désir, au souffle de l'amant qui éveille le sien, sa bouche rend
le baiser[2], ses yeux revivent, elle soupire, enlace son amant, lui dit, « je
t'aime, et je te rends la vie que tu as rappelée sur moi une minute avec
ton baiser[3]. » Le corps est vivant dès lors qu'il est capable de répondre
au désir, de rendre caresse pour caresse, baiser pour baiser, plaisir pour
plaisir. La vie dans le désir est réciproque ou n'est pas. C'est bien *le*
prodige de l'Éros fantastique[4] : il donne la vie et il *rend* la vie reçue, il

---

1   On peut se demander si la scène du réveil de la Belle au bois dormant par un baiser n'est
    pas à l'origine de scènes identiques ou proches dans *Le Roman de la momie*, *La Pipe d'opium*,
    La Morte amoureuse.
2   *Cf. Le Laurier du Généralife*, *Poésies complètes*, t. II, p. 206 : « Ce laurier, je l'aimais d'une
    amour sans pareille ; / À l'une de ses fleurs, bouche humide et vermeille / Je suspendais
    ma lèvre, et parfois, ô merveille ! / J'ai cru sentir la fleur me rendre mon baiser. »
3   Elle n'est pas encore *revenue* de la mort, et le vent furieux qui clôt la scène symbolique-
    ment emporte la dernière feuille de la rose fanée qui reste au bout de la tige. Mais elle a
    prononcé une promesse d'amour, « à bientôt ».
4   Qui renvoie à la métamorphose : le prouve la fidélité de Gautier dans ce passage au texte
    d'Ovide sur Pygmalion (*cf.* l'analyse dans le livre de Mme Geisler-Szmulewicz). Une fois
    que Vénus l'a autorisé à épouser la statue, il se livre à une animation progressive par ses
    baisers et ses caresses : la statue devient tiède, sa chair s'amollit, et elle vit, les veines
    battent sous ses doigts, vient le baiser, elle le sent, sa bouche « n'est pas trompeuse », elle
    le rend et elle voit son amant, ou mieux son mari (GF, p. 261). Inversement, le baiser
    donné par Octave a un rôle négatif.

triomphe de la mort parce qu'il est le don de la vie et qu'il s'affirme dans la *réplique* exacte et instantanée du plaisir au plaisir.

Et quand Clarimonde devient vampire, alors à l'échange du souffle vital, succède l'échange du sang : c'est bien d'une même transmission ou transfusion de vie que vivent les amants, Clarimonde inversant les rôles, retrouve la vie (« je ne mourrai pas, je ne mourrai pas... »), elle subsiste en prenant la vie de Romuald (« je ne prendrai de ta vie que ce qu'il faudra pour ne pas laisser éteindre la mienne »), et quand elle dit, « ma vie est dans la tienne, et tout ce qui est moi vient de toi », elle répète ce que disait Romuald au début quand il était hanté par elle, « je ne vivais plus dans moi, mais dans elle et par elle », et cette symbiose destructrice et consentie annonce celle de Paul et d'Alicia, unis dans la mort par leur amour réciproque et absolu.

Toute la vie dans un baiser : c'est aussi le thème de *La Pipe d'opium*, et cette fois la morte mystérieuse, dont on n'a vu que l'ombre voilée ou l'esprit et les pieds délicats, semble bien morte complètement : « tout en elle était mort ». Mais puisque son destin est tout entier dans le baiser fatidique, seule sa bouche est vivante, fraîche comme une fleur, elle « étincelle d'une vie riche et pourprée », elle signifie non la mort, mais le sommeil, elle sourit « comme un rêve heureux » ; la vie n'a pas quitté sa bouche, les lèvres sont toujours humides et tièdes, elles ne sont pas mortes dans la mort, « comme si le souffle venait à peine de les abandonner », et restent dans l'attente du plaisir, prêtes à le recevoir et à le rendre. Le principe métonymique que nous avons vu se reproduit mystérieusement dans la réciprocité amoureuse où le plaisir de l'un est appelé par le plaisir de l'autre : il est directement érotique. La bouche de la défunte vit en premier, la vie renaît à partir d'elle, à partir du souffle vital ravivé dans le baiser, la vie vient comme réponse au plaisir donné dans cette transfusion de vie et d'âme. Les lèvres « palpitèrent sous les miennes et me rendirent mon baiser avec une ardeur et une vivacité incroyables ». Le baiser annule la mort comme si elle n'avait jamais eu lieu.

Mais toujours l'héroïne fantastique reste tributaire du désir ; sa vie, très exactement sa chaleur vitale, ou son incarnation, dépend de l'intensité du désir dont elle est l'objet. Clarimonde, l'héroïne la plus sensuelle des récits fantastiques, l'héroïne aussi la plus inquiétante, la plus animale peut-être avec ses lèvres rouges, trop rouges, presque sanglantes et ses prunelles vertes, celle qui n'a peut-être pas d'âme, qui est peut-être toujours morte, est aussi celle pour qui le désir est réellement vital, il conditionne son existence ou sa température vitale. Dans la scène de l'ordination de Romuald, l'expression de son regard évolue avec les hésitations du futur prêtre, il est tendre, caressant, prometteur, suppliant, désespéré, et quand il entre dans la prêtrise, Clarimonde vaincue ne vit plus, elle défaille, pâlit, se refroidit ; revient-elle de l'au-delà, ses yeux, sa bouche ont perdu de leur éclat et de leur couleur, ses mains sont glacées, la fraîcheur de sa peau pénètre celle de Romuald, mais obtient-elle de sa part l'aveu sacrilège qu'elle est aimée autant que Dieu, alors assurée qu'elle n'a plus à craindre cette rivalité, elle revit, ses prunelles se raviment, et dès lors joyeuse, leste et heureuse elle entraîne Romuald dans l'aventure de sa double vie. Pour exister Clarimonde a besoin de sang et d'amour : finalement froide, blanche, presque morte, souriant « du sourire fatal des gens qui vont mourir », la femme en elle succombe au vampire sans cesser d'être femme.

Et Arria aussi l'avoue, « ton désir m'a rendu la vie », et dans l'étreinte passionnée qui l'unit à Octavien, elle veut être enveloppée de la tiédeur de son haleine, car « j'ai froid, dit-elle, d'être restée si longtemps sans amour » : pour elle aussi la privation d'amour, c'est la froideur de la mort, ne plus être désirée, c'est ne plus sentir le feu du désir, et c'est une glaciation de l'existence, une chute absolue dans la matière ou la réduction à l'état de pierre. Elle aussi redoute cette métamorphose réductrice, la pétrification en statue, l'élimination définitive peut-être de toute vie : quand l'exorcisme de son père la menace de cet anéantissement, elle se révolte et « sa beauté furieuse » rayonne d'un dernier éclat surnaturel, elle est déjà reprise par la froideur définitive, la perte de toute vie charnelle : elle enlace Octave de « ses beaux bras blancs de statue, froids, durs et rigides comme le marbre ». Elle est déjà presque désincarnée.

L'Éros fantastique relève d'une manière primordiale d'une relation sensuelle qui est une réincarnation. Il est aussi conditionné par une *communication* plus subtile entre les mondes qui permet ces rendez-vous d'outre-tombe : les derniers mots de Clarimond rejetée dans le néant par la destruction de sa forme corporelle viennent déclarer que tout communication est rompue à jamais avec Romuald désespéré.

Spirite est le récit d'une communication surnaturelle où l'héroïne immatérielle peut néanmoins agir dans le monde sensible et créer un réseau de signes, avertissements, messages, apparitions, influences, ou un ensemble de présences et de situations significatives, qui prouvent au héros qu'un esprit s'occupe de lui et tourne autour de lui, événement aussi commenté, éclairé par l'initié, Féroë (« les esprits ont l'œil sur vous ») qui a des « correspondances d'outre-tombe » mais respecte les secrets de l'au-delà. Cette continuité des deux mondes, qui donne l'avantage au côté céleste sur le côté terrestre, est unique dans l'œuvre fantastique de Gautier, qui n'a livré qu'avec prudence et parcimonie quelques données sur la transmission cosmique du désir, cette télépathie érotique qui met en rapport des êtres situés sur les fameux cercles concentriques à d'immenses distances, qui transporte des messages d'amour informulés sur les ondulations qui circulent dans l'univers ; cette *force* psychique qui traverse temps et espace, qui s'adresse aux morts et aux vivants même s'ils ne se connaissent pas[1], qui suppose une mise en relation intuitive des consciences et une sorte de parole intérieure et muette, qui agit en un mot immédiatement, qui unit un cœur et un cœur, un désir et un désir. C'est une projection de l'intériorité, une action à distance immatérielle et invisible du sujet, réservée à un autre sujet qui peut la capter et en ressentir les effets : séduction, rendez-vous, fiançailles, attirance ou mieux attraction, surtout expression d'une profondeur personnelle avouée à un autre être, communauté des cœurs mis en résonance à travers les mondes.

Tout cela renvoie à une mythologie de la passion à l'état pur et absolu, et aussi bien à ces fluides psycho-physiques qui fournissent, nous l'avons dit, à Gautier toute une panoplie de forces ; elles contribuent à soutenir cet érotisme cosmique parce qu'elles supposent une énergie psychique, inconsciente peut-être, immatérielle et invisible, bref une action lointaine de l'âme ; de même que l'on peut voir à distance, que la pensée est une force transmissible, de même le désir peut être projeté et partagé à travers l'espace et le temps. L'amour alors ne triomphe pas seulement de la mort, mais aussi de la matière, car la victoire revient à « l'idéal rétrospectif ».

Dans *Arria Marcella*, Gautier s'explique sur ce cas exemplaire et pur de « l'amour rétrospectif » par quelques touches de vocabulaire

---

1 *Cf. La Toison d'or* : « Viens, Madeleine, quoique tu sois morte il y deux mille ans, viens, j'ai assez de jeunesse et d'ardeur pour ranimer ta poussière » ; voir aussi *Le Pied de momie*, où la princesse Hermonthis est appelée, évoquée par son pied ; c'est alors une sorte de variante de cette séquence.

qui nous ramènent à ce que nous avons vu, les *influences*, la *sympathie*[1], le *somnambulisme*, l'électricité (Octavien au théâtre reçoit « au cœur comme une commotion électrique », des étincelles jaillissent dans sa poitrine), mais surtout le *magnétisme*. C'est le terme qui convient le mieux pour évoquer la puissance érotique du moulage, et le choc en retour de l'amour d'Octavien sur Arria ; déjà à Rome, saisi d'une passion folle pour une chevelure féminine trouvée dans un tombeau, il a tenté de faire évoquer par une somnambule « l'ombre et la forme de cette morte » ; mais les deux ou trois cheveux achetés à prix d'or aux gardiens du musée n'avaient pas assez de « fluide conducteur », il s'était évaporé. Ce n'est pas le cas du moulage du Musée de Naples : rondeur parfaite et intacte, fragment d'une statue de grand style, « cachet de beauté posé par le hasard sur la scorie d'un volcan », son pouvoir d'attraction agit sur le champ et profondément sur le héros, il est saisi d'un « désir fou » et quand il aperçoit au théâtre la pointe des seins orgueilleux d'Arria, cette vue le « trouble magnétiquement. »

Étrange formule que le texte explique : il voit certes la beauté présente de la jeune femme, mais surtout il revoit le moulage et le compare à la réalité, est *magnétique* l'action fluidique première, la puissance cosmique proprement *rétrospective*, puis l'actualisation de la rencontre inaugurale, le fait que les seins qu'il voit soient identiques au moulage, que de cette comparaison il déduise qu'il s'agit de la même femme. Ce qui exerce une force qualifiable de *magnétique*, c'est ce qui permet le retour de ce qui fut, les influences occultes (mais naturelles) qui ont porté jusqu'à nous les *spectres* du passé[2]. Et dans le tête à tête avec Arria, quand celle-ci lui confirme que lors de sa contemplation du moulage, elle a senti qu'elle

---

1   Quand Romuald croit voir Clarimonde sur la terrasse de son palais, il pense qu'elle connaît son départ, qu'elle sait où il se trouve (« son âme était trop sympathiquement liée à la mienne... »). De même, dans *La Pipe d'opium*, la jeune fille, qui n'est encore qu'une ombre, comprend le trouble du narrateur « par intention ou sympathie », et celui-ci, ébloui par les yeux d'Alphonse Karr, emporté par « des torrents d'effluves magnétiques », tombe « dans un état de somnambulisme complet ». Octavien d'emblée, à Pompéi, semble frappé de stupeur et suit « machinalement le guide d'un pas de somnambule ». Il faut tenir compte des deux sens du mot *somnambule*, le sens banal du dormeur qui agit sans le savoir, le sens nouveau que donnent au mot le magnétisme et l'hypnose : le somnambule est endormi par des influences qui continuent à agir durant son sommeil et auxquelles il est soumis.

2   Arria porte à son bras, en guise de bracelet, un serpent d'or sans doute symbolique ; il pourrait représenter le principe du retour du même, de l'éternel retour si l'on veut : il s'enroule sur lui-même à plusieurs reprises et cherche à se mordre la queue.

était aimée et subissait « l'évocation amoureuse », l'appel érotique et immatériel qui vivifie et attire par delà toutes les distances, alors Octavien se sent justifié dans toute sa vie, dans son désir idéal, dans son attente de l'amour premier et dernier, et il comprend son aventure : le vestige du musée livré à la curiosité des touristes, dit-il, « m'a par son secret magnétisme mis en rapport avec ton âme. »

Mais si l'amour *rétrospectif* est un rapport de l'âme avec l'âme, peut-il être autre chose ? À la fin de l'aventure, on nous apprend qu'Octavien, « en proie à une mélancolie morne », était poursuivi par l'image d'Arria, et que le « triste dénouement de sa bonne fortune fantastique n'en détruisait pas le charme ». Mais cette bonne fortune a-t-elle eu lieu ? Le lecteur mal intentionné peut se demander si Arria existe bien comme une chair vraiment vivante. L'ellipse pudique du récit, qui intervient au reste dans toutes les scènes, nous a montré l'enlacement des amants, l'abandon d'Arria. Octavien sent s'élever et s'abaisser le sein merveilleux qu'il a vu le matin dans l'armoire d'un musée, puis nous sommes congédiés avec les esclaves, restent les cailles indifférentes à la scène : « on n'entendit plus qu'un bruit confus de baisers et de soupirs ». Le surgissement du père fanatique clôt l'aventure : mais comment oublier que l'héroïne a froid, qu'elle veut de la tiédeur, que sa chair est pour Octavien glacée et brûlante. N'est-elle pas décrite comme froide et ardente, « si morte et si vivace », comme buvant ce vin « d'un pourpre sombre » qui pourrait être du sang figé, ce qui jette sur elle le soupçon de vampirisme, et alors que « son cœur qui n'avait pas battu depuis tant d'années » donne peu à peu une teinte rose à son visage.

Elle ne vit pas complètement, elle vit d'une autre vie, diminuée, ralentie, et le récit le dit bien, c'est le cœur, le sang, la chaleur vitale qui lui font défaut. Mais la pensée de la rétrospection concédait aux êtres vivant dans le royaume des Mères une forme corporelle et une existence sensible, donc une présence matérielle leur permettant d'exister comme dans notre monde, mais non une vitalité entière ; ils vivaient comme des morts animés et non comme des vivants. On ne change pas d'ornière aussi facilement que le temps ; Arrius Diomédès n'a pas tort de dire qu'il faut « laisser les vivants dans leur sphère », et non empiéter sur les cercles de l'univers qui sont les leurs ; Feroë évoquera de la même manière les périls de l'extra-monde et du changement de sphère.

Et le grand péril est sans doute de confondre les univers concentriques et les formes qu'y prend l'existence ; les héroïnes fantastiques de Gautier sont toujours saisies dans cette ambiguïté d'une vie précaire ou incomplète, d'une beauté corporelle d'autant plus grande qu'elles ne sont pas complètement charnelles ; ce qui rendrait leurs amours problématiques, et Gautier a su esquiver l'évocation des scènes d'amour de manière à ne rien dire et à tout laisser imaginer par le lecteur. Il ne le fait pas en ce qui concerne Spirite qui est, comme on l'a dit, « décorporalisée et incarnée à la fois[1] », elle est et reste immatérielle, et si elle est tentée de ne plus l'être, c'est par une coquetterie où *Lavinia* l'emporte momentanément sur *Spirite*. Gautier s'est amusé un peu aux dépens d'Omphale (c'est un morceau de toile, mais, dit le narrateur, « je sentais son cœur battre avec force contre moi »), et enregistré continuellement l'alternance de la vie et de la mort chez Clarimonde : elle est morte et vivante et ni vivante ni morte, c'est ce qui la définit, une double existence, que le vampirisme explique moyennant une sorte de réduction. Dans le fantastique, nous dit Gautier, il ne faut pas s'étonner, chercher à comprendre ou douter. Et Romuald sait qu'il ne sait pas qui est Clarimonde : une statue, une vivante, une morte, une ombre, le diable, qu'importe, elle est toujours aussi belle ; et Octavien le dit à Arria : « je ne sais si tu es un rêve ou une réalité, un fantôme ou une femme », un nuage illusoire que j'embrasse, le produit d'une sorcellerie, mais « tu seras mon premier et mon dernier amour ».

Suivons la route du paradoxe de l'amour rétrospectif. D'abord il est miraculeux : les êtres qui s'aiment ainsi ne se connaissent pas, ils sont unis par une promesse et tout se passe comme si la rencontre des mondes, loin de répéter seulement les amours défuntes, réalisait les amours possibles, ou réalisait la grande promesse fondamentale, selon laquelle tout amour doit avoir sa satisfaction, tout idéal a droit à sa réalité. Le « credo » romantique de Gautier mis en œuvre ici postule que le non-réel (rêve, désir, idée) a la vocation de devenir réel.

À propos de l'amour absolu de Don Juan[2], Gautier écrit : « Dieu qui tient toujours les promesses qu'il fait et qui n'a encore trompé personne en cette vie ou dans l'autre, assouvira enfin cette âme. » On pourrait presque dire que tout le fantastique de Gautier vient proclamer

---

1   *Cf.* B. Sosien, *op. cit.*, p. 135.
2   *Histoire de l'art dramatique*, t. IV, p. 38.

cette vérité, qu'il n'y a pas d'amour *impossible;* ce qui n'a pu être vécu, ce que la réalité a refusé, *sera* de toute façon ; le possible est plus fort que le réel. De là ces mortes charmantes et avides de plaisir qui ne se résignent pas à mourir : le désir n'est jamais vain. L'amant, l'amante déçus vivront la vie qu'ils n'ont pas vécue. Carlotta préfère six mois de vie à la survie stellaire. Spirite elle-même ne renonce pas à son inutile féminité : l'ange demeure femme, refait « son chaste roman de pensionnaire », entend non sans coquetterie être « ombre » et « femme », comme si elle pouvait encore être aimée comme « elle [l'] était pendant sa vie terrestre ». Roman désespérant et consolant, *Spirite* affirme que non seulement les amours idéales ou mystiques peuvent avoir lieu, mais que même les amours qui n'ont jamais existé, qui n'ont pas été au-delà d'une inconsistante virtualité *auront* un aboutissement : est-ce à dire, et je pense que Gautier le dit, qu'il n'y a pas de promesse dans l'homme qui ne soit tenue ?

Mais aussi l'amour rétrospectif repose sur un déséquilibre radical entre le désir et la jouissance. Gautier ne fait rien pour dissimuler cette disproportion : le désir peut être platonique et néanmoins engendrer une nostalgie irrémédiable ; quelques instants d'un bonheur absolu aboutissent à une éternelle insatisfaction : celle qu'implique le retournement vers l'antériorité, qui est par définition l'objet d'un désir à jamais déçu. L'érotique rétrospective est fantastique parce qu'elle contient un risque, parce qu'elle repose sur un pari, l'un et l'autre impossibles sans le contexte d'un romanesque radical. L'amant donne tout, et la force du récit fantastique de Gautier, c'est que peut-être il ne trouve en échange que la découverte de la dimension infinie du désir. Au fond, il s'établit toujours entre la vie et la mort ; il fait revivre l'héroïne morte, mais il n'existe peut-être que pour celui qui consent à mourir à la vie matérielle. Alors pour l'amant et l'amante, qu'est-ce que la vie, qu'est-ce que la mort ? C'est la question de *Spirite.* Dans le fantastique l'amour triomphe de la mort, il lui survit, il préside à un retour à la vie, mais aussi il profite de cette relation avec la mort.

Résumons : il y a cette hiérogamie de deux amants qui vont l'un vers l'autre à travers les étendues du temps et de l'espace, la poussière des civilisations, l'impitoyable barrière de la vie et de la mort ; mais le héros se définit avant toute aventure comme étranger à la réalité et surtout aux amours vulgaires, il en est protégé par son innocence, comme le collégien aimé par Omphale, par une vocation artistique ou religieuse, par une incurable mélancolie, une vocation contemplative et rêveuse et l'idéal d'un amour pur et absolu. Préservé des passions banales, maintenu à part de l'asservissement social ou matériel, en un sens exilé dans le monde, le héros est « poète » (on lit beaucoup de poètes dans les récits : Prascovie lit Novalis, Alicia lit Coleridge, Shelley, Tennyson, Longfellow, que lit Malivert dès les premières lignes du récit). En ce sens le héros est prédestiné à la vie d'outre-tombe parce qu'il n'est pas tout à fait réel, il est mort à la vie matérielle et ordinaire, il est mort dans la vie. Alors viennent les rencontres des jeunes et belles mortes, et après le franchissement de la frontière et quelque peu de terreur sacrée, la jouissance d'un bonheur ineffable.

Avec ces femmes, d'une beauté si divine que le fantastique va peut-être se résumer en leur personne, le héros connaît une sorte d'aliénation, de perte de son identité, et une renaissance liée à la résurrection des mondes abolis. L'égarement est suivi d'une métamorphose du héros, d'un ravissement, d'une plénitude où il oublie tout et lui-même, et se sent, dans le tête-à-tête amoureux et voluptueux avec sa « chimère rétrospective », dans l'absolu du plaisir. Cet *égarement* est précaire : les gêneurs, les pères-fouettards, une loi plus mystérieuse (la voix dans *La Cafetière*), ou le retour tout simplement du matin, symbole de la réalité, vont interrompre l'étreinte surnaturelle et rejeter le héros vers la bana-lité quotidienne, le fardeau des jours et de la vie ; ce retour à l'ordre, ce triomphe de la norme se fait au prix d'un anéantissement dégradant de la Déesse adorée (la cafetière brisée, Clarimonde et Arria devenues des débris informes, Omphale roulée, mise au grenier, vendue), au prix d'une chute, d'une commotion, d'une syncope radicale qui accompagne l'anéantissement de la vision ; le héros « meurt » encore avec elle, sa vie et sa raison sont suspendues durant ce retour au terrestre, cette retombée qui le prive de lui-même car elle constitue le véritable choc du fantas-tique : le héros ne revient pas tel qu'il était parti, ni dans le même réel.

Le bonheur parfait a été impossible ; mais il était attendu, mais il a aboli le passé des héros, il cède la place à la réalité, mais il rend la réalité impossible à son tour. Henrich se résigne, l'amoureux d'Omphale accepte qu'elle ne soit plus qu'un délicieux souvenir ; mais pas les autres. Le héros de *La Cafetière* a compris tout de suite « qu'il n'y avait plus pour moi de bonheur sur terre ». Le choc du fantastique, si bref soit-il est là : l'irréel est supérieur au réel, l'expérience extraordinaire a fait du réel une ombre, l'expulsion du paradis nocturne fait du rêve (était-il illusion ? des preuves, des objets en font douter) une réalité plus ardente, plus vitale, plus certaine que la réalité. Le destin de Romuald est exemplaire : il souffrait d'être dédoublé, mais quand le corps de Clarimonde n'est plus que poussière, « une grande ruine venait de se faire au-dedans de moi », nous dit-il, il s'effondre quand il est réduit à lui-même et à la réalité qui n'est peut-être au fond qu'un mauvais rêve. L'irréel n'est pas la vision nocturne pour Octavien, inconsolable veuf d'Arria, qui, comme il l'avait saisi d'emblée, est son premier et dernier amour, épris pour toujours d'une Hélène que ne peut remplacer l'Ellen qu'il a épousée ; l'irréel, c'est la réalité quand on ne peut pas adhérer à elle.

Lord Evandale « rétrospectivement amoureux » d'une momie reste d'une froideur incurable envers les jeunes *misses*. Le retournement des valeurs est tel que pour le baron de Féroë la vie n'est plus qu'une longue attente de la mort (« et moi, combien de temps me faudra-t-il encore attendre ? ») ; pour le « hachichin » la preuve qu'il a retrouvé la soi-disant raison, c'est qu'il pourrait écrire un feuilleton, ou « faire des vers rimants de trois lettres[1] ».

En entrant dans sa chambre, le héros de *La Cafetière* sent « comme un frisson de fièvre, car il me sembla que j'entrais dans un monde nouveau », dit-il ; regardant Clarimonde, Romuald a la même impression de choc initiatique, il découvre de nouvelles régions de lui-même, des portes intérieures s'ouvrent (« la vie m'apparaissait sous un aspect tout autre »), il connaît une nouvelle naissance (« je venais de naître à un nouvel ordre d'idées »). Les personnages de Gautier sont des initiés, mais le contact avec l'au-delà les initie d'abord au désir. Ils sont convertis si l'on veut : ces héros dédaigneux des femmes vulgaires, ces réfractaires à l'amour, sont transformés en amoureux de l'idéal, en amants fidèles de maîtresses « rétrospectives », et regrettant à jamais leur bref rapport avec l'amante parfaite qui désormais oriente et occupe leur vie.

L'amour repose sur une relation avec la mort, avec l'antériorité, car il est insatisfait et infini par nature, il est *pur* dans la mesure où le désir se rapproche de son propre principe, il existe pour lui-même et

---

1 Sur les fins de récits de Gautier et leur aspect pessimiste, voir les belles remarques de B. Sosien, *op. cit.* p. 69 (les personnages sont plongés dans le désespoir, la folie, une mélancolie incurable ou s'évanouissent avant de revenir dans la réalité).

en lui-même. Car le bonheur est dans le fait d'aimer, qui implique ou n'implique pas de satisfaction matérielle, qui en tout cas dépasse tout plaisir et devient le plaisir lui-même. Qui transcende toutes les limites ordinaires du plaisir et de la douleur.

C'est bien là que se traduit le mieux une évolution de Gautier admise par la critique, elle le conduit vers un incontestable idéalisme amoureux, vers la conception d'une beauté de plus en plus spirituelle ; il y a une possibilité d'amour total, « quand l'amour spirituel a assez de force pour anéantir la malédiction charnelle, et mieux encore, pour ne plus faire état du corporel », et l'on pourrait soupçonner que chez Gautier, « le spirituel disposerait d'une sorte de suprématie sur le corporel, postulat romantique s'il en fut[1] ! » ; l'idéal rétrospectif s'achemine par une sorte de logique ou de surenchère vers le personnage de l'ange, c'est-à-dire « un être en qui l'amour fait dominer le spirituel sur le charnel…. ». En même temps l'androgyne est figuré par le couple des amants célestes dans *Spirite* ou dans le couple conjugal exemplaire de Prascovie et d'Olaf : l'union des sexes qui constitue la perfection ontologique de l'homme se réalise dans le rapport et la dépendance des sexes l'un par rapport à l'autre, ils passent l'un par l'autre pour parvenir chacun à sa plénitude. Mais dans *Avatar* justement surgit la formule typiquement stendhalienne *d'amour-passion*[2], et sans doute dans l'évolution de Gautier il faudrait faire intervenir la présence de motifs venus de Stendhal.

J'ajoute que dans *Spirite*, surgit aussi une autre formule stendhalienne, celle de beauté *expressive* : Mme d'Ymbercourt, malheureuse de son échec près de Malivert, acquiert une beauté nouvelle, ses traits réguliers, « classiquement corrects » et sans vie, aussi parfaits et aussi inertes qu'« un masque de cire moulé sur une Vénus de Canova », ont

1   *Cf.* Pl., t. I, p. XIX et p. XXIII ; B. Sosien, *op. cit.* p. 26-27, sur la disparition des images de pétrification et de la crainte d'être captif de la matière, « le rêve lithique recule devant le rêve ailé ». De même, à propos de l'épisode du Parthénon, la statue grecque est remplacée par l'ange, l'amour pur va au-delà de la matière et de l'art : *cf.* A. Ubersfeld, « Le Parthénon de Gautier ou comment le marbre s'évanouit », dans *Pratiques d'écriture. Mélanges de littérature et d'histoire littéraire offerts à J. Gaudon*, Paris, Klincksieck, 1996. Il faudrait dire que la beauté « chrétienne » revient dans l'esthétique et l'érotique de Gautier. Voir aussi Fr. Brunet, *Th. Gautier et la danse*, p. 108 *sq.* : la danse d'abord sensuelle et matérielle, puis de plus en plus assimilée à la rêverie, à la féerie, au fantastique, à l'expression des passions.

2   Ainsi qu'une allusion à Julien Sorel.

acquis, parce qu'elle souffre, « une expression et une vie », c'est l'étincelle du désir souffrant qui rend vraiment beaux ses traits, qui n'ont que la perfection insignifiante de la forme : « parce qu'elle est émue », elle est soudain belle.

Le désir rétrospectif et la nostalgie infinie qu'il contient, expliquent que la brève rencontre des amours fantastiques marque à jamais les héros de Gautier, fixés pour toute leur vie sur un bref instant de bonheur pur et absolu, qui à l'avance anéantit tout autre désir, enfermés dans une *passion* (dans tous les sens du mot) sans objet accessible et sans terme. Alors le désir devient pur, ce qui ne veut pas dire nécessairement qu'il se spiritualise, mais qu'il se confond avec une générosité absolue, une démarche sacrificielle, une préférence pour le renoncement, tous les renoncements, ce qui le met dans le voisinage de la mort mais le constitue comme désir absolu.

Après *Arria Marcella*, les petits romans fantastiques de Gautier affirment cette continuité de l'amour et de la mort : on y meurt d'amour, ce qui ne veut pas dire qu'on est malheureux d'aimer. Mais qu'aimer, c'est mourir, c'est vivre à en mourir. C'est obtenir que le désir soit satisfait d'exister en lui-même. Que dépassant tous les plaisirs matériels, il accepte la mort comme inhérente au bonheur d'aimer. L'amour reste plus fort que la mort, mais dans un autre sens ; ce n'est plus le désir de vivre qui s'identifie au désir et résiste à la mort : c'est le désir qui accepte, qui veut la mort ; il la pénètre, il s'en sert, et comme nous en avons évoqué la possibilité, il la rend positive. Pour lui-même.

Dans *Avatar* justement il se produit un événement important ; Cherbonneau met sa science et son pouvoir au service de l'amour d'Octave : le fantastique devrait le sauver, vaincre la mort grâce à l'avatar transformé en une supercherie amoureuse qui ramène le fantastique à une version moderne de l'aventure d'Amphitryon. Certes, Cherbonneau est puissant : il peut sortir de son corps, revivre dans un autre, changer de forme sans changer d'être, réaliser en lui et chez les autres l'*avatar* divin. Certes aussi, il échoue à sauver Octave et il comprend pourquoi : c'est justement cet échec qui empêche de l'interpréter comme un savant fou ou dérisoire et qui marque plus profondément la limite que ne peut franchir le fantastique. Il n'a pas seulement contre lui la force du temps, ou du néant, ce mouvement irréversible de la vie qui se détruit pour se prolonger : Schopenhauer, contemporain de Gautier en a fait le centre de son nihilisme. Cherbonneau, héros de la volonté a pu maîtriser en quelque sorte le vouloir-vivre et contrôler les formes qu'il crée et détruit à tout instant. Mais il se heurte à la deuxième force qu'il avait évoquée d'abord et devant laquelle il s'inclinait : la passion. L'amour-passion ou le triomphe de Prascovie sur la machinerie fantastique, le triomphe de la vertu et de la fidélité conjugales sur le libertinage du disciple des fakirs.

C'est une force qui n'était pas prévue dans le système : elle est érotique et idéale ; les dieux de l'avatar ignorent l'amour, sa capacité de résister au mouvement pur de la substance, de lui opposer l'âme ou le cœur du sujet individuel et l'intuition infaillible de la femme. Et c'est Prascovie qui perçoit et déjoue la démesure profanatrice et sacrilège du docteur ; Alcmène dans la tradition comique était très étonnée de trouver dans son mari les ardeurs d'un amant, Jupiter jouait mal son personnage d'emprunt ; Prascovie de même dans son « angélique pudeur » d'épouse et de femme passionnée a senti dans le baiser d'Octave sur sa main et dans son regard la présence d'un étranger et reconnu « l'âme de l'amant « dans la forme de l'époux » ; elle a poussé « la délicatesse jusqu'à la divination » et vaincu toute la panoplie démiurgique du docteur par le *miracle* de la fidélité amoureuse.

Elle-même condamne les manipulations magnétiques qui portent atteinte aux limites de l'homme et de son incarnation : « Dieu qui a créé l'âme a le droit d'y toucher ; l'homme en l'essayant commet une action impie. » Octave est apparemment le même qu'Olaf, il détient son corps, il en est la copie rigoureuse, mais ce qui fait la différence entre deux êtres matériellement interchangeables, c'est le regard, c'est-à-dire l'âme, unique, identique à elle-même, différente, ou plutôt constituant la différence elle-même. Et Octave est peut-être un faux amant, épris de l'Aphrodite pandémique, de l'amour vulgaire, il n'exprime que l'ardeur du sexe et du désir anonyme. Enveloppée par son regard incendiaire, Prascovie se sent ramenée à l'état de fille publique.

La femme amoureuse s'en tient spontanément aux données de la nature, au dualisme du plaisir et du désir, à l'individualisation de l'amour par la passion (thème stendhalien) et Octave aussi comprend que Cherbonneau n'a pas prévu dans son système l'existence du *moi*, être unique, qui parle une langue, possède une mémoire spécifique, bref *une* âme et *un* désir : il est incompatible avec l'*avatar*, forme momentanée de la substance universelle[1].

Mais alors son bonheur est dans le respect de ces limites, alors que le savoir romantique paraît reposer sur une révolte de l'homme fondée sur le savoir et la volonté de puissance : celle-ci est vaincue par la force simple, lumineuse, perspicace de l'amour conjugal. C'est le désir véritable et le respect qu'il se porte qui sont victorieux du fantastique, qui use et abuse du corps sans songer à l'âme, qui use et abuse de la vie et de la mort sans songer qu'elles sont individuelles. Cherbonneau le sait au reste : il ne peut être vaincu que par la femme et l'ange androgyne que réalise le couple parfait. « Qui pourrait assigner une borne aux facultés de l'âme », si elle est innocente, pure, et « se maintient telle qu'elle est sortie des mains du Créateur dans la lumière, la contemplation de l'amour » ? Est-ce lui le vrai principe spirituel et cosmique, ce qui meut l'univers, le Verbe tout-puissant ? *Avatar* conduit à *Spirite*.

LE FANTASTIQUE DE L'IDENTITÉ

LE MIROIR

Le fantastique de Gautier, si profondément voué au fantastique de l'apparition de la Beauté, exploite avec non moins de constance un thème *classique* du fantastique romantique, l'apparition du Double auquel est intimement liée l'apparition du reflet dans le miroir[2]. Cette fois encore nous retrouvons le problème de l'identité. Le thème du Double et les aventures de cet autre double, le reflet, constituent le fantastique de l'identité ou le mystère d'un Moi divisé et reproduit, dédoublé et redoublé. Séparé de lui-même ou victime d'une duplication, d'une réitération interminable.

---

1   Pour Schopenhauer, les références aux religions de l'Extrême-Orient permettent de ramener toutes les espèces sans exception au même niveau de nullité et de nier la notion même d'individu.

2   La nouvelle de Poe, *William Wilson*, contient à la fin un épisode qui fait intervenir le miroir. Même présence très fréquente chez Hoffmann, en particulier dans *Princesse Brambilla* (*cf.* Ricci, *op. cit.*, p. 478-483). Les deux thèmes sont amplement unis par Jean-Paul dans ses romans. *Cf.* Tortonese et Jourde, *op. cit.*

Dans les deux cas, le moi subit une blessure, une diminution de son caractère unique : un trouble dans les relations de la différence et de l'identité ; le caractère spécifique de chacun est le fondement de l'individualité, il en tire le sentiment de sa nécessité et de sa légitimité. Il n'y a pas deux âmes identiques. La reproduction du *moi* à l'identique, le fait qu'il soit le même qu'un autre sont une négation de lui-même : l'identité supprime la différence. Sosie se plaint d'être rossé par un autre Sosie. Mais que mon reflet dans le miroir ne soit pas identique à moi est aussi traumatisant : dans le miroir, le moi se sépare de lui-même, se divise, en se réfléchissant il devient sujet et objet, il prend conscience de lui-même comme d'un objet, mais cette division entre moi et moi tourne au désastre si le reflet acquiert une autonomie et devient un autre que moi. Alors cette différence inacceptable massacre l'identité : elle est attaquée si je rencontre un homme absolument semblable à moi ; mais elle est annihilée, si je suis expulsé de mon reflet, privé de cette similitude avec moi-même, interdit d'image de moi-même.

Il y a donc un malaise du reflet dans les récits fantastiques de Gautier ; ils semblent faire le procès de la représentation, ou s'inquiéter de son excès de puissance : elle est pourtant la pierre angulaire de son esthétique. Que le miroir représente un double irréel de moi, pure image inconsistante qui fascine et qui gêne, est la source d'un trouble qui atteint l'homme reproduit, mais aussi l'instrument de sa reproduction ; le miroir ne va plus de soi, déjà embarrassant comme centre de l'exposition vaniteuse du moi, il devient l'objet de manipulations mystérieuses, d'une mauvaise volonté surnaturelle. Le fantastique semble peut-être intervenir comme une punition de l'autoscopie, matérielle ou morale. Le fonctionnement du miroir est perturbé et perturbant, dès que le phénomène optique de la réflexion ne suit plus son cours naturel. L'homme sans reflet d'Hoffmann rejoint naturellement l'homme sans ombre de Chamisso : tous deux ont perdu leur âme.

Et il est bien vrai que le double immatériel dont ils sont privés prouve qu'ils ont un corps solide et stable, que la lumière transforme en une image ou en une forme qui les accompagne ; ils semblent démontrer négativement par leur mutilation que l'homme n'a de réalité que s'il a un double irréel, qu'il n'a d'unité que s'il est divisé, que son existence est attestée par son compagnon évanescent.

Le vampire n'a pas de reflet, le revenant n'a pas d'ombre, et ce qui n'a pas d'ombre est une ombre justement, tout ce qui relève de la pure image, de l'*eidolon*, de la *fantasia*, est frappé d'inanité, et la matérialité, tout ce qui est chose pesante, présente ici et maintenant, tout ce qui est surface et épaisseur, tout cela est assorti de cette possibilité de se répéter. D'émettre des doubles : mais que sont-ils par rapport à lui ? Mon reflet est-il moi, une partie de moi, ou peut-il être indépendant de moi, être mon semblable ou un autre ?

Quand je me dédouble devant un miroir, suis-je toujours le même, un individu unique, ou bien suis-je deux ? Un autre et moi ? Suis-je l'*autre*, comme dit Nerval ? Alors je ne suis plus moi. Dans le miroir, comme dans le rêve, dans le tête à tête avec l'autre moi, il y a un mystère inquiétant qui peut devenir effrayant, si la répétition attendue du Moi comme reflet dans le miroir n'a pas lieu, si croyant se voir, le héros voit un Autre, se voit autre[1], ou plus grave encore, ne se voit pas. Le fantastique commence quand le miroir agit de lui-même, il est à son comble si le reflet devient autonome, quand mon reflet refuse de surgir dans le miroir devant moi ou s'en va de son côté, quand la réflexivité du miroir ne porte plus sur les objets qui sont devant lui. Il y a une sorte de scission dans le moi : d'un côté, il vit normalement ; de l'autre, il est privé de reflet, ou son reflet n'est plus sa propre réflexion, il n'a plus son compagnon irréel et inconsistant, ombre ou reflet.

Le miroir fantastique n'est pas un simple instrument optique, une pure surface de réflexion ; ou plutôt il l'est totalement : il n'est pas passif, mais actif, c'est un producteur d'irréel, d'illusion, ou de vérité. Le miroir fait exister l'inexistant, permet la double vue, la prophétie, la révélation, la vision à distance, la capture d'un être par l'image, il dépossède ou possède celui qui le regarde. Car selon la science traditionnelle, le regard est une action, il est doué de puissance ; la *réflexion* surnaturelle vient de sa force de concentration et de celle de l'esprit qui voit avec les yeux de l'âme l'idée, les possibles, le côté spirituel, qui voit au-delà du simple réel et de son reflet neutre. Alors il peut être différent, et même indépendant de la chose reflétée ; le miroir peut donc tricher tout en fascinant ; dans ce jeu de tromperies, le diable est à l'œuvre : finalement il se substitue au reflet et montre qu'il est l'artisan de la fascination néfaste. C'est une

---

1   On trouvera sur ce point quelques éléments dans M. Milner, *La Fantasmagorie*, p. 95 *sq.*, et sur Gautier lui-même, p. 120 *sq.*

vieille expérience dans la tradition des récits sur les miroirs : quand une coquette se regarde trop complaisamment et trop longtemps dans son miroir, elle finit par voir à la place de son visage celui du diable ou, pire, le derrière du diable. Ou encore elle voit la Mort. Quiconque s'attarde devant son miroir risque de voir apparaître un visage étranger à la place du sien. En cas de décès dans une demeure, la coutume était de voiler les miroirs, par où passent les morts. C'est une très antique croyance que reprend Gautier, le rapprochement du miroir et de la tombe, le fait que le miroir donne aux âmes des morts envie de se réincarner et qu'il constitue leur porte d'entrée dans notre monde[1].

« Le miroir forme le passage qu'empruntent les morts pour revenir parmi nous. Gautier et Mallarmé partagent cette croyance[2] ». Le fantastique en un sens explore avec terreur et joie cet écart spéculaire qui manifeste la puissance d'instauration ou d'intervention du miroir, dont l'acte le plus perturbant pour le moi est l'incertitude de son reflet, la négation possible de l'identité par le fait de voir un autre à sa place ou même rien du tout. Mais aussi pour celui qui cherche à voir de l'invisible, en lieu et place du visible, l'écart spéculaire fait du miroir fantastique le site des apparitions, la surface de surgissement de tout ce qui double l'univers ordinaire. Aussi, comme l'a bien montré la belle étude de Léon Cellier[3], le miroir de Venise, miroir hyperbolique avec sa glace biseautée dont les bords sont eux-mêmes de petits miroirs diversement orientés et son cadre richement décoré, est-il l'instrument fantastique inévitable de nos récits (il figure aussi dans bien d'autres œuvres), l'élément d'un décor et l'accessoire matériel du malaise des personnages et du surgissement du surnaturel.

Celui-ci commence donc dès que le miroir, loin d'obéir aux lois de l'optique, devient un espace autre, une enclave dans la réalité, un ailleurs, ou même un au-delà, qui à son gré demeure vide ou s'emplit d'une image : mais laquelle ? Qui voit-on dans son miroir ? C'est bien l'aventure d'Onuphrius, personnage anxieux de ce qu'il est et

---

1   Voir l'article très riche d'Anne-Marie Lefebvre, « Du miroir de Venise à la pierre tombale : les seuils de l'au-delà dans *Spirite* », *Bulletin*, 1996 ; les spiritistes du XIXᵉ siècle partagent cette conception.

2   Léon Cellier, *op. cit.*, p. 84.

3   *Cf. op. cit.*, p. 75 *sq.* : on y trouvera le recensement de tous les miroirs de Venise mentionnés chez Gautier et leur reprise par Mallarmé ; Michel Tournier, dans *Les Météores* (Folio, p. 430), est revenu sur la valeur imaginaire de cet objet.

pressé de délimiter une identité qui le fuit ; pressé aussi d'utiliser les vertus du miroir : « les prunelles d'Onuphrius fouillaient ce prisme profond et sombre pou en faire jaillir quelque apparition » ; la morte de Mallarmé jalouse de celles qui ont pu se regarder dans le miroir de Venise, dit fort bien, « et peut-être verrais-je un fantôme nu si je regardais longtemps[1] ».

Onuphrius dans son miroir voit un « reflet double » de lui-même, et plus grave encore, le second reflet, qui est autonome et dont il cherche vainement l'origine en regardant si un autre n'est pas derrière lui et devant la glace, devient un autre complet, le vrai Autre, le diable lui-même qui passe par le miroir pour arriver dans notre monde. Onuphrius a perdu son reflet, gagné un reflet insoutenable, qui est Satan et qui va le persécuter et vampiriser son Moi. Du miroir où son image qui devait apparaître n'est pas venue sort finalement un double qui n'aurait pas dû être vu, le double sombre et néfaste de l'homme. Ce qui n'empêche pas le miroir fantastique de donner une image du réel : Onuphrius devenu fou et convaincu qu'il n'a plus de corps se refuse à se voir nanti d'un reflet ou d'une ombre[2].

Telle est l'expérience confondante d'Onuphrius, mais aussi celle d'Octave et d'Olaf, de Malivert lui-même : leur miroir ne réfléchit pas leur image ou l'image d'un objet connu, ils voient en leur lieu et place un autre qui les regarde et qu'ils ne connaissent pas. Et qui, dans le cas d'Onuphrius, devient un personnage réel qui sort du miroir et vient le déposséder de lui-même. Octave et Olaf ne sont-ils pas eux aussi, symétriquement, représentés par un reflet qui n'est pas le leur ? On ne sait jamais ce qu'on va voir dans le miroir ; on ne sait jamais qui regarde de l'autre côté ; le regardant et le regardé ne coïncident pas. Gautier lui-même, devant un portrait, se demandait qui regardait qui, qui était

---

1   *Cf.* le poème *Frisson d'hiver*, dans Mallarmé, *Œuvres complètes*, Pléiade, 1951, p. 271.

2   De même cet épisode des *Veilles* de Bonaventura *(Romantiques allemands,* t. II, Pléiade, p. 77) : « ... qu'on m'apporte un miroir [...] afin que je me voie une seule fois [...]. Comment ? Aucun Moi n'apparaît dans le miroir quand je me tiens devant lui. Ne suis-je donc que la pensée d'une pensée, le rêve d'un rêve ? Ne pourriez-vous m'aider à trouver un corps ? » Voir dans le miroir n'est pas voir banalement : la vue y devient vision, dépassement du réel, dématérialisation du réel ; sur ce point les remarques pertinentes de T. Todorov *(op. cit.* p. 127 *sq.)* qui relève que chez Hoffmann (et chez Gautier) le miroir signale l'entrée dans le fantastique. Le miroir renvoie à une transformation du regard capable d'une autre réceptivité déplacée en dehors du sensible, qui va être interprétée comme une activité propre.

derrière les yeux de l'image[1]. Onuphrius symboliquement ne parvient pas à peindre « le point visuel » du portrait de Jacinta : c'est le point par où l'image *nous* regarde.

Malivert est l'objet, de la part du miroir, d'« une sorte de fascination ». Mais le miroir, dès lors qu'il est beaucoup plus qu'une surface d'enregistrement passif, peut aussi refuser de renvoyer toute image et devenir une surface vide et neutre, une glace sans tain ; par deux fois dans *Onuphrius* et *Spirite*, cet événement se produit.

Alors le miroir tend à *créer* d'une manière autonome des images et des apparences, il a rompu ses relations d'imitation ou de représentation de la réalité, il est en rapport avec le royaume des morts, le monde des âmes.

Mais tout miroir est un prodige virtuel ; on pourrait parler d'une cristallomancie, d'un usage magique du miroir. On doit alors penser au miroir magique utilisé par Méphistophélès dans la scène de la cuisine de la sorcière de *Faust I* et évoqué par Cherbonneau[2] ; le docteur peut convoquer et faire voir au fond de sa bassine d'eau Prascovie attirée par toute la force de la pensée du comte, c'est une évocation qui agit à distance. Et pourquoi le reflet que produit, que *réalise* le miroir n'aurait pas à distance ce pouvoir surnaturel ? Et où commence, où finit dans le miroir l'élément surnaturel ?

Mais cette liberté du reflet pose le problème des rapports entre le moi romantique et cet autre lui-même qui est son reflet. On a tellement parlé du narcissisme de Gautier qu'il est peut-être temps de s'interroger sur ce qu'il pourrait signifier. Le thème du miroir et du double conduit au sujet romantique, aux troubles de la subjectivité éprise d'elle-même, à l'idolâtrie du Moi, l'autoscopie et l'introspection ont partie liée, l'amour narcissique du sujet pour lui-même et la contemplation de soi, l'exploration de ses merveilles renvoient évidemment à l'avènement du sujet créateur de lui-même et se regardant, se cherchant, se désirant dans

---

1   « Quel est l'œil inconnu qui regarde au bout de la lorgnette vivante ? Quel hôte étrange, mystérieux, s'assoit au fond de l'orbite et considère sur le drap de cette lanterne magique les silhouettes coloriées qui se succèdent la tête en bas et que nous voyons debout par une convention incompréhensible » (*Histoire de l'art dramatique*, t. I, p. 202) ; sur les portraits : « Il semble que des esprits d'une autre nature que la nôtre nous regardent à travers les trous d'un masque par ces yeux cerclés d'ombres », cité par R. Benesch (*op. cit.*, p. 37).

2   *Cf.* Robert Baudry, « Le miroir magique chez Théophile Gautier », *Bulletin*, 2003 ; voir *Albertus*, st. XIII, le logis de la sorcière Véronique est un « chaos où tout fait la grimace… », il y a une « glace vue à l'envers où l'on ne connaît rien ».

tout ce qui lui renvoie son image. Comme l'a dit Jean Paul, sont hantés par leur double « ceux qui se voient eux-mêmes ». Le moi moderne, le moi réflexif s'égare dans l'infini de ses reflets.

Et dans le fantastique de l'identité, c'est bien ce que l'on trouve. Le miroir est un piège tendu au Narcisse. C'est ainsi que l'on peut comprendre cette thématique du moi et de son reflet et l'insuffisance de ce dernier sans lequel on ne peut se voir : le moi scindé en deux est figé en un *alter ego* paralysé et objectivé, dans lequel il peine à se reconnaître. En ce sens l'expérience du miroir est à l'opposé de la métamorphose : le moi découvre un autre que lui, mais un autre qui trahit sa subjectivité, qui est en fait une sorte de chose immobile et étalée ; le sujet se voit en un objet, non en une puissance de mouvement et de création de soi. Si le moi est unique pour lui-même, si le reflet est moi, il n'est aussi que cela, livré tout entier à la vision, à ce qui est visible, matériel, répétable, représentable, disons-le, inanimé. Rien qui évoque comme dans le portrait peint la chrysalide ou une future transformation.

Dans le reflet, le moi se voit figé, et en se voyant, il ne se voit pas, il se constate, inerte et sans vie ; le miroir ennuie, c'est Mallarmé si proche de la thématique de Gautier[1] qui le fait dire à Hérodiade, « Ô miroir ! / Eau froide par l'ennui dans ton cadre gelée » ; capturé par la glace, le moi est arrêté, accompli, réifié. Toute la thématique du miroir et du double représenterait pour une part la mise à mort du sujet ; on a pu interpréter l'aventure d'Onuphrius comme l'égarement par les fantasmagories nées du miroir d'un sujet fragile incapable de se fixer qui est dépossédé de lui-même par les reflets successifs qu'il voit[2].

La tautologie du reflet fascine et rend passif : toujours « spectateur de son existence », il la subit sans la vouloir, comme il subit les variations de son reflet. Et pourtant il a été prévenu par ses lectures du danger de se regarder le soir dans une glace et d'y « voir autre chose que sa propre figure ». C'est presque une phrase de la traduction de la nouvelle de W. Scott *Le Miroir de ma tante Marguerite*[3], l'une des sources du récit.

---

1   *Cf.* Cellier, *op. cit.* p. 75 *sq.* sur le miroir de Venise et 88 *sq.* ; *cf.* Mallarmé, *Frisson d'hiver*, « Et ta glace de Venise, profonde comme une froide fontaine, en un rivage de guivres dédorées, qui s'y est miré ? » (Œuvres complètes, Pl., 1951, p. 271).

2   *Cf.* R. Bourgeois, *Ironie*, p. 154-155.

3   Dans l'édition de 1840 des *O.C.*, trad. par Mortimart, t. XI, p. 108 ; la tante Marguerite fait recouvrir le soir les miroirs d'un rideau avant d'entrer dans sa chambre. Dans un autre grand texte fantastique fondé sur le miroir magique, *La Maison déserte* d'Hoffmann, le

Jamais dans le miroir le Moi ne coïncide avec le Moi, jamais l'image pure et simple ne permet au moi de se saisir. Narcisse capturé par son image ne la trouve pas suffisamment semblable à lui-même. Il s'aime peut-être, mais il ne se voit pas.

Et le Romantique va donner à ces thèmes une vaste dimension qui est d'ordre psychologique ou philosophique. Chez Gautier, l'angoisse du miroir n'est pas réservée à son œuvre fantastique ; participant au vaste thème du Narcisse, elle figure largement dans *Maupin*, où D'Albert « se regarde des heures entières dans le miroir avec une fixité et une attention inimaginables pour voir s'il n'est pas survenu quelque amélioration de [sa] figure[1] », inquiétude que partage Rodolphe, dans *Celle-ci et celle-là* : le matin, la première chose qu'il fait est de se planter devant la glace de la cheminée pour voir s'il n'aurait pas d'aventure changé de physionomie en dormant et pour constater par lui-même qu'il n'est pas un autre. Et nous l'avons vu, le voyage, la pratique vécue de l'exotisme, le changement de culture sont pour Gautier une manière de changer d'être et de peau.

Le miroir confirme/infirme la personnalité, il peut me refléter autre, meilleur ou pire. Gautier au moment de sa mort était anxieux, selon Bergerat et Judith[2], d'épier dans son miroir les symptômes de sa dégradation physique. Pour lui se voir était bien redouter ou souhaiter de se voir autre, souffrir de ne pas coïncider avec le Moi qu'il souhaitait être, avec l'être qu'il devrait voir devant lui, digne de son amour de lui-même ; deux fois[3] dans ses poèmes il a exprimé l'angoisse de se voir au passé – « ce qui fut moi jadis » –, comme si le miroir pouvait rendre

---

narrateur-héros, qui a une véritable boulimie oculaire, se souvient que dans son enfance sa nourrice, pour l'écarter d'un miroir où il se regardait souvent, lui racontait que le soir les enfants, trop longtemps fascinés par leur reflet, voyaient apparaître dans la place un étranger diabolique qui leur rendait les yeux immobiles et fixes à jamais.

1   Voir « Le masque et le miroir dans *Mademoiselle de Maupin* », article d'A. Bouchard, dans la *Revue d'Histoire Littéraire de France*, 1972. De même dans le chap. II, D'Albert avant de sortir se regarde pour juger de sa beauté et de sa mine.

2   E. Bergerat, *op. cit.* p. 223-227, et Judith. Gautier, *Le Collier des jours. Le second rang du collier, op. cit.*, p. 209 ; Gautier se scrutait le visage de très près en monologuant un récitatif burlesque et rimé ; la seule image qu'il voulait laisser de lui, c'était lui-même à trente ans.

3   *Cf.* « Pensée de minuit » (*Poésies complètes*, t. II, p. 125) et « Le Château du souvenir » : « Au lieu de réfléchir mes traits / La glace ébauche de mémoire / Le plus ancien de mes portraits / Spectre rétrospectif qui double / Un type à jamais effacé / Il sort du fond du miroir trouble / Et des ténèbres du passé » (t. III, p. 101).

l'image d'un Moi qui n'est plus, un « reflet dont le corps s'est enfui », un « spectre dont le cadavre est vivant ».

L'amour narcissique de soi-même peut conduire à une autarcie absolue du désir qui n'a pas d'autre objet que soi : mais ici le personnage de Gautier aime moins son être actuel que son être futur ou possible, il adhère à son devenir Moi, à la Beauté qui est l'objet de son désir et sans laquelle son être est moins désirable. Se voir, c'est se voir autre qu'il devrait être, c'est se donner un rendez-vous pour plus tard. De Musidora amoureuse et étonnée de sa mutation, Gautier écrit : « une femme est sortie de la statue ».

Se regarder, c'est aussi se voir en devenir ou en vérité et pour se juger. Paul devant son miroir se voit enfin, il voit enfin son regard détenteur d'un terrible pouvoir qui lui fait peur à lui-même, et à qui il donne adieu et congé, comme s'il rejetait son regard de lui-même ; en se fascinant, il voit l'autre qui est lui, l'autre moi funeste et mauvais qui est dans son corps et dans son œil et dont le rayonnement menaçant revient sur lui-même comme une force infernale. Alors c'est lui qui se regarde comme un autre et qui se terrifie par son propre regard.

La liaison de Clarimonde et de Romuald commence par un travestissement des deux personnages qui changent d'être, de vie, d'ordre, en changeant de costume : mais dans le « petit miroir de poche en cristal de Venise, bordé d'un filigrane d'argent » que Clarimonde lui tend, Romuald constate plus qu'un déguisement en jeune seigneur, il voit un autre, un Moi parfait, par rapport auquel son ancienne forme n'était qu'une « ébauche grossière » ; ce qu'il voit, c'est un inconnu, un Moi jusque-là enfoui dans l'apparence, et enfin vrai car dégagé de sa réalité manquée[1].

Certes qui se regarde ne se voit pas, celui qui se regarde trop ne se voit plus du tout, ne se reconnaît plus : le moi se perd dans l'excès de conscience de soi. Encore faut-il faire une distinction à propos du miroir ; il peut être stérile s'il ne suscite que ce double qu'est le reflet, alors le fantastique est centré sur le moi[2], mais dans une tout autre direction le miroir peut conduire à l'autre du désir, et à la création d'une autre réalité.

---

1   Gautier a repris l'épisode et presque les mêmes termes dans *Fracasse* (Pl., t. II, p. 732) lorsque le héros revêt ses nouveaux vêtements et se voit tel qu'il se rêvait.
2   Remarque que nous empruntons à L. Cellier, *op. cit.*, p. 88.

Puisqu'il tend à *produire* d'une manière autonome des images, à mettre au monde de l'idéal, à donner même à ce qui n'est pas une présence, alors il peut aller jusqu'au bout de cette capacité, il va être le reflet de l'absence, il peut rendre visible un être invisible, comme Spirite, il représente l'irreprésentable, il devient un lieu de passage pour les êtres surnaturels qui vivent dans l'idéalité (n'a-t-il pas aussi bien laissé passer ceux qui viennent de l'enfer ?). Ils sont perçus comme des reflets, mais ce sont les reflets de l'autre monde, les émissaires de l'irréalité, les visiteurs de l'idéal. La jeune morte amante vient d'elle-même du monde extérieur par le miroir.

Il est heureux alors que le miroir soit bien loin de se réduire à sa « propriété réflective » qui lui permet de répéter ce qui se trouve devant lui. Dans l'épisode de l'apparition de Spirite, Malivert constate dans son miroir la présence d'un *noir bleuâtre* très étrange et l'absence de tous les objets opposés qui devraient y figurer : son miroir de Venise est comme les miroirs des décors de théâtre couverts de teintes vagues pour les empêcher de refléter la salle. Et le pouvoir réflexif du miroir est suspendu le temps de l'apparition de Spirite : soudain on voit dans la glace le reflet d'un objet réel. Le miroir alors n'est plus une surface plane et passive, tournée vers l'espace extérieur, il est une *profondeur* noire ou bleue, mais indéfinie, il est tendu en direction d'une intériorité mystérieuse, il est ouvert sur l'au-delà de notre monde. De même, le miroir fouillé par l'œil d'Onuphrius est « un prisme profond et sombre ». Voyant dans son miroir une ombre « d'une vague blancheur laiteuse » qui se rapproche, Guy comprend que la glace ne répète pas notre monde, mais transmet des messages de l'autre monde : il sert à communiquer. Le miroir au mur est « un seuil redoutable », le regarder c'est « mettre le pied hors du cercle que la nature a tracé autour de l'homme ».

C'est un lieu de passage[1], un objet passeur comme il y en a tant dans le fantastique de Gautier, une surface de surgissement pour les morts, mais aussi pour les esprits, les créatures invisibles qui s'y matérialisent : « espace vide dans la muraille », dit Gautier, véritable lacune dans la réalité sensible, c'est un vide où il n'y a rien, rien de matériel sinon une glace et c'est une trouée, une solution de continuité dans l'opacité

---

1   Initialement les amants disposent aussi du papier et de la pierre tombale comme points de contact entre les deux mondes.

des choses qui conduit hors du réel, « une ouverture pratiquée sur un vide rempli d'idéales ténèbres », « une fenêtre ouverte sur le néant d'où l'esprit pouvait plonger dans les mondes imaginaires ». Le miroir donne sur l'autre côté de la réalité, il donne sur la nuit et sur l'idéal, c'est-à-dire *le jour,* en lui se fait le raccord paradoxal entre le réel faux et l'irréel vrai.

Dans un texte sur Baudelaire, Gautier dit exactement le contraire, et la même chose : le miroir est « comme une fenêtre ouverte sur l'infini[1] ». C'est le paradoxe du miroir : vide et plein, donnant sur le vide et le plein. La glace est donc la frontière avec l'absolu, néant ou infini, frontière poreuse, que franchit l'être démoniaque ou l'être angélique. Cette rupture du monde matériel où il n'y a apparemment rien, ce point nul est le *seuil* de l'au-delà : là où est le vide, il y a l'immatériel, l'image, l'esprit, les êtres invisibles.

Cette surface blanche est prête à accueillir l'idéal : c'est alors l'âme qui voit, qui voit l'âme, ce qui est ailleurs, dans la zone neutre où se fait le contact entre les mondes. Au fond le miroir n'est plus tourné vers nous, pour nous permettre de nous mirer ou de nous admirer, il n'a pas pour unique fonction d'accueillir notre image et de nous permettre de communiquer avec nous-mêmes. Il est tourné vers l'extérieur, vers l'extra-monde, derrière lui il y a l'idéal. Gautier peut alors parler de sa *profondeur* : surface vide et profonde, surface plane si l'on ne pense qu'au reflet qui y paraît, mais profonde si l'on pense à l'immense étendue de réalité invisible et mystérieuse qui vient affleurer pour nous dans un petit cadre sur notre mur ; le miroir ne révèle pas ce qui est devant lui, mais ce qui est derrière lui, de l'autre côté du miroir.

Malivert prévenu par son instinct que Spirite va lui apparaître, ne s'attend pas trop à une « figure terrible », il attend la figure « gracieuse » qui vient lentement, de très loin, qui semble très près et aussi « placée à une distance humainement incommensurable » ; « la réalité de ce

---

1   *Cf. Baudelaire, op. cit.,* p. 156, à propos des visions du drogué, ce texte étonnant : « Quand la muraille cesse d'être opaque, s'enfonce en perspective vaporeuse, profonde, bleuâtre comme une fenêtre ouverte sur l'infini, c'est qu'une glace miroite vis-à-vis du songeur avec ses ombres diffuses mêlées de transparences fantastiques. » Malivert se demande si ce qu'il voit dans le miroir relève de « l'œil charnel ou de l'œil de l'âme » : la glace ouvre à l'âme la vue de l'invisible parce qu'elle établit une communication purement immatérielle. Voir dans M. Milner (*La Fantasmagorie*, Paris, PUF, 1982, p. 126) des références à la tradition de la catoptromancie d'inspiration platonicienne.

qu'il voyait », précise curieusement Gautier à propos de Malivert et de son geste de scruter de près son miroir de Venise, « était évidemment ailleurs » : il semble que le miroir qui refuse de refléter le proche tout à fait visible, fonctionne ici en sens inverse, il reflète le lointain, l'invisible, il produit sur « sa face intérieure » l'image de l'extramonde.

Est-ce même une image ? Guy se demande si Spirite peut être visible par un autre homme qui ne serait pas soumis au « même flux nerveux » : le miroir transmet-il du visible, du sensible, du matériel très purifié, éthéré, *subtil*, idéalisé, une substance dématérialisée, ou une réalité qui ne peut être perçue que par l'âme, parce qu'elle est le fantôme, le spectre, l'idée de l'être ? Alors le miroir décidément indifférent au reflet qui suppose de la matière et de la lumière, instaure une relation directe d'âme à âme.

LE DOUBLE

Ce qui peut inquiéter dans le miroir, c'est donc le fait qu'il divise le moi et à la place d'un seul être en fasse paraître deux, et que cette part de moi réduite à l'état d'image, il la traite comme une fiction, il la détache de l'objet : il fait du simulacre un produit de sa puissance propre de miroir, objet magique ; ainsi disparaît pour l'individu une preuve de lui-même, le fantastique de l'identité dédoublée fait saillir la contingence du sujet, et porte un coup à la consistance du moi. Le miroir, c'est aussi bien la conscience et la réflexivité. Si *je* ne *me* vois pas, quand je me regarde, est-ce que *je* peux encore *me* penser ? Si je me pense comme un autre, est-ce que je ne suis pas déjà un autre que moi ?

Quand je me vois, je me sens irréel, car mon reflet ne me représente pas, il n'est pas lié nécessairement à moi ; le miroir déréalise celui qui se regarde, le double qui ne dépend pas de l'original absorbe celui-ci et le rend problématique ; ce qui me définit, c'est l'autre que je puis devenir dans le miroir. Alors qui suis-je ? Si le miroir ne me reflète pas, suis-je déjà un reflet ? De quoi, de qui suis-je le reflet ? Suis-je le reflet d'un reflet, le reflet d'un autre que moi ? Alain Montandon dans un bel article consacré aux origines du double dans l'idéalisme allemand cite cette phrase des *Veilles* de Bonaventura, « si aucun moi n'apparaît dans le miroir quand je me tiens devant, ne suis-je donc que la pensée d'une pensée, le rêve d'un rêve ? En effet, quand je rêve, est-ce moi qui rêve ou est-ce que je suis rêvé ? Si je me regarde sans me voir, ne suis-je pas plutôt regardé et par qui ? »

L'acte de la réflexion engendre ce flottement de l'identité où se trouve l'expérience très blessante de la contingence du moi : certes je suis mais je pourrais très bien ne pas exister, je pourrais être un autre, une entité variable, un individu quelconque, un autre pourrait être moi : le moi que je suis est privé de nécessité, je n'ai pas de *raison d'être*. Mais le moi ressent encore plus gravement son inanité et son inutilité s'il existe un autre absolument identique à lui-même : si je suis interchangeable, je suis superflu ; si j'ai un sosie parfait, je suis de trop ou c'est lui qui n'a pas à être là, car le Double est bien une mise à mort du moi, il ne peut exister deux moi identiques : par définition. L'unité et l'unicité sont constitutives du sujet, qui ne s'identifie pas avec la facticité de son existence, mais avec ce qui la conditionne, sa liberté, qui le différencie absolument. Le double l'indifférencie en le réduisant à l'état de répétition d'un autre, ce qui le prive radicalement de lui-même.

Le cliché fantastique du double dérive en un sens de celui du miroir et Gautier l'a intégré à son œuvre en le résumant avec humour à propos d'A. von Arnim : « Si vous restez à la fenêtre jusqu'à minuit, vous apercevrez avec une horreur secrète votre double qui viendra prendre une tasse de ce thé funèbre. » Lui-même avait-il, ainsi qu'il le dit à Bergerat[1], rencontré comme Musset un jeune homme vêtu de noir qui lui ressemblait comme un frère ? Qu'est-ce que le fantastique, sinon la perception du réel et de l'*ombre*, de ce qui double la réalité, quelle que soit la nature de ce double ; Onuphrius est d'emblée un être *doublé* : un autre fait la même chose que lui avec lui mais en le contrecarrant. Le même tableau, mais en le désorganisant, la même route, mais en la rendant impossible, le même jeu de dames, mais avec une autre main et contre lui, il est l'auteur des mêmes œuvres, puisqu'il les a volées. Ses tableaux se dédoublent : ils montrent Jacinta *et* « quelque figure monstrueuse ».

Comme on l'a dit à propos d'Hoffmann, « toute réalité surnaturelle a son côté sombre et son côté lumineux[2] » ; cette bipolarité des êtres,

---

1   *Op. cit.*, p. 37.
2   *Cf.* M. Milner, *Le Diable* [...], *op. cit.*, t. I, p. 467 ; même idée, p. 470. Sur le double, voir Alain Montandon : « Hamlet [...] », P. Whyte, « Gautier, Nerval [...] ». Voir encore des rapprochements entre Gautier et Nerval (le calife Hakem) dans P.-G. Castex, *op. cit.*,

cette ambivalence universelle, si elles sont situées dans le moi lui-même, signalent la situation limite de l'homme, sa scission en deux existences contraires et exaspérées. Dans le redoublement du moi, ce qui séparé de moi devient un autre moi, un étranger qui est moi, et que je rencontre comme un être différent alors qu'il est totalement mon semblable.

Dans nos récits le thème du double, soit la rencontre, classique à coup sûr, de l'autre moi, du double parfait, jumeau infernal, Ménechme fatal, devant lequel par exemple recule le comte Olaf, anéanti par « cette vision extérieure de son Moi », revêt toujours une certaine intensité dramatique : le moi est menacé de se désintégrer devant sa répétition, sa scission, son hostilité à lui-même.

Gautier présente le double en chair et en os, le double complet, absolu ; mais le double est aussi présent dans des formes plus nuancées du dédoublement que présentent régulièrement les récits. D'abord, c'est la rencontre frontale, le face à face avec soi-même, un deuxième moi qui me répète littéralement. Cet épisode à chaque fois redoutable, beaucoup plus grave somme toute que l'intrusion des voluptueux fantômes de l'autre monde, tourne au combat mortel avec le double. Il se trouve dans *Le Chevalier double*, dont le héros est en effet intégralement divisé par son hérédité, son ascendance astrale, son appartenance au Nord et au Midi, le bien et le mal se combattent en lui, son regard ne correspond pas à son visage : il est partagé en deux intégralement et intégralement reproduit par son double pour une moitié de lui-même[1] ; Oluf est « deux hommes à la fois », il y a « dans sa petite peau vermeille et blanche deux enfants d'un caractère différent ». Il est déchiré entre deux « moitiés » adverses, un cœur qui aime, un cœur qui hait, une volonté qui veut, une volonté qui ne veut plus, et voué à une oscillation paralysante et destructrice. Ce vampirisme moral est figuré par le compagnonnage extérieur du chevalier rouge : le double subjectif est aussi un double objectif. Le chevalier vert pour s'unifier et parvenir à lui-même doit en finir avec le

---

p. 90 et M.-Cl. Schapira, *Le Regard de Narcisse*, p. 40. Sur l'aspect psychiatrique, voir G. Ponnau, *op. cit.*, p. 17, 26, 43-44 et 191 *sq.*

1   Sur les relations entre la nouvelle et l'opéra de Meyerbeer, *Robert le Diable*, voir Pl., t.I, p. 1448-1449, Fr. Brunet, *Gautier et la musique, op. cit.*, 253 *sq.* ; il y a la même interprétation satanique de la dualité intérieure et extérieure, le duc Robert est le fils du démon, Bertram. Le thème du pacte remonte à Faust évidemment : il est présent dans Cherbonneau tout puissant par la science (il se rejeunit à la fin comme Faust) et trop puissant pour un homme : il ignore le bien et le mal. Serait-il Faust et Méphisto en une seule personne ?

chevalier rouge qui le suit et le double toujours, c'est le duel affreux où chaque coup donné est reçu, où chaque blessure fait souffrir celui qui la subit et celui qui l'inflige.

Oluf découvre enfin qu'il se bat contre lui-même et qu'il vient de se tuer : « il se vit lui-même devant lui, un miroir eût été moins exact, il s'était battu avec son propre spectre ». Dans ce premier récit du double, une vérité s'impose : il est incompatible avec l'amour, et Brenda refuse net d'écouter Oluf, « je ne puis être la femme de deux hommes à la fois ». Pour aimer et être aimé, il faut être un, être un seul homme en accord avec soi-même. L'homme double, exactement comme l'homme sans ombre ou sans reflet dont on est convaincu qu'il n'a pas d'âme, est retranché d'une sorte de normalité du désir : est-ce qu'il a un cœur pour aimer ? C'est la force immédiate du désir qui est la garantie que le moi est un et unique, c'est le moi qui aime qui est le seul moi réel et l'amour est la force unifiante, l'antagoniste des forces de division. Le fantastique de l'identité, né peut-être de la réflexivité narcissique du miroir, est vaincu par le désir et nommément par la femme.

Dans *Deux acteurs*, Henrich, qui comme acteur imite le diable[1], se retrouve devant lui-même costumé en diable, mais c'est vraiment le diable qui le menace de mort et qui le *double* à son tour dans son rôle sur scène, si bien que tout se confond et que le public prend le *vrai* diable pour un faux : seule Katy éclairée par l'amour, « cette seconde vue de l'âme », n'est pas prise au jeu.

Cette fois, c'est le théâtre qui est à l'origine d'un dédoublement chronique dont profite le diable, car on ne l'imite pas impunément ; l'acteur devient celui qu'il joue, Henrich se félicite de renouveler sans cesse sa vie et son être. Au théâtre le faux devient vrai, le double saisit le modèle, le sujet passe du côté de son reflet, c'est là le succès de l'acteur et la gloire naissante d'Henrich, si diabolique qu'il fait frissonner les salles, ou le triomphe du diable qui devenu acteur de lui-même n'en est que plus diabolique encore ! Cette fois le récit du double dévie sensiblement, il n'oppose que deux acteurs jouant le même rôle au théâtre, le diable est bien le diable, mais il ne dispute pas sa personnalité à son double, il ne combat que pour son imitation sur scène, il veut être

---

[1] Le jeu de miroirs est étonnant : Henrich joue le diable, et le diable joue à la place d'Henrich jouant le diable ; il veut se faire prendre pour un acteur qui lui-même doit se faire passer pour lui, le diable.

joué tel qu'il est. Nous retrouvons ici la thématique du théâtre ou du jeu : c'est le rôle qui est vrai, et l'on peut se demander si le thème du double chez Gautier ne contient pas aussi le problème de l'écrivain, saisi dans l'acteur.

La vérité passe par l'illusion et la fiction, et l'écrivain lui-même se dédouble, il produit à partir de lui-même un être second, l'auteur, qu'il est sans l'être, qu'il anime en se servant de lui-même (ainsi Onuphrius enterré vivant fait des vers sur « la vie dans la mort »), sinon, s'il adhère entièrement à son rôle d'auteur, il trouve encore le destin d'Onuphrius, qui confond la réalité et la littérature qui n'en est que le double : à son tour il est une victime du reflet. L'écrivain croit à ce qu'il écrit sans y croire mais il produit des personnages qui sont des apparences, des images, des doubles du réel. C'est un créateur de créatures nouvelles, un démiurge aisément saisi par le sentiment de sa puissance. Et dans tout simulacre, le destin du portrait nous l'a prouvé, il y a une part de vie, une existence virtuelle.

Il y a donc une juste mesure à trouver dans l'adhésion à la fiction ou au faux-semblant : Henrich et le diable se sont rencontrés et combattus parce que l'un et l'autre ont sans doute succombé au vertige du jeu théâtral et de l'imitation : Henrich s'est mis à vivre son rôle, le diable, très artiste et très vaniteux dans le fond, a cru que son personnage dépendait de sa représentation sur scène.

Dans *Avatar* enfin il y a bien la rencontre de deux individus rigou-reusement symétriques et interchangeables mais d'une manière sensi-blement détournée, même si l'on parvient à la même séquence du duel suicidaire ; ce ne sont pas à la lettre des doubles, comme dans *Amphitryon*, où un homme se trouve répété en deux exemplaires identiques, ici il y a perturbation des deux personnalités, elles sont combinées et mêlées, l'avatar constitue chacun avec des éléments pris à l'autre ; les deux per-sonnalités symétriquement empiètent l'une sur l'autre, elles se disputent leur corps, chacun peut réclamer son corps à l'autre, il y a en somme deux fois deux âmes en lutte pour un seul corps.

Mais alors c'est une guerre à mort ; il y avait « deux acteurs pour *un* rôle », deux candidats à la même identité théâtrale, ici il y a deux hommes pour une femme et surtout deux êtres pour un seul moi ; et Prascovie comme Brenda ne peut être la femme de deux hommes à la fois, tromper son mari avec lui-même, dès lors que la « transposition » de Cherbonneau permet à la même identité de réunir deux personnes, et finalement à Octave, Olaf et Cherbonneau lui-même d'habiter deux corps successivement. Un vivant sert de réceptacle à un autre être, ils sont *deux* en un seul, et le récit joue de ce prodige, de cette non-coïncidence vertigineuse : les désignations de l'état civil sont toutes à combiner et à permuter pour rendre compte de la migration des âmes hors de leur corps : « l'âme du mari de la comtesse y monta avec le corps d'Octave de Saville », « cet Octave de Saville qui est moi maintenant », « Olaf de Saville (qu'on nous permette de réunir ces deux noms pour désigner un personnage double) ».

Personne n'est plus personne, les personnages n'ont plus de nom, plus de corps propre, il n'y a plus que des êtres doubles ou mixtes, qui ne coïncident plus qu'avec une moitié d'identité ; et l'on arrive au quiproquo drôle ou tragique du comte avec le psychiatre : il se plaint d'être pris pour un autre, mais cet autre, c'est celui qu'il est devenu.

Le comte Labinski connaît donc en plein vertige, en pleine décomposition de son moi, la rencontre autoscopique d'un autre lui-même, la terrible expérience d'être privé de lui-même, d'être confronté à l'angoisse de ne plus savoir qui est moi, qui je suis, puisque c'est un autre qui est moi littéralement. Devant lui il y a un être innommable, il est Moi et ce n'est pas moi : c'est un occupant de son corps, qui est rigoureusement lui-même sur le plan physique et social, donc un usurpateur qui le prive de son nom, le chasse de son identité et de sa maison, un rival devenu l'époux de sa femme : cette apparition, il la rattache à toutes les croyances qui font du double le meurtrier du Moi ; qui le voit doit prévoir sa mort, elle a déjà eu lieu dans l'avatar, le comte n'est plus lui-même que pour lui-même, il est moralement, civilement, socialement mort. Le double, le Moi exactement identique est l'ennemi acharné du Moi, il affirme cette évidence que deux candidats à la même identité, ou même à la moitié d'une identité sont impossibles, incompatibles, que la dépersonnalisation et la mort sont la même chose : ici elles consistent également à séparer l'âme du corps.

Mais le comte garde le cœur de sa femme qui d'un seul regard démonte la diablerie : les yeux du faux mari installé dans le corps du vrai l'ont trahi ; cette fois encore ce qui singularise le sujet et constitue sa marque infalsifiable, c'est son amour et son expression. Chez Gautier, le fantastique ne triche pas avec l'amour.

Ici le thème du Double rejoint celui de la manipulation diabolique : le comte est victime d'un pacte magique conclu par Octave et à son profit, c'est l'Archi-docteur qui perturbe l'ordre naturel par une intervention surnaturelle mais humaine. Comme le diable est un tentateur qui possède les âmes et les dépossède d'elles-mêmes, le docteur qui sait le secret de ses patients, dispose de leur âme et noue et dénoue à volonté leurs liens avec leur corps. Il devient alors un rival de Dieu : il incarne, désincarne, réincarne, c'est-à-dire qu'il décompose, recompose sans fin avec les mêmes éléments des doubles divers, peut substituer à l'unité de la personne des dualités fantaisistes.

Mais le thème du double chez Gautier va au delà de ces séquences classiques fortement accentuées : on ne peut pas le restreindre à la seule rencontre du double parfait.

LE COMBAT CONTRE LE DOUBLE

Car le cas d'*Onuphrius* nous conduit à un aspect différent du double : c'est une satire de l'écrivain voué au fantastique, donc une sorte de fantastique à la puissance deux, mais c'est aussi la satire d'un Jeune-France, et le récit présente le personnage fantastique comme victime d'un dédoublement illimité qui ne naît pas seulement du fantastique, mais de lui-même, en ce sens il est responsable de sa fascination par le fantastique qu'il *prenait presque toujours* dans les événements ordinaires. Dédoublé avant même l'apparition de son double néfaste, il est physiquement deux personnes, moralement il s'est séparé de la vie réelle, son imagination la remplace et de lui-même « il se faisait des monstres de la moindre chose » ; et la nouvelle comporte une morale qui explique et récuse sa hantise démoniaque : il a rompu avec la réalité et vécu parmi les fantômes, son « intelligence s'est dévorée elle-même faute d'aliments », parce qu'elle a été victime d'un jeu de miroirs issue d'elle-même. L'excès de conscience supprime la réalité et la conscience. Onuphrius a voulu assister à lui-même comme à un autre, « être le spectateur de son existence », se voir comme un objet, avoir, tel était le souhait de D'Albert, « la conscience de l'effet qu'on produit » et la conscience permanente de ce qui se produit en lui : il a « trop regardé sa vie à la loupe », cette hyperconscience anxieuse et paralysante (qui est l'élément capital du mal du siècle) a modifié les proportions des événements si bien qu'il n'a plus vu que des monstres partout. La folie d'Onuphrius est d'abord littéraire et idéaliste : le livre est pris pour la réalité. Puis, c'est la folie de l'imagination travaillant sur elle-même et la folie de la conscience qui veut être conscience de tout et qui n'est conscience que de soi. Alors surgit le double persécuteur, destructeur du moi. Alors surgit avec le double un aspect autodestructeur du moi.

Dans le dédoublement, les deux parties séparées et opposées ne sont pas de même valeur. Chez Gautier, le double semble relever de la dualité de l'homme, sinon d'une sorte de manichéisme, qui oppose le bien et le mal, la lumière et les ténèbres, l'âme et le corps[1]. Comme le dira Stevenson, « les deux domaines du Bien et du Mal composent et divisent assez généralement la nature de l'homme en sa dualité ». Dans nos récits, les doubles sont sataniques (le chevalier rouge), ou Satan lui-même dans les *Deux acteurs*, appelé cette fois par ce que la multiplication de la personnalité propre à l'acteur contient inévitablement de satanique ; en jouant le diable, Henrich révèle que l'artiste, en tant qu'il invente et réalise des simulacres, s'oppose comme créateur au Créateur ; il y a dans ce jeu du modèle et du simulacre du satanisme. Onuphrius au reste est puni par l'échec de toutes ses œuvres.

Mais le double est aussi présent dans des formes plus nuancées du dédoublement que présentent régulièrement les récits : peut-être devrait-on se demander s'il n'est pas lié d'abord à l'esthétisme propre à Gautier, à la dimension idéaliste et subjectiviste de sa démarche d'ensemble. Si l'art a plus d'être que la réalité, alors le sujet se donne l'objet ; le *fantastiqueur* prolonge l'esthète et la première distinction qui est jetée bas, c'est celle du sujet et de l'objet. Je reviens encore à l'article d'Alain Montandon[2] qui a analysé la relation très étroite entre l'idéalisme allemand et la notion du double : dès lors que la modernité postule que le sujet peut produire l'objet, l'activité thétique du moi, pure forme vide mais douée d'activité, va poser les objets pour que le moi se pose en s'opposant au non-moi.

En réalité, tout existe à partir du sujet et il est son propre fondement : il n'y a plus de monde et alors tout est un reflet de lui-même, un acte

---

1   Je renvoie ici à la remarquable étude de J. Tramson, « Le double et l'image de la création littéraire dans la littérature fantastique », dans *Cahiers de l'Association Internationale d'Études françaises*, 1980.
2   *Cf.* « Hamlet ou le fantôme du moi. Le double dans le romantisme allemand » dans *Le Double dans le romantisme anglo-américain*, Centre du romantisme anglais, Faculté des lettres et des Sciences humaines de l'Université de Clermont-Ferrand, 1984.

de sa volonté, le réel existe par lui et pour lui ; le moi de l'idéalisme qui est tout choisit de rester indéterminé et perd toute possibilité de préférence, tout critère de choix et de désir, le monde qu'il désinvestit lui est indifférent ; d'où l'importance de l'ennui dans le mal du siècle, autre manifestation du subjectivisme absolu, qui se désintéresse de la réalité ou de ce qui n'est pas le sujet. D'où aussi bien l'identité du rêve et de la réalité. Tout est égal pour le sujet et son caprice, tout est également sorti de lui-même et existe au même titre. Tout point de vue étant équivalent, l'être et le néant, le réel et l'illusion se confondent et s'échangent, et au terme de cette indifférenciation générale, l'identique et le différent sont la même chose : tombe l'opposition du même et de l'autre ; pour le moi qui est tout, pour qui il n'y a pas d'objet et qui ne se réfère qu'à lui-même, se produit logiquement la perte de lui-même : il n'y a pas d'autre que lui puisqu'il est tout, donc il peut devenir l'autre. Le double est aussi réel et aussi légitime que le moi : le moi équivalent de tout est aussi l'équivalent de rien. Le double est l'un de ses équivalents.

Il y a un vertige dans le subjectivisme radical, qui est sans doute la modernité elle-même ; le miroir devient la métaphore de la conscience réflexive, le moi se perd dans l'excès de conscience de soi, il s'engouffre dans une subjectivité sans fin et sans fond ; la conscience fait de l'être une ombre, un théâtre d'ombres, alors le moi est envahi par son double ; l'amoureux de son image en souffre et en jouit : comme si son identité échappant aux lois de la condition humaine était indéfiniment mobile et renouvelable[1].

Le fantastique de Gautier est volontiers narcissique ou réflexif et présente de singuliers épisodes de séparation de soi : dialogue avec soi-même, avec son pied, avec ses yeux (Paul), avec son corps (Cherbonneau, et « cette oraison funèbre adressée à lui-même » qui a suivi son testament fait en sa propre faveur) ; Cherbonneau avait l'ambition surhumaine de

---

1   Ou bien, entrant dans une démarche d'ironiste, le romantique utilise le double, le non-moi, la multiplication du moi comme moyen de se saisir et accepte de voir le moi comme un perpétuel non-moi. Est-ce le cas de Gautier ? Oui, dans les grands romans de la théâtralité où le paraître définit l'être ; ils constituent, souvent avec les mêmes thèmes et les mêmes séquences que les récits fantastiques, un autre versant de son œuvre. Il y a dans les deux des héros-Narcisse qui se regardent trop, les Saturniens et les Fous : D'Albert, Onuphrius. La magie fantastique et la magie comique sont peut-être les deux pôles de l'imagination de Gautier.

voir l'âme humaine : a-t-il vu la sienne ? Il a pu en tout cas assister à son propre enterrement et apprendre sa mort dans la presse. En somme, il s'applique à lui-même son pouvoir. Octave après l'avatar a la surprise confondante, en voyant son corps devant lui et sans lui, de se voir « en réalité, non comme reflet ». La métempsycose *réalise* l'expérience du miroir. Et tout le jeu du récit va conduire Olaf et Octave à *se* voir, *se* parler, *s'*écrire, *s'*entretuer...

Gautier en virtuose a donc organisé le thème du double selon deux équations falsifiées : ou bien 1 = 2, ou bien 2 = 1. Ou deux âmes dans un corps, ou un seul corps pour deux âmes. Un moi est deux ; deux moi sont un. L'homme est double, certes, et Gautier nous montre la coexistence de deux êtres antagonistes en un seul, le combat de deux moi ennemis se disputant un corps ou une femme.

Mais il en est de même dans son œuvre non fantastique : elle est largement dominée par la figure du double, qui devient la rivalité générale des héros et des héroïnes, deux hommes pour une femme, deux femmes pour un homme, une femme pas trop femme pour un homme et une femme, c'est l'intrigue de *Maupin*, de *Celle-ci et celle-là*, du *Capitaine Fracasse*, du *Roman de la momie*, du *Roi Candaule*, de *Militona*, des *Roués innocents*) ; le triangle amoureux se perfectionne en devenant même la permutation rigoureuse de deux couples (*Partie Carrée*).

La passion est exclusive et l'amour doit choisir : mais Gautier choisit aussi de ne pas choisir, l'amour ne doit pas tourner nécessairement à la victoire d'un double sur l'autre. Le double n'est pas de trop dans le vrai amour (*La Chaîne d'or*, *Laquelle des deux ?*), il n'est pas toujours synonyme de guerre et de choix impératif : ainsi, pour les deux jeunes Anglaises de « l'histoire perplexe », chacune est la moitié de l'autre et c'est le tout qui enchante l'amant, il constitue « une individualité charmante faite de deux corps et d'une seule âme ».

Il faut étendre aussi le thème du double à la situation de celui qui est momentanément privé de lui-même par une puissance qui se substitue à lui-même et qui agit à sa place : le moi contient un non-moi dont il subit la volonté, c'est l'expérience de la dictée de *Spirite*, c'est plus généralement celle du magnétisme, de l'hypnose, ou du somnambulisme qui font du dédoublement de la personnalité une vérité expérimentale : deux moi coexistent dans le moi, séparés par la barrière de la conscience, inégaux en force et en intériorité, le

moi conscient et superficiel subit l'ascendant d'un principe plus profond : ainsi D'Albert, qui a l'impression que ses actions sont rêvées,
que « quelque chose en moi... me fait agir sans ma participation et
toujours en dehors des lois communes », alors il est sans liberté et en
état de *somnambulisme*.

Le double, c'est la partie de moi-même qui m'échappe, qui passe
sous une influence étrangère : c'est le moi envahi et possédé, il est
voulu et ne peut plus vouloir. Il est inconscient dans la mesure où il
est divisé radicalement et ne sait plus ce qu'il fait et qui le fait en lui et
à sa place. Mais cette puissance cachée qui s'empare du moi manifeste
et visible, c'est peut-être elle qui est la liberté et la vérité du moi :
dans le rêve, c'est l'âme qui se révèle, qui se libère du corps, comme
le papillon de la chrysalide. Et Cherbonneau en un sens ne vise pas
autre chose que cette libération. Le problème du Double doit inclure
cette nuance capitale.

Il y a ainsi l'état d'âme de Romuald, tenté pendant son ordination
par Clarimonde (elle-même est double : est-elle ange ou démon ?), il
veut dire non et dit oui, pétrifié comme dans un cauchemar, poussé
par une « force occulte » qui, dit-il, « m'arrachait malgré moi les mots
du gosier ». Et le récit est dominé par le conflit de l'amour et de la foi,
comme chez Gautier s'oppose paganisme et christianisme. La même
dualité est absolue avec Paul dont les deux moitiés, jusqu'à la reconnaissance de son pouvoir maudit, s'ignorent et ne communiquent pas :
il est irresponsable de ce que fait « le mauvais ange » qui regarde « par
ses prunelles » ; en fait, « jamais âme ne fut plus aimante, plus généreuse
et plus noble ». Est-ce de sa faute si ses yeux tuent quand il aime ? Il
n'a même pas tué Altavilla ; il est meurtrier et « innocent comme la
foudre, comme l'avalanche, comme le mancenillier, comme les forces
destructrices et inconscientes ».

Et de même il faut compter le dédoublement où le personnage
assiste à sa propre dépossession, où il devient extérieur et étranger à
lui-même, où son intégrité morale ou physique est menacée ; il est tout
à la fois occupé, possédé, volé par l'Autre[1] et il voit le naufrage de son
identité, la confiscation de lui-même ; il voit son être lui échapper, sa tête
devenir une tête d'éléphant, ou être vidée de sa cervelle ; le hachichin

---

1   Ce thème est étudié par J. Decottignies, *op. cit.* p. 284 *sq.* ; on le retrouve dans *Aurélia*.
      Voir J. Richer, *Nerval, expérience et création*, Paris, Hachette, 1963, p. 479 *sq.*

voit s'écouler son sang, comme Romuald ; mais c'est Onuphrius qui connaît les pires dépossessions : spolié de son tableau, de son drame, de sa maîtresse, de son reflet, trépané, vidé de ses idées et de ses rêves qui le chassent de chez lui, volé de ses vers que son persécuteur et rival lui retire de la bouche pour lui en substituer d'autres. Mais Octave ausculté par Cherbonneau a l'impression que le docteur « lui soutirait l'âme » et bien qu'il prétende être un amant, et pas « un voleur », c'est bien à un brigandage radical, à une piraterie d'existence qu'il se livre à l'encontre du comte chassé de son paradis et de lui-même par cette fraude sur l'identité ; mais lui-même est chassé du paradis qu'il veut conquérir, la chambre de Prascovie : l'« ange blanc » lui en interdit l'entrée.

Ensuite le dédoublement aboutit à vivre deux vies, à être dans deux mondes opposés, à prendre pied simultanément dans deux sphères séparées et antithétiques : les deux versants du moi font sécession. Ainsi Fortunio, prince oriental *et* dandy moderne, se crée un palais entièrement retranché de la réalité, où il vit sa vie imaginaire et ses fantaisies de despote. Mais l'état mental, ou l'état humain tout court, est menacé par cette dualité : Romuald qui est double, prêtre-amou-reux, et amoureux d'une morte-vivante, ascétique et libertin, vit séparément ses deux identités dans « une vie bicéphale » : il a une vie de jour, une vie de nuit, une vie réelle, une vie de rêve, il les mène *parallèlement*, sans confusion, mais sans différence, elles ont l'une et l'autre le même coefficient de réalité : ses deux moi se détestent sans communiquer bien qu'ils soient le même être. Les deux vies en spirale et alternées tournent au double rêve, la vie du prêtre est le cauchemar du gentilhomme, chaque personnage est le spectateur à son tour de l'autre, et le Romuald fictif accuse le vrai d'irréalité. C'est le cas remarquable d'une identité intégrale dans la dualité : le jour et la nuit sont interchangeables.

Mais Malivert, dès lors qu'il est lié avec Spirite, après la fin de la dictée et l'apparition de l'ombre sur sa tombe, connaît le même dédoublement : il a deux vies, « l'une réelle, l'autre fantastique[1] », une vie d'apparence, presque de figuration parmi les hommes, une vie réelle avec l'esprit et,

---

1   *Cf. Aurélia, Œuvres complètes*, Pl., t. III, p. 699 : « À partir de ce moment, tout prenait parfois un aspect double. » N'a-t-on pas rapproché *La Morte amoureuse* de *Dr Jekyll et Mr Hyde* ?

peut-on dire, en esprit ; mais cette vie divisée est provisoire et probatoire, et son initiation progressive conduit Spirite à lui ordonner de réintégrer *encore* la vie humaine, bien que par un renversement mystique ce fussent les hommes qui lui parussent des ombres et l'Ombre la seule réalité, que la nuit soit plus lumineuse que le jour. Cette fois, il y a substitution de la vie essentielle à l'existence banale.

En 1844, Gautier affirmait, contre les prétentions du siècle, qui nient « l'intervention du diable dans les affaires humaines », que le malin n'en est pas moins omniprésent et « montre toujours et partout le bout de ses cornes[1] ». Est-ce lui avec la tentation sensuelle et sacrilège de Clarimonde qui force l'humble prêtre à se dédoubler en un libertin blasphémateur ? Est-ce lui qui avec l'inquiétant Cherbonneau et ses dieux de l'Inde organise le jeu démesuré des métamorphoses et des avatars qui dédoublent les identités ? Et le démon de la perversité, le désir du mal pour le mal habite Paul et agit par son regard.

Il faut vaincre le double, il faut sortir du dédoublement : l'équivalence de tout, de toutes les valeurs, du réel et de l'illusion, du même et de l'autre, c'est insupportable. On trouverait là sans doute la *sagesse* des récits fantastiques de Gautier. Il faut savoir esquiver le délire, la confusion de tout, et prendre congé de l'Autre moi, de l'Autre en moi ; il faut arrêter le duel d'Octave et du comte et savoir défaire l'avatar. Octave et le comte décident d'un commun accord de s'entretuer, puis de revenir au point de départ : la transposition n'est pas vivable ; ils ont raison dans les deux cas. Il faut sortir du dédoublement et tuer le double. Le duel avec soi-même fait justice du double. Tout se passe comme si le double n'était au fond qu'un produit, un désir, un alibi du moi : tuer le double, c'est mourir à soi. Et pour se trouver.

Le dédoublement, c'est la fatalité dont il faut sortir. L'impossibilité de supporter cette aliénation conduirait plutôt à un retour à l'ordre et à la norme de la stricte identité, c'est le choix du désespoir : Romuald écoute enfin Sérapion parce qu'il ne supporte plus sa « double vie » et sa situation d'amant vampirisé et parce qu'il veut sortir de cette équivalence de l'illusion et de la réalité, il est décidé « à tuer au profit de l'un ou de l'autre un des deux hommes qui étaient en [lui] ou à les tuer tous deux » ; en tuant son double, il tue Clarimonde, il se perd à

---

1 *Cf. La Presse*, 24 sept. 1844.

jamais ; vaut-il mieux être un moi nul et vide que d'hésiter sans cesse sur ce que l'on est, renvoyé sans fin à un « *qui suis-je* » exténuant ?

De même, Paul fait le sacrifice de ses yeux et de sa vie. Il faut vaincre le double en faisant le sacrifice de soi. Le double et le moi sont « deux lutteurs inconnus » et éternels. C'est le « combat de Jacob et de l'Ange » ; à la fin, c'est le double, rival, persécuteur, voleur, parasite, ennemi fondamental qui est de trop. Ou lui ou moi : le diable veut supprimer Henrich. Celui-ci vivra, mais sans plus se dédoubler, sans être un acteur à la vie multiple : il ne sera que lui-même, un bourgeois sans doute, heureux, hélas, ayant conquis en tout cas la compagne qu'il aime.

Le duel, ou cette séquence du combat contre soi-même si fréquente dans les récits de Gautier, a une incontestable valeur symbolique. Le combat des rivaux que sont Paul et Altavilla est mis en scène avec un tel luxe de symétries et de similitudes qu'il tend à devenir le combat des semblables unis par la haine et également aveuglés. Le duel des deux chevaliers est inévitable : Oluf souffre des coups qu'il porte à l'autre ; il a l'impression d'avoir été atteint au cœur, alors que c'est l'Autre qui est blessé ; il faut oser se frapper et se blesser soi-même. C'est soi-même l'adversaire à vaincre. Et dans le duel d'Olaf et d'Octave, fous d'amour et de férocité, chacun a « devant soi son propre corps » et doit enfoncer « l'acier dans une chair qui lui appartenait » ; pour tuer l'autre, il faut encore se tuer. Le duel est un suicide symbolique : il faut souffrir et vaincre le moi pour tuer le double, il faut tuer le double en soi-même et oser renoncer à soi. Mais la mise en scène fantastique contient alors une morale et même une leçon spirituelle. Le récit fantastique devient une psychomachie au sens propre, il se présente comme une allégorie de Psyché et de ses souffrances et combats et victoires.

Car le vrai *double, l'alter ego,* celui qui produit aussi une nouvelle unité, c'est le couple, l'unité dans la dualité, ou le contraire ; on ne peut être double dans l'amour ; pour aimer et être aimé, il faut être d'accord avec soi, mettre d'accord l'égoïsme et la tendresse, l'âme et le corps. Sans doute Octave insuffisamment épris ne l'a-t-il pas fait, car il est découvert à l'ardeur possessive et agressive de son regard. La beauté, c'est cette « harmonie » qui unifie les disparates du visage de Paul quand il possède la joie : ses yeux agissent quand il est divisé par la contrariété et la colère.

Les troubles du dédoublement, l'errance du moi parmi ses variantes, le malaise de la subjectivité infinie anéantissant la personne, ont-ils seulement une issue violente et tragique : faut-il tuer son double ou peut-on vivre avec lui ? L'écrivain est un être double, né de la dualité, mais l'ironie est une figure, une pensée qui assume le dédoublement, qui s'en divertit, qui découvre dans le jeu des contraires la seule vérité ; mais la théâtralité et le sens du spectacle et du comique universel supposent le dédoublement de tout et d'abord de l'homme : rien ne m'est plus nécessaire que mon double, que ma capacité à me dédoubler. En vérité celui qui refuse le doublement de lui-même finit comme Henrich ; rien de plus fou que de s'attacher à l'unicité du réel, de n'accepter qu'une seule version des choses, de s'enfermer dans une répétition figée de soi. Tel est le choix : ou le double ou le sérieux. Les victimes du double sont des gens qui se prennent trop au sérieux, ils sont pris dans la crise du subjectivisme, où se brouille la différence du moi et de l'autre. Mais si un regard ironique les met sur même plan, les considère comme également vrais et également faux, refuse de séparer le vrai et le faux comme des entités closes, exclusives et figées ? Mais si je suis moi *et* un autre à la fois ? Alors la vraie guérison du Double est l'éducation ironique de soi-même qui libère de tout parce qu'elle met tout en *jeu*. Mais l'ironie repose sur la multiplication des doubles : on en fera un jeu délibéré. Un jeu qui reste un jeu. Qui unisse le sérieux et le jeu et ne les sépare jamais. L'ironiste maîtrise, *agit* volontairement la dualité, il n'est pas dans ce qu'il dit, il s'en moque d'ailleurs, car il est ailleurs, dans la zone de liberté où l'un et l'autre, l'ordre et le désordre, le vrai et le faux, la raison et la déraison, sont à égalité, où le moi admet fort bien qu'il se passe de la raison et n'a pas d'explication à donner. Nul n'en est plus convaincu que l'écrivain fantastique.

Alors, nous voyons mieux ce qui dans le double menace l'écrivain romantique : il doit être original et c'est un imitateur. Le double envahissant, c'est la littérature et c'est vraiment l'autre face du moi, le double qu'il faudrait cacher et qui revient et qui prend la place du moi. Ce double menaçant, inévitable, vainqueur du moi, c'est le cliché[1] : pour l'écrivain moderne et l'homme moderne, le double n'est pas celui qui

---

1   *Cf.* notre préface aux *Jeunes-France.*

me répète mais celui que j'imite et dont je suis la copie. Onuphrius, parodie du romantique comme tous les personnages des Jeunes-France, est un somme de clichés, qui le possèdent et le dépossèdent de lui-même. Il contient tous les clichés du fantastique, il les vit tous. La victime du double, vrai schizophrène qui ne perçoit que des clichés et jamais la réalité, est incapable d'humour ou de jeu : il devient le négatif du vrai écrivain qui est un répertoire moqueur des clichés qui forment en effet le réel. Écrire le cliché pour l'écrivain, c'est accepter son double et s'en détacher.

NOUVELLES

AVERTISSEMENT

Les récits réunis dans cette édition ont été l'objet, de la part de Gautier, de publications dispersées et nombreuses ; assez vite leur texte s'est stabilisé. Ce moment coïncide le plus souvent avec les grands regroupements constitués par Gautier lui-même (*Nouvelles*, 1845 et 1856 ; *Romans et Contes*, 1863 ; *La Peau de tigre*, 1866). Auparavant, le texte demeure variable, mais les modifications n'ont pas été reprises dans leur ensemble ; beaucoup sont mineures et relèvent de la typographie. On ne trouvera donc ici qu'un choix de variantes. Nous nous sommes efforcés de suivre le dernier texte préparé par Gautier, mais ce n'est pas toujours le meilleur : de nouvelles fautes apparaissent dans les dernières éditions, et le recours aux éditions précédentes permet de les corriger. Et il reste chez Gautier et ses éditeurs postérieurs des coquilles que nous n'avons pas respectées.

LA CAFETIÈRE

Conte fantastique

Ce premier texte a été publié le 4 mai 1831 dans *Le Cabinet de lecture*, étrange journal fourre-tout, volontiers adonné à la piraterie des textes, auquel Gautier a confié des poèmes et des proses fantaisistes (voir sur cette collaboration l'article de Patrick Berthier), c'est sa première nouvelle fantastique, peut-être son premier récit de prose publié. Gautier sans doute craignait que ce premier essai révélât de la maladresse narrative et stylistique : c'est de loin la plus rééditée de ses nouvelles et la plus corrigée ; nous ne donnons ici que les plus importants de ces remaniements.

Première et décisive, *La Cafetière* est à la fois riche en emprunts et en sources, et définitivement originale : dès son premier coup Gautier trouve tous ses thèmes, et rien ne va beaucoup changer dans l'organisation profonde de son fantastique : un décor atemporel, le retour de la jeune morte, la réanimation du passé, des instants d'amour et de bonheur extatiques goûtés hors du monde, dans l'univers autre du rêve ou d'une sorte de rêve, le rôle des portraits qui vivent, de la musique qui emporte vertigineusement ailleurs, le réveil qui est une chute dans le réel, le thème du jeune artiste (séparé de ses compagnons plus vulgaires), le thème de la danseuse, le plus essentiel peut-être, car Angela annonce les *Willis* et aussi Carlotta Grisi, la danseuse par excellence, qui est par nature aux limites du fantastique et du réel. La danseuse, c'est la femme, c'est la femme surnaturelle, à la fois vivante et idéale ; en elle se résument l'esthétique et le fantastique.

Aussi le fantastique, songe d'amour, de désir, de beauté et de mort, illusion d'une vérité plus fondamentale que toute réalité, peut-il se réduire à la danse, à l'apparition de la danseuse : en 1837 la nouvelle de Nodier, *Inès de las Sierras*, semble la synthèse de cette rêverie sur la danseuse fantastique, que *Giselle* quelques années plus tard renouvelle ; et dans *Émaux et Camées* Gautier publiera un poème dédié à « Inès de las Sierras », la danseuse, « fantôme charmant », « sinistre et belle à rendre fou », « dansant un poignard dans le cœur », « Est-ce un fantôme ? Est-ce une femme ? / Un rêve, une réalité, / Qui scintille comme une flamme / Dans un tourbillon de beauté ? » Encore dans *Jettatura* nous trouvons la danseuse qui meurt sur scène, l'embrasement mortel d'une sylphide. Et puis ce premier texte est marqué par toutes les formes du dédoublement : dualité des tons, burlesque et désespéré, dualité des situations, entre le rêve et la veille, l'animé et l'inanimé, entre le pressentiment et la réalité, le temps jadis et l'aujourd'hui réel, dualité des êtres, morte/vivante, cafetière/jeune fille, jeune rapin et amant d'une morte.

Pour ce thème de l'animation des choses, en particulier de la double nature des objets qui peuvent devenir des êtres, Gautier pouvait puiser dans Hoffmann *passim* ; il reviendra à cette imagerie dans *Albertus*. L'étrange vie de la vaisselle et du mobilier ferait penser au *Casse-noisette* avec insistance : mais ce conte d'Hoffmann n'était pas traduit quand Gautier a écrit son premier récit. Tant de descriptions romantiques en outre présentent les objets purs et simples comme doués d'une intention et d'une vie latente.

D'Hoffmann vient aussi l'alliance du burlesque et de l'idéal et l'idée sous-jacente, dès ce premier essai, que l'état fantastique et esthétique, cet instant d'extase et de bonheur absolu, est périlleux ; la danse est fatale : Angela, dès qu'elle trouve un danseur, renouvelle son plaisir et sa mort.

Une étude de P. Whyte[1] a indiqué sans erreur possible deux sources de *La Cafetière* : d'abord W. Scott, dans un de ses récits fantastiques, *La chambre tapissée* (*The Tapestried Chamber*) ; c'est l'histoire (qui peut annoncer aussi *Omphale*) d'un hôte arrivé dans un vieux château et que l'on fait dormir dans une chambre au mobilier antique, aux murs recouverts de tapisseries ; il est réveillé et terrifié par l'apparition d'une femme abominable vêtue à la mode de sa grand-mère : la chambre est en effet hantée par une criminelle d'autrefois qui s'y trouve représentée dans un tableau. Dans *Les contes d'un voyageur par Geoffroy-Crayon*, de

---

1   « Deux emprunts de Gautier à W. Irving », *Revue de littérature comparée*, vol. XXXVIII, n°4, 1964. Le récit de W. Scott a été traduit en 1820 dans le tome CXLV de ses *Œuvres complètes*.

W. Irving traduits de l'anglais à trois reprises en 1825, Gautier a trouvé
quelque chose de plus immédiatement utilisable : dans « L'aventure de
mon oncle » d'abord, une autre histoire d'hospitalité dans une chambre
hantée par une femme qui s'y trouve encore en effigie, c'est un tableau
du XVIIᵉ siècle, et l'aventure (qui n'est pas racontée) remonte à la Fronde ;
dans « Le hardi dragon », on a le même point de départ : une auberge
à Bruges, une vieille chambre à l'ameublement bizarre, disparate et
tout abîmé ; le soldat qui accepte de l'occuper assiste à une fête musicale et dansante que se donnent les objets ; le soufflet est utilisé par un
musicien mystérieux, les fauteuils dansent avec les chaises, les pincettes
avec la pelle ; ils dansent un menuet, des danses populaires, une valse,
sauf une armoire qui se contente de faire des révérences ; le dragon leur
fait jouer une chanson irlandaise et invite l'armoire à danser. Alors la
vision s'évanouit, le musicien disparaît par la cheminée, les meubles
reviennent à leur place et le dragon est retrouvé assis sur le plancher
tenant les poignées arrachées de l'armoire, elle-même est renversée ;
c'est d'ailleurs le bruit de sa chute qui a réveillé l'auberge et attiré tout
le monde. On apprend que le dernier locataire de la chambre était une
sorte de jongleur ambulant qui y est mort.

L'histoire est plutôt burlesque et les événements fantastiques y sont
dépourvus de toute signification symbolique ou romanesque[1]. D'emblée,
malgré cette docilité au modèle, Gautier développe son propre thème :
l'étrange, dont il reprend les événements et les détails (le menuet dans
Irving par exemple est accéléré) doit recevoir sa propre motivation
personnelle. Ajoutons qu'un troisième récit d'Irving, « L'aventure du
tableau mystérieux » rejoint les récits de Gautier : le narrateur fasciné
par un portrait qui le regarde et qu'il ne peut éviter, malgré son horreur, de contempler ou d'imaginer dans l'obscurité, est soumis à cette
influence effrayante et tout le récit, fort long, va expliciter les origines
du pouvoir du portrait.

---

1   Voir encore sur cette nouvelle l'étude de M.-Cl. Amblard, « *Les Contes fantastiques* de
    Nerval » dans *Revue de littérature comparée*, avril-juin 1972, qui revient sur l'attribution
    nervalienne d'un certain nombre de récits, dont « Le cauchemar d'un mangeur » et « Soirée
    d'automne » que Jean Richer avait antérieurement « restitués » à Gautier (*cf.* « Restitution
    à Th. Gautier de deux contes attribués à Nerval » dans *Revue de littérature comparée*, nᵒ 35,
    1961) ; les textes disputés sont en fait des adaptations de W. Irving comme *La Cafetière ;*
    Mme Amblard conteste l'attribution à Gautier et relève que Nerval a certainement connu
    La Cafetière.

Sans cesse rééditée, et sans cesse remaniée, la nouvelle a donc connu beaucoup de retouches ; l'une des corrections essentielles a été le découpage du texte ; d'abord il est présenté sans coupures et sans chapitres ; ensuite Gautier travaille sans arrêt à aérer la disposition, à multiplier les alinéas, à abréger les phrases. Le fantastique exige sans doute une narration rompue, où l'événement trouve toute sa force d'étrangeté et de surprise. *Du Cabinet de lecture* du 4 mai 1831 (texte A), qui la publie pour la première fois sous la signature de J. Théophile Gautier, la nouvelle passe au *Keepsake français, souvenirs de littérature contemporaine*, chez L. Janet, 1834 (texte B), puis au *Fruit défendu* (texte C), volume 3, 1842, ouvrage collectif où Gautier figure avec Esquiros, Balzac, Ourliac, Janin, Houssaye ; elle revient dans *La Revue pittoresque* (texte D) du 20 juillet 1849, dans *La Peau de tigre*, H. Souverain, 1852 (texte E) sous le titre d'*Angéla*, et dans la réédition du même ouvrage de 1866, chez Michel Lévy (texte F) avec son premier titre, mais sans épigraphe. Elle figure enfin dans la réédition des *Jeunes-France*, Charpentier, 1873, parmi les *Contes humoristiques*.

LA CAFETIÈRE[a]

> J'ai vu sous de sombres voiles
> Onze étoiles,
> La lune, aussi le soleil,
> Me faisant la révérence,
> En silence,
> Tout le long de mon sommeil.
> *La vision de Joseph*[b].

I

L'année dernière, je[c] fus invité, ainsi que deux de mes camarades d'atelier, Arrigo Cohic et Pedrino Borgnioli[d] à passer quelques jours dans une terre au fond de la Normandie.

Le temps, qui, à notre départ, promettait d'être superbe, s'avisa de changer tout à coup, et il tomba tant de pluie, que les chemins creux où nous marchions étaient comme le lit d'un torrent.

Nous enfoncions dans la bourbe jusqu'aux genoux, une couche épaisse de terre grasse s'était attachée aux semelles de nos bottes, et par sa pesanteur ralentissait tellement nos pas que nous n'arrivâmes au lieu de notre destination qu'une heure après le coucher du soleil.

Nous étions harassés ; aussi, notre hôte, voyant les efforts que nous faisions pour comprimer nos bâillements et tenir les yeux ouverts, aussitôt que nous eûmes soupé, nous fit conduire chacun dans notre chambre.

La mienne était vaste ; je sentis, en y entrant, comme un frisson de fièvre, car il me sembla que j'entrais dans un monde nouveau.

En effet, l'on aurait pu se croire au temps de la Régence, à voir les dessus de porte de Boucher représentant les quatre Saisons, les meubles surchargés d'ornements de rocaille du plus mauvais goût, et les trumeaux des glaces sculptés lourdement[e].

Rien n'était dérangé. La toilette couverte de boîtes à peignes, de houppes à poudrer, paraissait avoir servi la veille[f]. Deux ou trois robes de couleurs changeantes, un éventail semé de paillettes d'argent, jonchaient le parquet bien ciré, et, à mon grand étonnement, une tabatière d'écaille ouverte sur la cheminée était pleine de tabac encore frais[g].

Je ne remarquai ces choses qu'après que le domestique, déposant son bougeoir sur la table de nuit, m'eut souhaité un bon somme, et, je l'avoue, je commençai à trembler comme la feuille. Je me déshabillai promptement, je me couchai, et, pour en finir avec ces sottes frayeurs, je fermai bientôt les yeux en me tournant du côté de la muraille.

Mais il me fut impossible de rester dans cette position : le lit s'agitait sous moi comme une vague[h], mes paupières se retiraient violemment en arrière. Force me fut de me retourner et de voir.

Le feu qui flambait jetait des reflets rougeâtres dans l'appartement, de sorte qu'on pouvait sans peine distinguer les personnages de la tapisserie et les figures des portraits enfumés pendus à la muraille.

C'étaient les aïeux de notre hôte, des chevaliers bardés de fer, des conseillers en perruque, et de belles dames au visage fardé et aux cheveux poudrés à blanc, tenant une rose à la main.

Tout à coup le feu prit un étrange degré d'activité ; une lueur blafarde illumina la chambre, et je vis clairement que ce que j'avais pris pour de vaines peintures était la réalité ; car les prunelles de ces êtres encadrés remuaient, scintillaient d'une façon singulière ; leurs lèvres s'ouvraient et se fermaient comme des lèvres de gens qui parlent, mais je n'entendais rien que le tic-tac de la pendule et le sifflement de la bise d'automne.

Une terreur insurmontable s'empara de moi, mes cheveux se hérissèrent sur mon front[i], mes dents s'entre-choquèrent à se briser, une sueur froide inonda tout mon corps.

La pendule sonna onze heures. Le vibrement du dernier coup retentit longtemps, et, lorsqu'il fut éteint tout à fait…

Oh ! non, je n'ose pas dire ce qui arriva, personne ne me croirait, et l'on me prendrait pour un fou[j].

Les bougies s'allumèrent toutes seules ; le soufflet, sans qu'aucun être visible lui imprimât le mouvement, se prit à souffler le feu, en râlant comme un vieillard asthmatique, pendant que les pincettes fourgonnaient dans les tisons et que la pelle relevait les cendres.

Ensuite une cafetière se jeta en bas d'une table où elle était posée, et se dirigea, clopin-clopant, vers le foyer, où elle se plaça entre les tisons[k].

Quelques instants après, les fauteuils commencèrent à s'ébranler, et, agitant leurs pieds tortillés d'une manière surprenante, vinrent se ranger autour de la cheminée.

II

Je ne savais que penser de ce que je voyais ; mais ce qui me restait à voir était encore bien plus extraordinaire.

Un des portraits, le plus ancien de tous, celui d'un gros joufflu à barbe grise, ressemblant, à s'y méprendre, à l'idée que je me suis faite du vieux sir John Falstaff[1], sortit, en grimaçant, la tête de son cadre, et, après de grands efforts, ayant fait passer ses épaules et son ventre rebondi entre les ais étroits de la bordure, sauta lourdement par terre.

Il n'eut pas plutôt pris haleine, qu'il tira de la poche de son pourpoint une clef d'une petitesse remarquable ; il souffla dedans pour s'assurer si la forure[m] était bien nette, et il l'appliqua à tous les cadres les uns après les autres.

Et tous les cadres s'élargirent de façon à laisser passer aisément les figures qu'ils renfermaient.

Petits abbés poupins, douairières sèches et jaunes, magistrats à l'air grave ensevelis dans de grandes robes noires, petits-maîtres en bas de soie, en culotte de prunelle, la pointe de l'épée en haut, tous ces personnages présentaient un spectacle si bizarre, que, malgré ma frayeur, je ne pus m'empêcher de rire[n].

Ces dignes personnages s'assirent ; la cafetière sauta légèrement[o] sur la table. Ils prirent le café dans des tasses du Japon blanches et bleues, qui accoururent spontanément de dessus un secrétaire, chacune d'elles munie[p] d'un morceau de sucre et d'une petite cuiller d'argent.

Quand le café fut pris, tasses, cafetière et cuillers disparurent à la fois, et la conversation commença, certes la plus curieuse que j'aie jamais ouïe, car aucun de ces étranges causeurs ne regardait l'autre en parlant : ils avaient tous les yeux fixés sur la pendule[q].

Je ne pouvais moi-même en détourner mes regards et m'empêcher de suivre l'aiguille, qui marchait vers minuit à pas imperceptibles.

Enfin, minuit sonna ; une voix, dont le timbre était exactement celui de la pendule, se fit entendre et dit :

— Voici l'heure, il faut danser.

Toute l'assemblée se leva. Les fauteuils se reculèrent de leur propre mouvement ; alors, chaque cavalier prit la main d'une dame, et la même voix dit :

— Allons, messieurs de l'orchestre, commencez !

J'ai oublié de dire que le sujet de la tapisserie était un concerto italien d'un côté, et de l'autre une chasse au cerf où plusieurs valets donnaient[r] du cor. Les piqueurs et les musiciens, qui, jusque-là, n'avaient fait aucun geste, inclinèrent la tête en signe d'adhésion.

Le maestro leva sa baguette, et une harmonie vive et dansante s'élança des deux bouts de la salle. On dansa d'abord le menuet.

Mais les notes rapides de la partition exécutée par les musiciens s'accordaient mal avec ces graves révérences : aussi chaque couple de danseurs, au bout de quelques minutes, se mit à pirouetter, comme une toupie d'Allemagne. Les robes de soie des femmes, froissées dans ce tourbillon dansant, rendaient des sons d'une nature particulière ; on aurait dit le bruit d'ailes d'un vol de pigeons. Le vent qui s'engouffrait par-dessous les gonflait prodigieusement, de sorte qu'elles avaient l'air de cloches en branle.

L'archet des virtuoses passait si rapidement sur les cordes, qu'il en jaillissait des étincelles électriques. Les doigts des flûteurs se haussaient et se baissaient comme s'ils eussent été de vif-argent ; les joues des piqueurs étaient enflées comme des ballons, et tout cela formait un déluge de notes et de trilles si pressés et de gammes ascendantes et descendantes si entortillées, si inconcevables[s], que les démons eux-mêmes n'auraient pu deux minutes suivre une pareille mesure.

Aussi, c'était pitié de voir tous les efforts de ces danseurs[r] pour rattraper la cadence. Ils sautaient, cabriolaient, faisaient des ronds de jambe, des jetés battus et des entrechats de trois pieds de haut, tant que la sueur, leur coulant du front sur les yeux, leur emportait les mouches et le fard[u]. Mais ils avaient beau faire, l'orchestre les devançait toujours de trois ou quatre notes.

La pendule sonna une heure ; ils s'arrêtèrent. Je vis quelque chose qui m'était échappé : une femme qui ne dansait pas.

Elle était assise dans une bergère au coin de la cheminée, et ne paraissait pas le moins du monde prendre part à ce qui se passait autour d'elle.

Jamais, même en rêve, rien d'aussi parfait ne s'était présenté à mes yeux ; une peau d'une blancheur éblouissante, des cheveux d'un blond cendré, de longs cils et des prunelles bleues, si claires et si transparentes, que je voyais son âme à travers aussi distinctement qu'un caillou au fond d'un ruisseau.

Et je sentis que, si jamais il m'arrivait d'aimer quelqu'un, ce serait elle[v]. Je me précipitai hors du lit, d'où jusque-là je n'avais pu bouger, et je me dirigeai vers elle, conduit par quelque chose qui agissait en moi sans que je pusse m'en rendre compte ; et je me trouvai à ses genoux, une de ses mains dans les miennes, causant avec elle comme si je l'eusse connue depuis vingt ans.

Mais, par un prodige bien étrange, tout en lui parlant, je marquais d'une oscillation de tête la musique qui n'avait pas cessé de jouer ; et, quoique je fusse au comble du bonheur d'entretenir une aussi belle personne, les pieds me brûlaient de danser avec elle.

Cependant je n'osais lui en faire la proposition. Il paraît qu'elle comprit ce que je voulais, car, levant vers le cadran de l'horloge la main que je ne tenais pas :

– Quand l'aiguille sera là, nous verrons, mon cher Théodore[w].

Je ne sais comment cela se fit, je ne fus nullement surpris de m'entendre ainsi appeler par mon nom, et nous continuâmes à causer. Enfin, l'heure indiquée sonna, la voix au timbre d'argent vibra encore dans la chambre et dit :

– Angéla[x], vous pouvez danser avec monsieur, si cela vous fait plaisir, mais vous savez ce qui en résultera.

– N'importe, répondit Angéla d'un ton boudeur.

Et elle passa son bras d'ivoire autour de mon cou.

– *Prestissimo !* cria la voix.

Et nous commençâmes à valser[y]. Le sein de la jeune fille touchait ma poitrine, sa joue veloutée effleurait la mienne, et son haleine suave flottait sur ma bouche.

Jamais de la vie je n'avais éprouvé une pareille émotion ; mes nerfs tressaillaient comme des ressorts d'acier, mon sang coulait[z] dans mes artères en torrent de lave, et j'entendais battre mon cœur comme une montre accrochée à mes oreilles.

Pourtant cet état n'avait rien de pénible. J'étais inondé d'une joie ineffable et j'aurais toujours voulu demeurer ainsi, et, chose remarquable, quoique l'orchestre eût triplé de vitesse, nous n'avions besoin de faire aucun effort pour le suivre.

Les assistants, émerveillés de notre agilité, criaient bravo, et frappaient de toutes leurs forces dans leurs mains, qui ne rendaient aucun son.

Angéla, qui jusqu'alors avait valsé avec une énergie et une justesse surprenantes, parut tout à coup se fatiguer ; elle pesait sur mon épaule comme si les jambes lui eussent manqué ; ses petits pieds, qui, une minute auparavant, effleuraient le plancher, ne s'en détachaient que lentement, comme s'ils eussent été chargés d'une masse de plomb.

– Angéla, vous êtes lasse, lui dis-je, reposons-nous.

– Je le veux bien, répondit-elle en s'essuyant le front avec son mouchoir. Mais, pendant que nous valsions, ils se sont tous assis ; il n'y a plus qu'un fauteuil, et nous sommes deux.

– Qu'est-ce que cela fait, mon bel ange ? Je vous prendrai sur mes genoux.

III

Sans faire la moindre objection, Angéla s'assit, m'entourant de ses bras comme d'une écharpe blanche, cachant sa tête dans mon sein pour se réchauffer un peu, car elle était devenue froide comme un marbre.

Je ne sais pas combien de temps nous restâmes dans cette position, car tous mes sens étaient absorbés dans la contemplation de cette mystérieuse et fantastique créature[aa].

Je n'avais plus aucune idée de l'heure ni du lieu ; le monde réel n'existait plus pour moi, et tous les liens qui m'y attachent étaient rompus[ab] ; mon âme, dégagée de sa prison de boue, nageait dans le vague et l'infini ; je comprenais ce que nul homme ne peut comprendre, les pensées d'Angéla se révélaient à moi sans qu'elle eût besoin de parler ; car son âme brillait dans son corps comme une lampe d'albâtre, et les rayons partis de sa poitrine perçaient la mienne de part en part.

L'alouette chanta, une lueur pâle se joua sur les rideaux.

Aussitôt qu'Angéla l'aperçut, elle se leva précipitamment, me fit un geste d'adieu, et, après quelques pas, poussa un cri et tomba de sa hauteur.

Saisi d'effroi, je m'élançai pour la relever… Mon sang se fige rien que d'y penser : je ne trouvai rien que la cafetière brisée en mille morceaux.

À cette vue, persuadé que j'avais été le jouet de quelque illusion diabolique, une telle frayeur s'empara de moi, que je m'évanouis.

IV

Lorsque je repris connaissance, j'étais dans mon lit; Arrigo Cohic et Pedrino Borgnioli se tenaient debout à mon chevet.

Aussitôt que j'eus ouvert les yeux, Arrigo s'écria:

— Ah! ce n'est pas dommage[ac]! Voilà bientôt une heure que je te frotte les temps d'eau de Cologne. Que diable as-tu fait cette nuit? Ce matin, voyant que tu ne descendais pas, je suis entré dans ta chambre, et je t'ai trouvé tout du long étendu par terre, en habit à la française, serrant dans tes bras un morceau de porcelaine brisée, comme si c'eût été une jeune et jolie fille[ad].

— Pardieu! C'est l'habit de noce de mon grand-père, dit l'autre[ae] en soulevant une des basques de soie fond rose à ramages verts. Voilà les boutons de strass et de filigrane qu'il nous vantait tant. Théodore l'aura trouvé dans quelque coin et l'aura mis pour s'amuser[af]. Mais à propos de quoi t'es-tu trouvé mal? ajouta Borgnioli. Cela est bon pour une petite maîtresse qui a des épaules blanches; on la délace, on lui ôte ses colliers, son écharpe, et c'est une belle occasion de faire des minauderies[ag].

— Ce n'est qu'une faiblesse qui m'a pris; je suis sujet à cela, répondis-je sèchement.

Je me levai, je me dépouillai de mon ridicule accoutrement.

Et puis l'on déjeuna.

Mes trois camarades mangèrent beaucoup et burent encore plus; moi, je ne mangeais presque pas, le souvenir de ce qui s'était passé me causait d'étranges distractions.

Le déjeuner fini, comme il pleuvait à verse, il n'y eut pas moyen de sortir; chacun s'occupa comme il put. Borgnioli tambourina des marches guerrières sur les vitres; Arrigo et l'hôte firent une partie de dames; moi, je tirai de mon album un carré de vélin, et je me mis à dessiner.

Les linéaments presque imperceptibles tracés par mon crayon, sans que j'y eusse songé le moins du monde, se trouvèrent représenter avec la plus merveilleuse exactitude la cafetière qui avait joué un rôle si important dans les scènes de la nuit[ah].

— C'est étonnant comme cette tête ressemble à ma sœur Angéla, dit l'hôte, qui, ayant terminé sa partie, me regardait travailler par-dessus mon épaule.

En effet, ce qui m'avait semblé tout à l'heure une cafetière était bien réellement le profil doux et mélancolique d'Angéla[ai].

— De par tous les saints du paradis ! est-elle morte ou vivante ? m'écriai-je d'un ton de voix tremblant, comme si ma vie eût dépendu de sa réponse.

— Elle est morte, il y a deux ans, d'une fluxion de poitrine à la suite d'un bal.

— Hélas ! répondis-je douloureusement.

Et, retenant une larme qui était près de tomber, je replaçai le papier dans l'album[aj].

Je venais de comprendre qu'il n'y avait plus pour moi de bonheur sur la terre !

ONUPHRIUS

Ou les vexations fantastiques
d'un admirateur d'Hoffmann

NOTICE

Onuphrius est fâcheusement proche d'« Olibrius », le nom même du héros qui sert de titre à la nouvelle semble le vouer aux malheurs grotesques, aux disgrâces ridicules, aux illusions naïves ; la finale en *us* qui rend plus étrange encor le prénom Onuphre a je ne sais quoi de pédant, de « germanique », mais aussi de romantique : il fait penser à *Petrus* Borel, à *Aloysius* Bertrand, *Albertus* (titre d'un poème de Gautier), à la passion des Romantiques pour le pseudonyme ou la réécriture de leur patronyme en vocable à consonance étrangère ; et cet Ingénu du romantisme, qui y croit, qui croit donc au fantastique puisque le romantisme, c'est le fantastique, renvoie aussi d'emblée le lecteur à l'*étudiant* hoffmannesque, comme Anselme du *Vase d'or*, héros ambigu de tous les grands et petits échecs, persécuté par la vie quotidienne, livré aux grotesques, plus grotesque que les grotesques, mais enfin vainqueur, récompensé par la possession de l'idéal et entré tout vivant au royaume de la poésie.

Mais Onuphrius est traité beaucoup plus mal : il ne parvient à rien sinon à la folie délirante. Il est d'abord le héros d'une satire littéraire, qui s'en prend au genre fantastique, qui est ici présenté comme tel, offert au lecteur dans une anthologie outrancière de tous les thèmes, et il est donné pour ce qu'il est, une littérature, des livres, des images, des clichés auxquels, comme Don Quichotte pour le romanesque, Onuphrius a d'abord la folie de croire dur comme fer. Satire de la mode littéraire saisie dans les ravages qu'elle engendre, le récit de Gautier est

profondément marqué par son appartenance au recueil des *Jeunes-France,
romans goguenards* (août 1833), dont Gautier devait dire, qu'ils « *furent
mes précieuses ridicules*[1] », si bien que sa présence parmi des récits fantastiques est peut-être discutable. P.-G. Castex, par exemple, lui conteste
la qualité de « fantastique[2] » ; récit au second degré, il ne raconte que les
aventures d'un *imitateur* des récits fantastiques, comme on s'est moqué
au XVIIe siècle des imitateurs de *L'Astrée* ; les interventions du surnaturel,
les malices et farces du diable ne sont-elles pas renvoyées explicitement
aux obsessions, hallucinations, catalepsies, somnambulismes, fièvre,
délires et illusions du héros qui s'est mis à vivre la littérature et à la
confondre avec la réalité et du coup se réduit à un diagnostic médical ?

En tout cas dans le recueil qui allégorise dans des personnages et des
sketchs les grandes tendances de l'école, ses genres, ses thèmes, ses succès
(le roman moyen-âge, le drame moderne, la passion, la révolte, l'orgie),
la nouvelle qui représente *le fantastique* montre bien que pour Gautier
il est consubstantiel à la nouvelle littéraire. Alors il s'agit « d'un conte
fantastique qui parodie le genre » (Peter Whyte), de « l'exploration des
conventions du fantastique et leur mise à distance par l'ironie afin de
permettre au très jeune écrivain de trouver sa voie » (Pascale Mc Garry) :
ainsi le fantastique *goguenard* se moque du fantastique mais n'en est pas
moins fantastique. Comment comprendre cette ironie ?

Onuphrius fait partie de la tradition des satires littéraires sous formes
de récits en prose ou en vers. Sa genèse[3] en fait un épisode de l'histoire
du Cénacle romantique : la passion de l'art est devenue folie de l'art, la
manie littéraire porte au cerveau du « *romantique forcené* » qui en est le
héros ; mais la « bataille romantique » est menée sur deux fronts, contre
les ennemis classiques ou les amis dont les excès sont compromettants,
la satire est double, nécessairement ; le romantique s'exprime en se
moquant de lui-même, en bafouant ses propres folies : en dénonçant le
conformisme qui menace toujours les révoltes et qui dénature toujours
aussi l'acte littéraire.

En avril 1833 Les *Jeunes-France* sont annoncés comme un « Décaméron
fashionable », le livre ne sera publié qu'en août 1833. Mais le projet de
Gautier a été précédé d'un projet collectif qui aurait réuni le Cénacle

---

1   *Cf.* Boschot, *op. cit.*, p. 37.
2   *Le Conte fantastique en France* [...], p. 232.
3   *Cf.* R. Jasinski, *Les Années romantiques de Th. Gautier*, chap. V.

tout entier, ce sont les *Contes du Bousingo par une camaraderi*e dont on connaît au moins deux récits : *La Main de gloire, histoire macaronique* de Nerval, paru dans *Le Cabinet de lecture* du 24 septembre 1832 (puis en 1852 sous le titre de *La main enchantée*) et *Onuphrius Wphly*, publié par *La France littéraire* en août 1832, puis sous le titre *L'homme vexé, Onuphrius Wphly* dans *Le Cabinet de lecture* du 4 octobre 1832 avec la mention : « deuxième extrait des *Contes du Bousingo* qui seront publiés très prochainement » ; en décembre le recueil est encore annoncé dans la seconde édition des *Rhapsodies* de P. O'Neddy. Onuphrius était alors nanti d'un nom farcesque, une syllabe imprononçable à caractère vaguement anglais.

Mais au début de 1833 le Cénacle est en train de se dissoudre : la nouvelle va avoir une autre destination, moyennant une « volte-face », comme l'a dit René Jasinski[1]. Le conte devient « goguenard » c'est-à-dire plus systématiquement ironique : il fait partie d'un recueil de satire littéraire, il devient parodique et le héros est moins nettement un « artiste » malheureux et bafoué et plus évidemment un maniaque de littérature et un intoxiqué de romantisme, il incarne *un* romantisme.

Quand le romantique est satirique, il pratique une stratégie de désorientation générale, il est de tous les côtés à la fois ; Gautier s'identifie à tous les personnages, il est bien prêt de donner raison ou plutôt tort à tout le monde ; le romantisme n'étant pas sérieux, donc systématique, se moque de toutes les démarches, fussent-elles romantiques, impliquant une vision cohérente, raisonnée, morale, et son jeu est de les entrechoquer. Il est goguenard, toujours goguenard, goguenard en soi : il affirme et nie, attaque et respecte, loue et blâme. Il n'est jamais d'un côté seulement, il ne se range pas du côté du réel ni du côté de l'idéal, du côté de l'artiste ou du bourgeois ; tournoyant et double, il ne peut se résumer à une thèse. Il se moque de tout et de lui-même, et il est *le seul* à pouvoir s'attaquer et se railler. Refusant la nature exclusive de la pensée ordinaire, le romantisme saisit toute vérité comme équivoque et double, comme paradoxe ou ironie ; à propos d'un livre hyper-romantique et violemment antiromantique de Janin, *L'Âne mort et la femme guillotinée*, Arsène Houssaye a dit avec profondeur, que c'était « un chef-d'œuvre étrange, [...] à la fois l'âme et la raillerie de la littérature romantique ». La *raillerie* fait partie de

---

1   *Op. cit.*, p. 236.

l'affirmation de l'âme. Maxime du Camp devait dire de Gautier, « il ne s'est guère gêné pour se railler des excentricités qu'il était le premier à ne point se refuser » : il ne pouvait les affirmer sans les nier, si elles n'avaient pas contenu leur critique, elle seraient devenues une folie, ou une vérité-système, une rationalité bourgeoise. Déraison et raison : ni l'une ni l'autre, *séparées*, ne sont romantiques. Elles le sont toutes les deux, si elles sont unies, fondues, confondues, interchangeables. Le sens implique la dérision du sens.

René Jasisnski a eu raison de dire : « le propre des grandes satires est de vivre par elles-mêmes. Les *Jeunes-France* dépassent leur objet[1] », la parodie du fantastique est aussi fantastique, et elle a sa vérité ; *Le Figaro* du 7 septembre 1833 a écrit, « *Onuphrius* est un conte fantastique, soit, mais c'est un conte admirable, c'est un feuillet déchiré du grand livre des misères humaines et non pas des lambeaux d'Hoffmann maladroitement cousus ». Et un fou peut avoir raison, et l'artiste est proche de la folie : c'est par là qu'il est un artiste et pas un journaliste. Un artiste incomplet, ou mutilé certes, un artiste fou parce qu'il ne voit qu'un côté des choses, l'idéal, ou l'idée, ou le monde de l'écrit ; mais celui qui écrit *Onuphrius* n'est pas Onuphrius, il sait qu'il n'y a pas de vérité pure et sans mélange, de lumière sans ombre, d'envers sans endroit, de positif sans négatif, d'idéalisme sans comique ; il sait que l'outrance peut être véridique : *L'Europe littéraire* du 22 septembre 1833 dit excellemment que les *Jeunes-France* sont « la charge d'une charge, la caricature d'une caricature ». Par un effet de redressement, l'erreur hyperbolique présente un correctif.

Le « plus singulier des fous » est aussi le « plus grand des poètes ». Ou il aurait pu l'être. Le récit tout entier est marqué par la même ambiguïté, la même hésitation *ironique*[2] : c'est un conte fantastique qui prend le fantastique comme objet, qui est écrit contre et pour le fantastique. Le Romantique est guetté par deux périls : devenir un bourgeois, devenir fou ; d'un côté le romantisme infidèle à son esprit se dénature en mode, en virtuosité du savoir faire, en clichés copiables par le premier venu ; de l'autre il se prend au sérieux, il devient *absolu* et se dégrade en conduite *vécue*, il confond l'art et de la réalité, l'imagination et la folie.

---

1   *Cf. op. cit.*, p. 159.
2   *Cf. Le Figaro*, 7 sept. 1833 : « une histoire dévergondée, mais d'un dévergondage ironique et byronien ».

En ce sens le romantique n'a jamais fini d'exorciser le romantisme, de mener avec lui-même la lutte avec l'ange, pour esquiver la chute dans l'objectivité d'une thématique toute faite, conserver sa relation vivante avec la subjectivité individuelle, et aussi pour conjurer l'Absolu, le tenir à distance, ou le relativiser, pour sauver par cette maîtrise la possibilité de lui donner une expression esthétique et formelle. Onuphrius est une Emma Bovary des années 30 et un petit romantique bohème et raté. Au même titre que la passion, l'imagination et donc le fantastique relèvent du Sujet romantique.

Nous avons donc la satire de l'artiste et aussi un plaidoyer en sa faveur. En 1832 Gautier écrit à l'actrice Mélanie Waldor à propos de son conte, « quoique fantastique je ne pense pas que cela soit déplacé même dans le plus grave recueil : il y a une idée philosophique dessous[1] ». Le récit en effet est soutenue par une sorte de nécessité, de fatalité des évènements, qui constitue une tentative d'explication du désastre d'un artiste[2] : « il n'y avait guère moyen que sa cervelle en réchappât » ; mais le texte « goguenard » ne propose pas des choix simples et univoques : Onuphrius est-il victime du diable, d'Hoffmann, du romantisme, de lui-même ? Des clichés littéraires ? De la littérature ? Il serait alors le premier d'une longue série de victimes : le thème traverse le siècle, irrigue le roman, modifie profondément le héros et l'héroïne. Le risque de folie est-il inhérent à la création littéraire[3] ? Et n'oublions pas que le texte a changé de destination, qu'il est passé d'un recueil à un autre, que les variantes sont importantes : elles accentuent la portée satirique et critique, et aussi la portée dramatique : tout se passe comme si l'artiste raté restait l'artiste, comme si dans le défaut, il y avait une qualité, comme si le danger de la folie était à la fois mis à distance et refusé tout en étant admis et comme justifié.

Portrait de l'artiste, le récit est un autoportrait : Onuphrius a l'âge de Gautier, habite le même quartier, est peintre et poète, compose dans sa tombe un poème de Gautier lui-même ; Onuphrius est un semblable, un frère. Ce qui le sépare dans la solitude permanente qui est la sienne et que sa folie consacre, c'est une forme d'excès. Héros bafoué, héros du

---

1   Cor G I 231, 26 juillet 1832.
2   *Cf.* P. Mc Garry énumère trois explications : la folie, le diable (le fantastique), le romantisme. Toutes vraies ensemble ; le mot de P.-G. Castex, *op. cit.*, p. 222-223 : chez Gautier, « le goût du surnaturel est lié chez lui à un développement excessif de la vie intérieure ».
3   *Cf.* Pasi, p. 99.

guignon, héros puéril, Onuphrius est un héros par son grotesque, par cet autre Moi en lui qui est son désir d'échec, sa tentation, son excès ; la folie est l'excès du génie. Vis-à-vis du bourgeois, l'artiste fou a sans doute raison : d'être artiste et même d'être fou. La nouvelle se termine par le classement statistique des fous selon les normes du médecin alié-niste : texte de fou ou d'imbécile. Comme le fantastique (ainsi le paysage parisien final) n'est que le paroxysme de la vision, la déformation qui prolonge le réel vers son au-delà, son invisible.

Le récit est bien fantastique et finalement fidèle au point de vue d'Onuphrius : il raconte bien une persécution diabolique et un cauchemar, l'épisode central, qui renvoie à *Smarra* de Nodier, « le cauchemar lui avait mis le genou sur l'estomac », récit d'un rêve qui rend fou et dont le héros se réveille mais ne se guérit jamais ; les vexations sont classées et progressent des menues persécutions diaboliques à une perversion du temps et de l'espace, pour parvenir à cet onirisme cauchemardesque et consternant, puis à une expérience de dédoublement et de dépossession de soi, qui se conclut par le délire et la mort. Et à chaque étape le récit se garde bien de désavouer totalement le héros : il est seul à voir et subir les intrusions du fantastique dans sa vie (bien que la queue du diable s'étale indiscrètement dans le bal) ; tel est le cas de nombreux personnages d'Hoffmann ; le fantastique est respecté dans la mesure où il demeure l'expérience du héros, son privilège et son malheur. Il pose le problème des rapports de la réalité et de l'illusion, ou même du génie et de la folie.

Il y a donc dans le récit un fantastique irréductible ; et c'est aussi une satire romantique où Onuphrius est opposé aux autres, à la foule, aux bourgeois classiques qui prennent au sérieux le rococo, au public hystérique, trop grossièrement enthousiaste pour l'être vraiment qui acclame son tableau ou s'évanouit d'émotion à son drame (qui peut faire penser à *Antony*) ; différent et isolé par son talent, le héros roman-tique est bien au dessus du public, de tout public : quand le diable a enlevé toutes ses idées au pauvre artiste, alors totalement inférieur à lui-même, il est au *niveau des autres* et déclaré *charmant et spirituel* ; c'est un authentique original, étranger et même hostile au monde, dont il refuse les formes et les usages, et qui ne livre qu'à ceux qui peuvent le comprendre, « *pour un fou, ce n'était pas trop mal raisonné* ». L'ironie tournoyante du pamphlet ne ménage personne, distribue les coups de griffe et les torts : le tableau statistique final incrimine les aliénistes, et exhausse Onuphrius, l'incompris radical, le fou *inconnu*, le persécuté absolu, artiste avorté, détruit, fou, mais artiste.

Et le diable dans le récit, on aura beau dire qu'il est appelé par la croyance d'Onuphrius et par le compte qu'il a à régler avec lui pour le tableau de saint Dunstan, que l'artiste est hanté par des *visions cornues* : c'est en fait la seule nouvelle de Gautier avec *Deux acteurs* où il apparaisse en personne et en acteur du récit, en *double* exact du héros, en persécuteur qui le marque dans tous ses actes : tout le début du récit fait du double satanique le compagnon négatif du personnage, l'obstacle tenace et mesquin de toutes ses actions, puis à la sortie de son mauvais rêve, le diable participe davantage au fantastique de l'identité, il utilise le miroir pour venir parmi les vivants, il vole son reflet à Onuphrius, il devient ce reflet, et alors c'est vraiment un autre moi hostile et méchant, un persécuteur littéraire, il lui vole ses idées, ses poésies, ses rimes et ses pensées, après les voir transformées en mixture rococo. Le Satan moderne et dandy, le Satan miltonien devenu mondain et parisien est-il classique ? Il est plutôt, je pense, l'ironie antipoétique, la méchanceté méthodique, le vampire de toute émotion et de toute beauté, un Méphistophélès qui ferait penser à Byron.

Satan ne tente pas, ne séduit pas, c'est le double persécuteur, l'ennemi de l'artiste qui lui ressemble, qui est en lui finalement : l'histoire d'Onuphrius est bien l'histoire d'un artiste responsable, co-responsable de sa destruction, atteint de l'intérieur par un principe qui est constitutif de son activité créatrice. De Tiburce, Gautier nous dit que « l'art s'était emparé de lui trop jeune et l'avait corrompu et faussé », et c'est « notre extrême civilisation »qui en est la cause, avec elle, « l'on est plus souvent en contact avec les œuvres des hommes qu'avec celles de la nature ». Et Gautier ajoute : « un homme factice ne peut être ému que par une chose factice[1] ».

Le roman d'artiste est un roman d'éducation de l'artiste qui le met en garde en particulier contre le danger de confondre la création et la vie, de croire à une réalité de l'idéal, de prendre une statue ou une peinture pour objet d'amour, d'appliquer au réel le romanesque et le fantastique. L'artiste est la victime naturelle de la pensée et du livre : il vit dans l'écrit entouré et pénétré par l'artificiel et il ne lit bien sûr

---

1   Pl, t. I, p. 784 et p. 788.

que des livres traitant du surnaturel, de l'idéal et du merveilleux. Onuphrius est un homme-bibliothèque qui adhère aux livres et qui croit en eux : son imagination *s'échauffe* et *se déprave*, il vit dans une « exaltation fébrile... un monde d'extase et de vision », il a substitué le livre, le *factice*, le *fabriqué* au réel, c'est le naufrage de sa raison, et c'est une *dépravation* selon le récit, il vit dans le fantastique qui constitue autour de lui une *ronde* terrifiante, « *il ne vivait que d'imaginations* », et Gautier le décrit comme un homme dénaturé, incomplet, avorté et précoce, enfantin encore et déjà vieux, trop et trop peu développé. Est-ce par là qu'il est « dépravé » : il a trop vécu dans le monde inventé, conçu, fabriqué par le livre, trop peu dans le monde réel, dans sa réalité de vivant.

Il en résulte un développement déséquilibré de la personnalité : dans le livre on ne rencontre que de l'irréel et soi-même, dans un tête à tête ininterrompu. Onuphrius finit dans « la catalepsie » et dans le « somnambulisme » (soit l'obéissance à la suggestion, comme dans l'hypnose) : sans contact avec autre chose que lui-même, captif de son intériorité, dans une sorte d'autisme où se confondent la veille et le sommeil. L'idolâtrie de l'écrit tourne à un narcissisme, qui est chez l'écrivain un trait de son métier. Celui qui appartient au livre, n'appartient qu'à lui-même, le possédé par Satan est d'abord possédé par les livres sur Satan ; le mal du livre recoupe le mal du siècle, c'est le moi autosuffisant qui ne rencontre jamais l'autre, les autres, l'altérité du réel.

Mais nous sommes dans un pamphlet romantique qui refuse ce mésusage littéral de la littérature : elle n'est pas faite pour cette lecture dogmatique et sérieuse, ce passage à l'acte, cette application sur la réalité, cette mimétique vécue. Le récit qui présente tout ce déversement d'une « culture » démoniaque, qui fait parcourir à son héros toutes sortes de mésaventures fantastiques, inspirées par toutes leurs sources possibles, fait du Jeune-France un homme-cliché, Wildmanstadius est un homme-Moyen Âge, Onuphrius un homme-fantastique ; en représentant deux aspects du romantisme, ils incarnent une erreur concernant la littérature. La parodie de la littérature fait apparaître sa vérité.

Vivre la littérature, adhérer à elle, supprimer toute distance entre l'écrit et la réalité ou sa réalisation comme vérité, c'est la prendre trop au sérieux (elle n'enseigne rien, elle n'est pas une morale, une sagesse, un code de conduite), et trop peu au sérieux : la jonglerie artificialiste du Jeune-France en fait un ensemble de recettes, un répertoire de thèmes tout faits, ce sont les clichés que Gautier dès l'aube du romantisme dénonce comme la grande menace d'une littérature qui repose sur l'originalité individuelle du créateur. Dans les deux cas l'erreur est la même : elle fait du livre un objet, et le pamphlet de Gautier ne cesse d'évoquer le livre comme objet matériel que l'on fabrique selon des recettes et en vue du marché littéraire. L'erreur consiste à objectiver la littérature, à la traiter comme un objet utilisable, imitable, comme un donné réduit à son sens manifeste, constatable, transportable, résumable, offert en somme à tous dans un libellé net et précis, vision du monde, enseignement, marche à suivre, message tout fait.

Erreur sur le sens des belles lettres, qui jouent sur le sens, et le proposent à la subjectivité pour qu'elle en fasse le sens, en décide pour elle et elle seule. La beauté n'est pas dans l'objet (ce qui ramènerait à la Forme), mais dans le sujet et ce qui condamne l'adhésion au livre qui devient imitatrice du livre (qu'elle le vive comme une règle de vie, qu'elle l'imite à la manière classique comme une règle créatrice), c'est la conclusion de *Celle-ci et Celle-là*, le héros a voulu imiter Antony, mais la femme qu'il aimait, c'était sa servante, Mariette, l'erreur sur la littérature est une erreur sur le désir, « la poésie est en nous », dit Gautier, elle est partout, il n'y a pas de romanesque pur, de beauté en soi, pas de Muse obligatoire, pas de poésie prédéterminée, pas de fantastique tout servi sur un plat, l'aventure différente pour chacun est au coin de la rue, la poésie est dans la prose, la beauté dans l'émotion qu'elle donne, l'idéal dans tout le réel, et c'est le sujet qui crée l'œuvre et la reçoit et la réinvente selon lui même. Et le seul sérieux est dans le jeu : mais Onuphrius a tout pris au sérieux et au tragique, et les fous ne jouent pas.

Et la *folie* littéraire n'est pas folle ; on n'en dira pas autant des psychologues. La nature héroï-comique d'Onuphrius ne l'a pas préservé des psychanalystes ; ils lui ont infligé leurs vexations ; dénués du sens de l'humour et du sens du fantastique[1], ils ont gravement diagnostiqué la schizophrénie, la paranoïa, la névrose obsessionnelle, l'autisme, ils ont lu dans la nouvelle « le tableau clinique d'un schizoïde » et regretté

---

1 J. Bellemin-Noël, « Fantasque Onuphrius », dans *Littérature*, n° 6, 1973, et M.-Cl. Schapira, *Le Regard de Narcisse* [...], p. 71 *sq.*

sans doute qu'on le laisse encore en liberté : bref il a eu de la chance. Ou bien puisqu'il est admis que le fantastique de Gautier ne contient que ses obsessions, angoisses, hantises, etc., la nouvelle devenait autobiographique. Je ne suis pas trop sûr non plus que Juan Rigoli, dans *Lire le délire*[1], ait raison de dire que la représentation de la folie chez Gautier soit « ostensiblement indexée à celles que véhicule la nouvelle pathologie des maladies de l'esprit ».

Dans un texte qui a si profondément évolué dans son orientation, les variantes ont une importance particulière ; les trois éditions successives d'*Onuphrius* en présentent de capitales qui portent sur le sens même de l'œuvre, et de moins importantes, mais elles témoignent que Gautier a repris et corrigé son récit. Il a en particulier sacrifié l'intrigue amoureuse et la pauvre Jacintha. Les trois textes successifs sont :

1. *La France littéraire*, août 1832 (texte A).
2. *Le Cabinet de lecture*, 4 octobre 1832 (texte B).
3. L'édition des *Jeunes-France*, 1833 (texte C).

À partir de l'édition de 1833 le texte ne bouge pratiquement plus, ni dans les *Œuvres humoristiques* de 1851 où les *Jeunes-France* sont associés à *Une larme du diable*, ni dans l'édition posthume des *Jeunes-France* de 1873 chez Charpentier, où le recueil est encore publié avec les « Contes humoristiques » où figurent *La Cafetière* et *Deux acteurs pour un rôle*.

---

1   *Op. cit.*, p. 457 et note.

ONUPHRIUS[a]
Ou les vexations fantastiques
d'un admirateur d'Hoffmann

> Croyoit que nues feussent pailles
> d'arain, et que vessies feussent lanternes[b].
> *Gargantua*, liv. 1, ch. XI.

– Kling, kling, kling ! – Pas de réponse. – Est-ce qu'il n'y serait pas ? dit la jeune fille[c].

Elle tira une seconde fois le cordon de la sonnette ; aucun bruit ne se fit entendre dans l'appartement : il n'y avait personne.

– C'est étrange !

Elle se mordit la lèvre, une rougeur de dépit passa de sa joue à son front ; elle se mit à descendre les escaliers un à un, bien lentement, comme à regret, retournant la tête pour voir si la porte fatale s'ouvrait. – Rien.

Au détour de la rue, elle aperçut de loin Onuphrius, qui marchait du côté du soleil, avec l'air le plus inoccupé du monde, s'arrêtant à chaque carreau, regardant les chiens se battre et les polissons jouer au palet, lisant les inscriptions de la muraille, épelant les enseignes, comme un homme qui a une heure devant lui et n'a aucun besoin de se presser.

Quand il fut auprès d'elle, l'ébahissement lui fit écarquiller les prunelles : il ne comptait guère la trouver là.

– Quoi ! c'est vous, déjà ! – Quelle heure est-il donc ?

– Déjà ! le mot est galant. Quant à l'heure, vous devriez la savoir, et ce n'est guère à moi à vous l'apprendre, répondit d'un ton boudeur la jeune fille, tout en prenant son bras ; il est onze heures et demie.

– Impossible, dit Onuphrius. Je viens de passer devant Saint-Paul, il n'était que dix heures ; il n'y a pas cinq minutes, j'en mettrais la main au feu ; je parie.

– Ne mettez rien du tout et ne pariez pas, vous perdriez.

Onuphrius s'entêta ; comme l'église n'était qu'à une cinquantaine de pas, Jacintha[d], pour le convaincre, voulut bien aller jusque-là avec

lui. Onuphrius était triomphant. Quand ils furent devant le portail :
– Eh bien ! lui dit Jacintha.

On eût mis le soleil ou la lune en place du cadran qu'il n'eût pas été plus stupéfait. Il était onze heures et demie passées ; il tira son lorgnon, en essuya le verre avec son mouchoir, se frotta les yeux pour s'éclaircir la vue ; l'aiguille aînée allait rejoindre sa petite sœur sur l'X de midi.

– Midi, murmura-t-il entre ses dents ; il faut que quelque diablotin se soit amusé à pousser ces aiguilles ; c'est bien dix heures que j'ai vu[e] !

Jacintha était bonne ; elle n'insista pas, et reprit avec lui le chemin de son atelier, car Onuphrius était peintre, et, en ce moment, faisait son portrait. Elle s'assit dans la pose convenue. Onuphrius alla chercher sa toile, qui était tournée[f] au mur, et la mit sur son chevalet.

Au-dessus de la petite bouche de Jacintha, une main inconnue avait dessiné une paire de moustaches qui eussent fait honneur à un tambour-major. La colère de notre artiste, en voyant son esquisse ainsi barbouillée, n'est pas difficile à imaginer ; il aurait crevé la toile sans les exhortations de Jacintha. Il effaça donc comme il put ces insignes virils, non sans jurer plus d'une fois après le drôle qui avait fait cette belle équipée ; mais, quand il voulut se remettre à peindre, ses pinceaux, quoiqu'il les eût trempés dans l'huile, étaient si raides et si hérissés[g], qu'il ne put s'en servir. Il fut obligé d'en envoyer chercher d'autres : en attendant qu'ils fussent arrivés, il se mit à faire sur sa palette plusieurs tons qui lui manquaient.

Autre tribulation. Les vessies[h] étaient dures comme si elles eussent renfermé des balles de plomb, il avait beau les presser, il ne pouvait en faire sortir la couleur ; ou bien elles éclataient tout à coup comme de petites bombes, crachant à droite, à gauche, l'ocre, la laque ou le bitume.

S'il eût été seul, je crois qu'en dépit du premier commandement du Décalogue, il aurait attesté le nom du Seigneur plus d'une fois. Il se contint, les pinceaux arrivèrent, il se mit à l'œuvre ; pendant une heure environ tout alla bien.

Le sang commençait à courir sous les chairs, les contours se dessinaient, les formes se modelaient, la lumière se débrouillait de l'ombre, une moitié de la toile vivait déjà[i].

Les yeux surtout étaient admirables ; l'arc des sourcils était parfaitement bien indiqué, et se fondait moelleusement vers les tempes en tons bleuâtres et veloutés ; l'ombre des cils adoucissait merveilleusement bien l'éclatante blancheur de la cornée, la prunelle regardait bien, l'iris et la pupille ne laissaient rien à désirer ; il n'y manquait plus que ce petit diamant de lumière, cette paillette de jour que les peintres nomment point visuel[1].

Pour l'enchâsser dans son disque de jais (Jacintha avait les yeux noirs), il prit le plus fin, le plus mignon de ses pinceaux, trois poils pris à la queue d'une martre zibeline.

Il le trempa vers le sommet de sa palette dans le blanc d'argent qui s'élevait, à côté des ocres et des terres de Sienne, comme un piton couvert de neige à côté de rochers noirs.

Vous eussiez dit, à voir trembler le point brillant au bout du pinceau, une gouttelette de rosée au bout d'une aiguille ; il allait le déposer sur la prunelle, quand un coup violent dans le coude fit dévier sa main, porter le point blanc dans les sourcils, et traîner le parement de son habit sur la joue encore fraîche qu'il venait de terminer. Il se détourna si brusquement à cette nouvelle catastrophe, que son escabeau roula à dix pas. Il ne vit personne. Si quelqu'un se fût trouvé là par hasard, il l'aurait certainement tué.

— C'est vraiment inconcevable ! dit-il en lui-même tout troublé ; Jacintha, je ne me sens pas en train ; nous ne ferons plus rien aujourd'hui.

Jacintha se leva pour sortir.

Onuphrius voulut la retenir ; il lui passa le bras autour du corps. La robe de Jacintha était blanche ; les doigts d'Onuphrius, qui n'avait pas songé à les essuyer, y firent un arc-en-ciel.

— Maladroit ! dit la petite, comme vous m'avez arrangée ! et ma tante qui ne veut pas que je vienne vous voir seule, qu'est-ce qu'elle va dire ?

— Tu changeras de robe, elle n'en verra rien.

Et il l'embrassa. Jacintha ne s'y opposa pas.

— Que faites-vous demain ? dit-elle après un silence.

— Moi, rien ; et vous ?

— Je vais dîner avec ma tante chez le vieux M. de ***, que vous connaissez, et j'y passerai peut-être la soirée.

— J'y serai, dit Onuphrius ; vous pouvez compter sur moi.

— Ne venez pas plus tard que six heures ; vous savez, ma tante est poltronne, et si nous ne trouvons pas chez M. de *** quelque galant chevalier pour nous reconduire, elle s'en ira avant la nuit tombée.

— Bon, j'y serai à cinq. À demain, Jacintha, à demain.

Et il se penchait sur la rampe pour regarder la svelte jeune fille qui s'en allait. Les derniers plis de sa robe disparurent sous l'arcade, et il rentra.

Avant d'aller plus loin, quelques mots sur Onuphrius. C'était un jeune homme de vingt à vingt-deux ans, quoique au premier abord il parût en avoir davantage. On distinguait ensuite à travers ses traits blêmes et fatigués quelque chose d'enfantin et de peu arrêté, quelques formes de transition de l'adolescence à la virilité. Ainsi tout le haut de la tête était grave et réfléchi comme un front de vieillard, tandis que la bouche était à peine noircie à ses coins[k] d'une ombre bleuâtre, et qu'un sourire jeune errait sur deux lèvres d'un rose assez vif qui contrastait étrangement avec la pâleur des joues et du reste de la physionomie[l].

Ainsi fait, Onuphrius ne pouvait manquer d'avoir l'air assez singulier, mais sa bizarrerie naturelle était encore augmentée par sa mise et sa coiffure. Ses cheveux, séparés sur le front comme des cheveux de femme, descendaient symétriquement le long de ses tempes jusqu'à ses épaules, sans frisure aucune, aplatis et lustrés à la mode gothique, comme on en voit aux anges de Giotto et de Cimabue. Une ample simarre de couleur obscure tombait à plis roides et droits autour de son corps souple et mince, d'une manière toute dantesque. Il est vrai de dire qu'il ne sortait pas encore avec ce costume ; mais c'est la hardiesse plutôt que l'envie qui lui manquait ; car je n'ai pas besoin de vous le dire, Onuphrius était Jeune-France et romantique forcené.

Dans la rue, et il n'y allait pas souvent, pour ne pas être obligé de se souiller de l'ignoble accoutrement bourgeois, ses mouvements étaient heurtés, saccadés ; ses gestes anguleux, comme s'ils eussent été produits par des ressorts d'acier ; sa démarche incertaine, entrecoupée d'élans subits, de zigzags, ou suspendue tout à coup ; ce qui, aux yeux de biens des gens, le faisait passer pour un fou ou du moins pour un original[m], ce qui ne vaut guère mieux.

Onuphrius ne l'ignorait pas, et c'était peut-être ce qui lui faisait éviter ce qu'on nomme le monde et donnait à sa conversation un ton d'humeur et de causticité[n] qui ne ressemblait pas mal à de la vengeance ; aussi, quand il était forcé de sortir de sa retraite, n'importe pour quel motif, il apportait dans la société une gaucherie sans timidité, une absence de toute forme convenue, un dédain si parfait de ce qu'on y admire, qu'au bout de quelques minutes, avec trois ou quatre syllabes, il avait trouvé moyen de se faire une meute d'ennemis acharnés.

Ce n'est pas qu'il ne fût très aimable lorsqu'il voulait, mais il ne le voulait pas souvent, et il répondait à ses amis qui lui en faisaient des reproches : À quoi bon ? Car il avait des amis ; pas beaucoup, deux ou trois au plus[o], mais qui l'aimaient de tout l'amour que lui refusaient les autres, qui l'aimaient comme des gens qui ont une injustice à réparer[p].

– A quoi bon ? ceux qui sont dignes de moi et me comprennent ne s'arrêtent pas à cette écorce noueuse[q] : ils savent que la perle est cachée dans une coquille grossière ; les sots qui ne savent pas sont rebutés et s'éloignent : où est le mal ? Pour un fou, ce n'était pas trop mal raisonné.

Onuphrius, comme je l'ai déjà dit, était peintre, il était de plus poète[r] ; il n'y avait guère moyen que sa cervelle en réchappât, et ce qui n'avait pas peu contribué à l'entretenir dans cette exaltation fébrile, dont Jacintha n'était pas toujours maîtresse, c'étaient ses lectures. Il ne lisait que des légendes merveilleuses et d'anciens romans de chevalerie, des poésies mystiques, des traités de cabale, des ballades allemandes, des livres de sorcellerie et de démonographie ; avec cela il se faisait, au milieu du monde réel bourdonnant autour de lui, un monde d'extase et de vision où il était donné à bien peu d'entrer. Du détail le plus commun et le plus positif, par l'habitude qu'il avait de chercher le côté surnaturel, il savait faire jaillir quelque chose de fantastique et d'inattendu. Vous l'auriez mis dans une chambre carrée et blanchie à la chaux sur toutes ses parois, et vitrée de carreaux dépolis, il aurait été capable de voir quelque apparition étrange tout aussi bien que dans un intérieur de Rembrandt inondé d'ombres et illuminé de fauves lueurs, tant les yeux de son âme et de son corps avaient la faculté de déranger les lignes les plus droites et de rendre compliquées les choses les plus simples, à peu près comme les miroirs courbes ou à facettes qui trahissent les objets qui leur sont présentés, et les font paraître grotesques ou terribles[s].

Aussi Hoffmann et Jean-Paul le trouvèrent admirablement disposé ; ils achevèrent à eux deux ce que les légendaires avaient commencé. L'imagination d'Onuphrius s'échauffa et se déprava de plus en plus, ses compositions peintes et écrites s'en ressentirent, la griffe ou la queue du diable y perçait toujours par quelque endroit, et sur la toile, à côté de la tête suave et pure de Jacintha, grimaçait fatalement quelque figure monstrueuse, fille de son cerveau en délire.

Il y avait deux ans qu'il avait fait la connaissance de Jacintha, et c'était à une époque de sa vie où il était si malheureux, que je ne souhaiterais pas d'autre supplice à mon plus fier ennemi ; il était dans cette situation atroce où se trouve tout homme qui a inventé quelque chose et qui ne rencontre personne pour y croire. Jacintha crut à ce qu'il disait sur sa parole, car l'œuvre était encore en lui, et il l'aima comme Christophe Colomb dut aimer le premier qui ne lui rit pas au nez lorsqu'il parla du nouveau monde qu'il avait deviné. Jacintha l'aimait comme une mère aime son fils᷄ et il se mêlait à son amour une pitié profonde : car, elle excepté, qui l'aurait aimé comme il fallait qu'il le fût ?

Qui l'eût consolé dans ses malheurs imaginaires, les seuls réels pour lui, qui ne vivait que d'imaginations" ? Qui l'eût rassuré, soutenu, exhorté ? Qui eût calmé cette exaltation maladive qui touchait à la folie par plus d'un point, en la partageant plutôt qu'en la combattant ? Personne, à coup sûr.

Et puis lui dire de quelle manière il pourrait la voir, lui donner elle-même les rendez-vous, lui faire mille de ces avances que le monde condamne, l'embrasser de son propre mouvement, lui en fournir l'occasion quand elle la lui voyait chercher, une coquette ne l'eût pas fait ; mais elle savait combien tout cela coûtait au pauvre Onuphrius, et elle lui en épargnait la peine.

Aussi peu accoutumé qu'il était à vivre de la vie réelle, il ne savait comment s'y prendre pour mettre son idée en action, et il se faisait des monstres de la moindre chose.

Ses longues méditations, ses voyages dans les mondes métaphysiques ne lui avaient pas laissé le temps de s'occuper de celui-ci. Sa tête avait trente ans, son corps avait six mois ; il avait si totalement négligé de dresser sa bête, que si Jacintha et ses amis n'eussent pris soin de la diriger, elle eût commis d'étranges bévues. En un mot, il fallait vivre pour lui, il lui fallait un intendant pour son corps, comme il en faut aux grands seigneurs pour leurs terres.

Puis, je n'ose l'avouer qu'en tremblant, dans ce siècle d'incrédulité, cela pourrait faire passer mon pauvre ami pour un imbécile : il avait peur. De quoi ? Je vous le donne à deviner en cent ; il avait peur du diable, des revenants, des esprits et de mille autres billevesées ; du reste, il se moquait d'un homme, et de deux, comme vous d'un fantôme.

Le soir il ne se fût pas regardé dans une glace pour un empire, de peur d'y voir autre chose que sa propre figure ; il n'eût pas fourré sa main sous son lit pour y prendre ses pantoufles ou quelque autre ustensile,

parce qu'il craignait qu'une main froide et moite ne vînt au-devant de la
sienne, et ne l'attirât dans la ruelle ; ni jetés les yeux dans les encoignures
sombres, tremblant d'y apercevoir de petites têtes de vieilles ratatinées
emmanchées sur des manches à balai[v].

Quand il était seul dans son grand atelier, il voyait tourner autour de
lui une ronde fantastique, le conseiller Tusmann, le docteur Tabraccio,
le digne Peregrinus Tyss, Crespel avec son violon et sa fille Antonia,
l'inconnue de la maison déserte et toute la famille étrange du château
de Bohême ; c'était un sabbat complet, et il ne se fût pas fait prier pour
avoir peur de son chat comme d'un autre Mürr[w].

Dès que Jacintha fut partie, il s'assit devant sa toile, et se prit à
réfléchir sur ce qu'il appelait les événements de la matinée. Le cadran
de Saint-Paul, les moustaches, les pinceaux durcis, les vessies crevées, et
surtout le point visuel, tout cela se représenta à sa mémoire avec un air
fantastique et surnaturel ; il se creusa la tête pour y trouver une explication
plausible ; il bâtit là-dessus un volume in-octavo de suppositions les plus
extravagantes, les plus invraisemblables qui soient jamais entrées dans
un cerveau malade. Après avoir longtemps cherché, ce qu'il rencontra
de mieux, c'est que la chose était tout à fait inexplicable… à moins que
ce ne fût le diable en personne… Cette idée, dont il se moqua d'abord
lui-même, prit racine dans son esprit, et lui semblant moins ridicule
à mesure qu'il se familiarisait avec elle, il finit par en être convaincu.

Qu'y avait-il au fond de déraisonnable dans cette supposition ?
L'existence du diable est prouvée par les autorités les plus respectables,
tout comme celle de Dieu. C'est même un article de foi, et Onuphrius,
pour s'empêcher d'en douter, compulsa sur les registres de sa vaste
mémoire tous les endroits des auteurs profanes ou sacrés dans lesquels
on traite de cette matière importante.

Le diable rôde autour de l'homme ; Jésus lui-même n'a pas été à
l'abri de ses embûches ; la tentation de saint Antoine est populaire ;
Martin Luther fut aussi tourmenté par Satan, et, pour s'en débarrasser,
fut obligé de lui jeter son écritoire à la tête. On voit encore la tache
d'encre sur le mur de la cellule.

Il se rappela toutes les histoires d'obsession, depuis le possédé de
la Bible jusqu'aux religieuses de Loudun ; tous les livres de sorcellerie qu'il avait lus[x] : Bodin, Delrio, Le Loyer, Bordelon, le *Monde
invisible* de Bekker, l'*Infernalia*, les *Farfadets* de M. de Berbiguier de

Terre-Neuve-du-Thym, le *Grand et le Petit Albert*, et tout ce qui lui parut obscur devint clair comme le jour ; c'était le diable qui avait fait avancer l'aiguille, qui avait mis des moustaches à son portrait, changé le crin de ses brosses en fils d'archal et rempli ses vessies de poudre fulminante. Le coup dans le coude s'expliquait tout naturellement ; mais quel intérêt Belzébuth pouvait-il avoir à le persécuter ? Était-ce pour avoir son âme ? ce n'est pas la manière dont il s'y prend ; enfin il se rappela qu'il avait fait, il n'y a pas bien longtemps, un tableau de saint Dunstan[y] tenant le diable par le nez avec des pincettes rouges ; il ne douta pas que ce ne fût pour avoir été représenté par lui dans une position aussi humiliante que le diable lui faisait ces petites niches. Le jour tombait, de longues ombres bizarres se découpaient sur le plancher de l'atelier. Cette idée grandissant dans sa tête, le frisson commençait à lui courir le long du dos, et la peur l'aurait bientôt pris, si un de ses amis n'eût fait, en entrant, diversion à toutes ses visions cornues. Il sortit avec lui, et comme personne au monde n'était plus impressionnable, et que son ami était gai, un essaim de pensées folâtres eut bientôt chassé ces rêveries lugubres. Il oublia totalement ce qui était arrivé, ou, s'il s'en ressouvenait, il riait tout bas en lui-même. Le lendemain il se remit à l'œuvre. Il travailla trois ou quatre heures avec acharnement. Quoique Jacintha fût absente, ses traits étaient si profondément gravés dans son cœur, qu'il n'avait pas besoin d'elle pour terminer son portrait. Il était presque fini, il n'y avait plus que deux ou trois dernières touches à poser, et la signature à mettre, quand une petite peluche, qui dansait avec ses frères les atomes dans un beau rayon jaune, par une fantaisie inexplicable, quitta tout à coup sa lumineuse salle de bal, se dirigea en se dandinant vers la toile d'Onuphrius, et vint s'abattre sur un rehaut[z] qu'il venait de poser.

Onuphrius retourna son pinceau, et, avec le manche, l'enleva le plus délicatement possible. Cependant il ne put le faire si légèrement qu'il ne découvrît le champ de la toile en emportant un peu de couleur. Il refit une teinte pour réparer le dommage : la teinte était trop foncée, et faisait tache ; il ne put rétablir l'harmonie qu'en remaniant tout le morceau ; mais, en le faisant, il perdit son contour, et le nez devint aquilin[aa], de presque à la Roxelane qu'il était, ce qui changea tout à fait le caractère de la tête ; ce n'était plus Jacintha, mais bien une de ses amies avec qui elle s'était brouillée, parce qu'Onuphrius la trouvait jolie.

L'idée du Diable revint à Onuphrius à cette métamorphose étrange ; mais, en regardant plus attentivement, il vit que ce n'était qu'un jeu de son imagination, et comme la journée s'avançait, il se leva et sortit pour rejoindre sa maîtresse chez M. de***. Le cheval allait comme le vent[ab] : bientôt Onuphrius vit poindre au dos de la colline la maison de M. de***, blanche entre les marronniers. Comme la grande route faisait un détour, il la quitta pour un chemin de traverse, un chemin creux qu'il connaissait très bien, où tout enfant il venait cueillir les mûres et chasser aux hannetons.

Il était à peu près au milieu quand il se trouva derrière une charrette à foin, que les détours du sentier l'avaient empêché d'apercevoir. Le chemin était si étroit, la charrette si large, qu'il était impossible de passer devant : il remit son cheval au pas, espérant que la route, en s'élargissant, lui permettrait un peu plus loin de le faire. Son espérance fut trompée ; c'était comme un mur qui reculait imperceptiblement. Il voulut retourner sur ses pas, une autre charrette de foin le suivait par-derrière et le faisait prisonnier. Il eut un instant la pensée d'escalader les bords du ravin, mais ils étaient à pic et couronnés d'une haie vive ; il fallut donc se résigner : le temps coulait, les minutes lui semblaient des éternités, sa fureur était au comble, ses artères palpitaient, son front était perlé de sueur.

Une horloge à la voix fêlée, celle du village voisin, sonna six heures ; aussitôt qu'elle eut fini, celle du château, dans un ton différent, sonna à son tour ; puis une autre, puis une autre encore ; toutes les horloges de la banlieue d'abord successivement, ensuite toutes à la fois. C'était un tutti[ac] de cloches, un concerto de timbres flûtés, ronflants, glapissants, criards, un carillon à vous fendre la tête. Les idées d'Onuphrius se confondirent, le vertige le prit. Les clochers s'inclinaient sur le chemin creux pour le regarder passer, ils le montraient au doigt, lui faisaient la nique et lui tendaient par dérision leurs cadrans dont les aiguilles étaient perpendiculaires. Les cloches lui tiraient la langue et lui faisaient la grimace, sonnant toujours les six coups maudits. Cela dura longtemps, six heures sonnèrent ce jour-là jusqu'à sept.

Enfin, la voiture déboucha dans la plaine. Onuphrius enfonça ses éperons dans le ventre de son cheval : le jour tombait, on eût dit que sa monture comprenait combien il lui était important d'arriver. Ses pieds touchaient à peine la terre, et, sans les aigrettes d'étincelles qui jaillissaient de loin en loin de quelque caillou heurté, on eût pu croire qu'elle volait.[ad] Bientôt une blanche écume enveloppa comme une housse d'argent son poitrail d'ébène : il était plus de sept heures quand Onuphrius arriva. Jacintha était partie. M. de *** lui fit les plus grandes politesses, se mit à causer littérature avec lui, et finit par lui proposer une partie de dames.

Onuphrius ne put faire autrement que d'accepter, quoique toute espèce de jeux, et en particulier celui-là, l'ennuyât mortellement. On apporta le damier. M. de *** prit les noires, Onuphrius les blanches : la partie commença, les joueurs étaient à peu près de même force ; il se passa quelque temps avant que la balance penchât d'un côté ou de l'autre[ae].

Tout à coup elle tourna du côté du vieux gentilhomme ; ses pions avançaient avec une inconcevable rapidité, sans qu'Onuphrius, malgré tous les efforts qu'il faisait, pût y apporter aucun obstacle. Préoccupé qu'il était d'idées diaboliques, cela ne lui parut pas naturel ; il redoubla donc d'attention, et finit par découvrir, à côté du doigt dont il se servait pour remuer ses pions, un autre doigt maigre, noueux, terminé par une griffe (que d'abord il avait pris pour l'ombre du sien), qui poussait ses dames sur la ligne blanche, tandis que celles de son adversaire défilaient processionnellement sur la ligne noire. Il devint pâle, ses cheveux se hérissèrent sur sa tête. Cependant il remit ses pions en place, et continua de jouer. Il se persuada que ce n'était que l'ombre, et, pour s'en convaincre, il changea la bougie de place : l'ombre passa de l'autre côté, et se projeta en sens inverse ; mais le doigt à griffe resta ferme à son poste, déplaçant les dames d'Onuphrius, et employant tous les moyens pour le faire perdre[af].

D'ailleurs, il n'y avait aucun doute à avoir, le doigt était orné d'un gros rubis. Onuphrius n'avait pas de bague.

– Pardieu ! c'est trop fort ! s'écria-t-il en donnant un grand coup de poing dans le damier et en se levant brusquement ; vieux scélérat ! vieux gredin !

M. de ***, qui le connaissait d'enfance et qui attribuait cette algarade au dépit d'avoir perdu, se mit à rire aux éclats et à lui offrir d'ironiques consolations. La colère et la terreur se disputaient l'âme d'Onuphrius : il prit son chapeau et sortit.

La nuit était si noire qu'il fut obligé de mettre son cheval au pas. À peine une étoile passait-elle çà et là le nez hors de sa mantille de nuages ; les arbres de la route avaient l'air de grands spectres tendant les bras; de temps en temps un feu follet traversait le chemin, le vent ricanait dans les branches d'une façon singulière. L'heure s'avançait, et Onuphrius n'arrivait pas; cependant les fers de son cheval sonnant sur le pavé montraient qu'il ne s'était pas fourvoyé.

Une rafale déchira le brouillard, la lune reparut; mais, au lieu d'être ronde, elle était ovale. Onuphrius, en la considérant plus attentivement, vit qu'elle avait un serre-tête de taffetas noir, et qu'elle s'était mis de la farine sur les joues; ses traits se dessinèrent plus distinctement, et il reconnut, à n'en pouvoir douter, la figure blême et allongée de son ami intime Jean-Gaspard Deburau[ag], le grand paillasse des Funambules, qui le regardait avec une expression indéfinissable de malice et de bonhomie.

Le ciel clignait aussi ses yeux bleus aux cils d'or, comme s'il eût été d'intelligence; et, comme à la clarté des étoiles on pouvait distinguer les objets, il entrevit quatre personnages de mauvaise mine, habillés mi-partie rouge et noir, qui portaient quelque chose de blanchâtre par les quatre coins, comme des gens qui changeraient un tapis de place; ils passèrent rapidement à côté de lui, et jetèrent ce qu'ils portaient sous les pieds de son cheval. Onuphrius, malgré sa frayeur, n'eut pas de peine à voir que c'était le chemin qu'il avait déjà parcouru, et que le Diable remettait devant lui pour lui faire pièce. Il piqua des deux; son cheval fit une ruade et refusa d'avancer autrement qu'au pas; les quatre démons continuèrent leur manège.

Onuphrius vit que l'un d'eux avait au doigt un rubis pareil à celui du doigt qui l'avait si fort effrayé sur le damier: l'identité du personnage n'était plus douteuse. La terreur d'Onuphrius était si grande, qu'il ne sentait plus, qu'il ne voyait ni n'entendait; ses dents claquaient comme dans la fièvre, un rire convulsif tordait sa bouche. Une fois, il essaya de dire ses prières et de faire un signe de croix, il ne put en venir à bout. La nuit s'écoula ainsi.

Enfin, une raie bleuâtre se dessina sur le bord du ciel: son cheval huma bruyamment par ses naseaux l'air balsamique du matin, le coq de la ferme voisine fit entendre sa voix grêle et éraillée, les fantômes disparurent, le cheval prit de lui-même le galop, et, au point du jour, Onuphrius se trouva devant la porte de son atelier.

Harassé de fatigue, il se jeta sur un divan et ne tarda pas à s'endormir: son sommeil était agité; le cauchemar lui avait mis le genou sur l'estomac. Il fit une multitude de rêves incohérents, monstrueux, qui ne contribuèrent pas peu à déranger sa raison déjà ébranlée. En voici un qui l'avait frappé et qu'il m'a raconté plusieurs fois depuis[ah].

« J'étais dans une chambre qui n'était pas la mienne ni celle d'aucun de mes amis, une chambre où je n'étais jamais venu, et que cependant je connaissais parfaitement bien : les jalousies étaient fermées, les rideaux tirés ; sur la table de nuit une pâle veilleuse jetait sa lueur agonisante. On ne marchait que sur la pointe du pied, le doigt sur la bouche ; des fioles, des tasses encombraient la cheminée. Moi, j'étais au lit comme si j'eusse été malade, et pourtant je ne m'étais jamais mieux porté. Les personnes qui traversaient l'appartement avaient un air triste et affairé qui semblait extraordinaire[ai].

« Jacintha était à la tête de mon lit, qui tenait sa petite main sur mon front, et se penchait vers moi pour écouter si je respirais bien. De temps en temps une larme tombait de ses cils sur mes joues[aj], et elle l'essuyait légèrement avec un baiser.

« Ses larmes me fendaient le cœur, et j'aurais bien voulu la consoler ; mais il m'était impossible de faire le plus petit mouvement, ou d'articuler une seule syllabe : ma langue était clouée à mon palais, mon corps était comme pétrifié.

« Un monsieur vêtu de noir entra, me tâta le pouls, hocha la tête d'un air découragé, et dit tout haut : « C'est fini ! » Alors Jacintha se prit à sangloter, à se tordre les mains, et à donner toutes les démonstrations de la plus violente douleur : tous ceux qui étaient dans la chambre en firent autant. Ce fut un concert de pleurs et de soupirs à apitoyer un roc.

« J'éprouvais un secret plaisir d'être regretté ainsi. On me présenta une glace devant la bouche ; je fis des efforts prodigieux pour la ternir de mon souffle, afin de montrer que je n'étais pas mort : je ne pus en venir à bout. Après cette épreuve on me jeta le drap par-dessus la tête ; j'étais au désespoir, je voyais bien qu'on me croyait trépassé et que l'on allait m'enterrer tout vivant. Tout le monde sortit : il ne resta qu'un prêtre qui marmotta des prières et qui finit par s'endormir[ak].

« Le croque-mort vint qui me prit mesure d'une bière et d'un linceul ; j'essayai encore de me remuer et de parler, ce fut inutile, un pouvoir invincible m'enchaînait : force me fut de me résigner. Je restai ainsi beaucoup de temps en proie aux plus douloureuses réflexions. Le croque-mort revint avec mes derniers vêtements, les derniers de tout homme, la bière et le linceul : il n'y avait plus qu'à m'en accoutrer.

« Il m'entortilla dans le drap, et se mit à me coudre sans précaution comme quelqu'un qui a hâte d'en finir : la pointe de son aiguille m'entrait dans la peau, et me faisait des milliers de piqûres ; ma situation était insupportable. Quand ce fut fait, un de ses camarades me prit par les pieds, lui par la tête, ils me déposèrent dans la boîte ; elle était un peu juste pour moi, de sorte qu'ils furent obligés de me donner de grands coups sur les genoux pour pouvoir enfoncer[al] le couvercle.

« Ils en vinrent à bout à la fin, et l'on planta le premier clou. Cela faisait un bruit horrible. Le marteau rebondissait sur les planches, et j'en sentais[am] le contrecoup. Tant que l'opération dura, je ne perdis pas tout à fait l'espérance ; mais au dernier clou je me sentis défaillir, mon cœur se serra, car je compris qu'il n'y avait plus rien de commun entre le monde et moi : ce dernier clou me rivait au néant pour toujours. Alors seulement je compris toute l'horreur de ma position.

« On m'emporta ; le roulement sourd des roues m'apprit que j'étais dans le corbillard ; car bien que je ne pusse manifester mon existence d'aucune manière, je n'étais privé d'aucun de mes sens. La voiture s'arrêta, on retira le cercueil. J'étais à l'église, j'entendais parfaitement le chant nasillard[an] des prêtres, et je voyais briller à travers les fentes de la bière la lueur jaune des cierges. La messe finie, on partit pour le cimetière ; quand on me descendit dans la fosse, je ramassai toutes mes forces, et je crois que je parvins à pousser un cri ; mais le fracas de la terre qui roulait sur le cercueil le couvrit entièrement : je me trouvais dans une obscurité palpable et compacte, plus noire que celle de la nuit. Du reste, je ne souffrais pas, corporellement du moins ; quant à mes souffrances morales, il faudrait un volume pour les analyser. L'idée que j'allais mourir de faim ou être mangé aux vers, sans pouvoir l'empêcher, se présenta la première ; ensuite je pensai aux événements de la veille, à Jacintha, à mon tableau qui aurait eu tant de succès au Salon, à mon drame qui allait être joué, à une partie que j'avais projetée avec mes camarades, à un habit que mon tailleur devait me rapporter ce jour-là ; que sais-je, moi ? à mille choses dont je n'aurais guère dû m'inquiéter ; puis revenant à Jacintha, je réfléchis sur la manière dont elle s'était conduite ; je repassai chacun de ses gestes, chacune de ses paroles, dans ma mémoire ; je crus me rappeler qu'il y avait quelque chose d'outré et d'affecté dans ses larmes, dont je n'aurais pas dû être la dupe : cela me fit ressouvenir de plusieurs choses que j'avais totalement oubliées ; plusieurs détails auxquels je n'avais pas pris garde, considérés sous un nouveau jour, me parurent d'une haute importance ; des démonstrations que j'aurais juré sincères me semblèrent[ao] louches ; il me revint dans l'esprit qu'un jeune homme, un espèce de fat moitié cravate, moitié éperons, lui avait autrefois fait la cour. Un soir, nous jouions ensemble, Jacintha m'avait appelé du nom de ce jeune homme au lieu du mien, signe certain de préoccupation ; d'ailleurs je savais qu'elle en avait parlé favorablement dans le monde à plusieurs reprises, et comme de quelqu'un qui ne lui déplairait pas[ap].

« Cette idée s'empara de moi, ma tête commença à fermenter ; je fis des rapprochements, des suppositions, des interprétations : comme on doit bien le penser, elles ne furent pas favorables à Jacintha. Un sentiment inconnu se glissa dans mon cœur, et m'apprit ce que c'était que souffrir ; je devins horriblement jaloux, et je ne doutai pas que ce ne fût Jacintha qui, de concert avec son amant, ne m'eût fait enterrer tout vif pour se débarrasser de moi. Je pensai que peut-être en ce moment même ils riaient à gorge déployée du succès de leur stratagème, et que Jacintha livrait aux baisers de l'autre cette bouche qui m'avait juré tant de fois n'avoir jamais été touchée par d'autres lèvres que les miennes[aq].

« À cette idée, j'entrai dans une fureur telle que je repris la faculté de me mouvoir ; je fis un soubresaut si violent, que je rompis d'un seul coup les coutures de mon linceul. Quand j'eus les jambes et les bras libres, je donnai de grands coups de coudes et de genoux au couvercle de la[ar] bière pour le faire sauter et aller tuer mon infidèle aux bras de son lâche et misérable galant. Sanglante dérision, moi, enterré, je voulais donner la mort ! Le poids énorme de la terre qui pesait sur les planches rendit mes efforts inutiles. Épuisé de fatigue, je retombai dans ma première torpeur, mes articulations s'ossifièrent[as] : de nouveau je redevins cadavre. Mon agitation mentale se calma, je jugeai plus sainement les choses : les souvenirs de tout ce que la jeune femme avait fait pour moi, son dévouement, ses soins qui ne s'étaient jamais démentis, eurent bientôt fait évanouir ces ridicules soupçons.

« Ayant usé tous mes sujets de méditation, et ne sachant comment tuer le temps, je me mis à faire des vers ; dans ma triste situation, ils ne pouvaient pas être fort gais : ceux du nocturne Young et du sépulcral Hervey[at] ne sont que des bouffonneries, comparés à ceux-là. J'y dépeignais les sensations d'un homme conservant sous terre toutes les passions qu'il avait eues dessus, et j'intitulai cette rêverie cadavéreuse : *La vie dans la mort*[au]. Un beau titre, sur ma foi ! et ce qui me désespérait, c'était de ne pouvoir les réciter à personne.

« J'avais à peine terminé la dernière strophe, que j'entendis piocher avec ardeur au-dessus de ma tête. Un rayon d'espérance illumina ma nuit. Les coups de pioche se rapprochaient rapidement. La joie que je ressentis ne fut pas de longue durée : les coups de pioche cessèrent. Non, l'on ne peut rendre avec des mots humains l'angoisse abominable que j'éprouvai en ce moment ; la mort réelle n'est rien en comparaison. Enfin j'entendis encore du bruit : les fossoyeurs, après s'être reposés, avaient repris leur besogne. J'étais au ciel ; je sentais ma délivrance s'approcher. Le dessus du cercueil sauta. Je sentis l'air froid de la nuit. Cela me fit grand bien, car je commençais à étouffer. Cependant mon immobilité continuait ; quoique vivant, j'avais toutes les apparences d'un mort. Deux hommes me saisirent : voyant les coutures du linceul rompues, ils échangèrent en ricanant quelques plaisanteries grossières, me chargèrent sur leurs épaules et m'emportèrent. Tout en marchant ils chantonnaient à demi-voix des couplets obscènes. Cela me fit penser à la scène des fossoyeurs, dans *Hamlet*[av] et je me dis en moi-même que Shakespeare était un bien grand homme.

« Après m'avoir fait passer par bien des ruelles détournées, ils entrèrent dans une maison que je reconnus pour être celle de mon médecin ; c'était lui qui m'avait fait déterrer afin de savoir de quoi j'étais mort. On me déposa sur une table de marbre. Le docteur entra avec une trousse d'instruments ; il les étala complaisamment sur une commode. À la vue de ces scalpels, de ces bistouris, de ces lancettes, de ces scies d'acier luisantes et polies, j'éprouvai une frayeur horrible, car je compris qu'on allait me disséquer ; mon âme, qui jusque-là n'avait pas abandonné mon corps, n'hésita plus à me quitter : au premier coup de scalpel elle était tout à fait dégagée de ses entraves. Elle aimait mieux subir tous les désagréments d'une intelligence dépossédée de ses moyens de manifestation physique, que de partager avec mon corps ces effroyables tortures. D'ailleurs, il n'y avait plus espérance de le conserver, il allait être mis en pièces, et n'aurait pu servir à grand-chose quand même ce déchiquètement ne l'eût pas tué tout de bon. Ne voulant pas assister au dépècement de sa chère enveloppe, mon âme se hâta de sortir[aw].

« Elle traversa rapidement une enfilade de chambres, et se trouva
sur l'escalier. Par habitude, je descendis les marches une à une ; mais
j'avais besoin de me retenir, car je me sentais une légèreté merveilleuse[ax].
J'avais beau me cramponner au sol, une force invincible m'attirait en
haut ; c'était comme si j'eusse été attaché à un ballon gonflé de gaz : la
terre fuyait mes pieds, je n'y touchais que par l'extrémité des orteils ; je
dis des orteils, car bien que je ne fusse qu'un pur esprit, j'avais conservé
le sentiment des membres que je n'avais plus, à peu près comme un
amputé qui souffre de son bras ou de sa jambe absente. Lassé de ces
efforts pour rester dans une attitude normale, et, du reste, ayant fait
réflexion que mon âme immatérielle ne devait pas se voiturer d'un lieu
à l'autre par les mêmes procédés que ma misérable guenille de corps,
je me laissai faire à cet ascendant, et je commençai à quitter terre sans
pourtant m'élever trop, et me maintenant dans la région moyenne.
Bientôt je m'enhardis, et je volai tantôt haut, tantôt bas, comme si je
n'eusse fait autre chose de ma vie. Il commençait à faire jour : je montai, je montai, regardant aux vitres des mansardes des grisettes[ay] qui se
levaient et faisaient leur toilette, me servant des cheminées comme de
tubes acoustiques pour entendre ce qu'on disait dans les appartements.
Je dois dire que je ne vis rien de bien beau, et que je ne recueillis rien
de piquant. M'accoutumant à ces façons d'aller, je planai sans crainte
dans l'air libre, au-dessus du brouillard[az], et je considérai de haut cette
immense étendue de toits qu'on prendrait pour une mer figée au moment
d'une tempête, ce chaos hérissé de tuyaux, de flèches, de dômes, de
pignons, baigné de brume et de fumée, si beau, si pittoresque, que je
ne regrettai pas[ba] d'avoir perdu mon corps. Le Louvre m'apparut blanc
et noir, son fleuve à ses pieds, ses jardins verts à l'autre bout. La foule
s'y portait ; il y avait exposition : j'entrai. Les murailles flamboyaient
diaprées de peintures nouvelles, chamarrées de cadres d'or richement
sculptés. Les bourgeois allaient, venaient, se coudoyaient, se marchaient
sur les pieds, ouvraient des yeux hébétés, se consultaient les uns les
autres comme des gens dont on n'a pas encore fait l'avis, et qui ne
savent ce qu'ils doivent penser et dire. Dans la grande-salle, au milieu
des tableaux de nos jeunes grands maîtres, Delacroix, Ingres, Decamps,
j'aperçus mon tableau à moi : la foule se serrait autour[bb], c'était un
rugissement d'admiration ; ceux qui étaient derrière et ne voyaient rien
criaient deux fois plus fort : Prodigieux ! prodigieux ! Mon tableau me

sembla à moi-même beaucoup mieux qu'auparavant, et je me sentis saisi d'un profond respect pour ma propre personne. Cependant, à toutes ces formules admiratives se mêlait un nom qui n'était pas le mien ; je vis qu'il y avait là-dessous quelque supercherie. J'examinai la toile avec attention : un nom en petits caractères rouges était écrit à l'un de ses coins. C'était celui d'un de mes amis qui, me voyant mort, ne s'était pas fait scrupule de s'approprier mon œuvre[bc]. Oh ! alors, que je regrettai mon pauvre corps ! Je ne pouvais ni parler, ni écrire ; je n'avais aucun moyen de réclamer ma gloire et de démasquer l'infâme plagiaire. Le cœur navré, je me retirai tristement pour ne pas assister à ce triomphe qui m'était dû. Je voulus voir Jacintha. J'allai chez elle, je ne la trouvai pas ; je la cherchai vainement dans plusieurs maisons où je pensais qu'elle pourrait être. Ennuyé d'être seul, quoiqu'il fût déjà tard, l'envie me prit d'aller au spectacle ; j'entrai à la Porte-Saint-Martin, je fis réflexion que mon nouvel état avait cela d'agréable que je passais partout sans payer. La pièce finissait, c'était la catastrophe. Dorval, l'œil sanglant, noyée de larmes, les lèvres bleues, les tempes livides, échevelée, à moitié nue, se tordait sur l'avant-scène à deux pas de la rampe. Bocage[bd], fatal et silencieux, se tenait debout dans le fond : tous les mouchoirs étaient en jeu ; les sanglots brisaient les corsets ; un tonnerre d'applaudissements entrecoupaient chaque râle de la tragédienne ; le parterre, noir de têtes, *houlait* comme une mer ; les loges se penchaient sur les galeries, les galeries sur le balcon. La toile tomba : je crus que la salle allait crouler : c'étaient des battements de mains, des trépignements, des hurlements ; or, cette pièce était ma pièce ; jugez ! J'étais grand à toucher le plafond. Le rideau se leva, on jeta à cette foule le nom de l'auteur[be].

« Ce n'était pas le mien, c'était le nom de l'ami qui m'avait déjà volé mon tableau. Les applaudissements redoublèrent. On voulait traîner l'auteur sur le théâtre : le monstre était dans une loge obscure avec Jacintha. Quand on proclama son nom, elle se jeta à son cou, et lui appuya sur la bouche le baiser le plus enragé que jamais femme ait donné à un homme. Plusieurs personnes la virent ; elle ne rougit même pas : elle était si enivrée, si folle et si fière de son succès, qu'elle se serait, je crois[bf], prostituée à lui dans cette loge et devant tout le monde. Plusieurs voix crièrent : Le voilà ! le voilà ! Le drôle prit un air modeste, et salua profondément. Le lustre, qui s'éteignit, mit fin à cette scène. Je n'essayerai pas de décrire ce qui se passait dans moi ; la jalousie, le mépris, l'indignation se heurtaient dans mon âme ; c'était un orage d'autant plus furieux que je n'avais aucun moyen de le mettre au-dehors : la foule s'écroula, je sortis du théâtre ; j'errai quelque temps dans la rue, ne sachant où aller. La promenade ne me réjouissait guère. Il sifflait une bise piquante : ma pauvre âme, frileuse comme l'était mon corps, grelottait et mourait[bg] de froid. Je rencontrai une fenêtre ouverte, j'entrai, résolu de gîter dans cette chambre jusqu'au lendemain. La fenêtre se ferma sur moi : j'aperçus assis dans une grande bergère à ramages un personnage des plus singuliers. C'était un grand homme, maigre, sec, poudré à frimas, la figure ridée comme une vieille pomme, une énorme paire de besicles à cheval sur un maître-nez, baisant presque le menton. Une petite estafilade transversale, semblable à une ouverture de tirelire, enfouie sous une infinité de plis et de poils roides comme des soies de sanglier, représentait tant bien que mal ce que nous appellerons une bouche, faute d'autre terme. Un antique habit noir, limé jusqu'à la corde, blanc sur toutes les coutures, une veste d'étoffe changeante, une culotte courte, des bas chinés et des souliers à boucles : voilà pour le costume. À mon arrivée, ce digne personnage se leva, et alla prendre dans une armoire deux brosses faites d'une manière spéciale : je n'en pus deviner d'abord l'usage ; il en prit une dans chaque main, et se mit à parcourir la chambre avec une agilité surprenante comme s'il poursuivait quelqu'un, et choquant ses brosses l'une contre l'autre du côté des barbes ; je compris alors que c'était le fameux M. Berbiguier de Terre-Neuve-du-Thym[bh], qui faisait la chasse aux farfadets ; j'étais fort inquiet de ce qui allait arriver, il semblait que cet hétéroclite individu eût la faculté de voir l'invisible, il me suivait exactement, et j'avais toutes les peines du monde à lui échapper. Enfin, il m'accula dans une encoignure, il brandit ses deux fatales brosses, des millions de dards me criblèrent l'âme, chaque crin faisait un trou, la douleur était insoutenable : oubliant que je n'avais ni langue, ni poitrine, je fis de merveilleux efforts pour crier ; et… »[bi].

Onuphrius en était là de son rêve lorsque j'entrai dans l'atelier : il criait effectivement à pleine gorge ; je le secouai, il se frotta les yeux et me regarda d'un air hébété ; enfin il me reconnut, et me raconta, ne sachant trop s'il avait veillé ou dormi, la série de ses tribulations que l'on vient de lire ; ce n'était pas, hélas ! les dernières qu'il devait éprouver réellement ou non. Depuis cette nuit fatale, il resta dans un état d'hallucination presque perpétuel qui ne lui permettait pas de distinguer ses rêveries d'avec le vrai. Pendant qu'il dormait, Jacintha avait envoyé chercher le portrait ; elle aurait bien voulu y aller elle-même, mais sa robe tachée l'avait trahie auprès de sa tante, dont elle n'avait pu tromper la surveillance.

Onuphrius, on ne peut plus désappointé de ce contretemps, se jeta dans un fauteuil, et, les coudes sur la table, se prit tristement à réfléchir ; ses regards flottaient devant lui sans se fixer particulièrement sur rien : le hasard fit qu'ils tombèrent sur une grande glace de Venise à bordure de cristal, qui garnissait le fond de l'atelier ; aucun rayon de jour ne venait s'y briser, aucun objet ne s'y réfléchissait assez exactement pour que l'on pût en apercevoir les contours : cela faisait un espace vide dans la muraille, une fenêtre ouverte sur le néant, d'où l'esprit pouvait plonger dans les mondes imaginaires. Les prunelles d'Onuphrius fouillaient ce prisme profond et sombre, comme pour en faire jaillir quelque apparition. Il se pencha, il vit son reflet double, il pensa que c'était une illusion d'optique ; mais en examinant plus attentivement, il trouva que le second reflet ne lui ressemblait en aucune façon ; il crut que quelqu'un était entré dans l'atelier sans qu'il l'eût entendu : il se retourna[bj]. Personne. L'ombre continuait cependant à se projeter dans la glace, c'était un homme pâle, ayant au doigt un gros rubis, pareil au mystérieux rubis qui avait joué un rôle dans les fantasmagories de la nuit précédente. Onuphrius commençait à se sentir mal à l'aise. Tout à coup le reflet sortit de la glace, descendit dans la chambre, vint droit à lui, le força à s'asseoir, et, malgré sa résistance, lui enleva le dessus de la tête comme on ferait de la calotte d'un pâté. L'opération finie, il mit le morceau dans sa poche, et s'en retourna par où il était venu. Onuphrius, avant de le perdre tout à fait de vue dans les profondeurs de la glace, apercevait encore à une distance incommensurable son rubis qui brillait comme une comète. Du reste, cette espèce de trépan ne lui avait fait aucun mal. Seulement, au bout de quelques minutes, il entendit un bourdonnement étrange au-dessus de sa tête ; il leva les yeux, et vit que c'étaient ses idées qui, n'étant plus contenues par la voûte du crâne, s'échappaient en désordre comme les oiseaux dont on ouvre la cage[bk]. Chaque idéal de femme qu'il avait rêvé sortit avec son costume, son parler, son attitude (nous devons dire à la louange d'Onuphrius qu'elles avaient l'air de sœurs jumelles de Jacintha), les héroïnes des romans qu'il avait projetés ; chacune de ces dames[bl] avait son cortège d'amants, les unes en cotte armoriées du Moyen Âge, les autres en chapeaux et en robe de dix-huit cent trente-deux. Les types qu'il avait créés grandioses, grotesques ou monstrueux, les esquisses de ses tableaux à faire, de toute nation et de tout temps, ses idées métaphysiques sous la forme de petites bulles de savon, les réminiscences de ses lectures, tout cela sortit pendant une heure au moins : l'atelier en était plein. Ces dames et ces messieurs se promenaient en long et en large sans se gêner le moins du monde, causant, riant, se disputant, comme s'ils eussent été chez eux.

Onuphrius, abasourdi, ne sachant où se mettre, ne trouva rien de mieux à faire que de leur céder la place ; lorsqu'il passa sous la porte, le concierge lui remit deux lettres ; deux lettres de femmes, bleues, ambrées, l'écriture petite, le pli long, le cachet rose.

La première était de Jacintha, elle était conçue ainsi :

« Monsieur, vous pouvez bien avoir mademoiselle de *** pour maîtresse si cela vous fait plaisir ; quant à moi, je ne veux plus l'être, tout mon regret est de l'avoir été. Vous m'obligerez beaucoup de ne pas chercher à me revoir. »

Onuphrius était anéanti ; il comprit que c'était la maudite ressemblance du portrait qui était cause de tout ; ne se sentant pas coupable, il espéra qu'avec le temps tout s'éclaircirait à son avantage. La seconde lettre était une invitation de soirée.

– Bon ! dit-il, j'irai, cela me distraira un peu et dissipera toutes ces vapeurs noires. L'heure vint ; il s'habilla, la toilette fut longue ; comme tous les artistes (quand ils ne sont pas sales à faire peur), Onuphrius était recherché dans sa mise, non que ce fût un fashionable, mais il cherchait à donner à nos pitoyables vêtements un galbe pittoresque, une tournure moins prosaïque. Il se modelait sur un beau Van Dyck qu'il avait dans son atelier, et vraiment il y ressemblait à s'y méprendre. On eût dit le portrait descendu du cadre ou la réflexion de la peinture dans un miroir.

Il y avait beaucoup de monde ; pour arriver à la maîtresse de la maison il lui fallut fendre un flot de femmes, et ce ne fut pas sans froisser plus d'une dentelle, aplatir plus d'une manche, noircir plus d'un soulier, qu'il y put parvenir ; après avoir échangé les deux ou trois banalités d'usage, il tourna sur ses talons, et se mit à chercher quelque figure amie dans toute cette cohue. Ne trouvant personne de connaissance, il s'établit

dans une causeuse à l'embrasure d'une croisée, d'où, à demi caché par
les rideaux, il pouvait voir sans être vu, car depuis la fantastique éva-
poration de ses idées, il ne se souciait pas d'entrer en conversation ; il
se croyait stupide quoiqu'il n'en fût rien ; le contact du monde l'avait
remis dans la réalité.

La soirée était des plus brillantes. Un coup d'œil magnifique ! Cela
reluisait, chatoyait, scintillait ; cela bourdonnait, papillonnait, tourbillonnait[bm]. Des gazes comme des ailes d'abeilles, des tulles, des crêpes,
des blondes, lamés, côtelés, ondés, découpés, déchiquetés à jour ; toiles
d'araignée, air filé, brouillard tissu ; de l'or et de l'argent, de la soie
et du velours, des paillettes, du clinquant, des fleurs, des plumes, des
diamants et des perles ; tous les écrins vidés, le luxe de tous les mondes
à contribution. Un beau tableau, sur ma foi ! Les girandoles de cristal
étincelaient comme des étoiles ; des gerbes de lumière, des iris prismatiques s'échappaient des pierreries ; les épaules des femmes, lustrées,
satinées, trempées d'une molle sueur, semblaient des agates ou des onyx
dans l'eau ; les yeux papillotaient, les gorges battaient la campagne, les
mains s'étreignaient, les têtes penchaient, les écharpes allaient au vent,
c'était le beau moment ; la musique étouffée par les voix, les voix par le
frôlement des petits pieds sur le parquet et le frou-frou des robes, tout
cela forma une harmonie de fête, un bruissement joyeux à enivrer le
plus mélancolique, à rendre fou tout autre qu'un fou[bn].

Pour Onuphrius, il n'y prenait pas garde, il songeait à Jacintha.

Tout à coup son œil s'alluma, il avait vu quelque chose d'extraordinaire :
un jeune homme qui venait d'entrer ; il pouvait avoir vingt-cinq ans, un
frac noir, le pantalon pareil, un gilet de velours rouge taillé en pourpoint,
des gants blancs, un binocle d'or, des cheveux en brosse, une barbe rousse
à la Saint-Mégrin[bo], il n'y avait là rien d'étrange, plusieurs merveilleux
avaient le même costume ; ses traits étaient parfaitement réguliers, son
profil fin et correct eût fait envie à plus d'une petite-maîtresse, mais
il y avait tant d'ironie dans cette bouche pâle et mince, dont les coins
fuyaient perpétuellement sous l'ombre de leurs moustaches fauves, tant
de méchanceté dans cette prunelle[bp] qui flamboyait à travers la glace
du lorgnon comme l'œil d'un vampire, qu'il était impossible de ne pas
le distinguer entre mille.

Il se déganta. Lord Byron ou Bonaparte se fussent honorés de sa
petite main aux doigts ronds et effilés, si frêle, si blanche, si transparente,

qu'on eût craint de la briser en la serrant ; il portait un gros anneau à l'index, le chaton était le fatal rubis ; il brillait d'un éclat si vif, qu'il vous forçait à baisser les yeux.

Un frisson courut dans les cheveux d'Onuphrius.

La lumière des candélabres devint blafarde et verte ; les yeux des femmes et les diamants s'éteignirent ; le rubis radieux étincelait seul au milieu du salon obscurci comme un soleil dans la brume.

L'enivrement de la fête, la folie du bal étaient au plus haut degré ; personne, Onuphrius excepté, ne fit attention à cette circonstance ; ce singulier personnage se glissait comme une ombre entre les groupes, disant un mot à celui-ci, donnant une poignée de main à celui-là, saluant les femmes avec un air de respect dérisoire et de galanterie exagérée qui faisait rougir les unes et mordre les lèvres aux autres ; on eût dit que son regard de lynx et de loup-cervier plongeait au profond de leur cœur ; un satanique dédain perçait dans ses moindres mouvements, un imperceptible clignement d'œil, un pli du front, l'ondulation des sourcils, la proéminence que conservait toujours sa lèvre inférieure, même dans son détestable demi-sourire, tout trahissait en lui, malgré la politesse de ses manières et l'humilité de ses discours, des pensées d'orgueil qu'il aurait voulu réprimer.

Onuphrius, qui le couvait des yeux, ne savait que penser ; s'il n'eût pas été en si nombreuse compagnie, il aurait eu grand-peur.

Il s'imagina même un instant reconnaître le personnage qui lui avait enlevé le dessus de la tête ; mais il se convainquit bientôt que c'était une erreur. Plusieurs personnes s'approchèrent, la conversation s'engagea ; la persuasion où il était qu'il n'avait plus d'idées les lui ôtait effectivement ; inférieur à lui-même, il était au niveau des autres ; on le trouva charmant et beaucoup plus spirituel qu'à l'ordinaire. Le tourbillon emporta ses interlocuteurs, il resta seul ; ses idées prirent un autre cours ; il oublia le bal, l'inconnu, le bruit lui-même et tout[bq] ; il était à cent lieues.

Un doigt se posa sur son épaule, il tressaillit comme s'il se fût réveillé en sursaut. Il vit devant lui madame de ***, qui depuis un quart d'heure se tenait debout sans pouvoir attirer son attention.

– Eh bien ! Monsieur, à quoi pensez-vous donc ? À moi, peut-être ?

– À rien, je vous jure.

Il se leva, madame de *** prit son bras ; ils firent quelques tours. Après plusieurs propos :

– J'ai une grâce à vous demander.

– Parlez, vous savez bien que je ne suis pas cruel surtout avec vous.

– Récitez à ces dames la pièce de vers que vous m'avez dite l'autre jour, je leur en ai parlé, elles meurent d'envie de l'entendre.

A cette proposition, le front d'Onuphrius se rembrunit, il répondit par un *non* bien accentué ; madame de *** insista comme les femmes savent insister. Onuphrius résista autant qu'il le fallait pour se justifier à ses propres yeux de ce qu'il appelait une faiblesse, et finit par céder, quoique d'assez mauvaise grâce.

Madame de ***, triomphante, le tenant par le bout du doigt pour qu'il ne pût s'esquiver, l'amena au milieu du cercle, et lui lâcha la main ; la main tomba comme si elle eût été morte. Onuphrius, décontenancé, promenait autour de lui des regards mornes et effarés comme un taureau sauvage que le picador vient de lancer dans le cirque. Le dandy à barbe rouge était là, retroussant ses moustaches et considérant Onuphrius d'un air de méchanceté satisfaite. Pour faire cesser cette situation pénible, madame de *** lui fit signe de commencer. Il exposa le sujet de sa pièce, et en dit le titre d'une voix assez mal assurée[br]. Le bourdonnement cessa, les chuchotements se turent, on se disposa à écouter, un grand silence se fit.

Onuphrius était debout, la main sur le dos d'un fauteuil qui lui servait comme de tribune. Le dandy vint se placer tout à côté, si près qu'il le touchait ; quand il vit qu'Onuphrius allait ouvrir la bouche, il tira de sa poche une spatule d'argent et un réseau de gaze, emmanché à l'un de ses bouts d'une petite baguette d'ébène ; la spatule était chargée d'une substance mousseuse et rosâtre, assez semblable à la crème qui remplit les meringues, qu'Onuphrius reconnut aussitôt pour des vers de Dorat, de Boufflers, de Bernis et de M. le chevalier de Pezay[bs], réduits à l'état de bouillie ou de gélatine. Le réseau était vide.

Onuphrius, craignant que le dandy ne lui jouât quelque tour, changea le fauteuil de place, et s'assit dedans ; l'homme aux yeux verts[bt] vint se planter juste derrière lui ; ne pouvant plus reculer, Onuphrius commença. À peine la dernière syllabe du premier vers s'était-elle envolée de sa lèvre, que le dandy, allongeant son réseau avec une dextérité merveilleuse le saisit au vol, et l'intercepta avant que le son eût[bu] le temps de parvenir à l'oreille de l'assemblée ; et puis, brandissant sa spatule il lui fourra dans la bouche une cuillerée de son insipide mélange. Onuphrius eût bien voulu s'arrêter ou se sauver ; mais une chaîne magique le clouait au fauteuil. Il lui fallut continuer et cracher cette odieuse mixture en friperies mythologiques et en madrigaux quintessenciés. Le manège se renouvelait à chaque vers ; personne, cependant, n'avait l'air de s'en apercevoir.

Les pensées neuves, les belles rimes d'Onuphrius, diaprées de mille couleurs romantiques, se débattaient et sautelaient[bv] dans la résille comme des poissons dans un filet ou des papillons sous un mouchoir.

Le pauvre poète était à la torture, des gouttes de sueur ruisselaient de ses tempes. Quand tout fut fini, le dandy prit délicatement les rimes et les pensées d'Onuphrius par les ailes et les serra dans son portefeuille.

– Bien, très bien, dirent quelques hommes poètes ou artistes en se rapprochant d'Onuphrius, un délicieux pastiche, un admirable pastel, du Watteau tout pur, de la régence à s'y tromper[bw], des mouches, de la poudre et du fard, comment diable as-tu fait pour grimer ainsi ta poésie ? C'est d'un rococo admirable ; bravo, bravo, d'honneur, une plaisanterie fort spirituelle ! Quelques dames l'entourèrent et dirent aussi : Délicieux ! en ricanant d'une manière à montrer qu'elles étaient au-dessus de semblables bagatelles quoique au fond du cœur elles trouvassent cela charmant et se fussent très fort accommodées d'une pareille poésie pour leur consommation particulière.

– Vous êtes tous des brigands ! s'écria Onuphrius d'une voix de tonnerre en renversant sur le plateau le verre d'eau sucrée qu'on lui présentait. C'est un coup monté, une mystification complète ; vous m'avez fait venir ici pour être le jouet du diable, oui, de Satan en personne, ajouta-t-il en désignant du doigt le fashionable à gilet écarlate.

Après cette algarade, il enfonça son chapeau sur ses yeux et sortit sans saluer.

– Vraiment, dit le jeune homme en refourrant sous les basques de son habit une demi-aune de queue velue qui venait de s'échapper et qui se déroulait en frétillant, me prendre pour le diable, l'invention est plaisante ! Décidément, ce pauvre Onuphrius est fou. Me ferez-vous l'honneur de danser cette contredanse avec moi, mademoiselle ? reprit-il, un instant après, en baisant la main d'une angélique créature de quinze ans, blonde et nacrée, un idéal de Lawrence.

– Oh ! mon Dieu, oui, dit la jeune fille avec son sourire ingénu, levant ses longues paupières soyeuses, laissant nager vers lui ses beaux yeux couleur du ciel.

Au mot Dieu, un long jet sulfureux s'échappa du rubis, la pâleur du réprouvé doubla ; la jeune fille n'en vit rien ; et quand elle l'aurait vu ? elle l'aimait[bx] !

Quand Onuphrius fut dans la rue, il se mit à courir de toutes ses forces ; il avait la fièvre, il délirait, il parcourut au hasard une infinité de ruelles et de passages. Le ciel était orageux, les girouettes grinçaient, les volets battaient les murs, les marteaux des portes retentissaient, les vitrages s'éteignaient successivement ; le roulement des voitures se perdait dans le lointain, quelques piétons attardés longeaient les maisons, quelques filles de joie traînaient leurs robes de gaze dans la boue ; les réverbères, bercés par le vent, jetaient des lueurs rouges et échevelées sur les ruisseaux gonflés de pluie ; les oreilles d'Onuphrius tintaient[by], toutes les rumeurs étouffées de la nuit, le ronflement d'une ville qui dort, l'aboi d'un chien, le miaulement d'un matou, le son de la goutte d'eau tombant du toit, le quart sonnant à l'horloge gothique, les lamentations de la bise, tous ces bruits du silence agitaient convulsivement ses fibres, tendues à rompre par les événements de la soirée. Chaque lanterne était un œil sanglant qui l'espionnait ; il croyait voir grouiller dans l'ombre des formes sans nom, pulluler sous ses pieds des reptiles immondes ; il entendait des ricanements diaboliques, des chuchotements mystérieux. Les maisons valsaient autour de lui ; le pavé ondait[bz], le ciel s'abaissait comme une coupole dont on aurait brisé les colonnes ; les nuages couraient, couraient, couraient, comme si le diable les eût emportés ; une grande cocarde tricolore avait remplacé la lune. Les rues et les ruelles s'en allaient bras dessus bras dessous, caquetant comme de vieilles portières ; il en passa beaucoup de la sorte. La maison de madame de *** passa. On sortait du bal, il y avait encombrement à la porte ; on jurait, on appelait[ca] les équipages. Le jeune homme au réseau descendit ; il donnait le bras à une dame ; cette dame n'était autre que Jacintha ; le marchepied de la voiture s'abaissa, le dandy lui présenta la main ; ils montèrent ; la fureur d'Onuphrius était au comble ; décidé à éclaircir cette affaire, il croisa ses bras sur sa poitrine, et se planta au milieu du chemin. Le cocher fit claquer son fouet, une myriade d'étincelles jaillit du pied des chevaux. Ils partirent au galop ; le cocher cria : Gare ! il ne se dérangea pas : les chevaux étaient lancés trop fort pour qu'on pût les retenir. Jacintha poussa un cri ; Onuphrius crut que c'était fait de lui ; mais chevaux, cocher, voiture, n'étaient qu'une vapeur que son corps divisa comme l'arche d'un pont fait d'une masse d'eau qui se rejoint ensuite[cb]. Les morceaux du fantastique équipage se réunirent à quelques pas derrière lui, et la voiture continua à rouler comme s'il ne fût rien arrivé. Onuphrius, atterré, la suivit des yeux : il entrevit Jacintha, qui, ayant levé le store, le regardait d'un air triste et doux, et le dandy à barbe rouge qui riait comme une hyène ; un angle de la rue l'empêcha d'en voir davantage ; inondé de sueur, pantelant, crotté jusqu'à l'échine, pâle, harassé de fatigue et vieilli de dix ans, Onuphrius regagna péniblement le logis. Il faisait grand jour comme la veille ; en mettant le pied sur le seuil il tomba évanoui. Il ne sortit de sa pâmoison qu'au bout d'une heure ; une fièvre furieuse y succéda. Sachant Onuphrius en danger, Jacintha oublia bien vite sa jalousie et sa promesse de ne plus le voir ; elle vint s'établir au chevet de son lit, et lui prodigua les soins et les caresses les plus tendres. Il ne la reconnaissait pas ; huit jours se passèrent ainsi ; la fièvre diminua ; son corps se rétablit, mais non pas sa raison ; il s'imaginait que le diable lui avait escamoté son corps, se fondant sur ce qu'il n'avait rien senti lorsque la voiture lui avait passé dessus.

L'histoire de Pierre Schlemihl, dont le diable avait pris l'ombre ; celle de la nuit de Saint-Sylvestre, où un homme perd son reflet, lui revinrent en mémoire ; il s'obstinait à ne pas voir son image dans les glaces et son ombre sur le plancher, chose toute naturelle, puisqu'il n'était qu'une substance impalpable ; on avait beau le frapper, le pincer, pour lui démontrer le contraire, il était dans un état de somnambulisme et de catalepsie qui ne lui permettait pas de sentir même les baisers de Jacintha[cc].

La lumière s'était éteinte dans la lampe[cd] ; cette belle imagination, surexcitée par des moyens factices, s'était usée en de vaines débauches ; à force d'être spectateur de son existence, Onuphrius avait oublié celle des autres, et les liens qui le rattachaient au monde s'étaient brisés un à un.

Sorti de l'arche du réel, il s'était lancé dans les profondeurs nébuleuses de la fantaisie et de la métaphysique ; mais il n'avait pu revenir avec le rameau d'olive ; il n'avait pas rencontré la terre sèche où poser le pied et n'avait pas su retrouver le chemin par où il était venu ; il ne put, quand le vertige le prit d'être si haut et si loin, redescendre comme il l'aurait souhaité, et renouer avec le monde positif. Il eût été capable, sans cette tendance funeste, d'être le plus grand des poètes ; il ne fut que le plus singulier des fous. Pour avoir trop regardé sa vie à la loupe, car son fantastique, il le prenait presque toujours dans les événements ordinaires, il lui arriva ce qui arrive à ces gens qui aperçoivent, à l'aide du microscope, des vers dans les aliments les plus sains, des serpents dans les liqueurs les plus limpides. Ils n'osent plus manger ; la chose la plus naturelle, grossie par son imagination, lui paraissait monstrueuse.

M. le docteur Esquirol[ce] fit, l'année passée, un tableau statistique de la folie.

Fous par amour	Hommes	2	Femmes	60
– par dévotion	–	6	–	20
– par politique	–	48	–	3
– perte de fortune	–	27	–	24
Pour cause inconnue	–	1		

Celui-là, c'est notre pauvre ami.

Et Jacintha[cf] ? Ma foi, elle pleura quinze jours, fut triste quinze autres, et, au bout d'un mois, elle prit plusieurs amants, cinq ou six, je crois, pour faire la monnaie d'Onuphrius ; un an après, elle l'avait totalement oublié, et ne se souvenait même plus de son nom. N'est-ce pas, lecteur, que cette fin est bien commune pour une histoire extraordinaire ? Prenez-la ou laissez-la, je me couperais la gorge plutôt que de mentir d'une syllabe

OMPHALE

Histoire rococo

NOTICE

La nouvelle a été publiée pour la première fois le 7 février 1834 dans le *Journal des gens du monde*; c'est le premier état du récit (texte A) dont le sous-titre est « la tapisserie amoureuse, histoire rococo » et Gautier y revendique la qualité de « conteur fantastique; en 1839 Gautier le publie en livre avec *Une larme du diable* (texte B), cette fois le sous-titre met l'accent moins sur le fantastique que sur l'aspect esthétique, la nostalgie d'une époque de l'art et du plaisir; le texte est légèrement remanié, nous indiquons les moins infimes de ces modifications; l'héroïne nommée Mme de T*** devient Mme de C***. *Omphale* par la suite reste une « histoire rococo »; elle est intégrée aux Nouvelles de l'édition Charpentier de 1845, elle y trouve son état dernier (texte C) et elle est reprise dans les rééditions de 1852, 1856, 1858, 1860, 1863 et 1867. En janvier 1850, Gautier la joint au *Nid de rossignols* (paru en décembre 1833 et janvier 1834) dans *La Revue pittoresque* du 20 janvier sous le titre commun, « Deux contes rococo ».

Omphale se trouve ainsi contemporaine des articles qui vont constituer les *Grotesques*, de la polémique qui va conduire Gautier à la Préface de *Mademoiselle de Maupin* et à celle d'*Albertus*. Et c'est là qu'il faut en chercher les sources; certes la nouvelle reprend le schéma fantastique né avec *La Cafetière* et n'en est qu'une variante; le premier conte lui-même était un retour au XVIIIᵉ siècle. Il revient encore ici et le « succube Pompadour », qui hante les « folies » ruinées du quartier Saint-Antoine, est inquiétant sans doute par sa survie et son goût persistant pour la séduction des jeunes Chérubin, mais ce fantôme venu des Lumières est d'une bien ravissante et bien facile sensualité.

La vraie source de la nouvelle, c'est la Bohème du Doyenné qui s'ouvre dès le début de 1834 comme un intermède joyeux et rococo. L'évasion, pour Gautier, c'est l'époque Louis XV et son style, style d'art, style de vie, qui permet justement le fantastique sensuel de la nouvelle. En 1836 il écrit *Le petit chien de la marquise*, en 1846 *Les roués innocents*, en 1850 *Jean et Jeannette, histoire rococo*, trois récits XVIIIe siècle, qui se déroulent au siècle passé, mais surtout par le miracle du pastiche, s'efforcent d'en restituer l'esprit, la fine galanterie, l'insouciance frivole et de les faire revivre pour *revivre* dans cet ailleurs, cet air allégé, cet érotisme bien tempéré. Et la mode amène le monde, le petit monde aristocratique en particulier, à renouer avec une *belle époque*, celle de Boucher.

Le beau livre de Seymour O. Simches[1], analyse à merveille cette fascination du « Louis XV », que l'on retrouve chez Janin[2], chez Musset, chez Nerval évidemment, chez les compagnons de Bohème, Houssaye et Rogier, chez les grands peintres (Ingres, Delacroix) et chez les petits, les auteurs de vignettes, de gravures, d'illustrations, qui tous adoptent la « manière » du XVIIIe siècle. Versailles et Watteau sont d'emblée *dans* ce romantisme qui s'empare de cette filiation : les bohèmes de l'impasse du Doyenné vivaient entourés de tableaux de Fragonard et de trumeaux, plafonds, boiseries « rocaille » ; lors de la fête célèbre du 28 novembre 1834, où chacun se mit à peindre un mur du salon, Gautier lui-même fut l'auteur d'une imitation de Watteau ou de Lancret ; les mascarades de ces jeunes artistes s'inspiraient des masques de Watteau ; Rogier enfin peignit la Cydalise en costume « Régence » avec des taffetas de couleur rousse. Dans le *Château du souvenir*, Gautier la décrit : « ombre en habit de bal masqué », « fleur de pastel [...] vêtue de jupons bouffants [...] la Cydalise en Pompadour ». « L'esprit du XVIIIe siècle coule dans ses veines », dit Simches (p. 12) ; enfant, Gautier a dessiné sa famille en costumes de « bergers Pompadour ». Nous ne sommes pas loin de la tapisserie fantastique et galante.

Le nouveau romantisme du Doyenné, fantaisiste, *plastique*, art pour l'art, se met dans la filiation rococo, le XVIIIe siècle lui semble avoir connu le vrai beau, non utilitaire, aristocratique, pas prêcheur social ou moral, mais élégant, voluptueux, maniéré, épris de lumière, de couleurs, de frivolité et peut-être d'innocence. Dans le libertinage il

---

1   *Le romantisme et le goût esthétique du XVIIIe siècle*, Paris, PUF, 1964.
2   *Cf.* Landrin, *op. cit.*, p. 312.

pressent une blessure de l'âme. Le rococo est « tourmenté » à cause de
ses lignes compliquées, de sa mignardise, de son goût du petit, mais il
est aussi d'une discrétion évanescente avec ses teintes délicates (rose, lilas
tendre, blond cendré), ses expressions savamment pudiques et libertines
(délicieuse petite moue, air de crânerie, narine légèrement gonflée, joues
un peu allumées) ; dans ce monde « pastel », s'affirment la fantaisie,
l'artifice, la distance, la fragilité, c'est-à-dire la tristesse dans le plaisir,
le sentiment du précaire et de l'illusion.

Comme l'a montré Carlo Pasi[1], le récit, « une comédie galante avec
un fantôme », est toujours double : à l'extérieur agonisant de la maison
s'oppose l'intérieur qui survit mieux, à la matière malade (comme une
personne débauchée) succède l'ameublement, puis l'*œuvre*, la tapisserie
brillante de réalité et de présence, mais aussi de fausseté amusante,
séductrice sans être sérieuse, mais justement puissante par sa légèreté,
cette sensualité joyeuse, mélancolique, mozartienne qui va en surgir.
L'article de Catherine Thomas montre aussi avec bonheur comment le
rococo, synonyme de démodé et de désuet comme les perruques (les
Jeunes-France en font un repoussoir universel, le diable transforme
les vers d'Onuphrius en une mièvrerie rococo), est pourtant revalorisé
esthétiquement par la nouvelle génération romantique, parce qu'il est
anticlassique : léger, fantaisiste, joueur, dissonant, irrégulier, maniéré,
surchargé et donc amusant, foisonnant, amoureux de la forme et de
l'ornement en soi, à la fois conforme à l'art pour l'art, car libre de tout
engagement moral ou sérieux, et à une esthétique du caprice, libertin
enfin, et récusant le moralisme politico-progressiste du bourgeois guindé
et prétentieux, le rococo qui n'est pas éloigné du « grotesque » tel que
Gautier va l'exalter, s'oppose au romantisme « moyen âge » pédant et
sombre comme au romantisme de la mélancolie, comme au classicisme
et à son culte de la « vérité » et de la représentation. Le rococo ne représente rien, il est en dehors de ce qui existe, c'est « une création à côté
de la création ». Genre *mineur* et qui n'est pas appelé à l'âge adulte ! En
marge du grand art et du bon goût.

Ici le plus rococo, c'est sans doute la tapisserie d'Hercule et d'Omphale,
dont descend « Madame Omphale », soit le travesti rococo des scènes
célèbres de l'antiquité : l'interprétation « Pompadour » n'est référée que

---

1   C. Pasi, *Th. G. o il fantastico volontario.*

pour rire au modèle mythique devenu ridicule dans sa version moderne. Offenbach n'est pas très loin. Mais le rococo est galant et avide de plaisir et la marquise Omphale pratique sans trop d'embarras l'éducation érotique et sentimentale du jeune héros. Mais cette joie pure des sens contient quelle profonde nostalgie! Et ce rêve d'amour unit la peur et le désir, et cette aventure inoubliable est aussi la simple histoire d'un objet, d'une simple tapisserie. Et celui-ci finit comme tout objet : il tombe dans la réalité, rien ne préserve l'objet du simulacre, l'objet-relique d'amour, l'objet pour lequel on a rêvé d'aimer. En 1834 Gautier lui-même a songé à acheter un tableau de Boucher, découvert selon la même formule que dans la nouvelle, « chez un marchand de bric à brac » (*cf. Cor G.* I 44) ; comme il n'avait pas assez d'argent, il écrivit à son éditeur pour en avoir et comme son personnage, il ne put rien acheter.

OMPHALE^a

Mon oncle, le chevalier de ***, habitait une petite maison donnant d'un côté sur la triste rue des Tournelles et de l'autre sur le triste boulevard Saint-Antoine^b. Entre le boulevard et le corps du logis, quelques vieilles charmilles, dévorées d'insectes et de mousse, étiraient piteusement leurs bras décharnés au fond d'une espèce de cloaque encaissé par de noires et hautes murailles. Quelques pauvres fleurs étiolées penchaient languissamment la tête comme des jeunes filles poitrinaires, attendant qu'un rayon de soleil vînt sécher leurs feuilles à moitié pourries. Les herbes avaient fait irruption dans les allées, qu'on avait peine à reconnaître, tant qu'il y avait longtemps que le râteau ne s'y était promené. Un ou deux poissons rouges flottaient plutôt qu'ils ne nageaient dans un bassin couvert de lentilles d'eau et de plantes de marais.

Mon oncle appelait cela son jardin.

Dans le jardin de mon oncle, outre toutes les belles choses que nous venons de décrire, il y avait un pavillon passablement maussade, auquel, sans doute par antiphrase, il avait donné le nom de *Délices*. Il était dans un état de dégradation complète. Les murs faisaient ventre ; de larges plaques de crépi s'étaient détachées et gisaient à terre entre les orties et la folle avoine ; une moisissure putride verdissait les assises inférieures ; les bois des volets et des portes avaient joué, et ne fermaient plus ou fort mal^c. Une espèce de gros pot à feu avec des effluves^d rayonnantes formait la décoration de l'entrée principale ; car, aux temps de Louis XV, temps de la construction des *Délices*, il y avait toujours, par précaution, deux entrées. Des oves^e, des chicorées et des volutes surchargeaient la corniche toute démantelée par l'infiltration des eaux pluviales. Bref, c'était une fabrique^f assez lamentable à voir que les *Délices* de mon oncle le chevalier de ***.

Cette pauvre ruine d'hier, aussi délabrée que si elle eût eu mille ans^g, ruine de plâtre et non de pierre, toute ridée, toute gercée, couverte de lèpre^h, rongée de mousse et de salpêtre, avait l'air d'un de ces vieillards précoces, usés par de sales débauches ; elle n'inspirait aucun respect, car il n'y a rien d'aussi laid et d'aussi misérable au monde qu'une vieille robe de gaze et un vieux mur de plâtre, deux choses qui ne doivent pas durer et qui durent[i].

C'était dans ce pavillon que mon oncle m'avait logé.

L'intérieur n'en était pas moins *rococo* que l'extérieur quoiqu'un peu mieux conservé. Le lit était de lampas[j] jaune à grandes fleurs blanches. Une pendule de rocaille posait sur un piédouche incrusté de nacre et d'ivoire. Une guirlande de roses pompon circulait coquettement autour d'une glace de Venise ; au-dessus des portes les quatre saisons étaient peintes en camaïeu. Une belle dame, poudrée à frimas, avec un corset bleu de ciel et une échelle de rubans de la même couleur, un arc dans la main droite, une perdrix dans la main gauche, un croissant sur le front, un lévrier à ses pieds, se prélassait et souriait le plus gracieusement du monde dans un large cadre ovale. C'était une des anciennes maîtresses de mon oncle, qu'il avait fait peindre en Diane. L'ameublement, comme on voit, n'était pas des plus modernes. Rien n'empêchait que l'on ne se crût au temps de la Régence, et la tapisserie mythologique qui tendait les murs complétait l'illusion on ne peut mieux[k].

La tapisserie représentait Hercule filant aux pieds d'Omphale. Le dessin était tourmenté à la façon de Van Loo et dans le style le plus *Pompadour* qu'il soit possible d'imaginer[l]. Hercule avait une quenouille entourée d'une faveur couleur de rose ; il relevait son petit doigt avec une grâce toute particulière, comme un marquis qui prend une prise de tabac, en faisant tourner, entrer son pouce et son index, une blanche flammèche de filasse ; son cou nerveux était chargé de nœuds de rubans, de rosettes, de rangs de perles et de mille affiquets féminins ; une large jupe gorge de pigeon, avec deux immenses paniers, achevait de donner un air tout à fait galant au héros vainqueur de monstres.

Omphale avait ses blanches épaules à moitié couvertes par la peau du lion de Némée ; sa main frêle s'appuyait sur la noueuse massue de son amant ; ses beaux cheveux blond cendré avec un œil de poudre descendaient nonchalamment le long de son cou[m], souple et onduleux comme un cou de colombe ; ses petits pieds, vrais pieds d'Espagnole ou de Chinoise, et qui eussent été au large dans la pantoufle de verre de Cendrillon, étaient chaussés de cothurnes demi-antiques, lilas tendre, avec un semis de perles. Vraiment elle était charmante ! Sa tête se rejetait en arrière d'un air de crânerie adorable ; sa bouche se plissait et faisait une délicieuse petite moue ; sa narine était légèrement gonflée, ses joues un peu allumées ; un *assassin*[n], savamment placé, en rehaussait l'éclat d'une façon merveilleuse ; il ne lui manquait qu'une petite moustache pour faire un mousquetaire accompli.

Il y avait encore bien d'autres personnages dans la tapisserie, la suivante obligée, le petit Amour de rigueur ; mais ils n'ont pas laissé dans mon souvenir une silhouette assez distincte pour que je les puisse décrire.

En ce temps-là j'étais fort jeune, ce qui ne veut pas dire que je sois très vieux aujourd'hui ; mais je venais de sortir du collège, et je restais chez mon oncle en attendant que j'eusse fait choix d'une profession. Si le bonhomme avait pu prévoir que j'embrasserais celle de conteur fantastique, nul doute qu'il ne m'eût mis à la porte et déshérité irrévocablement ; car il professait pour la littérature en général, et les auteurs en particulier, le dédain le plus aristocratique. En vrai gentilhomme qu'il était, il voulait faire pendre ou rouer de coups de bâton, par ses gens, tous ces petits grimauds qui se mêlent de noircir du papier et parlent irrévérencieusement des personnes de qualité. Dieu fasse paix à mon pauvre oncle ! mais il n'estimait réellement au monde que l'épître à Zétulbé[o].

Donc je venais de sortir du collège. J'étais plein de rêves et d'illusions ; j'étais naïf autant et peut-être plus qu'une rosière de Salency[p]. Tout heureux de ne plus avoir de *pensums* à faire, je trouvais que tout était pour le mieux dans le meilleur des mondes possibles. Je croyais à une infinité de choses ; je croyais à la bergère de M. de Florian[q], aux moutons peignés et poudrés à blanc ; je ne doutais pas un instant du troupeau de madame Deshoulières. Je pensais qu'il y avait effectivement neuf muses, comme l'affirmait l'*Appendix de Diis et Héroïbus* du père Jouvency. Mes souvenirs de Berquin et de Gessner me créaient un petit monde où tout était rose, bleu de ciel et vert-pomme. O sainte innocence ! *sancta simplicitas* ! comme dit Méphistophélès[r].

Quand je me trouvai dans cette belle chambre, chambre à moi, à moi tout seul, je ressentis une joie à nulle autre seconde. J'inventoriai soigneusement jusqu'au moindre meuble ; je furetai dans tous les coins, et je l'explorai dans tous les sens. J'étais au quatrième ciel, heureux comme un roi ou deux. Après le souper (car on soupait chez mon oncle[s]), charmante coutume qui s'est perdue avec tant d'autres non moins charmantes que je regrette de tout ce que j'ai de cœur, je pris mon bougeoir et je me retirai, tant j'étais impatient de jouir de ma nouvelle demeure.

En me déshabillant, il me sembla que les yeux d'Omphale avaient remué ; je regardai plus attentivement, non sans un léger sentiment de frayeur, car la chambre était grande, et la faible pénombre lumineuse qui flottait autour de la bougie ne servait qu'à rendre les ténèbres plus visibles. Je crus voir qu'elle avait la tête tournée en sens inverse. La peur commençait à me travailler sérieusement ; je soufflai la lumière. Je me tournai du côté du mur, je mis mon drap par-dessus ma tête, je tirai mon bonnet jusqu'à mon menton, et je finis par m'endormir.

Je fus plusieurs jours sans oser jeter les yeux sur la maudite tapisserie.

Il ne serait peut-être pas inutile, pour rendre plus vraisemblable l'invraisemblable histoire que je vais raconter, d'apprendre à mes belles lectrices qu'à cette époque j'étais en vérité un assez joli garçon. J'avais les yeux les plus beaux du monde : je le dis parce qu'on me l'a dit ; un teint un peu plus frais que celui que j'ai maintenant, un vrai teint d'œillet ; une chevelure brune et bouclée que j'ai encore, et dix-sept ans que je n'ai plus. Il ne me manquait qu'une jolie marraine pour faire un très passable Chérubin[t], malheureusement la mienne avait cinquante-sept ans et trois dents, ce qui était trop d'un côté et pas assez de l'autre.

Un soir, pourtant, je m'aguerris au point de jeter un coup d'œil sur la belle maîtresse d'Hercule ; elle me regardait de l'air le plus triste et le plus langoureux du monde. Cette fois-là j'enfonçai mon bonnet jusque sur mes épaules et je fourrai ma tête sous le traversin.

Je fis cette nuit-là un rêve singulier, si toutefois c'était un rêve.

J'entendis les anneaux des rideaux de mon lit glisser en criant sur leurs tringles, comme si l'on eût tiré précipitamment les courtines. Je m'éveillai ; du moins dans mon rêve il me sembla que je m'éveillais. Je ne vis personne.

La lune donnait sur les carreaux et projetait dans la chambre sa lueur bleue et blafarde. De grandes ombres, des formes bizarres, se dessinaient sur le plancher et sur les murailles. La pendule sonna un quart ; la vibration fut longue à s'éteindre ; on aurait dit un soupir. Les pulsations du balancier, qu'on entendait parfaitement, ressemblaient à s'y méprendre au cœur d'une personne émue[u].

Je n'étais rien moins qu'à mon aise et je ne savais trop que penser.

Un furieux coup de vent fit battre les volets et ployer le vitrage de la fenêtre. Les boiseries craquèrent, la tapisserie ondula. Je me hasardai à regarder du côté d'Omphale, soupçonnant confusément qu'elle était pour quelque chose dans tout cela. Je ne m'étais pas trompé.

La tapisserie s'agita violemment. Omphale se détacha du mur et sauta légèrement sur le parquet ; elle vint à mon lit en ayant soin de se tourner du côté de l'endroit. Je crois qu'il n'est pas nécessaire de raconter ma stupéfaction. Le vieux militaire le plus intrépide n'aurait pas été trop rassuré dans une pareille circonstance, et je n'étais ni vieux ni militaire. J'attendis en silence[v] la fin de l'aventure.

Une petite voix flûtée et perlée[w] résonna doucement à mon oreille, avec ce grasseyement mignard affecté sous la Régence par les marquises et les gens du bon ton :

« Est-ce que je te fais peur, mon enfant ? Il est vrai que tu n'es qu'un enfant ; mais cela n'est pas joli d'avoir peur des dames, surtout de celles qui sont jeunes et te veulent du bien ; cela n'est ni honnête ni français ; il faut te corriger de ces craintes-là. Allons, petit sauvage, quitte cette mine et ne te cache pas la tête sous les couvertures. Il y aura beaucoup à faire à ton éducation, et tu n'es guère avance, mon beau page ; de mon temps les Chérubins étaient plus délibérés que tu ne l'es.

— Mais, dame, c'est que[x]...

— C'est que cela te semble étrange de me voir ici et non là, dit-elle en pinçant légèrement sa lèvre rouge avec ses dents blanches, et en étendant vers la muraille son doigt long et effilé[y]. En effet, la chose n'est pas trop naturelle ; mais, quand je te l'expliquerais, tu ne la comprendrais guère mieux : qu'il te suffise donc de savoir que tu ne cours aucun danger.

— Je crains que vous ne soyez le... le...

— Le diable, tranchons le mot, n'est-ce pas ? c'est cela que tu voulais dire ; au moins tu conviendras que je ne suis pas trop noire pour un diable, et que, si l'enfer était peuplé de diables faits comme moi, on y passerait son temps aussi agréablement qu'en paradis.

Pour montrer qu'elle ne se vantait pas, Omphale rejeta en arrière sa peau de lion et me fit voir des épaules et un sein d'une forme parfaite et d'une blancheur éblouissante.

« Eh bien ! qu'en dis-tu ? fit-elle d'un petit air de coquetterie satisfaite.

— Je dis que, quand vous seriez le diable en personne, je n'aurais plus peur, Madame Omphale.

– Voilà qui est parler ; mais ne m'appelez plus ni madame ni Omphale. Je ne veux pas être madame pour toi, et je ne suis pas plus Omphale que je ne suis le diable.

– Qu'êtes-vous donc, alors ?

– Je suit la marquise de T ***. Quelque temps après mon mariage le marquis fit exécuter cette tapisserie pour mon appartement, et m'y fit représenter sous le costume d'Omphale ; lui-même y figure sous les traits d'Hercule. C'est une singulière idée qu'il a eue là ; car, Dieu le sait, personne au monde ne ressemblait moins à Hercule que le pauvre marquis[z]. Il y a bien longtemps que cette chambre n'a été habitée. Moi, qui aime naturellement la compagnie, je m'ennuyais à périr, et j'en avais la migraine. Être avec mon mari[aa], c'est être seule. Tu es venu, cela m'a réjouie[ab], cette chambre morte s'est ranimée, j'ai eu à m'occuper de quelqu'un. Je te regardais aller et venir, je t'écoutais dormir et rêver ; je suivais tes lectures. Je te trouvais bonne grâce, un air avenant, quelque chose qui me plaisait : je t'aimais enfin. Je tâchai de te le faire comprendre ; je poussais des soupirs, tu les prenais pour ceux du vent ; je te faisais des signes, je lançais des œillades langoureuses, je ne réussissais qu'à te causer des frayeurs horribles. En désespoir de cause, je me suis décidée à la démarche inconvenante que je fais, et à te dire franchement ce que tu ne pouvais entendre à demi-mot. Maintenant que tu sais que je t'aime, j'espère que… »

La conversation en était là, lorsqu'un bruit de clef se fit entendre dans la serrure.

Omphale tressaillit et rougit jusque dans le blanc des yeux.

« Adieu ! dit-elle, à demain. » Et elle retourna à sa muraille à reculons, de peur sans doute de me laisser voir son envers.

C'était Baptiste qui venait chercher mes habits pour les brosser.

« Vous avez tort, monsieur, me dit-il, de dormir les rideaux ouverts. Vous pourriez vous enrhumer du cerveau ; cette chambre est si froide ! »

En effet, les rideaux étaient ouverts ; moi qui croyais n'avoir fait qu'un rêve, je fus très étonné, car j'étais sûr qu'on les avait fermés le soir.

Aussitôt que Baptiste fut parti, je courus à la tapisserie. Je la palpai dans tous les sens ; c'était bien une vraie tapisserie de laine, raboteuse au toucher comme toutes les tapisseries possibles. Omphale ressemblait au charmant fantôme de la nuit comme un mort ressemble à un vivant[ac]. Je relevai le pan ; le mur était plein ; il n'y avait ni panneau masqué ni porte dérobée. Je fis seulement cette remarque, que plusieurs fils étaient rompus dans le morceau de terrain où portaient les pieds d'Omphale. Cela me donna à penser.

Je fus toute la journée d'une distraction sans pareille ; j'attendais le soir avec inquiétude et impatience tout ensemble. Je me retirai de bonne heure, décidé à voir comment tout cela finirait. Je me couchai, la marquise ne se fit pas attendre ; elle sauta à bas du trumeau[ad] et vint tomber droit à mon lit ; elle s'assit à mon chevet, et la conversation commença.

Comme la veille, je lui fis des questions, je lui demandai des explications. Elle éludait les unes, répondait aux autres d'une manière évasive, mais avec tant d'esprit qu'au bout d'une heure je n'avais pas le moindre scrupule sur ma liaison avec elle.

Tout en parlant, elle passait ses doigts dans mes cheveux, me donnait de petits coups sur les joues et de légers baisers sur le front[ae].

Elle babillait, elle babillait d'une manière moqueuse et mignarde, dans un style à la fois élégant et familier, et tout à fait grande dame, que je n'ai jamais retrouvé depuis dans personne[af].

Elle était assise d'abord sur la bergère à côté du lit ; bientôt elle passa un de ses bras autour de mon cou, je sentais son cœur battre avec force contre moi. C'était bien une belle et charmante femme réelle, une véritable marquise, qui se trouvait à côté de moi. Pauvre écolier de dix-sept ans ! Il y avait de quoi en perdre la tête ; aussi je la perdis. Je ne savais pas trop ce qui allait se passer, mais je pressentais vaguement que cela ne pouvait plaire au marquis.

« Et monsieur le marquis, que va-t-il dire là-bas sur son mur ? »

La peau du lion était tombée à terre, et les cothurnes lilas tendre glacé d'argent gisaient à côté de mes pantoufles.

« Il ne dira rien, reprit la marquise en riant de tout son cœur. Est-ce qu'il voit quelque chose ? D'ailleurs, quand il verrait[ag], c'est le mari le plus philosophe et le plus inoffensif du monde ; il est habitué à cela. M'aimes-tu, enfant ?

– Oui, beaucoup, beaucoup… »

Le jour vint ; ma maîtresse s'esquiva.

La journée me parut d'une longueur effroyable. Le soir arriva enfin. Les choses se passèrent comme la veille, et la seconde nuit n'eut rien à envier à la première. La marquise était de plus en plus adorable. Ce manège se répéta pendant assez longtemps encore. Comme je ne dormais pas la nuit, j'avais tout le jour une espèce de somnolence qui ne parut pas de bon augure à mon oncle. Il se douta de quelque chose ; il écouta probablement à la porte, et entendit tout ; car un beau matin il entra dans ma chambre si brusquement, qu'Antoinette eut à peine le temps de remonter à sa place.

Il était suivi d'un ouvrier tapissier avec des tenailles et une échelle.

Il me regarda d'un air rogue et sévère qui me fit voir qu'il savait tout.

« Cette marquise de T *** est vraiment folle ; où diable avait-elle la tête de s'éprendre d'un morveux de cette espèce[ah] ? fit mon oncle entre ses dents ; elle avait pourtant promis d'être sage[ai] !

Jean, décrochez cette tapisserie, roulez-la et portez-la au grenier. »

Chaque mot de mon oncle était un coup de poignard.

Jean roula mon amante Omphale, ou la marquise Antoinette de T ***, avec Hercule, ou le marquis de T ***, et porta le tout au grenier. Je ne pus retenir mes larmes.

Le lendemain, mon oncle me renvoya par la diligence de B*** chez mes respectables parents[aj], auxquels, comme on pense bien, je ne soufflai pas mot de mon aventure.

Mon oncle mourut ; on vendit sa maison et les meubles ; la tapisserie fut probablement vendue avec le reste. Toujours est-il qu'il y a quelque temps, en furetant chez un marchand de bric-à-brac pour trouver des momeries[ak], je heurtai du pied un gros rouleau tout poudreux et couvert de toiles d'araignée.

« Qu'est cela ? dis-je à l'Auvergnat.

– C'est une tapisserie rococo qui représente les amours de madame Omphale et de monsieur Hercule ; c'est du Beauvais, tout en soie et joliment conservé. Achetez-moi donc cela pour votre cabinet ; je ne vous le vendrai pas cher, parce que c'est vous. »

Au nom d'Omphale, tout mon sang reflua sur mon cœur.

« Déroulez cette tapisserie », fis-je au marchand d'un ton bref et entrecoupé comme si j'avais la fièvre.

C'était bien elle. Il me sembla que sa bouche me fit un gracieux sourire et que son œil s'alluma en rencontrant le mien.

« Combien en voulez-vous ?

– Mais je ne puis vous céder cela à moins de quatre cent francs, tout au juste.

– Je ne les ai pas sur moi. Je m'en vais les chercher ; avant une heure je suis ici. »

Je revins avec l'argent ; la tapisserie n'y était plus. Un Anglais l'avait marchandée pendant mon absence, en avait donné six cents francs et l'avait emportée.

Au fond[al], peut-être vaut-il mieux que cela se soit passé ainsi et que j'aie gardé intact ce délicieux souvenir. On dit qu'il ne faut pas revenir sur ses premières amours ni aller voir la rose qu'on a admirée la veille[am].

Et puis je ne suis plus assez jeune ni assez joli garçon pour que les tapisseries descendent du mur en mon honneur.

LA MORTE AMOUREUSE

NOTICE

Cette nouvelle, de l'aveu même de Gautier, fut une œuvre « nocturne », la seule qu'il ait écrite la nuit : alors, sous l'influence de Balzac auquel il avait emprunté son régime de travail, il s'était mis à écrire la nuit avec force café[1]. La nouvelle fut publiée par la *Chronique de Paris, journal politique et littéraire*, dans les livraisons des 23 et 26 juin 1836. Le 16, elle était annoncée sous le titre, *Les amours d'une morte*. Ce premier texte (texte A) est repris en volume en 1839 avec *Une larme du diable* (texte B), en 1845 le récit fait partie des *Nouvelles* (texte C, texte définitif) ; la *Revue pittoresque* du 20 janvier 1850 le reproduit sous le titre *Clarimonde* ; elle figure enfin dans les rééditions des *Nouvelles*.

Gautier y reprend, avec quelle puissance supplémentaire d'affirmation, son thème des amours d'un mortel avec une créature de l'au-delà ou d'outre-tombe. La revenante est une amante, et l'être surnaturel est une maîtresse tendre et inquiétante. 1836, c'est l'année de la mort de la Cydalise, courtisane phtisique, morte de consomption, mais qui a déjà pour rivale et Victorine et Eugénie. Le thème au reste est trop profond chez Gautier pour être réductible à un chagrin personnel ; il va le reprendre avec *Giselle* en 1841 : la « Willi » est « une vampire de la danse », a-t-il dit[2]. Il a pu être encouragé dans l'affirmation de sa foi en l'amour plus fort que la mort par la parution en 1835 de *De l'Allemagne* de Heine qui, à propos des Willis justement et du « panthéisme allemand » (t. II, p. 143) quasi spontané et populaire, disait qu'il est impossible au peuple allemand de croire que les jeunes fiancées fussent vraiment mortes et « que tant d'éclat et de beauté dussent tomber sans retour

---

1   *Cf. Souvenirs romantiques*, p. 127.
2   *Cf. Souvenirs de théâtre, d'art et de critique*, p. 101.

dans l'anéantissement » ; le même dans les *Nuits florentines* parues dans
La Revue des Deux Mondes du 15 avril 1836 racontait comment son héros
Maximilian aimait de préférence les femmes sous forme de sculpture
ou de peinture ; il avait adoré une petite Véry, sept ans après sa mort.
De même, il dissertait sur le rappel des mortes, sur sa passion pour
Laurence, « *das Totenkind* », née dans un tombeau où l'on avait enseveli
par erreur sa mère ; celle-ci y avait accouché et des voleurs de tombes
avait sauvé « cette enfant de la mort, ce spectre au visage d'ange et au
corps de bayadère ».

Le thème au reste était classique : Léon Cellier[1] a énuméré toutes
les amantes défuntes qui sont revenues, « apparitions élégiaques », qui
n'ont cessé avec Properce, Chénier, Gessner, Lamartine de parler à leur
amant et de lui promettre présence et consolation. Dans « Les taches
jaunes[2] » (poème de 1844 dédié à la Cydalise) Gautier s'inquiète d'une
visiteuse nocturne : « S'il faut croire un conte sombre / Les morts aimés
autrefois / Nous marquent ainsi dans l'ombre. / Du sceau de leurs baisers froids » / ; à la pauvre Cydalise revenue du ciel il demande si elle
va « me rendre / Les baisers que tu me dois » ?

Mais ici les sources de Gautier sont plus directes : jamais dans ses
contes il n'a été si fidèle à une filiation qui réunit les grands *classiques* du
fantastique. *La Morte amoureuse* renvoie au *Diable amoureux* de Cazotte[3] :
même structure du titre, même héroïne pleinement femme et assumant
une mission satanique, même étape vénitienne ; on pense ensuite au
Moine de Lewis où la tentation démoniaque, adressée cette fois à un
religieux, prend la forme d'une amoureuse, véritable suppôt de Satan.
Mais le thème du moine innocent, puis furieusement livré à la luxure
et comme scindé en deux par un conflit inexpiable entre ses vœux et
ses désirs, cette ébauche du dédoublement, se retrouve dans *Les Élixirs
du diable* d'Hoffmann, que Gautier mentionne cette même année dans
Un tour en Belgique[4], quand il évoque « le petit perruquier enthousiaste
qu'Hoffmann a si bien peint dans l'*Élixir du diable…* ». Cette fois tous
les thèmes sont unis comme dans la nouvelle de Gautier : le moine

---

1   *Mallarmé et la morte qui parle*, p. 30 sq.

2   *Poésies complètes*, t. II, p. 242.

3   Selon Ed. Binney, *Les Ballets de Th. G.*, p. 55, Cazotte va fournir en 1840 un thème de ballet
      dont Gautier tirera des encouragements pour *Giselle*. Gautier désigne Cazotte comme « ce
      grand poète qui a inventé Hoffmann au milieu du XVIIIe siècle, en pleine Encyclopédie ».

4   *Cf. Caprices et zigzags*, p. 17.

Médard, ses hantises érotiques, ses désirs criminels, son double obsédant (tour à tour sosie, suppléant, persécuteur, victime, modèle, demi-frère, rival de lui-même), la direction sévère du prieur Léonard. Le conflit de Dieu et de Satan, du désir et de la foi tourne ici au dédoublement pur : deux vies, deux identités, deux êtres en un, ou un être en deux moitiés étrangères et complices[1].

C'est surtout dans la période de foi et de piété de Romuald que le récit de Gautier semble se souvenir de la nouvelle d'Hoffmann ; au couvent du Saint-Tilleul Médard a connu les mêmes émotions, la même passion d'être consacré à Dieu, la même innocence absolue. « Une sensation ineffable parcourait tout mon être et me faisait frissonner quand debout près de l'autel, je balançais l'encensoir et que m'emportaient les sons de l'orgue [...] et qu'enfin dans le chant de l'hymne je reconnaissais la voix de l'abbesse qui descendait en moi comme un rayon de lumière et pénétrait mon âme du pressentiment de la présence divine[2] » ; suit la description de la fête de saint Bernard et des impressions de Médard écoutant le *Gloria* : « Ne semblait-il pas que la gloire de nuages qui couronnant le maître-autel allait s'entr'ouvrir ? [...] Je tombais alors dans les extases méditatives de la piété enthousiaste et elles me transportaient à travers des nuages éclatants vers la patrie lointaine... ».

Chez Hoffmann aussi la tentation par la femme était liée à la consécration du héros. Médard avait été bouleversé antérieurement par la vue en déshabillé léger de la sœur du maître de chapelle du couvent de Capucins[3] ; cette agression diabolique est devenue une hantise : cette image « provoquait en moi un état d'oppression et d'agitation qui me semblait d'autant plus dangereux que s'éveillait en même temps un désir inconnu et délicieux et, avec ce désir, une convoitise qui devait être coupable[4] » ; pendant sa prise d'habit le moine la voit dans l'église, mais cette fois « un coupable mouvement d'orgueil » qui se saisit de lui parce qu'il se croit libre de toute séduction de la chair constitue une nouvelle tentation[5]. Plus tard, lorsque Médard a déjà absorbé l'élixir diabolique et qu'il est devenu un prédicateur à l'orgueil démoniaque, il

1   *Cf.* H. E. A. Velthuis, *Th. G. l'homme et l'artiste*, p. 94-95.
2   Éd. Belfond, 1968, p. 36-37.
3   *Op. cit.*, p. 46.
4   *Ibid.*, p. 49.
5   *Ibid.*, p. 50.

succombe à la vue d'une inconnue qui vient se confesser et qui ressemble exactement au tableau qui représente sainte Rosalie[1] ; la pénitente lui avoue son amour pour lui : « Tous mes nerfs tressaillirent à l'heure de l'agonie. J'étais hors de moi, un sentiment inconnu déchirait mon cœur. La voir, la presser contre mon sein et puis mourir de délice et de tourment ! Une seule minute de cette félicité pour l'éternel martyre de l'enfer ! » Dès lors tout est changé pour lui : l'inconnue « vivait en moi, elle me regardait avec des yeux ravissants, d'un bleu sombre où perlaient des larmes qui, tombant dans mon cœur, y allumaient une flamme dévorante ». Enfin la scène finale où Aurélie prend le voile montre Médard saisi par l'ultime offensive du désir diabolique, tandis que son double assassine la jeune religieuse.

Dans ce thème du *doppelgänger*, où Gautier semble devancer Nerval, il a pu penser aussi aux précédents que proposait le fantastique de Nodier : *Smarra*, où Lorenzo en rêve se croit Lucius ; *La Fée aux miettes*, où Michel, mari de la fée, est *aussi*, la nuit seulement et en rêve, l'amant de la reine de Saba ; comme dans *La Morte amoureuse* la deuxième existence du héros se trouve par-delà la barrière du sommeil. Déjà dans *La Fée aux miettes* rêve et veille sont liés et complémentaires : loin d'être jalouse de Belkiss, la fée *semble* bien lui être identique ; ce qu'elle lui dit comme fée, Michel l'a rêvé ou le rêve comme amant de la reine ; « tout est vérité, tout est mensonge » Gautier va seulement plus loin dans la relativité : pour Romuald se réveiller, c'est rêver, rêver s'est s'éveiller.

À ces éléments pour lesquels il a des modèles, Gautier ajoute deux données qui compliquent le personnage de Clarimonde. C'est une courtisane et une vampire ; Hoffmann avec sa nouvelle *Vampirisme* a pu l'aider à inventer cette modification des données fantastiques : de la « démone » on passe à *la vampire*. Courtisane amoureuse, passe encore : on est là dans le lieu commun d'époque auquel Gautier sacrifie encore avec Musidora dans *Fortunio* ; Clarimonde est sauvée (même de son vampirisme) par l'amour. Plus originale, plus subtilement paradoxale est l'idée de rendre la vampire amoureuse ; c'est la variante qui dénature le thème, et l'inverse. Loin d'épuiser son amant, Clarimonde le ménage, restreint ses goulées de sang, soigne ses blessures, fait de ses succions une transfusion de vie et de substance, un échange d'être. Alors que le

---

1   *Ibid.*, p. 72-73.

vampire se constitue dans la mythologie moderne (littérature et cinéma) comme la créature du défi qui a choisi d'être à tout prix, de vaincre la mort par une éternelle jeunesse, une éternelle jouissance, une puissance absolue, achetées aux dépens des autres par un crime quotidien ; alors que le vampire est le mal a-humain et indestructible, inoculé sans remèdes par une blessure qui transforme en monstre, Clarimonde devient ironiquement une amante parfaite. « Buveuse de sang et d'or », elle est l'Eve éternelle, la Séductrice totale, libre comme la courtisane, fidèle comme l'amante, détentrice de toutes les voluptés, régénératrice de toute vitalité. Allégé, adouci, parodique, son vampirisme (n'est-elle pas comme *La Fiancée de Corinthe*, comme Arria Marcella une *sorte* de vampire ?) est disponible pour une signification allégorique qui n'est plus à chercher dans la démonologie moderne, mais dans la mystique de l'amour ; le désir est mortel ; parce qu'il exige toute la vie et toute l'âme, il est la mort. Dans *Mademoiselle de Maupin*, Gautier évoque ces baisers funestes « qui pomperaient une existence entière et feraient un vide complet dans une âme et dans un corps » ; l'héroïne indienne de *Fortunio* est assimilée à ces terribles Javanaises, « ces gracieux vampires [ailleurs Gautier dit : « ces vampires d'amour, succubes diurnes »] qui boivent un Européen en trois semaines et le laissent sans une goutte d'or ou de sang… » ; dans sa Notice sur Baudelaire, il a repris le thème : les Javanaises, « vampires d'amour, succubes diurnes », viennent tarir le sang, les moelles, l'âme, dans *La Presse* (16 oct. 1837) il avait parlé des actrices du XVIIIe siècle comme « de charmantes sangsues qui pompaient l'argent des financiers et des grands seigneurs ». Ainsi il élabore pour Clarimonde un vampirisme ambigu, thème fantastique et métaphore de la fureur de vivre ; dans l'excès de vitalité, mais surtout dans la conquête de l'absolu, de l'au-delà où se réalisent tous nos souhaits, il y a danger de mort.

Vous me demandez, frère[a], si j'ai aimé ; oui. C'est une histoire singulière et terrible, et, quoique j'aie soixante-six ans, j'ose à peine remuer la cendre de ce souvenir. Je ne veux rien vous refuser, mais je ne ferais pas à une âme moins éprouvée un pareil récit. Ce sont des événements si étranges, que je ne puis croire qu'ils me soient arrivés. J'ai été pendant plus de trois ans le jouet d'une illusion singulière et diabolique. Moi, pauvre prêtre de campagne, j'ai mené en rêve toutes les nuits (Dieu veuille que ce soit un rêve !) une vie de damné, une vie de mondain et de Sardanapale. Un seul regard trop plein de complaisance jeté sur une femme pensa causer la perte de mon âme ; mais enfin, avec l'aide de Dieu et de mon saint patron, je suis parvenu à chasser l'esprit malin qui s'était emparé de moi[b]. Mon existence s'était compliquée d'une existence nocturne entièrement différente. Le jour, j'étais un prêtre du Seigneur, chaste, occupé de la prière et des choses saintes ; la nuit, dès que j'avais fermé les yeux, je devenais un jeune seigneur, fin connaisseur en femmes, en chiens et en chevaux, jouant aux dés, buvant et blasphémant ; et lorsqu'au lever de l'aube je me réveillais, il me semblait au contraire que je m'endormais et que je rêvais que j'étais prêtre. De cette vie somnambulique il m'est resté des souvenirs d'objets et de mots dont je ne puis pas me défendre, et, quoique je ne sois jamais sorti des murs de mon presbytère[c], on dirait plutôt, à m'entendre, un homme ayant usé de tout et revenu du monde, qui est entré en religion et qui veut finir dans le sein de Dieu des jours trop agités, qu'un humble séminariste[d] qui a vieilli dans une cure ignorée, au fond d'un bois et sans aucun rapport avec les choses du siècle.

Oui, j'ai aimé comme personne au monde n'a aimé, d'un amour insensé et furieux, si violent que je suis étonné qu'il n'ait pas fait éclater mon cœur. Ah ! quelles nuits ! quelles nuits !

Dès ma plus tendre enfance, je m'étais senti de la vocation pour l'état de prêtre ; aussi toutes mes études furent-elles dirigées dans ce sens-là, et ma vie, jusqu'à vingt-quatre ans, ne fut-elle qu'un long noviciat. Ma théologie achevée, je passai successivement par tous les petits ordres, et mes supérieurs me jugèrent digne, malgré ma grande

jeunesse, de franchir le dernier et redoutable degré. Le jour de mon
ordination fut fixé à la semaine de Pâques.

Je n'étais jamais allé dans le monde ; le monde, c'était pour moi l'enclos
du collège et du séminaire. Je savais vaguement qu'il y avait quelque
chose que l'on appelait femme, mais je n'y arrêtais pas ma pensée ; j'étais
d'une innocence parfaite[e]. Je ne voyais ma mère vieille et infirme que
deux fois l'an. C'étaient là toutes mes relations avec le dehors.

Je ne regrettais rien, je n'éprouvais pas la moindre hésitation devant
cet engagement irrévocable, j'étais plein de joie et d'impatience. Jamais
jeune fiancé[f] n'a compté les heures avec une ardeur plus fiévreuse ; je n'en
dormais pas, je rêvais que je disais la messe ; être prêtre, je ne voyais
rien de plus beau au monde : j'aurais refusé d'être roi ou poète. Mon
ambition ne concevait pas au-delà.

Ce que je dis là est pour vous montrer combien ce qui m'est arrivé
ne devait pas m'arriver, et de quelle fascination inexplicable j'ai été la
victime.

Le grand jour venu, je marchai à l'église d'un pas si léger, qu'il me
semblait que je fusse soutenu en l'air ou que j'eusse des ailes aux épaules.
Je me croyais un ange, et je m'étonnais de la physionomie sombre et
préoccupée de mes compagnons ; car nous étions plusieurs. J'avais passé
la nuit en prières, et j'étais dans un état qui touchait presque à l'extase.
L'évêque, vieillard vénérable, me paraissait Dieu le Père penché sur son
éternité, et je voyais le ciel à travers les voûtes du temple.

Vous savez les détails de cette cérémonie : la bénédiction, la
communion sous les deux espèces, l'onction de la paume des mains
avec l'huile des catéchumènes, et enfin le saint sacrifice offert de
concert avec l'évêque. Je ne m'appesantirai pas sur cela. Oh ! que Job
a raison, et que celui-là est imprudent qui ne conclut pas un pacte
avec ses yeux[g] ! Je levai par hasard ma tête, que j'avais jusque-là tenue
inclinée, et j'aperçus devant moi, si près que j'aurais pu la toucher,
quoique en réalité elle fût à une assez grande distance et de l'autre
côté de la balustrade, une jeune femme d'une beauté rare et vêtue avec
une magnificence royale. Ce fut comme si des écailles me tombaient
des prunelles[h]. J'éprouvai la sensation d'un aveugle qui recouvrerait
subitement la vue. L'évêque, si rayonnant tout à l'heure, s'éteignit
tout à coup, les cierges pâlirent sur leurs chandeliers d'or comme les
étoiles au matin, et il se fit par toute l'église une complète obscurité.

La charmante créature se détachait sur ce fond d'ombre comme une révélation angélique ; elle semblait éclairée d'elle-même et donner le jour plutôt que le recevoir.

Je baissai la paupière, bien résolu à ne plus la relever pour me soustraire à l'influence des objets extérieurs ; car la distraction m'envahissait de plus en plus, et je savais à peine ce que je faisais.

Une minute après, je rouvris les yeux, car à travers mes cils je la voyais étincelante des couleurs du prisme, et dans une pénombre pourprée comme lorsqu'on regarde le soleil.

Oh ! comme elle était belle ! Les plus grands peintres, lorsque, poursuivant dans le ciel, la beauté idéale, ils ont rapporté sur la terre le divin portrait de la Madone[j], n'approchent même pas de cette fabuleuse réalité. Ni les vers du poète ni la palette du peintre n'en peuvent donner une idée. Elle était assez grande, avec une taille et un port de déesse ; ses cheveux, d'un blond doux, se séparaient sur le haut de sa tête et coulaient sur ses tempes comme deux fleuves d'or ; on aurait dit une reine avec son diadème ; son front, d'une blancheur bleuâtre et transparente, s'étendait large et serein sur les arcs de deux cils presque bruns, singularité[j] qui ajoutait encore à l'effet de prunelles vert de mer d'une vivacité et d'un éclat insoutenables. Quels yeux ! avec un éclair ils décidaient de la destinée d'un homme ; ils avaient une vie, une limpidité, une ardeur, une humanité brillante que je n'ai jamais vues à un œil humain ; il s'en échappait des rayons pareils à des flèches et que je voyais distinctement aboutir à mon cœur. Je ne sais si la flamme qui les illuminait venait du ciel ou de l'enfer, mais à coup sûr elle venait de l'un ou de l'autre. Cette femme était un ange ou un démon, et peut-être tous les deux ; elle ne sortait certainement pas du flanc d'Ève, la mère commune. Des dents du plus bel orient[k] scintillaient dans son rouge sourire, et de petites fossettes se creusaient à chaque inflexion de sa bouche dans le satin rose de ses adorables joues. Pour son nez, il était d'une finesse et d'une fierté toute royale, et décelait la plus noble origine. Des luisants d'agate jouaient sur la peau unie et lustrée de ses épaules à demi découvertes, et des rangs de grosses perles blondes, d'un ton presque semblable à son cou[l], lui descendaient sur la poitrine. De temps en temps elle redressait sa tête avec un mouvement onduleux de couleuvre ou de paon qui se rengorge, et imprimait un léger frisson à la haute fraise brodée à jour qui l'entourait comme un treillis d'argent.

Elle portait une robe de velours nacarat[m], et de ses larges manches doublées d'hermine sortaient des mains patriciennes d'une délicatesse infinie, aux doigts longs et potelés, et d'une si idéale transparence qu'ils laissaient passer le jour comme ceux de l'Aurore.

Tous ces détails me sont encore aussi présents que s'ils dataient d'hier, et, quoique je fusse dans un trouble extrême, rien ne m'échappait : la plus légère nuance, le petit point noir au coin du menton, l'imperceptible duvet aux commissures des lèvres, le velouté du front, l'ombre tremblante des cils sur les joues, je saisissais tout avec une lucidité étonnante.

À mesure que je la regardais, je sentais s'ouvrir dans moi des portes qui jusqu'alors avaient été fermées ; des soupiraux obstrués se débouchaient dans tous les sens et laissaient entrevoir des perspectives inconnues ; la vie m'apparaissait sous un aspect tout autre ; je venais de naître à un nouvel ordre d'idées. Une angoisse effroyable me tenaillait le cœur ; chaque minute qui s'écoulait me semblait une seconde et un siècle. La cérémonie avançait cependant, et j'étais emporté bien loin du monde[n] dont mes désirs naissants assiégeaient furieusement l'entrée. Je dis oui cependant, lorsque je voulais dire non, lorsque tout en moi se révoltait et protestait contre la violence que ma langue faisait à mon âme : une force occulte m'arrachait malgré moi les mots du gosier. C'est là peut-être ce qui fait que tant de jeunes filles marchent à l'autel avec la ferme résolution de refuser d'une manière éclatante l'époux qu'on leur impose, et que pas une seule n'exécute son projet. C'est là sans doute ce qui fait que tant de pauvres novices prennent le voile, quoique bien décidées à le déchirer en pièces au moment de prononcer leurs vœux. On n'ose causer un tel scandale devant tout le monde ni tromper l'attente de tant de personnes ; toutes ces volontés, tous ces regards semblent peser sur vous comme une chape de plomb : et puis les mesures sont si bien prises, tout est si bien réglé à l'avance, d'une façon si évidemment irrévocable, que la pensée cède au poids de la chose et s'affaisse complètement.

Le regard de la belle inconnue changeait d'expression selon le progrès de la cérémonie. De tendre et caressant qu'il était d'abord, il prit un air de dédain et de mécontentement comme de ne pas avoir été compris.

Je fis un effort suffisant pour arracher une montagne, pour m'écrier que je ne voulais pas être prêtre ; mais je ne pus en venir à bout ; ma langue resta clouée à mon palais, et il me fut impossible de traduire ma volonté par le plus léger mouvement négatif. J'étais, tout éveillé, dans un état pareil à celui du cauchemar, où l'on veut crier un mot dont votre vie dépend, sans en pouvoir venir à bout.

Elle parut sensible au martyre que j'éprouvais, et, comme pour m'encourager, elle me lança une œillade pleine de divines promesses. Ses yeux étaient un poème dont chaque regard formait un chant.

Elle me disait :

« Si tu veux être à moi, je te ferai plus heureux que Dieu lui-même dans son paradis ; les anges te jalouseront[o]. Déchire ce funèbre linceul où tu vas t'envelopper ; je suis la beauté, je suis la jeunesse, je suis la vie ; viens à moi, nous serons l'amour. Que pourrait t'offrir Jéhovah pour compensation ? Notre existence coulera comme un rêve et ne sera qu'un baiser éternel.

« Répands le vin de ce calice, et tu es libre. Je t'emmènerai vers les îles inconnues ; tu dormiras sur mon sein, dans un lit d'or massif et sous un pavillon d'argent ; car je t'aime et je veux te prendre à ton Dieu, devant qui tant de nobles cœurs répandent des flots d'amour qui n'arrivent pas jusqu'à lui. »

Il me semblait entendre ces paroles sur un rythme d'une douceur infinie, car son regard avait presque la sonorité[p], et les phrases que ses yeux m'envoyaient retentissaient au fond de mon cœur comme si une bouche invisible les eût soufflées dans mon âme. Je me sentais prêt à renoncer à Dieu, et cependant mon cœur accomplissait machinalement les formalités de la cérémonie. La belle me jeta un second coup d'œil si suppliant, si désespéré, que des lames acérées me traversèrent le cœur, que je me sentis plus de glaives dans la poitrine que la mère des douleurs.

C'en était fait, j'étais prêtre.

Jamais physionomie humaine ne peignit une angoisse aussi poignante ; la jeune fille qui voit tomber son fiancé mort subitement à côté d'elle, la mère auprès du berceau vide de son enfant, Ève assise sur le seuil de la porte du paradis, l'avare qui trouve une pierre à la place de son trésor, le poète qui a laissé rouler dans le feu le manuscrit unique de son plus bel ouvrage, n'ont point un air plus atterré et plus inconsolable[q]. Le sang abandonna complètement sa charmante figure, et elle devint d'une blancheur de marbre ; ses beaux bras tombèrent le long de son corps, comme si les muscles en avaient été dénoués, et elle s'appuya contre un pilier, car ses jambes fléchissaient et se dérobaient sous elle[r]. Pour moi, livide, le front inondé d'une sueur plus sanglante que celle du Calvaire, je me dirigeai en chancelant vers la porte de l'église ; j'étouffais ; les voûtes s'aplatissaient sur mes épaules, et il me semblait que ma tête soutenait seule tout le poids de la coupole.

Comme j'allais franchir le seuil, une main s'empara brusquement de la mienne ; une main de femme ! Je n'en avais jamais touché. Elle était froide comme la peau d'un serpent, et l'empreinte m'en resta brûlante comme la marque d'un fer rouge. C'était elle. « Malheureux ! malheureux ! qu'as-tu fait ? » me dit-elle à voix basse ; puis elle disparut dans la foule.

Le vieil évêque passa ; il me regarda d'un air sévère. Je faisais la plus étrange contenance du monde ; je pâlissais, je rougissais, j'avais des éblouissements. Un de mes camarades eut pitié de moi, il me prit et m'emmena ; j'aurais été incapable de retrouver tout seul le chemin du séminaire. Au détour d'une rue, pendant que le jeune prêtre tournait la tête d'un autre côté, un page nègre, bizarrement vêtu, s'approcha de moi, et me remit, sans s'arrêter dans sa course, un petit portefeuille à coins d'or ciselés, en me faisant signe de le cacher ; je le fis glisser dans ma manche et l'y tins jusqu'à ce que je fusse seul dans ma cellule. Je fis sauter le fermoir, il n'y avait que deux feuilles avec ces mots : « Clarimonde, au palais Concini[s]. » J'étais alors si peu au courant des choses de la vie, que je ne connaissais pas Clarimonde, malgré sa célébrité, et que j'ignorais complètement où était situé le palais Concini. Je fis mille conjectures, plus extravagantes les unes que les autres ; mais à la vérité, pourvu que je pusse la revoir, j'étais fort peu inquiet de ce qu'elle pouvait être, grande dame ou courtisane.

Cet amour né tout à l'heure s'était indestructiblement enraciné ; je ne songeai même pas à essayer de l'arracher, tant je sentais que c'était là chose impossible. Cette femme s'était complètement emparée de moi, un seul regard avait suffi pour me changer ; elle m'avait soufflé sa volonté ; je ne vivais plus dans moi, mais dans elle et par elle[r]. Je faisais mille extravagances, je baisais sur ma main la place qu'elle avait touchée, et je répétais son nom des heures entières. Je n'avais qu'à fermer les yeux pour la voir aussi distinctement que si elle eût été présente en réalité, et je me redisais ces mots, qu'elle m'avait dits sous le portail de l'église : « Malheureux ! malheureux ! qu'as-tu fait ? » Je comprenais toute l'horreur de ma situation, et les côtés funèbres et terribles de l'état que je venais d'embrasser se révélaient clairement à moi. Être prêtre ! c'est-à-dire chaste, ne pas aimer, ne distinguer ni le sexe ni l'âge, se détourner de toute beauté, se crever les yeux[u], ramper sous l'ombre glaciale d'un cloître ou d'une église, ne voir que des mourants, veiller auprès de cadavres inconnus et porter soi-même son deuil sur sa soutane noire, de sorte que l'on peut faire de votre habit un drap pour votre cercueil !

Et je sentais la vie monter en moi comme un lac intérieur qui s'enfle et qui déborde ; mon sang battait avec forte dans mes artères ; ma jeunesse, si longtemps comprimée, éclatait tout d'un coup comme l'aloès[v] qui met cent ans à fleurir et qui éclôt avec un coup de tonnerre.

Comment faire pour revoir Clarimonde ? Je n'avais aucun prétexte pour sortir du séminaire, ne connaissant personne de la ville ; je n'y devais même pas rester, et j'y attendais seulement que l'on me désignât la cure que je devais occuper. J'essayai de desceller les barreaux de la fenêtre ; mais elle était à une hauteur effrayante, et n'ayant pas d'échelle, il n'y fallait pas penser. Et d'ailleurs je ne pouvais descendre que de nuit ; et comment me serais-je conduit dans l'inextricable dédale des rues ? Toutes ces difficultés, qui n'eussent rien été pour d'autres, étaient immenses pour moi, pauvre séminariste, amoureux d'hier, sans expérience, sans argent et sans habits.

Ah ! si je n'eusse pas été prêtre, j'aurais pu la voir tous les jours ; j'aurais été son amant, son époux, me disais-je dans mon aveuglement ; au lieu d'être enveloppé dans mon triste suaire, j'aurais des habits de soie et de velours, des chaînes d'or, une épée et des plumes comme les beaux jeunes cavaliers. Mes cheveux, au lieu d'être déshonorés par une large tonsure, se joueraient autour de mon cou en boucles ondoyantes. J'aurais une belle moustache cirée, je serais un vaillant. Mais une heure passée devant un autel, quelques paroles à peine articulées, me retranchaient à tout jamais du nombre des vivants[w], et j'avais scellé moi-même la pierre de mon tombeau, j'avais poussé de ma main le verrou de ma prison !

Je me mis à la fenêtre. Le ciel était admirablement bleu, les arbres avaient mis leur robe de printemps ; la nature faisait parade d'une joie ironique. La place était pleine de monde ; les uns allaient, les autres venaient ; de jeunes muguets et de jeunes beautés, couple par couple, se dirigeaient du côté du jardin et des tonnelles. Des compagnons[x] passaient en chantant des refrains à boire ; c'était un mouvement, une vie, un entrain, une gaieté qui faisaient péniblement ressortir mon deuil et ma solitude. Une jeune mère, sur le pas de la porte, jouait avec son enfant ; elle baisait sa petite bouche rose, encore emperlée de gouttes de lait, et lui faisait, en l'agaçant, mille de ces divines puérilités que les mères seules savent trouver. Le père, qui se tenait debout à quelque distance, souriait doucement à ce charmant groupe, et ses bras croisés pressaient sa joie sur son cœur. Je ne pus supporter ce spectacle ; je fermai la fenêtre, et je me jetai sur mon lit avec une haine et une jalousie effroyables dans le cœur, mordant mes doigts et ma couverture comme un tigre à jeun depuis trois jours.

Je ne sais pas combien je restai ainsi ; mais, en me retournant dans un mouvement de spasme furieux, j'aperçus l'abbé Sérapion[y] qui se tenait debout au milieu de la chambre et qui me considérait attentivement. J'eus honte de moi-même, et, laissant tomber ma tête sur ma poitrine, je voilai mes yeux avec mes mains.

« Romuald, mon ami, il se passe quelque chose d'extraordinaire en vous, me dit Sérapion au bout de quelques minutes de silence ; votre conduite est vraiment inexplicable ! Vous, si pieux, si calme et si doux, vous vous agitez dans votre cellule comme une bête fauve. Prenez garde, mon frère, et n'écoutez pas les suggestions du diable ; l'esprit malin, irrité de ce que vous vous êtes à tout jamais consacré au Seigneur, rôde autour de vous comme un loup ravissant et fait un dernier effort pour vous attirer à lui[z]. Au lieu de vous laisser abattre, mon cher Romuald, faites-vous une cuirasse de prières, un bouclier de mortifications, et combattez vaillamment l'ennemi ; vous le vaincrez. L'épreuve est nécessaire à la vertu et l'or sort plus fin de la coupelle[aa]. Ne vous effrayez ni ne vous découragez ; les âmes les mieux gardées et les plus affermies ont eu de ces moments. Priez, jeûnez, méditez, et le mauvais esprit se retirera. »

Le discours de l'abbé Sérapion me fit rentrer en moi-même, et je devins un peu plus calme. « Je venais vous annoncer votre nomination à la cure de C*** ; le prêtre qui la possédait vient de mourir, et monseigneur l'évêque m'a chargé d'aller vous y installer ; soyez prêt pour demain. » Je répondis d'un signe de tête que je le serais, et l'abbé se retira.

J'ouvris mon missel, et je commençai à lire des prières ; mais ces lignes se confondirent bientôt sous mes yeux ; le fil des idées s'enchevêtra dans mon cerveau, et le volume me glissa des mains sans que j'y prisse garde.

Partir demain sans l'avoir revue ! ajouter encore une impossibilité à toutes celles qui étaient déjà entre nous ! perdre à tout jamais l'espérance de la rencontrer, à moins d'un miracle ! Lui écrire ? par qui ferais-je parvenir ma lettre ? Avec le sacré caractère dont j'étais revêtu, à qui s'ouvrir, se fier ? J'éprouvais une anxiété terrible. Puis, ce que l'abbé Sérapion m'avait dit des artifices du diable me revenait en mémoire ; l'étrangeté de l'aventure, la beauté surnaturelle de Clarimonde, l'éclat phosphorique de ses yeux, l'impression brûlante de sa main, le trouble où elle m'avait jeté, le changement subit qui s'était opéré en moi, ma piété évanouie en un instant, tout cela prouvait clairement la présence du diable, et cette main satinée n'était peut-être que le gant dont il avait recouvert sa griffe. Ces idées me jetèrent dans une grande frayeur, je ramassai le missel qui de mes genoux était roulé à terre, et je me remis en prières.

Le lendemain, Sérapion me vint prendre ; deux mules nous attendaient à la porte, chargées de nos maigres valises ; il monta l'une et moi l'autre tant bien que mal. Tout en parcourant les rues de la ville, je regardais à toutes les fenêtres et à tous les balcons si je ne verrais pas Clarimonde ; mais il était trop matin, et la ville n'avait pas encore ouvert les yeux. Mon regard tâchait de plonger derrière les stores et à travers les rideaux de tous les palais devant lesquels nous passions. Sérapion attribuait sans doute cette curiosité à l'admiration que me causait la beauté de l'architecture, car il ralentissait le pas de sa monture pour me donner le temps de voir. Enfin nous arrivâmes à la porte de la ville et nous commençâmes à gravir la colline. Quand je fus tout en haut, je me retournai pour regarder une fois encore les lieux où vivait Clarimonde. L'ombre d'un nuage couvrait entièrement la ville ; ses toits bleus et rouges étaient confondus dans une demi-teinte générale, où surnageaient çà et là, comme de blancs flocons d'écume, les fumées du matin. Par un singulier effet d'optique, se dessinait, blond et doré sous un rayon unique de lumière, un édifice qui surpassait en hauteur les constructions voisines, complètement noyées dans la vapeur ; quoiqu'il fût à plus d'une lieue, il paraissait tout proche. On en distinguait les moindres détails, les tourelles, les plates-formes, les croisées, et jusqu'aux girouettes en queue d'aronde.

« Quel est donc ce palais que je vois tout là-bas éclairé d'un rayon du soleil ? » demandai-je à Sérapion. Il mit sa main au-dessus de ses yeux, et, ayant regardé, il me répondit : « C'est l'ancien palais que le prince Concini a donné à la courtisane Clarimonde ; il s'y passe d'épouvantables choses. »

En ce moment, je ne sais encore si c'est une réalité ou une illusion, je crus voir y glisser sur la terrasse une forme svelte et blanche qui étincela une seconde et s'éteignit. C'était Clarimonde !

Oh ! savait-elle qu'à cette heure, du haut de cet âpre chemin qui m'éloignait d'elle, et que je ne devais plus redescendre, ardent et inquiet, je couvais de l'œil le palais qu'elle habitait, et qu'un jeu dérisoire de lumière semblait rapprocher de moi, comme pour m'inviter à y entrer en maître ? Sans doute, elle le savait, car son âme était trop sympathiquement liée à la mienne pour n'en point ressentir les moindres ébranlements, et c'était ce sentiment qui l'avait poussée, encore enveloppée de ses voiles de nuit, à monter sur le haut de la terrasse, dans la glaciale rosée du matin.

L'ombre gagna le palais, et ce ne fut plus qu'un océan immobile de toits et de combles où l'on ne distinguait rien qu'une ondulation montueuse. Sérapion toucha sa mule, dont la mienne prit aussitôt l'allure, et un coude du chemin me déroba pour toujours la ville de S..., car je n'y devais pas revenir. Au bout de trois journées de route par des campagnes assez tristes, nous vîmes poindre à travers les arbres le coq du clocher de l'église que je devais desservir ; et, après avoir suivi quelques rues tortueuses bordées de chaumières et de courtils[ab], nous nous trouvâmes devant la façade qui n'était pas d'une grande magnificence. Un porche orné de quelques nervures et de deux ou trois piliers de grès grossièrement taillés, un toit en tuiles et des contreforts du même grès que les piliers, c'était tout : à gauche le cimetière tout plein de hautes herbes, avec une grande croix de fer au milieu ; à droite et dans l'ombre de l'église, le presbytère. C'était une maison d'une simplicité extrême et d'une propreté aride. Nous entrâmes ; quelques poules picotaient sur la terre de rares grains d'avoine ; accoutumées apparemment à l'habit noir des ecclésiastiques, elles ne s'effarouchèrent point de notre présence et se dérangèrent[ac] à peine pour nous laisser passer. Un aboi éraillé et enroué se fit entendre, et nous vîmes accourir[ad] un vieux chien.

C'était le chien de mon prédécesseur. Il avait l'œil terne, le poil gris et tous les symptômes de la plus haute vieillesse où puisse atteindre un chien. Je le flattai doucement de la main, et il se mit aussitôt à marcher à côté de moi avec un air de satisfaction inexprimable. Une femme assez âgée, et qui avait été la gouvernante de l'ancien curé, vint aussi à notre rencontre, et, après m'avoir fait entrer dans une salle basse, me demanda si mon intention était de la garder. Je lui répondis que je la garderais, elle et le chien, et aussi les poules, et tout le mobilier que son maître lui avait laissé à sa mort, ce qui la fit entrer dans un transport de joie, l'abbé Sérapion lui ayant donné sur-le-champ le prix qu'elle en voulait.

Mon installation faite, l'abbé Sérapion retourna au séminaire. Je demeurai donc seul et sans autre appui que moi-même. La pensée de Clarimonde recommença à m'obséder, et, quelques efforts que je fisse pour la chasser, je n'y parvenais pas toujours. Un soir, en me promenant dans les allées bordées de buis de mon petit jardin, il me sembla voir à travers la charmille une forme de femme qui suivait tous mes mouvements, et entre les feuilles étinceler les deux prunelles vert de mer ; mais ce n'était qu'une illusion, et, ayant passé de l'autre côté de l'allée, je n'y trouvai rien qu'une trace de pied sur le sable, si petit qu'on eût dit un pied d'enfant. Le jardin était entouré de murailles très hautes ; j'en visitai tous les coins et recoins, il n'y avait personne. Je n'ai jamais pu m'expliquer cette circonstance qui, du reste, n'était rien à côté des étranges choses qui me devaient arriver. Je vivais ainsi depuis un an, remplissant avec exactitude tous les devoirs de mon état, priant, jeûnant, exhortant et secourant les malades, faisant l'aumône jusqu'à me retrancher les nécessités les plus indispensables. Mais je sentais au-dessus de moi une aridité extrême, et les sources de la grâce m'étaient fermées. Je ne jouissais pas de ce bonheur que donne l'accomplissement d'une sainte mission ; mon idée était ailleurs, et les paroles de Clarimonde me revenaient souvent sur les lèvres comme une espèce de refrain involontaire. O frère, méditez bien ceci ! Pour avoir levé une seule fois le regard sur une femme, pour une faute en apparence si légère, j'ai éprouvé pendant plusieurs années les plus misérables agitations : ma vie a été troublée à tout jamais.

Je ne vous retiendrai pas plus longtemps sur ces défaites et sur ces victoires intérieures toujours suivies de rechutes plus profondes, et je passerai sur-le-champ à une circonstance décisive. Une nuit l'on sonna violemment à ma porte. La vieille gouvernante alla ouvrir, et un homme au teint cuivré et richement vêtu, mais selon une mode étrangère, avec un long poignard, se dessina sous les rayons de la lanterne de Barbara. Son premier mouvement fut la frayeur ; mais l'homme la rassura, et lui dit qu'il avait besoin de me voir sur-le-champ pour quelque chose qui concernait mon ministère. Barbara le fit monter. J'allais me mettre au lit. L'homme me dit que sa maîtresse, une très grande dame, était à l'article de la mort et désirait un prêtre. Je répondis que j'étais prêt à le suivre ; je pris avec moi ce qu'il fallait pour l'extrême-onction et je descendis en toute hâte[af]. A la porte piaffaient d'impatience deux chevaux noirs comme la nuit, et soufflant sur leur poitrail deux longs flots de fumée. Il me tint l'étrier et m'aida à monter sur l'un, puis il sauta sur l'autre en appuyant seulement une main sur le pommeau de la selle. Il serra les genoux et lâcha les guides à son cheval qui partit comme la flèche. Le mien, dont il tenait la bride, prit aussi le galop et se maintint dans une égalité parfaite. Nous dévorions le chemin ; la terre filait sous nous grise et rayée, et les silhouettes noires des arbres s'enfuyaient comme une armée en déroute[ag]. Nous traversâmes une forêt d'un sombre si opaque et si glacial, que je me sentis courir sur la peau un frisson de superstitieuse terreur. Les aigrettes d'étincelles que les fers de nos chevaux arrachaient aux cailloux laissaient sur notre passage comme une traînée de feu, et si quelqu'un, à cette heure de nuit, nous eût vus, mon conducteur et moi, il nous eût pris pour deux spectres à cheval sur le cauchemar. Deux feux follets traversaient de temps en temps le chemin, et les choucas piaulaient piteusement dans l'épaisseur du bois, où brillaient de loin en loin les yeux phosphoriques de quelques chats sauvages. La crinière des chevaux s'échevelait de plus en plus, la sueur ruisselait sur leurs flancs, et leur haleine sortait bruyante et pressée de leurs narines. Mais, quand il les voyait faiblir, l'écuyer pour les ranimer poussait un cri guttural qui n'avait rien d'humain[ah], et la course recommençait avec furie. Enfin le tourbillon s'arrêta ; une masse noire piquée de quelques points brillants se dressa subitement devant nous ; les pas de nos montures sonnèrent plus bruyants sur un plancher ferré, et nous entrâmes sous une voûte qui ouvrait sa gueule sombre entre deux énormes tours. Une grande agitation régnait dans le château ; des domestiques avec des torches à la main traversaient les cours en tous sens, et des lumières montaient et descendaient de palier en palier. J'entrevis confusément d'immenses architectures, des colonnes, des arcades, des perrons et des rampes, un luxe de construction tout à fait royal et féerique. Un page nègre, le même qui m'avait donné les tablettes de Clarimonde et que je reconnus à l'instant, me vint aider à descendre, et un majordome, vêtu de velours noir avec une chaîne d'or au col et une canne d'ivoire à la main, s'avança au-devant de moi. De grosses larmes débordaient de ses yeux et coulaient le long de ses joues

sur sa barbe blanche[ai]. « Trop tard ! fit-il en hochant la tête, trop tard !
seigneur prêtre ; mais, si vous n'avez pu sauver l'âme, venez veiller le
pauvre corps. » Il me prit par le bras et me conduisit à la salle funèbre ;
je pleurais aussi fort que lui, car j'avais compris que la morte n'était
autre que cette Clarimonde tant et si follement aimée. Un prie-Dieu
était disposé à côté du lit ; une flamme bleuâtre voltigeant sur une patère
de bronze jetait par toute la chambre un jour faible et douteux, et çà
et là faisait papilloter dans l'ombre quelque arête saillante de meuble
ou de corniche. Sur la table, dans une urne ciselée, trempait une rose
blanche fanée dont les feuilles, à l'exception d'une seule qui tenait encore,
étaient toutes tombées au pied du vase comme des larmes odorantes ;
un masque noir brisé, un éventail, des déguisements de toute espèce[aj],
traînaient sur les fauteuils et faisaient voir que la mort était arrivée dans
cette somptueuse demeure à l'improviste et sans se faire annoncer. Je
m'agenouillai sans oser jeter les yeux sur le lit, et je me mis à réciter les
psaumes avec une grande ferveur, remerciant Dieu qu'il eût mis la tombe
entre l'idée de cette femme et moi, pour que je pusse ajouter à mes prières
son nom désormais sanctifié. Mais peu à peu cet élan se ralentit, et je
tombai en rêverie. Cette chambre n'avait rien d'une chambre de mort.
Au lieu de l'air fétide et cadavéreux que j'étais accoutumé à respirer
en ces veilles funèbres, une langoureuse fumée d'essences orientales,
je ne sais quelle amoureuse odeur de femme, nageait doucement dans
l'air attiédi. Cette pâle lueur avait plutôt l'air d'un demi-jour ménagé
pour la volupté que de la veilleuse au reflet jaune qui tremblote près
des cadavres. Je songeais au singulier hasard qui m'avait fait retrouver
Clarimonde au moment où je la perdais pour toujours, et un soupir de
regret s'échappa de ma poitrine. Il me sembla qu'on avait soupiré aussi
derrière moi[ak], et je me retournai involontairement. C'était l'écho. Dans
ce mouvement, mes yeux tombèrent sur le lit de parade qu'ils avaient
jusqu'alors évité. Les rideaux de damas[al] rouge à grandes fleurs, relevés
par des torsades d'or, laissaient voir la morte couchée tout de son long
et les mains jointes sur la poitrine. Elle était couverte d'un voile de
lin d'une blancheur éblouissante, que le pourpre sombre de la tenture
faisait encore mieux ressortir, et d'une telle finesse qu'il ne dérobait en
rien la forme charmante de son corps et permettait de suivre ces belles
lignes onduleuses comme le cou d'un cygne que la mort même n'avait
pu roidir. On eût dit une statue d'albâtre faite par quelque sculpteur

habile pour mettre sur un tombeau de reine, ou encore une jeune fille endormie sur qui il aurait neigé.

Je ne pouvais plus y tenir; cet air d'alcôve m'enivrait, cette fébrile senteur de rose à demi-fanée me montait au cerveau, et je marchais à grands pas dans la chambre, m'arrêtant à chaque tour devant l'estrade pour considérer la gracieuse trépassée sous la transparence de son linceul. D'étranges pensées me traversaient l'esprit; je me figurais qu'elle n'était point morte réellement, et que ce n'était qu'une feinte qu'elle avait employée pour m'attirer dans son château et me conter son amour. Un instant même je crus avoir vu bouger son pied dans la blancheur des voiles, et se déranger les plis droits du suaire.

Et puis je me disais : « Est-ce bien Clarimonde ? quelle preuve en ai-je ? Ce page noir ne peut-il être passé au service d'une autre femme ? Je suis bien fou de me désoler et de m'agiter ainsi. » Mais mon cœur me répondit avec un battement : « C'est bien elle, c'est bien elle. » Je me rapprochai du lit, et je regardai avec un redoublement d'attention l'objet de mon incertitude[am]. Vous l'avouerai-je ? cette perfection de formes, quoique purifiée et sanctifiée par l'ombre de la mort, me troublait plus voluptueusement qu'il n'aurait fallu, et ce repos ressemblait tant à un sommeil que l'on s'y serait trompé. J'oubliais que j'étais venu là pour un office funèbre, et je m'imaginais que j'étais un jeune époux entrant dans la chambre de la fiancée qui cache sa figure par pudeur et qui ne se veut point laisser voir. Navré de douleur, éperdu de joie, frissonnant de crainte et de plaisir, je me penchai vers elle et je pris le coin du drap; je le soulevai lentement en retenant mon souffle de peur de l'éveiller. Mes artères palpitaient avec une telle force, que je les sentais siffler dans mes tempes, et mon front ruisselait de sueur comme si j'eusse remué une dalle de marbre. C'était en effet la Clarimonde telle que je l'avais vue à l'église lors de mon ordination; elle était aussi charmante, et la mort chez elle semblait une coquetterie de plus. La pâleur de ses joues, le rose moins vif de ses lèvres, ses longs cils baissés et découpant leur frange brune sur cette blancheur, lui donnaient une expression de chasteté mélancolique et de souffrance pensive d'une puissance de séduction inexprimable; ses longs cheveux dénoués, où se trouvaient encore mêlées quelques petites fleurs bleues, faisaient un oreiller à sa tête et protégeaient de leurs boucles la nudité de ses épaules; ses belles mains, plus pures, plus diaphanes que des hosties[an], étaient croisées dans une attitude de pieux repos et de tacite prière, qui corrigeait ce qu'auraient pu avoir de trop séduisant, même dans la mort, l'exquise rondeur et le poli d'ivoire de ses bras nus dont on n'avait pas ôté les bracelets de perles. Je restai longtemps absorbé dans une muette contemplation, et, plus je la regardais, moins je pouvais croire que la vie avait pour toujours abandonné ce beau corps. Je ne sais si cela était une illusion ou un reflet de la lampe, mais on eût dit que le sang recommençait à circuler sous cette mate pâleur ; cependant elle était toujours de la plus parfaite immobilité. Je touchai légèrement son bras ; il était froid, mais pas plus froid pourtant que sa main le jour qu'elle avait effleuré la mienne sous le portail de l'église. Je repris ma position, penchant ma figure sur la sienne et laissant pleuvoir sur ses joues la tiède rosée de mes larmes. Ah ! quel sentiment amer de désespoir et d'impuissance ! quelle agonie que cette veille ! j'aurais voulu pouvoir ramasser ma vie en un monceau pour la lui donner et souffler sur sa dépouille glacée la flamme qui me dévorait[ao]. La nuit s'avançait, et, sentant approcher le moment de la séparation éternelle, je ne pus me refuser cette triste et suprême douceur de déposer un baiser sur les lèvres mortes de celle qui avait eu tout mon amour[ap]. O prodige ! un léger souffle se mêla à mon souffle, et la bouche de Clarimonde répondit à la pression de la mienne : ses yeux s'ouvrirent et reprirent un peu d'éclat, elle fit un soupir, et, décroisant ses bras, elle les passa derrière mon cou avec un air de ravissement ineffable. « Ah ! c'est toi, Romuald, dit-elle d'une voix languissante et douce comme les dernières vibrations d'une harpe ; que fais-tu donc[aq] ? Je t'ai attendu si longtemps, que je suis morte ; mais maintenant nous sommes fiancés, je pourrai te voir et aller chez toi. Adieu, Romuald, adieu ! je t'aime ; c'est tout ce que je voulais te dire, et je te rends la vie que tu as rappelée sur moi une minute avec ton baiser ; à bientôt. »

Sa tête retomba en arrière, mais elle m'entourait toujours de ses bras comme pour me retenir. Un tourbillon de vent furieux défonça la fenêtre et entra dans la chambre ; la dernière feuille de la rose blanche palpita quelque temps comme une aile au bout de la tige, puis elle se détacha et s'envola par la croisée ouverte, emportant avec elle l'âme de Clarimonde. La lampe s'éteignit et je tombai évanoui sur le sein de la belle morte[ar].

Quand je revins à moi, j'étais couché sur mon lit, dans ma petite chambre de presbytère, et le vieux chien de l'ancien curé léchait ma main allongée hors de la couverture. Barbara s'agitait dans la chambre avec un tremblement sénile, ouvrant et fermant des tiroirs, ou remuant des poudres dans des verres. En me voyant ouvrir les yeux, la vieille poussa un cri de joie, le chien jappa et frétilla de la queue ; mais j'étais si faible, que je ne pus prononcer une seule parole ni faire aucun mouvement. J'ai su depuis que j'étais resté trois jours ainsi, ne donnant d'autre signe d'existence qu'une respiration presque insensible. Ces trois jours ne comptent pas dans ma vie, et je ne sais où mon esprit était allé pendant tout ce temps ; je n'en ai gardé aucun souvenir[as]. Barbara m'a conté que le même homme au teint cuivré, qui m'était venu chercher pendant la nuit, m'avait ramené le matin dans une litière fermée et s'en était retourné aussitôt. Dès que je pus rappeler mes idées, je repassai en moi-même toutes les circonstances de cette nuit fatale. D'abord je pensai que j'avais été le jouet d'une illusion magique ; mais des circonstances réelles et palpables détruisirent bientôt cette supposition. Je ne pouvais croire que j'avais rêvé, puisque Barbara avait vu comme moi l'homme aux deux chevaux noirs et qu'elle en décrivait l'ajustement et la tournure avec exactitude. Cependant personne ne connaissait dans les environs un château auquel s'appliquât[at] la description du château où j'avais retrouvé Clarimonde.

Un matin je vis entrer l'abbé Sérapion. Barbara lui avait mandé que j'étais malade, et il était accouru en toute hâte. Quoique cet empressement démontrât de l'affection et de l'intérêt pour ma personne, sa visite ne me fit pas le plaisir qu'elle m'aurait dû faire. L'abbé Sérapion avait dans le regard quelque chose de pénétrant et d'inquisiteur qui me gênait. Je me sentais embarrassé et coupable devant lui. Le premier il avait découvert mon trouble intérieur, et je lui en voulais de sa clairvoyance.

Tout en me demandant des nouvelles de ma santé d'un ton hypocritement mielleux, il fixait sur moi ses deux jaunes prunelles de lion et plongeait comme une sonde ses regards dans mon âme[au]. Puis il me fit quelques questions sur la manière dont je dirigeais ma cure, si je m'y plaisais, à quoi je passais le temps que mon ministère me laissait libre, si j'avais fait quelques connaissances parmi les habitants du lieu, quelles étaient mes lectures favorites, et mille autres détails semblables. Je répondis à tout cela le plus brièvement possible, et lui-même, sans attendre que j'eusse achevé, passait à autre chose. Cette conversation n'avait évidemment aucun rapport avec ce qu'il voulait dire. Puis, sans préparation aucune, et comme une nouvelle dont il se souvenait à l'instant et qu'il eût craint d'oublier ensuite, il me dit d'une voix claire et vibrante qui résonna à mon oreille comme les trompettes du Jugement dernier :

« La grande courtisane Clarimonde est morte dernièrement, à la suite d'une orgie qui a duré huit jours et huit nuits. Ça été quelque chose d'infernalement splendide. On a renouvelé là les abominations des festins de Balthazar et de Cléopâtre. Dans quel siècle vivons-nous, bon Dieu ! Les convives étaient servis par des esclaves basanés parlant un langage inconnu et qui m'ont tout l'air de vrais démons ; la livrée du moindre d'entre eux eût pu servir de gala à un empereur. Il a couru de tout temps sur cette Clarimonde de bien étranges histoires, et tous ses amants ont fini d'une manière misérable ou violente. On a dit que c'était une goule, un vampire femelle[av] ; mais je crois que c'était Belzébuth en personne. »

Il se tut et m'observa plus attentivement que jamais, pour voir l'effet que ses paroles avaient produit sur moi. Je n'avais pu me défendre d'un mouvement en entendant nommer Clarimonde, et cette nouvelle de sa mort, outre la douleur qu'elle me causait par son étrange coïncidence avec la scène nocturne dont j'avais été témoin, me jeta dans un trouble et un effroi qui parurent sur ma figure, quoi que je fisse pour m'en rendre maître. Sérapion me jeta un coup d'œil inquiet et sévère ; puis il me dit : « Mon fils, je dois vous en avertir, vous avez le pied levé sur un abîme, prenez garde d'y tomber. Satan a la griffe longue, et les tombeaux ne sont pas toujours fidèles. La pierre de Clarimonde devrait être scellée d'un triple sceau ; car ce n'est pas, à ce qu'on dit, la première fois qu'elle est morte. Que Dieu veille sur vous, Romuald ! »

Après avoir dit ces mots, Sérapion regagna la porte à pas lents, et je ne le revis plus ; car il partit pour S*** presque aussitôt.

J'étais entièrement rétabli et j'avais repris mes fonctions habituelles. Le souvenir de Clarimonde et les paroles du vieil abbé étaient toujours présents à mon esprit ; cependant aucun événement extraordinaire n'était venu confirmer les prévisions funèbres de Sérapion, et je commençais à croire que ses craintes et mes terreurs étaient trop exagérées ; mais une nuit je fis un rêve. J'avais à peine bu les premières gorgées du sommeil, que j'entendis ouvrir les rideaux de mon lit et glisser les anneaux sur les tringles avec un bruit éclatant ; je me soulevai brusquement sur le coude, et je vis une ombre de femme qui se tenait debout devant moi.

Je reconnus sur-le-champ Clarimonde. Elle portait à la main une petite lampe de la forme de celles qu'on met dans les tombeaux, dont la lueur donnait à ses doigts effilés une transparence rose qui se prolongeait par une dégradation insensible jusque dans la blancheur opaque et laiteuse de son bras nu. Elle avait pour tout vêtement le suaire de lin qui la recouvrait sur son lit de parade, dont elle retenait les plis sur sa poitrine, comme honteuse d'être si peu vêtue, mais sa petite main n'y suffisait pas ; elle était si blanche, que la couleur de la draperie se confondait avec celle des chairs sous le pâle rayon de la lampe. Enveloppée de ce fin tissu qui trahissait tous les contours de son corps, elle ressemblait à une statue de marbre de baigneuse antique plutôt qu'à une femme douée de vie. Morte ou vivante, statue ou femme, ombre ou corps, sa beauté était toujours la même[aw] ; seulement l'éclat vert de ses prunelles était un peu amorti, et sa bouche, si vermeille autrefois, n'était plus teintée que d'un rose faible et tendre presque semblable à celui de ses joues. Les petites fleurs bleues que j'avais remarquées dans ses cheveux étaient tout à fait sèches et avaient presque perdu toutes leurs feuilles ; ce qui ne l'empêchait pas d'être charmante, si charmante que, malgré la singularité de l'aventure et la façon inexplicable dont elle était entrée dans la chambre, je n'eus pas un instant de frayeur.

Elle posa la lampe sur la table et s'assit sur le pied de mon lit, puis elle me dit en se penchant vers moi avec cette voix argentine et veloutée à la fois que je n'ai connue qu'à elle :

« Je me suis bien fait attendre, mon cher Romuald, et tu as dû croire que je t'avais oublié. Mais je viens de bien loin, et d'un endroit d'où personne n'est encore revenu : il n'y a ni lune ni soleil au pays d'où j'arrive ; ce n'est que de l'espace et de l'ombre ; ni chemin, ni sentier ; point de terre pour le pied, point d'air pour l'aile ; et pourtant me voici, car l'amour est plus fort que la mort[ax], et il finira par la vaincre. Ah ! que de faces mornes et de choses terribles j'ai vues dans mon voyage ! Que de peine mon âme, rentrée dans ce monde par la puissance de la volonté, a eue pour retrouver son corps et s'y réinstaller ! Que d'efforts il m'a fallu faire avant de lever la dalle dont on m'avait couverte ! Tiens ! le dedans de mes pauvres mains en est tout meurtri. Baise-les pour les guérir, cher amour ! » Elle m'appliqua l'une après l'autre les paumes froides de ses mains sur la bouche ; je les baisai en effet plusieurs fois, et elle me regardait faire avec un sourire d'ineffable complaisance.

Je l'avoue à ma honte, j'avais totalement oublié les avis de l'abbé Sérapion et le caractère dont j'étais revêtu. J'étais tombé sans résistance et au premier assaut. Je n'avais pas même essayé de repousser le tentateur ; la fraîcheur de la peau de Clarimonde pénétrait la mienne, et je me sentais courir sur le corps de voluptueux frissons. La pauvre enfant ! malgré tout ce que j'en ai vu, j'ai peine à croire encore que ce fut un démon ; du moins elle n'en avait pas l'air, et jamais Satan n'a mieux caché ses griffes et ses cornes. Elle avait reployé ses talons sous elle et se tenait accroupie sur le bord de la couchette dans une position pleine de coquetterie nonchalante. De temps en temps elle passait sa petite main à travers mes cheveux et les roulait en boucles comme pour essayer à mon visage de nouvelles coiffures. Je me laissais faire avec la plus coupable complaisance, et elle accompagnait tout cela du plus charmant babil. Une chose remarquable, c'est que je n'éprouvais aucun étonnement d'une aventure aussi extraordinaire, et, avec cette facilité que l'on a dans la vision d'admettre comme fort simples les événements les plus bizarres, je ne voyais rien là que de parfaitement naturel.

« Je t'aimais bien longtemps avant de t'avoir vu, mon cher Romuald, et je te cherchais partout. Tu étais mon rêve, et je t'ai aperçu dans l'église au fatal moment ; j'ai dit tout de suite : « C'est lui ! » Je te jetai un regard où je mis tout l'amour que j'avais eu, que j'avais et que je devais avoir pour toi ; un regard à damner un cardinal, à faire agenouiller un roi à mes pieds devant toute sa cour. Tu restas impassible et tu me préféras ton Dieu.

« Ah ! que je suis jalouse de Dieu, que tu as aimé et que tu aimes encore plus que moi !

« Malheureuse, malheureuse que je suis ! je n'aurai jamais ton cœur à moi toute seule, moi que tu as ressuscitée d'un baiser, Clarimonde la morte, qui force à cause de toi les portes du tombeau et qui vient te consacrer une vie qu'elle n'a reprise que pour te rendre heureux ! »

Toutes ces paroles étaient entrecoupées de caresses délirantes qui étourdirent mes sens et ma raison au point que je ne craignis point pour la consoler de proférer un effroyable blasphème, et de lui dire que je l'aimais autant que Dieu[ay].

Ses prunelles se ravivèrent et brillèrent comme des chrysoprases[az]. « Vrai ! bien vrai ! autant que Dieu ! dit-elle en m'enlaçant dans ses beaux bras. Puisque c'est ainsi, tu viendras avec moi, tu me suivras où je voudrai. Tu laisseras tes vilains habits noirs. Tu seras le plus fier et le plus envié des cavaliers, tu seras mon amant. Être l'amant avoué de Clarimonde, qui a refusé un pape, c'est beau, cela ! Ah ! la bonne vie bien heureuse, la belle existence dorée que nous mènerons ! Quand partons-nous, mon gentilhomme ?

– Demain ! demain ! m'écriai-je dans mon délire.

– Demain, soit ! reprit-elle. J'aurai le temps de changer de toilette, car celle-ci est un peu succincte et ne vaut rien pour le voyage. Il faut aussi que j'aille avertir mes gens qui me croient sérieusement morte et qui se désolent tant qu'ils peuvent. L'argent, les habits, les voitures, tout sera prêt ; je te viendrai prendre à cette heure-ci. Adieu, cher cœur[ba]. » Et elle effleura mon front du bout de ses lèvres. La lampe s'éteignit, les rideaux se refermèrent, et je ne vis plus rien ; un sommeil de plomb, un sommeil sans rêve s'appesantit sur moi et me tint engourdi jusqu'au lendemain matin. Je me réveillai plus tard que de coutume, et le souvenir de cette singulière vision m'agita toute la journée ; je finis par me persuader que c'était une pure vapeur de mon imagination échauffée. Cependant les sensations avaient été si vives, qu'il était difficile de croire qu'elles n'étaient pas réelles[bb] et ce ne fut pas sans quelque appréhension de ce qui allait arriver que je me mis au lit, après avoir prié Dieu d'éloigner de moi les mauvaises pensées et de protéger la chasteté de mon sommeil.

Je m'endormis bientôt profondément, et mon rêve se continua. Les rideaux s'écartèrent, et je vis Clarimonde, non pas, comme la première fois, pâle dans son pâle suaire et les violettes de la mort sur les joues, mais gaie, leste et pimpante, avec un superbe habit de voyage en velours vert orné de ganses[bc] d'or et retroussé sur le côté pour laisser voir une jupe de satin. Ses cheveux blonds s'échappaient en grosses boucles de dessous un large chapeau de feutre noir chargé de plumes blanches capricieusement contournées ; elle tenait à la main une petite cravache terminée par un sifflet d'or. Elle m'en toucha légèrement et me dit : « Eh bien ! beau dormeur, est-ce ainsi que vous faites vos préparatifs ? Je comptais vous trouver debout. Levez-vous bien vite, nous n'avons pas de temps à perdre. » Je sautai à bas du lit.

« Allons, habillez-vous et partons, dit-elle en me montrant du doigt un petit paquet qu'elle avait apporté ; les chevaux s'ennuient et rongent leur frein à la porte. Nous devrions déjà être à dix lieues d'ici. »

Je m'habillai en hâte, et elle me tendait elle-même les pièces du vêtement, en riant aux éclats de ma gaucherie, et en m'indiquant leur usage quand je me trompais. Elle donna du tour à mes cheveux, et, quand ce fut fait, elle me tendit un petit miroir de poche en cristal de Venise, bordé d'un filigrane d'argent, et me dit : « Comment te trouves-tu ? veux-tu me prendre à ton service comme valet de chambre[bd] ? »

Je n'étais plus le même, et je ne me reconnus pas. Je ne me ressemblais pas plus qu'une statue achevée ne ressemble à un bloc de pierre. Mon ancienne figure avait l'air de n'être que l'ébauche grossière de celle que réfléchissait le miroir. J'étais beau, et ma vanité fut sensiblement chatouillée de cette métamorphose. Ces élégants habits, cette riche veste brodée, faisaient de moi un tout autre personnage, et j'admirais la puissance de quelques aunes d'étoffe taillées d'une certaine manière. L'esprit de mon costume me pénétrait la peau, et au bout de dix minutes j'étais passablement fat[be].

Je fis quelques tours par la chambre pour me donner de l'aisance[bf]. Clarimonde me regardait d'un air de complaisance maternelle et paraissait très contente de son œuvre. « Voilà bien assez d'enfantillage ; en route mon cher Romuald ! nous allons loin et nous n'arriverons pas. » Elle me prit la main et m'entraîna. Toutes les portes s'ouvraient devant elle aussitôt qu'elle les touchait, et nous passâmes devant le chien sans l'éveiller.

À la porte, nous trouvâmes Margheritone ; c'était l'écuyer qui m'avait déjà conduit ; il tenait en bride trois chevaux noirs comme les premiers, un pour moi, un pour lui, un pour Clarimonde. Il fallait que ces chevaux fussent des genêts d'Espagne, nés de juments fécondées par le zéphyr[bg] ; car ils allaient aussi vite que le vent, et la lune, qui s'était levée à notre départ pour nous éclairer, roulait dans le ciel comme une roue détachée de son char ; nous la voyions à notre droite sauter d'arbre en arbre et s'essouffler pour courir après nous[bh]. Nous arrivâmes bientôt dans une plaine où, auprès d'un bosquet d'arbres, nous attendait une voiture attelée de quatre vigoureuses bêtes ; nous y montâmes, et les postillons leur firent prendre un galop insensé. J'avais un bras passé derrière la taille de Clarimonde et une de ses mains ployée dans la mienne ; elle appuyait sa tête à mon épaule, et je sentais sa gorge demi-nue frôler mon bras. Jamais je n'avais éprouvé un bonheur aussi vif. J'avais oublié tout en ce moment-là, et je ne me souvenais pas plus d'avoir été prêtre que de ce que j'avais fait dans le sein de ma mère, tant était grande la fascination que l'esprit malin exerçait sur moi. À dater de cette nuit, ma nature s'est en quelque sorte dédoublée, et il y eut en moi deux hommes dont l'un ne connaissait pas l'autre. Tantôt je me croyais un prêtre qui rêvait chaque soir qu'il était gentilhomme, tantôt un gentilhomme qui rêvait qu'il était prêtre. Je ne pouvais plus distinguer le songe de la veille, et je ne savais pas où commençait la réalité et où finissait l'illusion. Le jeune seigneur fat et libertin se raillait du prêtre, le prêtre détestait les dissolutions du jeune seigneur. Deux spirales enchevêtrées l'une dans l'autre et confondues sans se toucher jamais représentent très bien cette vie bicéphale qui fut la mienne[bi]. Malgré l'étrangeté de cette position, je ne crois pas avoir un seul instant touché à la folie. J'ai toujours conservé très nettes les perceptions de mes deux existences. Seulement, il y avait un fait absurde que je ne pouvais m'expliquer : c'est que le sentiment du même moi existât dans deux hommes si différents. C'était une anomalie dont je ne me rendais pas compte, soit que je crusse être le curé du petit village de ***, ou *il signor Romualdo*, amant en titre de la Clarimonde.

Toujours est-il que j'étais ou du moins que je croyais être à Venise ; je n'ai pu encore bien démêler ce qu'il y avait d'illusion et de réalité dans cette bizarre aventure[bj]. Nous habitions un grand palais de marbre sur le Canaleio, plein de fresques et de statues, avec deux Titiens du meilleur temps dans la chambre à coucher de la Clarimonde, un palais digne d'un roi. Nous avions chacun notre gondole et nos barcarolles[bk] à notre livrée, notre chambre de musique et notre poète. Clarimonde entendait la vie d'une grande manière, et elle avait un peu de Cléopâtre dans sa nature. Quant à moi, je menais un train de fils de prince, et je faisais une poussière[bl] comme si j'eusse été de la famille de l'un des douze apôtres ou des quatre évangélistes de la sérénissime république ; je ne me serais pas détourné de mon chemin pour laisser passer le doge, et je ne crois pas que, depuis Satan qui tomba du ciel, personne ait été plus orgueilleux et plus insolent que moi. J'allais au Ridotto[bm], et je jouais un jeu d'enfer. Je voyais la meilleure société du monde, des fils de famille ruinés, des femmes de théâtre, des escrocs, des parasites et des spadassins. Cependant, malgré la dissipation de cette vie, je restai fidèle à la Clarimonde. Je l'aimais éperdument. Elle eût réveillé la satiété même et fixé l'inconstance. Avoir Clarimonde, c'était avoir vingt maîtresses, c'était avoir toutes les femmes, tant elle était mobile, changeante et dissemblable d'elle-même ; un vrai caméléon ! Elle vous faisait commettre avec elle l'infidélité que vous eussiez commise avec d'autres, en prenant complètement le caractère, l'allure et le genre de beauté de la femme qui paraissait vous plaire[bn]. Elle me rendait mon amour au centuple, et c'est en vain que les jeunes patriciens et même les vieux du conseil des Dix lui firent les plus magnifiques propositions. Un Foscari alla même jusqu'à lui proposer de l'épouser ; elle refusa tout. Elle avait assez d'or ; elle ne voulait plus que de l'amour, un amour jeune, pur, éveillé par elle, et qui devait être le premier et le dernier. J'aurais été parfaitement heureux sans un maudit cauchemar qui revenait toutes les nuits, et où je me croyais un curé de village se macérant et faisant pénitence de mes excès du jour. Rassuré par l'habitude d'être avec elle, je ne songeais presque plus à la façon étrange dont j'avais fait connaissance avec Clarimonde. Cependant, ce qu'en avait dit l'abbé Sérapion me revenait quelquefois en mémoire et ne laissait pas que de me donner de l'inquiétude.

Depuis quelque temps la santé de Clarimonde n'était pas aussi bonne ; son teint s'amortissait de jour en jour. Les médecins qu'on fit venir n'entendaient rien à sa maladie, et ils ne savaient qu'y faire. Ils prescrivirent quelques remèdes insignifiants et ne revinrent plus. Cependant elle pâlissait à vue d'œil et devenait de plus en plus froide. Elle était presque aussi blanche et aussi morte[bo] que la fameuse nuit dans le château inconnu. Je me désolais de la voir ainsi lentement dépérir. Elle, touchée de ma douleur, me souriait doucement et tristement avec le sourire fatal des gens qui savent qu'ils vont mourir.

Un matin, j'étais assis auprès de son lit, et je déjeunais sur une petite table pour ne la pas quitter d'une minute. En coupant un fruit, je me fis par hasard au doigt une entaille assez profonde. Le sang partit aussitôt en filets pourpres, et quelques gouttes rejaillirent sur Clarimonde. Ses yeux s'éclairèrent, sa physionomie prit une expression de joie féroce et sauvage que je ne lui avais jamais vue. Elle sauta à bas du lit avec une agilité animale, une agilité de singe ou de chat, et se précipita sur ma blessure qu'elle se mit à sucer avec un air d'indicible volupté. Elle avalait le sang par petites gorgées, lentement et précieusement, comme un gourmet qui savoure un vin de Xérès ou de Syracuse ; elle clignait les yeux à demi, et la pupille de ses prunelles vertes était devenue oblongue au lieu de ronde. De temps à autre elle s'interrompait pour me baiser la main, puis elle recommençait à presser de ses lèvres les lèvres de la plaie pour en faire sortir encore quelques gouttes rouges. Quand elle vit que le sang ne venait plus, elle se releva l'œil humide et brillant, plus rose qu'une aurore de mai, la figure pleine, la main tiède et moite, enfin plus belle que jamais et dans un état parfait de santé.

« Je ne mourrai pas ! je ne mourrai pas ! dit-elle à moitié folle de joie et en se pendant à mon cou ; je pourrai t'aimer encore longtemps[bp]. Ma vie est dans la tienne, et tout ce qui est moi vient de toi. Quelques gouttes de ton riche et noble sang, plus précieux et plus efficace que tous les élixirs du monde, m'ont rendu l'existence. »

Cette scène me préoccupa longtemps et m'inspira d'étranges doutes à l'endroit de Clarimonde, et le soir même, lorsque le sommeil[bq] m'eut ramené à mon presbytère, je vis l'abbé Sérapion plus grave et plus soucieux que jamais. Il me regarda attentivement et me dit : « Non content de perdre votre âme, vous voulez aussi perdre votre corps. Infortuné jeune homme, dans quel piège êtes-vous tombé ! » Le ton dont il me dit ce peu de mots me frappa vivement ; mais, malgré sa vivacité, cette impression fut bientôt dissipée, et mille autres soins l'effacèrent de mon esprit. Cependant, un soir, je vis dans ma glace, dont elle n'avait pas calculé la perfide position, Clarimonde qui versait une poudre dans la coupe de vin épicé qu'elle avait coutume de préparer après le repas. Je pris la coupe, je feignis d'y porter mes lèvres, et je la posai sur quelque meuble comme pour l'achever plus tard à mon loisir, et, profitant d'un instant où la belle avait le dos tourné, j'en jetai le contenu sous la table ; après quoi je me retirai dans ma chambre et je me couchai, bien déterminé à ne pas dormir et à voir ce que tout cela deviendrait. Je n'attendis pas longtemps ; Clarimonde entra en robe de nuit, et, s'étant débarrassée de ses voiles, s'allongea dans le lit auprès de moi. Quand elle se fut bien assurée que je dormais, elle découvrit mon bras et tira une épingle d'or de sa tête ; puis elle se mit à murmurer à voix basse :

« Une goutte, rien qu'une petite goutte rouge, un rubis au bout de mon aiguille !... Puisque tu m'aimes encore, il ne faut pas que je meure... Ah ! pauvre amour, ton beau sang d'une couleur pourpre si éclatante, je vais le boire. Dors mon seul bien ; dors, mon dieu, mon enfant ; je ne te ferai pas de mal, je ne prendrai de ta vie que ce qu'il faudra pour ne pas laisser éteindre la mienne. Si je ne t'aimais pas tant, je pourrais me résoudre à avoir d'autres amants dont je tarirais les veines ;

mais depuis que je te connais, j'ai tout le monde en horreur[br]... Ah! le beau bras! comme il est rond! comme il est blanc! Je n'oserai jamais piquer cette jolie veine bleue. » Et, tout en disant cela, elle pleurait, et je sentais pleuvoir ses larmes sur mon bras qu'elle tenait entre ses mains. Enfin elle se décida, me fit une petite piqûre avec son aiguille et se mit à pomper le sang qui en coulait. Quoiqu'elle en eût bu à peine quelques gouttes, la crainte de m'épuiser la prenant, elle m'entoura avec soin le bras d'une petite bandelette après avoir frotté la plaie d'un onguent qui la cicatrisa sur-le-champ.

Je ne pouvais plus avoir de doutes, l'abbé Sérapion avait raison. Cependant, malgré cette certitude, je ne pouvais m'empêcher d'aimer Clarimonde, et je lui aurais volontiers donné tout le sang dont elle avait besoin pour soutenir son existence factice. D'ailleurs, je n'avais pas grand-peur ; la femme me répondait du vampire[bs], et ce que j'avais entendu et vu me rassurait complètement ; j'avais alors des veines plantureuses qui ne se seraient pas de sitôt épuisées, et je ne marchandais pas ma vie goutte à goutte. Je me serais ouvert le bras moi-même et je lui aurais dit : « Bois! et que mon amour s'infiltre dans ton corps avec mon sang! » J'évitais de faire la moindre allusion au narcotique qu'elle m'avait versé et à la scène de l'aiguille, et nous vivions dans le plus parfait accord. Pourtant mes scrupules de prêtre me tourmentaient plus que jamais, et je ne savais quelle macération nouvelle inventer pour mater et mortifier ma chair. Quoique toutes ces visions fussent involontaires et que je n'y participasse en rien, je n'osais pas toucher le Christ[bt] avec des mains aussi impures et un esprit souillé par de pareilles débauches réelles ou rêvées. Pour éviter de tomber dans ces fatigantes hallucinations, j'essayais de m'empêcher de dormir, je tenais mes paupières ouvertes avec les doigts et je restais debout au long des murs, luttant contre le sommeil de toutes mes forces ; mais le sable de l'assoupissement me roulait bientôt dans les yeux, et, voyant que toute lutte était inutile, je laissais tomber les bras de découragement et de lassitude, et le courant me rentraînait vers les rives perfides[bu]. Sérapion me faisait les plus véhémentes exhortations, et me reprochait durement ma mollesse et mon peu de ferveur. Un jour que j'avais été plus agité qu'à l'ordinaire, il me dit : « Pour vous débarrasser de cette obsession, il n'y a qu'un moyen, et, quoiqu'il soit extrême, il le faut employer : aux grands maux les grands remèdes. Je sais où Clarimonde a été enterrée ;

il faut que nous la déterrions et que vous voyiez dans quel état pitoyable est l'objet de votre amour ; vous ne serez plus tenté de perdre votre âme pour un cadavre immonde dévoré des vers et près de tomber en poudre ; cela vous fera assurément rentrer en vous-même. » Pour moi, j'étais si fatigué de cette double vie, que j'acceptai : voulant savoir, une fois pour toutes, qui du prêtre ou du gentilhomme était dupe d'une illusion, j'étais décidé à tuer au profit de l'un ou de l'autre un des deux hommes qui étaient en moi ou à les tuer tous les deux[bv], car une pareille vie ne pouvait durer. L'abbé Sérapion se munit d'une pioche, d'un levier et d'une lanterne, et à minuit nous nous dirigeâmes vers le cimetière de ***, dont il connaissait parfaitement le gisement et la disposition. Après avoir porté la lumière de la lanterne sourde sur les inscriptions de plusieurs tombeaux, nous arrivâmes enfin à une pierre à moitié cachée par les grandes herbes et dévorée de mousses et de plantes parasites[bw], où nous déchiffrâmes ce commencement d'inscription :

Ici gît Clarimonde
Qui fut de son vivant
La plus belle du monde.

...

« C'est bien ici », dit Sérapion, et, posant à terre sa lanterne, il glissa la pince dans l'interstice de la pierre et commença à la soulever. La pierre céda, et il se mit à l'ouvrage avec la pioche. Moi, je le regardais faire, plus noir et plus silencieux que la nuit elle-même ; quant à lui, courbé sur son œuvre funèbre il ruisselait de sueur, il haletait, et son souffle pressé avait l'air d'un râle d'agonisant. C'était un spectacle étrange, et qui nous eût vus du dehors nous eût plutôt pris pour des profanateurs et des voleurs de linceuls, que pour des prêtres de Dieu. Le zèle de Sérapion avait quelque chose de dur et de sauvage qui le faisait ressembler à un démon plutôt qu'à un apôtre ou à un ange, et sa figure aux grands traits austères et profondément découpés par le reflet de la lanterne n'avait rien de très rassurant. Je me sentais perler sur les membres une sueur glaciale, et mes cheveux se redressaient douloureusement sur ma tête ; je regardais au fond de moi-même l'action du sévère Sérapion comme un abominable sacrilège, et j'aurais voulu que du flanc des sombres nuages qui roulaient pesamment au-dessus de nous sortît un triangle de feu qui le réduisit en poudre[bx]. Les hiboux perchés sur les cyprès, inquiétés par l'éclat de la lanterne, en venaient fouetter lourdement la vitre avec leurs ailes poussiéreuses, en jetant des gémissements plaintifs ; les renards glapissaient dans le lointain, et mille bruits sinistres se dégageaient du silence. Enfin la pioche de Sérapion heurta le cercueil dont les planches retentirent avec un bruit sourd et sonore, avec ce terrible bruit que tend le néant quand on y touche ; il en renversa le couvercle, et j'aperçus Clarimonde pâle comme un marbre, les mains jointes ; son blanc suaire ne faisait qu'un seul pli de sa tête à ses pieds. Une petite goutte rouge brillait comme une rose au coin de sa bouche décolorée[by]. Sérapion, à cette vue, entra en fureur : « Ah ! te voilà, démon, courtisane impudique, buveuse de sang et d'or ! » et il aspergea d'eau bénite le corps et le cercueil sur lequel il traça la forme d'une croix avec son goupillon. La pauvre Clarimonde n'eut pas été plutôt touchée par la sainte rosée que son beau corps tomba en poussière ; ce ne fut plus qu'un mélange affreusement informe de cendres et d'os à demi calcinés. « Voilà votre maîtresse, seigneur Romuald, dit l'inexorable prêtre en me montrant ces tristes dépouilles, serez-vous encore tenté d'aller vous promener au Lido et à Fusine[bz] avec votre beauté ? » Je baissai la tête ; une grande ruine venait de se faire au-dedans de moi. Je retournai à mon presbytère, et le seigneur Romuald, amant de Clarimonde[ca], se sépara du pauvre prêtre, à qui il avait tenu pendant si longtemps une si étrange compagnie. Seulement, la nuit suivante, je vis Clarimonde ; elle me dit, comme la première fois sous le portail de l'église : « Malheureux ! malheureux ! qu'as-tu fait ? Pourquoi as-tu écouté ce prêtre imbécile ? n'étais-tu pas heureux ? et que t'avais-je fait, pour violer ma pauvre tombe et mettre à nu les misères de mon néant ? Toute communication entre nos âmes et nos corps est rompue désormais. Adieu, tu me regretteras. » Elle se dissipa dans l'air comme une fumée, et je ne la revis plus[cb].

Hélas ! elle a dit vrai : je l'ai regrettée plus d'une fois et je la regrette encore. La paix de mon âme a été bien chèrement achetée ; l'amour de Dieu n'était pas de trop pour remplacer le sien. Voilà, frère, l'histoire de ma jeunesse. Ne regardez jamais une femme, et marchez toujours les yeux fixés en terre, car, si chaste et si calme que vous soyez, il suffit d'une minute pour vous faire perdre l'éternité.

LA PIPE D'OPIUM

NOTICE

La Pipe d'opium, premier texte du « cycle » de la drogue chez Gautier a paru dans *La Presse* du 27 septembre 1838 (texte A), puis Gautier l'a repris dans *La Peau de tigre*, t. III, chez H. Souverain, en 1852 (texte B) ; cette deuxième version reparaît dans les *Romans et contes*, Charpentier, 1863, et quelques menues variantes distinguent cette troisième publication de la seconde. Nous ne donnons ici que les principales différences entre A et B. L'essentiel des modifications porte sur le découpage des phrases et des alinéas : le texte A est plus continu, conjonctions et points-virgules allongent les phrases et les paragraphes ; Gautier en général ne cesse de couper son style, de multiplier les ruptures, de raccourcir les alinéas. Cette recherche de la discontinuité tend à donner l'impression de surprise et d'enchaînement gratuit propre au rêve et aussi bien celle d'objectivité et de passivité propres au témoignage et au procès-verbal d'expérience.

Pourquoi l'opium à cette date vient-il renouveler le fantastique de Gautier ? Il est licite de supposer à l'origine de ce premier récit des expériences de fumerie ; mais la nouvelle reste embarrassante et l'opium qui figure dans le titre et fait exposition, ne joue aucun rôle dans l'aventure qui peut très bien se passer d'elle ; et le héros de l'histoire ne fume qu'en rêve : vision et hallucination n'apparaissent qu'affaiblies, amoindries dans un encadrement plus classique et plus régulier. Et même ainsi Gautier a-t-il paru trop audacieux ? P. Whyte mentionne[1] que *Le Charivari* du 1er octobre 1838 s'est diverti aux dépens du *Rêve de M. Pipophile Gautier* en commentant des extraits du texte. Pourtant ne pouvait se rapporter à l'expérience de l'opiomane que le passage où brusquement surgit la

---

1 *Cf.* Pl, t. I, p. 1395.

vision, *les réseaux de feu, les torrents d'effluves magnétiques… les fils étincelants*, où arraché à lui-même le personnage *voit* les esprits, et les figures voilées qui s'envolent et les pieds parfaits et divins de l'inconnue. Et l'aventure du baiser qui ressuscite la mort, l'intervention active dans le rêve du rêveur, les paysages fantastiques, la voiture inconsistante qui fond, nous renvoient à *La Morte amoureuse* et à *Onuphrius* : l'aventure fantastique vient de Gautier lui-même, elle ne doit rien à la drogue. Autrement dit le récit évoque bien les troubles de la perception et de la personnalité propres aux « paradis artificiels », mais l'hallucination, la désorganisation délirante du réel sont contenues dans l'onirisme qui est lui-même une libération de l'imagination, et qui permet une entrée directe et de plain-pied dans le fantastique *ordinaire* si l'on peut dire ; des « esprits » matérialisés on passe à *l'esprit*, à la jeune morte ressuscitée et réincarnée.

Plus étrange encore le fait que révèle P. Whyte : le 10 décembre 1843 dans *La Presse* sous le titre, « Yeux verts et talons roses » (le texte est édité dans *Caprices et zigzags*, 1852) Gautier reprend presque littéralement des éléments de *La Pipe d'opium*, il rêve à tous les pieds féminins qui l'ont inspiré et rappelle que dans une vision née du *haschich*, il a vu un plafond s'ouvrir, laisse passer un talon féminin d'une beauté divine, digne de la déesse Isis. Convaincu que ce talon existait, qu'il était son « idéal » de la beauté, il part en quête de ce talon miraculeux, qu'il trouve chez une Espagnole qu'il voit danser un soir, elle avait « ce talon qui semblait me sourire du haut des nuages » ; c'est donc celui d'une danseuse, et non plus d'une chanteuse ; et le prénom de Carlotta convient très bien cette fois. Mais ce bonheur paradisiaque en 1843 est attribué au haschich et l'article est le prélude du texte « Le Haschich » sur lequel nous allons revenir. Alors ces expériences de la drogue sont racontées avec une inquiétante liberté qui ne se soucie guère de renvoyer à une expérience vécue et précise.

Selon les textes la « cuillerée de paradis sous forme d'une pâte verte » remplace la pipe que l'on fume « pelotonné dans un tas de coussins ». L'aspect lointain et impersonnel de l'expérience du drogué en 1838 signifie sans doute que l'écriture de la vision, son inscription dans le surnaturel de Gautier s'est faite lentement, timidement peut-être ; il s'agissait de « se transporter en un univers étrange inséré dans la réalité[1] ».

---

1   Formule de Max Milner, *op. cit.*, p. 67.

Sans doute en 1838 Gautier en parlant d'opium utilise une expérience autant qu'il obéit à un thème romanesque, la consommation de la drogue en est comme le prolongement. À cette époque les rapports de Gautier et de Balzac sont très étroits[1], personnellement et littérairement. Il y a eu l'épisode du *Chef-d'œuvre inconnu* et une possible coopération Gautier-Balzac ; que doit encore à ce récit *La Toison d'Or* (1839) ? Que doit *Fortunio* à *La Fille aux yeux d'or*[2] ? Même jeu d'échanges, d'influences, de références dans *Une fille d'Ève* (1838), dans *Béatrix* en 1839, dans *Un grand homme de province à Paris*. Mais à cette date, dans *Massimila Doni*, surgit chez Balzac le personnage de l'opiomane Vendramin ; il avait été précédé par tous les textes issus d'une écriture de l'hallucination et manifestement inspirés par Quincey, par exemple *Le dôme des Invalides* en 1832. Encore ce rêve éveillé aurait-il peut-être pour modèle aussi les confessions d'un opiomane bien connu de Balzac, Eugène Sue ; peut-être même Balzac à cette date avait-il goûté de l'opium ; antérieurement en tout cas il avait aussi écrit *L'Église*, et surtout *L'Opium*, courte chronique publiée dans *La Caricature* du 11 novembre 1830 : avec un Anglais mangeur d'opium, le héros se livre à toutes les débauches d'images et de rêves : « Quel opéra qu'une cervelle d'homme ! » ; mais ils sont punis tous les deux par l'enfer de l'opium, le retournement infernal des visions de paradis ; c'est ce texte parfois repris littéralement qui revient dans *Massimila Doni*.

La littérature de la drogue est née au lendemain de la révolution de 1830 : dans les *Contes misanthropiques* de Berthoud de 1831, il y a déjà *Le Thériaki, extase orientale* et *Agib ou les souhaits, conte arabe* ; puis vient l'*Album d'un pessimiste* d'un autre opiomane, Alphonse Rabbe (1835) ; le thème semble avoir trouvé sa place et sa puissance dans les années où nous sommes et où ses ressources fantastiques sont explorées par Gautier.

La nouvelle participe donc à cette littérature de l'opium fumé ou bu, qui va aboutir aux pages célèbres de *Monte Cristo* (1844-1845). Balzac, dans *Massimila Doni*, accusait cette « maudite inspiration due à un Anglais qui, par d'autres raisons que les siennes, cherchait une mort voluptueuse[3] ». Le fumeur peut tout, possède tout, et associé à l'amant platonique, il peut surtout vivre dans le royaume de l'image, le pays

---

1   *Cf. Balzac*, éd. Marie-Claude Book-Senninger, Paris, Nizet, 1980.
2   *Cf.* P. Citron, « Le rêve asiatique de Balzac » dans *L'Année balzacienne*, 1968, p. 327-329.
3   *La Comédie humaine*, t. X, Paris, Gallimard, « Bibliothèque de la Pléiade », 1979, p. 574.

des chimères ; il appartient à la « légion des esprits purs ». L'ivresse de l'opiomane déborde celle de l'amour et celle de l'art ; Vendramin vit en rêve dans une Venise ressuscitée.

Dans la nouvelle de Gautier l'expérience de l'opium participe à l'aventure fantastique parce qu'elle a lieu dans un rêve. La vision de l'opium (le héros en a très peu fumé) se produit dans un rêve qui engendre d'autres rêves, par un redoublement de la puissance onirique qui invente sans cesse de nouvelles idéalités.

L'opium ou le rêve d'opium se confond avec l'imagination fantastique, il intensifie, il présente l'Idéal ici et maintenant, dans l'extase de l'opium *et* dans le rêve se produit la même expérience idéaliste d'évasion de l'âme déliée du corps, de libération de l'image, de réduction de la réalité à l'idéal. L'opium confirme l'expérience extatique du rêve et ses possibilités de connaissance, de communication par l'ouverture et l'expansion de la puissance de la subjectivité. Libéré de la matière (tous les épisodes révèlent sa désintégration, son allégement, son transformisme), l'amant de l'Idéal n'en jouit que mieux d'un monde sensible et sensuel qui est son vrai paradis, qui émane de lui, comme il en émane, indifféremment.

LA PIPE D'OPIUM

L'autre jour, je trouvai mon ami Alphonse Karr[a] assis sur son divan, avec une bougie allumée, quoiqu'il fît grand jour, et tenant à la main un tuyau de bois de cerisier muni d'un champignon de porcelaine sur lequel il faisait dégoutter une espèce de pâte brune assez semblable à la cire à cacheter ; cette pâte flambait et grésillait dans la cheminée du champignon, et il aspirait par une petite embouchure d'ambre jaune la fumée qui se répandait ensuite dans la chambre avec une vague odeur de parfum oriental[b].

Je pris, sans rien dire, l'appareil des mains de mon ami, et je m'ajustai à l'un des bouts ; après quelques gorgées, j'éprouvai un espèce d'étourdissement qui n'était pas sans charmes et ressemblait assez aux sensations de la première ivresse.

Étant de feuilleton ce jour-là[c], et n'ayant pas le loisir d'être gris, j'accrochai la pipe à un clou et nous descendîmes dans le jardin, dire bonjour aux dahlias et jouer un peu avec Schutz, heureux animal qui n'a d'autre fonction que d'être noir sur un tapis de vert gazon.

Je rentrai chez moi, je dînai, et j'allai au théâtre[d] subir je ne sais quelle pièce, puis je revins me coucher, car il faut bien en arriver là, et faire, par cette mort de quelques heures, l'apprentissage de la mort définitive[e].

L'opium que j'avais fumé, loin de produire l'effet somnolent que j'en attendais, me jetait en des agitations nerveuses comme du café violent, et je tournais dans mon lit en façon de carpe sur le gril ou de poulet à la broche, avec un perpétuel roulis de couvertures, au grand mécontentement de mon chat roulé en boule sur le coin de mon édredon.

Enfin, le sommeil longtemps imploré ensabla mes prunelles de sa poussière d'or, mes yeux devinrent chauds et lourds, je m'endormis.

Après une ou deux heures complètement immobiles et noires, j'eus un rêve.

– Le voici :

Je me retrouvai chez mon ami Alphonse Karr, – comme le matin, dans la réalité ; il était assis sur son divan de lampas[f] jaune, avec sa pipe et sa bougie allumée ; seulement le soleil ne faisait pas voltiger sur les murs, comme des papillons aux mille couleurs, les reflets bleus, verts et rouges des vitraux.

Je pris la pipe de ses mains, ainsi que je l'avais fait quelques heures auparavant, et je me mis à aspirer lentement la fumée enivrante.

Une mollesse pleine de béatitude ne tarda pas à s'emparer de moi, et je sentis le même étourdissement que j'avais éprouvé en fumant la vraie pipe.

Jusque-là mon rêve se tenait dans les plus exactes limites du monde habitable, et répétait, comme un miroir, les actions de ma journée.

J'étais pelotonné dans un tas de coussins, et je renversais paresseusement ma tête en arrière pour suivre en l'air les spirales bleuâtres, qui se fondaient en brume d'ouate, après avoir tourbillonné quelques minutes.

Mes yeux se portaient naturellement sur le plafond, qui est d'un noir d'ébène, avec des arabesques d'or.

À force de le regarder avec cette attention extatique qui précède les visions, il me parut bleu, mais d'un bleu dur, comme un des pans du manteau de la nuit.

« Vous avez donc fait repeindre votre plafond en bleu, dis-je à Karr, qui, toujours impassible et silencieux, avait embouché une autre pipe, et rendait plus de fumée qu'un tuyau de poêle en hiver, ou qu'un bateau à vapeur dans une saison quelconque.

— Nullement, mon fils, répondit-il en mettant son nez hors du nuage, mais vous m'avez furieusement la mine de vous être à vous-même peint l'estomac en rouge, au moyen d'un bordeaux plus ou moins *Laffitte*.

— Hélas ! que ne dites-vous la vérité ; mais je n'ai bu qu'un misérable verre d'eau sucrée, où toutes les fourmis de la terre étaient venues se désaltérer, une école de natation d'insectes[g].

— Le plafond s'ennuyait apparemment d'être noir, il s'est mis en bleu ; après les femmes, je ne connais rien de plus capricieux que les plafonds ; c'est une fantaisie de plafond, voilà tout, rien n'est plus ordinaire. »

Cela dit, Karr rentra son nez dans le nuage de fumée, avec la mine satisfaite de quelqu'un qui a donné une explication limpide et lumineuse.

Cependant je n'étais qu'à moitié convaincu, et j'avais de la peine à croire les plafonds aussi fantastiques que cela, et je continuais à regarder celui que j'avais au-dessus de ma tête, non sans quelque sentiment d'inquiétude.

Il bleuissait, il bleuissait comme la mer à l'horizon, et les étoiles commençaient à y ouvrir leurs paupières aux cils d'or ; ces cils, d'une extrême ténuité, s'allongeaient jusque dans la chambre qu'ils remplissaient de gerbes prismatiques.

Quelques lignes noires rayaient cette surface d'azur, et je reconnus bientôt que c'étaient les poutres des étages supérieurs de la maison devenue transparente[h].

Malgré la facilité que l'on a en rêve d'admettre comme naturelles les choses les plus bizarres, tout ceci commençait à me paraître un peu louche et suspect, et je pensai que si mon camarade *Esquiros le Magicien*[i] était là, il me donnerait des explications plus satisfaisantes que celles de mon ami Alphonse Karr.

Comme si cette pensée eût eu la puissance d'évocation, Esquiros se présenta soudain devant nous, à peu près comme le barbet de Faust qui sort de derrière le poêle[j].

Il avait le visage fort animé et l'air triomphant, et il disait, en se frottant les mains :

« Je vois aux antipodes, et j'ai trouvé la Mandragore qui parle[k]. »

Cette apparition me surprit, et je dis à Karr :

« O Karr ! concevez-vous qu'Esquiros, qui n'était pas là tout à l'heure, soit entré sans qu'on ait ouvert la porte ?

– Rien n'est plus simple, répondit Karr. L'on entre par les portes fermées, c'est l'usage ; il n'y a que les gens mal élevés qui passent par les portes ouvertes. Vous savez bien qu'on dit comme injure : Grand enfonceur de portes ouvertes. »

Je ne trouvai aucune objection à faire contre un raisonnement si sensé, et je restai convaincu qu'en effet la présence d'Esquiros n'avait rien que de fort explicable et de très légal en soi-même.

Cependant il me regardait d'un air étrange, et ses yeux s'agrandissaient d'une façon démesurée ; ils étaient ardents et ronds comme des boucliers chauffés dans une fournaise, et son corps se dissipait et se noyait dans l'ombre, de sorte que je ne voyais plus de lui que ses deux prunelles flamboyantes et rayonnantes.

Des réseaux de feu et des torrents d'effluves magnétiques papillotaient et tourbillonnaient autour de moi, s'enlaçant toujours plus inextricablement et se resserrant toujours ; des fils étincelants aboutissaient à chacun de mes pores, et s'implantaient dans ma peau à peu près comme les cheveux dans la tête. J'étais dans un état de somnambulisme complet.

Je vis alors des petits flocons blancs qui traversaient l'espace bleu du plafond comme des touffes de laine emportées par le vent, ou comme un collier de colombe qui s'égrène dans l'air.

Je cherchais vainement à deviner ce que c'était, quand une voix basse et brève me chuchota à l'oreille, avec un accent étrange : – *Ce sont des esprits* !!! Les écailles de mes yeux tombèrent ; les vapeurs blanches prirent des formes plus précises, et j'aperçus distinctement une longue file de figures voilées qui suivaient la corniche, de droite à gauche, avec un mouvement d'ascension très prononcé, comme si un souffle impérieux les soulevait et leur servait d'aile.

À l'angle de la chambre, sur la moulure du plafond, se tenait assise une forme de jeune fille enveloppée dans une large draperie de mousseline.

Ses pieds, entièrement nus, pendaient nonchalamment croisés l'un sur l'autre ; ils étaient, du reste, charmants, d'une petitesse et d'une transparence qui me firent penser à ces beaux pieds de jaspe qui sortent si blancs et si purs de la jupe de marbre noir de l'Isis antique du Musée[l].

Les autres fantômes lui frappaient sur l'épaule en passant, et lui disaient :

« Nous allons dans les étoiles, viens donc avec nous. »

L'ombre au pied d'albâtre leur répondait :

« Non ! je ne veux pas aller dans les étoiles ; je voudrais vivre six mois encore. »

Toute la file passa, et l'ombre resta seule, balançant ses jolis petits pieds, et frappant le mur de son talon nuancé d'une teinte rose, pâle et tendre comme le cœur d'une clochette sauvage ; quoique sa figure fût voilée, je la sentais jeune, adorable et charmante, et mon âme s'élançait de son côté, les bras tendus, les ailes ouvertes.

L'ombre comprit mon trouble par intention ou sympathie, et dit d'une voix douce et cristalline comme un harmonica :

« Si tu as le courage d'aller embrasser sur la bouche celle qui fut moi, et dont le corps est couché dans la ville noire, je vivrai six mois encore, et ma seconde vie sera pour toi[m]. »

Je me levai, et me fis cette question :

À savoir, si je n'étais pas le jouet de quelque illusion, et si tout ce qui se passait n'était pas un rêve.

C'était une dernière lueur de la lampe de la raison éteinte par le sommeil.

Je demandai à mes deux amis ce qu'ils pensaient de tout cela.

L'imperturbable Karr prétendit que l'aventure était commune, qu'il en avait eu plusieurs du même genre, et que j'étais d'une grande naïveté de m'étonner de si peu.

Esquiros expliqua tout au moyen du magnétisme[n].

« Allons, c'est bien, je vais y aller ; mais je suis en pantoufles...

– Cela ne fait rien, dit Esquiros, je *pressens* une voiture à la porte. »

Je sortis, et je vis, en effet, un cabriolet à deux chevaux qui semblait attendre. Je montai dedans.

Il n'y avait pas de cocher. – Les chevaux se conduisaient eux-mêmes ; ils étaient tout noirs, et galopaient si furieusement, que leurs croupes s'abaissaient et se levaient comme des vagues, et que des pluies d'étincelles pétillaient derrière eux.

Ils prirent d'abord la rue de La-Tour-d'Auvergne, puis la rue Bellefond, puis la rue Lafayette[o], et, à partir de là, d'autres rues dont je ne sais pas les noms.

À mesure que la voiture allait, les objets prenaient autour de moi des formes étranges : c'étaient des maisons rechignées, accroupies au bord du chemin comme de vieilles filandières, des clôtures en planches, des réverbères qui avaient l'air de gibets à s'y méprendre ; bientôt les maisons disparurent tout à fait, et la voiture roulait dans la rase campagne[p].

Nous filions à travers une plaine morne et sombre ; – le ciel était très bas, couleur de plomb, et une interminable procession de petits arbres fluets courait, en sens inverse de la voiture, des deux côtés du chemin ; l'on eût dit une armée de manches à balai en déroute.

Rien n'était sinistre comme cette immensité grisâtre que la grêle silhouette des arbres rayait de hachures noires : – pas une étoile ne brillait, aucune paillette de lumière n'écaillait la profondeur blafarde de cette demi-obscurité.

Enfin, nous arrivâmes à une ville, à moi inconnue, dont les maisons d'une architecture singulière, vaguement entrevue dans les ténèbres, me parurent d'une petitesse à ne pouvoir être habitées ; – la voiture, quoique beaucoup plus large que les rues qu'elle traversait, n'éprouvait aucun retard ; les maisons se rangeaient à droite et à gauche comme des passants effrayés, et laissaient le chemin libre.

Après plusieurs détours, je sentis la voiture fondre sous moi, et les chevaux s'évanouirent en vapeurs, j'étais arrivé.

Une lumière rougeâtre filtrait à travers les interstices d'une porte de bronze qui n'était pas fermée ; je la poussai, et je me trouvai dans une salle dallée de marbre blanc et noir et voûtée en pierre ; une lampe antique, posée sur un socle de brèche^q violette, éclairait d'une lueur blafarde une figure couchée, que je pris d'abord pour une statue comme celles qui dorment les mains jointes, un lévrier aux pieds, dans les cathédrales gothiques ; mais je reconnus bientôt que c'était une femme réelle.

Elle était d'une pâleur exsangue, et que je ne saurais mieux comparer qu'au ton de la cire vierge jaunie, ses mains, mates et blanches comme des hosties, se croisaient sur son cœur ; ses yeux étaient fermés, et leurs cils s'allongeaient jusqu'au milieu des joues ; tout en elle était mort : la bouche seule, fraîche comme une grenade en fleur, étincelait d'une vie riche et pourprée, et souriant à demi comme dans un rêve heureux.

Je me penchai vers elle, je posai ma bouche sur la sienne, et je lui donnai le baiser qui devait la faire revivre.

Ses lèvres humides et tièdes, comme si le souffle venait à peine de les abandonner, palpitèrent sous les miennes, et me rendirent mon baiser avec une ardeur et une vivacité incroyables.

Il y a ici une lacune dans mon rêve, et je ne sais comment je revins de la ville noire ; probablement à cheval sur un nuage ou sur une chauve-souris gigantesque^r. – Mais je me souviens parfaitement que je me trouvai avec Karr dans une maison qui n'est ni la sienne ni la mienne, ni aucune de celles que je connais.

Cependant tous les détails intérieurs, tout l'aménagement m'étaient extrêmement familiers ; je vois nettement la cheminée dans le goût de Louis XVI, le paravent à ramages, la lampe à garde-vue vert^s et les étagères pleines de livres aux angles de la cheminée.

J'occupais une profonde bergère à oreillettes, et Karr, les deux talons appuyés sur le chambranle, assis sur les épaules et presque sur la tête, écoutait d'un air piteux et résigné, le récit de mon expédition que je regardais moi-même comme en rêve^t.

Tout à coup un violent coup de sonnette se fit entendre, et l'on vint m'annoncer qu'une *dame* désirait *me* parler.

« Faites entrer la *dame*, répondis-je, un peu ému et pressentant ce qui allait arriver. »

Une femme vêtue de blanc, et les épaules couvertes d'un mantelet noir, entra d'un pas léger, et vint se placer dans la pénombre lumineuse projetée par la lampe.

Par un phénomène très singulier, je vis passer sur sa figure trois physionomies différentes[u] : elle ressembla un instant à Malibran, puis à M..., puis à celle qui disait aussi qu'elle ne voulait pas mourir, et dont le dernier mot fut : « Donnez-moi un bouquet de violettes. »

Mais ces ressemblances se dissipèrent bientôt comme une ombre sur un miroir, les traits du visage prirent de la fixité et se condensèrent, et je *reconnus* la morte que j'avais embrassée dans la ville noire.

Sa mise était extrêmement simple, et elle n'avait d'autre ornement qu'un cercle d'or dans ses cheveux, d'un brun foncé, et tombant en grappes d'ébène le long de ses joues unies et veloutées.

Deux petites taches roses empourpraient le haut de ses pommettes, et ses yeux brillaient comme des globes d'argent brunis ; elle avait, du reste, une beauté de camée antique, et la blonde transparence de ses chairs ajoutait encore à la ressemblance.

Elle se tenait debout devant moi, et me pria, demande assez bizarre, de lui dire son nom.

Je lui répondis sans hésiter qu'elle se nommait *Carlotta*[v], ce qui était vrai ; ensuite elle me raconta qu'elle avait été chanteuse, et qu'elle était morte si jeune, qu'elle ignorait les plaisirs de l'existence, et qu'avant d'aller s'enfoncer pour toujours dans l'immobile éternité, elle voulait jouir de la beauté du monde, s'enivrer de toutes les voluptés et se plonger dans l'océan des joies terrestres ; qu'elle se sentait une soif inextinguible de vie et d'amour.

Et, en disant tout cela avec une éloquence d'expression et une poésie qu'il n'est pas en mon pouvoir de rendre, elle nouait ses bras en écharpe autour de mon cou, et entrelaçait ses mains fluettes dans les boucles de mes cheveux.

Elle parlait en vers d'une beauté merveilleuse, où n'atteindraient pas les plus grands poètes éveillés, et quand le vers ne suffisait plus pour rendre sa pensée, elle lui ajoutait les ailes de la musique, et c'était des roulades, des colliers de notes plus pures que des perles parfaites, des tenues de voix, des sons filés bien au-dessus des limites humaines, tout ce que l'âme et l'esprit peuvent rêver de plus tendre, de plus adorablement coquet, de plus amoureux, de plus ardent, de plus ineffable.

« Vivre six mois, six mois encore », était le refrain de toutes ses cantilènes.

Je voyais très clairement ce qu'elle allait dire, avant que la pensée arrivât de sa tête ou de son cœur jusque sur ses lèvres, et j'achevais moi-même le vers ou le chant commencés ; j'avais pour elle la même transparence, et elle lisait en moi couramment.

Je ne sais pas où se seraient arrêtées ces extases que ne modérait plus la présence de Karr, lorsque je sentis quelque chose de velu et de rude qui me passait sur la figure ; j'ouvris les yeux, et je vis mon chat qui frottait sa moustache à la mienne en manière de congratulation matinale, car l'aube tamisait à travers les rideaux une lumière vacillante[w].

C'est ainsi que finit mon rêve d'opium, qui ne me laissa d'autre trace qu'une vague mélancolie, suite ordinaire de ces sortes d'hallucinations.

LE CHEVALIER DOUBLE

NOTICE

Le Chevalier double a paru dans *Le Musée des familles* de juillet 1840 ; le récit est présenté sous un premier titre, *Contes étrangers*, que l'on retrouve avec *Le Pied de momie* paru dans *Le Musée* en septembre de la même année ; il fait partie d'un ensemble de trois nouvelles si on le joint à *Deux acteurs pour un rôle* : ce sont trois histoires étrangères, trois contes du lointain, deux mettent en scène le diable, et deux aussi le double ; avec *Une larme du diable* (1839), d'une part, et de l'autre les grands ballets de Gautier (*Giselle*, 1841, *La Péri*, 1843, précédé de *La Mille et deuxième nuit* de 1842), la nouvelle se place dans l'inspiration générale de Gautier qui use des ressources du satanisme, de l'exotisme (folklores et superstitions d'Europe et d'Orient) et qui leur ajoute le thème fantastique du *double*.

Dans sa première parution la nouvelle est illustrée, le Musée est bien ce que son nom indique, une publication familiale et enfantine, proposant une instruction familière et amusante à la portée de tous. Gautier devait y publier encore en 1846 *Le Pavillon sur l'eau, nouvelle chinoise. Le Chevalier double* devait être repris dans *Partie carrée* en 1851 dans le tome III, puis dans *Romans et contes* (Charpentier, 1863). Il n'y a pratiquement pas de modification du texte depuis la publication première.

En juillet 1840, Gautier est en Espagne ; il en revient en septembre. Il a sans doute écrit sa nouvelle avant son départ en mai ; une lettre du 10 janvier, publiée par S. de Lovenjoul (*Histoire*, t. I, p. 338, et *Corr. Gén.* t. I, p. 178) et adressée à Henry Berthoud, rédacteur en chef du *Musée*, devant qui Gautier justifie le sérieux de sa documentation chinoise pour *Le Pavillon sur l'eau*, se termine par ces mots : « [...] envoyez les placards du *Pied de momie* et d'*Oluf le Danois*. Je les travaillerai jusqu'à perfection entière. » À cette date les deux nouvelles étaient donc écrites, au moins dans une première version qui remonterait à la fin de 1839. *Le Chevalier double* a donc porté un autre titre, il est situé tout de suite au Danemark ; s'agissait-il à l'origine d'une ballade scandinave, d'une pure légende, dont le sens fantastique n'est apparu que plus tard ? Le titre définitif renvoie le récit d'abord au thème du double. Et le nom d'Oluf révélait-il trop nettement les sources de Gautier ? Oluf Lodbrog n'apparaît pas dans ce conte par pure inspiration.

Quelques mots d'abord sur le nom et le prénom du chevalier de Gautier. Dans l'œuvre de H. Heine, *De l'Allemagne* (*Œuvres*, éd. Renduel, 1835, t. V et VI), où Gautier trouvait la légende des Willis (t. VI, p. 143 *sq.*), il pouvait lire en même temps deux chants *danois*. Dans l'un d'entre eux le seigneur Oluf rencontre la veille de son mariage des elfes qui l'invitent à danser ; par fidélité envers sa fiancée il refuse, mais l'une des danseuses surnaturelles lui donne un coup au cœur ; il meurt pendant la cérémonie de ses noces. Ce poème présentait à Gautier une légende proche de celle des Willis, et le prénom de son héros. Une autre chanson raconte l'histoire d'un enfant noble voué au mal avant sa naissance par l'influence d'un enchanteur-corbeau, il est sauvé par sa mère et sa fiancée, « filles-cygnes ». Mme Dillingham (*op. cit.* p. 137) a révélé que dans *Nocturnes* de Heine se trouve un poème dont le héros est le seigneur Olaf : il épouse une princesse mais le roi son beau-père le fait exécuter le soir des noces, une fois la dernière danse finie.

Mais en 1836 *La Revue des Deux Mondes* du 1er mars avait publié une étude de Xavier Marmier, « Les chants danois », qui a certainement contribué à entraîner l'imagination de Gautier vers les pays du Nord et leur poésie ; il y trouvait cette fois une description d'ensemble de la mythologie scandinave (en particulier le nom de Fenris qu'il va donner à l'un des chiens de son héros) et de la poésie populaire ; le nom de Dietrich que l'on trouve dans le conte de Gautier y était mentionné[1] ; adversaire d'Ogier le Danois, ou vainqueur d'un dragon, c'était selon Marmier tout à la fois un personnage de l'histoire et un héros de légende.

---

1   *Op. cit.*, p. 721.

Autrement dit, le prénom du personnage ne pose pas de problème, mais son nom, Lodbrog. Il y a là un petit mystère évoqué par Poulain[1] qui conduit à d'autres lectures possibles de Gautier. En 1842, dans ses *Chants populaires du Nord*, anthologie dont la préface reprenait son article de 1836, X. Marmier traduisait[2] « Le chant de Regnar Lodbork », célèbre chant de mort d'un roi du Danemark du VIIIe siècle qui, prisonnier d'un roi anglais, composait au milieu des tortures un poème racontant ses exploits. Mais ce n'est pas là que Gautier a pu rencontrer *le nom* de son personnage si riche de connotations scandinaves et pittoresques (Il signifie « culottes velues poisseuses »). Marmier en 1839, dans son *Histoire de la littérature au Danemark et en Suède*, indiquait à propos de l'évangélisation du Nord[3] la dynastie issue de Regnar-Lodbork ; en 1843, dans sa *Littérature islandaise*, il évoque encore[4] ce chant de mort et les autres sagas de Lodbork. Mallet, dans son *Histoire du Danemarc*[5], avait distingué au reste un Lodbrog, roi danois au VIIIe siècle, du Lodbrog du fameux poème qui, lui, poète, pirate, guerrier, roi peut-être, remontait au IXe siècle.

Mme Velthuis enfin a judicieusement[6] rapproché la nouvelle des *Maîtres chanteurs* d'Hoffmann et trouvé l'origine du chanteur diabolique dans le Klingsohr du récit ; Gautier n'a-t-il pas rapproché Weber du chanteur surnaturel pour son pouvoir d'évoquer les esprits de l'au-delà ? Robert le Diable, le héros de l'opéra de Meyerbeer devait son amour du mal aux sortilèges dont sa mère avait été victime.

L'article de Peter Whyte[7] a cherché avec précision des rapprochements avec la littérature du « double » : soit pour le duel qui aurait des précédents chez Eugène Hugo, Petrus Borel (le poème-préface de *Madame Putiphar*, 1839), Fouqué (*Zauberring*, 1813) ; soit pour l'influence télépathique du regard qui dans les Sosies d'Hoffmann (*Die Doppelgänger*, 1821) détermine un adultère moral et engendre une ressemblance totale entre deux enfants de famille différente ; soit enfin pour les couleurs

1 *Traces de l'influence allemande dans l'œuvre de Th. Gautier*, Bericht der Realschule zu Basel, Schweighauserische Buchdruckerei, 1914.
2 *Chants populaires du Nord*, p. 51.
3 *Histoire de la littérature au Danemark et en Suède*, p. 8.
4 *Littérature islandaise*, p. 38.
5 *Histoire du Danemarc*, t. I, p. 265, et t. III, p. 40.
6 *Th. Gautier, l'homme et l'artiste*, Université de Groningue, 1924, p. 84.
7 « Gautier, Nerval et la hantise du *Doppelgänger* », *Bulletin*, 1988.

évoquées dans *Le Titan* de Jean-Paul, que Gautier a sans doute lu, et où un personnage habillé de vert ou de rouge possède un double qui fait alterner les mêmes couleurs. Le duel du chevalier avec lui-même fait partie de la tradition de Lancelot du Lac : Nerval dans *Aurélia* s'en souvient, ou se souvient au moins du *Chevalier double*, lorsqu'il écrit : « N'avais-je pas été frappé de l'histoire de ce chevalier qui combattit toute une nuit dans une forêt contre un inconnu qui était lui-même[1] ? » Alors il identifie « le *Double* des légendes » au *Ferouër* oriental.

Sans doute enfin faut-il regarder encore vers Hoffmann et *Princesse Brambilla*[2] pour trouver les textes qui sont les plus voisins du récit de Gautier : aux chapitres VI et VII, où il est bien spécifié que le héros Giglio Fava souffre d'« un dualisme chronique », le personnage au cours d'un duel grotesque se tue lui-même pour devenir enfin lui-même. Revêtu d'un masque il se rencontre lui-même déguisé en capitaine Pantalon, et le prince qu'il est tue l'acteur qu'il est aussi : ou le bon acteur tue le mauvais, ou le moi vrai, le moi faux. Mais le rapprochement se fait plus littéral : dans ce passage[3] sur le dualisme, état analysé « comme une folie où "moi" se désagrège, ce qui empêche la personnalité de se maintenir et de rester ferme », un des personnages fait intervenir l'anecdote de deux jumeaux princiers qui deviennent le symbole de tout homme atteint de la maladie du double, Que l'on compare au récit de l'enfance d'Oluf et à la description de son caractère. Lui aussi n'a ni fermeté ni consistance ; les jumeaux qui sont un seul être sont désaccordés et destitués comme lui de toute stabilité morale ; ce qu'Hoffmann dit de deux frères physiquement unis, est repris par Gautier : « L'un des princes était-il triste, l'autre était gai ; l'un voulait-il rester assis, l'autre voulait courir ; bref jamais leurs inclinations ne concordaient. »

Cette maladie de l'incohérence que reprend Gautier, Hoffmann la conduisait encore plus loin : la gémellité antithétique devenait confusion, les dispositions opposées s'échangeaient de l'un à l'autre, « dans l'opposition d'une perpétuelle alternance chacun de deux caractères semblait se fondre dans celui du partenaire, ce qui provenait évidemment de ce que se manifestait outre leur cohérence physique une autre cohérence, de nature spirituelle [...]; ils pensaient en diagonale,

---

1 *Œuvres Complètes*, Paris, Gallimard, « Bibliothèque de la Pléiade », 1993, t. III, p. 717.
2 Paris, Aubier-Montaigne, p. 951.
3 *Ibid.*, 291 *sq.*

de sorte que jamais l'un des deux ne sut jamais s'il avait véritablement pensé lui-même ce qu'il avait pensé, ou bien son jumeau ».

Le mal du double « se manifeste principalement en ce que le malade ne se comprend plus lui-même ». Ainsi Oluf est « inexplicable ». Hoffmann fait apparaître dans le dédoublement la confusion calamiteuse de deux êtres unis et divisés ; Gautier s'en tient avec les mêmes traits à l'alternance capricieuse et paralysante de deux moi qui demeurent opposés et antithétiques. La conclusion est la même : il faut tuer *l'autre* pour être *le même*.

Que la laborieuse recherche des sources ne nous dissimule pas ce récit qui demeure une très belle ballade romantique ; *Le Chevalier double* est à la fois une légende diabolique du Nord, un lai d'amour médiéval, une « petite épopée », le récit d'une quête de l'amour et de l'identité ; il est à la limite du « fantastique », presque tout entier encore dans le *merveilleux* où le surnaturel va de soi et se trouve d'emblée admis et souverain. Gautier a très heureusement respecté les règles du poème populaire et sa nature épique : il est dominé par le récitant (on n'ose dire, tant le mot est dévalué, le narrateur omniscient) et pourtant c'en est bien un qui raconte en effet, et ne laisse guère aux personnages une quelconque autonomie ; le récit est d'abord *discours*, il commence *in medias res*, il use de répétitions rythmées, d'ellipses nombreuses ; il commente, il célèbre, il interpelle, il affectionne le présent historique, le passé composé, le futur ; bref la couleur locale est une couleur morale et une couleur narrative.

Qui rend donc la blonde Edwige si triste ? que fait-elle assise à l'écart, le menton dans sa main et le coude au genou, plus morne que le désespoir, plus pâle que la statue d'albâtre qui pleure sur un tombeau[a] ?

Du coin de sa paupière une grosse larme roule sur le duvet de sa joue, une seule, mais qui ne tarit jamais ; comme cette goutte d'eau qui suinte des voûtes du rocher et qui à la longue use le granit, cette seule larme, en tombant sans relâche de ses yeux sur son cœur, l'a percé et traversé à jour.

Edwige, blonde Edwige, ne croyez-vous plus à Jésus-Christ le doux Sauveur ? doutez-vous de l'indulgence de la très sainte Vierge Marie ? Pourquoi portez-vous sans cesse à votre flanc vos petites mains diaphanes, amaigries et fluettes comme celles des Elfes et des Willis[b] ? Vous allez être mère ; c'était votre plus cher vœu : votre noble époux, le comte Lodbrog, a promis un autel d'argent massif, un ciboire d'or fin à l'église de Saint-Euthbert si vous lui donniez un fils.

Hélas ! hélas ! la pauvre Edwige a le cœur percé des sept glaives de la douleur ; un terrible secret pèse sur son âme. Il y a quelques mois, un étranger est venu au château ; il faisait un terrible temps cette nuit-là : les tours tremblaient dans leur charpente, les girouettes piaulaient, le feu rampait dans la cheminée, et le vent frappait à la vitre comme un importun qui veut entrer[c].

L'étranger était beau comme un ange, mais comme un ange tombé ; il souriait doucement et regardait doucement, et pourtant ce regard et ce sourire vous glaçaient de terreur et vous inspiraient l'effroi qu'on éprouve en se penchant sur un abîme. Une grâce scélérate, une langueur perfide comme celle du tigre qui guette sa proie, accompagnaient tous ses mouvements ; il charmait à la façon du serpent qui fascine l'oiseau[d].

Cet étranger était un maître chanteur[e] ; son teint bruni montrait qu'il avait vu d'autres cieux ; il disait venir du fond de la Bohême, et demandait l'hospitalité pour cette nuit-là seulement.

Il resta cette nuit, et encore d'autres jours et encore d'autres nuits, car la tempête ne pouvait s'apaiser, et le vieux château s'agitait sur ses fondements comme si la rafale eût voulu le déraciner et faire tomber sa couronne de créneaux dans les eaux écumeuses du torrent.

Pour charmer le temps, il chantait d'étranges poésies qui troublaient le cœur et donnaient des idées furieuses ; tout le temps qu'il chantait, un corbeau noir vernissé, luisant comme le jais, se tenait sur son épaule ; il battait la mesure avec son bec d'ébène, et semblait applaudir en secouant ses ailes[f]. – Edwige pâlissait, pâlissait comme les lis du clair de lune ; Edwige rougissait, rougissait comme les roses de l'aurore, et se laissait aller en arrière dans son grand fauteuil, languissante, à demi-morte, enivrée comme si elle avait respiré le parfum fatal de ces fleurs qui font mourir.

Enfin le maître chanteur put partir ; un petit sourire bleu venait de dérider la face du ciel. Depuis ce jour, Edwige, la blonde Edwige ne fait que pleurer dans l'angle de la fenêtre.

Edwige est mère ; elle a un bel enfant tout blanc et tout vermeil. – Le vieux comte Lodbrog a commandé au fondeur l'autel d'argent massif, et il a donné mille pièces d'or à l'orfèvre dans une bourse de peau de renne pour fabriquer le ciboire ; il sera large et lourd, et tiendra une grande mesure de vin. Le prêtre qui le videra pourra dire qu'il est un bon buveur.

L'enfant est tout blanc et tout vermeil, mais il a le regard noir de l'étranger : sa mère l'a bien vu. Ah ! pauvre Edwige ! pourquoi avez-vous tant regardé l'étranger avec sa harpe et son corbeau[g] ?...

Le chapelain ondoie l'enfant ; – on lui donne le nom d'Oluf, un bien beau nom ! – Le mire[h] monte sur la plus haute tour pour lui tirer l'horoscope.

Le temps était clair et froid : comme une mâchoire de loup cervier aux dents aiguës et blanches, une découpure de montagnes couvertes de neiges mordait le bord de la robe du ciel ; les étoiles larges et pâles brillaient dans la crudité bleue de la nuit comme des soleils d'argent.

Le mire prend la hauteur, remarque l'année, le jour et la minute ; il fait de longs calculs en encre rouge sur un long parchemin tout constellé de signes cabalistiques ; il rentre dans son cabinet, et remonte sur la plate-forme, il ne s'est pourtant pas trompé dans ses supputations, son thème de nativité est juste comme un trébuchet[i] à peser les pierres fines ; cependant il recommence : il n'a pas fait d'erreur.

Le petit comte Oluf a une étoile double, une verte et une rouge, verte comme l'espérance, rouge comme l'enfer ; l'une favorable, l'autre désastreuse. Cela s'est-il jamais vu qu'un enfant ait une étoile double ?

Avec un air grave et compassé le mire rentre dans la chambre de l'accouchée et dit, en passant sa main osseuse dans les flots de sa grande barbe de mage :

« Comtesse Edwige, et vous, comte Lodbrog, deux influences ont présidé à la naissance d'Oluf, votre précieux fils : l'une bonne, l'autre mauvaise ; c'est pourquoi il a une étoile verte et une étoile rouge. Il est soumis à un double ascendant ; il sera très heureux ou très malheureux, je ne sais lequel ; peut-être tous les deux à la fois. »

Le comte Lodbrog répondit au mire : « L'étoile verte l'emportera. » Mais Edwige craignait dans son cœur de mère que ce ne fût la rouge. Elle remit son menton dans sa main, son coude sur son genou, et recommença à pleurer dans le coin de la fenêtre. Après avoir allaité son enfant, son unique occupation était de regarder à travers la vitre la neige descendre en flocons drus et pressés, comme si l'on eût plumé là-haut les ailes blanches de tous les anges et de tous les chérubins.

De temps en temps un corbeau passait devant la vitre, croassant et secouant cette poussière argentée. Cela faisait penser Edwige au corbeau singulier qui se tenait toujours sur l'épaule de l'étranger au doux regard de tigre, au charmant sourire de vipère.

Et ses larmes tombaient plus vite de ses yeux sur son cœur, sur son cœur percé à jour.

Le jeune Oluf est un enfant bien étrange : on dirait qu'il y a dans sa petite peau blanche et vermeille deux enfants d'un caractère différent ; un jour il est bon comme un ange, un autre jour il est méchant comme un diable[j], il mord le sein de sa mère, et déchire à coup d'ongles le visage de sa gouvernante.

Le vieux comte Lodbrog, souriant dans sa moustache grise, dit qu'Oluf fera un bon soldat et qu'il a l'humeur belliqueuse. Le fait est qu'Oluf est un petit drôle insupportable : tantôt il pleure, tantôt il rit ; il est capricieux comme la lune, fantasque comme une femme ; il va, vient, s'arrête tout à coup sans motif apparent, abandonne ce qu'il avait entrepris et fait succéder à la turbulence la plus inquiète l'immobilité la plus absolue ; quoiqu'il soit seul, il paraît converser avec un interlocuteur invisible ! Quand on lui demande la cause de toutes ces agitations, il dit que l'étoile rouge le tourmente[k].

Oluf a bientôt quinze ans. Son caractère devient de plus en plus inexplicable ; sa physionomie, quoique parfaitement belle, est d'une expression embarrassante ; il est blond comme sa mère, avec tous les traits de la race du Nord ; mais sous son front blanc comme la neige que n'a rayée encore ni le patin du chasseur ni maculée le pied de l'ours, et qui est bien le front de la race antique des Lodbrog, scintille entre deux paupières orangées un œil aux longs cils noirs, un œil de jais illuminé des fauves ardeurs de la passion italienne, un regard velouté, cruel et doucereux comme celui du maître chanteur de Bohême.

Comme les mois s'envolent, et plus vite encore les années ! Edwige repose maintenant sous les arches ténébreuses du caveau des Lodbrog, à côté du vieux comte, souriant, dans son cercueil, de ne pas voir son nom périr. Elle était déjà si pâle que la mort ne l'a pas beaucoup changée. Sur son tombeau il y a une belle statue couchée, les mains jointes, et les pieds sur une levrette de marbre, fidèle compagnie des trépassés. Ce qu'a dit Edwige à sa dernière heure, nul ne le sait, mais le prêtre qui la confessait est devenu plus pâle encore que la mourante.

Oluf, le fils brun et blond d'Edwige la désolée, a vingt ans aujourd'hui. Il est très adroit à tous les exercices, nul ne tire mieux l'arc que lui ; il refend la flèche qui vient de se planter en tremblant dans le cœur du but ; sans mors ni éperon il dompte les chevaux les plus sauvages.

Il n'a jamais impunément regardé une femme ou une jeune fille ; mais aucune de celles qui l'ont aimé n'a été heureuse[l]. L'inégalité fatale de son caractère s'oppose à toute réalisation de bonheur entre une femme et lui. Une seule de ses moitiés ressent de la passion, l'autre éprouve de la haine ; tantôt l'étoile verte l'emporte, tantôt l'étoile rouge. Un jour il vous dit : « O blanches vierges du Nord, étincelantes et pures comme les glaces du pôle ; prunelles de clair de lune ; joues nuancées des fraîcheurs de l'aurore boréale ! » Et l'autre jour il s'écriait : « O filles d'Italie, dorées par le soleil et blondes comme l'orange[m] ! cœurs de flamme dans des poitrines de bronze ! » Ce qu'il y a de plus triste, c'est qu'il est sincère dans les deux exclamations.

Hélas ! pauvres désolées, tristes ombres plaintives, vous ne l'accusez même pas, car vous savez qu'il est plus malheureux que vous ; son cœur est un terrain sans cesse foulé par les pieds de deux lutteurs inconnus, dont chacun, comme dans le combat de Jacob et de l'Ange, cherche à dessécher[n] le jarret de son adversaire.

Si l'on allait au cimetière, sous les larges feuilles veloutées du verbascum[o] aux profondes découpures, sous l'asphodèle aux rameaux d'un

vert malsain, dans la folle avoine et les orties, l'on trouverait plus d'une
pierre abandonnée où la rosée du matin répand seule ses larmes. Mina,
Dora, Thécla ! la terre est-elle bien lourde à vos seins délicats et à vos
corps charmants ?

Un jour Oluf appelle Dietrich, son fidèle écuyer ; il lui dit de seller
son cheval.

« Maître, regardez comme la neige tombe, comme le vent siffle et
fait ployer jusqu'à terre la cime des sapins ; n'entendez-vous pas dans le
lointain hurler les loups maigres et bramer ainsi que des âmes en peine
les rennes à l'agonie ?

— Dietrich, mon fidèle écuyer, je secouerai la neige comme on fait
d'un duvet qui s'attache au manteau ; je passerai sous l'arceau des sapins
en inclinant un peu l'aigrette de mon casque. Quant aux loups, leurs
griffes s'émousseront sur cette bonne armure, et du bout de mon épée
fouillant la glace, je découvrirai au pauvre renne, qui geint et pleure à
chaudes larmes, la mousse fraîche et fleurie qu'il ne peut atteindre[p]. »

Le comte Oluf de Lodbrog, car tel est son titre depuis que le vieux
comte est mort, part sur son bon cheval, accompagné de ses deux chiens
géants, Murg et Fenris[q], car le jeune seigneur aux paupières couleur
d'orange a un rendez-vous, et déjà peut-être, du haut de la petite tourelle
aiguë en forme de poivrière, se penche sur le balcon sculpté, malgré
le froid et la bise, la jeune fille inquiète, cherchant à démêler dans la
blancheur de la plaine le panache du chevalier.

Oluf, sur son grand cheval à formes d'éléphant, dont il laboure
les flancs à coups d'éperon, s'avance dans la campagne ; il traverse le
lac, dont le froid n'a fait qu'un seul bloc de glace, où les poissons sont
enchâssés, les nageoires étendues, comme des pétrifications dans la
pâte du marbre ; les quatre fers du cheval, armés de crochets, mordent
solidement la dure surface ; un brouillard, produit par sa sueur et
sa respiration, l'enveloppe et le suit ; on dirait qu'il galope dans un
nuage ; les deux chiens, Murg et Fenris, soufflent, de chaque côté de
leur maître, par leurs naseaux sanglants, de longs jets de fumée comme
des animaux fabuleux.

Voici le bois de sapins ; pareils à des spectres, ils étendent leurs bras
appesantis chargés de nappes blanches ; le poids de la neige courbe les
plus jeunes et les plus flexibles : on dirait une suite d'arceaux d'argent.
La noire terreur habite dans cette forêt, où les rochers affectent des formes

monstrueuses, où chaque arbre, avec ses racines, semble couver à ses pieds un nid de dragons engourdis[r]. Mais Oluf ne connaît pas la terreur.

Le chemin se resserre de plus en plus, les sapins croisent inextricablement leurs branches lamentables ; à peine de rares éclaircies permettent-elles de voir la chaîne de collines neigeuses qui se détachent en blanches ondulations sur le ciel noir et terne.

Heureusement Mopse est un vigoureux coursier qui porterait sans plier Odin[s] le gigantesque ; nul obstacle ne l'arrête ; il saute par-dessus les rochers, il enjambe les fondrières, et de temps en temps il arrache aux cailloux que son sabot heurte sous la neige une aigrette d'étincelles aussitôt éteintes.

« Allons, Mopse, courage ! tu n'as plus à traverser que la petite plaine et le bois de bouleaux ; une jolie main caressera ton col satiné, et dans une écurie bien chaude tu mangeras de l'orge mondée[t] et de l'avoine à pleine mesure. »

Quel charmant spectacle que le bois de bouleaux ! toutes les branches sont ouatées d'une peluche de givre, les plus petites brindilles se dessinent en blanc sur l'obscurité de l'atmosphère : on dirait une immense corbeille de filigrane, un madrépore d'argent, une grotte avec tous ses stalactites ; les ramifications et les fleurs bizarres dont la gelée étame les vitres n'offrent pas des dessins plus compliqués et plus variés.

« Seigneur Oluf, que vous avez tardé ! j'avais peur que l'ours de la montagne vous eût barré le chemin ou que les elfes vous eussent invité à danser, dit la jeune châtelaine en faisant asseoir Oluf sur le fauteuil de chêne dans l'intérieur de la cheminée. Mais pourquoi êtes-vous venu au rendez-vous d'amour avec un compagnon ? Aviez-vous donc peur de passer tout seul par la forêt ?

— De quel compagnon voulez-vous parler, fleur de mon âme ? dit Oluf très surpris à la jeune châtelaine.

— Du chevalier à l'étoile rouge que vous menez toujours avec vous. Celui qui est né d'un regard du chanteur bohémien, l'esprit funeste qui vous possède ; défaites-vous du chevalier à l'étoile rouge, ou je n'écouterai jamais vos propos d'amour : je ne puis être la femme de deux hommes à la fois[u]. »

Oluf eut beau faire et beau dire, il ne put seulement parvenir à baiser le petit doigt rose de la main de Brenda ; il s'en alla fort mécontent et résolu à combattre le chevalier à l'étoile rouge s'il pouvait le rencontrer.

Malgré l'accueil sévère de Brenda, Oluf reprit le lendemain la route du château à tourelles en forme de poivrière : les amoureux ne se rebutent pas aisément.

Tout en cheminant il se disait : « Brenda sans doute est folle ; et que veut-elle dire avec son chevalier à l'étoile rouge ? »

La tempête était des plus violentes ; la neige tourbillonnait et permettait à peine de distinguer la terre du ciel. Une spirale de corbeaux, malgré les abois de Fenris et de Murg, qui sautaient en l'air pour les saisir, tournoyait sinistrement au-dessus du panache d'Oluf. À leur tête était le corbeau luisant comme le jais qui battait la mesure sur l'épaule du chanteur bohémien[v].

Fenris et Murg s'arrêtèrent subitement : leurs naseaux mobiles hument l'air avec inquiétude ; ils subodorent la présence d'un ennemi.

– Ce n'est point un loup ni un renard ; un loup et un renard ne seraient qu'une bouchée pour ces braves chiens.

Un bruit de pas se fait entendre, et bientôt paraît au détour du chemin un chevalier monté sur un cheval de grande taille et suivi de deux chiens énormes.

Vous l'auriez pris pour Oluf. Il était armé exactement de même, avec un surcot historié[w] du même blason ; seulement il portait sur son casque une plume rouge au lieu d'une verte. La route était si étroite qu'il fallait que l'un des deux chevaliers reculât.

« Seigneur Oluf, reculez-vous pour que je passe, dit le chevalier à la visière baissée. Le voyage que je fais est un long voyage ; on m'attend, il faut que j'arrive.

– Par la moustache de mon père, c'est vous qui reculerez. Je vais à un rendez-vous d'amour, et les amoureux sont pressés », répondit Oluf en portant la main sur la garde de son épée.

L'inconnu tira la sienne, et le combat commença. Les épées, en tombant sur les mailles d'acier, en faisaient jaillir des gerbes d'étincelles pétillantes ; bientôt, quoique d'une trempe supérieure, elles furent ébréchées comme des scies. On eût pris les combattants, à travers la fumée de leurs chevaux et la brume de leur respiration haletante, pour deux noirs forgerons acharnés sur un fer rouge. Les chevaux, animés de la même rage que leurs maîtres, mordaient à belles dents leurs cous veineux, et s'enlevaient des lambeaux de poitrail ; ils s'agitaient avec des soubresauts furieux, se dressaient sur leurs pieds de derrière, et se servant de leurs sabots comme de poings fermés, ils se portaient des coups terribles pendant que leurs cavaliers se martelaient affreusement par-dessus leurs têtes ; les chiens n'étaient qu'une morsure et qu'un hurlement[x].

Les gouttes de sang, suintant à travers les écailles imbriquées des armures et tombant toutes tièdes sur la neige, y faisaient de petits trous roses. Au bout de peu d'instants l'on aurait dit un crible, tant les gouttes tombaient fréquentes et pressées. Les deux chevaliers étaient blessés.

Chose étrange, Oluf sentait les coups qu'il portait au chevalier inconnu ; il souffrait des blessures qu'il faisait et de celles qu'il recevait : il avait éprouvé un grand froid dans la poitrine, comme d'un fer qui entrerait et chercherait le cœur, et pourtant sa cuirasse n'était pas faussée à l'endroit du cœur : sa seule blessure était un coup dans les chairs au bras droit. Singulier duel, où le vainqueur souffrait autant que le vaincu, où donner et recevoir était une chose indifférente.

Ramassant ses forces, Oluf fit voler d'un revers le terrible heaume de son adversaire. – O terreur ! que vit le fils d'Edwige et de Lodbrog ? il se vit lui-même devant lui : un miroir eût été moins exact. Il s'était battu avec son propre spectre, avec le chevalier à l'étoile rouge ; le spectre jeta un grand cri et disparut[y].

La spirale de corbeaux remonta dans le ciel et le brave Oluf continua son chemin ; en revenant le soir à son château, il portait en croupe la jeune châtelaine, qui cette fois avait bien voulu l'écouter. Le chevalier à l'étoile rouge n'étant plus là, elle s'était décidée à laisser tomber de ses lèvres de rose, sur le cœur d'Oluf, cet aveu qui coûte tant à la pudeur. La nuit était claire et bleue, Oluf leva la tête pour chercher sa double étoile et la faire voir à sa fiancée : il n'y avait plus que la verte, la rouge avait disparu.

En entrant, Brenda, tout heureuse de ce prodige qu'elle attribuait à l'amour, fit remarquer au jeune Oluf que le jais de ses yeux s'était changé en azur, signe de réconciliation céleste. – Le vieux Lodbrog en sourit d'aise sous sa moustache blanche au fond de son tombeau ; car, à vrai dire, quoiqu'il n'en eût rien témoigné, les yeux d'Oluf l'avaient quelquefois fait réfléchir. – L'ombre d'Edwige est toute joyeuse, car l'enfant du noble seigneur Lodbrog a enfin vaincu l'influence maligne de l'œil orange, du corbeau noir et de l'étoile rouge : l'homme a terrassé l'incube[z].

Cette histoire montre comme un seul moment d'oubli, un regard même innocent, peuvent avoir d'influence.

Jeunes femmes, ne jetez jamais les yeux sur les maîtres chanteurs de Bohême, qui récitent des poésies enivrantes et diaboliques. Vous, jeunes filles, ne vous fiez qu'à l'étoile verte ; et vous qui avez le malheur d'être double, combattez bravement, quand même vous devriez frapper sur vous et vous blesser de votre propre épée, l'adversaire intérieur, le méchant chevalier.

Si vous demandez qui nous a apporté cette légende de Norvège, c'est un cygne ; un bel oiseau au bec jaune, qui a traversé le Fiord, moitié nageant, moitié volant[aa].

LE PIED DE MOMIE

NOTICE

Alors qu'il parcourait les temples de la Vallée des Tombeaux, et que son escorte, serrée de près par des Bédouins furieux, ne lui avait laissé que vingt minutes pour tout voir et tout dessiner dans une petite chambre souterraine, Vivant Denon, sa bougie à la main, y trouva des figurines et un pied de momie qu'il mit dans sa poche[1]. « C'était, un petit pied de momie qui ne fait pas moins d'honneur à la nature que les autres morceaux en font à l'art ; c'était sans doute le pied d'une jeune femme, d'une princesse, d'un être charmant, dont la chaussure n'avait jamais altéré les formes et dont les formes étaient parfaites ; il me sembla en obtenir une faveur et faire un amoureux larcin dans la lignée des pharaons. » Membre de l'Institut, et comme tel participant à la campagne d'Égypte, futur directeur du Louvre, Vivant Denon est trop galant pour ne pas rêver sur ce pied et pour ne pas « aimer » rétrospectivement, comme Gautier, celle qu'il imagine à partir de lui ; il le décrit encore comme appartenant a une jeune fille adulte : que d'élégance, de délicatesse, de perfection ! « Son pouce relevé, son premier doigt allongé, le petit doigt remonté, la courbure élégante du cou de pied, sa virginale conservation, l'intégrité de ses ongles annoncent que celle à qui tout cela a appartenu était un personnage distingué dont le pied n'avait jamais été fatigué par de longues marches ni froissé par aucune chaussure. » Il parlait encore des ongles teints avec du héné « de la même manière dont les femmes d'Égypte se teignent encore aujourd'hui non seulement les ongles mais le dessous des pieds et des mains ». Un dessin du pied figure enfin dans l'album de Vivant Denon.

---

1   *Cf. Voyage dans la Basse et Haute-Égypte pendant les campagnes du général Bonaparte*, t. II, 278, et t. III, pl. C, Paris, Didot, 1802.

C'est évidemment la source de notre récit : J.-M. Carré l'a montré en exhumant le premier ce texte[1].

Gautier comme Vivant Denon a rêvé sur ce pied venu du fond des âges pharaoniques pour entrer dans la collection du directeur du Louvre : le récit fantastique reprend l'événement inouï en en transformant les circonstances. Mais c'est le même fait, la même rétrospection impensable.

Le passage que Gautier pouvait lire décrivait aussi une petite momie placée à côté d'une grande et qui était en fait un résidu de la première (ses entrailles), travaillé en forme de corps humain, toute particule du corps étant « scrupuleusement ramassée et jointe » à la masse, afin qu'à la résurrection « il ne manquât rien au personnage considérable qui avait à ressusciter » ; là se trouve en germes l'idée de la princesse en quête de son pied volé et privée de l'au-delà tant qu'elle sera boiteuse.

En décembre 1838, Gautier a publié *Une nuit de Cléopâtre* qui paraît en livre en janvier 1839 ; alors il a lu Vivant Denon (réédité en 1829), les admirables *Lettres écrites d'Égypte et de Nubie* de Champollion (1838) et aussi, du même auteur, les *Monuments de l'Égypte et de la Nubie, notices descriptives conformes aux manuscrits autographes rédigées sur les lieux par Champollion le Jeune*, dont il a utilisé les stupéfiants volumes de planches pour *Une nuit de Cléopâtre*. La salle gigantesque de l'orgie finale annonce l'immense crypte à laquelle parvient le héros de notre récit. Gautier était alors en Égypte, sa patrie mentale, le lieu de son rêve le plus continu et le plus insistant. En 1837, il avait même songé à un ballet, *Cléopâtre* ; il a vu de nombreuses peintures[2], des collections d'antiquités égyptiennes ; il a écouté le *Moïse* de Rossini auquel il a consacré une chronique en 1837[3], il évoquait « les syringes s'enfonçant dans le granit rose des montagnes, les hypogées où dorment, couche par couche, des nations de cadavres embaumés, les processions interminables de prêtres coiffés du psencht, et portant sur leurs épaules la bari mystique, tout cet aspect funèbre et sacerdotal qui étonne et confond l'esprit ». Autant d'occasions de séjourner dans le songe égyptien. Rien d'étonnant si, en

---

1   « L'Égypte antique dans l'œuvre de Th. Gautier », *Revue de littérature comparée*, 1932, et aussi *Voyageurs et écrivains français en Égypte*, Le Caire, Imprimerie de l'Institut français d'archéologie orientale, 1932, t. II, p. 129 *sq.*

2   *Cf.* Louise Buckley Dillingham, *The Creative Imagination of Th. Gautier, A Study of literary psychology*, Bryn Mawr College, Princeton-Albany, 1927, p. 137-140.

3   *Cf.* J.-M. Carré, *op. cit.*, p. 146.

1840, pour l'un de ses trois contes prévus, il y retourne, il reconstruit la princesse à partir de son pied, l'Égypte à partir de la princesse, et s'il donne la figure d'un récit fantastique à sa quête du passé vivant, de la beauté immuable, de l'ailleurs éblouissant, fût-il ennuyeux et étouffant comme une éternité de granit.

C'est ici que commence dans l'œuvre fantastique de Gautier, ce qu'il faudrait isoler comme le cycle archéologique : l'héroïne surnaturelle est toujours venue du passé, d'un autre monde évanoui et perdu, mais proche et presque présent ; ici elle revient de très loin, du fond de l'histoire, mais cette profondeur est celle des fouilles, des souterrains visités par les savants, des temps premiers, légendaires, mythiques, mais que le savoir a pénétrés, portés au jour, installés dans notre présent. Le surnaturel, c'est l'originel et Gautier le fait surgir à Paris en pleine Monarchie de Juillet, l'Égypte est le commencement de tout, et c'est aussi l'éternité, un monde *formé*, qui a su donner une forme au corps humain et le soustraire à la destruction. Curieusement d'ailleurs les vieilles histoires de rivalités sous les Pharaons sont encore présentes dans le Paris libéral qui pourtant renvoie équitablement au marché aux puces tous les vestiges du passé.

C'était tout de même la première momie à avoir un roman à Paris : le conteur prudent n'en fait qu'une histoire de pied, survenue dans une sorte de rêve, et raconté avec une désinvolture ironique par un Jeune-France artiste et moqueur, empressé à saisir tout ce qui dans ce contact entre des millénaires peut donner lieu à des plaisanteries ou des remarques saugrenues. Sa science égyptologique est plus que douteuse : Gautier sait très bien qu'Hermonthis n'est pas une princesse, mais une ville consacrée au dieu Mentou, près de Thèbes sur la rive gauche du Nil (Erment de nos jours) : « Nous abordâmes à Hermonthis », écrivait Champollion[1] ; dans les premières pages de sa nouvelle, *Une nuit de Cléopâtre* la reine revenait d'une cérémonie à Hermonthis (Pléiade, I, 745, 754,765). J.-M. Carré qui lui en veut pour cette fantaisie (mais c'est un récit *fantastique*) a sans doute eu tort de lui reprocher la légèreté et l'inconsistance de sa « couleur » égyptienne réduite à quelques mots et à des énumérations en trompe l'œil ; en réalité, même dans ce conte, les allusions témoignent d'une imprégnation égyptienne de Gautier,

---

1 *Lettres*, p. 104.

pour qui l'Égypte antique est un immense atelier de production de beauté idéale et fantastique, faite pour survivre et en quelque sorte se reproduire éternellement.

Sans doute aussi cette histoire de pied devenu talisman et fétiche, cet érotisme du pied relèvent-ils d'un certain humour. Que de pieds chez Gautier : le pied de Clarimonde, celui de Prascovie, celui qui, dans *Le roman de la momie* (G.-F., p. 44), a été conservé par une poussière « aussi éternelle que le granit » et qui provoque la miraculeuse rétrospection, celui qui *apparaît* dans *La pipe d'opium*. Dans La Presse d 10 décembre 1843 il a lui même fait le bilan de ces pieds qui ont fait date pour lui et constitué l'un de ses thèmes (*cf. Pipe d'opium*, Notice et *Le haschich*, Notice). Le pied féminin est objet de rêve et de désir : faut-il conclure que Gautier était « fétichiste » ? Question absurde, car s'il l'est, c'est en pleine conscience et en tout humour. Avait-il collaboré au *Chef-d'œuvre inconnu* de Balzac ? Se souvient-il du seul fragment visible échappé au naufrage du tableau de Fernhofer, ce « pied délicieux, ce pied vivant[1] » ?

Mais le pied est un peu un défi, un pied de nez aux modernes ; Gautier s'en explique dans *Le Roi Candaule*[2] ; décrivant le pied de la reine Nyssia à peu près dans les mêmes termes que celui d'Hermonthis, il ajoute : « Nous autres modernes, grâce à notre horrible système de chaussure, presque aussi absurde que le brodequin chinois, nous ne savons plus ce qu'est un pied. » La civilisation a saccagé la beauté du pied en le privant de sa liberté, de son épanouissement sensuel, pour en faire un simple moyen de marcher.

Le Pied de momie ne manque en tout cas pas d'échos balzaciens, on le verra dans les notes. Dans une chronique de *La Presse* du 10 décembre 1843[3], Gautier, qui a le mal de mer en traversant la Manche et qui comme diversion choisit de penser… à des pieds, écrit : « Les pieds ont joué dans ma vie un grand rôle, sans compter le pied embaumé de la princesse Hermonthis morte il y a 4 000 ans et qui m'a longtemps poursuivi. » Il raconte alors (c'est le sujet de *La Pipe d'opium*, mais il attribue la vision à une soirée de haschich) la vision d'un talon d'ange, de sylphide, « qui n'a jamais marché que sur l'azur et sur les nuages »,

---

1   *Le Chef d'œuvre inconnu*, *La Comédie humaine*, Paris, Gallimard, « Bibliothèque de la Pléiade », 1979, t. X, p. 436.

2   Pl, t. I, p. 972.

3   Reprise dans *Caprices et zigzags*, 1852, p. 155 *sq.*, voir *infra*.

qui « valait pour moi le visage d'Hélène ou de Cléopâtre », et dont il devient éperdument amoureux ; ce pied *idéal* existait ! Un jour il le rencontra, ce talon merveilleux ; il appartenait à une Espagnole. Mais « il y a bien loin du talon au cœur » !

Selon toute vraisemblance Gautier a terminé la nouvelle comme L*e Chevalier double* avant son départ en Espagne ; le héros sommé par le Pharaon de dire son âge, annonce 27 ans : faut-il suivre cette indication à la lettre et situer la rédaction dans l'été 38 ou 39 ? La nouvelle a paru d'abord dans *Le Musée des familles* de septembre 1840 avec la mention « Contes étrangers » (texte A), puis dans l'*Artiste* du 4 octobre 1846 sous le titre de *La Princesse Hermonthis* (texte B) ; elle reprit son premier titre en 1852 dans *La Peau de tigre* (H. Souverain, texte C) ; elle est intégrée aux *Romans et nouvelles* en 1863 (Charpentier) ; de menues différences séparent les versions A, B, C ; nous ne donnons que les moins infimes, et parfois nous conservons le texte premier quand les différences nous semblent dues à de nouvelles fautes. Après 1852 le texte ne bouge plus.

J'étais entré par désœuvrement chez un de ces marchands de curiosités dits marchands de bric-à-brac[a] dans l'argot parisien, si parfaitement inintelligible pour le reste de la France.

Vous avez sans doute jeté l'œil, à travers le carreau, dans quelques-unes de ces boutiques devenues si nombreuses depuis qu'il est de mode d'acheter des meubles anciens, et que le moindre agent de change se croit obligé d'avoir sa *chambre Moyen Âge*.

C'est quelque chose qui tient à la fois de la boutique du ferrailleur, du magasin du tapissier, du laboratoire de l'alchimiste et de l'atelier du peintre ; dans ces antres mystérieux où les volets filtrent un prudent demi-jour, ce qu'il y a de plus notoirement ancien, c'est la poussière ; les toiles d'araignées y sont plus authentiques que les guipures, et le vieux poirier y est plus jeune que l'acajou arrivé hier d'Amérique.

Le magasin de mon marchand de bric-à-brac était un véritable Capharnaüm[b] ; tous les siècles et tous les pays semblaient s'y être donné rendez-vous ; une lampe étrusque de terre rouge posait sur une armoire de Boule[c], aux panneaux d'ébène sévèrement rayés de filaments de cuivre ; une duchesse du temps de Louis XV[d] allongeait nonchalamment ses pieds de biche sous une épaisse table du règne de Louis XIII, aux lourdes spirales de bois de chêne, aux sculptures entremêlées de feuillages et de chimères.

Une armure damasquinée de Milan faisait miroiter dans un coin le ventre rubané[e] de sa cuirasse ; des amours et des nymphes de biscuit, des magots de la Chine, des cornets de céladon et de craquelé[f], des tasses de Saxe et de vieux Sèvres encombraient les étagères et les encoignures.

Sur les tablettes denticulées des dressoirs[g], rayonnaient d'immenses plats du Japon, aux dessins rouges et bleus, relevés de hachures d'or, côte à côte avec des émaux de Bernard Palissy, représentant des couleuvres, des grenouilles et des lézards en relief.

Des armoires éventrées s'échappaient des cascades de lampas glacé d'argent, des flots de brocatelle criblée de grains lumineux par un oblique rayon de soleil[h] ; des portraits de toutes les époques souriaient à travers leur vernis jaune dans des cadres plus ou moins fanés.

Le marchand me suivait avec précaution dans le tortueux passage pratiqué entre les piles de meubles, abattant de la main l'essor hasardeux des basques de mon habit, surveillant mes coudes avec l'attention inquiète de l'antiquaire[i] et de l'usurier.

C'était une singulière figure que celle du marchand : un crâne immense, poli comme un genou, entouré d'une maigre auréole de cheveux blancs que faisait ressortir plus vivement le ton saumon-clair de la peau, lui donnait un faux air de bonhomie patriarcale, corrigée, du reste, par le scintillement de deux petits yeux jaunes qui tremblotaient dans leur orbite comme deux louis d'or sur du vif-argent. La courbure du nez avait une silhouette aquiline qui rappelait le type oriental ou juif. Ses mains, maigres, fluettes, veinées, pleines de nerfs en saillie comme les cordes d'un manche à violon, onglées de griffes semblables à celles qui terminent les ailes membraneuses des chauves-souris, avaient un mouvement d'oscillation sénile, inquiétant à voir ; mais ces mains agitées de tics fiévreux devenaient plus fermes que des tenailles d'acier ou des pinces de homard dès qu'elles soulevaient quelque objet précieux, une coupe d'onyx, un verre de Venise ou un plateau de cristal de Bohême ; ce vieux drôle avait un air si profondément rabbinique et cabalistique qu'on l'eût brûlé sur la mine, il y a trois siècles[j].

« Ne m'acheterez-vous rien aujourd'hui, monsieur ? Voilà un kriss malais dont la lame ondule comme une flamme ; regardez ces rainures pour égoutter le sang, ces dentelures pratiquées en sens inverse pour arracher les entrailles en retirant le poignard ; c'est une arme féroce, d'un beau caractère et qui ferait très bien dans votre trophée ; cette épée à deux mains est très belle, elle est de Josepe de la Hera, et cette cochelimarde à coquille fenestrée[k], quel superbe travail !

– Non, j'ai assez d'armes et d'instruments de carnage ; je voudrais une figurine, un objet quelconque qui pût me servir de serre-papier, car je ne puis souffrir tous ces bronzes de pacotille que vendent les papetiers, et qu'on retrouve invariablement sur tous les bureaux. »

Le vieux gnome, furetant dans ses vieilleries, étala devant moi des bronzes antiques ou soi-disant tels, des morceaux de malachite[l], de petites idoles indoues ou chinoises, espèce de poussahs de jade, incarnation de Brahma ou de Wishnou merveilleusement propre à cet usage, assez peu divin, de tenir en place des journaux et des lettres.

J'hésitais entre un dragon de porcelaine tout constellé de verrues, la gueule ornée de crocs et de barbelures, et un petit fétiche mexicain fort abominable, représentant au naturel le dieu Witziliputzili[m], quand j'aperçus un pied charmant que je pris d'abord pour un fragment de Vénus antique.

Il avait ces belles teintes fauves et rousses qui donnent au bronze florentin cet aspect chaud et vivace, si préférable au ton vert-de-grisé des bronzes ordinaires qu'on prendrait volontiers pour des statues en putréfaction : des luisants satinés frissonnaient sur ses formes rondes et polies par les baisers amoureux de vingt siècles ; car ce devait être un airain de Corinthe, un ouvrage du meilleur temps, peut-être une fonte de Lysippe[n] !

« Ce pied fera mon affaire », dis-je au marchand, qui me regarda d'un air ironique et sournois en me tendant l'objet demandé pour que je pusse l'examiner plus à mon aise.

Je fus surpris de sa légèreté ; ce n'était pas un pied de métal, mais bien un pied de chair, un pied embaumé, un pied de momie : en regardant de près, l'on pouvait distinguer le grain de la peau et la gaufrure[o] presque imperceptible imprimée par la trame des bandelettes. Les doigts étaient fins, délicats, terminés par des ongles parfaits, purs et transparents comme des agates ; le pouce, un peu séparé, contrariait heureusement le plan des autres doigts à la manière antique, et lui donnait une attitude dégagée, une sveltesse de pied d'oiseau ; la plante, à peine rayée de quelques hachures invisibles, montrait qu'elle n'avait jamais touché la terre, et ne s'était trouvée en contact qu'avec les plus fines nattes de roseaux du Nil et les plus moelleux tapis de peaux de panthères[p].

« Ha ! ha ! vous voulez le pied de la princesse Hermonthis », dit le marchand avec un ricanement étrange, en fixant sur moi ses yeux de hibou : ha ! ha ! ha ! pour un serre-papier ! idée originale, idée d'artiste ; qui aurait dit au vieux Pharaon que le pied de sa fille adorée servirait de serre-papier l'aurait bien surpris, lorsqu'il faisait creuser une montagne de granit pour y mettre le triple cercueil peint et doré, tout couvert d'hiéroglyphes avec de belles peintures du jugement des âmes, ajouta à demi-voix et comme se parlant à lui-même le petit marchand singulier.

– Combien me vendrez-vous ce fragment de momie ?

– Ah ! le plus cher que je pourrai, car c'est un morceau superbe ; si j'avais le pendant, vous ne l'auriez pas à moins de cinq cents francs : la fille d'un Pharaon, rien n'est plus rare.

– Assurément cela n'est pas commun ; mais enfin combien en voulez-vous ? D'abord je vous avertis d'une chose, c'est que je ne possède pour trésor que cinq louis ; – j'achèterai tout ce qui coûtera cinq louis, mais rien de plus.

« Vous scruteriez les arrière-poches de mes gilets, et mes tiroirs les plus intimes, que vous n'y trouveriez pas seulement un misérable tigre à cinq griffes.

– Cinq louis le pied de la princesse Hermonthis, c'est bien peu, très peu en vérité, un pied authentique, dit le marchand en hochant la tête et en imprimant à ses prunelles un mouvement rotatoire.

« Allons, prenez-le, et je vous donne l'enveloppe par-dessus le marché, ajouta-t-il en le roulant dans un vieux lambeau de damas ; très beau, damas véritable, damas des Indes, qui n'a jamais été reteint^q ; c'est fort, c'est moelleux », marmottait-il en promenant ses doigts sur le tissu éraillé par un reste d'habitude commerciale qui lui faisait vanter un objet de si peu de valeur qu'il le jugeait lui-même digne d'être donné.

Il coula les pièces d'or dans une espèce d'aumônière du Moyen Âge pendant à sa ceinture, en répétant :

« Le pied de la princesse Hermonthis servir de serre-papier ! »

Puis, arrêtant sur moi ses prunelles phosphoriques, il me dit avec une voix stridente comme le miaulement d'un chat qui vient d'avaler une arête :

« Le vieux Pharaon ne sera pas content, il aimait sa fille, ce cher homme.

– Vous en parlez comme si vous étiez son contemporain ; quoique vieux, vous ne remontez cependant pas aux pyramides d'Égypte », lui répondis-je en riant du seuil de la boutique^r.

Je rentrai chez moi fort content de mon acquisition.

Pour la mettre tout de suite à profit, je posai le pied de la divine princesse Hermonthis sur une liasse de papiers^s, ébauche de vers, mosaïque indéchiffrable de ratures : articles commencés, lettres oubliées et mises à la poste dans le tiroir, erreur qui arrive souvent aux gens distraits ; l'effet était charmant, bizarre et romantique.

Très satisfait de cet embellissement, je descendis dans la rue, et j'allai me promener avec la gravité convenable et la fierté d'un homme qui a sur tous les passants qu'il coudoie l'avantage ineffable de posséder un morceau de la princesse Hermonthis, fille de Pharaon.

Je trouvai souverainement ridicules tous ceux qui ne possédaient pas, comme moi, un serre-papier aussi notoirement égyptien ; et la vraie occupation d'un homme sensé me paraissait d'avoir un pied de momie sur son bureau[t].

Heureusement la rencontre de quelques amis vint me distraire de mon engouement de récent acquéreur ; je m'en allai dîner avec eux, car il m'eût été difficile de dîner avec moi.

Quand je revins le soir, le cerveau marbré de quelques veines de gris de perle[u], une vague bouffée de parfum oriental me chatouilla délicatement l'appareil olfactif ; la chaleur de la chambre avait attiédi le natrum, le bitume et la myrrhe dans lesquels les *paraschites*[v] inciseurs de cadavres avaient baigné le corps de la princesse ; c'était un parfum doux quoique pénétrant, un parfum que quatre mille ans n'avaient pu faire évaporer.

Le rêve de l'Égypte était l'éternité[w] : ses odeurs ont la solidité du granit, et durent autant.

Je bus bientôt à pleines gorgées dans la coupe noire du sommeil ; pendant une heure ou deux tout resta opaque, l'oubli et le néant m'inondaient de leurs vagues sombres.

Cependant mon obscurité intellectuelle s'éclaira, les songes commencèrent à m'effleurer de leur vol silencieux.

Les yeux de mon âme s'ouvrirent, et je vis ma chambre telle qu'elle était effectivement : j'aurais pu me croire éveillé, mais une vague perception me disait que je dormais et qu'il allait se passer quelque chose de bizarre.

L'odeur de la myrrhe avait augmenté d'intensité, et je sentais un léger mal de tête que j'attribuais fort raisonnablement à quelques verres de vin de Champagne que nous avions bus aux dieux inconnus et à nos succès futurs.

Je regardais dans ma chambre avec un sentiment d'attente que rien ne justifiait ; les meubles étaient parfaitement en place, la lampe brûlait sur la console, doucement estompée[x] par la blancheur laiteuse de son globe de cristal dépoli ; les aquarelles miroitaient sous leur verre de Bohême ; les rideaux pendaient languissamment : tout avait l'air endormi et tranquille.

Cependant, au bout de quelques instants, cet intérieur si calme parut se troubler, les boiseries craquaient furtivement[y] ; la bûche enfouie sous la cendre lançait tout à coup un jet de gaz bleu, et les disques des patères semblaient des yeux de métal attentifs comme moi aux choses qui allaient se passer.

Ma vue se porta par hasard vers la table sur laquelle j'avais posé le pied de la princesse Hermonthis.

Au lieu d'être immobile comme il convient à un pied embaumé depuis quatre mille ans, il s'agitait, se contractait et sautillait sur les papiers comme une grenouille effarée : on l'aurait cru en contact avec une pile voltaïque ; j'entendais fort distinctement le bruit sec que produisait son petit talon, dur comme un sabot de gazelle.

J'étais assez mécontent de mon acquisition, aimant les serre-papiers sédentaires et trouvant peu naturel de voir les pieds se promener sans jambes, et je commençais à éprouver quelque chose qui ressemblait fort à de la frayeur.

Tout à coup je vis remuer le pli d'un de mes rideaux, et j'entendis un piétinement comme d'une personne qui sauterait à cloche-pied. Je dois avouer que j'eus chaud et froid alternativement ; que je sentis un vent inconnu me souffler dans le dos, et que mes cheveux firent sauter, en se redressant, ma coiffure de nuit à deux ou trois pas.

Les rideaux s'entrouvrirent, et je vis s'avancer la figure la plus étrange qu'on puisse imaginer.

C'était une jeune fille, café au lait très foncé, comme la bayadère Amani[z], d'une beauté parfaite et rappelant le type égyptien le plus pur ; elle avait des yeux taillés en amande avec des coins relevés et des sourcils tellement noirs qu'ils paraissaient bleus, son nez était d'une coupe délicate, presque grecque pour la finesse, et l'on aurait pu la prendre pour une statue de bronze de Corinthe, si la proéminence des pommettes et l'épanouissement un peu africain de la bouche n'eussent fait reconnaître, à n'en pas douter, la race hiéroglyphique des bords du Nil.

Ses bras minces et tournés en fuseau, comme ceux des très jeunes filles, étaient cerclés d'espèces d'emprises de métal et de tours de verroterie ; ses cheveux étaient nattés en cordelettes, et sur sa poitrine pendait une idole en pâte verte que son fouet à sept branches faisait reconnaître pour l'Isis, conductrice des âmes ; une plaque d'or scintillait à son front, et quelques traces de fard perçaient sous les teintes de cuivre de ses joues.

Quant à son costume il était très étrange.

Figurez-vous un pagne de bandelettes chamarrées d'hiéroglyphes noirs et rouges, empesés de bitume et qui semblaient appartenir à une momie fraîchement démaillottée.

Par un de ces sauts de pensée si fréquents dans les rêves, j'entendis la voix fausse et enrouée du marchand de bric-à-brac, qui répétait, comme un refrain monotone, la phrase qu'il avait dite dans sa boutique avec une intonation si énigmatique :

« Le vieux Pharaon ne sera pas content ; il aimait beaucoup sa fille, ce cher homme. »

Particularité étrange et qui ne me rassura guère, l'apparition n'avait qu'un seul pied, l'autre jambe était rompue à la cheville.

Elle se dirigea vers la table où le pied de momie s'agitait et frétillait avec un redoublement de vitesse. Arrivée là, elle s'appuya sur le rebord, et je vis une larme germer et perler dans ses yeux.

Quoiqu'elle ne parlât pas, je discernais clairement sa pensée : elle regardait le pied, car c'était bien le sien, avec une expression de tristesse coquette d'une grâce infinie ; mais le pied sautait et courait çà et là comme s'il eût été poussé par des ressorts d'acier.

Deux ou trois fois elle étendit sa main pour le saisir, mais elle n'y réussit pas.

Alors il s'établit entre la princesse Hermonthis et son pied, qui paraissait doué d'une vie à part, un dialogue très bizarre dans un cophte très ancien, tel qu'on pouvait le parler, il y a une trentaine de siècles, dans les syringes du pays de Ser : heureusement que cette nuit-là je savais le copte en perfection[aa].

La princesse Hermonthis disait d'un ton de voix doux et vibrant comme une clochette de cristal :

« Eh bien ! mon cher petit pied, vous me fuyez toujours, j'avais pourtant bien soin de vous. Je vous baignais d'eau parfumée, dans un bassin d'albâtre ; je polissais votre talon avec la pierre ponce trempée d'huile de palmes, vos ongles étaient coupés avec des pinces d'or et polis avec de la dent d'hippopotame, j'avais soin de choisir pour vous des thabebs[ab] brodés et peints à pointes recourbées, qui faisaient l'envie de toutes les jeunes filles de l'Égypte, vous aviez à votre orteil des bagues représentant le scarabée sacré[ac], et vous portiez un des corps les plus légers que puisse souhaiter un pied paresseux. »

Le pied répondit d'un ton boudeur et chagrin :

« Vous savez bien que je ne m'appartiens plus, j'ai été acheté et payé ; le vieux marchand savait bien ce qu'il faisait, il vous en veut toujours d'avoir refusé de l'épouser : c'est un tour qu'il vous a joué.

« L'Arabe qui a forcé votre cercueil royal dans le puits souterrain de la nécropole de Thèbes était envoyé par lui, il voulait vous empêcher d'aller à la réunion des peuples ténébreux, dans les cités inférieures. Avez-vous cinq pièces d'or pour me racheter ?

– Helas ! non. Mes pierreries, mes anneaux, mes bourses d'or et d'argent, tout m'a été volé, répondit la princesse Hermonthis avec un soupir.

– Princesse, m'écriai-je alors, je n'ai jamais retenu injustement le pied de personne : bien que vous n'ayez pas les cinq louis qu'il m'a coûtés, je vous le rends de bonne grâce ; je serais désespéré de rendre boiteuse une aussi aimable personne que la princesse Hermonthis. »

Je débitai ce discours d'un ton régence et troubadour[ad] qui dut surprendre la belle Égyptienne.

Elle tourna vers moi un regard chargé de reconnaissance, et ses yeux s'illuminèrent de lueurs bleuâtres.

Elle prit son pied, qui, cette fois, se laissa faire, comme une femme qui va mettre son brodequin, et l'ajusta à sa jambe avec beaucoup d'adresse.

Cette opération terminée, elle fit deux ou trois pas dans la chambre, comme pour s'assurer qu'elle n'était réellement plus boiteuse.

« Ah ! comme mon père va être content, lui qui était si désolé de ma mutilation, et qui avait, dès le jour de ma naissance, mis un peuple tout entier à l'ouvrage pour me creuser un tombeau si profond qu'il pût me conserver intacte jusqu'au jour suprême où les âmes doivent être pesées dans les balances de l'Amenthi[ae].

« Venez avec moi chez mon père, il vous recevra bien, vous m'avez rendu mon pied. »

Je trouvai cette proposition toute naturelle ; j'endossai une robe de chambre à grands ramages, qui me donnait un air très pharaonesque ; je chaussai à la hâte des babouches turques, et je dis à la princesse Hermonthis que j'étais prêt à la suivre[af].

Hermonthis, avant de partir, détacha de son col la petite figurine de pâte verte et la posa sur les feuilles éparses qui couvraient la table.

« Il est bien juste, dit-elle en souriant, que je remplace votre serre-papier[ag]. »

Elle me tendit sa main, qui était douce et froide comme une peau de couleuvre[ah], et nous partîmes.

Nous filâmes pendant quelque temps avec la rapidité de la flèche dans un milieu fluide et grisâtre, où des silhouettes à peine ébauchées passaient à droite et à gauche.

Un instant, nous ne vîmes que l'eau et le ciel.

Quelques minutes après, des obélisques commencèrent à pointer, des pylônes[ai], des rampes côtoyées de sphinx se dessinèrent à l'horizon.

Nous étions arrivés.

La princesse me conduisit devant une montagne de granit rose, où se trouvait une ouverture étroite et basse qu'il eût été difficile de distinguer des fissures de la pierre si deux stèles bariolées de sculptures ne l'eussent fait reconnaître.

Hermonthis alluma une torche et se mit à marcher devant moi.

C'étaient des corridors taillés dans le roc vif ; les murs, couverts de panneaux d'hiéroglyphes et de processions allégoriques, avaient dû occuper des milliers de bras pendant des milliers d'années ; ces corridors, d'une longueur interminable, aboutissaient à des chambres carrées, au milieu desquelles étaient pratiqués des puits, où nous descendions au moyen de crampons ou d'escaliers en spirale ; ces puits nous conduisaient dans d'autres chambres, d'où partaient d'autres corridors également bigarrés d'éperviers, de serpents roulés en cercle, de tau, de pedum, de bari mystique[aj], prodigieux travail que nul œil vivant ne devait voir, interminables légendes de granit que les morts avaient seuls le temps de lire pendant l'éternité.

Enfin, nous débouchâmes dans une salle si vaste, si énorme, si démesurée, que l'on ne pouvait en apercevoir les bornes ; à perte de vue s'étendaient des files de colonnes monstrueuses entre lesquelles tremblotaient de livides étoiles de lumière jaune : ces points brillants révélaient des profondeurs incalculables.

La princesse Hermonthis me tenait toujours par la main et saluait gracieusement les momies de sa connaissance.

Mes yeux s'accoutumaient à ce demi-jour crépusculaire, et commençait à discerner les objets.

Je vis, assis sur des trônes, les rois des races souterraines : c'étaient de grands vieillards secs, ridés, parcheminés, noirs de naphte et de bitume,

coiffés de pschents[ak] d'or, bardés de pectoraux et de hausse-cols, constellés
de pierreries[al] avec des yeux d'une fixité de sphinx et de longues barbes
blanchies par la neige des siècles : derrière eux, leurs peuples embaumés
se tenaient debout dans les poses roides[am] et contraintes de l'art égyptien, gardant éternellement l'attitude prescrite par le codex hiératique ;
derrière les peuples miaulaient, battaient de l'aile et ricanaient les chats,
les ibis[an] et les crocodiles contemporains, rendus plus monstrueux encore
par leur emmaillotage de bandelettes.

Tous les Pharaons étaient là, Chéops, Chephrenès, Psammetichus,
Sésostris, Amenoteph ; tous les noirs dominateurs des pyramides et des
syringes ; sur une estrade plus élevée siégeaient le roi Chronos et Xixouthros,
qui fut contemporain du déluge, et Tubal Caïn[ao], qui le précéda.

La barbe du roi Xixouthros avait tellement poussé qu'elle avait déjà
fait sept fois le tour de la table de granit sur laquelle il s'appuyait tout
rêveur et tout somnolent.

Plus loin, dans une vapeur poussiéreuse, à travers le brouillard des
éternités, je distinguais vaguement les soixante-douze rois préadamites
avec leurs soixante-douze peuples à jamais disparus[ap].

Après m'avoir laissé quelques minutes pour jouir de ce spectacle
vertigineux, la princesse Hermonthis me présenta au Pharaon son père,
qui me fit un signe de tête fort majestueux.

« J'ai retrouvé mon pied ! j'ai retrouvé mon pied ! criait la princesse
en frappant ses petites mains l'une contre l'autre avec tous les signes
d'une joie folle, c'est monsieur qui me l'a rendu. »

Les races de Kémé, les races de Nahasi[aq], toutes les nations noires,
bronzées, cuivrées, répétaient en chœur :

« La princesse Hermonthis a retrouvé son pied. »

Xixouthros lui-même s'en émut :

Il souleva sa paupière appesantie, passa ses doigts dans sa moustache,
et laissa tomber sur moi son regard chargé de siècles.

« Par Oms[ar], chien des enfers, et par Tmeï, fille du Soleil et de la
Vérité, voilà un brave et digne garçon, dit le Pharaon en étendant vers
moi son sceptre terminé par une fleur de lotus.

« Que veux-tu pour ta récompense ? »

Fort de cette audace que donnent les rêves, où rien ne paraît impossible, je lui demandai la main d'Hermonthis : la main pour le pied me
paraissait une récompense antithétique d'assez bon goût.

Le Pharaon ouvrit tout grands ses yeux de verre, surpris de ma plaisanterie et de ma demande.

« De quel pays es-tu et quel est ton âge ?

— Je suis français, et j'ai vingt-sept ans, vénérable Pharaon.

— Vingt-sept ans ! et il veut épouser la princesse Hermonthis, qui
a trente siècles ! » s'écrièrent à la fois tous les trônes et tous les cercles
des nations.

Hermonthis seule ne parut pas trouver ma requête inconvenante.

« Si tu avais seulement deux mille ans, reprit le vieux roi, je t'accorderais
bien volontiers la princesse, mais la disproportion est trop forte, et puis il
faut à nos filles des maris qui durent, vous ne savez plus vous conserver :
les derniers qu'on a apportés il y a quinze siècles à peine, ne sont plus
qu'une pincée de cendre ; regarde, ma chair est dure comme du basalte,
mes os sont des barres d'acier.

« J'assisterai au dernier jour du monde avec le corps et la figure que
j'avais de mon vivant ; ma fille Hermonthis durera plus qu'une statue
de bronze.

« Alors le vent aura dispersé le dernier grain de ta poussière, et Isis
elle-même, qui sut retrouver les morceaux d'Osiris, serait embarrassée
de recomposer ton être.

« Regarde comme je suis vigoureux encore et comme mes bras
tiennent bien », dit-il en me secouant la main à l'anglaise, de manière
à me couper les doigts avec mes bagues[as].

Il me serra si fort que je m'éveillai, et j'aperçus mon ami Alfred qui
me tirait par le bras et me secouait pour me faire lever.

« Ah çà ! enragé dormeur, faudra-t-il te faire porter au milieu de la
rue et te tirer un feu d'artifice aux oreilles ?

« Il est plus de midi, tu ne te rappelles donc pas que tu m'avais
promis de venir me prendre pour aller voir les tableaux espagnols de
M. Aguado[at] ?

— Mon Dieu ! je n'y pensais plus, répondis-je en m'habillant ; nous
allons y aller : j'ai la permission ici sur mon bureau. »

Je m'avançai effectivement pour la prendre ; mais jugez de mon
étonnement lorsqu'à la place du pied de momie que j'avais acheté la
veille, je vis la petite figurine de pâte verte mise à sa place par la princesse Hermonthis[au] !

DEUX ACTEURS POUR UN RÔLE

NOTICE

Deux acteurs pour un rôle a paru dans *Le Musée des familles* de juillet 1841 avec la mention : « Fantaisies littéraires ». Ce premier texte (A) est repris en 1852 dans *La peau de tigre* chez H. Souverain (texte B), et se retrouve dans l'édition de 1866 chez Michel Lévy du même recueil (texte C). Des variantes qui distinguent ces trois états du texte, nous n'avons retenu que les plus significatives. Ce récit de satanisme, de double et même de « doublure » où un acteur de talent, mais vaniteux, se heurte à un Satan cabotin et vaniteux aussi, fort préoccupé de la manière dont on l'imite et de la figure qu'on lui donne sur la scène, a été mal jugé par P.-G. Castex (*op. cit.*, p. 231) qui y voit un « pastiche » d'Hoffmann, un « exercice d'école », puis par M. Milner (*Le diable…*, *op. cit.*, t. II, p. 183 *sq.*) qui le range « parmi les derniers feux du pandémonium » et partage cette impression de « divertissement littéraire ». Gautier se livre à un satanisme épuisé et usé : il a recours au diable quand la veine satanique s'est tarie : son Prince des Ténèbres a valeur de réaction contre la mode d'un certain fantastique mourant et lui permet des exercices d'ironie comme *La larme du diable* (*cf.* Milner, *op. cit.*, t. II, p. 173). Décalé, donc parodique, tel serait ce conte.

Certes Gautier ici encore « fait » du fantastique, refait Hoffmann et ne s'en cache pas. C'est du fantastique « double » : il n'est question que de le *représenter* ; et le récit représente la représentation. Le démoniaque est adouci : un Satan qui se joue lui-même pour se faire applaudir et pour terrifier et fasciner un public qui ne le reconnaît pas et le prend pour son *double* n'est guère dangereux ; il ne cherche pas à *tenter* l'homme ; il en veut au corps, à la vie, de son médiocre interprète. Henrich n'a pas donné son âme.

Et pourtant si : le thème s'approfondit en prenant un sens second. Le diable est un acteur : un homme de théâtre, un comédien, peut-être même, avec son rire, un comique (voir sur ce thème l'étude M. Milner, « Le diable comme bouffon », dans *Romantisme*, n° 19, 1978). Ne l'est-il pas *in se* : un illusionniste, un truqueur, un virtuose du faux ? Mais si Satan est un acteur, l'acteur est aussi Satan : il y a un danger, une tentation, une menace pour l'âme, sinon le corps, à faire le diable, à faire *un autre*. La bonne Katy redoute qu'Henrich fasse du théâtre, et elle voit le diable dans son rôle de diable. L'art qui imite, qui fait semblant, qui reprend la réalité dans l'artificialité aurait alors partie liée avec l'entreprise démoniaque : c'est si vrai que le diable de *Une larme du diable* devenu franchement un esthète découvrait avec l'ennui d'un cœur vide et blasé que toute la nature n'était que le double maladroit de l'art : « Comme la nature est ennuyeuse, quelle fadeur, quelle monotonie [...]. Ta création, Père éternel, est quelque chose d'assez mesquin et tu ne devrais pas t'en enorgueillir comme tu le fais ; le moindre décorateur d'opéra est plus imaginatif » ; d'un paysage jugé médiocre, il disait ; « Cela serait sifflé au premier acte d'un mélodrame et le directeur mettrait à la porte un peintre qui aurait barbouillé un pareil paysage » (scène IX). Est-ce que le diable ici ne commence pas à penser que le théâtre est la réalité, et qu'il est lui-même tributaire de ses interprètes ?

Jouer le diable n'est donc pas innocent : le représenter, c'est le devenir, c'est réaliser son rôle ; jouer le diable, c'est l'appeler, le faire venir, et devenir semblable à lui ; Henrich se reconnaît dans le démon, qui est son semblable. Qui est devenu le semblable de l'autre ? Le théâtre a brouillé les identités et vérifié les craintes de Katy : elles portent sur la nature même de l'*imitation* esthétique et surtout théâtrale. Cette fois encore le simulacre tend à l'être ; l'effigie devient corps et esprit, et celui qui imite se donne à l'imitation, à l'imité.

Le fantastique dans cette nouvelle unit le thème satanique au thème esthétique et au thème du double : c'est toujours le thème de l'Autre, que l'on ne devient pas impunément, que l'on n'éveille pas à la vie sans contre-coup. L'Autre, c'est l'ombre, le reflet, comme l'indiquent les références explicites qui font de la nouvelle la reprise (le *double*) de *La nuit de la Saint-Sylvestre*, c'est le rôle, c'est l'effigie en général ; l'acteur est ici le symbole de l'artiste et la nouvelle se déroule dans la réalité et sur la scène, dans l'échange de l'une et de l'autre ; la taverne, *autre* réalité, prend Henrich pour son personnage ; sur la scène on prend son personnage pour lui ; le théâtre est alors réalité. Chez Hoffmann, dans *Don Juan*, dans *Signor Formica*, dans *Brambilla*, on a bien le même thème, et la même méditation sur l'acteur. Son dédoublement le met en danger, il est menacé dans son identité, attaqué dans son âme.

Le simulacre saisit (et détruit) son créateur : dans le cas du diable c'est par une *possession* et une persécution. La nouvelle de Gautier reprend un précédent (indiqué par M. Milner, *Le diable...*, t. II, p. 156 *sq.* et p. 185), *Les martyrs d'Arezzo* de Jules Lefèvre (1839) : le peintre Spinello a peint Lucifer en beau ; il en est dès lors hanté, car il est possédé par son œuvre, il devient sa création, son tableau est son miroir, il imite à son tour son imitation. L'essentiel du titre c'est donc bien le rapport numérique de deux et de un : Gautier fantastique suit son thème du dédoublement ; Satan est le mauvais double, l'aspect mauvais du dédoublement.

Aussi faut-il dire que cette nouvelle est *nervalienne* : elle l'est à toutes sortes de points de vue. D'abord parce que Gautier démarque, copie de près ou de loin la description que Nerval a donnée de Vienne dans le texte *Les amours de Vienne* publié dans *La Revue de Paris* du 1er mars 1841, plus tard intégré au *Voyage en Orient* et antérieurement précédé d'une première rédaction publiée en mars et juin 1840. Cette source a été étudiée par P. Whyte (« G. de Nerval inspirateur d'un conte de Gautier, *Deux acteurs pour un rôle* », dans *Revue de littérature comparée*, 1966, p. 474 *sq.*). On le verra dans les notes, la dette de Gautier est ici capitale[1]. Mais en 1839 sans doute « Nerval[2] » avait donné une forme romanesque à un essai dramatique antérieur, *Le prince des Sots* ; l'œuvre restée inachevée et inédite, a été connue de Gautier : il en donne l'argument dans son *Histoire du romantisme* et dans *Une larme du diable* il en reprend, en le retournant, un détail ; chez « Nerval » le diable qui perdait en jouant avec un ange les âmes de l'enfer, menaçait de le plumer ; chez Gautier, saint Bonaventure choqué des manœuvres du diable pour séduire les

---

1   Dans *La Pandora* qui devait reprendre *Les Amours de Vienne*, Nerval insère au début de la deuxième partie une pseudo-lettre adressée à Théophile Gautier.

2   « Nerval » n'est plus « Nerval » ; je souligne d'un signe d'incertitude le nom de l'auteur du *Prince des Sots* depuis que les nouveaux éditeurs de Nerval dans les *O.C.* de la Pléiade (t. I, 1989, p. XVII) ont pris la décision-guillotine d'éliminer ce texte jugé non « nervalien » ; mais de qui est-il donc, ce « roman historique » renvoyé par les éditeurs à la banalité et à l'anonymat d'une mode ? Ce texte en quête d'un auteur n'en demeure pas moins dans le voisinage du nôtre.

deux héroïnes menace de le « plumer » ! Le « prince des Sots », alias Maître Gonin, dans le roman de Nerval, se déguisait en confrère de la Passion avec toute sa troupe de truands pour pénétrer dans un château et s'en emparer ; il représentait un mystère où il jouait le démon : acteur déguisé en diable dans un décor terrifiant qui montrait la gueule de l'Enfer (*cf.* Nerval, *Œuvres complémentaires*, t. VI, Minard, 1960, p. 117) ; ce caméléon apte à tous les rôles jouait Satan avec un naturel si épouvantable que le public était terrifié et ne distinguait plus la pièce de la « réalité » : « Je suis Satan pour de vrai », disait-il, et les spectateurs se demandaient : « Est-ce dans la pièce ou non ? » ; ce « Frédérick Le Maître du Moyen Âge », à la fois « fou », ribaud, « sot », qui jouait de préférence le diable, brouillait les limites du théâtre : il faisait rire, puis se faisait prendre *terriblement* au sérieux.

Le thème du double va et vient de Gautier à Nerval : en septembre 1839 ce dernier a publié *Le roi de Bicêtre* (*O.C.*, Pléiade, 1984, p. 887 *sq.*), si proche de la *Morte amoureuse* : c'est en rêve, comme Romuald, que Spifame se croit Henri III au point de dire le soir qu'il avait bien mal dormi dans sa journée : « La nuit son existence réelle lui était enlevée par des songes extraordinaires, et il en subissait une tout autre, entièrement absurde et hyperbolique » ; le rêve alors est sa vie, et la réalité, son rêve ; initialement comme Romuald ses deux moi se répartissent dans la veille et le sommeil ; mais Spifame passe du côté de son reflet : il ne sort pas de sa vie onirique ; dans son miroir, ce n'est plus lui qu'il voit, mais le roi, et l'identité qu'il prend pour sienne est celle de l'autre.

Il rate l'aventure du *Chevalier double*. Nerval ne saura pas tuer le double. À Gautier de jouer encore : avec les *Deux acteurs* il part du *Prince des Sots* et développe une indication sur la confusion du théâtre et de la réalité, sur la saisie du vivant par le rôle. À quoi répond Nerval en 1844 : il écrit *Le roman tragique*, et l'illustre Brisacier semble faire écho à Henrich, et par anticipation à *Fracasse* ; Nerval et Gautier ne devaient-ils pas écrire ensemble *Les confessions galantes de deux gentilshommes périgourdins*, roman « scarronien » de la vie double ou multiple, de l'instauration du réel et du moi à partir de l'illusion scénique ?

On l'a dit (M.-Cl. Book-Senninger, *Th. Gautier auteur dramatique*, p. 43), Gautier est un « intoxiqué » du théâtre, du théâtre en soi comme mécanisme artificiel et artificieux, comme *autre monde*, comme réalité plus vraie pour la conscience de l'artiste et du rêveur ; en 1857

(*Le Moniteur universel*, 29 sept.) il écrit : « Le feuilletonniste qui fuit un instant Paris pour respirer un peu d'air et se convaincre que la nature existe encore ne saurait s'empêcher de rentrer dans ce monde enchanté de l'art dès que la porte entr'ouverte d'un théâtre laisse échapper une lueur de gaz. » Car « le jour plombé des lustres, la prison dure des loges, l'atmosphère chaude et viciée du théâtre, tout cet univers de carton peuplé de mannequins [...] réalise si grossièrement les rêves des poètes [...] ». Fantastique, le théâtre l'est par essence : cette nouvelle est une histoire de coulisses, de trappes, de rampes lumineuses, de cabotins, de vedettes, de toiles peintes ; et tout cela, c'est le diable. C'est l'art qui implique un *dédoublement* chronique, une existence vouée à la désunion, à une conscience de soi hypertrophiée. L'acteur, le créateur sont des joueurs, ils jouent d'eux-mêmes. Ici le diable, qui se définit par un rire tonitruant et désespérant, c'est évidemment le diable de Goethe, l'être qui toujours nie, ou rit, le destructeur de toutes les valeurs et de toutes les vérités par l'ironie féroce et corrosive : le rire, c'est la mort de l'âme. N'était-il pas annoncé par le Satan byronien d'*Onuphrius* ? Mais le diable c'est aussi le joueur, le truqueur, le détracteur, le destructeur de tout par le jeu illimité de l'ironie. De l'art.

Et le récit est lui-même ironique, il ne propose aucune solution ; si l'artiste capitule et abandonne l'art, il sort du danger et de l'ironie, il tombe comme Henrich dans la bonne conscience satisfaite du bourgeois, qui adhère totalement à lui-même et répète la formule du bonheur immuable proposée au début par Katy et reprise à la fin, sans fin.

DEUX ACTEURS POUR UN RÔLE

I
Un rendez-vous au jardin impérial

On touchait aux derniers jours de novembre[a] : le Jardin impérial de Vienne était désert, une bise aiguë[b] faisait tourbillonner les feuilles couleur de safran et grillées par les premiers froids ; les rosiers des parterres, tourmentés et rompus par le vent, laissaient traîner leurs branchages dans la boue. Cependant la grande allée, grâce au sable qui la recouvre, était sèche et praticable. Quoique dévasté par les approches de l'hiver, le Jardin impérial ne manquait pas d'un certain charme mélancolique. La longue allée prolongeait fort loin ses arcades rousses, laissant deviner confusément à son extrémité un horizon de collines déjà noyées dans les vapeurs bleuâtres et le brouillard du soir ; au-delà, la vue s'étendait sur le Prater et le Danube ; c'était une promenade faite à souhait pour un poète.

Un jeune homme arpentait cette allée avec des signes visibles d'impatience ; son costume, d'une élégance un peu théâtrale, consistait en une redingote de velours noir à brandebourgs d'or bordée de fourrure, un pantalon de tricot gris, des bottes molles à glands montant jusqu'à mi-jambes. Il pouvait avoir de vingt-sept à vingt-huit ans ; ses traits pâles et réguliers étaient pleins de finesse, et l'ironie se blottissait dans les plis de ses yeux et les coins de sa bouche ; à l'Université, dont il paraissait récemment sorti[c], car il portait encore la casquette à feuilles de chêne des étudiants, il devait avoir donné beaucoup de fil à retordre aux *philistins* et brillé au premier rang des *burschen* et des *renards*.

Le très court espace dans lequel il circonscrivait sa promenade montrait qu'il attendait quelqu'un ou plutôt quelqu'une, car le Jardin impérial de Vienne, au mois de novembre, n'est guère propice aux rendez-vous d'affaires.

En effet, une jeune fille ne tarda pas à paraître au bout de l'allée : une coiffe de soie noire couvrait ses riches cheveux blonds, dont l'humidité du soir avait légèrement défrisé les longues boucles ; son teint, ordinairement d'une blancheur de cire vierge, avait pris sous les morsures du froid des nuances de roses de Bengale. Groupée et pelotonnée comme elle était dans sa mante garnie de martre, elle ressemblait à ravir à la statuette de *La Frileuse*[d] ; un barbet noir l'accompagnait, chaperon commode, sur l'indulgence et la discrétion duquel on pouvait compter.

— Figurez-vous, Henrich[e], dit la jolie Viennoise en prenant le bras du jeune homme, qu'il y a plus d'une heure que je suis habillée et prête à sortir, et ma tante n'en finissait pas avec ses sermons sur les dangers de la valse, et les recettes pour les gâteaux de Noël et les carpes au bleu. Je suis sortie sous le prétexte d'acheter des brodequins gris dont je n'ai nul besoin. C'est pourtant pour vous, Henrich, que je fais tous ces petits mensonges dont je me repens et que je recommence toujours ; aussi quelle idée avez-vous eue de vous livrer au théâtre ; c'était bien la peine d'étudier si longtemps la théologie à Heidelberg[f] ! Mes parents vous aimaient et nous serions mariés aujourd'hui. Au lieu de nous voir à la dérobée sous les arbres chauves du Jardin impérial, nous serions assis côte à côte près d'un beau poêle de Saxe, dans un parloir bien clos, causant de l'avenir de nos enfants : ne serait-ce pas, Henrich, un sort bien heureux ?

— Oui, Katy[g], bien heureux, répondit le jeune homme en pressant sous le satin et les fourrures le bras potelé de la jolie Viennoise ; mais, que veux-tu ! c'est un ascendant invincible ; le théâtre m'attire ; j'en rêve le jour, j'y pense la nuit ; je sens le désir de vivre dans la création des poètes, il me semble que j'ai vingt existences. Chaque rôle que je joue me fait une vie nouvelle ; toutes ces passions que j'exprime, je les éprouve ; je suis Hamlet, Othello, Charles Moor[h] : quand on est tout cela, on ne peut que difficilement se résigner à l'humble condition de pasteur de village.

— C'est fort beau ; mais vous savez bien que mes parents ne voudront jamais d'un comédien pour gendre.

— Non, certes, d'un comédien obscur, pauvre artiste ambulant, jouet des directeurs et du public ; mais d'un grand comédien couvert de gloire et d'applaudissements, plus payé qu'un ministre, si difficiles qu'ils soient, ils en voudront bien. Quand je viendrai vous demander dans une belle calèche jaune dont le verni pourra servir de miroir aux voisins étonnés, et qu'un grand laquais galonné m'abattra le marchepied, croyez-vous, Katy, qu'ils me refuseront ?

– Je ne le crois pas... Mais qui dit, Henrich, que vous en arriverez jamais là ?... Vous avez du talent ; mais le talent ne suffit pas, il faut encore beaucoup de bonheur. Quand vous serez ce grand comédien dont vous parlez, le plus beau temps de notre jeunesse sera passé, et alors voudrez-vous toujours épouser la vieille Katy, ayant à votre disposition les amours de toutes ces princesses de théâtre si joyeuses et si parées ?

– Cet avenir, répondit Henrich, est plus prochain que vous ne croyez ; j'ai un engagement avantageux au théâtre de la Porte de Carinthie[i], et le directeur a été si content de la manière dont je me suis acquitté de mon dernier rôle, qu'il m'a accordé une gratification de deux mille thalers.

– Oui, reprit la jeune fille d'un air sérieux, ce rôle de démon dans la pièce nouvelle ; je vous avoue, Henrich, que je n'aime pas voir un chrétien prendre le masque de l'ennemi du genre humain et prononcer des paroles blasphématoires. L'autre jour, j'allai vous voir au théâtre de Carinthie, et à chaque instant je craignais qu'un véritable feu d'enfer ne sortît des trappes où vous vous engloutissiez dans un tourbillon d'esprit-de-vin. Je suis revenue chez moi toute troublée et j'ai fait des rêves affreux[j].

– Chimères que tout cela, ma bonne Katy ; et d'ailleurs, c'est demain la dernière représentation, et je ne mettrai plus le costume noir et rouge qui te déplaît tant.

– Tant mieux ! car je ne sais quelles vagues inquiétudes me travaillent l'esprit, et j'ai bien peur que ce rôle, profitable à votre gloire, ne le soit pas à votre salut ; j'ai peur aussi que vous ne preniez de mauvaises mœurs avec des damnés comédiens. Je suis sûre que vous ne dites plus vos prières, et la petite croix que je vous avais donnée, je parierais que vous l'avez perdue[k].

Henrich se justifia en écartant les revers de son habit ; la petite croix brillait toujours sur sa poitrine.

Tout en devisant ainsi, les deux amants étaient parvenus à la rue du Thabor dans la Leopoldstadt, devant la boutique du cordonnier renommé pour la perfection de ses brodequins gris ; après avoir causé quelques instants sur le seuil, Katy entra suivie de son barbet noir, non sans avoir livré ses jolis doigts effilés au serrement de main d'Henrich[l].

Henrich tâcha de saisir encore quelques aspects de sa maîtresse, à travers les souliers mignons et les gentils brodequins symétriquement rangés sur les tringles de cuivre de la devanture ; mais le brouillard avait étamé les carreaux de sa moite haleine, et il ne put démêler qu'une silhouette confuse ; alors, prenant une héroïque résolution, il pirouetta sur ses talons et s'en alla d'un pas délibéré au gasthof de l'*Aigle à deux têtes*.

II
Le Gasthof de l'aigle a deux têtes[m]

Il y avait ce soir-là compagnie nombreuse au gasthof de l'*Aigle à deux têtes* ; la société était la plus mélangée du monde, et le caprice de Callot et celui de Goya[n], réunis, n'auraient pu produire un plus bizarre amalgame de types caractéristiques. L'*Aigle à deux têtes* était une de ces bienheureuses caves célébrées par Hoffmann, dont les marches sont si usées, si onctueuses et si glissantes, qu'on ne peut poser le pied sur la première sans se trouver tout de suite au fond, les coudes sur la table, la pipe à la bouche, entre un pot de bière et une mesure de vin nouveau[o].

À travers l'épais nuage de fumée qui vous prenait d'abord à la gorge et aux yeux, se dessinaient, au bout de quelques minutes, toute sorte de figures étranges.

C'étaient des Valaques avec leur cafetan et leur bonnet de peau d'Astrakan, des Serbes, des Hongrois aux longues moustaches noires, caparaçonnés de dolmans et de passementeries ; des Bohêmes au teint cuivré, au front étroit, au profil busqué ; d'honnêtes Allemands en redingote à brandebourgs, des Tatars[p] aux yeux retroussés à la chinoise ; toutes les populations imaginables. L'Orient y était représenté par un gros Turc accroupi dans un coin, qui fumait paisiblement du latakié[q] dans une pipe à tuyau de cerisier de Moldavie, avec un fourneau de terre rouge et un bout d'ambre jaune.

Tout ce monde, accoudé à des tables, mangeait et buvait : la boisson se composait de bière forte et d'un mélange de vin rouge nouveau avec du vin blanc plus ancien ; la nourriture, de tranches de veau froid, de jambon ou de pâtisseries[r].

Autour des tables tourbillonnait sans repos une de ces longues valses allemandes qui produisent sur les imaginations septentrionales le même effet que le haschich et l'opium sur les Orientaux ; les couples passaient et repassaient avec rapidité ; les femmes, presque évanouies de plaisir sur le bras de leur danseur, au bruit d'une valse de Lanner⁵, balayaient de leurs jupes les nuages de fumée de pipe et rafraîchissaient le visage des buveurs. Au comptoir, des improvisateurs morlaques, accompagnés d'un joueur de guzla, récitaient une espèce de complainte dramatique qui paraissait divertir beaucoup une douzaine de figures étranges, coiffées de tarbouchs et vêtues de peau de mouton⁰.

Henrich se dirigea vers le fond de la cave et alla prendre place à une table où étaient déjà assis trois ou quatre personnages de joyeuse mine et de belle humeur.

– Tiens, c'est Henrich ! s'écria le plus âgé de la bande ; prenez garde à vous, mes amis : *fœnum habet in cornu*⁰. Sais-tu que tu avais vraiment l'air diabolique l'autre soir : tu me faisais presque peur. Et comment s'imaginer qu'Henrich, qui boit de la bière comme nous et ne recule pas devant une tranche de jambon froid, vous prenne des airs si venimeux, si méchants et si sardoniques, et qu'il lui suffise d'un geste pour faire courir le frisson dans toute la salle ?

– Eh ! pardieu ! c'est pour cela qu'Henrich est un grand artiste, un sublime comédien. Il n'y a pas de gloire à représenter un rôle qui serait dans votre caractère ; le triomphe, pour une coquette, est de jouer supérieurement les ingénues⁰.

Henrich s'assit modestement, se fit servir un grand verre de vin mélangé, et la conversation continua sur le même sujet. Ce n'était de toutes parts qu'admiration et compliments.

– Ah ! si le grand Wolfgang de Goethe t'avait vu ! disait l'un.

– Montre-nous tes pieds, disait l'autre : je suis sûr que tu as l'ergot fourchu.

Les autres buveurs, attirés par ces exclamations, regardaient sérieusement Henrich, tout heureux d'avoir l'occasion d'examiner de près un homme si remarquable. Les jeunes gens qui avaient autrefois connu Henrich à l'Université, et dont ils savaient à peine le nom, s'approchaient de lui en lui serrant la main cordialement, comme s'ils eussent été ses intimes amis. Les plus jolies valseuses lui décochaient en passant le plus tendre regard de leurs yeux bleus et veloutés.

Seul, un homme assis à la table voisine ne paraissait pas prendre part à l'enthousiasme général ; la tête renversée en arrière, il tambourinait distraitement, avec ses doigts, sur le fond de son chapeau, une marche militaire, et, de temps en temps, il poussait une espèce de *humph !* singulièrement dubitatif.

L'aspect de cet homme était des plus bizarres, quoiqu'il fût mis comme un honnête bourgeois de Vienne, jouissant d'une fortune raisonnable ; ses yeux gris se nuançaient de teintes vertes et lançaient des lueurs phosphoriques comme celles des chats. Quand ses lèvres pâles et plates se desserraient, elles laissaient voir deux rangées de dents très blanches, très aiguës et très séparées, de l'aspect le plus cannibale et le plus féroce ; ses ongles longs, luisants et recourbés, prenaient de vagues apparences de griffes ; mais cette physionomie n'apparaissait que par éclairs rapides ; sous l'œil qui le regardait fixement, sa figure reprenait bien vite l'apparence bourgeoise et débonnaire d'un marchand viennois retiré du commerce, et l'on s'étonnait d'avoir pu soupçonner de scélératesse et de diablerie une face si vulgaire et si triviale[w].

Intérieurement Henrich était choqué de la nonchalance de cet homme ; ce silence si dédaigneux ôtait de leur valeur aux éloges dont ses bruyants compagnons l'accablaient. Ce silence était celui d'un vieux connaisseur exercé, qui ne se laisse pas prendre aux apparences et qui a vu mieux que cela dans son temps.

Atmayer, le plus jeune de la troupe, le plus chaud enthousiaste d'Henrich, ne put supporter cette mine froide, et, s'adressant à l'homme singulier, comme le prenant à témoin d'une assertion qu'il avançait :

— N'est-ce pas, monsieur, qu'aucun acteur n'a mieux joué le rôle de Méphistophélès que mon camarade que voilà ?

— Humph ! dit l'inconnu en faisant miroiter ses prunelles glauques et craquer ses dents aiguës, M. Henrich est un garçon de talent et que j'estime fort ; mais, pour jouer le rôle du diable, il lui manque encore bien des choses.

Et, se dressant tout à coup :

— Avez-vous jamais vu le diable, monsieur Henrich ?

Il fit cette question d'un ton si bizarre et si moqueur, que tous les assistants se sentirent passer un frisson dans le dos.

— Cela serait pourtant bien nécessaire pour la vérité de votre jeu. L'autre soir, j'étais au théâtre de la Porte de Carinthie, et je n'ai pas été satisfait de votre rire ; c'était un rire d'espiègle, tout au plus. Voici comme il faudrait rire, mon cher petit monsieur Henrich.

Et là-dessus, comme pour lui donner l'exemple, il lâcha un éclat de rire si aigu, si strident, si sardonique, que l'orchestre et les valses s'arrêtèrent à l'instant même ; les vitres du gasthof tremblèrent. L'inconnu continua pendant quelques minutes ce rire impitoyable et convulsif qu'Henrich et ses compagnons, malgré leur frayeur, ne pouvaient s'empêcher d'imiter.

Quand Henrich reprit haleine, les voûtes du gasthof répétaient, comme un écho affaibli, les dernières notes de ce ricanement grêle et terrible, et l'inconnu n'était plus là[x].

III
Le théâtre de la porte de Carinthie

Quelques jours après cet incident bizarre, qu'il avait presque oublié et dont il ne se souvenait plus que comme de la plaisanterie d'un bourgeois ironique, Henrich jouait son rôle de démon dans la pièce nouvelle[y].

Sur la première banquette de l'orchestre était assis l'inconnu du gasthof, et, à chaque mot prononcé par Henrich, il hochait la tête, clignait les yeux, faisait claquer sa langue contre son palais et donnait les signes de la plus vive impatience : « Mauvais ! mauvais ! » murmurait-il à demi-voix.

Ses voisins, étonnés et choqués de ses manières, applaudissaient et disaient :

– Voilà un monsieur bien difficile !

À la fin du premier acte, l'inconnu se leva, comme ayant pris une résolution subite, enjamba les timbales, la grosse caisse et le tamtam, et disparut par la petite porte qui conduit de l'orchestre au théâtre.

Henrich, en attendant le lever du rideau, se promenait dans la coulisse[z], et, arrivé au bout de sa courte promenade, quelle fut sa terreur de voir, en se retournant, debout au milieu de l'étroit corridor, un personnage mystérieux, vêtu exactement comme lui, et qui le regardait avec des yeux dont la transparence verdâtre avait dans l'obscurité une profondeur inouïe ; des dents aiguës, blanches, séparées, donnaient quelque chose de féroce à son sourire sardonique.

Henrich ne put méconnaître l'inconnu du gasthof de l'*Aigle à deux têtes*, ou plutôt le diable en personne ; car c'était lui.

– Ah ! ah ! mon petit monsieur, vous voulez jouer le rôle du diable ! Vous avez été bien médiocre dans le premier acte, et vous donneriez vraiment une trop mauvaise opinion de moi aux braves habitants de Vienne. Vous me permettrez de vous remplacer ce soir, et, comme vous me gêneriez, je vais vous envoyer au second dessous.

Henrich venait de reconnaître l'ange des ténèbres et il se sentit perdu ; portant machinalement la main à la petite croix de Katy, qui ne le quittait jamais, il essaya d'appeler au secours et de murmurer sa formule d'exorcisme ; mais la terreur lui serrait trop violemment la gorge : il ne put pousser qu'un faible râle. Le diable appuya ses mains griffues sur les épaules d'Henrich et le fit plonger de force dans le plancher ; puis il entra en scène, sa réplique étant venue, comme un comédien consommé.

Ce jeu incisif, mordant, venimeux et vraiment diabolique, surprit d'abord les auditeurs.

– Comme Henrich est en verve aujourd'hui ! s'écriait-on de toutes parts.

Ce qui produisait surtout un grand effet, c'était ce ricanement aigre comme le grincement d'une scie, ce rire de damné blasphémant les joies du paradis. Jamais acteur n'était arrivé à une telle puissance de sarcasme, à une telle profondeur de scélératesse : on riait et on tremblait. Toute la salle haletait d'émotion, des étincelles phosphoriques jaillissaient sous les doigts du redoutable acteur ; des traînées de flamme étincelaient à ses pieds ; les lumières du lustre pâlissaient, la rampe jetait des éclairs rougeâtres et verdâtres ; je ne sais quelle odeur sulfureuse régnait dans la salle ; les spectateurs étaient comme en délire, et des tonnerres d'applaudissements frénétiques ponctuaient chaque phrase du merveilleux Méphistophélès, qui souvent substituait des vers de son invention à ceux du poète, substitution toujours heureuse et acceptée avec transport[aa].

Katy, à qui Henrich avait envoyé un coupon de loge, était dans une inquiétude extraordinaire ; elle ne reconnaissait pas son cher Henrich ; elle pressentait vaguement quelque malheur avec cet esprit de divination que donne l'amour, cette seconde vue de l'âme.

La représentation s'acheva dans des transports inimaginables. Le rideau baissé, le public demanda à grands cris que Méphistophélès reparût. On le chercha vainement ; mais un garçon de théâtre vint dire au directeur qu'on avait trouvé dans le second dessous M. Henrich, qui sans doute était tombé par une trappe. Henrich était sans connaissance : on l'emporta chez lui, et, en le déshabillant, l'on vit avec surprise qu'il avait aux épaules de profondes égratignures, comme si un tigre eût essayé de l'étouffer entre ses pattes. La petite croix d'argent de Katy l'avait préservé de la mort, et le diable, vaincu par cette influence, s'était contenté de le précipiter dans les caves du théâtre.

La convalescence d'Henrich fut longue : dès qu'il se porta mieux, le directeur vint lui proposer un engagement des plus avantageux, mais Henrich le refusa ; car il ne se souciait nullement de risquer son salut une seconde fois, et savait, d'ailleurs, qu'il ne pourrait jamais égaler sa redoutable doublure.

Au bout de deux ou trois ans, ayant fait un petit héritage, il épousa la belle Katy, et tous deux, assis côte à côte près d'un poêle de Saxe, dans un parloir bien clos, ils causent de l'avenir de leurs enfants[ab].

Les amateurs de théâtre parlent encore avec admiration de cette merveilleuse soirée, et s'étonnent du caprice d'Henrich, qui a renoncé à la scène après un si grand triomphe.

LE HASCHICH

Le texte qui va suivre a paru dans *La Presse* du 10 juillet 1843 en feuilleton. Après le compte rendu vite expédié d'un vaudeville quelconque, Gautier continue ainsi : « Le butin théâtral a été, comme vous pouvez le voir, bien mince cette semaine : un mélodrame à peine en cinq actes et un vaudeville réduit à sa plus simple expression ; c'est peu. Manquant de spectacles, nous avons résolu de nous en donner un à nous-mêmes sans sortir de notre chambre et dans le coin de notre sopha. Depuis longtemps, nous entendions parler [...] »

Le 11 juillet, le texte est repris par *Le Messager, journal des principes constitutionnels*. Il est encore réédité dans *L'Orient*, t. II, Charpentier 1877. Il est largement reproduit en 1843 dans les *Annales médico-psychiques*, en 1845 dans *Le journal du magnétisme*[1].

La drogue confirme le fantastique, et lui-même cautionne l'aliéniste. Ce serait donc en 1843 que Gautier aurait été initié au haschich, et par Moreau de Tours, médecin aliéniste qui publie en 1845 un ouvrage *Du haschich et de l'aliénation mentale* : il avait découvert la drogue au cours d'un voyage en Orient et il pensait qu'elle pouvait avoir un usage thérapeutique dans la cure des maladies mentales ; et il était très soucieux de multiplier les données expérimentales. Il raconte comment il invita Gautier à consommer la drogue verte sous son contrôle : « Théophile Gautier avait entendu parler des effets du haschich ; il me témoigna un vif désir de pouvoir en juger par lui-même tout en avouant qu'il était peu disposé à y croire ; je m'empressai de le satisfaire » ; le traité reproduit et cite tout au long l'article de Gautier : n'était-il pas un procès-verbal d'expérience psychique ? « Le haschich ne pouvait trouver un plus digne interprète que la poétique imagination de M. Gautier ; ses effets ne pouvaient être peints avec des couleurs plus brillantes, et j'oserais dire, plus locales[2] ». Par deux

---

1   *Cf.* Gwenhaël Ponnau, *La Folie dans la littérature fantastique, op. cit.*, p. 41.
2   Moreau de Tours, *Du haschich et de l'aliénation mentale*, Paris, Fortin, Masson et Cie, 1845, p. 20 *sq.* Réimpr. : Paris-Genève, Slatkine, 1980.

fois le savant avait recours au poète[1]. Pour l'expérience de l'allongement du temps, Gautier était encore cité « malgré la poétique exagération » de ses impressions[2], qui ne dénaturait pas néanmoins « des sensations familières à ceux qui ont quelque expérience du haschich » ; Nodier de même étayait les recherches du savant. La vision « vraie », la vision vécue était bien l'équivalent d'une invention fantastique, le psychisme aberrant, fût-il celui du sommeil, celui de la folie, celui de la drogue, était une expérience, au sens « positif » du mot, du fantastique, des puissances idéalistes de l'âme.

Moreau de Tours avec le haschich comptait étudier la folie sur lui-même, par une dérive contrôlée et maîtrisée hors des chemins de la normalité raisonnable. L'hallucination, disait-il[3], est « cette espèce de métamorphose qui nous arrache à la vie réelle pour nous jeter dans un monde où il n'y a de réel que les êtres créés par nos souvenirs et notre imagination ». La drogue provoquait un rêve éveillé[4], une folie consciente, un fantastique à la demande. Si d'une part le fantastique était assimilé à une pathologie, inversement toute pathologie lui ressemblait. Voir à ce sujet les belles remarques de G. Ponnau[5] qui a montré à quel point le fantastique s'enracine « dans toutes les disciplines qui traitent de l'esprit[6] ».

Gautier fut donc « convaincu qu'il suffisait de quelques grammes de *dawamesc* pour faire bonne justice de ses préventions », et le médecin d'ajouter que la drogue avait une action d'autant plus vive que le patient « était pour ainsi dire pris à l'improviste ». C'est donc une véritable expérience toxicologique qui a initié Gautier à la drogue, il a été recruté comme cobaye si l'on peut dire par un médecin « littéraire » qui a admis son témoignage, l'a mis en valeur dans son livre comme observation valable. La séance eut donc lieu chez l'aliéniste mais la date précise est inconnue. Selon A. Karr[7], tout se serait déroulé chez Ajasson de Grandsagne, grand amateur de sciences, au cours d'un déjeuner terminé par un infusion de drogue, il y était avec Gautier et Nerval, Moreau de Tours et Esquirol, mais celui-ci est mort en 1840, et les souvenirs de Karr ne sont pas nécessairement exacts.

1   *Ibid.*, p. 70.
2   *Cf.* Juan Rigoli, *op. cit.*, p. 71.
3   *Du haschich et de l'aliénation mentale, op. cit.*, p. 147.
4   *Ibid.*, p. 172.
5   *La Folie dans la littérature fantastique, op. cit.*, p. 33 *sq.*
6   *Ibid.*, p. 40.
7   *Cf. Le Livre de bord*, 1878, t. III, p. 205-207.

Depuis longtemps nous entendions parler, sans trop y croire, des merveilleux effets produits par le haschich. Nous connaissions déjà les hallucinations que cause l'opium fumé ; mais le haschich ne nous était connu que de nom. Quelques amis orientalistes nous avaient promis plusieurs fois de nous en faire goûter ; mais, soit difficulté de se procurer la précieuse pâte, soit toute autre raison, le projet n'avait pas encore été réalisé. Il l'a été enfin hier, et l'analyse de nos sensations remplacera le compte rendu des pièces qu'on n'a pas jouées.

De tout temps, les Orientaux, à qui leur religion interdit l'usage du vin, ont cherché à satisfaire par diverses préparations ce besoin d'excitation intellectuelle commun à tous les peuples, et que les nations de l'Occident contentent au moyen de spiritueux et de boissons fermentées. Le désir de l'idéal est si fort chez l'homme qu'il tâche autant qu'il est en lui de relâcher les liens qui retiennent l'âme au corps, et comme l'extase n'est pas à la portée de toutes les natures, il boit de la gaieté, il fume de l'oubli et mange de la folie, sous la forme du vin, du tabac et du haschich. – Quel étrange problème ! un peu de liqueur rouge, une bouffée de fumée, une cuillerée d'une pâte verdâtre, et l'âme, cette essence impalpable, est modifiée à l'instant ; les gens graves font mille extravagances, les paroles jaillissent involontairement de la bouche des silencieux, Héraclite rit aux éclats, et Démocrite pleure.

Le haschich est un extrait de la fleur de chanvre (*Canabis indica*), que l'on fait cuire avec du beurre, des pistaches, des amandes et du miel, de manière à former une espèce de confiture assez ressemblante à la pâte d'abricot, et d'un goût qui n'est pas désagréable. – C'était du haschich que faisait manger le Vieux de la montagne aux exécuteurs des meurtres qu'il commandait, et c'est de là que vient le mot assassin, – *hachachin* (mangeur de haschich).

La dose d'une cuillerée suffit aux gens qui n'ont pas l'habitude de ce régal de vrai croyant. – L'on arrose le haschich de quelques petites tasses de café sans sucre à la manière arabe, et puis l'on se met à table comme à l'ordinaire, – car l'esprit du chanvre n'agit qu'au bout de quelque temps. – L'un de nos compagnons, le docteur ***, qui a fait de longs voyages en Orient, et qui est un déterminé mangeur de haschich, fut pris le premier, en ayant absorbé une plus forte dose que nous ; il voyait des étoiles dans son assiette, et le firmament au fond de la soupière ; puis il tourna le nez contre le mur, parlant tout seul, riant aux éclats, les yeux illuminés, et dans une jubilation profonde. Jusqu'à la fin du dîner, je me sentis parfaitement calme, bien que les prunelles de mon autre convive commençassent à scintiller étrangement, et à devenir d'un bleu de turquoise tout à fait singulier. Le couvert enlevé, j'allai m'asseoir, ayant encore ma raison, sur le divan, où je m'arrangeai entre des carreaux de Maroc le plus commodément possible pour attendre l'extase. Au bout de quelques minutes, un engourdissement général m'envahit. Il me sembla que mon corps se dissolvait et devenait transparent. Je voyais très nettement dans ma poitrine le haschich que j'avais mangé sous la forme d'une émeraude d'où s'échappaient des millions de petites étincelles ; les cils de mes yeux s'allongeaient indéfiniment, s'enroulant comme des fils d'or sur de petits rouets d'ivoire qui tournaient tout seuls avec une éblouissante rapidité. Autour de moi, c'étaient des ruissellements et des écroulements de pierreries de toutes couleurs, des arabesques, des ramages sans cesse renouvelés, que je ne saurais mieux comparer qu'aux jeux du kaléidoscope ; je voyais encore mes camarades à certains instants, mais défigurés, moitié hommes, moitié plantes, avec des airs pensifs d'ibis debout sur une patte, d'autruche battant des ailes, si étranges, que je me tordais de rire dans mon coin, et que, pour m'associer à la bouffonnerie du spectacle, je me mis à lancer mes coussins en l'air, les rattrapant et les faisant tourner avec la dextérité d'un jongleur indien. L'un de ces messieurs m'adressa en italien un discours que le haschich, par sa toute-puissance, me transposa en espagnol. Les demandes et les réponses étaient presque raisonnables, et roulaient sur des choses indifférentes, des nouvelles de théâtre ou de littérature.

Le premier accès touchait à sa fin. – Après quelques minutes, je me retrouvai avec tout mon sang-froid, sans mal de tête, sans aucun des symptômes qui accompagnent l'ivresse du vin, et fort étonné de ce qui venait de se passer. – Une demi-heure s'était à peine écoulée que je retombai sous l'empire du haschich. Cette fois la vision fut plus compliquée et plus extraordinaire. Dans un air confusément lumineux, voltigeaient avec un fourmillement perpétuel des milliards de papillons dont les ailes bruissaient comme des éventails. De gigantesques fleurs au calice de cristal, d'énormes passeroses, des lis d'or et d'argent montaient et s'épanouissaient autour de moi avec une crépitation pareille à celle des bouquets de feux d'artifices. Mon ouïe s'était prodigieusement développée ; j'entendais le bruit des couleurs. Des sons verts, rouges, bleus, jaunes, m'arrivaient par ondes parfaitement distinctes. Un verre renversé, un craquement de fauteuil, un mot prononcé bas, vibraient et retentissaient en moi comme des roulements de tonnerre ; ma propre voix me semblait si forte que je n'osais parler, de peur de renverser les murailles ou de me faire éclater comme une bombe ; plus de cinq cents pendules me chantaient l'heure de leurs voix flûtées, cuivrées, argentines. Chaque objet effleuré rendait une note d'harmonica ou de harpe éolienne. Je nageais dans un océan de sonorité où flottaient comme des îlots de lumière quelques motifs de la *Lucia* ou du *Barbier*. Jamais béatitude pareille ne m'inonda de ses effluves : j'étais si fondu dans le vague, si absent de moi-même, si débarrassé du moi, cet odieux témoin qui vous accompagne partout, que j'ai compris pour la première fois quelle pouvait être l'existence des esprits élémentaires, des anges et des âmes séparées du corps. J'étais comme une éponge au milieu de la mer : à chaque minute, des flots de bonheur me traversaient, entrant et sortant par mes pores, car j'étais devenu perméable, et, jusqu'au moindre vaisseau capillaire, tout mon être s'injectait de la couleur du milieu fantastique où j'étais plongé. Les sons, les parfums, la lumière, m'arrivaient par des multitudes de tuyaux minces comme des cheveux dans lesquels j'entendais siffler les courants magnétiques. – À mon calcul, cet état dura environ trois cents ans, car les sensations s'y succèdent tellement nombreuses et pressées que l'appréciation réelle du temps était impossible. – L'accès passé, je vis qu'il avait duré un quart d'heure.

Ce qu'il y a de particulier dans l'ivresse du haschich, c'est qu'elle n'est pas continue ; elle vous prend et vous quitte, vous monte au ciel et vous remet sur terre sans transition, – comme dans la folie on a des moments lucides. – Un troisième accès, le dernier et le plus bizarre, termina ma soirée orientale : – dans celui-ci ma vue se dédoubla. – Deux images se réfléchissaient sur ma rétine et produisaient une symétrie complète ; mais bientôt la pâte magique tout à fait digérée agissant avec plus de force sur mon cerveau, je devins complètement fou pendant une heure. Tous les songes pantagruéliques me passèrent par la fantaisie : caprimulges, coquesigrues, oysons bridés, licornes, griffons, cochemares[a] ; toute la ménagerie des rêves monstrueux, trottait, sautillait, voletait, glapissait par la chambre ; c'étaient des trompes qui finissaient en feuillages, des mains qui s'ouvraient en nageoires de poisson, des êtres hétéroclites avec des pieds de fauteuil pour jambes, et des cadrans pour prunelles, des nez énormes qui dansaient le cachucha montés sur des pattes de poulet ; moi-même, je me figurais que j'étais le perroquet de la reine de Saba, maîtresse de défunt Salomon. Et j'imitais de mon mieux la voix et les cris de cet honnête volatile. Les visions devinrent si baroques que le désir de les dessiner me prit, et que je fis en moins de cinq minutes, avec une vélocité incroyable, sur des dos de lettres, sur des billets de garde, sur les premiers morceaux de papier qui me tombaient sous les mains, une quinzaine de croquis les plus extravagants du monde. L'un d'eux est le portrait du docteur ***, tel qu'il m'apparaissait, assis au piano, habillé en turc, un soleil dans le dos de sa veste. Les notes sont représentées, s'échappant du clavier, sous forme de fusées et de spirales capricieusement tirebouchonnées. Un autre croquis portant cette légende – *un animal de l'avenir,* – représente une locomotive vivante avec un cou de cygne terminé par une gueule de serpent d'où jaillissent des flots de fumée, avec des pattes monstrueuses composées de roues et de poulies ; chaque paire de pattes est accompagnée d'une paire d'ailes, et, sur la queue de l'animal, – on voit le Mercure antique qui s'avoue vaincu malgré ses talonnières. Grâce au haschich, j'ai pu faire, d'après nature, le portrait d'un farfadet. Jusqu'à présent, je les entendais seulement geindre et se remuer la nuit dans mon vieux buffet.

Mais voilà bien assez de folies. Pour raconter tout entière une hallucination de haschich, il faudrait un gros volume, et un simple feuilletoniste ne peut se permettre de recommencer l'apocalypse !

NOTE SUR LES PARADIS ARTIFICIELS
DE THÉOPHILE GAUTIER

Il y a dans le fantastique de Gautier, ou dans son œuvre en général, un cycle de la drogue, un ensemble de textes (et d'expériences vécues) relatifs à l'usage de l'opium et surtout du haschich. Dans l'étude de 1868 sur Baudelaire, et à propos des séances du « club des hachichins », Gautier devait écrire : « Après une dizaine d'expériences nous renonçâmes pour toujours à cette drogue enivrante, non qu'elle nous eût fait mal physiquement, mais le vrai littérateur n'a besoin que de ses rêves naturels et il n'aime pas que sa pensée subisse l'influence d'un agent quelconque » (*Baudelaire*, éd. Senninger, p. 155). À coup sûr cet aveu n'est pas une confession tardive et embarrassée où Gautier chercherait à réduire l'importance de la drogue pour lui ; je ne dis pas son emprise ; ce n'est pas un intoxiqué ; mais bien que son œuvre soit unie aux excitants et aux stupéfiants, et son œuvre fantastique au premier chef, il tend de lui-même à circonscrire, limiter le recours aux paradis artificiels.

Comme il le dit dans les premières lignes de *Le Haschich*, la pâte verte, c'est le grand théâtre de l'esprit, c'est la vision de l'impossible chez soi, à domicile, c'est la suprématie de la conscience et du sujet sur le réel, c'est le fantastique « au coin de la rue », et entré dans l'ère positive, ou dans la littérature du procès-verbal et du témoignage. Tout un pan du fantastique de Gautier dépend donc de la drogue : et il a dit publiquement quelle fut sa place ; il lui doit de nouvelles ressources dans ces années 1838-1846 quand les thèmes « classiques » du fantastique sont renouvelés, ou peut-être davantage retrouvés, renforcés dans les séances de drogue qui font du monde de l'au-delà un spectacle, une expérience, un moment vécu et voulu.

Pourquoi la drogue ? Elle est consubstantielle au romantique : comme toute ivresse ou enthousiasme ; l'ivresse ne renvoie pas seulement à un pouvoir hallucinatoire, mais à une multiplication, une accélération, presque une purification de la vie. Et l'ivresse s'unit à une sorte de paresse contemplative et radicale, de possession souveraine de tout et de soi dans le repos absolu. L'image reçue d'Hoffmann associe fantastique et alcool. Déjà dans *Deux acteurs*, danse, musique, ivresse, fantastique sont unis. À la fin de *La nuit de Cléopâtre*, au plus fort de l'orgie, Meïamoun a la vision d'un « immense cauchemar architectural » : il voit les paysages piranésiens d'une ville gigantesque qui, depuis Thomas de Quincey, sont des visions d'opiomane. D'Albert rêve de son paradis où il fumerait de l'opium, « immobile, silencieux, sous un dais magnifique, entouré de piles de carreaux, un grand lion privé sous mon coude, la gorge nue d'une jeune esclave sous mon pied en matière d'escabeau ». Le drogué rêve, mais il se rêve en despote, sans désir ou tous ses désirs comblés, passif et dominateur, possédant tout et n'usant de rien ; la drogue, c'est aussi l'ataraxie divine, la vie dans l'esprit pur. Dès 1837, l'opium joue son rôle dans une orgie de *Fortunio* et le héros jouit avec délices « de cet abrutissement voluptueux cher aux Orientaux », bonheur suprême « puisqu'il est l'oubli parfait de toute chose humaine ». Et dans *La Croix de Berny*, publié. en 1845, le personnage dont Gautier écrit l'aventure, le poète Edgar de Meilhan, qui lui ressemble fort, est un adepte de « la confiture verdâtre » ; on le voit « barbarisé » et déguisé en Turc (l'héroïne qu'il courtise lui trouve un air exemplairement « bête » en cette occasion), s'abandonner aux visions et connaître « le bien-être des anges traversés par la lumière divine (*cf.* éd. M. Lévy, 1865, p. 245 et 255).

Avant 1838 la drogue figure dans l'œuvre de Gautier avant de figurer dans sa vie ; quand avec *La pipe d'Opium*, Gautier se présente avec prudence et distance en opiomane, on a l'impression d'un passage à l'acte à partir d'un modèle littéraire, à partir d'un « lieu commun » de la culture romantique. La littérature de l'opium, née de la traduction de Musset en 1828 du livre de Quincey, cheminait depuis 1830 : la drogue répond à ce souhait exprimé en 1837 dans le poème *La chimère*[1] : « [...] je veux voir mon rêve en sa réalité ».

L'expérience *littéraire* de la drogue, thématisée en une œuvre fantastique, l'effet littéraire de la consommation de drogue, pose d'abord un faux problème, celui que M. Milner a rencontré, celui de l'authenticité de ces textes, de leur degré de véracité intérieure et même de sincérité :

---

1 (*Poésies complètes*, t. II, 1837, p. 93). René Huyghe (« Vers la contrée du rêve : Balzac, Gautier et Baudelaire, disciples de Quincey », dans *Le Mercure de France*, 1er juin 1939) a excellemment suivi cette influence, y compris dans les textes attribués à l'ivresse du haschich. Quincey se retrouve dans *Le Club des hachichins*. L'évolution de Gautier a été décrite par l'article de H. Cockerham, « Gautier, from hallucination to supernatural vision » (*Yale French Studies*, n° 50, 1974).

l'expérience vécue devenue texte ou spectacle que le médecin a jugée vraie, l'est-elle ? Gautier a dit lui-même un mot alarmant, il avait décrit dans le *Club des hachichins* les séances de l'hôtel Pimodan « en y mêlant le récit de nos propres hallucinations[1] ». Autrement dit loin d'être fidèle à une sorte de rapport de l'expérience, il avait ajouté dans l'œuvre écrite des impressions qu'il avait pu ressentir, mais dans d'autres circonstances et sans usage de la drogue. Alors son expérience, c'était ses rêveries, du fantastique à sa manière : il était écrivain toujours, et écrivain identique à lui-même. Et en effet, quiconque croit à une créativité propre à la drogue, à ses possibilités de révélation, sera déçu en lisant Gautier ; drogué ou pas, il est toujours le même écrivain.

Un bel article d'Harry Cockerham[2] avait répond par avance à l'objection de M. Milner : avant la drogue, ses effets sont décrits par Gautier. Que trouve le poète fantastiqueur dans l'expérience de la drogue ? Lui-même : la drogue n'est pas vraiment utilisée comme un stimulant de la création ; certes plus tard Gautier avouera aux Goncourt (*cf. Journal*, 28 juillet 1868) qu'il avait écrit *Militona* (publié. en 1847) en dix jours grâce au haschich. Dans *La pipe d'opium*, remarque P.-G. Castex (*op. cit.*, p. 232), Gautier « s'imite lui-même » ; mais c'est vrai aussi du *Club des Hachichins*, l'expérience vécue est d'abord et surtout esthétique : le drogué ne découvre que lui-même, ne met en œuvre que ses images, ses thèmes fantastiques. Il ne crée rien d'autre que ce qu'il créait auparavant. La drogue semble une « source », une ressource, alors qu'elle n'est peut-être qu'une caution et une vérification. Le vrai paradis artificiel c'est l'art.

Et Gautier sur ce point s'est parfaitement expliqué à propos de Baudelaire qui méprisait « ce bonheur acheté à la pharmacie et qu'on emporte dans la poche de son gilet », sur les limites de l'apport *poétique* des séances : « le vrai naturel n'a besoin que de ses rêves naturels et il n'aime pas que sa pensée subisse l'influence d'un agent quelconque[3] ». Et il est d'accord avec Baudelaire : le haschich « ne crée rien », mais il développe, exagère jusqu'à leur plus extrême puissance

---

1 *Souvenirs*, p. 325-326. Gautier paraphrase de très près le texte de Baudelaire, *cf.* Le « Poème du haschich », p. 402-403, contre *l'Idéal artificiel* et le *paradis emporté d'un seul coup*.

2 Dans *Yale French Studies*, n° 50, 1974, « Gautier : From hallucination to Supernatural vision », rapprochements nombreux et variés de textes (*Albertus*, X-XIII, CVI-CX, les synesthésies, les visions, les impressions de désincorporation).

3 *Ibid.* et p. 329 sur la répugnance de Baudelaire « à l'endroit de tout bonheur obtenu par des moyens factices ».

les capacités sensible de l'individu, « ce qu'on voit, c'est soi-même agrandi, sensibilisé, excité démesurément » ; la drogue agit comme une mystique de la vie sensible, le moi est débordé, surmonté par un afflux de sensations et de perceptions, sa vie est intensifiée, et comme dans le fantastique, cette croissance suppose la réalité, ne la quitte jamais, et prend appui sur les choses, qui sont les motifs « des variations extravagantes et des fantaisies désordonnées ». G. Poulet[1] a excellemment parlé de cette « hyperactivité des sens » qui fait glisser le sujet dans un monde présent et non réel, mais sensible, dans « des réalités idéales », où le sensible est transfiguré, métamorphosé sans cesser d'être, sans cesser de constituer l'être-là du sujet. Et Baudelaire le dit aussi, dans la drogue l'homme atteint un excès de sa nature, il est augmenté, subjugué par lui-même, il s'agit d'une *exagération* connexe du milieu et de lui-même.

Étant moins le moi qui pense et qui veut, le moi qui est captif des limites de la conscience et de l'égoïsme, le sujet extatique adhère plus profondément à ses possibilités de sentir et de vivre, et aux choses, à leurs possibilités d'être. Plus subjectif, il est plus objectif. Ou plutôt la drogue contribue à rendre le moi plus intérieur et plus extérieur à lui-même, à surmonter les limites de l'intérieur et de l'extérieur, les séparations entre l'idéal et le réel, le passé et le présent, ce qui et ce qui n'est pas. Vivant plus, le moi est plus idéal. En ce sens la drogue selon Gautier recoupe la dimension extatique du rêve, ses fonctions idéalistes et l'expérience vécue de la drogue est assimilable au fantastique : l'écriture de la drogue est littéraire, elle est une expérience de l'unité.

Les textes de Gautier le disent : en 1843 (dans *La Presse* du 25 juillet, *cf. Cor. G.*, t. II, p. 40 *sq.*), dans le compte-rendu qu'il écrit lui-même de son ballet *La Péri*, et qu'il présente comme une sorte de lettre ouverte adressée à Nerval alors en Orient, Gautier indique, non sans discrétion, ce que la vision d'une créature céleste peut devoir à la drogue ; après avoir traduit son ballet, sa *fantaisie*, en mots, il ajoute : « Chaque bouffée d'opium, chaque cuillerée de haschich en fait éclore de plus belles et de plus merveilleuses » ; et de son héros le Turc Achmet, amoureux comme lui-même de l'impossible beauté, des régions pures de l'idéal, il écrit : « L'ivresse ne lui suffit plus, il lui faut l'extase [...] à l'aide de

---

1   *Cf. op. cit.*, p. 285.

l'opium il tâche de dénouer les liens qui enchaînent l'âme au corps, il demande à l'hallucination ce que la réalité lui refuse. »

Comme le rêve, l'opium est une libération extatique de la chair, une ascension spirituelle hors du monde, une évasion du désir vers l'idéal. Ainsi *La pipe d'opium* identifie la vision du drogué à celle du rêveur (*cf.* sur ce point l'article de E. J. Mickel, « *Gautier's use of opium and haschich as a structural device* », *Studi Francesi*, 1971). Mais déjà pour cette activité libre de l'âme, sortie de la prison de la matière, Gautier a trouvé mieux : le haschich. Le rêve, la folie, les ivresses artificielles gravitent autour du fantastique littéraire, ce sont autant de voies d'accès vers le monde de l'imagination, vers l'univers de la subjectivité pure et autonome ; mais celle-ci est liée avec la trame des choses par une complicité originelle, l'image tend à être chose, la chose à s'animer dans l'image, le sujet et l'objet tendent à communiquer, à s'unir, à se conformer l'un à l'autre dans une commune disposition. L'imagination extatique unit la chose et l'image, le sujet et l'objet, la perception et l'hallucination. Elle est réceptive et créatrice, active et passive, elle est naturelle et *surnaturelle*, au sens strict du mot, car elle ne répète pas la nature, elle la prend comme point de départ, elle la transporte plus loin qu'elle ne va d'elle-même, elle s'étend au delà d'elle, dans une sphère qui n'est pas au sens positif du mot mais qui n'en est pas moins réelle. La drogue est alors un acte de foi parmi d'autres dans les forces pures de l'imagination. *Pures* parce qu'elles transgressent plus radicalement les limites du moi et de la personnalité : dans son article sur le haschich, Gautier le dit nettement ; la plus profonde béatitude est atteinte quand il est absent de lui-même, « débarrassé du moi, cet odieux témoin qui vous accompagne partout », quand il se sent proche des esprits élémentaires, des anges, des âmes sans corps ; alors « éponge au milieu de la mer », impersonnel et perméable, « plongé » dans le vague ou la grande vague de l'univers, il est tous les objets, il est *objectif*, étranger à lui-même, et il est le sujet qui reçoit tous les flux océaniques de l'univers. Tel est le paradoxe : il existe plus et il n'est plus.

Le *h* se trouve alors au confluent du milieu artiste *et* du milieu *scientifique*. Novalis voulait « romantiser » les sciences et les rendre poétiques. Ici pensée, poésie, savoir, vision semblent se rejoindre et communiquer dans la vaste mouvance du fantastique. La science admettant le sujet et sa créativité, allait-elle être capable de penser, de se penser, d'admettre la vérité littéraire ? Elle n'en fera rien, ce sera au contraire la littérature qui s'inclinera devant les dogmes et la métaphysique de la science et deviendra incapable d'admettre sa propre vérité. Mais les consommateurs romantiques de *h* connurent un moment singulier. À l'hôtel Pimodan, il y avait des poètes et des médecins, Moreau de Tours, Aubert-Roche qui en 1840 dans son livre *De la peste ou typhus d'Orient* avait le premier sans doute parlé du haschich, Brierre de Boismont, qui publie en 1845 *Des hallucinations, ou histoire raisonnée des apparitions, visions, songes, de l'extase et du somnambulisme.* La drogue semble proposer l'expérience même de l'artiste ; les Goncourt dans *Manette Salomon* installent leur héros, le peintre Coriolis à l'hôtel Pimodan avec Gautier, Boissard, Monnier, Feuchères, Magimel…Mais il y avait un malentendu : les savants même intelligents ne s'intéressent qu'aux phénomènes, ce qui est création, libre instauration leur échappe.

LE CLUB DES HACHICHINS

NOTICE

Ce récit a paru le 1ᵉʳ février 1846 dans *La Revue des Deux Mondes* (version A) ; il a été repris en 1851 dans *Partie carrée*, et dans le t. III de *La peau de tigre* (1852) : c'est notre version B. Enfin Gautier le place dans *Romans et contes* de 1863. Cette troisième édition diffère à peine de la deuxième ; de A à B Gautier a pratiqué un certain nombre de modifications, il a multiplié les alinéas et développé l'aspect de procès-verbal de cette étude *expérimentale* qui intègre un « fantastique positif » à un témoignage très parisien. Il a aussi normalisé le découpage en chapitres et le rôle des sous-titres. Il existe enfin au fonds Lovenjoul un manuscrit des deux premiers chapitres qui ne sont pas encore séparés (Variantes *ms*).

Les premiers mots du *Club* ont toute chance d'être exacts : le récit renvoie avec précision à un événement réellement vécu ; il y eut bien pour Gautier en décembre 1845 et sur « une convocation mystérieuse » une séance de haschich à l'hôtel Pimodan (redevenu de nos jours l'Hôtel Lauzun dans l'Île Saint-Louis, il est à cette époque loué par appartements), chez le peintre Boissard de Boisdenier[1]. La *Correspondance générale* de Gautier nous restitue le billet du 16 décembre, « le haschich est décrété pour lundi 22… J'ai vu Moreau qui adhère à la chose et nous nous en promettons l'agrément » (t. II, p. 315) ; le 27 octobre (*Cor. G.* II 292) Gautier avait reçu ce qui est sans doute la première invitation, « il se prend du haschich chez moi lundi prochain sous les auspices de Moreau de Tours et d'Aubert-Roche ; veux-tu en être ? dans ce cas arrive entre 5 et 7 heures au plus tard ; tu prendras ta part d'un modeste repas et tu attendras l'hallucination ; tu peux même amener avec toi

---

1   Sur ce personnage, voir S. Guégan, p. 145.

le bourgeois que tu voulais injecter comme on amène des inconnus à mon auberge, un de plus n'y fera rien ; il faut seulement que j'en sois prévenu à l'avance afin de commander la pâture en conséquence. Il se dépensera entre 3 et 5 F par tête. Réponds oui ou non ; si tu crains les contacts impurs, je pense aviser au moyen de s'isoler, l'hôtel Pimodan peut le permettre. » Puis Boissard réécrit à Gautier vers la même date de décembre sans doute pour insister sur l'urgence de répondre et pour lui indiquer l'heure « militaire », soit « la cinquième » du rendez-vous : la ponctualité est exigée « pour que la fantasia puisse se développer agréablement et s'épandre sur toute la soirée » (t. II, p. 322 ; lettre non datée, mais que Cl. Pichois dans *Les paradis artificiels*, « Folio », 1972, p. 12, considère comme relative au fameux lundi).

Le même mois une lettre malheureusement résumée de Gautier à Moreau de Tours (*ibid.*, p. 320) déplore l'insensibilité des Turcs à la drogue : « Ces affreux musulmans ont brouté la chose et n'ont rien senti », et le poète qui semble évoquer des invités orientaux ou autres à une séance se plaint d'avoir donné trois doses de drogue et en redemande pour son usage.

Ces lettres nous disent tout sur les séances, leurs rites, leurs conditions, leur prix. En cette fin de l'année 1845 Gautier a donc participé à des séances du « club » : furent-elles nombreuses et fréquentes ? À celle du 22 décembre vinrent sans doute Balzac et Baudelaire ; celui-ci qui habite l'hôtel jusqu'en 1845, n'a pas consommé de drogue ce jour-là, il a peu fréquenté les séances et seulement en observateur ; quant à Balzac il a lui-même raconté l'anecdote célèbre de son accueil au Club, elle est reprise par Gautier dans l'étude sur Baudelaire de 1868 et confirmée par le témoignage de l'intéressé. Balzac refuse de subir l'effet dominateur du « dawamesk » et le rend à son hôte après l'avoir flairé ; la *Correspondance* de Balzac (éd. Garnier, 1969, t. V, p. 69-72 et note) évoque cette « partie » du 22 décembre dès le lendemain dans une lettre à Mme Hanska : « J'ai résisté au haschich et je n'ai pas éprouvé tous les phénomènes ; mon cerveau est si fort qu'il fallait une dose plus forte que celle que j'ai prise. Néanmoins j'ai entendu des voix célestes et j'ai vu des peintures divines. J'ai descendu pendant vingt ans l'escalier de Lauzun. J'ai vu les dorures et les peintures du salon dans une splendeur inouïe. Mais ce matin, depuis mon réveil, je dors toujours et je suis sans volonté ». Puis Balzac en reparle dans une lettre du mois de décembre envoyée à Moreau de Tours et manifestement écrite après la séance ; cette fois Balzac dit : « Vous savez que vous me devez une autre partie de haschich, puisque je n'en ai pas eu pour mon argent la première fois. Ayez l'excessive bonté de m'avertir à l'avance du lieu et de l'heure, car je tiens à être le théâtre d'un phénomène complet pour bien juger de votre œuvre » (il s'agit du livre du docteur sur lequel porte tout le début de la lettre). Balzac reçut en effet une invitation en avril 1846 : mais il n'était pas à Paris (*ibid.*, p. 113). Voir *Le poème du haschich*, chap. v, et le *Baudelaire* de Gautier, éd. Senninger, p. 116 *sq.*, où se trouvent énumérées les adeptes féminines du « club », p. 154-163. Tel était ce nouveau *Décaméron* de poètes, d'artistes et de femmes d'une grande beauté qui ressuscitait en plein Paris le siècle de Boccace. Gautier a pu y trouver Nerval, Karr, Delacroix, Chenavard, Pradier, Brierre de Boismont, Meissonnier, Monnier, T. Johannot, et du côté féminin, Aglaé Sabatier, Marix, Louise Pradier, Alice Ozy.

En 1846, à la fin du mois de mars ou au début avril, Gautier est averti de se tenir prêt, « il y a du haschich à l'horizon » (*Cor. G.*, III 35 *sq.*). Mais l'époque des séances répétées semble bien close. En 1846, en mars, en avril, il y eut encore des soirées à l'hôtel Pimodan où Gautier fut sans doute présent ; des billets de Boissard (*cf. Corr. Gén.*, t. III, p. 35, 38, 133) semblent bien ne pas l'inviter seulement à dîner. En 1848 Alice Ozy (*ibid.*, p. 384) le convie à souper : « N'oublie pas, aimable canaille, que mardi on festoie chez moi à 11 heures » et lui recommande : « Apporte du haschich, les convives seront nombreux et spirituels, et le champagne à discrétion… »

Le rêve éveillé que procure la drogue, bien qu'elle fasse appel à la pharmacie est une objection active de l'imagination comme force de production plastique à la toute-puissance de la pensée rationnelle et normalisée : une expérience pour l'essentiel (si l'on met à part les états d'angoisse, de déréliction, de misère qu'elle apporte aussi) de l'idéalisme actif, où le sujet constitue l'objet, passe dans l'objet et où l'objet lui-même sort des catégories de la perception et de la raison. Il n'obéit qu'à des lois *analogiques* qui développent en lui une extrême mobilité destructrice du principe d'identité et une continuelle transformation de toutes les formes qui ne dépendent plus que des relations qu'elles ont entre elles : rapports de contiguïté, de similitude, de solidarité, d'association, de transfert, de groupement par addition ou totalisation.

Alors que le monde rationalisé est le monde des finalités et du sens, le monde de l'imagination pure est celui du *contre-sens*, du déplacement autonome et continuel des rapports établis qui enrichit le sensible et multiplie toutes les possibilités de sens et de forme.

Le 10 décembre 1843, dans un récit de voyage en Angleterre (repris dans *Caprices et zigzags*, 1852), Gautier raconte un souvenir de *fantasia* : « Un soir j'avais pris du haschich c'est-à-dire une cuillerée de paradis sous la forme d'une pâte verte » ; la vision donne accès aux *correspondances* perçues comme des réalités : « J'entendis des fleurs qui chantaient, je vis des phrases de musique bleues, vertes et rouges, qui sentaient la vanille, une transposition complète de toutes mes idées ». Tous les modes de sensation et tous les arts se fédèrent en une seule sensibilité : toutes les perceptions n'en forment qu'une, indivise ou en expansion permanente : le monde devient une unique sensation, ou une seule langue. Dans la synesthésie et les correspondances, l'imagination souveraine transpose les rapports ordinaires, les soumet à une obligation de déplacement, de transfert ou d'échange ; et justement dans les correspondances, rien ne correspond plus à rien, les mêmes éléments du même monde sont ressaisis dans une organisation nécessairement autre : dans la perception du drogué, la nature est dénaturée ou plutôt si je puis dire, *renaturée* par la libération des catégories rationnelles.

Et Baudelaire quand il en parle utilise des formules stylistiques ou rhétoriques ou logiques, qui semblent donner une forme aux choses, les formuler en somme mais à condition d'enfouir le sens, de le cacher et de le perdre. Il parle d'hyperboles, d'antithèses, de métaphores, d'allégories, mais aussi d'équivoques, de sophismes, de méprises, de *quiproquo intellectuel* (ainsi le sentiment du fumeur de pipe qui se croit fumé par sa pipe) ; l'halluciné commence par des jeux de mots, des calembours, des rapprochements incongrus, le démon de l'hilarité l'a saisi. La syntaxe des choses qui leur donne sens a été subvertie. Le drogué s'est placé sous le *despotisme de l'analogie*.

C'est l'autre pensée, qui sort de la pensée et qui déconstruit ses œuvres et les reconstruit, qui crée un ordre du désordre, et ne sert plus à rien, à rien de rationnel, d'utile, de finalisé ; elle transgresse toutes les catégories de l'esprit. Elle saisit la nature avec plus d'intensité et surtout dans son unité, dans un mouvement permanent qui emporte les formes et les grandeurs dans un tourbillon transformiste. Mais le drogué renvoie à Onuphrius : rien de plus proche de ses aventures que celle du hachichin ; l'un et l'autre sont persécutés, connaissent les mêmes disgrâces (perdre ses idées, perdre sa tête, être métamorphosé), sont privés d'eux-mêmes et aliénés au sens général du mot. Ils vivent le fantastique (ce qui ne rend pas capable d'écrire le fantastique). Être *dans* le fantastique, vivre en lui, adhérer à lui, le subir, en être persécuté, c'est l'excès contre lequel Gautier n'a cessé de mettre en garde l'artiste : il faut savoir rester double, être des deux côtés à la fois, comme Hoffmann, comme Rembrandt « à a fois réaliste et fantastique, trivial et plein de poésie[1] », comme un magicien ou un Faust assisté du diable

Le rêve alors contient ce qui serait le rêve absolu, le plus captivant : le cauchemar. Le drogué est dans un fantastique excessif, radical, où il y a tout et rien, où l'imagination souveraine se déploie dans le vide. Dans le fantastique l'amour surmonte la mort et triomphe du temps et de l'espace, il est possible « d'aimer hors du temps et de l'espace » : la drogue s'en prend aux mêmes catégories et les supprime ; comme l'a noté G. Poulet (*Études sur le temps humain*, Plon, 1953, p. 286), Gautier ici développe, matérialise grâce à la drogue, l'idée toute fantastique qu'« en lui-même le temps n'est rien, l'activité de l'esprit peut en inventer et en allonger indéfiniment la substance » ; « le temps n'existe que par rapport à nous », avait dit Gautier[2], il n'est que le produit de « l'activité de l'esprit, » qui en dispose librement.

Pour le drogué la création d'images et l'intensité des sensations rendent extensif à l'infini le temps ou le densifie à l'extrême, si bien qu'il n'y a plus aucun rapport entre la durée intérieure et la durée extérieure, entre la quantité de vie et la quantité de temps ; de même la jouissance est sans rapports avec les organes ou bascule vers la souffrance. L'esprit allonge le temps, l'invente en quelque sorte, l'accélère ou le ralentit. Il est à la fois infini et presque immobile, une rêverie de trois siècles dure un quart d'heure : je ne suis plus dans le temps, c'est lui qui est contenu en moi, il est ce que je veux qu'il soit.

À la limite on peut tuer le temps et porter son deuil : il ne passe plus, il est devenu éternel, il est éternellement le même instant ; il ne se passe plus rien, il n'y a plus qu'une heure, toujours la même, et un

---

1 *La Presse*, 10 fév ; 1849.
2 *Cf.* Poulet, *Temps*, p. 286, pour l'influence de Quincey.

perpétuel premier moment, tout s'arrête à son début, et on ne peut plus se déplacer (on ne peut que revenir au point de départ), avec le temps disparaît l'espace, il faut le temps pour le parcourir, sans le temps rien ne bouge et l'univers s'immobilise dans une pétrification universelle, il est intemporel.

Mais on peut aussi supprimer l'espace en le remplissant d'objets qui l'occupent intégralement : dans l'imagination du drogué, où les architectures gigantesques et piranésiennes, dressées vers le haut, ou creusées vers le bas, ne conduisent qu'à des constructions infinies, à des assemblages qui sont démesurés et incohérents, mais qui se répètent toujours, on peut dire qu'il n'y a plus de place vide : tout est plein, le monde est un trop plein de choses. Ou de pierres : contre le temps, contre l'espace, contre le vide, contre la liberté qui en est le synonyme, c'est toujours la pierre, le minéral, l'objet mort, qui gagne.

Plus radicalement encore tous les épisodes du hachichin montrent une sorte de démesure de la quantité, une volonté de totaliser le réel, il n'apparaît que par masses, foules, multitude, énumérations, il y a une exubérance d'objets, une prodigalité infinie, écrasante de tous les objets. Le réel, c'est tout le réel, le tout du réel et la loi de ce regroupement analogique et massif, c'est l'excès, ou l'orgie (qui est une crise de nature fantastique, on parle « de débauches d'imagination »), la concentration du réel et son épuisement : si on rit, on rit absolument (de tout et de rien), on rit à en mourir, on rit de tous les comiques, à la fois. On ne rit plus, on est dans l'*hilarité absolue*, un moment, un point d'un rire collectif et impersonnel.

« Quel opéra qu'une cervelle humaine ! », avait dit Balzac à propos de son Vénitien opiomane : l'esprit, c'est une mise en scène de personnages, de rôles, de masques, un bal masqué naturel de spectres sans visages et sans vie. L'esprit livré à lui-même et se constituant son monde n'est que le théâtre de ses opérations. Mais pour le hachichin, c'est l'esprit qui devient opéra, qui fait des opéras ; est-il guéri de l'extrême tension et des convulsions douloureuses de la joie frénétique par la musique du *voyant* sobre, il *devient* aussitôt la musique et le musicien ; incarné en lui, il croit improviser des dizaines d'œuvres entendues par lui seul qui les compose et les interprète en même temps. Dans un monde sans objet, on ne peut rien faire, ni rien aimer : l'Éros n'est pas membre du Club. Le hachichin sent en lui la présence du génie, il se croit doué d'une puissance créatrice absolue, elle n'engendre rien que l'illusion de créer, des musiques écrites dans le vide, des œuvres fantômes.

L'expérience de l'hallucination extatique du drogué est entre le rêve et le cauchemar ; c'est une expérience de l'excès, excès de joie, de plaisirs, de lévitation morale, excès de liberté mentale : c'est le danger de penser avec la pensée pure, d'adhérer à l'imagination pure.

En ce sens il y a une unité entre les nouvelles de la drogue et les autres : l'extase où le moi se perd et se retrouve plus lucide, plus apte à se perdre dans le non-moi et à le posséder, réalise la même souveraineté spirituelle[1], la même hégémonie du souhait fondamental et la même percée vers le bonheur absolu. Le rêve, avait dit Novalis, enseigne « la légèreté de notre âme, son aptitude à entrer dans n'importe quel objet, à se transformer instantanément en lui ». Octavien se dirigeant vers Pompéi nocturne est pris par « une ivresse poétique » qui fait penser à l'ivresse du drogué, « cet état de somnambulisme complet » où se trouve l'opiomane.

Mais celui-ci est victime de la pureté de sa démarche : maître-souverain de la réalité, le sujet se donne l'objet et/ou se donne à l'objet ; il semble coïncider avec le pouvoir générateur de la subjectivité et s'empresse de se perdre, de s'immerger comme une chose parmi les choses. « Je me fondais dans l'objet fixé et je devenais moi-même cet objet. » ; le sujet percevant devient l'objet perçu, il n'est plus le sujet d'un objet ; le « hachichin » devient Weber, ou un pouvoir de créativité musicale illimité qui ne s'actualise jamais. Faute d'objet.

Enfin la conscience du drogué assiste à un carnaval inouï des formes, à un jeu illimité de la métamorphose : il faudrait dire qu'il n'y a plus que des métamorphoses, tout change et se transforme mais il n'y a rien qui change et se transforme, il n'y a plus d'identité et seulement des apparences mobiles et convertibles l'une dans l'autre à l'infini. C'est le point extrême, le point limite du fantastique devenu libre fantaisie, caprice arbitraire, folie des formes, déchainement d'une opposition à l'ordre : peut-on n'obéir qu'au désordre, créer une anticréation ? En principe la drogue devrait disloquer la perception toute faite, rompre avec l'appréhension normalisée des choses, modifier du dedans, par la

---

1   Voir sur ce point G. Poulet, *op. cit.*, p. 285 et 287, le texte de Gautier à propos de *La Péri* (*Cor. Gén.*, t. II, p. 40), à propos d'Achmet, « à l'aide de l'opium il tâche de dénouer les liens qui enchaînent l'âme au corps », ce qui est à peu près le langage de Cherbonneau.

libération de l'image, les possibilités de la sensation ; le drogué a de
sensations nouvelles, plus aiguisées, plus fines, plus intenses, tout retentit
en lui avec plus de force, c'est une caisse de résonance hyperactive de
la réalité. Mais celle-ci perd toute substance : elle n'est plus devant le
sujet, son vis-à-vis objectif et solide, c'est un ensemble de formes pures
né de la dissolution radicale des catégories objectives, un univers mou-
vant et fluide, animé par la loi d'un transformisme radical, en constante
métamorphose dans le sens tantôt d'une transfiguration, tantôt d'une
caricature menaçante ; c'est bien alors que se réalise chez Gautier la
menace contenue dans la formule de Goya qui présidait à l'ouverture
d'*Onuphrius*. L'imaginaire se répand à flots, les « fantômes grotesques »,
les créatures du songe déversées dans le réel se multiplient librement.

Nous sommes bien parmi les monstres : la fête des sens et des plaisirs est liée à un antimonde, un contre-ordre, une inversion du rêve en
cauchemar, il y a bien un accroissement des êtres et de la vie sensible,
des « écroulements, des ruissellements » de couleurs, un monde en
kaléidoscope, le réel devient lumière, fleurs gigantesques, feux d'artifices
de vie, il y a l'ouverture du grand jeu des métamorphoses, mais il y a
aussi le triomphe du principe matériel d'inertie, les menaces de mutilation, de dégradation dans l'animalité, et surtout le règne des monstres
composites, le pullulement, le grandissement des hybrides, des êtres
sans forme et sans nom, « la ménagerie des rêves monstrueux », faits de
bric et de broc, avec des organes qui sont des objets, des créatures qui
unissent l'homme, la bête et l'ustensile, la locomotive-dragon rejoint
les fantaisies de Rabelais : à la limite, on ne peut pas les nommer, on ne
peut rien en dire ; ils sont cela, mais cela vit, s'agite, grimace, menace ;
le règne féroce de la Carotte qui n'est qu'un salsifi, c'est du fantastique
repiqué, hypertrophié, un mélange impossible, impensable de fantaisie
pas drôle et de burlesque angoissant. Un être qui est un chaos, ou une
cohue, un caprice d'un univers ou d'un esprit en folie.

I
L'hôtel Pimodan[b]

Un soir de décembre, obéissant à une convocation mystérieuse, rédigée en termes énigmatiques compris des affiliés, inintelligibles pour d'autres, j'arrivai dans un quartier lointain, espèce d'oasis de solitude au milieu de Paris, que le fleuve, en l'entourant de ses deux bras, semble défendre contre les empiétements de la civilisation, car c'était dans une vieille maison de l'île Saint-Louis, l'hôtel Pimodan, bâti par Lauzun, que le club bizarre dont je faisais partie depuis peu tenait ses séances mensuelles, où j'allais assister pour la première fois[c].

Quoiqu'il fût à peine six heures, la nuit était noire.

Un brouillard, rendu plus épais encore par le voisinage de la Seine, estompait tous les objets de sa ouate déchirée et trouée, de loin en loin, par les auréoles rougeâtres des lanternes et les filets de lumière échappés des fenêtres éclairées.

Le pavé, inondé de pluie, miroitait sous les réverbères comme une eau qui reflète une illumination, une bise âcre, chargée de particules glacées, vous fouettait la figure, et ses sifflements gutturaux faisaient le dessus d'une symphonie dont les flots gonflés se brisant aux arches des ponts formaient la basse : il ne manquait à cette soirée aucune des rudes poésies de l'hiver.

Il était difficile, le long de ce quai désert, dans cette masse de bâtiments sombres, de distinguer la maison que je cherchais ; cependant mon cocher, en se dressant sur son siège parvint à lire sur une plaque de marbre le nom à moitié dédoré de l'ancien hôtel, lieu de réunion des adeptes.

Je soulevai le marteau sculpté, l'usage des sonnettes à bouton de cuivre n'ayant pas encore pénétré dans ces pays reculés, et j'entendis plusieurs fois le cordon grincer sans succès ; enfin, cédant à une traction plus vigoureuse, le vieux pêne rouillé s'ouvrit, et la porte aux ais massifs put tourner sur ses gonds.

Derrière une vitre d'une transparence jaunâtre apparut, à mon entrée, la tête d'une vieille portière ébauchée par le tremblotement d'une chandelle, un tableau de Skalken[d] tout fait. – La tête me fit une grimace singulière, et un doigt maigre, s'allongeant hors de la loge, m'indiqua le chemin.

Autant que je pouvais le distinguer, à la pâle lueur qui tombe toujours[e], même du ciel le plus obscur, la cour que je traversais était entourée de bâtiments d'architecture ancienne à pignons aigus ; je me sentais les pieds mouillés comme si j'eusse marché dans une prairie, car l'interstice des pavés était rempli d'herbe.

Les hautes fenêtres à carreaux étroits de l'escalier, flamboyant sur la façade sombre, me servaient de guide et ne me permettaient pas de m'égarer.

Le perron franchi, je me trouvai au bas d'un de ces immenses escaliers comme on les construisait du temps de Louis XIV, et dans lesquels une maison moderne danserait à l'aise. – Une chimère égyptienne dans le goût de Lebrun, chevauchée par un Amour, allongeait ses pattes sur un piédestal et tenait une bougie dans ses griffes recourbées en bobèche.

La pente des degrés était douce ; les repos et les paliers bien distribués attestaient le génie du vieil architecte et la vie grandiose des siècles écoulés ; – en montant cette rampe admirable, vêtu de mon mince frac noir, je sentais que je faisais tache dans l'ensemble et que j'usurpais un droit qui n'était pas le mien ; l'escalier de service eût été assez bon pour moi.

Des tableaux, la plupart sans cadres, copies des chefs-d'œuvre de l'école italienne et de l'école espagnole, tapissaient les murs, et tout en haut, dans l'ombre, se dessinait vaguement un grand plafond mythologique peint à fresque.

J'arrivai à l'étage désigné.

Un tambour[f] de velours d'Utrecht, écrasé et miroité, dont les galons jaunis et les clous bossués racontaient les longs services, me fit reconnaître la porte.

Je sonnai ; l'on m'ouvrit avec les précautions d'usage, et je me trouvai dans une grande salle éclairée à son extrémité par quelques lampes. En entrant là, on faisait un pas de deux siècles en arrière[g]. Le temps, qui passe si vite, semblait n'avoir pas coulé sur cette maison, et, comme une pendule qu'on a oublié de remonter, son aiguille marquait toujours la même date.

Les murs, boisés de menuiseries peintes en blanc, étaient couverts à moitié de toiles rembrunies ayant le cachet de l'époque ; sur le poêle gigantesque se dressait une statue qu'on eût pu croire dérobée aux charmilles de Versailles. Au plafond, arrondi en coupole, se tordait une allégorie strapassée, dans le goût de Lemoine[h], et qui était peut-être de lui.

Je m'avançai vers la partie lumineuse de la salle où s'agitaient autour d'une table plusieurs formes humaines, et dès que la clarté, en m'atteignant, m'eut fait reconnaître, un vigoureux hourra ébranla les profondeurs sonores du vieil édifice.

« C'est lui ! c'est lui ! crièrent en même temps plusieurs voix ; qu'on lui donne sa part ! »

Le docteur[i] était debout près d'un buffet sur lequel se trouvait un plateau chargé de petites soucoupes de porcelaine du Japon. Un morceau de pâte ou confiture verdâtre, gros à peu près comme le pouce, était tiré par lui au moyen d'une spatule d'un vase de cristal, et posé, à côté d'une cuillère de vermeil, sur chaque soucoupe.

La figure du docteur rayonnait d'enthousiasme ; ses yeux étincelaient, ses pommettes se pourpraient de rougeurs, les veines de ses tempes se dessinaient en saillie, ses narines dilatées aspiraient l'air avec force.

« Ceci vous sera défalqué sur votre portion de paradis[j] », me dit-il en me tendant la dose qui me revenait.

Chacun ayant mangé sa part, l'on servit du café à la manière arabe, c'est-à-dire avec le marc et sans sucre.

Puis l'on se mit à table.

Cette interversion dans les habitudes culinaires a sans doute surpris le lecteur ; en effet, il n'est guère d'usage de prendre le café avant la soupe, et ce n'est en général qu'au dessert que se mangent les confitures. La chose assurément mérite explication[k].

II
Parenthèse

Il existait jadis en Orient un ordre de sectaires redoutables commandé par un cheik qui prenait le titre de Vieux de la Montagne, ou prince des Assassins[l].

Ce Vieux de la Montagne était obéi sans réplique ; les Assassins ses sujets marchaient avec un dévouement absolu à l'exécution de ses ordres, quels qu'ils fussent ; aucun danger ne les arrêtait, même la mort la plus certaine. Sur un signe de leur chef, ils se précipitaient du haut d'une tour, ils allaient poignarder un souverain dans son palais, au milieu de ses gardes.

Par quels artifices le Vieux de la Montagne obtenait-il une abnégation si complète ?

Au moyen d'une drogue merveilleuse dont il possédait la recette, et qui a la propriété de procurer des hallucinations éblouissantes.

Ceux qui en avaient pris trouvaient, au réveil de leur ivresse, la vie réelle si triste et si décolorée, qu'ils en faisaient avec joie le sacrifice pour rentrer au paradis de leurs rêves ; car tout homme tué en accomplissant les ordres du cheik allait au ciel de droit, ou, s'il échappait, était admis de nouveau à jouir des félicités de la mystérieuse composition.

Or, la pâte verte dont le docteur venait de nous faire une distribution était précisément la même que le Vieux de la Montagne ingérait jadis à ses fanatiques sans qu'ils s'en aperçussent, en leur faisant croire qu'il tenait à sa disposition le ciel de Mahomet et les houris de trois nuances, – c'est-à-dire du *haschich*, d'où vient *hachichin*, mangeur de *haschich*, racine du mot *assassin*, dont l'acception féroce s'explique parfaitement par les habitudes sanguinaires des affidés du Vieux de la Montagne.

Assurément, les gens qui m'avaient vu partir de chez moi à l'heure où les simples mortels prennent leur nourriture ne se doutaient pas que j'allasse à l'île Saint-Louis, endroit vertueux et patriarcal s'il en fut, consommer un mets étrange qui servait[m], il y a plusieurs siècles, de moyen d'excitation à un cheik imposteur pour pousser des illuminés à l'assassinat. Rien dans ma tenue parfaitement bourgeoise n'eût pu me faire soupçonner de cet excès d'orientalisme, j'avais plutôt l'air d'un neveu qui va dîner chez sa vieille tante que d'un croyant sur le point de goûter les joies du ciel de Mohammed en compagnie de douze Arabes on ne peut plus français.

Avant cette révélation, on vous aurait dit qu'il existait à Paris en 1845, à cette époque d'agiotage et de chemins de fer, un ordre des hachichins dont M. de Hammer n'a pas écrit l'histoire, vous ne l'auriez pas cru, et cependant rien n'eût été plus vrai, – selon l'habitude des choses invraisemblables[n].

III
Agape[o]

Le repas était servi d'une manière bizarre et dans toute sorte de vaisselles extravagantes et pittoresques.

De grands verres de Venise, traversés de spirales laiteuses, des vidreco-mes[p] allemands historiés de blasons, de légendes, des cruches flamandes en grès émaillé, des flacons à col grêle, encore entourés de leurs nattes de roseaux, remplaçaient les verres, les bouteilles et les carafes.

La porcelaine opaque de Louis Lebeuf[q] et la faïence anglaise à fleurs, ornement des tables bourgeoises, brillaient par leur absence ; aucune assiette n'était pareille, mais chacune avait son mérite particulier ; la Chine, le Japon, la Saxe, comptaient là des échantillons de leurs plus belles pâtes et de leurs plus riches couleurs : le tout un peu écorné, un peu fêlé, mais d'un goût exquis.

Les plats étaient, pour la plupart, des émaux de Bernard de Palissy, ou des faïences de Limoges et quelquefois le couteau du découpeur rencontrait, sous les mets réels, un reptile, une grenouille ou un oiseau en relief. L'anguille mangeable mêlait ses replis à ceux de la couleuvre moulée.

Un honnête philistin eût éprouvé quelque frayeur à la vue de ces convives chevelus, barbus, moustachus, ou tondus d'une façon singulière, brandissant des dagues du seizième siècle, des kriss malais, des navajas, et courbés sur des nourritures auxquelles les reflets des lampes vacillantes prêtaient des apparences suspectes.

Le dîner tirait à sa fin, déjà quelques-uns des plus fervents adeptes ressentaient les effets de la pâte verte : j'avais, pour ma part, éprouvé une transposition complète de goût. L'eau que je buvais me semblait avoir la saveur du vin le plus exquis, la viande se changeait dans ma bouche en framboise, et réciproquement. Je n'aurais pas discerné une côtelette d'une pêche.

Mes voisins commençaient à me paraître un peu originaux ; ils ouvraient de grandes prunelles de chat-huant ; leur nez s'allongeait en proboscide[r] ; leur bouche s'étendait en ouverture de grelot. Leurs figures se nuançaient de teintes surnaturelles.

L'un d'eux, face pâle dans une barbe noire, riait aux éclats d'un spectacle invisible ; l'autre faisait d'incroyables efforts pour porter son verre à ses lèvres, et ses contorsions pour y arriver excitaient des huées étourdissantes.

Celui-ci, agité de mouvements nerveux, tournait ses pouces avec une incroyable agilité ; celui-là, renversé sur le dos de sa chaise, les yeux vagues, les bras morts, se laissait couler en voluptueux dans la mer sans fond de l'anéantissement.

Moi, accoudé sur la table, je considérais tout cela à la clarté d'un reste de raison qui s'en allait et revenait par instants comme une veilleuse près de s'éteindre. De sourdes chaleurs me parcouraient les membres, et la folie, comme une vague qui écume sur une roche et se retire pour s'élancer de nouveau, atteignait et quittait ma cervelle, qu'elle finit par envahir tout à fait.

L'hallucination, cet hôte étrange, s'était installée chez moi.

« Au salon, au salon ! cria un des convives ; n'entendez-vous pas ces chœurs célestes ? Les musiciens sont au pupitre depuis longtemps. »

En effet, une harmonie délicieuse nous arrivait par bouffées à travers le tumulte de la conversation.

IV
Un monsieur qui n'etait pas invité[5]

Le salon est une énorme pièce aux lambris sculptés et dorés, au plafond peint, aux frises ornées de satyres poursuivant des nymphes dans les roseaux, à la vaste cheminée de marbre de couleur, aux amples rideaux de brocatelle, où respire le luxe des temps écoulés.

Des meubles de tapisserie, canapés, fauteuils et bergères, d'une largeur à permettre aux jupes des duchesses et des marquises de s'étaler à l'aise, reçurent les hachichins dans leurs bras moelleux et toujours ouverts.

Une chauffeuse, à l'angle de la cheminée, me faisait des avances, je m'y établis, et m'abandonnai sans résistance aux effets de la drogue fantastique.

Au bout de quelques minutes, mes compagnons, les uns après les autres, disparurent, ne laissant d'autre vestige que leur ombre sur la muraille, qui l'eut bientôt absorbée ; – ainsi les taches brunes que l'eau fait sur le sable s'évanouissent en séchant.

Et depuis ce temps, comme je n'eus plus la conscience de ce qu'ils faisaient, il faudra vous contenter pour cette fois du récit de mes simples impressions personnelles.

La solitude régna dans le salon, étoilé seulement de quelques clartés douteuses; puis, tout à coup, il me passa un éclair rouge sous les paupières, une innombrable quantité de bougies s'allumèrent d'elles-mêmes, et je me sentis baigné par une lumière tiède et blonde. L'endroit où je me trouvais était bien le même, mais avec la différence de l'ébauche au tableau; tout était plus grand, plus riche, plus splendide. La réalité ne servait que de point de départ aux magnificences de l'hallucination[r].

Je ne voyais encore personne, et pourtant je devinais la présence d'une multitude.

J'entendais des frôlements d'étoffes, des craquements d'escarpins, des voix qui chuchotaient, susurraient, blésaient[u] et zézayaient, des éclats de rire étouffés, des bruits de pieds de fauteuil et de table. On tracassait les porcelaines, on ouvrait et l'on refermait les portes; il se passait quelque chose d'inaccoutumé.

Un personnage énigmatique m'apparut soudainement.

Par où était-il entré? je l'ignore; pourtant sa vue ne me causa aucune frayeur : il avait un nez recourbé en bec d'oiseau, des yeux verts entourés de trois cercles bruns, qu'il essuyait fréquemment avec un immense mouchoir; une haute cravate blanche empesée, dans le nœud de laquelle était passée une carte de visite où se lisaient écrits ces mots : — *Daucus-Carota, du Pot d'or*, — étranglait son col mince, et faisait déborder la peau de ses joues en plis rougeâtres; un habit noir à basques carrées, d'où pendaient des grappes de breloques, emprisonnait son corps bombé en poitrine de chapon. Quant à ses jambes, je dois avouer qu'elles étaient faites d'une racine de mandragore, bifurquée, noire, rugueuse, pleine de nœuds et de verrues, qui paraissait avoir été arrachée de frais, car des parcelles de terre adhéraient encore aux filaments. Ces jambes frétillaient et se tortillaient avec une activité extraordinaire, et, quand le petit torse qu'elles soutenaient fut tout à fait vis-à-vis de moi, l'étrange personnage éclata en sanglots, et, s'essuyant les yeux à tour de bras, me dit de la voix la plus dolente :

« C'est aujourd'hui qu'il faut mourir de rire[v] ! »

Et des larmes grosses comme des pois roulaient sur les ailes de son nez. « De rire... de rire... » répétèrent comme un écho des chœurs de voix discordantes et nasillardes[w].

V

Fantasia[x]

Je regardai alors au plafond, et j'aperçus une foule de têtes sans corps comme celles des chérubins, qui avaient des expressions si comiques, des physionomies si joviales et si profondément heureuses, que je ne pouvais m'empêcher de partager leur hilarité.

— Leurs yeux se plissaient, leurs bouches s'élargissaient, et leurs narines se dilataient ; c'étaient des grimaces à réjouir le spleen en personne. Ces masques bouffons se mouvaient dans des zones tournant en sens inverse, ce qui produisait un effet éblouissant et vertigineux.

Peu à peu le salon s'était rempli de figures extraordinaires, comme on n'en trouve que dans les eaux-fortes de Callot et dans les aquatintes de Goya : un pêle-mêle d'oripeaux et de haillons caractéristiques, de formes humaines et bestiales ; en toute autre occasion, j'eusse été peut-être inquiet d'une pareille compagnie, mais il n'y avait rien de menaçant dans ces monstruosités. C'était la malice, et non la férocité qui faisait pétiller ces prunelles. La bonne humeur seule découvrait ces crocs désordonnés et ces incisives pointues.

Comme si j'avais été le roi de la fête, chaque figure venait tour à tour dans le cercle lumineux dont j'occupais le centre, avec un air de componction grotesque, me marmotter à l'oreille des plaisanteries dont je ne puis me rappeler une seule, mais qui, sur le moment, me paraissaient prodigieusement spirituelles, et m'inspiraient la gaieté la plus folle.

À chaque nouvelle apparition, un rire homérique, olympien, immense, étourdissant, et qui semblait résonner dans l'infini, éclatait autour de moi avec des mugissements de tonnerre.

Des voix tour à tour glapissantes ou caverneuses criaient :

« Non, c'est trop drôle ; en voilà assez ! Mon Dieu, mon Dieu, que je m'amuse ! De plus fort en plus fort !

— Finissez ! je n'en puis plus... Ho ! ho ! hu ! hu ! hi ! hi ! Quelle bonne farce ! Quel beau calembour !

– Arrêtez ! j'étouffe ! j'étrangle ! Ne me regardez pas comme cela... ou faites-moi cercler, je vais éclater... »

Malgré ces protestations moitié bouffonnes, moitié suppliantes, la formidable hilarité allait toujours croissant, le vacarme augmentait d'intensité, les planchers et les murailles de la maison se soulevaient et palpitaient comme un diaphragme humain, secoués par ce rire frénétique, irrésistible, implacable.

Bientôt, au lieu de venir se présenter à moi un à un, les fantômes grotesques m'assaillirent en masse, secouant leurs longues manches de pierrot, trébuchant dans les plis de leur souquenille de magicien, écrasant leur nez de carton dans des chocs ridicules, faisant voler en nuage la poudre de leur perruque, et chantant faux des chansons extravagantes sur des rimes impossibles.

Tous les types inventés par la verve moqueuse des peuples et des artistes se trouvaient réunis là, mais décuplés, centuplés de puissance[y]. C'était une cohue étrange : le pulcinella napolitain tapait familièrement sur la bosse du punch anglais ; l'arlequin de Bergame frottait son museau noir au masque enfariné du paillasse de France, qui poussait des cris affreux ; le docteur bolonais jetait du tabac dans les yeux du père Cassandre ; Tartaglia galopait à cheval sur un clown, et Gilles donnait du pied au derrière à don Spavento ; Karagheuz, armé de son bâton obscène, se battait en duel avec un bouffon Osque[z].

Plus loin se démenaient confusément les fantaisies des songes drolatiques, créations hybrides, mélange informe de l'homme, de la bête et de l'ustensile, moines ayant des roues pour pieds et des marmites pour ventre, guerriers bardés de vaisselle brandissant des sabres de bois dans des serres d'oiseau, hommes d'État mus par des engrenages de tournebroche, rois plongés à mi-corps dans des échauguettes en poivrière, alchimistes à la tête arrangée en soufflet, aux membres contournés en alambics, ribaudes faites d'une agrégation de citrouilles à renflements bizarres, tout ce que peut tracer dans la fièvre chaude du crayon un cynique à qui l'ivresse pousse le coude.

Cela grouillait, cela rampait, cela trottait, cela sautait, cela grognait, cela sifflait, comme dit Goethe dans la nuit du Walpurgis[aa].

Pour me soustraire à l'empressement outré de ces baroques personnages, je me réfugiai dans un angle obscur, d'où je pus les voir se livrant à des danses telles que n'en connut jamais la Renaissance au temps de Chicard, ou l'Opéra sous le règne de Musard, le roi du quadrille échevelé[ab]. Ces danseurs, mille fois supérieurs à Molière, à Rabelais, à Swift et à Voltaire, écrivaient, avec un entrechat ou un balancé, des comédies si profondément philosophiques, des satires d'une si haute portée et d'un sel si piquant, que j'étais obligé de me tenir les côtes dans mon coin.

Daucus-Carota exécutait, tout en s'essuyant les yeux, des pirouettes et des cabrioles inconcevables, surtout pour un homme qui avait des jambes en racine de mandragore, et répétait d'un ton burlesquement piteux :

« C'est aujourd'hui qu'il faut mourir de rire ! »

Ô vous qui avez admiré la sublime stupidité d'Odry[ac], la niaiserie enrouée d'Alcide Tousez, la bêtise pleine d'aplomb d'Arnal, les grimaces de macaque de Ravel, et qui croyez savoir ce que c'est qu'un masque comique, si vous aviez assisté à ce bal de *Gustave* évoqué par le haschich, vous conviendriez que les farceurs les plus désopilants de nos petits théâtres sont bons à sculpter aux angles d'un catafalque ou d'un tombeau !

Que de faces bizarrement convulsées ! que d'yeux clignotants et pétillants de sarcasmes sous leur membrane d'oiseau ! quels rictus de tirelire ! quelles bouches en coups de hache ! quels nez facétieusement dodécaèdres ! quels abdomens gros de moquerie pantagruéliques !

Comme à travers tout ce fourmillement de cauchemar sans angoisse se dessinaient par éclairs des ressemblances soudaines et d'un effet irrésistible, des caricatures à rendre jaloux Daumier et Gavarni, des fantaisies à faire pâmer d'aise les merveilleux artistes chinois, les Phidias du poussah et du magot !

Toutes les visions n'étaient pas cependant monstrueuses ou burlesques ; la grâce se montrait aussi dans ce carnaval de formes : près de la cheminée, une petite tête aux joues de pêche se roulait sur ses cheveux blonds, montrant dans un interminable accès de gaieté trente-deux petites dents grosses comme des grains de riz, et poussant un éclat de rire aigu, vibrant, argentin, prolongé, brodé de trilles et de points d'orgues, qui me traversait le tympan, et, par un magnétisme nerveux, me forçait à commettre une foule d'extravagances.

La frénésie joyeuse était à son plus haut point ; on n'entendait plus que des soupirs convulsifs, des gloussements inarticulés. Le rire avait perdu son timbre et tournait au grognement, le spasme succédait au plaisir; le refrain de Daucus-Carota allait devenir vrai.

Déjà plusieurs hachichins anéantis avaient roulé à terre avec cette molle lourdeur de l'ivresse qui rend les chutes peu dangereuses; des exclamations telles que celles-ci : « – Mon Dieu, que je suis heureux ! quelle félicité ! je nage dans l'extase ! je suis en paradis ! je plonge dans les abîmes de délices ! » se croisaient, se confondaient, se couvraient.

Des cris rauques jaillissaient des poitrines oppressées; les bras se tendaient éperdument vers quelque vision fugitive; les talons et les nuques tambourinaient sur le plancher. Il était temps de jeter une goutte d'eau froide sur cette vapeur brûlante, ou la chaudière eût éclaté[ad].

L'enveloppe humaine, qui a si peu de force pour le plaisir, et qui en a tant pour la douleur, n'aurait pu supporter une plus haute pression de bonheur[ae].

Un des membres du club, qui n'avait pas pris part à la voluptueuse intoxication afin de surveiller la fantasia et d'empêcher de passer par les fenêtres ceux d'entre nous qui se seraient cru des ailes, se leva, ouvrit la caisse du piano et s'assit. Ses deux mains, tombant ensemble, s'enfoncèrent dans l'ivoire du clavier, et un glorieux accord résonnant avec force fit taire toutes les rumeurs et changea la direction de l'ivresse.

VI
Kief[af]

Le thème attaqué était, je crois, l'air d'Agathe dans le *Freyschütz*; cette mélodie céleste eut bientôt dissipé, comme un souffle qui balaie des nuées difformes, les visions ridicules dont j'étais obsédé. Les larves grimaçantes se retirèrent en rampant sous les fauteuils, ou elles se cachèrent entre les plis des rideaux en poussant de petits soupirs étouffés, et de nouveau il me sembla que j'étais seul dans le salon.

L'orgue colossal de Fribourg ne produit pas, à coup sûr, une masse de sonorité plus grande que le piano touché par le *voyant*[ag] (on appelle ainsi l'adepte sobre). Les notes vibraient avec tant de puissance, qu'elles m'entraient dans la poitrine comme des flèches lumineuses; bientôt l'air joué me parut sortir de moi-même; mes doigts s'agitaient sur un clavier absent; les sons en jaillissaient bleus et rouges, en étincelles électriques; l'âme de Weber s'était incarnée en moi.

Le morceau achevé, je continuai par des improvisations intérieures, dans le goût du maître allemand, qui me causaient des ravissements ineffables ; quel dommage qu'une sténographie magique n'ait pu recueillir ces mélodies inspirées, entendues de moi seul, et que je n'hésite pas, c'est bien modeste de ma part, à mettre au-dessus des chefs-d'œuvre de Rossini, de Meyerbeer, de Félicien David.

Ô Pillet ! ô Vatel ! un des trente opéras que je fis en dix minutes vous enrichirait en six mois[ah].

À la gaieté un peu convulsive du commencement avait succédé un bien-être indéfinissable, un calme sans bornes.

J'étais dans cette période bienheureuse du haschich que les Orientaux appellent le *kief*. Je ne sentais plus mon corps ; les liens de la matière et de l'esprit étaient déliés ; je me mouvais par ma seule volonté dans un milieu qui n'offrait pas de résistance[ai].

C'est ainsi, je l'imagine, que doivent agir les âmes dans le monde aromal[aj] où nous irons après notre mort.

Une vapeur bleuâtre, un jour élyséen, un reflet de grotte azurine, formaient dans la chambre une atmosphère où je voyais vaguement trembler des contours indécis ; cette atmosphère, à la fois fraîche et tiède, humide et parfumée, m'enveloppait, comme l'eau d'un bain, dans un baiser d'une douceur énervante ; si je voulais changer de place, l'air caressant faisait autour de moi mille remous voluptueux ; une langueur délicieuse s'emparait de mes sens et me renversait sur le sofa, où je m'affaissais comme un vêtement qu'on abandonne.

Je compris alors le plaisir qu'éprouvent, suivant leur degré de perfection, les esprits et les anges en traversant les éthers et les cieux, et à quoi l'éternité pouvait s'occuper dans les paradis.

Rien de matériel ne se mêlait à cette extase ; aucun désir terrestre n'en altérait la pureté. D'ailleurs, l'amour lui-même n'aurait pu l'augmenter, Roméo hachichin eût oublié Juliette. La pauvre enfant, se penchant dans les jasmins, eût tendu en vain du haut du balcon, à travers la nuit, ses beaux bras d'albâtre, Roméo serait resté au bas de l'échelle de soie, et, quoique je sois éperdument amoureux de l'ange de jeunesse et de beauté créé par Shakespeare, je dois convenir que la plus belle fille de Vérone, pour un hachichin, ne vaut pas la peine de se déranger[ak].

Aussi je regardais d'un œil paisible, bien que charmé, la guirlande de femmes idéalement belles qui couronnaient la frise de leur divine nudité ; je voyais luire des épaules de satin, étinceler des seins d'argent, plafonner de petits pieds à plantes roses, onduler des hanches opulentes, sans éprouver la moindre tentation. Les spectres charmants qui troublaient saint Antoine n'eussent eu aucun pouvoir sur moi.

Par un prodige bizarre, au bout de quelques minutes de contemplation, je me fondais dans l'objet fixé, et je devenais moi-même cet objet[al].

Ainsi je m'étais transformé en nymphe Syrinx, parce que la fresque représentait en effet la fille du Ladon poursuivie par Pan[am].

J'éprouvais toutes les terreurs de la pauvre fugitive, et je cherchais à me cacher derrière des roseaux fantastiques, pour éviter le monstre à pieds de bouc.

VII
Le kief tourne au cauchemar[an]

Pendant mon extase, Daucus-Carota était rentré.

Assis comme un tailleur ou comme un pacha sur ses racines proprement tortillées, il attachait sur moi des yeux flamboyants ; son bec claquait d'une façon si sardonique, un tel air de triomphe railleur éclatait dans toute sa petite personne contrefaite, que je frissonnai malgré moi.

Devinant ma frayeur, il redoublait de contorsions et de grimaces, et se rapprochait en sautillant comme un faucheux blessé ou comme un cul-de-jatte dans sa gamelle.

Alors je sentis un souffle froid à mon oreille, et une voix dont l'accent m'était bien connu, quoique je ne pusse définir à qui elle appartenait, me dit :

« Ce misérable Daucus-Carota, qui a vendu ses jambes pour boire[ao], t'a escamoté la tête, et mis à la place, non pas une tête d'âne comme Puck à Bottom, mais une tête d'éléphant ! »

Singulièrement intrigué, j'allai droit à la glace, et je vis que l'avertissement n'était pas faux.

On m'aurait pris pour une idole indoue ou javanaise : mon front s'était haussé, mon nez, allongé en trompe, se recourbait sur ma poitrine, mes oreilles balayaient mes épaules, et, pour surcroît de désagrément, j'étais couleur d'indigo, comme Shiva, le dieu bleu[ap].

Exaspéré de fureur, je me mis à poursuivre Daucus-Carota, qui sautait et glapissait, et donnait tous les signes d'une terreur extrême ; je parvins à l'attraper, et je le cognai si violemment sur le bord de la table, qu'il finit par me rendre ma tête, qu'il avait enveloppée dans son mouchoir.

Content de cette victoire, j'allai reprendre ma place sur le canapé ; mais la même petite voix inconnue me dit :

« Prends garde à toi, tu es entouré d'ennemis ; les puissances invisibles cherchent à t'attirer et à te retenir. Tu es prisonnier ici : essaie de sortir, et tu verras. »

Un voile se déchira dans mon esprit, et il devint clair pour moi que les membres du club n'étaient autres que des cabalistes et des magiciens qui voulaient m'entraîner à ma perte.

VIII
Tread-mill[aq]

Je me levai avec beaucoup de peine et me dirigeai vers la porte du salon, que je n'atteignis qu'au bout d'un temps considérable, une puissance inconnue me forçant de reculer d'un pas sur trois. À mon calcul, je mis dix ans à faire ce trajet.

Daucus-Carota me suivait en ricanant et marmottait d'un air de fausse commisération :

« S'il marche de ce train-là, quand il arrivera, il sera vieux. »

J'étais cependant parvenu à gagner la pièce voisine dont les dimensions me parurent changées et méconnaissables. Elle s'allongeait, s'allongeait… indéfiniment. La lumière, qui scintillait à son extrémité, semblait aussi éloignée qu'une étoile fixe[ar].

Le découragement me prit, et j'allais m'arrêter, lorsque la petite voix me dit, en m'effleurant presque de ses lèvres :

« Courage ! elle t'attend à onze heures[as]. »

Faisant un appel désespéré aux forces de mon âme, je réussis, par une énorme projection de volonté, à soulever mes pieds qui s'agrafaient au sol et qu'il me fallait déraciner comme des troncs d'arbres. Le monstre aux jambes de mandragore m'escortait en parodiant mes efforts et en chantant sur un ton de traînante psalmodie :

« Le marbre gagne ! le marbre gagne ! »

En effet, je sentais mes extrémités se pétrifier, et le marbre m'envelopper jusqu'aux hanches comme la Daphné des Tuileries[at] ; j'étais statue jusqu'à mi-corps, ainsi que ces princes enchantés des *Mille et Une Nuits*. Mes talons durcis résonnaient formidablement sur le plancher : j'aurais pu jouer le Commandeur dans *Don Juan*.

Cependant j'étais arrivé sur le palier de l'escalier que j'essayai de descendre ; il était à demi éclairé et prenait à travers mon rêve des proportions cyclopéennes et gigantesques. Ses deux bouts noyés d'ombre me semblaient plonger dans le ciel et dans l'enfer, deux gouffres ; en levant la tête, j'apercevais indistinctement, dans une perspective prodigieuse, des superpositions de paliers innombrables, des rampes à gravir comme pour arriver au sommet de la tour de Lylacq[au] ; en la baissant, je pressentais des abîmes de degrés, des tourbillons de spirales, des éblouissements de circonvolutions.

« Cet escalier doit percer la terre de part en part, me dis-je en continuant ma marche machinale. Je parviendrai au bas le lendemain du jugement dernier. »

Les figures des tableaux me regardaient d'un air de pitié, quelques-unes s'agitaient avec des contorsions pénibles, comme des muets qui voudraient donner un avis important dans une occasion suprême. On eût dit qu'elles voulaient m'avertir d'un piège à éviter, mais une force inerte et morne m'entraînait ; les marches étaient molles et s'enfonçaient sous moi, ainsi que les échelles mystérieuses dans les épreuves de franc-maçonnerie. Les pierres gluantes et flasques s'affaissaient comme des ventres de crapauds ; de nouveaux paliers, de nouveaux degrés, se présentaient sans cesse à mes pas résignés, ceux que j'avais franchis se replaçaient d'eux-mêmes devant moi[av].

Ce manège dura mille ans, à mon compte.

Enfin j'arrivai au vestibule, où m'attendait une autre persécution non moins terrible.

La chimère tenant une bougie dans ses pattes, que j'avais remarquée en entrant, me barrait le passage avec des intentions évidemment hostiles ; ses yeux verdâtres pétillaient d'ironie, sa bouche sournoise riait méchamment ; elle s'avançait vers moi presque à plat ventre, traînant dans la poussière son caparaçon de bronze, mais ce n'était pas par soumission ; des frémissements féroces agitaient sa croupe de lionne, et Daucus-Carota l'excitait comme on fait d'un chien qu'on veut faire battre :

« Mords-le ! mords-le ! de la viande de marbre pour une bouche d'airain, c'est un fier régal. »

Sans me laisser effrayer par cette horrible bête, je passai outre. Une bouffée d'air froid vint me frapper la figure, et le ciel nocturne nettoyé de nuages m'apparut tout à coup. Un semis d'étoiles poudrait d'or les veines de ce grand bloc de lapis-lazuli.

J'étais dans la cour.

Pour vous rendre l'effet que me produisit cette sombre architecture, il me faudrait la pointe dont Piranèse rayait le vernis noir de ses cuivres merveilleux : la cour avait pris les proportions du Champ-de-Mars, et s'était en quelques heures bordée d'édifices géants qui découpaient sur l'horizon une dentelure d'aiguilles, de coupoles, de tours, de pignons, de pyramides, dignes de Rome et de Babylone.

Ma surprise était extrême, je n'avais jamais soupçonné l'île Saint-Louis de contenir tant de magnificences monumentales, qui d'ailleurs eussent couvert vingt fois sa superficie réelle, et je ne songeais pas sans appréhension au pouvoir des magiciens qui avaient pu, dans une soirée, élever de semblables constructions[aw].

« Tu es le jouet de vaines illusions ; cette cour est très petite, murmura la voix ; elle a vingt-sept pas de long sur vingt-cinq de large.

– Oui, oui, grommela l'avorton bifurqué, des pas de bottes de sept lieues. Jamais tu n'arriveras à onze heures ; voilà quinze cents ans que tu es parti. Une moitié de tes cheveux est déjà grise… Retourne là-haut, c'est le plus sage. »

Comme je n'obéissais pas, l'odieux monstre m'entortilla dans les réseaux de ses jambes, et, s'aidant de ses mains comme de crampons, me remorqua malgré ma résistance, me fit remonter l'escalier où j'avais éprouvé tant d'angoisses, et me réinstalla, à mon grand désespoir, dans le salon d'où je m'étais si péniblement échappé.

Alors le vertige s'empara complètement de moi ; je devins fou, délirant.

Daucus-Carota faisait des cabrioles jusqu'au plafond en me disant :

« Imbécile, je t'ai rendu ta tête, mais, auparavant, j'avais enlevé la cervelle avec une cuiller. »

J'éprouvai une affreuse tristesse, car, en portant la main à mon crâne, je le trouvai ouvert, et je perdis connaissance.

IX
Ne croyez pas aux chronomètres[ax]

En revenant à moi, je vis la chambre pleine de gens vêtus de noir, qui s'abordaient d'un air triste et se serraient la main avec une cordialité mélancolique, comme des personnes affligées d'une douleur commune.

Ils disaient :

« Le Temps est mort ; désormais il n'y aura plus ni années, ni mois, ni heures ; le Temps est mort, et nous allons à son convoi.

— Il est vrai qu'il était bien vieux, mais je ne m'attendais pas à cet événement ; il se portait à merveille pour son âge, ajouta une des personnes en deuil que je reconnus pour un peintre de mes amis.

— L'éternité était usée, il faut bien faire une fin, reprit un autre.

— Grand Dieu ! m'écriai-je frappé d'une idée subite, s'il n'y a plus de temps, quand pourra-t-il être onze heures ?...

— Jamais... cria d'une voix tonnante Daucus-Carota, en me jetant son nez à la figure, et en se montrant à moi sous son véritable aspect... Jamais... il sera toujours neuf heures un quart... L'aiguille restera sur la minute où le Temps a cessé d'être, et tu auras pour supplice de venir regarder l'aiguille immobile, et de retourner t'asseoir pour recommencer encore, et cela jusqu'à ce que tu marches sur l'os de tes talons. »

Une force supérieure m'entraînait, et j'exécutai quatre ou cinq cents fois le voyage, interrogeant le cadran avec une inquiétude horrible.

Daucus-Carota s'était assis à califourchon sur la pendule et me faisait d'épouvantables grimaces.

L'aiguille ne bougeait pas.

« Misérable ! tu as arrêté le balancier, m'écriai-je ivre de rage.

— Non pas, il va et vient comme à l'ordinaire... mais les soleils tomberont en poussière avant que cette flèche d'acier ait avancé d'un millionième de millimètre.

— Allons, je vois qu'il faut conjurer les mauvais esprits, la chose tourne au spleen, dit le *voyant*, faisons un peu de musique. La harpe de David sera remplacée cette fois par un piano d'Erard. »

Et, se plaçant sur le tabouret, il joua des mélodies d'un mouvement vif et d'un caractère gai[ay]...

Cela paraissait beaucoup contrarier l'homme-mandragore, qui s'amoindrissait, s'aplatissait, se décolorait et poussait des gémissements inarticulés ; enfin il perdit toute apparence humaine, et roula sur le parquet sous la forme d'un salsifis à deux pivots[az].

Le charme était rompu.

« Alleluia ! le Temps est ressuscité[ba], crièrent des voix enfantines et joyeuses ; va voir la pendule maintenant ! »

L'aiguille marquait onze heures.

« Monsieur, votre voiture est en bas », me dit le domestique.

Le rêve était fini.

Les hachichins s'en allèrent chacun de leur côté, comme les officiers après le convoi de Malbrouck.

Moi, je descendis d'un pas léger cet escalier qui m'avait causé tant de tortures, et quelques instants après j'étais dans ma chambre en pleine réalité ; les dernières vapeurs soulevées par le haschich avaient disparu.[bb]

Ma raison était revenue, ou du moins ce que j'appelle ainsi, faute d'autre terme.

Ma lucidité aurait été jusqu'à rendre compte d'une pantomime ou d'un vaudeville, ou à faire des vers rimants de trois lettres.

ARRIA MARCELLA

Souvenir de Pompéi

NOTICE

Annoncée d'abord sous les titres *Pompéia* et *Mammia Marcella*, cette nouvelle a été publiée pour la première fois dans *La Revue de Paris* du 1er mars 1852 (version A) ; Gautier la reprend quelques mois plus tard dans *Le Pays* (24-28 août 1852) et en livre, dans *Un trio de romans* (version B) ; le récit fait enfin partie en 1863 des *Romans et contes* (version C) aux éditions Charpentier. La comparaison de ces trois états du texte (les deux premiers étant à peu près identiques) ne fait apparaître que des corrections d'ordre graphique : nous indiquons les quelques variantes les plus significatives.

La légende, répandue ou créée par Lafcadio Hearn (*One of Cleopatra's Nights*, New York, 1906, p. 385), veut que Gautier ait reçu de Michelet l'argument de son récit, venu d'une ancienne histoire grecque de fantôme. En fait Michelet dans *La Sorcière* a critiqué la ballade de Goethe, *La fiancée de Corinthe*, récit antique, adapté par un moderne, qui y introduit par malheur des allusions au vampirisme. Et il est vrai que ce poème est le seul texte connu qui puisse être rapproché d'*Arria Marcella* et être considéré comme sa source ou son point de départ ; il a été immédiatement assimilé par le romantisme français : *De l'Allemagne* (II, XIII) en a fait une paraphrase détaillée.

C'est bien une histoire de volupté et de mort, associée au conflit des religions, au regret des dieux chassés par le christianisme que Gautier nous raconte, comme la ballade goethéenne : un jeune homme païen d'Athènes est fiancé par ses parents à une jeune fille chrétienne de Corinthe où il se rend pour l'épouser ; or elle ne lui apparaît que la nuit et comme un fantôme. C'est une morte qui va partager son lit : elle a été vouée par sa mère chrétienne atteinte d'une longue maladie à être religieuse et à être remplacée dans le mariage par sa sœur, la jeune fille est morte victime de cette consécration ; la nuit d'amour des fiancés ressemble étrangement à celle d'Octavien et d'Arria : la fiancée qui ne mange rien est ranimée par une « coupe d'un vin sombre comme le sang », elle est brûlante de désir et froide « comme la glace » ; au matin le couple est dérangé par la mère chrétienne qui surgit comme Arrius Diomède ; la fiancée se justifie au nom du désir frustré et furieux qui la chasse hors du tombeau pour aimer l'époux qui lui était promis, pour suivre toutes les aventures qu'elle trouvera hors de sa tombe ; elle promet au fiancé qu'il va mourir de langueur.

La relation des deux textes est évidente[1], mais aussi l'affaiblissement par Gautier de l'allusion vampirique. « Conte d'amour et d'effroi », avait dit Mme de Staël, « une union redoutable de la mort et de la vie,…une volupté funèbre,… l'amour fait alliance avec la tombe… » dans une histoire dont « l'horrible merveilleux » reste inexplicable. En 1849 dans *La Presse* (le 2 avril), Gautier parlait du « charme sinistre et de la volupté tumulaire » du poème du Goethe, associé à *Inès de las Sierras* de Nodier.

Le 17 février 1852 (*Cor. G.* t V, 8 et 11) Gautier parle à Ernesta Grisi d'« une histoire que je fabrique », et à la fin du mois, il annonce à Maxime Du Camp qu'il a terminé une nouvelle dont il a remis le texte à l'imprimerie. Il s'agit d'*Arria Marcella* paru le 1er mars dans *La Revue de Paris*. Quelque chose unifie la démarche de Gautier : il va reprendre l'argument de la ballade dans un récit antique, pénétrer lus profondément dans le fantastique archéologique, le situer maintenant et dans la suite de ses récits à Naples et à Pompéi, dans ces deux villes toujours unies, l'une vivante, l'autre morte. C'est son voyage en Italie ; il écrit des nouvelles touristiques en un sens ; il a duré d'août à novembre 1850, il en a tiré des feuilletons (écrits entre septembre 1850 et mars 52) et un livre de voyage (*Italia*, paru en 1852) et *Arria Marcella*, tournant décisif de son œuvre.

---

1   Voir dans Pl II, 1296, un texte de Gautier en 1867 rend compte d'un opéra inspiré par la ballade de Goethe et revient sur cette mise en scène du paganisme mourant et du christianisme triomphant ; voir aussi l'article de Fr. Brunet, « Th. Gautier et l'Allemagne », *Bulletin*, 1997, qui compare la réserve du texte de Gautier, « un vase myrrhin rempli d'un vin d'une pourpre sombre comme du sang figé », à celui de Mme de Staël, à minuit la fiancée « boit avidement d'un vin couleur de sang, semblable à celui que prenaient les ombres dans l'*Odyssée* pour se retracer leurs souvenirs », traduction lénifiante mais mal écrite, car dans Homère, c'est bel et bien du sang qui rend la vie aux morts pour quelques instants.

En ce sens la longue nouvelle fait partie du récit de voyage : c'était un voyage amoureux, Gautier était accompagnée de Marie Mattéi, elle était avec lui dans les étapes romaines et napolitaines qui sont absentes du livre ; on sait que le séjour napolitain fut écourté par l'expulsion de Gautier soupçonné d'être « un rouge ». Mais la rétrospection fantastique est liée au désir et à la rêverie amoureuse : l'amour impossible du *fantastiqueur* répète les amours réelles du voyageur. Et désormais il y a pour l'imagination de Gautier un site privilégié : Naples, qu'il faut voir pour y mourir d'amour, la « ville oxymore » selon la formule d'A-M. Jaton où le passé est toujours vivant, et le merveilleux, quotidien, la ville qui est l'opposition absolue au moderne, le centre d'une culture qui est aussi une sauvagerie, le lieu impensable de toutes les oppositions,

Le fantastique archéologique a commencé par le pied d'une momie, il s'épanouit dans la ville-momie, et dans un peuple qui vit intensément et hors du temps.

C'est donc dans la nécropole pompéienne que Gautier va situer le récit goethéen et le conflit des religions (pourtant il n'y aucune trace d'une présence chrétienne dans la ville détruite), la confrontation de l'Éros païen et de la sévérité chrétienne ; et la résurrection plus ou moins vampirique de la jeune morte va être liée à une palingénésie plus fondamentale qui va ramener à la vie toute la ville antique. Ici le fantastique s'enrichit prodigieusement. Le recours à un site touristique, la précision historique et archéologique qui définissent sans nul doute une nouvelle manière de Gautier et son entrée dans un « réalisme » affirmé.

Octavien n'est pas le premier à rêver sur l'armoire vitrée du musée de Naples où l'on voyait, jusqu'à ce qu'elles se décomposent, les cendres durcies qui avaient recouvert le corps d'une jeune femme trouvé dans la cave de la maison dite de Diomède avec les dix-huit squelettes dénombrés dans cette cave et que mentionnent tous les guides[1]. Mais avec

---

1 Chateaubriand avait évoqué ce sein (*Œuvres romanesques et voyages*, Pléiade, 1969, p. 1422), et avant lui le président Dupaty, *Lettres sur l'Italie*, t. II, éd. de 1830, p. 105, il indique que le sein n'est pas la seule partie du corps qui est moulée, il y a aussi un bras, une portion de la taille, la jeune femme était grande, bien faite et jeune ; Mme de Staël en parle dans *Corinne* ; voir A. Dumas, dans *Le Corricolo*, Éd. Desjonquères, 1984, chapitres 37-39 pour la description de Pompéi, et chap. 41 pour le musée de Naples ; la visite de la ville par Dumas et Jadin est extrêmement proche de l'évocation de Gautier. P. Whyte retient que Dumas parle (p. 441) du « morceau de cendre coagulée qui conserve la forme du sein de cette femme retrouvée... », et Gautier dit : « c'était un morceau de cendre noire coagulée

Gautier la « chose vue », la chose brute ne suffit pas : il lui faut une médiation artistique et les souvenirs du voyage en Italie ont dû passer par des images ou des textes pour être exploités en récit. Le bel article de Pascale Mc Garry sur *Jettatura* le montre avec humour : ce que Gautier a vu, il l'a aussi bien lu.

Car *Les derniers jours de Pompéi* de Bulwer-Lytton (1834) qui ont eu un grand succès en France, ont lancé le thème de la résurrection de la cité morte, du conflit religieux qui y règne et proposé même un lien entre l'héroïne et le fameux moulage. Et il y a Nerval : au cœur de la nouvelle, dans la révélation qui en forme le centre, on sait depuis l'étude de Poulet (dans *Études sur le temps humain*, Plon, 1958, p. 278 *sq.*) qu'il faut trouver Nerval, sa préface au *Second Faust* de 1840 : dette considérable, presque avouée par Gautier, dette ancienne, car il a déjà repris les réflexions de Goethe sur le royaume des Mères, sur la survie de « ce qui n'est rien, ayant été », sur cette négation de la mort et du néant qui permet le retour des types, la communication avec l'au-delà ; dette plus affirmée sans doute, car Gautier ici s'engage et proclame comme sienne la croyance de son ami, « croyances que nous ne sommes pas loin de partager ».

Ne faut-il pas reconnaître qu'*Arria Marcella* manifeste comme une apogée de l'association philosophique, littéraire, fantastique, de Gautier et Nerval ? Octavien serait alors l'amant « nervalien » le plus exemplaire. En janvier et février 1852 on représente *L'Imagier de Harlem* : un amour rétrospectif ressuscite la courtisane grecque Aspasie au XVᵉ siècle ; Gautier en 1867 dira que les personnages de la pièce « semblent avoir existé de tout temps et se prolonger en ondulations toujours plus grandes vers l'océan des âges » : ils renouvellent l'aventure de Faust, tandis que Nerval est interné : Gautier veut-il témoigner d'une sorte de solidarité avec son ami ? Lui-même s'avance-t-il parallèlement à lui vers une confiance absolue dans le rêve et sa possibilité de « descendre » dans la réalité ?

Le choix de Pompéi est aussi nervalien en un sens : *Octavie* (publié d'abord en 1842, puis 1845, repris en 1853), *Isis ou Le Temple d'Isis*, ou *Iseum* (publié en 1845, 1847, et enfin en 1854) peuvent apparaître comme l'annonce d'*Arria Marcella* : comme la nouvelle, les deux œuvres

---

portant une empreinte creuse… ». De même Dumas (p. 409) emploie une formule digne de Gautier : « la science rétrospective ».Voir aussi Hirashi Mizuno, « Pompéi et Nerval », *Bulletin*, 1998.

ont eu pour sous-titre, « souvenir de Pompéi ». On verra sur ce point les études de M. R. Ansalone (« L'Italie, les ruines, le bric-à-brac ») et de M. Jeanneret (« Nerval archéologue : des ruines de Pompéi au souterrain du rêve ») dans *L'imaginaire nervalien. L'espace de l'Italie* (textes recueillis et présentés par Monique Streiff Moretti, Naples, 1988) : les ruines pompéiennes sont privilégiées pour leur secret et leur pouvoir palingénésique.

La ville morte peut toujours pour Nerval se repeupler « de figures vivantes » : il faut et il suffit que la déesse, l'immortelle Isis, soit à nouveau figurée et rendue à la vie. Dans les deux récits nervaliens c'est par le théâtre, par la fête, ou une sorte de bal costumé que la ville retrouve son existence. La nuit, sous la lumière de la lune, il est possible de remonter « le cours des siècles » et de se retrouver dans une Antiquité « qui se montre pour ainsi dire dans un déshabillé modeste ». Dans ces textes de Nerval et de Gautier, on trouve le même dispositif de science et d'archéologie et de proclamation audacieuse de la puissance de l'amour, de la possible réunion du passé et du présent, de l'ici et de l'au-delà.

Nous ne suivrons pas M. Jeanneret quand il conclut sur une sorte d'infériorité de Gautier, accusé de neutraliser l'aventure vertigineuse, de familiariser l'extraordinaire par des techniques narratives de distance et d'humour : « Les défis de l'introspection, les conquêtes de l'imagination, les énigmes de la mort et du temps sont domestiqués par la fable et l'érudition » ; Nerval n'a pas écrit un récit fantastique et Gautier impose au lecteur l'expérience impossible que Nerval lui propose comme réelle.

Il y a les écrits précurseurs, il y a aussi les tableaux qui ont inspiré Gautier : Mme Dillingham (*op. cit.*, p. 114 *sq.*) a pertinemment rappelé des tableaux comme *La destruction de Pompéi* du peintre Bruhoff, *Un épisode de la destruction d'Herculanum* de Guérin, dont Gautier avait parlé en 1837 et en 1841, puis après le voyage en Italie, *L'intérieur grec* de Gérôme exposé en 1851, dont Gautier rend compte dans *La Presse* du 1er mars en ces termes : « Nous venions d'errer des heures entières dans cette ville morte dont on a soulevé le coin du linceul et qui revoit le soleil après avoir dormi deux mille ans [...]. Ces chambres dévastées auxquelles le ciel sert de plafond, ces colonnes tronquées, ces pavés de mosaïque dont les mille petits cubes se disjoignent sous la pluie, ces murailles coloriées de teintes qui s'effacent, ces figures demi-nues qui voltigent dans l'encadrement des arabesques, nous les avons retrouvés dans le tableau de M. Gérôme, mais à l'état vivant, avec leur éclat neuf et leur pureté intacte. Jamais restauration ou plutôt résurrection ne fut plus complète. Il faut que le jeune artiste ait été bourgeois de cette charmante cité italo-grecque avant l'éruption du Vésuve. L'art et la science ne suffisent pas pour une pareille reconstruction du passé, il faut encore avoir été contemporain. On dirait que ce tableau a été fait par l'un des peintres qui ont orné la maison de Diomède et celle du poète tragique ». Et nous voici projetés vers *Avatar* : s'agit-il d'une réincarnation pythagoricienne des âmes, se demande Gautier ?

Ce texte est extraordinaire : avant la nouvelle, elle semble déjà écrite ; l'expérience du peintre est assimilée à celle de Gautier, qui a en quelque sorte vu et vécu le tableau, qui vit et retrouve le récit qui n'est pas encore écrit ; il va fixer un événement inoubliable, que Gautier avant de l'écrire et après l'avoir écrit évoque de la même manière. Car il y a aussi en 1853 *Le Tepidarium* de Chassériau : « La salle de séchage évoquée par le peintre, nous l'avons vue nous-même, dit Gautier, avec la voûte que borde une frise d'enfants et de dauphins, la lucarne qui laisse apercevoir le ciel si pur, si transparent [...]. Pourtant dix-huit siècles se sont écoulés, ou peu s'en faut depuis que les femmes de Pompéi ne se sont assises le long de ces murs sur lesquels le lézard court en frétillant sa queue. Quand la forme des lieux s'est conservée si intacte, il semble étrange que la vie s'en soit retirée et l'on croit à tous moments que les anciens hôtes vont reparaître et pour peu qu'on soit poète ou visionnaire, l'on jurerait les avoir vus[1] » ; texte qui répète *Arria Marcella* et pourrait aussi bien en raconter la genèse : l'image vécue semble séparable de la nouvelle et vivre d'elle-même comme un souvenir. Et en 1866 il y a le tableau de Curzon, « Un rêve dans les ruines de Pompéi », qui est

1   *La Presse*, 24 juin 1853. *Cf.* encore *Les beaux-arts en Europe*, t. I, p. 257, où Gautier revient sur les peintures « romaines », à propos de *Les martyrs dans le cirque* de Bénouville, il reprend presque les mêmes termes et les mêmes détails que dans la nouvelle (par ex. la description du théâtre de Pompéi, la *plèbe en gris* devient « les titis antiques du poulailler romain »), sur *Le tepidarium* de Chasseriau encore, où il voit « ces jeunes femmes causant entre elles de la prochaine représentation de la *Casina* de Plaute au théâtre comique, des luttes de gladiateurs au Cirque, ou de la danseuse gaditane nouvellement arrivée ». L'image prépare le récit, qui lui-même conduit Gautier au ballet : le sujet de la nouvelle, accordé au thème de *Giselle* et à celui de la *Vénus d'Ille* de Mérimée, revient dans le ballet de *Gemma* (1853).

peut-être né d'*Arria Marcella*, le compte-rendu de Gautier[1] en tout cas revient sur la nouvelle, « basée sur cette fantasmagorie rétrospective » que la peinture représente, elle va de soi même pour les positifs, « quand on parcourt la ville exhumée de son linceul de cendre… il ne faut pas un grand effort d'imagination pour repeupler des demeures d'où des habitants semblent être sortis la veille ». *Nous-mêmes* nous l'avons fait.

Et l'on s'étonnera de cette histoire fantastique qui relève d'une expérience d'artiste et aussi d'une expérience touristique presque normale et de la place de Gautier dans l'affaire : est-il Octavien le touriste, ou Octavien le visionnaire, est-il l'auteur ou le personnage du récit, l'a-t-il vécu en imagination seulement pour l'écrire ? La fiction fantastique est à la fois une sorte de lieu commun et un souvenir personnel. À Pompéi ville-mémoire, où tout ce qui a été, est encore, le rêve devient réel, tout ce qui est possible a eu lieu et a lieu encore. Et dans ces confusions, Gautier est gagnant : cette pluralité de rôles qui font de la nouvelle un moment *capital*, aussi fondateur que s'il avait été vécu, confirme la croyance de Gautier : tel est le paradoxe qui rend ridicule le théoricien moderne, *c'est le fantastique qui a raison*.

Mais il faut encore *écrire* Pompéi : Gautier ne fait revivre l'Antiquité qu'avec des documents, des détails d'archéologie, un savoir précis, l'écrivain qui nous guide parmi les ruines, aux confins de la vie et de la mort, a besoin lui-même de livres et de *guides* ; P. Laubriet (*cf.* « Un informateur de Gautier, François Mazois. À propos d'*Arria Marcella* », dans *De J. Lemaire de Belges à J. Giraudoux. Mélanges P. Jourda*, Paris, Nizet, 1970), a heureusement montré ce que la nouvelle doit à Mazois, dont *Les ruines de Pompéi*, ont paru (Ire et IIe parties en 1824, IIIe et IVe parties en 1829 et 1838) sous forme de superbes albums avec planches et reconstitutions en couleurs ; c'était le fruit d'un travail de fouilles exécuté en 1809-1811, au temps du roi Murat, et la première édition remontait à 1812. Le même Mazois avait édité en 1819 *Le palais de Scaurus, ou description d'une maison romaine, fragment d'un voyage fait à Rome vers la fin de la République par Mérovir, prince des Suèves*, sorte de montage archéologique, où, en partant des ruines de Pompéi, Mazois reconstituait une visite de Rome ; à la place du jeune Anarchasis, il avait utilisé comme visiteur, témoin, critique, un Gaulois, prisonnier de

---

1   *Moniteur Universel*, 12 juin 1866.

César et explorant Rome sous la conduite d'un philosophe grec cynique, Chrysippe. Précurseur d'Octavien, le Gaulois visitait un *venereum*, et jugeait sévèrement la débauche romaine.

Est-ce tout ? P. Laubriet ne parvenait pas à trouver toute la science de Gautier dans Mazois : dans son édition J. Gaudon a suggéré, preuves à l'appui, qu'il avait pu utiliser *Le voyage à Pompéi* de l'abbé Romanelli, traduit de l'italien en 1829, autre itinéraire archéologique de grande valeur, et cette fois, la dette de Gautier se révèle littérale pour les grandes descriptions, minutieuse pour des détails recueillis çà et là, incontestable pour toutes sortes de rapprochements. Il faut donc admettre que Mazois est relayé, complété par Romanelli, qui devient parfois la source unique ou principale de Gautier.

Gautier devait récidiver, à Paris. Le 15 janvier 1860, lors de l'inauguration de la maison pompéienne du prince Napoléon on lut un prologue en vers qu'il avait écrit à cette occasion, « La femme de Diomède » où il revenait encore sur la destinée d'Arria Marcella, et sur le thème de la résurrection de Pompéi : dans le prologue, Arria se réveillait de son sommeil et c'était la reconstitution de la maison qui l'en tirait ; ensuite l'inauguration comprenait la représentation du *Joueur de flûte* d'Augier ; les affiches annonçaient : « Théâtre de Pompéi ; réouverture après relâche de 1800 ans pour cause de réparations », avec l'inscription suivante : « *Napoleone III imp. Aug. / Cons. non designatis / Censore invito* ». Bref c'était la suite de la nouvelle.

ARRIA MARCELLA
Souvenir de Pompéi

Trois jeunes gens, trois amis qui avaient fait ensemble le voyage d'Italie, visitaient l'année dernière le musée des Studj[a], à Naples, où l'on a réuni les différents objets antiques exhumés des fouilles de Pompéi et d'Herculanum.

Ils s'étaient répandus à travers les salles et regardaient les mosaïques, les bronzes, les fresques détachés des murs de la ville morte, selon que leur caprice les éparpillait, et quand l'un d'eux avait fait une rencontre curieuse, il appelait ses compagnons avec des cris de joie, au grand scandale des Anglais taciturnes et des bourgeois posés occupés à feuilleter leur livret.

Mais le plus jeune des trois, arrêté devant une vitrine, paraissait ne pas entendre les exclamations de ses camarades, absorbé qu'il était dans une contemplation profonde. Ce qu'il examinait avec tant d'attention, c'était un morceau de cendre noire coagulée portant une empreinte creuse : on eût dit un fragment de moule de statue, brisé par la fonte ; l'œil exercé d'un artiste y eût aisément reconnu la coupe d'un sein admirable et d'un flanc aussi pur de style que celui d'une statue grecque[b]. L'on sait, et le moindre guide du voyageur vous l'indique, que cette lave, refroidie autour du corps d'une femme, en a gardé le contour charmant. Grâce au caprice de l'éruption qui a détruit quatre villes, cette noble forme, tombée en poussière depuis deux mille ans bientôt, est parvenue jusqu'à nous ; la rondeur d'une gorge a traversé les siècles lorsque tant d'empires disparus n'ont pas laissé de trace ! Ce cachet de beauté, posé par le hasard sur la scorie d'un volcan, ne s'est pas effacé[c].

Voyant qu'il s'obstinait dans sa contemplation, les deux amis d'Octavien revinrent vers lui, et Max, en le touchant à l'épaule, le fit tressaillir comme un homme surpris dans son secret. Evidemment Octavien n'avait entendu venir ni Max ni Fabio.

« Allons, Octavien, dit Max, ne t'arrête pas ainsi des heures entières à chaque armoire, ou nous allons manquer l'heure du chemin de fer, et nous ne verrons pas Pompéi aujourd'hui.

— Que regarde donc le camarade ? ajouta Fabio, qui s'était rapproché. Ah ! l'empreinte trouvée dans la maison d'Arrius Diomèdes. » Et il jeta sur Octavien un coup d'œil rapide et singulier.

Octavien rougit faiblement, prit le bras de Max, et la visite s'acheva sans autre incident. En sortant des Studj, les trois amis montèrent dans un corricolo[d] et se firent mener à la station du chemin de fer. Le corricolo, avec ses grandes roues rouges, son strapontin constellé de clous de cuivre, son cheval maigre et plein de feu, harnaché comme une mule d'Espagne, courant au galop sur les larges dalles de lave, est trop connu pour qu'il soit besoin d'en faire la description ici, et d'ailleurs nous n'écrivons pas des impressions de voyage sur Naples, mais le simple récit d'une aventure bizarre et peu croyable, quoique vraie.

Le chemin de fer par lequel on va à Pompéi longe presque toujours la mer, dont les longues volutes d'écume viennent se dérouler sur un sable noirâtre qui ressemble à du charbon tamisé. Ce rivage, en effet, est formé de coulées de lave et de cendres volcaniques, et produit, par son ton foncé, un contraste avec le bleu du ciel et le bleu de l'eau ; parmi tout cet éclat, la terre seule semble retenir l'ombre.

Les villages que l'on traverse ou que l'on côtoie, Portici, rendu célèbre par l'opéra de M. Auber[e], Resina, Torre del Greco, Torre dell' Annunziata, dont on aperçoit en passant les maisons à arcades et les toits en terrasses, ont, malgré l'intensité du soleil et le lait de chaux méridional, quelque chose de plutonien[f] et de ferrugineux comme Manchester et Birmingham ; la poussière y est noire, une suie impalpable s'y accroche à tout ; on sent que la grande forge du Vésuve halète et fume à deux pas de là.

Les trois amis descendirent à la station de Pompéi, en riant entre eux du mélange d'antique et de moderne que présentent naturellement à l'esprit ces mots : *Station de Pompéi*. Une ville gréco-romaine et un débarcadère de railway[g] !

Ils traversèrent le champ planté de cotonniers, sur lequel voltigeaient quelques bourres blanches, qui sépare le chemin de fer de l'emplacement de la ville déterrée, et prirent un guide à l'osteria bâtie en dehors des anciens remparts, ou, pour parler plus correctement, un guide les prit. Calamité qu'il est difficile de conjurer en Italie[h].

Il faisait une de ces heureuses journées si communes à Naples, où par l'éclat du soleil et la transparence de l'air les objets prennent des couleurs qui semblent fabuleuses dans le Nord, et paraissent appartenir plutôt au monde du rêve qu'à celui de la réalité. Quiconque a vu une fois cette lumière d'or et d'azur en emporte au fond de sa brume une incurable nostalgie.

La ville ressuscitée, ayant secoué un coin de son linceul de cendre, ressortait avec ses mille détails sous un jour aveuglant. Le Vésuve découpait dans le fond son cône sillonné de stries de laves bleues, roses, violettes, mordorées par le soleil. Un léger brouillard, presque imperceptible dans la lumière, encapuchonnait la crête écimée[i] de la montagne ; au premier abord, on eût pu le prendre pour un de ces nuages qui, même par les temps les plus sereins, estompent le front des pics élevés. En y regardant de plus près, on voyait de minces filets de vapeur blanche sortir du haut du mont comme des trous d'une cassolette, et se réunir ensuite en vapeur légère. Le volcan, d'humeur débonnaire ce jour-là, fumait tout tranquillement sa pipe, et sans l'exemple de Pompéi ensevelie à ses pieds, on ne l'aurait pas cru d'un caractère plus féroce que Montmartre ; de l'autre côté, de belles collines aux lignes ondulées et voluptueuses comme des hanches de femme, arrêtaient l'horizon ; et plus loin la mer, qui autrefois apportait les birèmes et les trirèmes sous les remparts de la ville, tirait sa placide barre d'azur[j].

L'aspect de Pompéi est des plus surprenants ; ce brusque saut de dix-neuf siècles en arrière étonne même les natures les plus prosaïques et les moins compréhensives, deux pas vous mènent de la vie antique à la vie moderne, et du christianisme au paganisme ; aussi, lorsque les trois amis virent ces rues où les formes[k] d'une existence évanouie sont conservées intactes, éprouvèrent-ils, quelque préparés qu'ils y fussent par les livres et les dessins, une impression aussi étrange que profonde. Octavien surtout semblait frappé de stupeur et suivait machinalement le guide d'un pas de somnambule[l], sans écouter la nomenclature monotone et apprise par cœur que ce faquin débitait comme une leçon.

Il regardait d'un œil effaré ces ornières[m] de char creusées dans le pavage cyclopéen des rues et qui paraissent dater d'hier tant l'empreinte en est fraîche ; ces inscriptions tracées en lettres rouges, d'un pinceau cursif[n], sur les parois des murailles : affiches de spectacle, demandes de location, formules votives, enseignes, annonces de toutes sortes, curieuses comme le serait dans deux mille ans, pour les peuples inconnus de l'avenir, un pan de mur de Paris retrouvé avec ses affiches et ses placards[o], ces maisons aux toits effondrés laissant pénétrer d'un coup d'œil tous ces mystères d'intérieur, tous ces détails domestiques que négligent les historiens et dont les civilisations emportent le secret avec elles[p]; ces fontaines à peine taries, ce forum surpris au milieu d'une réparation par la catastrophe, et dont les colonnes, les architraves toutes taillées, toutes sculptées, attendent dans leur pureté d'arête qu'on les mette en place; ces temples voués à des dieux[q] passés à l'état mythologique et qui alors n'avaient pas un athée; ces boutiques où ne manque que le marchand; ces cabarets où se voit encore sur le marbre la tache circulaire laissée par la tasse des buveurs[r]; cette caserne aux colonnes peintes d'ocre et de minium que les soldats ont égratignée de caricatures de combattants, et ces doubles théâtres de drame et de chant juxtaposés, qui pourraient reprendre leurs représentations, si la troupe qui les desservait, réduite à l'état d'argile, n'était pas occupée, peut-être, à luter[s] le bondon d'un tonneau de bière ou à boucher une fente de mur, comme la poussière d'Alexandre et de César, selon la mélancolique réflexion d'Hamlet.

Fabio monta sur le thymelé[t] du théâtre tragique tandis que Octavien et Max grimpaient jusqu'en haut des gradins, et là il se mit à débiter avec force gestes les morceaux de poésie qui lui venaient à la tête, au grand effroi des lézards, qui se dispersaient en frétillant de la queue et en se tapissant dans les fentes des assises ruinées; et quoique les vases d'airain ou de terre, destinés à répercuter les sons, n'existassent plus, sa voix n'en résonnait pas moins pleine et vibrante[u].

Le guide les conduisit ensuite à travers les cultures qui recouvrent les portions de Pompéi encore ensevelies, à l'amphithéâtre, situé à l'autre extrémité de la ville. Ils marchèrent sous ces arbres dont les racines plongent dans les toits des édifices enterrés, en disjoignent les tuiles, en fendent les plafonds, en disloquent les colonnes, et passèrent par ces champs où de vulgaires légumes fructifient sur des merveilles d'art, matérielles images de l'oubli que le temps déploie sur les plus belles choses.

L'amphithéâtre ne les surprit pas. Ils avaient vu celui de Vérone, plus vaste et aussi bien conservé[v], et ils connaissaient la disposition de ces arènes antiques aussi familièrement que celle des places de taureaux en Espagne, qui leur ressemblent beaucoup, moins la solidité de la construction et la beauté des matériaux.

Ils revinrent donc sur leurs pas, gagnèrent par un chemin de traverse la rue de la Fortune, écoutant d'une oreille distraite le cicerone, qui en

passant devant chaque maison la nommait du nom qui lui a été donné
lors de sa découverte, d'après quelque particularité caractéristique :
— la maison du Taureau de bronze, la maison du Faune, la maison du
Vaisseau, le temple de la Fortune, la maison de Méléagre, la taverne de
la Fortune à l'angle de la rue Consulaire, l'académie de Musique, le Four
banal, la Pharmacie, la boutique du Chirurgien, la Douane, l'habitation
des Vestales, l'auberge d'Albinus, les Thermopoles, et ainsi de suite
jusqu'à la porte qui conduit à la voie des Tombeaux.

Cette porte en briques, recouverte de statues, et dont les ornements
ont disparu, offre dans son arcade intérieure deux profondes rainures
destinées à laisser glisser une herse, comme un donjon du Moyen Âge
à qui l'on aurait cru ce genre de défense particulier[w].

« Qui aurait soupçonné, dit Max à ses amis, Pompéi, la ville gréco-
latine, d'une fermeture aussi romantiquement gothique ? Vous figurez-
vous un chevalier romain attardé, sonnant du cor devant cette porte
pour se faire lever la herse, comme un page du XVe siècle ?

— Rien n'est nouveau sous le soleil, répondit Fabio, et cet aphorisme
lui-même n'est pas neuf, puisqu'il a été formulé par Salomon.

— Peut-être y a-t-il du nouveau sous la lune ! continua Octavien en
souriant avec une ironie mélancolique.

— Mon cher Octavien, dit Max, qui pendant cette petite conversation
s'était arrêté devant une inscription tracée à la rubrique sur la muraille
extérieure, veux-tu voir des combats de gladiateurs ? — Voici les affiches :
— Combat et chasse pour le 5 des nones d'avril, — les mâts sont dressés,
— vingt paires de gladiateurs lutteront aux nones, — et si tu crains pour la
fraîcheur de ton teint, rassure-toi, on tendra les voiles ; — à moins que tu
ne préfères te rendre à l'amphithéâtre de bonne heure, ceux-ci se coupe-
ront la gorge le matin – *matutini erunt* ; on n'est pas plus complaisant[x]. »

En devisant de la sorte, les trois amis suivaient cette voie bordée de
sépulcres qui, dans nos sentiments modernes, serait une lugubre avenue
pour une ville, mais qui n'offrait pas les mêmes significations tristes
pour les anciens, dont les tombeaux, au lieu d'un cadavre horrible, ne
contenaient qu'une pincée de cendres, idée abstraite de la mort. L'art
embellissait ces dernières demeures, et, comme dit Goethe, le païen
décorait des images de la vie les sarcophages et les urnes[y].

C'est ce qui faisait sans doute que Max et Fabio visitaient, avec une
curiosité allègre et une joyeuse plénitude d'existence qu'ils n'auraient pas

eues dans un cimetière chrétien, ces monuments funèbres si gaiement
dorés par le soleil et qui, placés sur le bord du chemin, semblent se
rattacher encore à la vie et n'inspirent aucune de ces froides répulsions,
aucune de ces terreurs fantastiques que font éprouver nos sépultures
lugubres[z]. Ils s'arrêtèrent devant le tombeau de Mammia, la prêtresse
publique, près duquel est poussé un arbre, un cyprès ou un peuplier ;
ils s'assirent dans l'hémicycle du triclinium des repas funéraires, riant
comme des héritiers ; ils lurent avec force lazzi les épitaphes de Nevoleja,
de Labeon et de la famille Arria, suivis d'Octavien, qui semblait plus
touché que ses insouciants compagnons du sort de ces trépassés de deux
mille ans[aa].

Ils arrivèrent ainsi à la villa d'Arrius Diomèdes, une des habitations
les plus considérables de Pompéi[ab]. On y monte par des degrés de briques,
et lorsqu'on a dépassé la porte flanquée de deux petites colonnes latérales, on se trouve dans une cour semblable au *patio* qui fait le centre des
maisons espagnoles et moresques et que les anciens appelaient *impluvium*
ou *cavaedium* ; quatorze colonnes de briques recouvertes de stuc forment,
des quatre côtés, un portique ou péristyle couvert, semblable au cloître
des couvents, et sous lequel on pouvait circuler sans craindre la pluie.
Le pavé de cette cour est une mosaïque de briques et de marbre blanc,
d'un effet doux et tendre à l'œil. Dans le milieu, un bassin de marbre
quadrilatère, qui existe encore, recevait les eaux pluviales qui dégouttaient
du toit du portique. – Cela produit un singulier effet d'entrer ainsi dans
la vie antique et de fouler avec des bottes vernies des marbres usés par
les sandales et les cothurnes des contemporains d'Auguste et de Tibère.

Le cicérone les promena dans l'exèdre ou salon d'été, ouvert du côté
de la mer pour en aspirer les fraîches brises. C'était là qu'on recevait et
qu'on faisait la sieste pendant les heures brûlantes, quand soufflait ce
grand zéphyr africain chargé de langueurs et d'orages. Il les fit entrer
dans la basilique, longue galerie à jour qui donne de la lumière aux
appartements et où les visiteurs et les clients attendaient que le nomenclateur[ac] les appelât ; il les conduisit ensuite sur la terrasse de marbre
blanc d'où la vue s'étend sur les jardins verts et sur la mer bleue ; puis il
leur fit voir le nymphæum ou salle de bains, avec ses murailles peintes en
jaune, ses colonnes de stuc, son pavé de mosaïque et sa cuve de marbre[ad]
qui reçut tant de corps charmants évanouis comme des ombres ; – le
cubiculum, où flottèrent tant de rêves venus de la porte d'ivoire[ae], et dont

les alcôves pratiquées dans le mur étaient fermées par un conopeum ou rideau dont les anneaux de bronze gisent encore à terre, le tétrastyle ou salle de récréation, la chapelle des dieux lares, le cabinet des archives, la bibliothèque, le musée des tableaux, le gynécée ou appartement des femmes, composé de petites chambres en partie ruinées, dont les parois conservent des traces de peintures et d'arabesques comme des joues dont on a mal essuyé le fard.

Cette inspection terminée, ils descendirent à l'étage inférieur, car le sol est beaucoup plus bas du côté du jardin que du côté de la voie des Tombeaux, ils traversèrent huit salles peintes en rouge antique, dont l'une est creusée de niches architecturales, comme on en voit au vestibule de la salle des Ambassadeurs à l'Alhambra, et ils arrivèrent enfin à une espèce de cave ou de cellier dont la destination était clairement indiquée par huit amphores d'argile dressées contre le mur et qui avaient dû être parfumées de vin de Crète, de Falerne et de Massique comme des odes d'Horace[af].

Un vif rayon de jour passait par un étroit soupirail obstrué d'orties, dont il changeait les feuilles traversées de lumières en émeraudes et en topazes, et ce gai détail naturel souriait à propos à travers la tristesse du lieu.

« C'est ici, dit le cicérone de sa voix nonchalante[ag], dont le ton s'accordait à peine avec le sens des paroles, que l'on trouva, parmi dix-sept squelettes, celui de la dame dont l'empreinte se voit au musée de Naples. Elle avait des anneaux d'or, et les lambeaux de sa fine tunique adhéraient encore aux cendres tassées qui ont gardé sa forme. »

Les phrases banales du guide causèrent une vive émotion à Octavien. Il se fit montrer l'endroit exact où ces restes précieux avaient été découverts, et s'il n'eût été contenu par la présence de ses amis, il se serait livré à quelque lyrisme extravagant ; sa poitrine se gonflait, ses yeux se trempaient de furtives moiteurs : cette catastrophe, effacée par vingt siècles d'oubli, le touchait comme un malheur tout récent ; la mort d'une maîtresse ou d'un ami ne l'eût pas affligé davantage, et une larme en retard de deux mille ans tomba, pendant que Max et Fabio avaient le dos tourné, sur la place où cette femme, pour laquelle il se sentait pris d'un amour rétrospectif, avait péri étouffée par la cendre chaude du volcan[ah].

« Assez d'archéologie comme cela ! s'écria Fabio ; nous ne voulons pas écrire une dissertation sur une cruche ou une tuile du temps de

Jules César pour devenir membre d'une académie de province, ces souvenirs classiques me creusent l'estomac. Allons dîner, si toutefois la chose est possible, dans cette osteria pittoresque, où j'ai peur qu'on ne nous serve que des beefsteaks fossiles et des œufs frais pondus avant la mort de Pline.

– Je ne dirai pas comme Boileau :
Un sot, quelquefois, ouvre un avis important[ai],
fit Max en riant, ce serait malhonnête ; mais cette idée a du bon. Il eût été pourtant plus joli de festiner ici, dans un triclinium quelconque, couchés à l'antique, servis par des esclaves, en manière de Lucullus ou de Trimalcion. Il est vrai que je ne vois pas beaucoup d'huîtres du lac Lucrin ; les turbots et les rougets de l'Adriatique sont absents ; le sanglier d'Apulie manque sur le marché ; les pains et les gâteaux au miel figurent au musée de Naples aussi durs que des pierres à côté de leurs moules vert-de-grisés ; le macaroni cru, saupoudré de cacio-cavallo[aj], et quoiqu'il soit détestable, vaut encore mieux que le néant. Qu'en pense le cher Octavien ? »

Octavien, qui regrettait fort de ne pas s'être trouvé à Pompéi le jour de l'éruption du Vésuve pour sauver la dame aux anneaux d'or et mériter ainsi son amour, n'avait pas entendu une phrase de cette conversation gastronomique. Les deux derniers mots prononcés par Max le frappèrent seuls, et comme il n'avait pas envie d'entamer une discussion, il fit, à tout hasard, un signe d'assentiment, et le groupe amical reprit, en côtoyant les remparts, le chemin de l'hôtellerie.

L'on dressa la table sous l'espèce de porche ouvert qui sert de vestibule à l'osteria, et dont les murailles, crépies à la chaux, étaient décorées de quelques croûtes qualifiées par l'hôte : Salvator Rosa, Espagnolet, cavalier Massimo[ak], et autres noms célèbres de l'école napolitaine, qu'il se crut obligé d'exalter.

« Hôte vénérable, dit Fabio, ne déployez pas votre éloquence en pure perte. Nous ne sommes pas des Anglais, et nous préférons les jeunes filles aux vieilles toiles. Envoyez-nous plutôt la liste de vos vins par cette belle brune, aux yeux de velours, que j'ai aperçue dans l'escalier.

Le palforio[al], comprenant que ses hôtes n'appartenaient pas au genre mystifiable des philistins et des bourgeois, cessa de vanter sa galerie pour glorifier sa cave. D'abord, il avait tous les vins des meilleurs crus : château-margaux, grand-laffite retour des Indes, sillery de Moët, hochmeyer, scarlatwine, porto et porter, ale et gingerbeer, lacryma-christi blanc et rouge, capri et falerne[am].

« Quoi ! tu as du vin de Falerne, animal, et tu le mets à la fin de ta nomenclature ; tu nous fais subir une litanie œnologique insupportable, dit Max en sautant à la gorge de l'hôtelier avec un mouvement de fureur comique ; mais tu n'as donc pas le sentiment de la couleur locale ? tu es donc indigne de vivre dans ce voisinage antique ? Est-il bon au moins, ton falerne ? a-t-il été mis en amphore sous le consul Plancus ? – *consule Planco*[an].

– Je ne connais pas le consul Plancus, et mon vin n'est pas mis en amphore, mais il est vieux et coûte 10 carlins la bouteille », répondit l'hôte.

Le jour était tombé et la nuit était venue, nuit sereine et transparente, plus claire, à coup sûr, que le plein midi de Londres ; la terre avait des tons d'azur et le ciel des reflets d'argent d'une douceur inimaginable ; l'air était si tranquille que la flamme des bougies posées sur la table n'oscillait même pas.

Un jeune garçon jouant de la flûte s'approcha de la table et se tint debout, fixant ses yeux sur les trois convives, dans une attitude de bas-relief, et soufflant dans son instrument aux sons doux et mélodieux, quelqu'une de ces cantilènes populaires en mode mineur dont le charme est pénétrant.

Peut-être ce garçon descendait en droite ligne du flûteur qui précédait Duilius[ao].

« Notre repas s'arrange d'une façon assez antique, il ne nous manque que des danseuses gaditanes[ap] et des couronnes de lierre, dit Fabio en se versant une large rasade de vin de Falerne.

– Je me sens en veine de faire des citations latines comme un feuilleton des *Débats;* il me revient des strophes d'ode, ajouta Max.

– Garde-les pour toi, s'écrièrent Octavien et Fabio, justement alarmés ; rien n'est indigeste comme le latin à table. »

La conversation entre jeunes gens qui, le cigare à la bouche, le coude sur la table, regardent un certain nombre de flacons vidés, surtout lorsque le vin est capiteux, ne tarde pas à tourner sur les femmes. Chacun exposa son système, dont voici à peu près le résumé.

Fabio ne faisait cas que de la beauté et de la jeunesse. Voluptueux et positif, il ne se payait pas d'illusions et n'avait en amour aucun préjugé.

Une paysanne lui plaisait autant qu'une duchesse, pourvu qu'elle fût belle ; le corps le touchait plus que la robe ; il riait beaucoup de certains de ses amis amoureux de quelques mètres de soie et de dentelles, et disait qu'il serait plus logique d'être épris d'un étalage de marchand de nouveautés. Ces opinions, fort raisonnables au fond, et qu'il ne cachait pas, le faisaient passer pour un homme excentrique.

Max, moins artiste que Fabio, n'aimait, lui, que les entreprises difficiles, que les intrigues compliquées ; il cherchait des résistances à vaincre, des vertus à séduire, et conduisait l'amour comme une partie d'échecs, avec des coups médités longtemps, des effets suspendus, des surprises et des stratagèmes dignes de Polybe[aq]. Dans un salon, la femme qui paraissait avoir le moins de sympathie à son endroit, était celle qu'il choisissait pour but de ses attaques ; la faire passer de l'aversion à l'amour par des transitions habiles, était pour lui un plaisir délicieux ; s'imposer aux âmes qui le repoussaient, mater les volontés rebelles à son ascendant, lui semblait le plus doux des triomphes. Comme certains chasseurs qui courent les champs, les bois et les plaines par la pluie, le soleil et la neige, avec des fatigues excessives et une ardeur que rien ne rebute, pour un maigre gibier que les trois quarts du temps ils dédaignent de manger, Max, la proie atteinte, ne s'en souciait plus, et se remettait en quête presque aussitôt.

Pour Octavien, il avouait que la réalité ne le séduisait guère, non qu'il fît des rêves de collégien tout pétris de lis et de roses comme un madrigal de Demoustier[ar], mais il y avait autour de toute beauté trop de détails prosaïques et rebutants ; trop de pères radoteurs et décorés ; de mères coquettes, portant des fleurs naturelles dans de faux cheveux ; de cousins rougeauds et méditant des déclarations ; de tantes ridicules, amoureuses de petits chiens. Une gravure à l'aquatinte, d'après Horace Vernet ou Delaroche, accrochée dans la chambre d'une femme, suffisait pour arrêter chez lui une passion naissante. Plus poétique encore qu'amoureux, il demandait une terrasse de l'Isola-Bella, sur le lac Majeur, par un beau clair de lune, pour encadrer un rendez-vous. Il eût voulu enlever son amour du milieu de la vie commune et en transporter la scène dans les étoiles. Aussi s'était-il épris tour à tour d'une passion impossible et folle pour tous les grands types féminins conservés par l'art ou l'histoire. Comme Faust, il avait aimé Hélène, et il aurait voulu que les ondulations des siècles apportassent jusqu'à lui une de

ces sublimes personnifications des désirs et des rêves humains, dont la
forme, invisible pour les yeux vulgaires, subsiste toujours dans l'espace
et le temps[as]. Il s'était composé un sérail idéal avec Sémiramis, Aspasie,
Cléopâtre, Diane de Poitiers, Jeanne d'Aragon[at]. Quelquefois aussi il
aimait des statues, et un jour, en passant au Musée devant la Vénus de
Milo, il s'était écrié : « Oh ! qui te rendra les bras pour m'écraser contre
ton sein de marbre ! » À Rome, la vue d'une épaisse chevelure nattée
exhumée d'un tombeau antique l'avait jeté dans un bizarre délire ; il
avait essayé, au moyen de deux ou trois de ces cheveux obtenus d'un
gardien séduit à prix d'or, et remis à une somnambule d'une grande
puissance, d'évoquer l'ombre et la forme de cette morte ; mais le fluide
conducteur s'était évaporé après tant d'années, et l'apparition n'avait
pu sortir de la nuit éternelle.

Comme Fabio l'avait deviné devant la vitrine des Studj, l'empreinte
recueillie dans la cave de la villa d'Arrius Diomèdes excitait chez Octavien
des élans insensés vers un idéal rétrospectif ; il tentait de sortir du temps
et de la vie, et de transposer son âme au siècle de Titus[au].

Max et Fabio se retirèrent dans leur chambre, et, la tête un peu alour-
die par les classiques fumées du falerne, ne tardèrent pas à s'endormir.
Octavien, qui avait souvent laissé son verre plein devant lui, ne voulant
pas troubler par une ivresse grossière l'ivresse poétique[av] qui bouillonnait
dans son cerveau, sentit à l'agitation de ses nerfs que le sommeil ne lui
viendrait pas, et sortit de l'osteria à pas lents pour rafraîchir son front
et calmer sa pensée à l'air de la nuit.

Ses pieds, sans qu'il en eût conscience, le portèrent à l'entrée par
laquelle on pénètre dans la ville morte, il déplaça la barre de bois qui
la ferme et s'engagea au hasard dans les décombres.

La lune illuminait de sa lueur blanche les maisons pâles, divisant
les rues en deux tranches de lumière argentée et d'ombre bleuâtre. Ce
jour nocturne[aw], avec ses teintes ménagées, dissimulait la dégradation
des édifices. L'on ne remarquait pas, comme à la clarté crue du soleil, les
colonnes tronquées, les façades sillonnées de lézardes, les toits effondrés
par l'éruption ; les parties absentes se complétaient par la demi-teinte, et
un rayon brusque, comme une touche de sentiment dans l'esquisse d'un
tableau, indiquait tout un ensemble écroulé. Les génies taciturnes de la
nuit semblaient avoir réparé la cité fossile pour quelque représentation
d'une vie fantastique.

Quelquefois même Octavien crut voir se glisser de vagues formes humaines dans l'ombre ; mais elles s'évanouissaient dès qu'elles atteignaient la portion éclairée. De sourds chuchotements, une rumeur indéfinie, voltigeaient dans le silence. Notre promeneur les attribua d'abord à quelque papillonnement de ses yeux, à quelque bourdonnement de ses oreilles, – ce pouvait être aussi un jeu d'optique, un soupir de la brise marine, ou la fuite à travers les orties d'un lézard ou d'une couleuvre, car tout vit dans la nature, même la mort, tout bruit, même le silence. Cependant il éprouvait une espèce d'angoisse involontaire, un léger frisson, qui pouvait être causé par l'air froid de la nuit, et faisait frémir sa peau. Il retourna deux ou trois fois la tête ; il ne se sentait plus seul comme tout à l'heure dans la ville déserte. Ses camarades avaient-ils eu la même idée que lui, et le cherchaient-ils à travers ces ruines ? Ces formes entrevues, ces bruits indistincts de pas, était-ce Max et Fabio marchant et causant, et disparus à l'angle d'un carrefour ? Cette explication toute naturelle, Octavien comprenait à son trouble qu'elle n'était pas vraie, et les raisonnements qu'il faisait là-dessus à part lui ne le convainquaient pas. La solitude et l'ombre s'étaient peuplées d'êtres invisibles qu'il dérangeait ; il tombait au milieu d'un mystère, et l'on semblait attendre qu'il fût parti pour commencer. Telles étaient les idées extravagantes qui lui traversaient la cervelle et qui prenaient beaucoup de vraisemblance de l'heure, du lieu et de mille détails alarmants que comprendront ceux qui se sont trouvés de nuit dans quelque vaste ruine.

En passant devant une maison qu'il avait remarquée pendant le jour et sur laquelle la lune donnait en plein, il vit, dans un état d'intégrité parfaite, un portique dont il avait cherché à rétablir l'ordonnance : quatre colonnes d'ordre dorique cannelées jusqu'à mi-hauteur, et le fût[ax] enveloppé comme d'une draperie pourpre d'une teinte de minium, soutenaient une cimaise coloriée d'ornements polychromes, que le décorateur semblait avoir achevée hier ; sur la paroi latérale de la porte un molosse de Laconie, exécuté à l'encaustique et accompagné de l'inscription sacramentelle : *Cave canem*, aboyait à la lune et aux visiteurs avec une fureur peinte. Sur le seuil de mosaïque le mot *Ave*, en lettres osques et latines, saluait les hôtes de ses syllabes amicales. Les murs extérieurs, teints d'ocre et de rubrique[ay], n'avaient pas une crevasse. La maison s'était exhaussée d'un étage, et le toit de tuiles dentelé d'un acrotère de bronze[az], projetait son profil intact sur le bleu léger du ciel où pâlissaient quelques étoiles.

Cette restauration étrange, faite de l'après-midi au soir par un architecte inconnu, tourmentait beaucoup Octavien, sûr d'avoir vu cette maison le jour même dans un fâcheux état de ruine. Le mystérieux reconstructeur avait travaillé bien vite, car les habitations voisines avaient le même aspect récent et neuf ; tous les piliers étaient coiffés de leurs chapiteaux ; pas une pierre, pas une brique, pas une pellicule de stuc, pas une écaille de peinture ne manquaient aux parois luisantes des façades, et par l'interstice des péristyles on entrevoyait, autour du bassin de marbre du cavædium, des lauriers roses et blancs, des myrtes et des grenadiers. Tous les historiens s'étaient trompés ; l'éruption n'avait pas eu lieu, ou bien l'aiguille du temps avait reculé de vingt heures séculaires[ba] sur le cadran de l'éternité.

Octavien, surpris au dernier point, se demanda s'il dormait tout debout et marchait dans un rêve. Il s'interrogea sérieusement pour savoir si la folie ne faisait pas danser devant lui ses hallucinations ; mais il fut obligé de reconnaître qu'il n'était ni endormi ni fou.

Un changement singulier avait eu lieu dans l'atmosphère ; de vagues teintes roses se mêlaient, par dégradations violettes, aux lueurs azurées de la lune ; le ciel s'éclaircissait sur les bords ; on eût dit que le jour allait paraître. Octavien tira sa montre ; elle marquait minuit. Craignant qu'elle ne fût arrêtée, il poussa le ressort de la répétition ; la sonnerie tinta douze fois ; il était bien minuit, et cependant la clarté allait toujours augmentant, la lune se fondait dans l'azur de plus en plus lumineux ; le soleil se levait.

Alors Octavien, en qui toutes les idées de temps se brouillaient, put se convaincre qu'il se promenait non dans une Pompéi morte, froid cadavre de ville qu'on a tiré à demi de son linceul, mais dans une Pompéi vivante, jeune, intacte, sur laquelle n'avaient pas coulé les torrents de boue brûlante du Vésuve.

Un prodige inconcevable le reportait, lui Français du XIXe siècle, au temps de Titus, non en esprit, mais en réalité, ou faisait revenir à lui, du fond du passé, une ville détruite avec ses habitants disparus ; car un homme vêtu à l'antique venait de sortir d'une maison voisine.

Cet homme portait les cheveux courts et la barbe rasée, une tunique de couleur brune et un manteau grisâtre, dont les bouts étaient retroussés de manière à ne pas gêner sa marche ; il allait d'un pas rapide, presque cursif, et passa à côté d'Octavien sans le voir. Un panier de sparterie pendait à son bras, et il se dirigeait vers le Forum Nundinarium ; – c'était un esclave, un Davus[bb] quelconque allant au marché ; il n'y avait pas à s'y tromper.

Des bruits de roues se firent entendre, et un char antique, traîné par des bœufs blancs et chargé de légumes, s'engagea dans la rue. À côté de l'attelage marchait un bouvier aux jambes nues et brûlées par le soleil, aux pieds chaussés de sandales, et vêtu d'une espèce de chemise de toile bouffant à la ceinture ; un chapeau de paille conique, rejeté derrière le dos et retenu au col par la mentonnière, laissait voir sa tête d'un type inconnu aujourd'hui, son front bas traversé de dures nodosités, ses cheveux crépus et noirs, son nez droit, ses yeux tranquilles comme ceux de ses bœufs, et son cou d'Hercule campagnard. Il touchait gravement ses bêtes de l'aiguillon, avec une pose de statue à faire tomber Ingres en extase.

Le bouvier aperçut Octavien et parut surpris, mais il continua sa route ; une fois il retourna la tête, ne trouvant pas sans doute d'explication à l'aspect de ce personnage étrange pour lui, mais laissant, dans sa placide stupidité rustique, le mot de l'énigme à de plus habiles.

Des paysans campaniens parurent aussi, poussant devant eux des ânes chargés d'outres de vin, et faisant tinter des sonnettes d'airain ; leur physionomie différait de celle des paysans d'aujourd'hui comme une médaille diffère d'un sou.

La ville se peuplait graduellement comme un de ces tableaux de diorama, d'abord déserts, et qu'un changement d'éclairage anime de personnages invisibles jusque-là.

Les sentiments qu'éprouvait Octavien avaient changé de nature. Tout à l'heure, dans l'ombre trompeuse de la nuit, il était en proie à ce malaise dont les plus braves ne se défendent pas, au milieu de circonstances inquiétantes et fantastiques que la raison ne peut expliquer. Sa vague terreur s'était changée en stupéfaction profonde ; il ne pouvait douter, à la netteté de leurs perceptions, du témoignage de ses sens, et cependant ce qu'il voyait était parfaitement incroyable. – Mal convaincu encore, il cherchait par la constatation de petits détails réels à se prouver qu'il n'était pas le jouet d'une hallucination. – Ce n'étaient pas des fantômes qui défilaient sous ses yeux, car la vive lumière du soleil les illuminait avec une réalité irrécusable, et leurs ombres allongées par le matin se projetaient sur les trottoirs et les murailles. – Ne comprenant rien à ce qui lui arrivait, Octavien, ravi au fond de voir un de ses rêves les plus chers accompli, ne résista plus à son aventure, il se laissa faire à toutes ces merveilles, sans prétendre s'en rendre compte ; il se dit que puisque en vertu d'un pouvoir mystérieux il lui était donné de vivre quelques heures dans un siècle disparu, il ne perdrait pas son temps à chercher la solution d'un problème incompréhensible, et il continua bravement sa route, en regardant à droite et à gauche ce spectacle si vieux et si nouveau pour lui. Mais à quelle époque de la vie de Pompéi était-il transporté ? Une inscription d'édilité, gravée sur une muraille, lui apprit, par le nom des personnages publics, qu'on était au commencement du règne de Titus, – soit en l'an 79 de notre ère. – Une idée subite traversa l'âme d'Octavien ; la femme dont il avait admiré l'empreinte au musée de Naples devait être vivante, puisque l'éruption du Vésuve dans laquelle elle avait péri eut lieu le 24 août de cette même année ; il pouvait donc la retrouver, la voir, lui parler… Le désir fou qu'il avait ressenti à l'aspect de cette cendre moulée sur des contours divins allait peut-être se satisfaire, car rien ne devait être impossible à un amour qui avait eu la force de faire reculer le temps, et passer deux fois la même heure dans le sablier de l'éternité[bc].

Pendant qu'Octavien se livrait à ces réflexions, de belles jeunes filles se rendaient aux fontaines, soutenant du bout de leurs doigts blancs des urnes en équilibre sur leur tête ; des patriciens en toges blanches bordées de bandes de pourpre, suivis de leur cortège de clients, se dirigeaient vers le forum. Les acheteurs se pressaient autour des boutiques, toutes désignées par des enseignes sculptées et peintes, et rappelant par leur petitesse et leur forme les boutiques moresques d'Alger ; au-dessus de la plupart de ces échoppes, un glorieux phallus de terre cuite colorié et l'inscription *hic habitat felicitas*, témoignaient de précautions superstitieuses contre le mauvais œil ; Octavien remarqua même une boutique d'amulettes dont l'étalage était chargé de cornes, de branches de corail bifurquées, et de petits Priapes en or, comme on en trouve encore à Naples aujourd'hui, pour se préserver de la jettature, et il se dit qu'une superstition durait plus qu'une religion[bd].

En suivant le trottoir qui borde chaque rue de Pompéi, et enlève ainsi aux Anglais la confortabilité de cette invention, Octavien se trouva face à face avec un beau jeune homme, de son âge à peu près, vêtu d'une tunique couleur de safran, et drapé d'un manteau de fine laine blanche, souple comme du cachemire. La vue d'Octavien, coiffé de l'affreux chapeau moderne, sanglé dans une mesquine redingote noire, les jambes emprisonnées dans un pantalon, les pieds pincés par des bottes luisantes, parut surprendre le jeune Pompéien, comme nous étonnerait, sur le boulevard de Gand, un Ioway ou un Botocudo[be] avec ses plumes, ses colliers de griffes d'ours et ses tatouages baroques. Cependant, comme c'était un jeune homme bien élevé, il n'éclata pas de rire au nez d'Octavien, et prenant en pitié ce pauvre barbare égaré dans cette ville gréco-romaine, il lui dit d'une voix accentuée et douce :

— *Advena, salve*[bf].

Rien n'était plus naturel qu'un habitant de Pompéi, sous le règne du divin empereur Titus, très puissant et très auguste, s'exprimât en latin, et pourtant Octavien tressaillit en entendant cette langue morte dans une bouche vivante. C'est alors qu'il se félicita d'avoir été fort en thème, et remporté des prix au concours général. Le latin enseigné par l'Université lui servit en cette occasion unique, et rappelant en lui ses souvenirs de classe, il répondit au salut du Pompéien en style de *De viris illustribus* et de *Selectae e profanis*[bg] d'une façon suffisamment intelligible, mais avec un accent parisien qui fit sourire le jeune homme.

« Il te sera peut-être plus facile de parler grec, dit le Pompéien ; je sais aussi cette langue, car j'ai fait mes études à Athènes.

— Je sais encore moins de grec que de latin, répondit Octavien ; je suis du pays des Gaulois, de Paris, de Lutèce.

— Je connais ce pays. Mon aïeul a fait la guerre dans les Gaules sous le grand Jules César. Mais quel étrange costume portes-tu ? Les Gaulois que j'ai vus à Rome n'étaient pas habillés ainsi. »

Octavien entreprit de faire comprendre au jeune Pompéien que vingt siècles s'étaient écoulés depuis la conquête de la Gaule par Jules César, et que la mode avait pu changer ; mais il y perdit son latin, et à vrai dire ce n'était pas grand-chose.

« Je me nomme Rufus Holconius[bh], et ma maison est la tienne, dit le jeune homme ; à moins que tu ne préfères la liberté de la taverne : on est bien à l'auberge d'Albinus, près de la porte du faubourg d'Augustus Félix[bi], et à l'hôtellerie de Sarinus, fils de Publius, près de la deuxième tour ; mais si tu veux, je te servirai de guide[bj] dans cette ville inconnue pour toi ; — tu me plais, jeune barbare, quoique tu aies essayé de te jouer de ma crédulité en prétendant que l'empereur Titus, qui règne aujourd'hui, était mort depuis deux mille ans, et que le Nazaréen, dont les infâmes sectateurs, enduits de poix, ont éclairé les jardins de Néron, trône seul en maître dans le ciel désert, d'où les grands dieux sont tombés. — Par Pollux ! ajouta-t-il en jetant les yeux sur une inscription rouge tracée à l'angle d'une rue, tu arrives à propos, l'on donne la *Casina* de Plaute[bk], récemment remise au théâtre ; c'est une curieuse et bouffonne comédie qui t'amusera, n'en comprendrais-tu que la pantomime. Suis-moi, c'est bientôt l'heure ; je te ferai placer au banc des hôtes et des étrangers. »

Et Rufus Holconius se dirigea du côté du petit théâtre comique que les trois amis avaient visité dans la journée.

Le Français et le citoyen de Pompéi prirent les rues de la Fontaine d'Abondance, des Théâtres, longèrent le collège et le temple d'Isis, l'atelier du statuaire, et entrèrent dans l'Odéon ou théâtre comique par un vomitoire latéral. Grâce à la recommandation d'Holconius, Octavien fut placé près du proscenium, un endroit qui répondrait à nos baignoires d'avant-scène. Tous les regards se tournèrent aussitôt vers lui avec une curiosité bienveillante et un léger susurrement courut dans l'amphithéâtre.

La pièce n'était pas encore commencée ; Octavien en profita pour regarder la salle[bl]. Les gradins demi-circulaires, terminés de chaque côté par une magnifique patte de lion sculptée en lave du Vésuve, partaient en s'élargissant d'un espace vide correspondant à notre parterre, mais beaucoup plus restreint, et pavé d'une mosaïque de marbres grecs ; un gradin plus large formait, de distance en distance, une zone distinctive, et quatre escaliers correspondant aux vomitoires et montant de la base au sommet de l'amphithéâtre, le divisaient en cinq coins plus larges du haut que du bas[bm]. Les spectateurs, munis de leurs billets, consistant en petites lames d'ivoire où étaient désignés, par leurs numéros d'ordre, la travée, le coin et le gradin, avec le titre de la pièce représentée et le nom de son auteur, arrivaient aisément à leurs places. Les magistrats, les nobles, les hommes mariés, les jeunes gens, les soldats, dont on voyait luire les casques de bronze, occupaient des rangs séparés. — C'était un spectacle admirable que ces belles toges et ces larges manteaux blancs bien drapés, s'étalant sur les premiers gradins et contrastant avec les parures variées des femmes, placées au-dessus, et les capes grises des gens du peuple[bn], relégués aux bancs supérieurs, près des colonnes qui supportent le toit, et qui laissaient apercevoir, par leurs interstices, un ciel d'un bleu intense comme le champ d'azur d'une panathénée ; – une fine pluie d'eau, aromatisée de safran, tombait des frises en gouttelettes imperceptibles, et parfumait l'air qu'elle rafraîchissait[bo]. Octavien pensa aux émanations fétides qui vicient l'atmosphère de nos théâtres, si incommodes qu'on peut les considérer comme des lieux de torture, et il trouva que la civilisation n'avait pas beaucoup marché.

Le rideau, soutenu par une poutre transversale[bp], s'abîma dans les profondeurs de l'orchestre, les musiciens s'installèrent dans leur tribune, et le Prologue parut vêtu grotesquement et la tête coiffée d'un masque difforme, adapté comme un casque.

Le Prologue, après avoir salué l'assistance et demandé les applaudissements, commença une argumentation bouffonne. « Les vieilles pièces, disait-il, étaient comme le vin qui gagne avec les années, et la *Casina*, chère aux vieillards, ne devait pas moins l'être aux jeunes gens ; tous pouvaient y prendre plaisir : les uns parce qu'ils la connaissaient, les autres parce qu'ils ne la connaissaient pas. La pièce avait été, du reste, remise avec soin, et il fallait l'écouter l'âme libre de tout souci, sans penser à ses dettes, ni à ses créanciers, car on n'arrête pas au théâtre ; c'était un jour heureux, il faisait beau, et les alcyons[bq] planaient sur le forum. » Puis il fit une analyse de la comédie que les acteurs allaient représenter, avec un détail qui prouve que la surprise entrait pour peu de chose dans le plaisir que les anciens prenaient au théâtre ; il raconta comment le vieillard Stalino, amoureux de sa belle esclave Casina, veut la marier à son fermier Olympio, époux complaisant qu'il remplacera dans la nuit des noces ; et comment Lycostrata, la femme de Stalino, pour contrecarrer la luxure de son vicieux mari, veut unir Casina à l'écuyer Chalinus, dans l'idée de favoriser les amours de son fils ; enfin la manière dont Stalino, mystifié, prend un jeune esclave déguisé pour Casina, qui, reconnue libre et de naissance ingénue, épouse le jeune maître, qu'elle aime et dont elle est aimée.

Le jeune Français regardait distraitement les acteurs, avec leurs masques aux bouches de bronze, s'évertuer sur la scène ; les esclaves couraient çà et là pour simuler l'empressement ; le vieillard hochait la tête et tendait ses mains tremblantes ; la matrone, le verbe haut, l'air revêche et dédaigneux, se carrait dans son importance et querellait son mari, au grand amusement de la salle. – Tous ces personnages entraient et sortaient par trois portes pratiquées dans le mur du fond et communiquant au foyer des acteurs. – La maison de Stalino occupait un coin du théâtre, et celle de son vieil ami Alcésimus lui faisait face. Ces décorations, quoique très bien peintes, étaient plutôt représentatives de l'idée d'un lieu que du lieu lui-même, comme les coulisses vagues du théâtre classique[br].

Quand la pompe nuptiale conduisant la fausse Casina fit son entrée sur la scène, un immense éclat de rire, comme celui qu'Homère attribue aux dieux, circula sur tous les bancs de l'amphithéâtre, et des tonnerres d'applaudissements firent vibrer les échos de l'enceinte ; mais Octavien n'écoutait plus et ne regardait plus.

Dans la travée des femmes, il venait d'apercevoir une créature d'une beauté merveilleuse. À dater de ce moment, les charmants visages qui avaient attiré son œil s'éclipsèrent comme les étoiles devant Phœbé ; tout s'évanouit, tout disparut comme dans un songe ; un brouillard estompa les gradins fourmillants de monde, et la voix criarde des acteurs semblait se perdre dans un éloignement infini.

Il avait reçu au cœur comme une commotion électrique, et il lui semblait qu'il jaillissait des étincelles de sa poitrine lorsque le regard de cette femme se tournait vers lui.

Elle était brune et pâle ; ses cheveux ondés et crêpelés, noirs comme ceux de la nuit, se relevaient légèrement vers les tempes à la mode grecque, et dans son visage d'un ton mat brillaient des yeux sombres et doux, chargés d'une indéfinissable expression de tristesse voluptueuse et d'ennui passionné ; sa bouche, dédaigneusement arquée à ses coins, protestait par l'ardeur vivace de sa pourpre enflammée contre la blancheur tranquille du masque ; son col présentait ces belles lignes pures qu'on ne retrouve à présent que dans les statues. Ses bras étaient nus jusqu'à l'épaule, et de la pointe de ses seins orgueilleux, soulevant sa tunique d'un rose mauve, partaient deux plis qu'on aurait pu croire fouillés dans le marbre par Phidias ou Cléomène[bs].

La vue de cette gorge d'un contour si correct, d'une coupe si pure, troubla magnétiquement Octavien ; il lui sembla que ces rondeurs s'adaptaient parfaitement à l'empreinte en creux du musée de Naples, qui l'avait jeté dans une si ardente rêverie, et une voix lui cria au fond du cœur que cette femme était bien la femme étouffée par la cendre du Vésuve à la villa d'Arrius Diomèdes. Par quel prodige la voyait-il vivante, assistant à la représentation de la *Casina* de Plaute ? Il ne cherche pas à se l'expliquer ; d'ailleurs, comment était-il là lui-même ? Il accepta sa présence comme dans le rêve on admet l'intervention de personnes mortes depuis longtemps et qui agissent pourtant avec les apparences de la vie ; d'ailleurs son émotion ne lui permettait aucun raisonnement. Pour lui, la roue du temps était sortie de son ornière[bt] et son désir vainqueur choisissait sa place parmi les siècles écoulés ! Il se trouvait face à face avec sa chimère, une des plus insaisissables, une chimère rétrospective. Sa vie se remplissait d'un seul coup.

En regardant cette tête si calme et si passionnée, si froide et si ardente, si morte et si vivace, il comprit qu'il avait devant lui son premier et son dernier amour, sa coupe d'ivresse suprême ; il sentit s'évanouir comme des ombres légères les souvenirs de toutes les femmes qu'il avait cru aimer, et son âme redevenir vierge de toute émotion antérieure. Le passé disparut.

Cependant la belle Pompéienne, le menton appuyé sur la paume de la main, lançait sur Octavien, tout en ayant l'air de s'occuper de la scène, le regard velouté de ses yeux nocturnes, et ce regard lui arrivait lourd et brûlant comme un jet de plomb fondu. Puis elle se pencha vers l'oreille d'une fille assise à son côté.

La représentation s'acheva ; la foule s'écoula par les vomitoires. Octavien, dédaignant les bons offices de son guide Holconius, s'élança par la première sortie qui s'offrit à ses pas. À peine eut-il atteint la porte, qu'une main se posa sur son bras, et qu'une voix féminine lui dit d'un ton bas, mais de manière à ce qu'il ne perdît pas un mot :

« Je suis Tyché Novoleja[bu], commise aux plaisirs d'Arria Marcella, fille d'Arrius Diomèdes. Ma maîtresse vous aime, suivez-moi. »

Arria Marcella venait de monter dans sa litière portée par quatre forts esclaves syriens nus jusqu'à la ceinture, et faisant miroiter au soleil leurs torses de bronze. Le rideau de la litière s'entrouvrit, et une main pâle, étoilée de bagues, fit un signe amical à Octavien, comme pour confirmer les paroles de la suivante. Le pli de pourpre retomba, et la litière s'éloigna au pas cadencé des esclaves.

Tyché fit passer Octavien par des chemins détournés, coupant les rues en posant légèrement le pied sur les pierres espacées qui relient les

trottoirs et entre lesquelles roulent les roues des chars, et se dirigeant
à travers le dédale avec la précision que donne la familiarité d'une
ville[bv]. Octavien remarqua qu'il franchissait des quartiers de Pompéi
que les fouilles n'ont pas découverts, et qui lui étaient en conséquence
complètement inconnus. Cette circonstance étrange parmi tant d'autres
ne l'étonna pas. Il était décidé à ne s'étonner de rien. Dans toute cette
fantasmagorie archaïque, qui eût fait devenir un antiquaire fou de
bonheur, il ne voyait plus que l'œil noir et profond d'Arria Marcella et
cette gorge superbe victorieuse des siècles, et que la destruction même
a voulu conserver.

Ils arrivèrent à une porte dérobée[bw] qui s'ouvrit et se ferma aussitôt,
et Octavien se trouva dans une cour entourée de colonnes de marbre
grec d'ordre ionique peintes, jusqu'à moitié de leur hauteur, d'un jaune
vif, et le chapiteau relevé d'ornements rouges et bleus ; une guirlande
d'aristoloche suspendait ses larges feuilles vertes en forme de cœur aux
saillies de l'architecture comme une arabesque naturelle, et près d'un
bassin encadré de plantes, un flamant rose se tenait debout sur une
patte, fleur de plume parmi les fleurs végétales.

Des panneaux de fresque représentant des architectures capricieuses
ou des paysages de fantaisie décoraient les murailles. Octavien vit tous
ces détails d'un coup d'œil rapide, car Tyché le remit aux mains des
esclaves baigneurs qui firent subir à son impatience toutes les recherches
des thermes antiques. Après avoir passé par les différents degrés de
chaleur vaporisée, supporté le racloir du strigillaire, senti ruisseler sur
lui les cosmétiques et les huiles parfumées, il fut revêtu d'une tunique
blanche, et retrouva à l'autre porte Tyché, qui lui prit la main et le
conduisit dans une autre salle extrêmement ornée.

Sur le plafond étaient peints, avec une pureté de dessin, un éclat de
coloris et une liberté de touche qui sentaient le grand maître et non
plus le simple décorateur à l'adresse vulgaire, Mars, Vénus et l'Amour ;
une frise composée de cerfs, de lièvres et d'oiseaux se jouant parmi les
feuillages régnaient au-dessus d'un revêtement de marbre cipolin[bx] ;
la mosaïque du pavé, travail merveilleux dû peut-être à Sosimus de
Pergame[by], représentait des reliefs de festin exécutés avec un art qui
faisait illusion[bz].

Au fond de la salle, sur un biclinium ou lit à deux places, était accou-
dée Arria Marcella dans une pose voluptueuse et sereine qui rappelait la

femme couchée de Phidias sur le fronton du Parthénon ; ses chaussures, brodées de perles, gisaient au bas du lit, et son beau pied nu, plus pur et plus blanc que le marbre, s'allongeait au bout d'une légère couverture de byssus[ca] jetée sur elle.

Deux boucles d'oreilles faites en forme de balance et portant des perles sur chaque plateau tremblaient dans la lumière au long de ses joues pâles ; un collier de boules d'or, soutenant des grains allongés en poire, circulait sur sa poitrine laissée à demi découverte par le pli négligé d'un peplum de couleur paille bordé d'une grecque noire ; une bandelette noire et or passait et luisait par place dans ses cheveux d'ébène, car elle avait changé de costume en revenant du théâtre ; et autour de son bras, comme l'aspic autour du bras de Cléopâtre, un serpent d'or, aux yeux de pierreries, s'enroulait à plusieurs reprises et cherchait à se mordre la queue[cb].

Une petite table à pieds de griffons, incrustée de nacre[cc], d'argent et d'ivoire, était dressée près du lit à deux places, chargée de différents mets servis dans des plats d'argent et d'or ou de terre émaillée de peintures précieuses. On y voyait un oiseau du Phase couché dans ses plumes, et divers fruits que leurs saisons empêchent de se rencontrer ensemble[cd].

Tout paraissait indiquer qu'on attendait un hôte ; des fleurs fraîches jonchaient le sol, et les amphores de vin étaient plongées dans des urnes pleines de neige[ce].

Arria Marcella fit signe à Octavien de s'étendre à côté d'elle sur le biclinium et de prendre part au repas ; – le jeune homme, à demi-fou de surprise et d'amour, prit au hasard quelques bouchées sur les plats que lui tendaient de petits esclaves asiatiques aux cheveux frisés, à la courte tunique. Arria ne mangeait pas, mais elle portait souvent à ses lèvres un vase myrrhin[cf] aux teintes opalines rempli d'un vin d'une pourpre sombre comme du sang figé ; à mesure qu'elle buvait, une imperceptible vapeur rose montait à ses joues pâles, de son cœur qui n'avait pas battu depuis tant d'années ; cependant son bras nu, qu'Octavien effleura en soulevant sa coupe, était froid comme la peau d'un serpent ou le marbre d'une tombe.

« Oh ! lorsque tu t'es arrêté aux Studj à contempler le morceau de boue durcie qui conserve ma forme, dit Arria Marcella en tournant son long regard humide vers Octavien, et que ta pensée s'est élancée ardemment vers moi, mon âme l'a senti dans ce monde où je flotte invisible pour les yeux grossiers ; la croyance fait le dieu, et l'amour fait la femme. On n'est véritablement morte que quand on n'est plus aimée ; ton désir m'a rendu la vie, la puissante évocation de ton cœur a supprimé les distances qui nous séparaient. »

L'idée d'évocation amoureuse[cg] qu'exprimait la jeune femme rentrait dans les croyances philosophiques d'Octavien, croyances que nous ne sommes pas loin de partager.

En effet, rien ne meurt, tout existe toujours ; nulle force ne peut anéantir ce qui fut une fois. Toute action, toute parole, toute forme, toute pensée tombée dans l'océan universel des choses y produit des cercles qui vont s'élargissant jusqu'aux confins de l'éternité. La figuration matérielle ne disparaît que pour les regards vulgaires, et les spectres qui s'en détachent peuplent l'infini. Pâris continue d'enlever Hélène dans une région inconnue de l'espace. La galère de Cléopâtre gonfle ses voiles de soie sur l'azur d'un Cydnus idéal[ch]. Quelques esprits passionnés et puissants ont pu amener à eux des siècles écoulés en apparence, et faire revivre des personnages morts pour tous. Faust a eu pour maîtresse la fille de Tyndare, et l'a conduite à son château gothique, du fond des abîmes mystérieux de l'Hadès. Octavien venait de vivre un jour sous le règne de Titus et de se faire aimer d'Arria Marcella, fille d'Arrius Diomèdes, couchée en ce moment près de lui sur un lit antique dans une ville détruite pour tout le monde[ci].

« À mon dégoût des autres femmes, répondit Octavien, à la rêverie invincible qui m'entraînait vers ses types radieux au fond des siècles comme des étoiles provocatrices, je comprenais que je n'aimerais jamais que hors du temps et de l'espace. C'était toi que j'attendais, et ce frêle vestige conservé par la curiosité des hommes m'a par son secret magnétisme mis en rapport avec ton âme. Je ne sais si tu es un rêve ou une réalité, un fantôme ou une femme, si comme Ixion[cj] je serre un nuage sur ma poitrine abusée, si je suis le jouet d'un vil prestige de sorcellerie, mais ce que je sais bien, c'est que tu seras mon premier et mon dernier amour.

– Qu'Éros, fils d'Aphrodite, entende ta promesse, dit Arria Marcella en inclinant sa tête sur l'épaule de son amant qui la souleva avec une étreinte passionnée. Oh ! serre-moi sur ta jeune poitrine, enveloppe-moi de ta tiède haleine, j'ai froid d'être restée si longtemps sans amour. » Et contre son cœur Octavien sentait s'élever et s'abaisser ce beau sein, dont le matin même il admirait le moule à travers la vitre d'une armoire de musée ; la fraîcheur de cette belle chair le pénétrait à travers sa tunique et le faisait brûler[ck]. La bandelette or et noir s'était détachée de la tête d'Arria passionnément renversée, et ses cheveux se répandaient comme un fleuve noir sur l'oreiller bleu.

Les esclaves avaient emporté la table. On n'entendit plus qu'un bruit confus de baisers et de soupirs. Les cailles familières, insouciantes de cette scène amoureuse, picoraient, sur le pavé mosaïque, les miettes du festin en poussant de petits cris.

Tout à coup les anneaux d'airain de la portière qui fermait la chambre glissèrent sur leur tringle, et un vieillard d'aspect sévère et drapé dans un ample manteau brun parut sur le seuil. Sa barbe grise était séparée en deux pointes comme celle des Nazaréens, son visage semblait sillonné par la fatigue des macérations : une petite croix de bois noir pendait à son col et ne laissait aucun doute sur sa croyance : il appartenait à la secte, toute récente alors, des disciples du Christ.

À son aspect, Arria Marcella, éperdue de confusion, cacha sa figure sous un pli de son manteau, comme un oiseau qui met la tête sous son aile en face d'un ennemi qu'il ne peut éviter, pour s'épargner au moins l'horreur de le voir ; tandis qu'Octavien, appuyé sur son coude, regardait avec fixité le personnage fâcheux qui entrait ainsi brusquement dans son bonheur.

« Arria, Arria, dit le personnage austère d'un ton de reproche, le temps de ta vie n'a-t-il pas suffi à tes déportements, et faut-il que tes infâmes amours empiètent sur les siècles qui ne t'appartiennent pas ? Ne peux-tu laisser les vivants dans leur sphère, ta cendre n'est donc pas encore refroidie depuis le jour où tu mourus sans repentir sous la pluie de feu du volcan ? Deux mille ans de mort ne t'ont donc pas calmée, et tes bras voraces attirent sur ta poitrine de marbre, vide de cœur, les pauvres insensés enivrés par tes philtres.

– Arrius, grâce, mon père, ne m'accablez pas, au nom de cette religion morose qui ne fut jamais la mienne ; moi, je crois à nos anciens dieux qui aimaient la vie, la jeunesse, la beauté, le plaisir ; ne me replongez pas dans le pâle néant. Laissez-moi jouir de cette existence que l'amour m'a rendue.

– Tais-toi, impie, ne me parle pas de tes dieux qui sont des démons. Laisse aller cet homme enchaîné par tes impures séductions ; ne l'attire plus hors du cercle de sa vie que Dieu a mesurée[cl] ; retourne dans les limbes du paganisme avec tes amants asiatiques, romains ou grecs. Jeune chrétien, abandonne cette larve qui te semblerait plus hideuse qu'Empouse et Phorkyas[cm], si tu la pouvais voir telle qu'elle est. »

Octavien, pâle, glacé d'horreur, voulut parler ; mais sa voix resta attachée à son gosier[cn], selon l'expression virgilienne.

« M'obéiras-tu, Arria ? s'écria impérieusement le grand vieillard.

— Non, jamais », répondit Arria, les yeux étincelants, les narines dilatées, les lèvres frémissantes, en entourant le corps d'Octavien de ses beaux bras de statue, froids, durs et rigides comme le marbre. Sa beauté furieuse, exaspérée par la lutte, rayonnait ave un éclat surnaturel à ce moment suprême, comme pour laisser à son jeune amant un inéluctable souvenir.

« Allons, malheureuse, reprit le vieillard, il faut employer les grands moyens, et rendre ton néant palpable et visible à cet enfant fasciné », et il prononça d'une voix pleine de commandement une formule d'exorcisme qui fit tomber des joues d'Arria les teintes pourprées que le vin noir du vase myrrhin y avait fait monter.

En ce moment, la cloche lointaine d'un des villages qui bordent la mer ou des hameaux perdus dans les plis de la montagne fit entendre les premières volées de la Salutation angélique[co].

À ce son, un soupir d'agonie sortit de la poitrine brisée de la jeune femme. Octavien sentit se desserrer les bras qui l'entouraient ; les draperies qui la couvraient se replièrent sur elles-mêmes, comme si les contours qui les soutenaient se fussent affaissés, et le malheureux promeneur nocturne ne vit plus à côté de lui, sur le lit du festin, qu'une pincée de cendres mêlée de quelques ossements calcinés parmi lesquels brillaient des bracelets et des bijoux d'or, et que des restes informes, tels qu'on les dut découvrir en déblayant la maison d'Arrius Diomèdes.

Il poussa un cri terrible et perdit connaissance.

Le vieillard avait disparu. Le soleil se levait, et la salle ornée tout à l'heure avec tant d'éclat n'était plus qu'une ruine démantelée.

Après avoir dormi d'un sommeil appesanti par les libations de la veille, Max et Fabio se réveillèrent en sursaut, et leur premier soin fut d'appeler leur compagnon, dont la chambre était voisine de la leur, par un de ces cris de ralliement burlesques dont on convient quelquefois en voyage ; Octavien ne répondit pas, pour de bonnes raisons. Fabio et Max, ne recevant pas de réponse, entrèrent dans la chambre de leur ami, et virent que le lit n'avait pas été défait.

« Il se sera endormi sur quelque chaise, dit Fabio, sans pouvoir gagner sa couchette ; car il n'a pas la tête forte, ce cher Octavien ; et il sera sorti de bonne heure pour dissiper les fumées du vin à la fraîcheur matinale.

– Pourtant il n'avait guère bu, ajouta Max par manière de réflexion. Tout ceci me semble assez étrange. Allons à sa recherche. »

Les deux amis, aidés du cicérone, parcoururent toutes les rues, carrefours, places et ruelles de Pompéi, entrèrent dans toutes les maisons curieuses où ils supposèrent qu'Octavien pouvait être occupé à copier une peinture ou à relever une inscription, et finirent par le trouver évanoui sur la mosaïque disjointe d'une petite chambre à demi écroulée. Ils eurent beaucoup de peine à le faire revenir à lui, et quand il eut repris connaissance, il ne donna pas d'autre explication, sinon qu'il avait eu la fantaisie de voir Pompéi au clair de la lune, et qu'il avait été pris d'une syncope qui, sans doute, n'aurait pas de suite.

La petite bande retourna à Naples par le chemin de fer, comme elle était venue, et le soir, dans leur loge, à San Carlo, Max et Fabio regardaient à grand renfort de jumelles sautiller dans un ballet, sur les traces d'Amalia Ferraris[cp], la danseuse alors en vogue, un essaim de nymphes culottées, sous leurs jupes de gaze, d'un affreux caleçon vert monstre qui les faisait ressembler à des grenouilles piquées de la tarentule. Octavien, pâle, les yeux troubles, le maintien accablé, ne paraissait pas se douter de ce qui se passait sur la scène, tant, après les merveilleuses aventures de la nuit, il avait peine à reprendre le sentiment de la vie réelle.

À dater de cette visite à Pompéi, Octavien fut en proie à une mélancolie morne, que la bonne humeur et les plaisanteries de ses compagnons aggravaient plutôt qu'ils ne la soulageaient ; l'image d'Arria Marcella le poursuivait toujours, et le triste dénouement de sa bonne fortune fantastique n'en détruisait pas le charme.

N'y pouvant plus tenir, il retourna secrètement à Pompéi et se promena, comme la première fois, dans les ruines, au clair de lune, le cœur palpitant d'un espoir insensé, mais l'hallucination ne se renouvela pas ; il ne vit que des lézards fuyant sur les pierres ; il n'entendit que des piaulements d'oiseaux de nuit effrayés ; il ne rencontra plus son ami Rufus Holconius ; Tyché ne vint pas lui mettre sa main fluette sur le bras ; Arria Marcella resta obstinément dans la poussière[cq].

En désespoir de cause, Octavien s'est marié dernièrement à une jeune et charmante Anglaise, qui est folle de lui. Il est parfait pour sa femme ; cependant Ellen[cr], avec cet instinct du cœur que rien ne trompe, sent que son mari est amoureux d'une autre ; mais de qui ? C'est ce que l'espionnage le plus actif n'a pu lui apprendre. Octavien n'entretient pas de danseuse ; dans le monde, il n'adresse aux femmes que des galante-ries banales ; il a même répondu très froidement aux avances marquées d'une princesse russe, célèbre par sa beauté et sa coquetterie. Un tiroir secret, ouvert pendant l'absence de son mari, n'a fourni aucune preuve d'infidélité aux soupçons d'Ellen. Mais comment pourrait-elle s'aviser d'être jalouse de Marcella, fille d'Arrius Diomèdes, affranchi de Tibère ?

DOCUMENTS

DOCUMENTS

À trois reprises Gautier a analysé le fantastique allemand et ces trois essais critiques sont d'une importance décisive pour comprendre sa propre conception du fantastique, en particulier dans ses rapports avec la réalité. Les trois articles qui suivent et que Jean Gaudon avait publiés dans l'édition Folio des récits de Gautier (1981) sont consacrés à Hoffmann et à Achim von Arnim. Le premier (1831) est resté inédit jusqu'à sa publication par Spoelberg de Lovenjoul qui l'a retrouvé dans les papiers de Gautier : c'est le texte d'un véritable pionnier du fantastique ; le second a paru le 14 août 1836 dans *La Chronique de Paris* ; le dernier enfin est de 1856, c'est la préface que Gautier a écrite pour l'édition des *Contes bizarres* d'Achim von Arnim publiée par son propre fils Théophile Gautier.

1831

Hoffmann

Voici venir, à l'horizon littéraire, où, depuis la grande semaine, nous n'avons eu à signaler que de frêles esquifs pavoisés aux couleurs du moment, un vaisseau de haut bord, voguant à pleine voile et portant à la poupe un de ces noms qui trouvent du retentissement à droite et à gauche : Hoffmann le fantastiqueur, avec une cargaison de contes inédits qui ne le cèdent en rien à leurs aînés.

Pic de la Mirandole, dans son outrecuidance scolastique, avait fait connaître qu'il soutiendrait en public une thèse *de omni re scibili et quibusdam aliis*. Cette expression, ridicule de morgue et de bouffissure pédantesques, est juste appliquée à l'auteur de *La Cour d'Artus, d'Agafia*, du *Violon de Crémone* et de tant d'autres chefs-d'œuvre.

En effet, comme le dit madame de Staël à propos de *Faust*, il y a tout et même plus que tout dans ces conceptions d'un génie complexe et inépuisable : la vie extérieure réelle, reproduite jusque dans ses détails les plus familiers, à touches larges et franches comme celles des vieux maîtres ; la vie intérieure et imaginative, les malaises d'âme et les découragements amers, des visions et des rêves horribles ou gracieux, des figures grimaçantes et bizarres, des ricanements diaboliques ; à côté d'un ravissant profil de jeune fille, au milieu d'une peinture suave, le ciel et l'enfer, le dessus et le dessous, ce qui est et ce qui n'est pas, et tout cela avec une force de couleur, une intensité de poésie, une verve d'exécution dont Hoffmann, peintre, musicien, ivrogne et hypocondre était peut-être seul capable au monde ; car, quel autre qu'un musicien aurait pu décrire toutes ces sensations musicales si déliées et si subtiles qui font le charme de la *Vie d'artiste*, des *Maîtres chanteurs* et de *Don Juan ;* quel autre qu'un peintre, concevoir et accomplir avec une aussi rare perfection *Salvator Rosa* et *L'Église des Jésuites ;* quel autre qu'un ivrogne et qu'un hypocondre, ces monstres informes, ces caricatures grotesques, ces masques à la manière de Callot ou des *Songes drolatiques* de Rabelais, qu'il fait voir sur des fonds noirs ou blancs. Aussi, aucun des livres que j'ai lus ne m'a impressionné de tant de manières diverses. Après un volume d'Hoffmann, je suis comme si j'avais bu dix bouteilles de vin de Champagne ; il me semble qu'une roue de moulin a pris la place de ma cervelle et tourne entre les parois de mon crâne ; l'horizon danse devant mes yeux et il me faut du temps pour cuver ma lecture et parvenir à reprendre ma vie de tous les jours. C'est que l'imagination d'Hoffmann, grisée elle-même, est vagabonde comme les flocons de la blanche fumée emportés et dispersés par le vent, fougueuse et pétillante comme la mousse qui s'échappe du verre, et que son style est un prisme magique et changeant où se réfléchit la création en tous sens, un arc-en-ciel, un reflet de toutes les couleurs de l'iris, une queue de paon où le soleil a réuni tous ses rayons !

Ces contes étranges diffèrent tellement de tous les contes parus jusqu'ici, qu'on éprouve en les lisant la même impression qu'un homme lancé de Paris à Pékin, au moyen d'une fronde, éprouverait à l'aspect des toits vernissés, des murailles de porcelaine, des treillis rouges et jaunes de ses maisons, des enseignes des boutiques chargées de caractères bizarres et d'animaux fantastiques, et de toute cette population qui nous apparaît si baroque sur les feuilles de nos paravents, avec ses parasols, ses chapeaux en cône, ornés de clochettes, et ses robes chamarrées de larges fleurs et de petits serpents ailés.

Quelle variété ! quelle vie ! quel mouvement ! Le candide Pérégrinus Tyss, maître Floh, la ravissante petite péri Doerje, la modiste Giacintha, qui essaye si coquettement les robes de ses pratiques, le peintre et sa fille, que sais-je moi ! Tant de silhouettes bouffonnes, tant de portraits de femmes aériennes comme des esquisses de Lawrence, tant de peintures fraîches ou chaleureuses, des *selve selvaggie* de Salvator, des intérieurs de Téniers ; et puis, dans *Marino Faliero*, des points de vue de Venise que l'on croirait échappés au pinceau de Caneletto.

Je sais bien qu'il ne manque pas, malgré tout cela, de gens qui traitent Hoffmann d'auteur absurde et extravagant ; mais qu'est-ce que cela prouve ? Il y a bien des gens qui disent que Victor n'est pas poète !

1836

Contes d'Hoffmann

Hoffmann est populaire en France, plus populaire qu'en Allemagne. – Ses contes ont été lus par tout le monde ; la portière et la grande dame, l'artiste et l'épicier en ont été contents. Cependant il semble étrange qu'un talent si excentrique, si en dehors des habitudes littéraires de la France, y ait si promptement reçu le droit de bourgeoisie. Le Français n'est pas naturellement fantastique, et en vérité il n'est guère facile de l'être dans un pays où il y a tant de réverbères et de journaux. – Le demi-jour, si nécessaire au fantastique, n'existe en France ni dans la pensée, ni dans la langue, ni dans les maisons ; – avec une pensée voltairienne, une lampe de cristal et de grandes fenêtres, un conte d'Hoffmann est bien la chose du monde la plus impossible. Qui pourrait voir onduler les petits serpents bleus de l'écolier Anselme en passant sous les blanches arcades de la rue de Rivoli, et quel abonné du *National* pourrait avoir du diable cette peur intime qui faisait courir le frisson sur la peau d'Hoffmann, lorsqu'il écrivait ses nouvelles et l'obligeait à réveiller sa femme pour lui tenir compagnie ? Et puis que viendrait faire le diable à Paris ? Il y trouverait des gens autrement diables que lui, et il se ferait attraper comme un provincial. On lui volerait son argent à l'écarté ; on le forcerait à prendre des actions dans quelque entreprise, et s'il n'avait pas de papiers on le mettrait en prison ; Méphistophélès lui-même, pour lequel le grand Wolfgang de Goethe s'est mis en frais de scélératesse et de roueries et qui effectivement est assez satanique pour le temps et l'endroit, nous paraît quelque peu enfantin. Il est sorti tout récemment de l'université d'Iéna. – Nos revenants ont des lorgnons et des gants blancs, et ils vont à minuit prendre des glaces chez Tortoni ; – au lieu de ces effroyables soupirs des spectres allemands, nos spectres parisiens fredonnent des ariettes d'opéra comique en se promenant dans les cimetières. Comment se fait-il donc que les contes d'Hoffmann aient été si vite et si généralement compris, et que le peuple de la terre qui a le plus de bon sens ait adopté sans restrictions cette fantaisie si folle et si vagabonde ? – Il faut écarter le mérite de nouveauté et de surprise, puisque le succès se soutient et s'accroît d'année en année. – C'est que l'idée qu'on a d'Hoffmann est fausse comme toutes les idées reçues.

Arrêtez délicatement un littérateur ou un homme du monde par le bouton de son habit et acculez-le dans un angle de croisée ou sous une porte cochère, et, après vous être informé du cours de la Bourse et de la santé de sa femme, mettez-le sur le compte d'Hoffmann par la transition la plus ingénieuse que vous pourrez imaginer. – Je consens à devenir cheval de fiacre ou académicien de province s'il ne vous parle d'abord de la grosse pipe sacramentelle en écume de mer et de la cave de maître Luther à Berlin ; puis il vous fera cette remarque subtile qu'Hoffmann est un grand génie, mais un génie malade, et qu'effectivement plusieurs de ses contes ne sont pas vraisemblables. – La vignette qui le représente assis sur un tas de tonneaux, fumant dans une pipe gigantesque qui lui sert en même temps de marchepied, et entouré de ramages chimériques, de coquecigrues, de serpenteaux et autres fanfreluches, résume l'opinion que beaucoup de personnes, même parmi celles qui sont d'esprit, ont acceptée toute faite à l'endroit de l'auteur allemand. Je ne nie pas qu'Hoffmann n'ait fumé souvent, ne se soit enivré quelquefois avec de la bière ou du vin du Rhin et qu'il n'ait eu de fréquents accès de fièvre ; mais cela arrive à tout le monde et n'est que pour fort peu de chose dans son talent ; il serait bon, une fois pour toutes, de désabuser le public sur ces prétendus moyens d'exciter l'inspiration. Ni le vin, ni le tabac ne donnent du génie ; un grand homme ivre va de travers tout comme un autre, et ce n'est pas une raison pour s'élever dans les nues que de tomber dans le ruisseau. Je ne crois pas qu'on ait jamais bien écrit quand on a perdu le sens et la raison, et je pense que les tirades les plus véhémentes et les plus échevelées ont été composées en face d'une carafe d'eau. – La cause de la rapidité du succès d'Hoffmann est assurément là où personne ne l'aurait été chercher. – Elle est dans le sentiment vif et vrai de la nature qui éclate à un si haut degré dans ses compositions les moins explicables.

Hoffmann, en effet, est un des écrivains les plus habiles à saisir la physionomie des choses et à donner les apparences de la réalité aux créations les plus invraisemblables. Peintre, poète et musicien, il saisit tout sous un triple aspect, les sons, les couleurs et les sentiments. Il se rend compte des formes extérieures avec une netteté et une précision admirables. Son crayon est vif et chaud ; il a l'esprit de la silhouette et découpe en se jouant mille profils mystérieux et singuliers dont il est impossible de ne pas se souvenir, et qu'il vous semble avoir connus quelque part.

Sa manière de procéder est très-logique, et il ne chemine pas au hasard dans les espaces imaginaires, comme on pourrait le croire.

Un conte commence. – Vous voyez un intérieur allemand, plancher de sapin bien frotté au grès, murailles blanches, fenêtres encadrées de houblon, un clavecin dans un coin, une table à thé au milieu, tout ce qu'il y a de plus simple et de plus uni au monde ; mais une corde de clavecin se casse toute seule avec un son qui ressemble à un soupir de femme, et la note vibre longtemps dans la caisse émue ; la tranquillité du lecteur est déjà troublée et il prend en défiance cet intérieur si calme et si bon. Hoffmann a beau assurer que cette corde n'est véritablement autre chose qu'une corde trop tendue qui s'est rompue comme cela arrive tous les jours, le lecteur n'en veut rien croire. Cependant l'eau s'échauffe, la bouilloire se met à jargonner et à siffler ; Hoffmann, qui commence à être inquiet lui-même, écoute les fredonnements de la cafetière avec un sérieux si intense, que vous vous dites avec effroi qu'il y a quelque chose là-dessous qui n'est pas naturel et que vous restez dans l'attente de quelque événement extraordinaire : entre une jeune fille blonde et charmante, vêtue de blanc, une fleur dans les cheveux ; ou un vieux conseiller aulique avec un habit gris de fer, une coiffure à l'oiseau royal, des bas chinés et des boucles de strass, une figure réjouissante et comique à tout prendre, et vous éprouvez un frisson de terreur comme si vous voyiez apparaître lady Macbeth avec sa lampe ou entrer le spectre dans *Hamlet ;* en bien regardant cette belle jeune fille, vous découvrez dans ses yeux bleus un reflet vert suspect, la vive rougeur de ses lèvres ne vous paraît guère conciliable avec la pâleur de cire de son col et de ses mains, et au moment où elle ne se croit pas observée, vous voyez frétiller au coin de sa bouche la petite queue de lézard ; le vieux conseiller lui-même a de certaines grimaces ironiques dont on ne peut pas bien se rendre compte ; on se défie de sa bonhomie apparente, l'on forme les plus noires conjectures sur ses occupations nocturnes, et pendant que le digne homme est enfoncé dans la lecture de Puffendorf ou de Grotius, on s'imagine qu'il cherche à pénétrer dans les mystérieuses profondeurs de la cabale et à déchiffrer les pages bariolées du grimoire. Dès lors une terreur étouffante vous met le genou sur la poitrine et ne vous laisse plus respirer jusqu'au bout de l'histoire ; et plus elle s'éloigne du cours ordinaire des choses, plus les objets sont minutieusement détaillés, l'accumulation de petites circonstances vraisemblables sert à masquer l'impossibilité du fond. Hoffmann est doué d'une finesse d'observation merveilleuse, surtout pour les ridicules du corps ; il saisit très-bien le côté plaisant et risible de la forme, il a sous ce rapport de singulières affinités avec Jacques Callot et principalement avec Goya, caricaturiste espagnol trop peu connu, dont l'œuvre à la fois bouffonne et terrible produit les mêmes effets que les récits du conteur allemand. C'est donc à cette réalité dans le fantastique, jointe à une rapidité de narration et à un intérêt habilement soutenu qu'Hoffmann doit la promptitude et la durée de son succès. En art, une chose fausse peut être très vraie, et une chose vraie très fausse ; tout dépend de l'exécution. Les pièces de M. Scribe sont plus fausses que les nouvelles d'Hoffmann, et peu de livres ont, artistement parlant, des sujets plus admissibles que les contes du *Majorat* et du *Violon de Crémone*. Puis, on est très-agréablement surpris de trouver des pages pleines de sensibilité, des morceaux étincelant d'esprit et de goût, des dissertations sur les arts, une gaieté et un comique que l'on n'aurait pu soupçonner dans un Allemand hypocondriaque et croyant au diable (et, chose importante pour les lecteurs français, un nœud habilement lié et délié, des péripéties et des événements, tout ce qui constitue l'intérêt dans le sens idéal et matériel du mot).

Du reste, le merveilleux d'Hoffmann n'est pas le merveilleux des contes de fées ; il a toujours un pied dans le monde réel, et l'on ne voit guère chez lui de palais d'escarboucles avec des tourelles de diamant. – Les talismans et les baguettes des *Mille et une Nuits* ne lui sont d'aucun usage. Les sympathies et les antipathies occultes, les folies singulières, les visions, le magnétisme, les influences mystérieuses et malignes d'un mauvais principe qu'il ne désigne que vaguement, voilà les éléments surnaturels ou extraordinaires qu'emploie habituellement Hoffmann. C'est le positif et le plausible du fantastique ; et à vrai dire, les contes d'Hoffmann devraient plutôt être appelés contes capricieux ou fantasques que contes fantastiques. Aussi les plus rêveurs et les plus nuageux des Allemands préfèrent-ils de beaucoup Novalis, et considèrent-ils

Hoffmann comme une nourriture pesante et bonne seulement pour les plus robustes estomacs littéraires. Sa vivacité et l'ardeur de son coloris, tout à fait italien, offusquent leurs yeux habitués aux mourantes pâleurs des clairs de lune d'hiver. Jean-Paul Richter, bon juge assurément en pareille matière, a dit que ses ouvrages produisaient l'effet d'une chambre noire et que l'on voyait s'y agiter un microcosme vivant et complet. Ce sentiment profond de la vie, quoique souvent bizarre et dépravé, est un des grands mérites d'Hoffmann et le place bien au-dessus des nouvellistes ordinaires, et sous ce rapport ses contes sont plus réels et plus vraisemblables que beaucoup de romans conçus et exécutés avec la plus froide sagesse. — Dès que la vie se trouve dans un ouvrage d'art, le procès est gagné, car il n'est pas difficile de pétrir de l'argile sous toute espèce de forme ; le beau est de ravir au ciel ou à l'enfer la flamme qui doit animer ces fantômes de terre : depuis Prométhée on n'y a pas souvent réussi.

La plupart des contes d'Hoffmann n'ont rien de fantastique, *Mademoiselle de Scudéry, le Majorat, Salvator Rosa, Maître Martin et ses apprentis, Marino Falieri,* sont des histoires dont le merveilleux s'explique le plus naturellement du monde, et ces histoires sont assurément les plus belles de toutes celles qui lui font le plus d'honneur. — Hoffmann était un homme qui avait vu du monde et de toutes les sortes ; il avait été directeur de théâtre et il avait longtemps vécu dans l'intimité des comédiens : dans la vie ambulatoire et agitée, il dut voir et apprendre beaucoup. Il passa par plusieurs conditions ; il eut de l'argent et n'en eut pas ; il connut l'excès et la privation ; outre l'existence idéale, il eut aussi l'existence réelle, il mêla la rêverie à l'action, il mena enfin la vie d'un homme et non celle d'un littérateur. C'est une chose facile à comprendre et qu'on devinerait, si sa vie était inconnue, à la foule de physionomies différentes, évidemment prises sur nature, de réflexions fines et caustiques sur les choses du monde et à la connaissance parfaite des hommes qui éclate à chaque page. Ses idées sur le théâtre sont d'une singularité et d'une justesse remarquables, et prouvent une grande habitude de la matière ; personne n'a parlé comme lui de la musique avec science et enthousiasme ; ses caractères de musiciens sont des chefs-d'œuvre de naturel et d'originalité ; lui seul, musicien lui-même, pouvait dépeindre si comiquement les souffrances musicales du maître de chapelle Kreisler, car il a un excellent instinct de comédie, et les tribulations de ses héros naïfs provoquent le rire le plus franc. Nous insistons longtemps sur tous ces côtés humains et ordinaires du talent d'Hoffmann, parce qu'il a malheureusement fait école, et que des imitateurs sans esprit, des imitateurs enfin, ont cru qu'il suffisait d'entasser absurdités sur absurdités et d'écrire au hasard les rêves d'une imagination surexcitée, pour être un conteur fantastique et original ; mais il faut dans la fantaisie la plus folle et la plus déréglée une apparence de raison, un prétexte quelconque, un plan, des caractères et une conduite, sans quoi l'œuvre ne sera qu'un plat verbiage, et les imaginations les plus baroques ne causeront même pas de surprise. – Rien n'est si difficile que de réussir dans un genre où tout est permis, car le lecteur reprend en exigence tout ce qu'il vous accorde en liberté, et ce n'est pas une gloire médiocre pour Hoffmann d'y avoir obtenu un pareil succès avec des lecteurs si peu disposés pour entendre des légendes merveilleuses.

Hoffmann ne s'est pas, il faut le dire, présenté en France avec sa redingote allemande toute chamarrée de brandebourgs et galonnée sur toutes les coutures, comme un sauvage d'outre-Rhin ; avant de mettre le pied dans un salon, il s'est adressé à un tailleur plein de goût, à M. Loëve-Weimar, qui lui a confectionné un frac à la dernière mode avec lequel il s'est présenté dans le monde et s'est fait bien venir des belles dames. Peut-être qu'avec ses habits allemands il eût été consigné à la porte, mais maintenant que la connaissance est faite et que tout le monde sait que c'est un homme aimable et seulement un peu original, il peut reprendre sans danger son costume national. – Nous commençons à comprendre qu'il vaut mieux laisser au Charrua et à l'Osage leur peau tatouée de rouge et de bleu que de les écorcher pour les mettre à la française. Le temps n'est plus des belles infidèles de d'Ablancourt, et un traducteur serait mal venu de dire qu'il a retranché, transposé ou modifié tous les passages qui ne se rapportent point au goût français ; il faudrait plutôt suivre dans une traduction le procédé précisément inverse, car si l'on traduit, c'est pour enrichir la langue de pensées, de phrases et de tournures qui ne s'y trouvent pas.

M. Massé Egmont a parfaitement compris son rôle de traducteur et n'a pas cherché à substituer l'esprit qu'il a à celui d'Hoffmann ; il a traduit en conscience le mot sous le mot et dans un système de littéralité scrupuleuse. J'aime beaucoup mieux un germanisme de style qu'une inexactitude. Une traduction, pour être bonne, doit être en quelque sorte un lexique interlinéaire ; d'ailleurs c'est une fausse idée de croire que l'élégance y perde, et quand elle y perdrait, c'est un sacrifice qu'il faudrait faire. Un traducteur doit être une contre-épreuve de son auteur ; il doit en reproduire jusqu'au moindre petit signe particulier, et comme l'acteur à qui l'on a confié un rôle, abdiquer complètement sa personnalité pour revêtir celle d'un autre. Outre la connaissance profonde des deux langues, il faut toujours de l'esprit et quelquefois du génie pour être un bon traducteur ; c'est pourquoi il y a si peu de bons traducteurs. — M. Massé Egmont a traduit tous les passages difficiles passés ordinairement par les traducteurs et plusieurs contes inédits, ce qui fait de cette traduction une œuvre entièrement nouvelle.

Les vignettes de M. Camille Rogier complètent admirablement bien le travail de M. Egmont. Après avoir lu l'un et regardé l'autre, on peut dire que l'on connaît Hoffmann. M. Camille Rogier semble avoir dérobé à Jacques Callot le spirituel caprice de sa pointe, et à Westall tout le moelleux et le vaporeux de ses plus délicates compositions. Ces vignettes entourées d'un encadrement assorti font de ces deux volumes deux véritables bijoux que tout le monde voudra placer dans sa bibliothèque.

Deux volumes d'une exécution aussi parfaite et qui vont bientôt paraître couronneront dignement cette belle publication.

(*Chronique de Paris*, 14 août 1836.)

1856

Achim von Arnim

Achim d'Arnim n'est guère connu en France que par les apprécia-
tions que lui ont consacrées Henri Heine et Henri Blaze dans leurs
travaux sur les écrivains de l'Allemagne ; aucune traduction complète
d'une de ses œuvres n'a été, que nous sachions, risquée jusqu'à présent.
L'on s'est borné à des analyses et à des citations fragmentaires ; rien ne
diffère plus en effet du génie français que le génie d'Achim d'Arnim,
si profondément allemand et romantique dans toutes les acceptions
qu'on peut donner à ce mot. Écrivain fantastique, il n'a pas cette netteté
à la Callot d'Hoffmann qui dessine d'une pointe vive des silhouettes
extravagantes et bizarres, mais d'un contour précis comme les Tartaglia,
les Sconronconcolo, les Brighella, les Scaramouches, les Pantalons, les
Truffaldins et autres personnages grotesques ; il procède plutôt à la
manière de Goya, l'auteur des *Caprichos ;* il couvre une planche de noir,
et, par quelques touches de lumière habilement distribuées, il ébauche au
milieu de cet amas de ténèbres des groupes à peine indiqués, des figures
dont le côté éclairé se détache seul, et dont l'autre se perd confusément
dans l'ombre ; des physionomies étranges gardant un sérieux intense,
des têtes d'un charme morbide et d'une grâce morte, des masques
ricaneurs à la gaieté inquiétante, vous regardent, vous sourient et vous
raillent du fond de cette nuit mêlée de vagues lueurs. Dès que vous
avez mis le pied sur le seuil de ce monde mystérieux, vous êtes saisi
d'un singulier malaise, d'un frisson de terreur involontaire, car vous ne
savez pas si vous avez affaire à des hommes ou à des spectres. Les êtres
réels semblent avoir déjà appartenu à la tombe, et, en s'approchant de
vous, ils vous murmurent à l'oreille avec un petit souffle froid qu'ils
sont morts depuis longtemps, et vous recommandent de ne pas vous
effrayer de cette particularité. Les fantômes ont, au contraire, une animation surprenante ; ils s'agitent, ils se démènent et font la grimace de

la vie en comédiens consommés ; la rougeur de la phthisie, le pourpre de la fièvre colorent les joues bleuâtres des héroïnes et simulent l'éclat vermeil de la santé ; mais si vous leur prenez la main, vous la trouverez moite d'une sueur glacée. Ce petit monsieur à peau jaune et terreuse dont le torse se bifurque en deux jambes tortillées comme une carotte à deux pivots, n'est pas un feld-maréchal, mais bien une racine, une mandragore née sous la potence « des larmes équivoques d'un pendu » ; cet être huileux, blafard et gras qui frissonne dans sa redingote de peau d'ours est un mort sorti de sa fosse pour gagner quelque argent et solder un petit compte qu'il doit aux vers. N'allez pas devenir amoureux de cette jeune fille ; c'est un morceau d'argile, un golem, qu'un mot cabalistique écrit sous ses cheveux doue d'une vie factice. Si par un baiser vous effaciez le talisman, la femme retomberait en poussière : – il ne faut se fier à rien avec ce diable d'Arnim ; il vous installe dans une chambre d'apparence confortable et bourgeoise, vous croyez être en pleine réalité : les larves ne peuvent pas s'accrocher par les ongles de leurs ailes de chauve-souris aux angles de ce plafond blanc ; les plis des rideaux, symétriquement arrangés, n'offrent aucune cachette aux gnomes : relevez le tapis de la table, vous ne trouverez pas accroupi dessous un kobold coiffé d'un chapeau vert ; mais, si pour respirer la fraîcheur du soir vous vous accoudez au balcon, vous verrez de l'autre côté de la ruelle une fenêtre lumineuse, et vous distinguerez dans l'appartement éclairé une charmante créature au pur profil hébraïque qui reçoit nombreuse compagnie et fait gracieusement les honneurs de son thé. Il y a des magistrats, des conseillers auliques, des militaires en uniforme, tous très-polis, très-cérémonieux, mais dont les visages rappellent ceux de personnes couchées depuis plusieurs années au cimetière de la ville, et dont les cartes d'invitation ont dû être copiées sur des épitaphes. C'est un raout de trépassés que donne Mlle Esther, qui elle-même ne jouit pas d'une existence bien certaine. Si vous restez à la fenêtre jusqu'à minuit, vous apercevrez avec une horreur secrète votre double qui vient prendre une tasse de ce thé funèbre. – N'allez pas non plus, lorsque vous vous échauffez à déclamer *la Phèdre* de Racine, jeter votre habit de taffetas bleu de ciel sur le dos d'un mannequin ; le mannequin croisera les bras, gardera l'habit, et vous serez obligé de vous sauver en chemise par les rues ; outre votre habit, on vous volera votre cœur, et vous n'entendrez plus battre sous votre poitrine le tic tac de la vie.

Ce qui caractérise surtout Achim d'Arnim, c'est son entière bonne foi, sa profonde conviction ; il raconte ses hallucinations comme des faits certains : aucun sourire moqueur ne vient vous mettre en garde, et les choses les plus incroyables sont dites d'un style simple, souvent enfantin et presque puéril ; il n'a pas la manie si commune aux Français d'expliquer son fantastique par quelque supercherie ou quelque tour de passe-passe : chez lui, le spectre est bien un spectre, et non pas un drap au bout d'une perche. Sa terreur n'est pas machinée, et ses apparitions rentrent dans les ténèbres sans avoir dit leur secret ; il sait les mystères de la tombe aussi bien qu'un fossoyeur, et la nuit, quand la lune est large à l'horizon, assis sur un monument funéraire, il passe sa lugubre revue de spectres avec le sang-froid d'un général d'armée ; il loue celui-ci sur sa bonne tenue, et recommande à l'autre de ne pas laisser ainsi traîner son linceul ; il les connaît tous, et dit à chacun un petit mot amical.

Achim d'Arnim excelle dans la peinture de la pauvreté, de la solitude, de l'abandon ; il sait trouver alors des accents qui navrent, des mots qui résonnent douloureusement comme des cordes brisées, des périodes tombant comme des nappes de lierre sur des ruines ; il a aussi une tendresse particulière pour la vie errante et l'existence étrange des bohémiens. Ce peuple, au teint cuivré, aux yeux nostalgiques, Ahasvérus des nations, qui, pour n'avoir point voulu laisser se reposer la sainte famille en Égypte, promène ses suites vagabondes à travers les civilisations en songeant toujours à la grande pyramide où elle rapporte ses rois morts.

Les Allemands reprochent au style d'Arnim de n'être point plastique ; mais qui a jamais pu sculpter les nuages et modeler les ombres ? La vie d'un écrivain si singulier devrait être singulière ; il n'en est rien. La biographie, malgré sa bonne volonté d'être bavarde, n'a pu réunir sur d'Arnim que les lignes suivantes...

Il naquit à Berlin le 26 janvier 1781. – Étudia à Göttingue les sciences naturelles, et fut reçu docteur en médecine, profession qu'il n'exerça jamais. Après avoir longtemps parcouru l'Allemagne, voyage où il recueillit les éléments du charmant recueil intitulé : *L'enfant au cor enchanté*, il épousa Bettina Brentano, la sœur de son ami Clément Brentano. Pendant la période malheureuse pour l'Allemagne qui s'écoula entre les années 1806 et 1813, Arnim s'occupa de réveiller le patriotisme de ses concitoyens. La guerre finie, il se retira dans sa terre de Wiepersdorf, près de Dahme, où il mourut d'une attaque d'apoplexie foudroyante, le 3 janvier 1834.

NOTES

LA CAFETIÈRE

a. Dans tous ses « avatars », le conte a perdu son titre et son sous-titre dans le texte E ; il devient alors *Angela* : l'accent est légèrement déplacé de la métamorphose d'un objet à la personnalité de la jeune morte.

b. L'épigraphe disparaît dans les versions E et F, dans les deux *Peau de tigre*, ultimes versions approuvées par Gautier ; elle revient dans la réédition de 1873 avec les *Jeunes-France*. Il semble préférable de la maintenir. Évidemment arbitraire, ou faisant allusion de très loin à l'histoire, désinvolte et « dandy » dans cette incohérence délibérée, elle l'est encore par sa fausseté : inventée selon toute vraisemblance et accompagnée d'une référence non moins fantaisiste. Référence qui change, dans D, la citation est supposée venir de la *Vision de Jacob*.

c. Le vicomte S. de Lovenjoul a révélé dans son *Histoire des œuvres de Th. Gautier*, t. I, une première version du début qui constitue un long brouillon du préambule ; ce texte, l'une des premières proses de Gautier, peut-être antérieur à 1830, lui semblait révéler combien l'auteur débutant a travaillé son récit ; il le supposait réécrit plusieurs fois. Nous le donnons en entier tel que S. de Lovenjoul l'a édité ; Gautier a coupé dans ce préambule tous les détours textuels qui, complaisamment développés par des descriptions, retardaient l'aventure sans réellement imposer l'atmosphère préalable. Il n'a gardé finalement que l'indication du mauvais temps, de l'arrivée des visiteurs fatigués et boueux ; c'est cela qui prépare le fantastique, mieux que de longues évocations des choses : le monde *retourné*, devenu nocturne, délaissé par la vie, la couleur, la chaleur, cette nature en état de malaise, suffisent à établir les conditions du fantastique. Voici ce premier texte :

« L'année dernière, un de mes camarades d'atelier m'invita à passer quelques jours dans une terre qu'il avait au fond de la Normandie.

« Il invita pareillement deux autres jeunes gens, Arrigo Cohic et Pédrino Borgnioli, comme moi élèves du même maître. « On était en septembre, précisément à l'époque de l'ouverture des chasses, et comme il est de bon ton d'être chasseur, mes compagnons se crurent obligés d'emporter tout l'attirail d'usage en pareil cas.

« Beaux fusils bronzés à deux coups, poudrières élégamment sculptées suspendues par un riche cordon de soie, carnassières aux mailles vertes, profondes à engloutir le gibier de vingt forêts, guêtres en cuir pour préserver les jambes des broussailles, casquettes de paille pour garantir le visage du soleil, rien n'y manquait, voire trois chiens d'arrêt qu'on fit monter en voiture avec nous. Moi, je n'emportais rien du tout, pensant, comme don Juan et Lord Chesterfield, qu'un homme d'esprit ne peut chasser deux fois dans sa vie.

« On se moqua de moi, mais je tins bon, l'expérience de l'année précédente m'ayant guéri de la chasse pour toujours. « Enfin, après deux jours de route sur des chemins affreux, par un temps de brume et de pluie, nous arrivâmes au lieu de notre destination.

« C'était une espèce de château composé de plusieurs corps de logis irréguliers bâtis à différentes époques, selon que l'accroissement de la famille l'avait exigé. Les parties les plus anciennes de la construction ne paraissaient pas cependant remonter plus haut que la fin du règne de Louis XIII. Une multitude de fenêtres de toutes les formes et de toutes les grandeurs perçait inégalement les murailles lézardées et moisies par le bas, à force d'humidité. À chaque angle des toits, dont l'ardoise avait depuis longtemps perdu son lustre, pirouettaient, avec un son aigre et criard, de grandes girouettes rongées de rouille. La cour était pleine d'herbes, et le lierre croissait entre les fentes des murs et le perron tout couvert de mousse.

« Car il y avait au moins trente ans que ce château n'était plus habité que par un vieux domestique, chargé de donner de l'air aux appartements déserts, de brosser les tapisseries et de battre de temps à autre les fauteuils habillés de vastes housses.

« L'aspect de cette désolation fit un singulier effet sur moi et me serra le cœur ; mais l'accueil cordial et bienveillant du jeune maître dissipa cette impression fâcheuse. Il nous conduisit tous les trois dans une cuisine immense qui sentait le moyen âge à faire plaisir.

« Le plafond était rayé de solives de chêne noircies par la fumée. Les fenêtres étroites et longues avec des vitrages de plomb ne laissaient passer qu'un jour mystérieux et vague digne d'un intérieur de Rembrandt. Une énorme table occupait tout le milieu de la pièce. Sur des planches, colorées des teintes les plus chaudes, s'étalaient une grande quantité d'ustensiles de cuivre jaune et rouge de formes bizarres ; les uns noyés dans l'ombre, les autres se détachant du fond avec un point lumineux sur la partie saillante et des reflets sur le bord.

« Il y avait aussi plusieurs pots de faïence peints de diverses couleurs comme on en voit dans les vieux tableaux flamands. Mais, certes, ce qu'il y avait de plus curieux c'était la cheminée. Elle tenait presque tout un côté de la salle, et l'on aurait pu y faire rôtir un bœuf aussi aisément qu'une mauviette dans nos foyers modernes.

« Trois ou quatre fagots étaient posés en travers sur des chenets de fer, ornés de grosses boules bien luisantes.

« Comme je suis frileux de mon naturel, j'entrai sous la vaste hotte de la cheminée et, me tenant debout, j'étendis avec un profond sentiment de bien-être mes mains dégantées vers la flamme, qui montait en pétillant au long de la plaque de tôle représentant les armes de France et dansait sur la muraille, enduite d'une couche épaisse de suie ; et je serais resté là tout le jour à regarder les gerbes d'étincelles bleues et rouges, à écouter le grésillement des langues de feu qui s'échappait du bois à demi consumé, si l'on ne m'eût pas averti que le dîner était prêt.

« L'on pense bien qu'il était délicat et abondant, et que nous y fîmes honneur. L'on mangea beaucoup, on but encore plus, de sorte qu'après quelques propos joyeux il fallut s'aller coucher. On mit mes deux camarades dans une même chambre et moi dans une autre, tout seul.

« Cette chambre était vaste. Je sentis en y entrant comme une espèce de frisson, car il me sembla que j'entrais dans un monde nouveau, et que, le seuil passé, je n'avais plus de relation avec celui-ci.

« En effet, l'on aurait pu se croire au siècle de la Régence. Rien n'était dérangé ; la toilette couverte de boîtes, de peignes et de houppes à poudrer semblait avoir servi hier. Deux ou trois robes à couleurs changeantes, un éventail semé de paillettes jonchaient le plancher, comme si quelqu'un venait de se déshabiller là, et, sur le bord de la cheminée, je vis, à mon grand étonnement, une tabatière d'écaille ouverte pleine de tabac encore frais.

« Je ne remarquai ces choses qu'après que le domestique, déposant son bougeoir sur la table de nuit, m'eut souhaité un bon somme, et, je l'avoue, je commençai à trembler de tous mes membres.

« Je me déshabillai promptement et je me mis au lit. Pour en finir avec ces sottes frayeurs, je fermai bien les yeux en me tournant du côté de la muraille ; mais il me fut impossible de rester dans cette position : le lit s'agitait sous moi comme une vague et mes paupières se retiraient violemment en arrière. Force me fut de me retourner et de voir. »

d.   Dans A, le premier se nomme « Cohie » ; ces étranges noms italo-bretons portés par des rapins parisiens ne sont pas mentionnés dans D. Les initiales constituent (partiellement) ABC : est-ce *la loi* de leur invention ?

e.   Le rococo ne signifie encore pour Gautier que la conservation du passé dans le présent et ne renvoie qu'à une suspension du temps ; il n'est pas encore vraiment réhabilité à ses yeux sur le plan esthétique ; voir sur ce point *Omphale*, note l.

f.   Var. : « ... avoir servi hier » dans toutes les éditions jusqu'à F.

g.   Dans D, s'intercale ici une variante qui ne se trouve nulle part ailleurs : « Un vieux clavecin aux touches d'ivoire sur lesquelles il me semblait voir errer nonchalamment les bras nus de quelque jeune beauté de la Régence ».

h.   L'article d'A. Bottacin rapproche de détail, les mouvements étranges du lit qui semble complice de la mise en scène fantastique, du *Diable amoureux* Cazotte, à peine Alvar a-t-il logé chez lui la Biondetta, qu'il est soumis à toutes ses séductions : il s'agite dans son lit, qui se disloque et s'effondre, le faux page, peu vêtu, se précipite sur lui pour l'aider et le serrer dans ses bras.

i.   Var. dans A et B ; « ... se hérissèrent comme une auréole autour de mon front pâle... », corrigé dans C.

j.   Dans A et B cette phrase est entre parenthèses, et il n'y a pas d'alinéa ; la phrase se suit sans interruption jusqu'à « les cendres ».

k.   Var. : « ... entre les chenets » dans A et B, corrigé à partir de C. Dans *Le vase d'or* d'Hoffmann (Livre de poche, p. 240 et 284), on trouvera ce texte qui a guidé l'invention de Gautier : de même qu'une jeune fille est aussi une cafetière, de même la vieille Lise, qui est une sorcière, peut dire à Véronique : « La cafetière qui était devant toi, tu te rappelles ?, c'était moi. Tu ne me reconnais pas ? » ; plus tard Anselme entend des grognements exécrables qui viennent d'une cafetière au couvercle ébréché, dans laquelle il voit se préciser les traits affreux de la vieille marchande de pommes qui le persécute. Ce rapprochement a été fait par Mlle Velthuis, *op. cit.*, p. 90.

l.   Gautier, qui connaît certainement mieux Shakespeare que bien des Romantiques, écrira en 1842 un prologue en vers pour le *Falstaff, scène de la taverne* de Paul Meurice et Auguste Vacquerie.

m.   *Forure* : terme de serrurerie, désigne le trou d'une clef.

n.   Var. : « ... la pointe de l'épée en haut, si drôles que malgré ma frayeur je ne pus m'empêcher de rire » dans A et B, « en haut, si bizarres que malgré ma frayeur » dans C et D ; le texte définitif qui applique la dernière phrase à tous les personnages apparaît dans E.

o.   Var. : « ... sauta agilement... » dans A et B ; correction dans C.

p.   Var. : « ... munies chacune d'un morceau... » dans A et B, corrigé dans C.

q.   Var. : « ... sur le cadran de la pendule » dans A et B. Corrigé dans C.

r.   Var : « où plusieurs valets sonnent du cor » dans A et B ; corrigé dans C. Cette transformation de l'image en sons, cette correspondance entre l'orchestre représenté et la musique sortie de l'image, se retrouve dans *Le magnétiseur* de Nerval, ébauche tirée des *Élixirs du*

diable d'Hoffmann en 1840 (*Œuvres complémentaires*, Minard, t. III, 1965 p. 374), où se
produit le même prodige, une tapisserie qui s'anime, elle représente des bergers de jadis
et la tapisserie *se fait entendre*. Nerval encore dans *Le monstre vert* (1849) raconte comment
dans une cave hantée les bouteilles dansent frénétiquement au son d'une musique *endiablée*.

s.   Var : « … un déluge de notes, de trilles si pressées, des gammes ascendantes et descendantes
     si entortillées, si inconcevables que les démons… » dans A, « … de notes, de trilles si
     pressées, de gammes… » dans B, « … de notes et de trilles si pressées, et de gammes… »
     dans C. Le monde réanimé devient musique : mais la musique appartient à l'*autre* vie, qui
     est divine ou satanique. Ici même les démons ne pourraient en suivre la cadence : qu'il
     y ait une musique si compliquée, si difficile, qu'elle réclame une habileté surhumaine et
     diabolique en un mot, c'est aussi un lieu commun de l'époque (*cf.* Max Milner, *op. cit.*,
     t. I, p. 473 *sq.*) ; la *Trille du diable* de Tartini (1713) passait pour avoir été inventée au cours
     d'un rêve où le musicien avait vu et entendu le diable la jouer ; en 1831 la venue à Paris
     de Paganini au jeu étourdissant, au visage torturé, avait renouvelé cette croyance en une
     virtuosité d'origine infernale ; Paganini lui-même s'amusait à accréditer la légende du
     Démon venant guider son archet ; des récits postérieurs à *La Cafetière* (*Hoffmann et Paganini*
     de J. Janin, *Les deux notes* de Brucker, *Ugolino* du même en 1833) vont développer ce thème
     d'une nature démoniaque de l'*art* musical et de l'emprise vertigineuse qu'il possède.

t.   Var : « … de ces bizarres danseurs… » dans A et B, corrigé dans C. Surhumaine, la musique
     est aussi inhumaine : elle transforme les personnages burlesques du passé en automates ;
     ils ont ressuscité, mais pour tomber dans une autre mort par mécanisation ; le démoniaque
     accélère, artificialise, déshumanise l'homme. On retiendra que cette musique devient
     une force matérielle : elle « s'élance » dans la salle, elle agit sur les choses, transforme les
     exécutants et les danseurs en choses, les notes elles-mêmes semblent s'objectiver dans
     l'espace.

u.   Var. : « … la sueur leur coulait du front sur les joues, emportant les mouches et le fard »
     dans A et B, modifié dans C.

v.   Var. : « … m'arrivait d'aimer, ce serait cette femme » dans A et B, corrigé dans C.

w.   Var. : « … mon cher Théophile » dans A et B, corrigé dans B. Dans la première ver-
     sion, Gautier n'a pas hésité à endosser l'aventure d'une manière personnelle. Le nom de
     Théodore est hoffmannesque : c'est le deuxième prénom d'Hoffmann, qui est utilisé pour
     un des devisants des « Frères Sérapion ». La pendule fatale rappelle les clauses du pacte
     selon lequel la jeune danseuse peut revivre et danser ; elle peut (chaque nuit ?) trouver le
     plaisir dont la mort l'a privée, la danse, l'amour, mais elle doit revivre à la fois son bal
     et sa mort ; elle doit recommencer sa mort à la sortie du bal.

x.   On retrouve ce prénom dans *Le bonheur au jeu* d'Hoffmann. L'héroïne est angélique en
     effet, elle est définie par le bleu et le blanc, sa pureté transparente, son immatérialité.
     Gautier dans son adolescence connut un amour pour une Hélène mystérieuse, morte pré-
     maturément ; voir sur cet épisode R. Jasinski, *Les années* [...], p. 54 et note. Le fantastique
     chez Gautier, en particulier le thème du retour de la Morte, de la négation de la Mort,
     peut parfaitement être soutenu à l'origine par une expérience personnelle et un désespoir
     d'adolescent.

y.   Nuance importante : la danse grotesque et infernale est un menuet, danse surannée et
     réglée, qu'un certain satanisme a pervertie ; lui succède la danse « romantique », la valse,
     synonyme d'ivresse et de vertige, d'emportement du corps et de l'âme. Danse qui se
     fait à deux, qui enlève le couple au-delà des limites du monde. Au centre de cette nuit
     fantastique, il y a la danse des amants, ils sont séparés par leur solitude mais grâce à la
     suspension du temps ils connaissent le bonheur absolu. Voir dans *Deux acteurs pour un
     rôle* l'importance de la valse, dans son décor naturel de Vienne.

z. Gautier a corrigé dans C la version malheureuse de A et B : « … mon sang courait dans mes artères… ». La danse libère le corps et libère *du* corps ; les amants dans la valse se trouvent au-delà des limites de l'humain et du matériel : ils sont accordés à l'accélération surhumaine de l'orchestre fantastique, ils vivent dans la dimension idéale de la musique, ils se confondent dans cette intensité qui est l'existence parfaite. Il y a deux danses, et dans la deuxième la danseuse morte *vit* avec une sorte de fureur, paroxysme de vitalité.

aa. Mme Dillingham (*op. cit.*, p. 81 et note) cite un texte qui fait état de documents retrouvés dans les papiers de Gautier, parmi lesquels se trouve un dessin à la plume, daté du 17 novembre 1831, où l'on voit une jeune fille sur les genoux d'un jeune homme.

ab. Var. : « … tous les liens qui m'attachent maintenant étaient rompus », dans A et B ; « tous les liens qui m'y attachaient sont rompus » dans C et D ; version définitive dans E.

ac. Var. dans A, B, C, D : « Ah ! c'est dommage ! »

ad. C'est littéralement absurde, mais *fantastiquement* vrai ; les compagnons vulgaires du héros passent à côté de la vérité fantastique en croyant plaisanter. Ils disent la vérité en la méconnaissant.

ae. Cet *autre* n'est pas très heureux ; on comprend mieux l'embarras stylistique de la phrase si on se reporte aux premiers textes : dans A, B, C et D la version était « l'hôte », et à partir de « Mais à propos… ajouta Bornioli », il s'agissait d'une nouvelle intervention d'un troisième interlocuteur ; le narrateur se trouvait devant ses deux amis et leur hôte. Dans E, Gautier a transformé « l'hôte » en « l'autre » : il est difficile de revenir sur cette modification ; de toute évidence la mention du grand-père et de son costume trouvé dans la chambre convenait parfaitement au maître de la maison.

af. Var. : « de strass et de filigrane d'argent » dans A et B ; « dans quelque armoire » dans A et B. C'est déjà la scène de *Sylvie* où le héros de Nerval se déguise « en marié de l'autre siècle ».

ag. Var. : « … faire des dupes » dans A et B.

ah. Le dessin curieusement inspiré, presque involontaire, devient une preuve du fantastique, comme dans d'autres récits tel objet laissé comme témoin de l'apparition. Le dessin est une révélation, ce qui reste de la rencontre avec la beauté idéale, comme une réminiscence platonicienne. Van den Thuin (*op. cit.*, p. 32) rappelle que, selon les témoignages de Houssaye (*Confessions*, I, p. 292 et 311) et de Bergerat (*op. cit.*, p. 255), Gautier aimait à dessiner ou peindre une même figure féminine toujours refaite « avec des airs de tête pris à la fois à sa plus jeune sœur, à la Cydalise, à la beauté dominante » ; il arrivait ainsi à sa sœur de « poser » pour une autre, pour l'Autre. Était-ce un premier amour qui était toujours rappelé par ce portrait toujours recommencé ? Y avait-il un être disparu, révolu, premier dans la vie de Gautier, ou tout amour, toute figure renvoyaient-ils au Révolu lui-même, que seul le fantastique, toujours repris dans ses mêmes thèmes, pouvait seul faire revenir ?

ai. Qui est aussi et toujours une cafetière, qui s'est brisée en morceaux en tombant de ses genoux.

aj. Var. : « douloureusement en essuyant une larme prête à tomber et en replaçant le papier dans l'album car je venais… » dans A et B ; « … en retenant une larme qui était prête à tomber et en replaçant… » dans C et D ; « … et, retenant une larme… et replaçant le papier dans l'album, car je venais… » dans E. La jeune fille morte, cette conjonction de la mort et de la vie, de la promesse et du néant, est un thème du romantisme de la Restauration ; Gautier le trouvait sous sa forme « canonique » dans *Les Orientales*, ce recueil qui a pour lui une si grande portée, en particulier dans *Les fantômes* (XXXIII) : « Hélas ! Que j'en ai vu mourir de jeunes filles ! / C'est le destin. Il faut une proie au trépas. » Mais la mort à la sortie du bal, la mort, après le paroxysme de vitalité et de plaisir de la danse, est superlativement « romantique » ; dans le même poème de Hugo, l'on trouve : « Une surtout... / Elle aimait trop le bal, c'est ce qui l'a tuée / ... Elle est morte. A quinze ans, belle, heureuse, adorée ! / Morte au sortir d'un bal qui nous mit tous en deuil. »

ONUPHRIUS

a. Dans A, le titre *Onuphrius Wphly* carrément imprononçable, associant le pédantisme du prénom à la barbarie phonétique du nom, est proprement burlesque ; dans B, il devient *L'homme vexé, Onuphrius Wphly*, ce qui atténue l'effet de bizarrerie en établissant le protagoniste dans une situation d'ordre comique : c'est une victime, mais une victime en mineur. Le dernier titre fait de ces disgrâces des épisodes « fantastiques » et définit le héros comme un « Don Quichotte du fantastique » (M. Milner, *op. cit.*, t. I, p. 528) ; il est délivré du fardeau de son nom, il entre dans « la littérature », la nouvelle aussi ; elle s'affilie à un « genre » dont elle avoue d'emblée qu'elle est la parodie. Le titre définitif est doublement hoffmannesque : il renvoie explicitement à Hoffmann comme à l'inspirateur du héros, et à Hoffmann comme écrivain, d'une manière *parodique*, dans la mesure où Gautier qui semble savoir combien dans les traductions françaises le titre d'Hoffmann est rarement respecté, et combien les modifications du titre ou sous-titre contribuent à changer la portée de ses contes, revient à une sorte d'orthodoxie d'Hoffmann, qui aime le sous-titre compliqué et précis ; ainsi le *Don Juan* s'appelle aussi « un événement fabuleux qui est arrivé à un voyageur enthousiaste », le « voyageur enthousiaste » d'Hoffmann n'est pas très loin de l'« admirateur d'Hoffmann » de Gautier. Le mot « vexations » euphémise comme de menues brimades ou d'humiliantes persécutions les désastres d'Onuphrius.

b. L'épigraphe amusante, fondée sur un cliché proverbial (les vessies-lanternes), confirmée par l'autre sens de *vessie* pour désigner les tubes de couleur, étayée par une référence rabelaisienne, a été plus inquiétante et plus accusatrice dans A, où Gautier reprend dans un espagnol hésitant le fameux titre de Goya : « El gueño de la ragoza produce monstruos », et dans B, où il cite plus correctement : « El sueño de la razon produce monstruos. Goya ».

c. Dans A, tout le début manque ; la nouvelle commence par : « Quoi, c'est vous, déjà ! Quelle heure est-il donc ? » Le liminaire définitif apparaît dès la version B. Le quartier Saint-Paul où commence explicitement la nouvelle est le quartier d'enfance de Gautier ; il a été élève au lycée Charlemagne, et l'atelier du peintre Rioult se trouvait rue Saint-Antoine.

d. Nom hoffmannesque : c'est celui de l'héroïne de la *Princesse Brambilla*. Plus exactement, Giacinta est modiste et *aussi* Princesse. Voir l'article de Peter Whyte, « Autour d'*Onuphrius* et de *La vie dans la mort* », *Bulletin* 1996 ; selon Bergerat il y avait parmi les peintures de Gautier un portrait de « Jacintha » daté de 1831 : était-ce celui d'Eugénie Fort ? Faut-il lui attribuer un modèle ? Les amours de Gautier à cette date sont mal connus ; voir R. Jasinski, *Les années [...]*, p. 145.

e. Var. dans A et B : « c'est bien dix heures que j'avais vues ».

f. Var. « ... tournée contre le mur... » dans A et B. Selon l'article de Pascale Mc Garry, le détail des moustaches intempestives se retrouve dans le conte d'Hoffmann *La Nuit de la Saint-Sylvestre*, le personnage privé de son ombre est l'objet des moqueries de son fils,

« à la première occasion il te fera de belles moustaches avec du charbon, parce que tu ne pourras pas t'en apercevoir ».

g. Var. : « ... si roides et si hérissées... » dans A et B.

h. Les vessies deviennent-elles lanternes, support d'une illusion ? La nouvelle commence, qu'on le veuille ou non, par une sourde hostilité des choses : c'est le point de départ du fantastique selon l'analyse que donne Gautier du récit type d'Hoffmann.

i. Var. dans A : « ... vivait déjà. Il n'y manquait plus que ce petit diamant de lumière, cette paillette de jour que les peintres nomment point visuel. Il prit un pinceau plus fin et le trempa dans le blanc, vous eussiez dit, à voir trembler le point brillant... » La suite comme dans le texte définitif dès la version B.

j. Le « point visuel », expression inusitée et, semble-t-il, propre à Gautier, désigne d'après le contexte l'œil du portrait, le point par lequel il regarde le spectateur. L'expression proche du « point de vue » renvoie au contraire à l'œil du spectateur. Il est significatif que le personnage de Jacintha soit présenté d'emblée par son portrait..

k. Var. dans A et B : « ... à peine noircie à l'un de ses coins... ». Autoportrait de Gautier en personnage fantastique ? C'est ce que suggère R. Jasinski, *ibid.*, p. 143 ; mais le visage d'Onuphrius est marqué par le disparate, la dissonance, signe d'une identité hésitante et d'un dédoublement, jeune/vieux, usé/enfantin, rose/pâle, triste/gai, bref d'une carence de volonté ou de force d'affirmation. La volonté de se distinguer du « bourgeois » par le système pileux et le costume rigoureusement anormal (la simarre est une robe ou une espèce de soutane portée par les ecclésiastiques ou certains magistrats) est un trait propre à Gautier comme à tout le Cénacle.

l. Dans A et B, le texte ne comprend pas la suite du portrait et passe immédiatement à « ses mouvements étaient heurtés, saccadés... ».

m. Var. dans A « ... un original, et c'était peut-être cela qui lui faisait éviter ce qu'on nomme le monde... » L'allure mécanique d'Onuphrius, c'est un automate, et sa démarche irrégulière, c'est un être incohérent, se retrouve chez les héros hoffmannesques, comme le conseiller Crespel ; c'est un trait du grotesque (à la fois non vivant et trop vivant) ; Pascale Mc Garry insiste dans son article sur la marche zigzagante du personnage : Gautier a toujours affirmé sa préférence pour le zigzag et son refus de la ligne droite, celle du bourgeois ; l'artiste qui ne tient pas compte du temps, comme le dit le préambule du récit, et qui n'est jamais à l'heure, vit au hasard, c'est la manifestation élémentaire de l'absence de projet chez l'homme inspiré.

n. Var. dans A : « ... et de causticité amère... » ; l'incise, « n'importe pour quel motif », ne se trouve pas dans A.

o. Var. dans A et B : « pas beaucoup, trois ou quatre au plus ».

p. Dans A, le texte ne comprend pas la fin du paragraphe ; il passe tout de suite à : « Onuphrius, comme je l'ai déjà dit... »

q. Dans B, où apparaît ce passage, il y a une autre variante : « ... cette rude écorce... » ; de même à la fin de l'alinéa « ... c'était assez bien raisonné » figure dans B.

r. Var. dans A et B un long passage sacrifié, il donnait au personnage trop de consistance et de sérieux : « ... était aussi poète ; il cultivait ces deux arts avec un emportement frénétique, un enthousiasme sauvage, qui surprenaient beaucoup de gens qui s'imaginent que tout artiste est une espèce de loustic, de *clown* qui fait des charges, un paillasse de société. Ses vers étaient tels qu'on pouvait les attendre de lui, les vers d'un homme qui ne voyait pas d'hommes, et qui, de toutes les femmes, n'en voyait qu'une. Quant à sa peinture, elle était sévère, grave, dans la couleur forte et sombre de Caravage ou de Ribeira ; des hommes bruns, des profils fins et maigres et des moustaches aiguës, des barbes en fers de lance, rousses ou noires, des ajustements singuliers qui ne se rapportaient précisément à aucune époque ; des armes étranges, et puis au milieu de toute cette nature sauvage et fière, une tête de femme toujours la même, suave et pure, l'air un peu souffrant, une vierge de Masaccio qui aurait aimé, qui prouvait que lui-même était amoureux, et qui n'était autre que la belle Jacintha. » Suivait alors : « Il y avait deux ans qu'il la connaissait ; c'était dans une époque de sa vie... » Mais la version du *Cabinet de lecture* comprend, et elle seule, une autre variante qui n'est pas dans A et qui a disparu de C : après « n'en voyait qu'une », on lit ces mots importants, « Peu ou point de drame, beaucoup de descriptions, encore plus d'analyse, les vers d'un homme qui passe dans la vie sans s'y mêler, le tout jeté dans une forme de bronze, patiemment et froidement ciselé, quelque chose d'une arabesque de Benvenuto Cellini et d'une vignette d'un manuscrit gothique. Des vers ébauchés dans l'atelier d'un peintre et finis dans la cellule d'un moine. Quant à sa peinture... ». Onuphrius à travers ces modifications (étudiées par C. Pasi dans *Il sogno*, p. 101-106 et notes) change profondément de physionomie : il est d'abord l'artiste idéal selon Gautier, peintre-poète, visionnaire et ascète, misanthrope ou ermite retiré du monde, et vivant d'amour et de travail ; il est Gautier lui-même, épris de la forme, poète-sculpteur de vers parfaits, pratiquant une écriture plastique et difficile. Le visionnaire esthétique devient un visionnaire fantastique, un obsédé des livres ésotériques et sataniques, un chimérique livresque, un maniaque du surnaturel qui l'établit partout entre la réalité et lui-même et qui vit tout éveillé un songe venu d'un excès de lectures étranges. Bref une victime des livres, un persécuté des bibliothèques, un fou fabriqué par la culture.

s.   Cette fois encore proche de Gautier, Onuphrius fait surgir le fantastique de son regard, c'est d'abord la vision qui dérange et déforme le réel et substitue à la vue une image fantastique qui dépasse et recrée le monde extérieur. L'équivalent visuel du zigzag, c'est le *caprice*, le jeu sur les objets et les formes. La peur superstitieuse, l'hallucination qui anime les choses, la drogue qui bouleverse la perception sont convergentes. Plus profondément, la folie est dans l'art, dans l'activité de l'imagination elle-même. Elle va passer maintenant dans la vie d'Onuphrius.

t.   Var. dans A et B : « ... comme une mère son fils... ».

u.   Var. dans A et B : « que d'imagination ».

v.   Var. dans A et B cet autre passage supprimé : « ... manches à balais. Avait-il tort ? je ne sais : l'habitude de se regarder vivre lui avait découvert bien des choses qui nous échappent ; il voyait un doigt fatal, une puissance occulte, là où nous ne voyons rien. Aussi, dès que Jacintha fut éloignée, il se rassit devant sa toile... ». Cette première apparition chez Gautier du thème du miroir, renvoie peut-être à un précédent, le conte de W. Scott qui s'intitule « Le miroir de ma tante Marguerite » (cité d'après l'édition Didot, 1840, t. XI, p. 108 *sq*.). Après avoir décrit sa tante, vieille jacobite, qui adore le passé et les peurs superstitieuses, le romancier écossais parle de la crainte de « se regarder dans un miroir lorsqu'on se trouve seul le soir dans sa chambre » ; « moi-même, ajoute-t-il, je n'aime pas à voir la surface noire et confuse d'une grande glace dans un appartement mal éclairé, et où la réflexion de la lumière paraît plutôt se perdre dans la profonde obscurité de la glace que réfléchir sa lumière dans l'appartement. Une glace dans l'obscurité est un vaste champ pour le jeu de l'imagination ; elle peut y faire voir d'autres traits que les nôtres ou... faire apercevoir quelque forme étrangère regardant par-dessus notre épaule » ; la tante Marguerite quant à elle faisait tirer un rideau devant les miroirs avant d'entrer dans sa chambre ; suit une histoire d'évocation d'un absent par le miroir ; une femme assiste ainsi au remariage de son mari !

w.   Dans A et B, ce paragraphe est remplacé par le texte suivant : « Avait-il tort ? Je ne sais ; l'habitude se regarder vivre lui avait découvert bien des choses qui nous échappent : il voyait un doigt fatal, une puissance occulte là où nous ne voyons rien que la belle

Jacintha ». Voici donc Onuphrius contaminé par le fantastique d'Hoffmann : il est assailli par les personnages étranges, burlesques ou effrayants ou tout cela à la fois. Tusmann, secrétaire de chancellerie royale, personnage du *Choix d'une fiancée*, est un magot grotesque et pédant, qui se promène les poches bourrées de livres, et que l'on mystifie pour l'écarter de la « fiancée », laquelle est finalement mise en loterie et tirée au sort entre trois personnages qui incarnent l'érudition, l'art et l'avarice. Trabacchio (et non Tabraccio) est dans *Ignace Denner* un épouvantable magicien, immortel et tout puissant, qui a besoin pour se perpétuer du sang de ses propres descendants ; Peregrinus Tyss, héros de *Maître Puce*, est au contraire un être innocent et pur qui, grâce à l'alliance du maître des puces, parviendra au bonheur parfait ; le conseiller Krespel et sa fille Antonia figurent dans la nouvelle beaucoup plus connue en France sous le titre du *Violon de Crémone* que Gautier a imitée dans *Le nid de rossignols* ; Krespel est un maniaque, un être étrange, qui démonte tous les violons pour analyser leur « âme », et qui empêche sa fille de chanter parce qu'elle risque de mourir épuisée par cet effort : l'art tue l'artiste ; *La maison déserte (Das öde Haus)* raconte l'histoire d'un jeune homme fasciné par le portrait d'une femme aperçu par une fenêtre d'une maison abandonnée, et qui ne contient qu'une effrayante folle enfermée à cause de ses crimes ; *La famille étrange*, enfin, renvoie au récit *Les Brigands* qui a naturellement sa place dans une histoire où le fantastique est *repris* comme thème : deux voyageurs trouvent en Bohème l'hospitalité dans un château où ils découvrent que tous les membres d'une famille sont la reproduction des personnages du drame de Schiller *Les Brigands*, avec la seule différence d'une inversion des rôles. Le chat Mürr enfin renvoie au récit du même nom et termine cette anthologie d'obsessions littéraires. Selon Pascale Mc Garry il conviendrait d'ajouter Nodier : *Smarrra, L'amour et le Grimoire*, histoire d'un lecteur de livres de magie visité par le diable, *La Fée aux Miettes, Une heure ou la vision, Baptiste Montauban ou l'Idiot*, récits fantastiques dont le héros est un fou. Mais l'originalité de Gautier est de montrer que la possession de l'artiste par le démon est d'abord dans la dépossession de son œuvre ; elle commence ici, quand s'interrompt la séance de pose et qu'Onuphrius renonce à travailler à son tableau. Il perd alors le temps et ne contrôle plus sa vie.

x.   Après la bibliothèque fantastique, la bibliothèque occultiste et satanique ; Gautier cite pêle-mêle les ouvrages qu'il a sans doute utilisés de première main, ou avec l'aide de Nerval, pour *Albertus* (*cf.* Jasinski, *Les années* [...], p. 102 *sq.*). La coïncidence avec son personnage est donc réelle. Jean Bodin (1530-1596) auteur du célèbre *De la démonomanie* (1580) ; Delrio (1551-1608), jésuite hollandais, auteur de *Disquisitionum magicarum libri sex* ; Le Loyer (confondu avec Bordelon dans A), magistrat d'Angers, auteur en 1605 de *Discours et histoires des spectres, visions et apparitions des esprits*. L'abbé Bordelon a publié en 1710 *L'histoire des imaginations de Monsieur Oufle causées par la lecture des livres qui traitent de* [...] ; le titre a 12 lignes ; curieux livre qui dénonce le diable et les crédules qui le voient partout ; voir sur cet ouvrage M. Milner (*op. cit.*, t. I, p. 71-72, 199 et 528) qui relève que les projets de l'abbé, être le Cervantès du démon, inventer « un Bouvard et Pécuchet du surnaturel », un personnage qui voit le diable partout, M. Oufle, anagramme de *Le fou*, ne sont pas éloignés d'*Onuphrius*. Le théologien hollandais Bekker a publié en 1691 *Le monde enchanté* ; *Infernaliana, ou anecdotes, petits romans, nouvelles et contes sur les revenants, les spectres, les démons, et les vampires* est un recueil publié en 1822 par Nodier ; *Les farfadets ou tous les démons ne sont pas dans l'autre monde* (1821) est l'œuvre d'un fou littéraire, Berbiguier de Terre-Neuve-du-Thym (1765-1851), qui a raconté les persécutions incessantes qu'il subissait de la part des farfadets ou démons, et sa lutte héroïque contre leur emprise, sur ce monomane démonologue, que l'on va retrouver plus loin, voir M. Milner, *op. cit.* t. I, p. 265 *sq.* *Les secrets du grand et du petit*

Albert sont des traités de magie, sorcellerie, astrologie, attribués au théologien Albert le Grand (1193-1280) ou « Albertus », dont Gautier a repris le nom pour sa « légende théologique ».

y. Saint Dunstan (924-988), archevêque de Cantorbéry, qui a évangélisé l'Écosse et qui joua un rôle important dans l'extension des monastères bénédictins en Angleterre a accompli de nombreux miracles dont celui-ci. M. Milner (*op. cit.*, t. I, p. 259) rappelle qu'en 1830 l'*Album britannique* avait publié un récit fantastique, « Les visions du peintre Spinello », qui reprenait l'histoire traditionnelle du peintre Spinello Aretino, auteur d'un tableau effrayant représentant le diable et persécuté ensuite par les apparitions de l'épouvantable visage. Mais la version nouvelle modifiait l'épisode : le peintre avait représenté les traits de la fille de son maître ; obsédé par sa création, livré à un malheur continuel, l'artiste devenait amoureux de cette figure qui était tout de même infernale. Onuphrius semble répéter la légende de l'artiste italien : il a peint lui aussi une image, il est vrai grotesque du diable (quel étrange sujet aussi, pour un peintre parisien, que saint Dunstan), il est persécuté dans ses amours, et aussi dans le portrait de Jacintha.

z. Terme de peinture : retouche servant à faire ressortir des figures, des ornements, des moulures (Littré).

aa. Var. : « ... le nez devint un nez aquilin... » dans A et B ; Gautier emploie l'expression familière et amusante de « nez à la Roxelane » qui désigne un nez retroussé ; retroussé jusque-là vers le haut, le nez se recourbe en bec d'aigle ; Roxelane est la sultane favorite de Soliman II, morte en 1561, c'est la mère de Bajazet.

ab. Var. dans A : « le cheval allait le vent ».

ac. *Tutti* : terme de musique désignant le jeu de tous les instruments de l'orchestre ensemble, ou une phrase musicale jouée par tous les instruments ensemble. Gautier s'est-il souvenu de cette phrase de *Notre-Dame de Paris*, Livre XI, chap. I : « En ce moment l'horloge éleva sa voix grêle et fêlée. Minuit sonna » ?

ad. La phrase doit être rapprochée de celle-ci qui figure dans *Smarra* de Nodier (éd. Garnier, p. 47), le cheval du narrateur épouvanté par la forêt qu'il traverse au grand galop, « se cabrait de terreur et reculait plus effrayé par les éclairs que les cailloux brisés faisaient jaillir sous mes pas ».

ae. Jouer avec le diable est un thème fréquent des légendes et du fantastique ; R. Jasinski (*Les années* [...], p. 142, note) a relevé que, dans *Les chroniques et traditions surnaturelles de la Flandre* de S.H. Berthoud (Paris, 1831), il y avait au tome I un récit, « La partie d'échecs du diable », racontant comment un moine opposé à un revenant, qui jadis avait perdu son âme dans une partie d'échecs, doit à son tour risquer la sienne dans une partie infernale ; il a le bon esprit de prier saint Benoît et met mat le démon. Mais ici la partie associe le héros et le diable : celui-ci qui substitue exactement ses gestes à ceux d'Onuphrius joue avec lui et à sa place comme double, mais pour le faire perdre.

af. « Ce que j'adore le plus entre toutes les choses du monde, c'est une belle main. Si tu voyais la sienne », dit le héros de *Mademoiselle de Maupin* (chap. VIII), et il ajouta aussitôt : « Ah sans doute, c'est la griffe de Satan qui s'est gantée de cette peau de satin, c'est quelque démon railleur qui se joue de moi, il y a ici du sortilège. C'est trop monstrueusement impossible ». Voir aussi le beau passage sur la main de Spirite indiquant à Guy qu'il doit écrire sous la dictée. Il y a chez Gautier un érotisme de la main, un mystère de la main (voir encore le poème d'*Émaux et camées* « Étude de mains »), une présence en relief, en pleine chair, de la main, qui lui confère une autonomie. La main indépendante est le double de l'homme et la main, tentatrice, séductrice est double, belle et satanique.

ag. Var. : « Placide Deburau » dans A. Deburau (1796-1846), célèbre mime qui donne une grande vogue au Théâtre des Funambules ; Gautier devait le célébrer pour ses interprétations de Pierrot, en particulier en 1842, par un article, « Shakespeare aux Funambules » ; voir J. Starobinski, *Portrait de l'artiste en saltimbanque*, Skira, 1970, en particulier p. 19 *sq.* et le film *Les Enfants du paradis*.

ah. Nous sommes là au point de non-retour : pris par le cauchemar, cette inversion du rêve que Nodier avait personnifiée dans Smarra, Onuphrius ne reviendra jamais à la raison ou à la vie avec les autres ; et c'est alors que le récit est paradoxalement à la première personne.

ai. Var. : « … un air triste et affairé qui me semblait extraordinaire » dans A.

aj. Var. : « … sur ma joue » dans A.

ak. Cet épisode de mort-vivant et de vivant enterré, a des résonances actuelles en 1832-1833 ; R. Jasinski (*Les années* […], p. 138-139) l'a rapproché des erreurs dues à l'épidémie de choléra dont la presse se faisait l'écho (ainsi *Le Cabinet de lecture* en fév. 1832, « Sur l'inhumation précipitée de personnes qui ont succombé au choléra-morbus », de même en juillet, « Mort apparente de […] »). Voir aussi l'article de Peter Whyte déjà cité sur *Onuphrius*. Au même moment (mars 1832) *Le Colonel Chabert* de Balzac retenait le thème et évoquait les terribles souffrances du héros jeté vivant dans une fosse commune. Mais dès 1829, dans *le Mercure du XIX*ᵉ siècle puis dans *Le Cabinet de lecture* de novembre 1829, une nouvelle signée Galt…(B-M) et intitulée « Le mort ressuscité » avait proposé les grandes lignes du rêve d'Onuphrius comme histoire véritable : un malade semble mourir, on l'enterre, il est déterré par des voleurs, il se retrouve sur une table de dissection. En 1830, dans *Le Mercure* encore, une nouvelle, *La métempsycose* de R. Mac Nish, a repris les mêmes données : ce récit longtemps attribué à Nerval doit lui être retiré selon Jean Richer (*Nerval, expérience et création*, Hachette, 1970, p. 638 et 649) et selon W. T. Bandy (« Deux plagiats inconnus », et « À propos des plagiats présumés de G. de Nerval » dans *Revue de littérature comparée*, 1948 et 1949). En 1832 encore Paul Lacroix (le bibliophile Jacob) publie *La danse macabre* où l'on retrouve au XVᵉ siècle le cauchemar de l'enterré vivant. Au reste en 1839 un certain Chavagneux devait reprendre le thème de la vie posthume d'un suicidé, et cette fois Nerval en rendrait compte. Ce rêve est donc une histoire qui a beaucoup servi et beaucoup circulé. Gautier, dans le début au moins, lui donne une tonalité carrément ironique : le « mort » assiste à l'envers de l'enterrement, il le voit en vérité, il subit l'indifférence, la hâte, l'étrangeté des vivants.

al. Var. : « … pour pouvoir fermer le couvercle » dans A.

am. Var. : « j'en ressentais le… » dans A.

an. Var. : « … le chant lugubre des prêtres… » dans A.

ao. Var. : « … me semblèrent tout à fait louches… » dans A et B.

ap. Var. : « … qui ne lui déplaisait pas » dans A. De même à la ligne suivante, « cette idée s'emparait de moi » dans A.

aq. A partir d'ici, l'image s'empare d'Onuphrius d'une manière désastreuse : il rêve, il rêve qu'il a un véritable délire de jalousie, il rêve que dans cette obsession il voit Jacintha et son amant.

ar. Var. : « … au couvercle de ma bière… » dans A, et « … infidèle aux bras de son galant » dans A encore.

as. Var. : « … s'ossifièrent de nouveau ; je redevins un cadavre » dans A.

at. Var. : « … du sépulcral Graham » dans A. Gautier pensait-il dans cette première version à Robert Graham (mort en 1797), poète écossais connu pour ses sympathies pour la Révolution française ? Il remplace ce nom par celui de deux classiques de la poésie sépulcrale : James Hervey (1714-1758), auteur en 1746 de *Meditations and Contemplations* dont une partie se nomme, « Meditations among the Tombs », traduit en français sous le titre « Méditations sur les tombeaux » ; l'auteur, pasteur célèbre pour sa piété, est connu aussi pour ses polémiques contre Wesley. Edward Young (1683-1765) a fait paraître en 1742-1745 ses poèmes *Complaints or Night Thoughts on Life, Death, and Immortality*.

au. La « littérature » pénètre tout et s'empare de tout : fou de lectures, Onuphrius est aussi un « homme de lettres » impénitent ; au fond de son cercueil il compose des vers, et des *vers* de circonstance ; il se détache suffisamment de sa situation pour en faire la matière d'un poème. L'artificialité qui transforme la réalité en œuvre d'art, la vie en prétextes pour l'écriture, qui fait du texte la fin universelle de toutes choses, ce thème si obsédant chez Flaubert, par exemple, est présent dès les années trente chez Gautier, qui est sans doute avec Musset le premier à s'en inquiéter. Dédoublé, l'écrivain l'est par sa fonction ; l'artiste est l'exploitant de lui-même. L'ironie ici atteint l'artiste, l'artiste « frénétique » qui se livre à une surenchère systématique sur tous les thèmes troubles ou horribles, et Gautier lui-même ; car c'est lui l'auteur de « La Vie dans la mort », titre de la première partie de *La Comédie de la mort* qu'il publiera en 1838 ; mais ce premier poème a paru le 29 octobre 1832 dans *Le Cabinet de lecture :* Gautier se moque donc de lui-même, et il se moque aussi en un sens du fantastique et de son récit. Car le poème met déjà en scène le même épisode : il traduit l'angoisse de Gautier à l'idée que les morts continuent à vivre au fond de leurs tombes, qu'il n'y ait pas de repos éternel, ni d'au-delà, mais une damnation sans enfer, une vie sempiternelle entre la vie et la mort et dans la décomposition de la forme humaine. L'horreur de vivre serait alors sans espoir de mort : le poème est sans doute marqué par l'influence de Jean-Paul et du fameux *Songe* qui indirectement revient dans la nouvelle (*cf.* Cl. Pichois, *op. cit.* p. 271 *sq.*).

av. La littérature est donc invincible et omniprésente : elle forme le réel, elle déforme le héros ; Hamlet est lui aussi présent dans ces évocations sépulcrales, et comme source dans le poème correspondant de Gautier (voir *Poésies*, éd. citée. t. I, p. XXXIX *sq.*).

aw. Première manifestation, ironique certes, du thème qui va s'épanouir dans *Avatar* ou *Spirite* ou dans l'expérience de la drogue, du dédoublement radical de l'être entre son âme et son corps voués à l'autonomie et à la séparation.

ax. Var. : « de me retenir pour ne pas sauter d'un pallier à l'autre, car je me sentais… » dans A et B. Nodier dans *Smarra ou les démons de la nuit* (éd Garnier, 1961, p. 72 *sq.*) a sans doute fourni à Gautier l'argument de cet épisode de l'âme libérée du corps (mais conservant encore, comme plus tard Spirite, une sorte de consistance corporelle et non matérielle) ; le héros de Nodier rêve qu'il a été décapité et que son âme se mettant à errer dans l'espace vide en quête d'un asile, se cogne les ailes contre les voûtes du ciel. Gautier reviendra sur cette lévitation, mais cette fois comme une aventure de science-fiction dans *Une visite nocturne*.

ay. Var. : « … je montai, regardant aux vitres des mansardes les grisettes… » dans A. Comme une sorte d'Asmodée qui dévoile les secrets domestiques et soulève les toits, Onuphrius se conduit en voyeur et en plaisantin.

az. Var. : « … sans crainte dans l'air, libre au-dessus du brouillard… » dans B.

ba. Var. dans A et B : « … je ne regrettai plus d'avoir perdu… ».

bb. Var. : « … la foule se ruait autour… » dans A.

bc. Bonheur, malheur de l'artiste : joie de l'orgueil, souffrances de la vanité. Il est tout entier dans son nom, sa gloire, sa signature, sa propriété artistique. Le vol de l'œuvre est un vol de l'être, une dépossession et un dédoublement aussi du moi. Selon R. Jasinski (*Les années* […], p. 142) et *Jeunes-France* (éd. citée p. 245), Gautier a pu trouver dans le roman affreux de Saintine, *Le mutilé* (mai 1832) l'épisode du « triomphe usurpé » : le héros (c'est un roman historique qui se déroule en Italie au XVIᵉ siècle) assistait à la fin à la récitation au Capitole d'un poème prodigieusement applaudi ; c'était le sien, mais devenu l'œuvre d'un autre, son ancien maître. Cette forme de dépersonnalisation se trouve chez

Hoffmann : *Le petit Zachée, surnommé Cinabre* (Paris, Verso Phébus, 1980), est très proche du récit de Gautier. Peter Whyte a relevé que le texte allemand n'est pas encore traduit quand Gautier écrit sa nouvelle. L'analogie des deux œuvres est en soi importante : du côté d'Hoffmann, il s'agit de l'histoire, selon les termes de l'auteur lui-même, d'« un affreux et stupide petit homme ; tout ce qu'il entreprend va de travers, mais quelque haut fait vient-il à se produire, c'est à lui qu'on l'attribue ; s'est-on hasardé à lire en société un poème nouvellement composé, et digne de tous les éloges, c'est aussitôt à lui qu'on rend hommage en tant qu'auteur... ». Le héros, Balthasar (comme Onuphirus il est seul à voir les faits étranges) est donc dépossédé de son poème, de sa fiancée, par l'affreux Zachée qui vole aussi un violoniste, un diplomate ; cette créature hideuse a reçu d'une fée touchée de sa laideur un don ; en tout lieu, ce qui se ferait d'excellent lui serait attribué ; elle voulait le piquer d'émulation, mais le don est rendu inutile par la bassesse d'âme du petit monstre : il ne cherche pas à rivaliser avec les autres, seulement à les voler ; jamais son esprit ou sa conscience ne se sont éveillés. Au début du *Petit Zachée, surnommé Cinabre* (p. 58 *sq.*) le héros Balthazar, auquel Gautier se réfère de toute évidence, participe à un thé littéraire où se trouve Candida sa fiancée ; il lit un poème d'amour en présence de l'affreux Cinabre ; le poème est immédiatement attribué au monstre, et Candida toute pâmée l'embrasse ; le pauvre Balthazar s'enfuit sous la pluie. Antérieurement il avait, en touchant les cheveux du monstre, déclenché un abominable miaulement : on ne manque pas de voir en lui l'auteur de cette inconvenance.

Gautier enfin fait-il allusion à des procès contemporains, comme celui de 1832 où Alexandre Dumas se voyait accusé d'avoir volé *La tour de Nesle ?* Son personnage en tout cas, désapproprié de lui-même par des « plagiaires », des copistes de son être, rappelle en sens inverse le héros de *Mademoiselle de Maupin* qui songe à copier un autre, ou se trouve en mieux dans un autre. Le fantastique explore ce sentiment d'un moi bâclé, raté, ou qui envie une autre identité, ou d'un moi réussi qui est par une catastrophe privé de ses atouts et dépouillé de soi.

bd. Présentation parodique et ironique du drame romantique, grand fournisseur de clichés frénétiques et contre lequel dans les *Jeunes-France*, le récit *Celle-ci et celle-là* était dirigé. Il est caractérisé par la violence et l'outrance des acteurs et l'attitude des deux vedettes, Marie Dorval et Pierre Bocage, semble bien évoquer en particulier la fin d'*Antony*, joué le 3 mai 1831. Marie Dorval (1798-1844), fille de comédiens au passé picaresque, débuta à Paris en 1818 dans le mélodrame de V. Ducange, *Trente ans ou la vie d'un joueur* ; puis elle a joué avec un immense succès dans *Antony, Marion Delorme, Chatterton* ; elle était alors à la Comédie-Française qu'elle quittera en 1838 pour le *Gymnase*. Pierre Bocage (1799-1863) débuta à Paris en 1821, et surtout en 1826 ; sa spécialité fut très vite le mélodrame et le drame ; en 1830 il est au théâtre de la Porte Saint-Martin, et il va triompher dans *Antony, La Tour de Nesle* ; ce n'est encore que le début d'une carrière qui le conduira au Théâtre Français comme acteur, puis comme directeur.

be. Selon la coutume encore respectée au XIXe siècle, où la pièce est jouée dans l'anonymat, et le nom de l'auteur proclamé à la fin si elle est applaudie.

bf. Var. : « ... qu'elle se serait, je crois, tout à fait oubliée dans cette loge et devant tout le monde » dans A.

bg. Var. : « ... et se mourait de froid » dans A.

bh. Ainsi le livre devient réalité : cité comme texte, Berbiguier revient comme personnage ; le fantastique des lectures s'incarne dans le rêve et la réalité ; car il a existé ce Berbiguier au nom compliqué et savoureux (1764-1851), et il est une légende grotesque et fantastique, au même titre que les êtres burlesques des contes d'Hoffmann auxquels sa description fait penser, et c'est un monomane, un fou littéraire, un excentrique, un aliéné qui a été un vrai problème pour le XIXᵉ siècle et pour notre époque. Son livre, *Les Farfadets ou tous les démons ne sont pas de l'autre monde*, publié en 1822 a été réédité en 1990 à Grenoble, éd. Jérôme Millon, avec une préface de Claude Louis-Combet, « Berbiguier ou l'ordinaire de la folie » ; voir aussi Juan Rigoli, *Lire le délire, op. cit.* p. 193 et note, p. 413 note, p. 479 note, p. 531 note. L'ennemi des farfadets a intéressé Janin, Champfleury ; ici le fou fantastique est associé au fou littéraire, l'illuminé réel rencontre le délirant imaginaire : ils sont dans le même univers et se retrouvent symboliquement comme les héros de *La nuit de la Saint-Sylvestre;* le fantastique brouille les limites de la littérature et de la réalité.

bi. Mais ce passage concernant Berbiguier, l'ennemi des farfadets est mystérieux ; « le satyre est naturel au bois païen, et le farfadet au marais chrétien. Berbiguier de Terre-Neuve-du-Thym passait son temps à prendre des démons entre deux brosses qu'il appliquait l'une contre l'autre brusquement » (Victor Hugo, *William Shakespeare*, Flammarion, 1973, p. 382). Hugo semble répéter Gautier, mais comment Gautier a-t-il obtenu cette image du maniaque ? Car dans son livre, il ne dit mot de telles défenses contre l'invasion permanente des farfadets ; pour lui les lutins maléfiques sont légion, c'est tout le monde, tous ceux qui le persécutent, les médecins aliénistes en particulier, son livre décrit l'itinéraire d'un élu vers le Paradis, il a une mission divine, sauver tous les hommes, même les damnés et il combat le mal et cherche dans la vie quotidienne les signes célestes ; il décrit longuement ses pratiques protectrices, envoûtement par un cœur de bœuf bouilli et piqué d'épingles, imprécations orales, écrites et nominales, signes de croix, fumigations sulfureuses, attaques directes avec lardoirs, poinçons, épingles de nourrices qui tiennent le farfadet prisonnier, bouteilles-prisons où il est piégé et gardé ; nulle part le fléau des farfadets ne raconte la capture par les brosses.

bj. Autrement dit, Onuphrius voit son reflet, et un autre reflet en même temps qui finit par s'imposer comme une personne réelle qui le dépossède de ses idées après lui avoir volé son reflet, c'est-à-dire son double immatériel ou son âme. L'image, l'autre moi, l'emporte sur le moi et devient l'Autre de son identité. Le héros-narrateur de *La nuit de la Saint-Sylvestre* connaît une aventure similaire : il se regarde dans un miroir, se reconnaît mal et voit « au fond le plus reculé du miroir une figure vague et flottante s'avancer vers moi » ; c'est Julie, la femme qu'il aime ; de même (p. 333) Spikher, l'homme qui a réellement perdu son reflet pour une Giuletta maléfique, a accepté de lui laisser son image par une sorte de contrat oral ; à peine l'a-t-il formulé qu'il voit dans la glace son reflet « avancer indépendamment des mouvements de son corps, [...] glisser entre les bras de Giuletta et disparaître avec elle au milieu d'une vapeur singulière ». Dans le miroir se produit une sorte de réalisation du dédoublement : l'image, double du moi, s'en rend indépendante et devient même l'image d'un Autre.

bk. R. Jasinski (*Les années* [...], p. 139) a rapproché cette personnification des idées de litho-graphies de Gavarni (*La procession du diable*, 1831), et de Daumier (*L'imagination*, 1833). La crainte d'Onuphrius est bien marquée ici : il redoute d'être privé de lui-même, et aussi de se voir matérialisé ; ses idées le quittent, deviennent autonomes et matérielles : ce sont des choses. Son intériorité devient extériorité.

bl. Var. dans B ; « ... les princesses de ses drames avec leurs cortèges d'amants, les unes en cotte... ».

bm. Déjà dans *Albertus* (st. CX et CXI), Gautier avait imité le texte de Goethe (*Faust*, « Nuit de Walpurgis ») qui affleure encore ici : Méphistophélès décrit en ces termes la foule du sabbat, « Ça pousse, ça s'écrase, et trébuche et clapote, et ça siffle et bouillonne et s'agite et papote, éclaire, crache, pue et brûle ». Le bal est-il au fond un sabbat ? Sous le luxe et le brillant, une fête démoniaque ? Voir dans *Le Club des Hachichins*, note aa, une autre référence au même texte. Enfin Gautier se copie lui-même dans l'évocation de ces toilettes diaphanes et aériennes; dans *Albertus* (st. C) il parle ainsi de la toilette de Véronique la sorcière : « un nuage de lin, / de l'air tramé – du vent, une brume de gaze / laissant sous ses réseaux courir l'œil en extase », et déjà il pensait à la belle formule de Pétrone dans *Le Satyricon* (G.-F., p. 122) : *ventum textilem*, ou « le textile zéphyr ». Les *blondes* sont des dentelles de soie.

bn. Morceau à effet, la peinture du bal est un excellent « topos » romantique : c'est si vrai que Balzac dans *Une fille d'Ève* (*Comédie Humaine*, Pléiade, t. II, p. 310 *sq.*) suit littéralement la description de Gautier pour le bal de lady Dudley et lui emprunte encore pour Nathan le portrait d'Onuphrius (*id.* p. 1336 et 1341); *cf.* l'étude de Patrick Berthier, « Balzac lecteur de Gautier » dans *Année balzacienne*, 1971, p. 282-285, et celle d'Edmond Brua, « Gautier aide de Balzac » dans *Année balzacienne*, 1972, p. 381-384. Le bal, moment paroxystique de vitalité, de *dépenses*, de jouissances, appelle cette sorte d'écriture de poème en prose, fortement assonancée, richement colorée, où les verbes d'action, les neutres, la confusion torrentielle des sensations, le mouvement enivré du plaisir donnent l'impression de poésie vécue; la fête, le luxe, le sabbat des désirs et des formes sont ici un moment de fantastique réel, un moment où le réel tend les bras à l'au-delà et le figure ici même.
La fête est aussi une fête sociale où le « Jeune-France » mesure son étrangeté et sa solitude; ici il est bafoué, persécuté, incompris, martyrisé, et s'enfuit en maudissant la société où il s'est égaré. C'est Hoffmann qui propose à Gautier ce modèle de la soirée mondaine, où le héros accumulant les gaffes, les disgrâces, les déceptions, accumule en fait les preuves de sa nature exceptionnelle et devient la victime grotesque des grotesques. Il en est ainsi au début de *La nuit de la Saint-Sylvestre*.

bo. Le célèbre « mignon » d'Henri III,, assassiné en 1578 par le duc de Guise, portait une barbe très courte, en pointe, agrémentée d'une « mouche » sous la lèvre inférieure. C'est le héros du drame de Dumas, *Henri III et sa cour*, joué en 1829.

bp. Var : « … dans cette prunelle glauque… » dans A. Voici donc le diable, et c'est un dandy : Gautier l'avait bel et bien présenté de même manière dans *Albertus* (st. CXIV et CXV) : le « Belzébuth dandy » est un « élégant / Portant l'impériale et la fine moustache, / Faisant sonner sa botte et siffler sa cravache / Ainsi qu'un merveilleux du boulevard de Gand ». Il est boiteux, certes, « comme Byron, mais pas plus ». Mais ce diable ressemble à un Jeune-France. Ici il porte le fameux pourpoint de velours rouge de la première *d'Hernani*. Et comme l'a noté Pascale Mc Garry, le diable n'est pas noir, mais *rouge*, depuis qu'un énorme rubis le signale dans ses apparitions : son éclat obscurcit le bal; le diable est rouge, c'est sa couleur apocalyptique, couleur de l'enfer, couleur bestiale : il est *roux*, et c'est une couleur *fauve*, qui l'animalise comme ses yeux verts, il est au reste velu et poilu, c'est « le dandy à la barbe rouge qui riait comme une hyène », qui a un regard de lynx ou de loup. Paradoxe : c'est un dandy à l'élégance irréprochable, il est beau et séduisant, il a un lorgnon et un œil de vampire! Car ce *fashionable* rutilant, fracassant, méchant, est le diable moderne et même romantique, je pense même qu'il est *byronien* par l'ironie, la raillerie généralisée qu'il incarne dans son personnage, la dérision universelle de « son détestable demi-sourire », bref par la misanthropie pessimiste qui niant toutes les capacités de l'homme, lui interdit d'accéder à la beauté et à la poésie. C'est tout un poème, ce Satan moderne, un poème byronien, qui a sa place parmi les allégories littéraires des *Jeunes-France*. Mais « le satanique dédain » du poète tue le poète et l'ironie massacre la poésie. Ce serait le sens littéraire et fantastique du transvasement dans la bouche d'Onuphrius d'une purée rococo et fadasse qui grâce à tout un appareillage se substitue à sa parole. Dans le pamphlet de Gautier, la matérialisation est l'arme satirique : la poésie du siècle des Lumières est une mousse rosâtre qu'on vous injecte dans la bouche et qu'on crache. Mais elle vient d'un Satan ironique, d'un nouveau Méphistophélès, d'un goguenard méchant et négateur, qui représente peut-être tout un satanisme « jeune-France » et byronien incarné par ce *diable rouge* (Vigny dans *Stello* combat « les diables bleus » de la mélancolie). Le diable comme le Jeune-France se déguise en « merveilleux », affiche une étrangeté qui aboutit à l'inhumanité de l'ironie et de l'insolence, à l'héroïsme du défi, du cynisme, de l'orgueil, qui tend obscurément vers l'insensibilité et la méchanceté du vampire ou du fauve ; comparé au « loup-cervier » et au « lynx » il n'est plus loin alors du « lycanthrope » de P. Borel, l'ennemi de l'humanité, qui incarne la sourde menace d'une inhumanité, d'une déshumanisation pour terrifier le bourgeois. Mais elle n'est pas compatible avec la poésie, ou l'amour. R. Jasinski a fait ce rapprochement (*Les années* [...], p. 144).

bq. Var. : « il oublia le bal, l'inconnu, le bruit, lui-même et tout, il était à cent lieues. » dans **A**.

br. Var. : « ... en dit le sujet d'une voix assez mal assurée. » dans **A**.

bs. Dorat (1734-1780), rimeur infatigable, poète didactique, érotique, comique, romancier, surtout connu pour ses *Héroïdes* (1758) ou lettres fictives d'un personnage célèbre ; Boufflers (1738-1815), célèbre par une vie inimitable de séminariste, chevalier de Malte, officier, gouverneur du Sénégal, amant, émigré, etc., auteur de littérature *légère*, de contes surtout ; Pierre de Bernis (1715-1794), poète, homme politique, prélat, surnommé « Babet la bouquetière » par Voltaire, n'est pas un écrivain si mondain et si négligeable qu'on le croirait ; il est en particulier l'auteur de *La Religion vengée ;* le marquis de Pezay (1741-1777), d'une noblesse douteuse, ami de Voltaire et de Rousseau, enseigna la tactique au futur Louis XVI, devint colonel et mena de front le métier des armes et la poésie. Les auditrices de la poésie *rococo* feignent de l'aimer comme exercice de virtuosité ; mais c'est en fait, au premier degré, la poésie qui leur plaît. Ces poètes assimilés à une bouillie verbale, sans odeur et sans saveur sont les témoins d'un classicisme vide, alors que Gautier et les « petits » romantiques apprécient dans le rococo un anticlassicisme moqueur. Stendhal identifie le classicisme mort à l'abbé Delille. Personne ne trouve en lui un charme quelconque, il est absolument mort. Gautier sépare du *rococo* le domaine poétique : c'est le XVIIIe siècle irrécupérable, le grand péché du siècle, c'est d'avoir assassiné la poésie et être romantique, c'est d'abord vouloir de la poésie. Ces rimeurs ici sacrifiés sont l'antiromantisme, le cliché poétique, l'art attardé par définition, la poésie inauthentique et fausse. Onuphrius va être dépossédé de sa poésie, de son inspiration, de sa subjectivité (ramenée à une pâte matérielle, à un objet), de son originalité, puisqu'il devient un versificateur de l'autre siècle. C'est bien le pire pour le romantique. Satan, dandy méchant et byronien est aussi *bourgeois ;* il persécute le poète en le rendant classique ou « perruque », il est l'ennemi de l'art et de l'amour. Ici la satire se retourne : c'est le public, le « monde », la société qui s'associent au Satan pour méconnaître le poète.

bt. Barbe rouge, yeux verts, c'est le diable « moderne », qui est animalisé et qui devient un fauve : on va le revoir dans *Deux acteurs pour un rôle*, note w.

bu. Var. : « ... avant que le son eût eu le temps de... » dans **A**.

bv. Var. : « ... et sautillaient dans la résille... » dans **A**.

bw. Dans la version A, les membres de phrases sont séparés en répliques autonomes : « Un délicieux pastel [...] à s'y tromper ? – Des mouches [...] ta poésie ? – C'est d'un rococo [...] bravo, bravo – D'honneur une plaisanterie fort spirituelle ! ». Le récit se désarticule et devient liste ou énumération.

bx. Tout de même c'est le diable ; Onuphrius a raison, c'est le diable avec queue et soufre ; mais en même temps que l'on donne au héros cette confirmation, on la lui retire : car ce démon est un cliché traditionnel et un cliché romantique : aimé d'une innocente jeune fille, il réalise avec elle le thème d'*Éloa* ou de *Maturin* : le réprouvé ne peut être sauvé que par l'amour sincère d'un être pur. Et Gautier a un modèle, le comique italien Gozzi et ses *Contratempi* : dans son *Voyage en Italie* (éd. Charpentier 1875, p. 236) en visitant Venise Gautier découvre une rue vraiment sinistre et pense à ce qu'Hoffman en aurait tiré, mais aussi il pense à Gozzi, lui aussi persécuté par les enchanteurs et les farfadets, et qui avait « le sentiment du monde invisible » ; mais les *Contratempi*, selon l'heureuse trouvaille de Pascale Mc Garry, nous ramènent à la queue du diable, en 1844 (dans la *Revue des Deux Mondes*) ils ont chez Paul de Musset un écho fantastique : « Qui ne connaît pas cette disposition d'esprit dans laquelle tout change d'aspect et s'éclaire d'une manière fantastique ? Alors la queue du diable passe à travers les basques de tous les habits et si quelqu'un vous appelle par un autre nom que le vôtre, vous êtes au pouvoir de l'enfer ». Mais c'est que Jacintha a eu le malheur de faire !

by. Var. : « les oreilles d'Onuphrius tintaient toutes les rumeurs étouffées de la nuit : ... » dans A ; de même, à la ligne suivante, « le ronflement de la ville qui dort ». Le fantastique se réduit au délire du héros : tout s'anime et s'humanise dans le délire de la persécution qu'il sent monter en lui ; mais le décor classique du fantastique, le démoniaque des choses, est présenté dans une ambiguïté fort cohérente qui *laisse possible* l'interprétation proprement fantastique.

bz.

ca. Var. : « ... on jurait en appelant les équipages » dans A.

cb. Déjà dans *Albertus* (st. XXVI et XXVII) Gautier a utilisé cet équipage immatériel et vaporeux : sa sorcière suscite une voiture, des chevaux, un cocher et un écuyer (qui est son chat), et l'équipage est si léger qu'il roule à travers les champs, tout droit, et sans courber les blés. Dans *Peter Schlemihl* de Chamisso le diable tire de sa poche une voiture et des chevaux.

cc. D'un bout à l'autre du récit, Onuphrius a connu ces épreuves du dédoublement et de l'épuisement de soi-même : il les reconnaît tout naturellement comme des épisodes classiques du fantastique allemand, en l'espèce les histoires de Chamisso et de Hoffmann, *La nuit de la Saint-Sylvestre* étant au reste greffé sur *Peter Schlemihl*, comme *Onuphrius* utilise les deux récits. Le héros les reconnaît d'autant mieux que ses aventures leur sont empruntées. Gautier a néanmoins interprété en termes plus personnels, et avec plus d'intensité ces expériences de l'aliénation, du dédoublement ou de la perte du « double » naturel ; c'est dans son corps, ses amours, ses œuvres, son talent, son moi que le héros se sent l'objet d'une agression, d'un épuisement, d'une vampirisation qui le vide, le phagocyte et le rend informe ; il devient bouillie, ectoplasme, silhouette humaine.

cd. Var. dans A et B : « Cette belle intelligence était à tout jamais éteinte, elle n'avait pu se supporter dans la solitude et s'était dévorée elle-même faute d'aliments. Cette imagination si ardente, si contemplative, s'était usée sur des sujets frivoles. A force d'être spectateur de son existence, Onuphrius avait oublié celle des autres, et, depuis bien longtemps, il ne vivait plus qu'au milieu de fantômes ; sa vue intérieure s'était faussée, sa minutieuse analyse des choses lui faisait perdre de vue l'ensemble, et le plus mince détail devenait d'une importance exagérée ; son génie s'épuisa dans des rêveries déréglées ; il aurait pu être le plus grand des poètes, il ne fut que le plus extraordinaire des fous. Pour avoir trop regardé la vie à la loupe, il lui arriva ce qui arrive à ces gens qui voient à l'aide du microscope... »

Le membre de phrase, « car son fantastique, il le prenait [...] ordinaires » ne figure que dans C. Voici donc Onuphrius *expliqué* et jugé : il est identifié au « mal du siècle » qui aboutit à un effet de dédoublement de soi analogue à celui du miroir. Dès la première version, peut-être plus sévère dans sa sécheresse et plus destructrice dans son diagnostic d'un excès de romantisme, Onuphrius est reconnu comme un « jeune homme du siècle », malade de l'analyse, de la réflexion sur soi, d'un « narcissisme » envahissant, d'une démesure de l'imagination et de l'idéalisme ; il s'est rendu étranger au réel et n'a pu « redescendre » sur terre. C'est le mot capital, que l'on retrouvera dans les récits fantastiques, que Gautier emploie à propos de Nerval : la folie est ainsi une ascension audacieuse des sommets de la vie spirituelle qui n'a pas pu se terminer par un retour à la simple humanité, c'est un mauvais usage et un déséquilibre des facultés poétiques. Leçon sentencieuse, qui ramène l'expérience de l'Absolu aux limites du relatif humain. Le conte n'est pas éloigné des *Études philosophiques* de Balzac.

ce.   P. Whyte a vainement recherché un document d'Esquirol qui se rapprocherait de ce tableau : il n'en a trouvé ni dans les livres, ni dans les périodiques ; tout au plus un rapport de 1826-1828 de l'hôpital de Charenton contenant une statistique des aliénés qui y sont traités, ils sont classés en fonction des causes morales susceptibles d'avoir entraîné la folie : il y en a 11, chagrins domestiques, excès d'étude et de veille, revers de fortune, passion du jeu, jalousie, amour contrarié, amour-propre blessé, frayeur, dévotion exaltée, excès de joie, lecture de romans. Le critique conclut (abusivement me semble-t-il) que Gautier a réellement connu des textes de ce type et que sa statistique n'est pas de pure fantaisie. Elle est plutôt une pure parodie et même une moquerie cinglante : Juan Rigoli (*op. cit.* p. 199-200 et n.) en discerne clairement l'intention et rapproche le tableau de Gautier des *Excentriques* de Champfleury (1856) qui s'en prend aux livres médicaux « secs, froids, impassibles, nets et tranchants comme un scalpel » et les apparente aux travaux des économistes et des statisticiens. La comptabilité des fous sous forme de tableaux, bien classés selon l'étiologie et répartis selon la nosographie est un argument contre la médecine mentale (Rigoli en nie la pertinence). Il faut bien admettre qu'il est difficile d'imaginer Gautier lecteur de statistiques et qu'il difficile aussi de ne pas saisir l'ironie violente, retenue et multiple de ce texte explosif. D'une part l'énumération (de facture rabelaisienne), le tableau ironique, le faux document, appartiennent dans les années trente à une écriture « dandy » ou fantaisiste (à la manière de Sterne), à une dérision non seulement du récit, mais du livre lui-même ; il tourne à la liste, aux chiffres, au blanc ! Et la fin de la nouvelle est une parodie de fin : on tombe dans la statistique, négation même de la littérature. Mais la statistique elle-même est ridiculisée : banale, elle n'apprend rien, et aboutit à *rien*, le constat de son ignorance, l'ouverture d'une catégorie à un seul exemplaire, la reconnaissance et la négation de l'individu. Ridicule, la statistique ridiculise les fous dans leurs motivations, elles-mêmes d'une redoutable banalité : la politique pour les hommes, l'amour pour les femmes : conduites grégaires, vulgaires, quantitatives ; les deux sexes sont *presque* aussi attachés à leur fortune. Il s'élabore ainsi un jeu de ricochet ironique, très éclairant pour comprendre l'écriture « Jeune-France » : le fou par romantisme est condamné ; va-t-on pour autant passer du côté prosaïque et positif, ou bourgeois, et rejoindre le psychiatre et sa collection de chiffres ? C'est ce que représente Esquirol avec la statistique des fous ; directeur de la Salpêtrière, de Charenton, Esquirol (1772-1840) est le médecin des fous, l'« institution médicale », le *regard* psychiatrique sur la folie. Le texte subrepticement se retourne contre lui : sur le *fou* de l'art et l'idéal, il n'a rien à dire. Onuphrius pour lui reste *inconnu*. Le rapport est un état-néant signé par un fonctionnaire quelconque. La perception du grotesque de la science est consubstantielle au romantisme.

cf.   Var. : « Et Jacintha ? Morte ! Son plus grand regret fut qu'Onuphrius la crut infidèle » dans A et B. La nouvelle fin de C est plus radicalement profanatrice : c'est l'amour qui est l'objet de l'ironie et les dernières lignes ne laissent plus rien de stable ou de valable. Sauf la cruelle vérité, l'insupportable réalité. Gautier élimine le dernier point solide qui échappait à l'ironie.

OMPHALE

a. Reine légendaire de Lydie, Omphale força Hercule à la servir et à se féminiser, notamment à filer de la laine à sa place et à ses pieds. Le titre annonce le retour d'un personnage mythologique, le sous-titre, celui d'une époque définie par ce qu'elle a de plus artificiel. Pour Littré, le *rococo*, « style d'architecture, d'ornementation, d'ameublement qui régna en France au XVIIIᵉ siècle » suppose des façades hérissées et courbes, des frontons recourbés et brisés, la profusion des ornements insignifiants, la préférence donnée aux rocailles, aux guirlandes de fleurs enlacées d'une manière affectée. Stendhal en 1829, dans les *Promenades dans Rome*, parle du « mauvais goût désigné dans les ateliers sous le nom un peu vulgaire de rococo ». Dérivé de « rocaille », le mot d'emblée renvoie à quelque chose de vieillot, de suranné, d'anodin. Le conte fantastique est présenté par un titre qui fait allusion à tout autre chose : le mot « rococo » est bien un terme d'argot de peintre, un mot méprisant, protecteur, ironique ; il désigne une époque, un style, et surtout un style de décoration intérieure. Le conte est « rococo », parce que le décor y joue un rôle déterminant, et parce qu'il se joue dans un registre *mineur* et désuet ; le démodé est synonyme d'innocent et d'amusant. Mais le titre renvoie à une époque de l'art, à un style, à une convention : décrire du « rococo », c'est le faire revivre, c'est revivre le rococo lui-même et retourner en un autre temps qui fut meilleur. Plus tard, Gautier (*Caprices et zigzags*, 1856, p. 60) définira ainsi le « rococo » : « je me sers ici du mot *rococo* faute d'un autre, sans y attacher aucun sens mauvais, pour désigner une période d'art qui n'est ni l'Antiquité, ni le Moyen Âge, ni la Renaissance et qui dans son genre est tout aussi originale et admirable » ; le rococo irait de Louis XIII à Louis XV. *La comédie de la mort* contient des poèmes *rococo* publiés antérieurement en 1835, 1836 et 1837 : « Rocaille » (ou le retour à la vie d'une statue de Naïade qui dort « dans un château de rocaille », et s'éveille pour une fête), « Pastel » (d'abord « Rococo ») dédié aux vieux portraits pâlis et fanés, oubliés, « et sur les quais vous gisez tout salis » (comme la tapisserie), « Watteau », « Versailles », « spectre de cité » auquel le poète s'adresse en des termes qui font penser au début du conte, « tu n'es que surannée et tu n'es pas antique ».

b. C'est en effet entre la rue des Tournelles et le boulevard Beaumarchais, à deux pas de la place des Vosges, le quartier où Gautier a vécu durant sa jeunesse ; mais c'est aussi le Marais, quartier aristocratique dégradé, déchu. Le passé peut-il s'y conserver, s'il ne se conserve pas lui-même et se transforme en ruines ? La maison de l'oncle est une « petite maison » jadis galante, une « folie » devenue triste et « maussade ». R. Jasinski (*Années romantiques*, chap. I) a fait justice des prétentions nobiliaires de Gautier fondées sur une confusion avec une autre famille ; en tout cas une légende familiale n'a cessé d'anoblir les Gautier.

c. Var. A : « elles ne fermaient plus bien ou mal », corrigé dès B : « elles ne fermaient plus ou fort mal ».

d. Le pot à feu est un ornement d'architecture représentant un pot d'où sortent des flammes.

e. *Ove :* terme d'architecture ou d'orfèvrerie qui désigne des ornements en forme d'œuf ou de cœur ; *chicorée :* ornement en forme de feuille de salade ; *volute :* ornement en forme de spirale venu du chapiteau grec, et, en général, toute espèce d'enroulement décoratif.

f. *Fabrique :* terme technique qui désigne en architecture une construction « dont la principale décoration consiste dans l'arrangement et l'appareil des matériaux » (Littré), en peinture tous les bâtiments représentés, et enfin toutes les constructions utilisées dans les parcs et jardins.

g. Var. A : « … que si elle avait eu deux mille ans » ; corrigé dès le texte B.

h. Le mot s'emploie pour les plantes parasites qui couvrent les ruines ; le texte A contient
    « lèpres ».

i. Il s'agit donc de « mauvaises ruines », qui ne sont que ce qu'elles sont, de la matière déla-
    brée et qui ne parlent ni à l'imagination ni au cœur. Le vieux (plâtre, gaze), incapable de
    durer, tombe à l'informe et au laid. Ces débris s'opposent à la fraîcheur toujours vivante
    de la tapisserie, et aux ruines éternelles, capables de résurrection, comme celles de Pompéi.
    À cette date Gautier a-t-il encore quelque préjugé contre le rococo ? Ou distingue-t-il
    l'architecture et le jardin du simulacre de la figure humaine qui, lui, a une plus grande
    capacité de survie ? Dans la petite maison de débauche, seule revit la tapisserie d'Omphale.
    Le reste évoque le décor familier au récit fantastique, du réel « négatif », suspendu dans
    le temps et qui n'est ni franchement détruit, ni franchement conservé ; ce réel mourant
    est une forme inquiétante de mort dans la vie. Le réel est pourri, décrépit, moisi ; vie et
    matière y sont également malades et comme inversées. Il s'agit d'une ruine jeune : les
    œuvres modernes (« d'hier ») ne sont pas suffisamment « formées » pour vaincre le temps.
    Le mobilier intérieur, plus spécifiquement marqué par le « style » rococo, au contraire a
    su mieux résister.

j. Le *lampas* est une étoffe de soie de la Chine, à grands dessins d'une couleur différente du
    fond ; *piédouche* : petit piédestal ; *camaïeu* : genre de peinture où l'on n'emploie qu'une
    couleur avec des teintes plus sombres et plus claires ; le *frimas* est un petit glaçon dû au
    brouillard et qui se congèle avant de tomber ; l'*échelle* est un terme de teinturerie et désigne
    les nuances d'une couleur, il s'agit ici de coques de rubans superposées sur le devant du
    corsage féminin.

k. Le réel ici propose un dépaysement et une illusion : il est immuable et dans le présent
    il assure le maintien du passé. Le portrait, image d'une femme aimée (par l'oncle, il est
    vrai), annonce la tapisserie et sa survie fantastique. La dame se *prélasse* et *sourit* : l'état du
    portrait devient une action actuelle. C'est que la dame est belle et *mythique* : son costume
    l'identifie aux « types » de l'Éternel Féminin.

l. Le XVIIIᵉ siècle ou ère du rococo est bien vague : on est dans la Régence perpétuée, puis
    dans l'époque *Pompadour*. Le nom d'artiste qui résume cette forme d'art est Van Loo
    (d'abord écrit Vanloo dans A). Mais les Van Loo sont une dynastie de peintres d'origine
    hollandaise et fixés en France ou en Italie ; au père Jakob (1614-1670) succède le fils, puis
    viennent ses enfants, Jean-Baptiste (1684-1745) et le plus connu de la famille, Carie
    Vanloo (qui francise son nom en l'écrivant en un seul mot) ; il a vécu de 1705 à 1765 et
    a réellement dominé avec Boucher la peinture française, surtout après 1750 (il se fixe à
    Paris) ; en 1762 il est premier peintre du roi ; son œuvre est très abondante et très variée ;
    c'est un peintre religieux, mythologique, décoratif, un peintre d'histoire et de genre. Sa
    « manière » est donc représentative de toute une esthétique.
    Le sujet de la tapisserie est un des plus *classiques* qui soient : aussi Gautier peut-il en
    exagérer ironiquement le caractère convenu. L'incube rococo est une créature de l'art et
    de la convention. Mme Dillingham (*op. cit.* p. 117 et 317) rappelle qu'en 1833 Raoul-
    Rochette, dans *Les monuments de l'Antiquité figurée, grecque, étrusque et romaine*, avait analysé
    ce groupe célèbre d'Hercule aux pieds d'Omphale ; la convention veut qu'Hercule porte
    des marques évidentes de féminité (quenouille, bijoux, jupes) et d'esclavage, alors que ses
    attributs (peau du lion de Némée, massue) sont aux mains d'Omphale ; la même année
    le *Journal des Dames de la Mésangère* reproduisait le groupe et lançait la robe à l'Omphale.
    Le même critique (*ibid.*, p. 324) a relevé qu'en 1839 E. Guinot, dans sa nouvelle *Une
    victime des Arts*, présentait un peintre auteur d'un tableau ridicule, *Hercule filant aux pieds
    d'Omphale* ; dès l'Antiquité et Lucien (*cf. L'histoire comique*), la scène d'Omphale et d'Hercule

constitue le sujet de tableaux *imaginaires* et appartient à un type de description (l'œuvre d'art imaginaire) que le XIXe siècle a immensément pratiquée.

Ce n'est pas la scène mythique que Gautier décrit, mais l'œuvre et sa manière. Il fait voir l'invraisemblance, la fausseté convenue, les personnages du XVIIIe siècle *sous* les héros de la fable (le marquis, son air *galant*, ses gestes mondains, la marquise frêle et délicate, son costume sans « couleur locale » mais purement *moderne*) ; il souligne la discrète inversion des sexes. Le groupe représenté s'apparente au *grotesque* parce qu'il s'affirme courageusement comme artifice pur : le couple devient alors une œuvre à un deuxième niveau, il semble un *travesti de théâtre, un déguisement de mascarade ou de fête* : et c'est cela le rococo, un art à la puissance deux, un divertissement sans fin, un jeu réglé avec les identités, les formes, les sentiments.

m. Variante dans A et B : « au long de son cou » ; de même, un peu plus haut, la version « ses beaux cheveux blonds cendrés », et, plus bas, « sa joue un peu allumée », qui sont l'objet d'une correction définitive en C ; *affiquets féminins* : le mot est moqueur et désigne des parures superflues ou affectées ; *œil de poudre*, c'est-à-dire une teinte très légère de poudre.

n. Ou petite mouche noire disposée sous l'œil et destinée à *assassiner* les cœurs.

o. *Zétulbé* : je suis les révélations faites par l'éd. de la Pléiade, T.I. 1293-1294, qui a éclairci ce mystère ; c'est l'héroïne du *Calife de Bagdad* (1800) opéra comique de Boieldieu sur un livret tiré d'un conte arabe par Godard d'Aucourt ; le succès fut immense ; l'*Epître* proprement dite (paroles de Godard d'Aucourt, musique de Vincenzo Martini) fut ajoutée à l'opéra et s'en sépara, elle connut un plus grand succès encore. Dans *Les Misérables* (II,vi,v) les pensionnaires du Petit Picpus entendent tous les soirs un vieux gentilhomme qui joue sur sa flûte le même air invariablement, « *Ma Zétulbé, viens régner sur mon âme* », c'est un souvenir de Juliette Drouet repris par Hugo.

p. Le village de Salency se trouve à quelques kilomètres de Noyon (Oise) ; c'est là qu'au Ve siècle saint Médard qui était l'évêque de la ville aurait couronné la première rosière. Chaque année une jeune fille aux mœurs particulièrement pures était couronnée de roses et recevait une dote de vingt-cinq livres assurée par le Fief de la Rosière. La cérémonie, qui se déroulait le 8 juin, avait lieu dans la chapelle de Saint-Médard, supposée occuper l'emplacement de la maison du saint ; le XVIIIe siècle finissant a renouvelé ces cérémonies patriarcales ; d'autres villages (Suresnes, Nanterre) ont institué des rosières ; la littérature, l'opéra, le théâtre ont exalté la Rosière. Le rococo (au sens large) connaît cette variante chaste et morale ; le Chérubin fantastique a une « culture » (pastorale, contes moraux) aussi *fausse*, aussi apprêtée, aussi « pastel » que la tapisserie. Après la Pompadour, c'est le petit Trianon. Et la formule sur le « meilleur des mondes » nous renvoie à *Candide* : le héros est bien une sorte d'*ingénu*.

q. *Florian* (1755-1794) est surtout célèbre pour ses pastorales, par exemple *Estelle et Némorin* ; écrivain vertueux, à coup sûr, il a écrit des fables, des pièces de théâtre, des nouvelles, des romans héroïques et traduit Cervantès. *Mme Deshoulières* (1634 ?-1694) a laissé une œuvre poétique consacrée à exalter la vie innocente, l'amour, la retraite, la sagesse des bergers et bergères, et même celle des moutons : « Hélas, petits moutons, que vous êtes heureux ». *Le père de Jouvency* (1643-1709), historien de la Compagnie de Jésus, a aussi écrit ce manuel de mythologie classique que mentionne Gautier et qui est à sa place dans un récit sur Omphale. *Berquin* (1747-1791), d'abord écrivain idyllique est devenu carrément un écrivain pour enfants. Cet « ami des enfants » avait commencé par imiter *Gessner* ; celui-ci (1730-1788), né à Zurich, peintre, graveur, poète, administrateur forestier, libraire, eut une réputation européenne ; imitateur lui-même de Florian, il écrivit une *Mort d'Abel*, une *Daphnis* et surtout en 1756 et 1772 deux volumes d'*Idylles*. Il fut « le

Théocrite de l'Helvétie ». Notre héros est innocent, il vit dans le monde de la fleur bleue ; c'est la condition qui lui permet d'être l'objet de la révélation fantastique. Mais cette énumération de livres *roses*, aussi surannés et affadis que le rococo, répond à la tapisserie : même surcharge, même outrance « grotesque », même complaisance dans l'évocation d'une « convention » prise pour la réalité. Le héros est aussi un innocent « littéraire » : ce sont des lectures qui le définissent.

r.   *Cf. Faust*, I, V, vers 3037.   La formule s'applique à Marguerite, voir l'article d'Anne Geisler-Szmulewicz, « Gautier lecteur de Faust. 1831-1841 », dans *Gautier et l'Allemagne, op. cit.* Le récit peut-il admettre une interprétation classique ? Elle est imputée à la naïveté juvénile du héros qui croit au diable. La marquise si poudrée, d'une blancheur neigeuse et sensuelle, est en elle-même une réfutation du satanisme.

s.   Le temps des soupers (dîner très tardif) était le bon vieux temps : le souper est une victime de la Révolution.

t.   C'est bien comme sa « belle marraine » que Chérubin (*Le mariage de Figaro*, I, 7) désigne la comtesse Almaviva.

u.   Dans ce monde de nulle part, qui n'est ni rêve ni réalité, ni irréalité, les objets ordinaires obéissent à une loi subjective, ils sont l'écho, la représentation des désirs et pensées ; l'horloge dit le désir d'Omphale ou du narrateur, le vent leur trouble, le réel s'anime sourdement avant que la tapisserie ondule, s'agite « violemment », revive enfin, suivant ainsi le *crescendo* du désir.

v.   Var. : « J'attendais en silence… » dans A et B.

w.   *Perlé* est un synonyme de *parfait*, ou fait dans la perfection ; à quoi s'ajoute un sens musical : il s'agit alors d'une exécution parfaite et possédant un grand fini.

x.   Var. : « Mais, madame, c'est que… » dans A et B. L'apparition tourne d'emblée à l'entretien galant et quasi initiatique ; mais le fantôme enseigne l'amour et les « bonnes » mœurs de la société tout à la fois libre et maniérée du siècle passé.

y.   Le fantôme parachève sa résurrection comme on donne la dernière touche à un maquillage ; la rougeur ici encore indique la vie de la morte.

z.   L'allusion grivoise confirme la nuance libertine du fantastique ; la marquise, « mal mariée », n'est pas une nouvelle version du « diable amoureux », c'est une amoureuse fervente qui poursuit ses conquêtes outre-tombe ; c'est en vain que l'on a fait promettre à la morte de « rester sage ».

aa.   Var. : « Être avec son mari » dans A et B. La femme fantôme parce qu'elle n'a jamais renoncé aux plaisirs de la vie, en particulier à celui de tromper son mari, est douée d'une vie latente ; la mort est une sorte d'ennui, c'est une attente qui cesse dès que vient s'offrir un amoureux potentiel. Ne meurt jamais l'être qui reste disponible au désir, il en perçoit l'appel dans la mort.

ab.   Var. : « cela m'a toute réjouie » dans A, corrigé dans B.

ac.   C'est le moment du doute et du désarroi fantastiques : le surnaturel est (les rideaux ont été tirés) et n'est pas : la chose n'est qu'une chose, le personnage figuré est bien *mort*. Il n'y a pas de truquage possible : la matière est bien solide et inerte. Mais, au-delà de cette séquence obligée du récit fantastique, il y a pour Gautier un mystère et un miracle de l'effigie : celle-ci est chose : on la palpe, on la manipule, elle est âme, un sens se trouve dans sa ressemblance et ce sens est en elle et hors d'elle. La nature même de l'œuvre d'art constitue le fantastique de Gautier. On peut décrocher la tapisserie, la rouler, la mettre au grenier, ou la vendre, elle conserve un pouvoir d'évocation, de figuration au-delà d'elle-même ou dans l'au-delà.

ad.   Le mot désigne toute partie de mur, ou toute partie de décoration entre deux baies de porte ou de croisée.

ae. Var. : « ... au front » dans **A**.

af. L'incertitude continue : c'est une dame, en chair et en os, une dame réelle, une dame « historique », qui a un style, un bavardage, une légèreté futile, un esprit moqueur, une désinvolture de grande dame libertine ; mais aussi à propos d'elle-même elle tait et cache quelque chose qui devrait inquiéter.

ag. Les maris ne voient jamais rien : le fantastique reproduit la réalité en la prenant au pied de la lettre. La liaison du Chérubin aux lectures roses avec la dame fantastique tourne à la liaison ordinaire.

ah. L'oncle qui dérange les amours semble reprocher surtout à la marquise le caractère incongru de ses passions.

ai. Var. : « pourtant bien promis d'être sage » dans **A**.

aj. Var. : « chez mes respectables » dans **A**.

ak. Ou des objets sans valeur ; au sens propre, cérémonies faites pour amuser ou tromper.

al. Var. : ici se trouve dans **A** un passage supprimé dans **B**, « J'en pleurais. Il y a deux ans que cela est arrivé et je n'en suis pas tout à fait consolé. »

am. Var. dans **A** : « On dit qu'il ne faut pas revenir sur ses premières amours ni aller voir le lendemain la rose qu'on a admirée la veille. »

LA MORTE AMOUREUSE

a. Le récit a toutes les allures d'une confession ; le héros-narrateur, qui raconte l'épisode mystérieux, est bien plus vieux que lors de sa saison en enfer ; encore n'est-il pas absolument sûr de ne pas avoir été l'objet d'une illusion, d'une tentation démoniaque par l'image, ce qui eût été le moindre mal. Maintenant il est en paix avec lui-même, il a vaincu « l'esprit malin » ; les dernières lignes du texte reviennent sur ce thème, moins assurées, car le bonheur perdu est *toujours* regretté par le héros. Mais le début et la fin insistent également sur le péché commis : ce fut d'abord une tentation du regard, une concupiscence visuelle, une *libido videndi* ; la première sensualité périlleuse et coupable fut une sensualité de l'œil. Début et fin constituent la *leçon* morale, avant et après la plongée dans le fantastique. Il est vrai que chez le héros jamais la conscience des faits et de leur nature, qui ne le quitte pas un instant, ne peut avoir une influence sur sa volonté : c'était, c'est peut-être encore un possédé.

b. Var. : « ... qui s'est emparé de moi », corrigé dès **B**.

c. Var. : « ... sorti de ce presbytère... » dans **A**, corrigé en **B**.

d. Var. : « ... que d'un humble séminariste... » dans **A**, corrigé dans **B**.

e. Dans *Le Moine* (éd. Club français du livre, 1961), on dit d'Ambrosio : « Il a été élevé dans le couvent et il y resté depuis. Il a montré de bonne heure un goût décidé pour l'étude et pour la retraite, et aussitôt qu'il a été en âge, il a prononcé ses vœux [...]. Il est maintenant âgé de trente ans et chacune de ses heures s'est passée dans l'étude, dans un isolement absolu du monde, et dans la mortification de la chair. Avant d'être nommé supérieur de sa communauté [...] il n'était jamais sorti des murs du couvent [...] il passe pour observer si strictement son vœu de chasteté qu'il ne sait pas en quoi consiste la différence qu'il y a entre l'homme et la femme... » (p. 18-19) ; de même sut le passé d'Ambrosio, p. 180-181 : « Il ne voyait pas l'autre sexe, encore moins causait-il avec lui ; il ignorait les plaisirs que les femmes peuvent procurer et s'il lisait dans le cours de ses études que "les hommes avaient le cœur tendre", il souriait et se demandait comment ». Mais alors que cette ignorance contre-nature prédestine le héros « noir » à succomber à toutes les folies de l'orgueil et d'une lubricité déchaînée, la sagesse initiale du personnage de Gautier le prépare à vivre hors de ce monde, qui n'est décidément pas son royaume, et à *voir* et aimer l'Absolue Beauté. Et aussi alors qu'Ambrosio *s'explique* par la suffisance d'une vanité exaspérée, l'innocence de Romuald approfondit le mystère de l'intrusion fantastique.

f. Var. : « Jamais jeune fiancée… » dans A, corrigé dans B.

g. « J'avais fait un pacte avec mes yeux au point de ne fixer aucune vierge » (*Job*, 31, 1).

h. Le cliché en usage pour la Vérité s'applique à la Beauté. Dès lors que le héros voit, cécité et vision s'échangent comme veille et rêve. Il s'agit bien de l'autre Réalité qui nie celle-ci. P.-G. Castex (*op. cit.* p. 228) relève que Clarimonde derrière sa balustrade rappelle Manon Lescaut qui dans le roman de l'abbé Prévost vient reconquérir des Grieux au cours d'un exercice public de théologie ; elle se tient alors dans une loge vitrée et puis elle n'a guère de peine à détourner son amant de la vie religieuse.

i. Dans *Le Moine*, le héros a été séduit d'abord par un tableau religieux représentant la Madone, que le succube Mathilde lui a envoyé et qui en fait reproduit ses traits.

j. Var. : « … singularité piquante… » dans A, corrigé dès le texte B. Clarimonde a des yeux verts ; ceux du diable dans *Deux acteurs pour un rôle* auront des « teintes vertes ». Mario Praz dans son livre célèbre, *La chair, la mort et le diable, le romantisme noir* (Paris, Denoël, 1977, p. 270) a retenu que « les yeux des personnages sadiques dans le bas romantisme sont habituellement verts » ; mais cette couleur qui animalise le regard humain ou l'artificialise en le rapprochant de l'émeraude, ou le naturalise avec l'allusion à la mer, convient aux êtres suprahumains, qu'ils soient divins ou diaboliques.
Voir encore dans *Émaux et camées* le poème « Cœrulei oculi » dédié à une « femme mystérieuse » dont les yeux ont « les teintes glauques de la mer » : « Un pouvoir magique m'entraîne / Vers l'abîme de ce regard » ; et dans *Caprices et zigzags* (éd. 1852, p. 154) les pages sur une voyageuse qui a des yeux verts, d'« un vert d'algue marine. Aphrodite, née du ciel et de l'écume de la mer, avait des prunelles de cette teinte, où l'azur des flots et l'or du soleil se fondent également. »

k. Var. : « Des dents de la plus belle eau… » dans A et B, corrigé en C. Si l'eau renvoyait au diamant, l'*orient* concerne la perle : le mot désigne le brillant de son reflet.

l. Var. : « … à son col… » dans A et B, corrigé dans C.

m. Le *nacarat* est une couleur, une nuance de rouge, qui se place entre le rouge clair et l'orangé ; dans « Le poème de la femme » (*Émaux et camées*), Gautier écrit : « D'abord superbe et triomphante, / Elle vint en grand apparat, / Traînant avec des airs d'infante / Un flot de velours nacarat. »

n. Var. : « … bien loin d'un monde dont mes désirs… », dans le texte A, corrigé en B. L'apparition de la Femme est une révélation intérieure : celle du désir, de la vie, celle de l'Idéal aussi ; elle éclate dans le monde vide et mort du jeune prêtre ; elle s'accompagne de l'« angoisse effroyable » qui annonce l'altérité absolue du démon, et davantage de la Beauté.

o. La promesse de l'Ève surnaturelle est celle de la Tentation originelle de l'humanité : être comme Dieu, être divinisé ; Clarimonde tout de suite en vient à opposer l'ascétisme, soit la vie comme une mort, à la jouissance absolue de tous les plaisirs qu'elle représente elle-même ; elle propose de choisir entre l'absolu divin et l'absolu du plaisir.

p. Var. : « … avait presque de la sonorité… » dans A, corrigé en B. La Femme est par essence un ensemble de « correspondances », elle incarne l'unité quasi mystique et la réciprocité de toutes les sensations.

q. Var. : « … un air aussi atterré et aussi inconsolable… », dans A, corrigé dans B.

r. L'héroïne fantastique perd les apparences de la vie dès qu'elle n'est plus objet de désir, qu'elle ne triomphe plus par la tentation érotique qui lui rend la vie (ce qui contredit le vampirisme de Clarimonde). On notera que l'exclamation de Clarimonde, « Malheureux, qu'as-tu fait ? » est répétée dans les dernières lignes du récit.

s. Jusqu'ici l'Inconnue n'a été qu'*Elle*, la Femme, toutes les femmes ; elle a désormais un nom étrange, que l'on peut décomposer en soulignant la finale « monde » (clair-immonde), ou plus heureusement en faisant sonner le *clair*, ou la connotation de lumière, suivi d'une terminaison propre aux prénoms littéraires comme Rosemonde ; le nom de *Concini*, célèbre depuis l'aventurier italien qui fut favori de Marie de Médicis et périt assassiné sous la minorité de Louis XIII nous met pour la première fois dans un contexte d'italianité.

t. Ce qui rythme les amours des deux amants, c'est l'échange : des souffles dans la scène de résurrection de Clarimonde, du sang dans les scènes de vampirisme, ici l'échange des volontés, l'amour tend à la fusion des existences jusque dans la mort : le vampirisme serait la métaphore du désir. Mais dans l'amour « rétrospectif », ne vit, ne revit que l'être désiré ; dans le récit Romuald vit grâce à Clarimonde et elle aussi, grâce à son amour qui l'arrache à la mort ou qui la condamne s'il n'est pas assez fort.

u. Dans *Zurbaran*, poème du recueil *España*, Gautier reprend tous les traits qui font de la vie sacerdotale « une mort dans la vie » : elle est le froid, l'obscurité, l'enfermement, le retrait de toute sensibilité autre que négative, une fréquentation des morts dès cette vie, l'absence de couleurs, une existence spectrale (à l'inverse, le spectre *incarne* toute vitalité), un deuil anticipé de soi-même, une sorte d'ensevelissement funéraire et volontaire. Avec *Spirite* et le séjour au couvent, les mêmes thèmes seront pratiquement inversés ; à moins que l'on n'admette que dès maintenant la prêtrise comme renoncement au réel banal prépare à l'amour fantastique. Les récits de Gautier évoluent d'une nuance à une autre : ici la tentation démoniaque est unie à cette poussée furieuse du désir, à cette révolte de la sève vitale qui apparente Romuald au moine luxurieux de la tradition « philosophique » ou « noire ». La formule « se crever les yeux » est capitale : le suicide visuel semble le plus grave dans cet ascétisme pseudo-chrétien ; Romuald annonce le *jettatore* : renoncer à la vie (à *cette* vie), c'est renoncer à ses yeux. La vue, la possession par l'œil (ou la contemplation) est le plus essentiel dans la transgression fantastique (et esthétique).

v. Cf. *La comédie de la mort*, LIII, « Le pot de fleurs », où « le grand aloès dont la racine brise / Le pot de porcelaine aux dessins éclatants » est le symbole du désir.

w. Qu'est-ce que la vie, qu'est-ce donc que la mort ? : la vie et la mort, comme le rêve et la veille, sont relativisées par l'expérience fantastique.

x. Var. : « Les compagnons… », dans A, corrigé dans B. Le mot *muguet* désignent les jeunes qui prétendent à l'élégance et à la galanterie.

y. Le nom renvoie aux *Contes des Frères de Saint-Sérapion* d'Hoffmann (1819-1821) ; mais aussi à un texte plus précis, *Sérapion*, qui raconte l'histoire (supposée vraie) d'un fou qui se prend pour saint Sérapion (c'est de lui que vient le titre du recueil) ; fou qui s'est identifié au saint comme un autre personnage étrange au musicien Glück. Le fou apparaît comme un poète absolu et brut, ignorant la dualité de l'homme, et ne séparant pas le rêve du réel, l'imagination de l'existence ordinaire. Cette *sincérité* est « sérapiontique », elle est l'idéal du poète-visionnaire. L'abbé Sérapion a quelque chose de fantastique, qui rappelle le roman noir : à la fin il devient un véritable démon ; il sait tout, il sait tout ce que pense et ressent Romuald, il apparaît toujours, impassible, immuable aux moments essentiels.

z. C'est l'image traditionnelle du péché comparé à un fauve qui cherche sa proie ; on la trouve dans *Mademoiselle de Maupin* plus nettement intériorisée et exprimant le « dédoublement » de l'héroïne : « Dans ma frêle poitrine habitent ensemble les rêveries semées de violettes de la jeune fille pudique et les ardeurs insensées des courtisanes en orgie. Mes désirs sont comme des lions aiguisant leurs griffes dans l'ombre et cherchant quelque chose à dévorer. »

aa.	*Coupelle* : petit vase dans lequel se fait la séparation de l'argent des autres métaux avec lesquels il est uni ; « mon cœur s'est purifié à la coupelle de l'adversité » (J.-J. Rousseau, *Rêveries*).

ab.	*Courtil* : petit jardin attenant à une maison paysanne.

ac.	Var. : « ... et se dérangeaient à peine pour nous laisser passer... » dans A, corrigé dans B.

ad.	Var. : « ... vîmes apparaître un vieux chien » dans A, corrigé dans B.

ae.	Var. : « La vieille gouvernante fut ouvrir... » dans A et B, corrigé en C.

af.	Selon P.-G. Castex, *op. cit.*, dans ce passage Gautier se souvient du poème de Lamartine *Jocelyn* (publié en février 1836) où le héros, prêtre de campagne, est appelé par celle qu'il a aimée pour lui donner les derniers sacrements.

ag.	Dans son *Voyage en Belgique* (*Caprices et zigzags*, éd. 1852, p. 5) Gautier évoque de la même manière les troncs d'arbre « qui galopaient de toute la vitesse des chevaux et fuyaient comme une armée en déroute ». Les cavaliers deviennent « des spectres à cheval sur le cauchemar » : c'est le thème de la chevauchée infernale, « les morts vont vite », disait le refrain de la célèbre ballade de Bürger, *Lenore* qui a créé ce « topos » du récit fantastique ; dans *Le Moine* l'enlèvement de la « nonne sanglante » se fait de la même manière : vitesse effrayante, chevaux indomptés, orage horrible (*op. cit.*, p. 127). Le monde démoniaque est un antiréel comme on parle d'antimatière : il est sans pesanteur, sans couleur (noir donc dans tous ses détails), spectral en un mot ; le réel s'inverse : opaque, glacial comme la forêt (à comparer à celle du *Chevalier double*), peuplé d'un bestiaire nocturne et menaçant ; la course enragée et surhumaine aboutit à une architecture titanique et « piranésienne » dont le porche est comme la gueule de l'enfer lui-même et qui termine la « composition » fantastique de Gautier. Voir de même les dernières pages du récit.

ah.	Var. : « ... une espèce de cri guttural qui... » dans A, corrigé dans B.

ai.	Var. : « ... jusque sur sa barbe blanche » dans A, corrigé dans B.

aj.	Clarimonde, courtisane, liée à Venise, est une créature masquée et carnavalesque : illusoire, illusionniste ; le thème du masque chez Gautier est lié à celui du double et de l'identité.

ak.	On retrouvera trente ans plus tard le même détail dans *Spirite* ; de même pour *Le pied de momie*, le parfum, forme la plus spiritualisée de la matière, semble opérer d'abord la jonction de la mort et de la vie, ou du réel et de l'idéal.

al.	*Damas* : à l'origine étoffe de soie à fleurs ou à dessins en relief où satin et taffetas sont alternés.

am.	Var. : « ... de mes incertitudes... » dans A, corrigé dans B. De même dans la phrase suivante : « ... la perfection de cette forme quoique adoucie et sanctifiée par l'ombre de la mort... » dans A devient dans B « ... cette perfection de formes quoique purifiée... »

an.	Var. : « ... plus diaphanes que pendant sa vie... », dans A et corrigé dans B.

ao.	Rassembler sa vie, la donner en une fois et dans sa totalité, échanger son existence, ces souhaits vont être satisfaits par le vampirisme de Clarimonde. Avant de lui donner son sang, Romuald lui donne son souffle et ces larmes, cette « rosée » qui la ressuscite. On le notera, Romuald, comme le Meïamoun d'*Une nuit de Cléopâtre* est prêt à donner sa vie pour être aimé de la reine.
Dans *Le Mythe de Pygmalion au XIXᵉ siècle*, A. Geisler-Szmulewicz a montré combien ce passage suivait de près le récit dans les *Métamorphoses* d'Ovide (Livre X) de l'animation progressive de la statue d'ivoire sous les baisers et les caresses de son créateur.

ap.	Var. : « ... déposer un premier et dernier baiser sur les lèvres mortes de celle... », dans A, corrigé dans B. Dans *Le Roman de la momie* le dépouillement de la momie fait penser à ce passage : même réticence à soulever le voile, même sueur qui ruisselle sur le front de l'archéologue, même bouche féminine « colorée d'une faible rougeur », même expression mélancolique et mystérieuse « pleine de douceur, de tristesse et de charme ».

aq. Var. : « ... que faisais-tu donc ? » dans A, corrigé dans B.

ar. Le vent se lève dans le moment fantastique, il emporte la dernière feuille de la rose déjà apparue au début de la scène ; la fureur des choses ponctue le moment *surnaturel*, elle emporte l'âme de Clarimonde, mais elle est aussi le symbole de la violence de la passion : maintenant les amants sont unis. Le même symbole revient dans le rêve d'Alicia.

as. Le dédoublement de Romuald comporte une sorte d'ubiquité, ou la possibilité d'occuper deux corps, deux espaces, deux vies ; absent, au sens propre, de lui-même, son âme voyage séparément de son corps.

at. Var. : « ... auquel s'appliquait la description... » dans A, corrigé dans B.

au. Aux yeux verts du succube-vampire répondent les yeux jaunes et fauves du prêtre ; l'ennemi des démons est lui-même démoniaque : c'est un persécuteur féroce, au regard presque surnaturel dans sa pénétration accusatrice. Est-on au plus fort du rejet par Gautier du christianisme, associé à la condamnation du corps, au refus de la beauté et de la *forme*, ou dans la convention la plus « protestante » du roman noir anglais où le prêtre en général italien est satanique : en tout cas Ambrosio comme Médard sont dans Romuald et aussi dans Sérapion. Ou plus exactement Romuald qui se livre au démon est exonéré du satanisme au sens propre : l'amour et le rêve le sauvent du destin de ses prédécesseurs. L'ennemi frénétique et féroce qui le hante, son double, semble-t-il, la partie mauvaise de lui-même est hors de lui, dans Sérapion.

av. *Goule* et *vampire* sont très différents : ils appartiennent à des traditions superstitieuses ou fantastiques très lointaines ; la goule, que l'on trouve dans les contes orientaux et dans *Les Mille et une nuits* en particulier, est un génie nécrophage qui hante les cimetières ; c'est un être surnaturel. Le vampire est un être humain à la fois mort et vivant, il suce le sang des vivants pour rester en vie au moins partiellement ; il est mort et enterré, son corps demeure intact dans sa tombe ; c'est le cas de Clarimonde : la petite goutte de sang prouve sa double existence. Dans la nouvelle d'Hoffmann, *Vampirisme*, on trouve la même confusion : l'héroïne est une femme et une vampire femelle, mais elle dévore les morts au cimetière. Clarimonde est plus encore : courtisane, et courtisane « romantique », célèbre par ses orgies surhumaines, assimilée à Cléopâtre dont Gautier va justement décrire une des nuits (elle massacre ses amants comme on soupçonne Clarimonde de le faire), c'est une créatrice de plaisirs inouïs et splendides. La « nonne sanglante », Béatrice de Las Cisternas (*Le Moine*, p. 138-139) a été victime de son « tempérament chaud et voluptueux », de la « véhémence de ses désirs » ; elle a mené une vie de débauches et « ses fêtes rivalisaient de luxe avec celles de Cléopâtre » ; elle tue son amant par amour pour le frère de celui-ci.

aw. Elle est la même parce qu'elle est la beauté : seule transcendance pour Gautier, mais transcendance effective qui a l'éternité et qui, comme forme, est distincte de la matière ; la femme, l'ombre, la morte sont comme une statue, elles ont un corps et vivent dès lors qu'est sauvée la beauté. La forme appelle un contenu, une matière ou une chair. L'image et la sculpture sont indifféremment œuvres ou êtres vivants. Le récit présente l'existence onirique comme une suite de rêves qui sont continus ; ils constituent en face de la réalité une autre unité d'existence. Clarimonde *revient* dans le rêve comme si elle enchaînait sur son premier réveil : elle a sa toilette mortuaire. Elle est double, morte et vivante, démon et femme, tout comme Romuald, double lui aussi. Pourtant leur vie commune jusqu'au séjour à Venise ne se déroule que dans une seule sphère, celle de la nuit et du rêve. Le temps écoulé entre les rêves, les suspensions de la veille, ne sont pas des interruptions véritables. Il en est de même si l'on veut dans *Aurélia*.

ax. Formule essentielle qui vient du *Cantique des cantiques* (VIII, 6) ; l'au-delà gautiériste où se conservent les formes défuntes est ici un « non-lieu » indéterminé, une sorte de néant du monde, le domaine du rien et de l'effroi, vaincus par le désir et la volonté. Si Clarimonde était un vampire ordinaire, c'est-à-dire un être éternisé dans son *corps*, qui ne peut le quitter et qui n'a pas d'âme, elle ne pourrait, comme elle le dit ici, avoir été séparée de son corps et le réintégrer dans sa tombe.

ay. Dans *Le Diable amoureux* de Cazotte *(Romanciers du XVIIIᵉ* siècle, t. II, Pléiade, 1965, p. 370), la Biondetta, après avoir reconnu qu'elle était le diable, demande à Alvare de lui dire *tendrement* : « Mon cher Belzébuth, je t'adore » ; ce que refuse le héros de Cazotte. *Cf.* sur le point l'article d'Annalisa Bottacin.

az. *Chrysoprases* : variété d'agate d'un vert blanchâtre qui doit sa couleur à l'oxyde de nickel (Littré).

ba. Var. : « ..."Adieu, chère âme." Et elle effleura mon front... », dans A, corrigé dans B.

bb. Il n'y a pas à proprement parler d'*onirisme* dans le récit : le rêve s'impose comme réalité, mais comme une *autre* réalité à laquelle le sommeil donne accès dans la mesure où il détermine une liberté de l'âme.

bc. La *ganse* est une boutonnière richement ornée de pierres précieuses ou faites de cordonnets de soie, d'or, d'argent. À partir d'ici, Clarimonde n'est plus une morte : tout manifeste sa vitalité.

bd. *Valet de chambre* : c'était le rôle apparent de la Biondetta auprès d'Alvare.

be. Var. : « ... j'étais déjà passablement fat » dans A, corrigé dans B. Romuald ici est l'écho de D'Albert, qui dit : « La seule chose au monde que j'ai enviée avec quelque suite, c'est d'être beau » (*Mademoiselle de Maupin*, chap. v) ; « Jamais personne autant que moi n'a désiré vivre de la vie des autres, et s'assimiler une autre nature » (*id.*, chap. III) ; aussi peut-il, dans une confession qui annonce aussi *Avatar*, parler de ce jeune homme si beau qu'il semblait lui avoir « volé la forme que j'aurais dû avoir ; [...] à côté de lui j'avais l'air de mon ébauche [...]. On eût dit que la nature se fût essayée dans sa personne à faire ce moi-même perfectionné, j'avais l'air d'être le brouillon raturé et informe de la pensée dont il était la copie en belle écriture moulée ». Le double, associé ici au reflet (c'est un miroir qui le fait apparaître), au travesti (c'est le costume qui donne forme à l'être nouveau, né de lui-même), n'est pas un deuxième Moi identique au premier, ni un double « moral » ou « psychique ». Le Moi, résultat d'une scission (manifestée ici par les deux vies), est un Moi meilleur, c'est-à-dire plus beau, un Moi essentiel, passé de l'état d'ébauche à l'état d'œuvre, achevé et donc *parfait*.

bf. Le héros d'*Avatar* devra lui aussi s'exercer, mais cette fois à porter son nouveau corps.

bg. Homère, Virgile, Aristote, Pline et Shakespeare se sont faits l'écho de cette vieille croyance que les juments étaient fécondées par le Zéphyr, qui pour les Anciens était le vent d'Ouest ; mais le mot désigne tout vent langoureux et voluptueux.

bh. Var. : « ... s'essouffler à courir après nous » dans A et B, corrigé dans C.

bi. La formule de « vie bicéphale » comme la belle image de la spirale (Gautier l'a-t-il transmise à Flaubert ?) explique bien l'originalité du *Doppelgänger* chez Gautier : les deux Moi sont antithétiques, symétriques et équivalents. Le fantastique, c'est que Romuald puisse à ce point s'opposer à lui-même ; il n'y a pas de folie « nervalienne » parce que les deux identités ne se confondent pas, il n'y a pas de confusion de conscience. « Réalité » et « illusion » sont indistinctes en tant que telles ; elles ne sont ni mêlées ni fondues ; chaque vie est le rêve de l'autre, chaque identité est l'illusion de l'autre. En valeur, en teneur de réalité, il y a équivalence de part et d'autre. D'où le radicalisme de Romuald :

« tantôt je me croyais » ; tout devient illusion et réalité. Chaque moitié est *comme* l'autre.
C'est que la dualité irréductible à l'alternance rêve-veille est générale : s'opposent jour et
nuit, prêtrise et libertinage, vie nulle et vie totale, ascétisme et plénitude de puissances,
l'ici et l'*au-delà*, le là-bas de l'Idéal.

bj. Var. : « ... ce qu'il y avait d'illusoire et de réel dans cette... » dans A ; « d'illusion et de
réel » dans B.

bk. *Barcarolle :* ou batelier. Le mot a d'abord désigné un type de chanson populaire de Venise.

bl. *Je faisais une poussière* : se dit pour se pavaner, agir, avec ostentation (Littré).

bm. *Ridotto* : salle de jeu à Venise célébrée par la peinture (Longhi et Guardi) et la littérature ;
elle définit la Venise au XVIIIᵉ siècle, cité du carnaval rococo, cité de l'ambiguïté et de
l'incertitude ; qui est qui ? La nouvelle d'Hoffmann qui s'y déroule *Marino Falieri* joue
aussi sur l'ignorance de ce que l'on est. Dans *Le Diable amoureux* (p. 334 *sq.*) Alvare est
un assidu du Ridotto et le texte de Gautier est vraiment proche de Cazotte : « j'allai
au spectacle, au *Ridotto*. Je jouai, je gagnai quarante sequins et rentrai assez tard, ayant
cherché de la dissipation partout où j'avais pu pouvoir en trouver ». Alvar joue gros jeu,
fréquente les courtisanes, le grand monde, etc.

bn. Clarimonde, courtisane, femme fatale, c'est-à-dire totale, a « le charme des belles défuntes,
des grandes courtisanes, des reines luxurieuses, des pécheresses célèbres ». Elle peut vivre
et revivre, vivre toutes les personnalités, « s'incarner tour à tour dans tous les pays et
dans tous les temps, archétype réunissant en lui toutes les séductions, tous les vices, et
toutes les voluptés » (M. Praz, *op. cit.*, p. 184-188). Ainsi Cléopâtre, Imperia, chantée par
un poème d'*Émaux et camées* ; ainsi chez Flaubert l'héroïne de *Novembre*, la reine de Saba,
Ennoïa ; ainsi les réincarnations féminines chez Nerval. Le vampirisme ne fait qu'accroître
ses possibilités de métamorphoses.

bo. Selon M. Praz (*op. cit.*, p. 214 et 428), la pâleur est *de toute façon* le signe de la femme fatale
dont il suit le portrait depuis le romantisme de Gautier jusqu'aux thèmes décadentistes.

bp. Débarrassé de ses éléments déjà rituels dans la littérature fantastique, qui le rangent du
côté de l'horreur, le vampirisme apparaît ici comme le développement d'indices connus (les
paroles de Sérapion) mais surtout comme le développement d'éléments propres à la beauté
de Clarimonde : sa nature féline, son avidité animale sont préfigurés dans son portrait.
Bien que Gautier ait placé les révélations du vampirisme vers la fin de la nouvelle, ainsi
organisée selon une marche ascendante des preuves du surnaturel, le vampirisme est *aussi*
situé dans l'évolution passionnelle de Clarimonde ; le mélange des sangs devient l'acte
dernier de la communion amoureuse, de la confusion du tien et du mien, et de l'union
ultime de la vie et de la mort ; les amants vivent et meurent ensemble, en même temps,
et du même acte.

bq. Var. : « ... lorsque le sommeil ou que je prenais pour le sommeil m'eut... » dans A,
corrigé dans B. Même ruse et même résultat dans *Vampirisme* d'Hoffmann ; le comte
Hippolyte a découvert que sa femme vampire et goule lui verse un narcotique tous les
soirs et s'absente inexplicablement de son lit. Un soir, il feint de le boire, la suit et découvre
l'affreuse vérité. Le lendemain, lorsqu'il démasque la créature abominable, elle le mord
furieusement et expire sur le champ ; quant à lui il devient fou.

br. Le vampirisme conduit à l'étonnant paradoxe, à l'oxymore de fait : Clarimonde ne tue
Romuald que parce qu'elle l'aime ; la courtisane-vampire refuse tout autre amant. La vie
est dans la mort lorsqu'elle est à sa plus haute intensité ; cette spéculation romantique
doit écarter la sottise *psychique* qui voit ici de la nécrophilie. Romuald est aussi prêt à
mourir d'aimer, et c'est là le vrai amour.

bs. Vampire, *mais* femme, et femme amoureuse, alors que le ou la vampire n'est que l'inhumanité
d'un désir furieux de vivre aux dépens des hommes, Clarimonde est insituable, comme

l'héroïne de Cazotte qui est une femme amoureuse *et* le diable *et* une sylphide. Le fantastique s'établit ainsi dans une sorte de négation du lieu commun fantastique.

bt. Var. : « ... toucher le corps du Christ... » dans A, corrigé dans B. Romuald veut bien sacrifier sa vie au désir, mais non sa *chair* à l'ascétisme. Le « paganisme » de Gautier exalte moins le plaisir insouciant, que la joie humaine intensifiée jusqu'aux limites de l'humain, et surtout que la valeur révélatrice du *corps* de l'homme où s'incarne avec le plaisir, le plaisir suprême de la Beauté.

bu. L'aventure fantastique, véritable révélation et alinéation, est supérieure et contraire aux conditions humaines de l'existence ; Romuald recule devant un destin « nervalien » ; tous les contes vont ainsi montrer que le fantastique est à la fois impossible et irremplaçable.

bv. Var. : « ... décidé à tuer au profit de l'autre un des deux hommes qui étaient en moi ou à les tuer tous les deux... » dans A, corrigé dans B. Sérapion de plus en plus influent sur Romuald (il est une partie de lui-même) l'amène à tuer le double, à unifier sa vie et son être, mais du côté de la réalité vide.

bw. La tombe de Clarimonde est ancienne : or elle est *morte* au cours du récit. Preuve qu'elle meurt souvent sans cesser d'être éternellement vivante : comme tout vampire ? La nouvelle repose sur une indétermination du temps : la confession de Romuald semble proche du lecteur, sa vie « diurne » n'est pas pour autant située dans le temps ; la vie avec Clarimonde nous fait reculer vers un XVIIIe siècle imprécis, mais l'inscription sur sa tombe est déjà presque illisible.

bx. Cette composition réellement « fantastique », où le réel s'inverse en horreur et en néant, répond à la chevauchée infernale ; nous sommes entrés dans le fantastique, nous en sortons par cette étape effrayante (il n'y a pas d'effroi ou d'horreur là où Clarimonde est présente), ironique peut-être par son outrance, et le fait qu'elle place deux prêtres dans une dimension satanique et sacrilège. Eux, les vivants, sont *morts*, agonisent dans leur travail *funèbre* ; eux, les hommes de Dieu, sont des démons, des fossoyeurs fanatiques de la Beauté et de la Femme.

by. La petite goutte de sang est une concession au thème vampirique ; Gautier nous évite les canines apparentes, l'usage d'un épieu enfoncé dans le cœur ; pour détruire la créature maléfique, il suffit d'une croix et de l'eau bénite. Le pire dans la mort, c'est la décomposition du corps : la dissolution de la forme humaine. Sérapion veut guérir Romuald par le simple fait de lui montrer « un cadavre immonde dévoré des vers » ; l'inhumation chrétienne (on retrouvera le thème et les mêmes faits dans *Arria Marcella*) est une victoire du néant, une condamnation du corps ; il n'est que *poussière* pour le chrétien, et Gautier reprend sciemment le mot. La vraie mort, celle qui atteint Clarimonde une fois pour toutes, c'est la destruction de la *forme* ; elle commence par la haine du corps qui anime le fanatique Sérapion. Toute la fin du texte au cimetière le présente comme un militant du néant : il va révéler « les misères du néant » de Clarimonde.

bz. Le *Lido* est la partie de la lagune de Venise qui donne sur la mer ; *Fusina* est une localité sur la terre ferme près de Mestre ; là se trouvent les villas vénitiennes.

ca. Var. : « ... amant de la Clarimonde... » dans A, corrigé dans B.

cb. Le pur vampire n'a pas d'âme. Clarimonde *survit* à la destruction de son corps, elle *revient* sans son corps et semble vivre, aérienne, dans un au-delà inaccessible.

LA PIPE D'OPIUM

a. Alphonse Karr (1808-1890) est un ancien de la bohème de l'impasse du Doyenné et un familier des séances de l'hôtel Pimodan. Le récit fantastique naît de la vie quotidienne de Gautier, dans son milieu familier, dans le milieu littéraire parisien dont Karr est un représentant insigne : romancier fécond (*Sous les tilleuls* en 1832 est un bon roman du second mal du siècle), journaliste original qui de 1839 à 1846 lance *Les Guêpes*, mensuel de petit format à mettre dans toutes les poches dont il est l'unique rédacteur, et qui est « l'expression mensuelle de ma pensée sur les hommes et sur les choses, en dehors de toute idée d'ambition, de toute influence de parti », véritable œuvre personnelle d'humeur, de sérieux, de satire, pot-pourri de belles formules et de libres propos.

b. Dans *Le Pied de momie* le parfum oriental sert de vecteur au fantastique ; E. J. Mickel dans l'article cité des *Studi Francesi* identifie dans cette nouvelle une première expérience du haschich dissimulée dans le récit du rêve.

c. Belle formule qui apparente le travail du journaliste à une corvée militaire ou à une peine afflictive, et qui sépare totalement la drogue du travail, fût-ce celui du feuilletoniste.

d. Var. dans A : « ... je fus au théâtre... »

e. Mort qui est la vie de l'âme, l'éveil de ses facultés, le réveil ou la renaissance de l'esprit. *Cf. Aurelia :* « Le rêve est une seconde vie [...]. Les premiers instants du sommeil sont l'image de la mort. »

f. Sur *lampas*, voir *Omphale* note j.

g. La première transformation de la réalité, le plafond qui à force d'être bleu devient la voûte céleste, tandis que les étoiles deviennent des yeux, se déroule dans un dialogue paralogique, où les fumeurs échangent des pseudo-raisons accompagnées de « pointes » précieuses qui établissent entre les réalités des rapports incongrus et amusants.

h. La transparence supprime l'opacité de la matière ; dans *Le haschich* c'est le narrateur lui-même qui devient transparent, et dont les cils s'allongent démesurément. Le même détail va être répété dans la description de la morte-vivante un peu plus loin : il forme le lien entre la perception de l'opiomane et la vision fantastique plus traditionnelle.

i. Décidément l'opium est très littéraire : on ne le fume qu'entre écrivains, et il appelle inévitablement les camaraderies et références littéraires : il s'agit déjà de l'évocation d'un milieu. Esquiros (1814-1876) est lui aussi un ancien « bohème » du Doyenné, il a publié en 1837 son œuvre la plus connue, le roman *Le magicien* (réédité à L'Age d'Homme, Lausanne, en 1978) où il exalte la toute puissance idéaliste de l'imagination, il va se tourner vers les doctrines du romantisme humanitaire et du socialisme, il aura en 1848 et sous le Second Empire une activité politique. Voir le livre de Anthony Zielonka, *Alphonse Esquiros, (1812-1876). A Study of his Works*, Paris/Genève, Champion/Slatkine, 1985.

j. Évocation « magique » évidemment puisqu'il s'agit de l'auteur du *Magicien ;* le barbet noir de *Faust* qui apparaît dans la scène du cabinet de travail est un lieu commun du satanisme romantique (*cf. Deux acteurs pour un rôle*, note d).

k. La *mandragore* est une plante de la famille des solanées qui passait pour avoir des propriétés aphrodisiaques et qui était réellement utilisée en anesthésie. La racine de mandragore qui a la forme d'une poupée humaine jouait un rôle considérable dans la magie et la sorcellerie. D'où sa place dans le fantastique : dans *Isabelle d'*Égypte d'Achim von Arnim (1812), dans *La fée aux miettes* de Nodier (1832) où le héros Michel recherche « la mandragore qui chante », à la fois narcotique qui guérit la mélancolie et moyen magique d'unir l'imagination et la réalité. Ici encore le texte de Gautier est une *allusion* littéraire. Dans *Une visite nocturne* (1843, *cf.* Pléiade, I, 881), le héros de Gautier, inventeur génial qui a découvert comment voler, déclare : « J'ai aussi composé du tissu cellulaire en faisant traverser des blancs d'œuf par un courant électrique [...] j'ai obtenu le poulet à tête humaine et la mandragore qui chante, deux petits monstres assez désagréables. »

l.   L'apparition féminine, la morte qui revient grâce au bouleversement de toutes les données naturelles ou surnaturelles par l'opium et le rêve, se réduit d'abord à une forme et à des pieds : c'est le thème du *Pied de momie*. Voir *supra* la notice concernant cette nouvelle.

m. Le baiser libère et ressuscite la jeune morte qui ne consent pas à être privée d'amour, la jeune veuve qui attend l'amant inconnu dans l'autre monde.

n.   Esquiros pratiquait en effet le magnétisme ; c'est l'interprétation naturaliste, sinon rationnelle, du fantastique.

o.   Itinéraire plausible dans l'actuel IXe arrondissement ; l'aventure fantastique et onirique se déroule dans le quartier même de Karr et de Gautier ; elle commence même à son domicile, rue de Navarin, où il habita de 1836 à 1839 aux numéros 2, puis 27, puis 17.

p.   Var. dans A : « ... et la voiture roula dans la rase campagne. » Le voyage fantastique reprend les détails et les procédés déjà vus dans *La Morte amoureuse* ou utilisés pour le délire final d'*Onuphrius* : un monde négatif, immatériel, continuellement métamorphosé et toujours dans le sens de la grimace grotesque et menaçante. La drogue qui modifie la conscience et la perception pour les élargir et les enrichir, pour réinventer une réalité, rejoint les procédés du cauchemar et du fantastique et leur sert d'autorisation, leur permet de prendre place dans la vie et l'œuvre d'un artiste.

q.   Dans cet emploi dérivé de son sens ordinaire, le mot *brèche* désigne un marbre noir pyrénéen mêlé de taches jaunes et blanches, ou un assemblage de pierres agglomérées dans un ciment naturel.

r.   Le cliché fantastique, le thème convenu et justement *normal* intervient comme élément d'ironie simplement plus accentué.

s.   La première version dit simplement : « la lampe à garde verte » ; *le garde-vue* est une visière placée au-dessus des yeux ou un abat-jour.

t.   Le *comme* corrige dans les premières versions un texte un peu elliptique ; il disparaît dans la version de 1863 ; je me permets de le rétablir. Il y a un rêve dans le rêve, un « plus irréel » dans l'irréel : le récit fait intervenir un renforcement des possibilités idéales ; le premier rêve a conduit à la séquence fantastique, autre rêve, et celui-ci va se « réaliser » au-delà de toute attente.

u.   Cette mobilité du visage qui est un triple visage indéfiniment transformé se retrouve dans un des rêves d'*Aurélia*, celui des trois femmes « dont chacune est un composé de toutes » et qui sont toutes la même (*Aurélia*, I, ch. VI). Celle qui ne voulait pas mourir et qui a demandé un bouquet de violettes à son dernier soupir est peut-être cette « Cydalise », de l'impasse du Doyenné, chantée par Nerval et Gautier : voir à son sujet Jean Senelier, « Clartés sur la Cydalise », *Studi Francesi* 1970, qui l'a identifiée comme étant Anne-Catherine Cide, et R. Jasinski, *Les années* [...], p. 267-269 ; elle est morte de la phtisie en 1836, et elle reste pour Gautier la « gentille morte », « le défunt amour » qui revient dans ses poèmes (*Le triomphe de Pétrarque, Lamento I* et *II, Les taches jaunes, Le Château du souvenir*) ; « sa bouche a des rougeurs de pêche et de framboise », a dit Gautier. Et dans le *Château*, il y a ce signe que l'on va retrouver sur le visage d'Alicia : « La pourpre monte à ses pommettes / Éclat trompeur, fard de la mort ! ». La grande cantatrice Maria Félicia Garcia, dite la Malibran, est morte en 1836.

v.   Pressentir, reconnaître sans connaître, anticiper sut l'événement, savoir ce qu'on n'a jamais su, communiquer intuitivement et sans signes, tous ces éléments de l'*autre* monde de Gautier sont ici accentués et multipliés. Le rêveur sait mieux que l'*autre* son propre nom : elle est lui, elle est en lui ; devançant *Spirite*, la jeune morte va communiquer avec le rêveur par la poésie et la musique, elle est la mémoire, l'âme, la Muse du poète. Et elle devient *Carlotta*, de chanteuse elle devient danseuses et cela au prix d'un relatif mystère : le mot est-il là par hasard, ou par pressentiment ? Certes en 1838 Gautier a pu voir danser Carlotta Grisi, son grand amour, qui a interprété en 1841 son œuvre centrale, *Giselle* ; Carlotta a dansé à Paris pendant peu de temps en 1836. Elle ne s'y installe qu'en 1840, et Gautier parle d'elle le 2 mars 1840. Toute femme est d'abord un rêve : mais Gautier cette fois a-t-il aussi rêvé le nom de son futur amour ? *Carlotta* préexiste à Carlotta, une Carlotta chanteuse annonce la Carlotta danseuse. Ou si l'on raisonne selon la prédilection de Gautier pour la beauté du pied, thème érotique, esthétique et fantastique, l'héroïne du récit caractérisée d'abord par son talon merveilleux s'incarne pour finir dans la danseuse parfaite qui était capable de danser toute une nuit avec des pétales de roses sous ses talons sans les flétrir.

w.   Var. dans A, corrigée dans B : « … lorsque, au milieu d'une tendre caresse, je sentis quelque chose de velu et de rude qui me passait sur la figure, et je vis mon chat qui frottait sa moustache à la mienne en manière de congratulation matinale, car l'aube tamisait une lumière terne et vacillante et les formes des meubles commençaient à pouvoir se distinguer. C'est ainsi que finit mon rêve d'opium qui ne me laissa d'autre trace qu'une vague mélancolie, suite ordinaire de ces sortes d'hallucination et que le sentiment de la vie réelle eût bientôt dissipée. »

LE CHEVALIER DOUBLE

a.   Edwige la blonde, la pâle, statue de pleureuse ou de gîsant, est comme déjà morte : son fils est l'enfant d'une quasi-morte. De sa naissance inquiétante à sa métamorphose finale, nous avons le récit d'une résurrection, d'un accès à la vie (physique et morale).

b.   Les Elfes sont les esprits de l'air ; Gautier doit à Heine la révélation si importante pour lui des *Willis* ou *Wilis*. Dans *De l'Allemagne* (*cf.* *Œuvres*, éd. Renduel, t. V et VI, Paris, 1835) Heine évoquait le caractère sombre, inquiétant, *réel*, du démoniaque germanique tel que le révèlent les légendes et les superstitions populaires ; il analysait la vitalité d'un paganisme, ou d'un panthéisme naïf et spontané qui conservait les vieilles croyances et les anciennes traditions de la Germanie, en particulier la survie des esprits élémentaires, les sylphes ou elfes (c'est là qu'il donnait en exemple une ballade danoise dont le héros s'appelait Oluf et qu'une fille du roi des Elfes invite à danser), puis la tradition (autrichienne et sans doute slave il est vrai) de la danseuse surnaturelle ou *Willi* (*cf.* t. II, p. 143 *sq.*). Ce sont les âmes des jeunes fiancées mortes avant leur mariage : « Ces pauvres jeunes créatures ne peuvent demeurer tranquillement dans leur tombeau. Dans leurs cœurs éteints, dans leurs pieds morts, est resté cet amour de la danse qu'elles n'ont pu satisfaire pendant leur vie, et à minuit, elles se lèvent, se rassemblent en troupes sur la grande route, et malheur au jeune homme qui les rencontre ! Il faut qu'il danse avec elles jusqu'à ce qu'il tombe mort. » Ces danseuses frénétiques et charmantes, sont parées de leurs vêtements de noces, « elles rient avec une joie si effroyable… » ; ces « bacchantes mortes » tuent par la danse, par le plaisir : comme le vampire. Le peuple, disait Heine, ne peut croire « que tant d'éclat et de beauté dussent tomber sans retour dans l'anéantissement ». Gautier non plus ne peut le croire : la danseuse prodigieuse de *La Cafetière* revient ici avec la légende des Willis. Heine lui-même la comparait à *La Fiancée de Corinthe*. Les ondines ou nixes peuvent aussi être des danseuses surnaturelles ; mais Heine insistait sur les amours possibles entre ces esprits (féminins) et les mortels. Tout Gautier fantastique est là : la légende reprend et relance ses thèmes personnels. Le fantastique ranime l'aimée disparue, réalise l'amour inaccompli, unit terreur et plaisir. Nodier avec *Inès de las Sierras* en 1837 a renouvelé aussi le thème de *La Cafetière* et de la danseuse comme apparition de l'au-delà : Gautier s'en souviendra. *Giselle* (1841) ajoute à la légende une nouvelle donnée : la danseuse surnaturelle retrouve son fiancé, responsable de sa mort ; doit-elle se venger de lui par la danse maléfique, ou l'aimer par-delà la tombe et malgré ses pouvoirs et devoirs de Willi ?

c.   Cette évocation ou « composition » fantastique de la nature déchaînée, terrifiée, animée en tout cas par la violence et la peur, et devenue une puissance de mort, correspond à un moment maléfique, à une présence du mal : l'évocation du Malin, son surgissement s'accompagne des mêmes symptômes d'une épouvantable *crise* des choses.

d.   C'est le diable lui-même ? C'est un ménestrel qui a les pouvoirs diaboliques peut-être propres à toute poésie ? Des formules comme « l'ange tombé » désignent évidemment Lucifer. Mais ce Satan romantique est un beau ténébreux, presque un héros byronien qui fascine par sa méchanceté et sa fatalité. Depuis *Éloa*, le diable n'est plus le Tentateur, c'est un séducteur, qui se fait aimer ; il est l'amant par excellence (sa mission dans *Une larme du diable* est une mission de séduction), il s'identifie à une promesse de volupté, il est l'animateur du monde passionnel. Ne vient-il pas d'un Sud ensoleillé, d'une Italie inquiétante et charmante ?

e.   Le mot qui fera penser le lecteur moderne à Wagner doit ici le renvoyer à Hoffmann et à sa présentation des *Maîtres chanteurs* ; le mot lui-même constitue une allusion à ce récit qui met en scène les « trouvères » ou ménestrels germaniques. La nouvelle d'Hoffmann s'intitule *La guerre des chanteurs à la Wartburg* (1817-1818) ; l'allemand *Sänger* a été d'emblée traduit assez maladroitement par le mot « chanteur » ; il s'agit de poètes-musiciens qui chantent leurs œuvres, mais le thème essentiel est un tournoi de poésie entre Henri d'Ofterdingen et Wolfram d'Eschenbach ; les traducteurs français se sont transmis pieusement l'un des premiers titres des traductions, *Les Maîtres chanteurs*. Hoffmann a suivi une chronique pour cette histoire d'une cour d'amour et de poésie (les deux poètes sont rivaux auprès de la comtesse Mathilde) où un véritable tournoi de poésie doit aboutir à l'exécution du vaincu. Henri d'Ofterdingen (héros du récit de Novalis) est malheureux en amour et en poésie ; il est attiré par les promesses de Klingsohr, qui enseigne le chant dans une contrée lointaine mais qui détient aussi tous les secrets de l'art, de la science, de la joie, des richesses, de la séduction des femmes ; certes Klingshor passe pour être lié à « un être qu'on n'aime nulle part à voir ». Henri va suivre ses leçons et revient possesseur de chants inouïs qui lui assurent la supériorité sur ses rivaux ; mais ces poèmes ne viennent pas de l'enthousiasme de l'âme ni même d'une âme humaine. L'art magique est faux. Klingsohr vient lui-même à la Wartburg pour juger le concours de chant à l'issue fatale ; il est vaincu par le pur poète, Wolfram, mais il lui oppose encore un autre « maître », carrément satanique celui-là, nommé Nasias, qui compose un chant érotique d'une étrange puissance et produisant des illusions tentatrices. Au concours enfin ouvert, Henri chante le même chant qui est lourd de toutes les séductions du Midi voluptueux ; il est vaincu par Wolfram mais disparaît avant d'être livré au bourreau ; une lettre finale d'Henri apprend qu'il s'est guéri de son amour et des sortilèges du maître aux chants démoniaques. Le conte oppose à l'artificialité toute-puissante et magique des poètes livrés à Satan et à ses *charmes* la pureté du vrai chant qui est sincère ; mais l'artiste est double, et l'art aussi parce qu'il est l'art. En tout cas le chanteur de Gautier rappelle les « Maîtres chanteurs » livrés aux sombres puissances ; son chant est magie, envoûtement, séduction, possession ; la blonde Edwige en est marquée dans sa chair et sa postérité par la seule puissance incantatoire du chant.

f. Le corbeau, double et auxiliaire du chanteur surnaturel, est peut-être à comprendre à nouveau en fonction de *De l'Allemagne* (t. II, p. 167 *sq.*) où Heine, après avoir dit que le chant du Nord est « une chanson de magie », évoquait les femmes-cygnes et les hommes-corbeaux. Les êtres surnaturels ont des plumages magiques qui les déguisent. Il citait l'histoire du corbeau qui s'est fait donner par une princesse son propre fils ; celui-ci dispose d'une « peau de plumes » qui lui permet de voler et de se battre contre le corbeau, X. Marmier dans *La Revue des Deux Mondes* donnait le texte de la même ballade.

g. Il ne fallait pas regarder le chanteur, ni en être regardé. Dans la nouvelle d'Hoffmann, un leitmotiv revenait sans cesse : le regard. Klingsohr avait les yeux étincelants d'un feu extraordinaire, il fixait les autres « comme s'il eût voulu les percer d'un regard de feu » ; Nasias aussi, « entouré d'une vapeur rouge et sentant le soufre », avait des yeux flamboyants qui deviennent ceux d'Henri quand il récite le même chant que lui.

h. Archaïsme moyenâgeux, le mot et encore utilisé au XVIIIᵉ siècle ; le *mire* est un médecin, un astrologue, un mage ; dans Hoffmann, Klingsohr, maître de toutes les sciences et tous les arts, savait l'astrologie et établissait des horoscopes. *Loup-cervier* : animal légendaire plutôt que fabuleux, le loup-cervier est tantôt un loup particulièrement puissant, tantôt il appartient à une autre espèce ; et c'est bien qui lui arrivera : en 1835 l'Académie reconnaît en lui le lynx, un grand chat à queue courte et avec du poil dans les oreilles.

i. *Trébuchet* : petite balance faite pour peser des monnaies ou des objets légers. Toute une critique (P. Whyte, Jean-Claude Brunon) admet comme une évidence que les rapports entre l'étoile rouge et l'étoile verte ne peuvent que renvoyer au roman de Jean-Paul, *Titan* (traduit en 1834-1835), où le jeu de ces deux couleurs est inséré dans le dédoublement des personnages ; le rapprochement des textes est très peu significatif, et d'une manière générale les preuves d'une présence de Jean Paul dans Gautier ne sont guère convaincantes.

j. La dualité d'Oluf, manifestée par sa double influence astrologique, et sa double ascendance parentale, le comte / le chanteur, se traduit par une « double postulation », ciel et enfer ; il est ange et diable, il est avec Dieu et avec Satan.

k. Plus précisément, ou plus « humainement », la dualité aboutit à l'inconsistance du Moi : déchiré, il devient nul et incohérent ; il n'est qu'une succession d'états opposés et instables, une perpétuelle dissemblance. Son visage même est disparate. La dualité interdit l'amour, non pas seulement la constance, mais l'amour tout court, car Oluf aime et hait à la fois.

l. Il a de son père par la magie la même puissance du regard, le même charme séducteur et fatal.

m. On retiendra ici la subtile disposition des couleurs contrastées : jusqu'ici avec la blonde et pâle Edwige opposée au noir chanteur, la blondeur était du côté neigeux ; soudain elle est liée aux couleurs plus sombres de l'ensoleillement et du feu ; associée à l'orangé, la blondeur devient, contre le blanc pur, une nuance de la flamme et même du noir.

n. L'emploi du mot *dessécher* peut étonner un lecteur moderne. Le Dictionnaire de l'Académie en 1835 lui accorde les sens d'exténuer, amaigrir, consumer.

o. Le *verbascum* (ou *molène*) est une plante qui appartient au genre des verbascacées ; l'espèce type est le bouillon-blanc ou herbe de Saint-Fiacre, ou cierge de Notre-Dame ; elle est répandue dans les lieux pierreux et incultes.

p. Le pastiche de la ballade populaire et de sa stylistique répétitive est ici parfait : Oluf répond à l'écuyer en reprenant point par point ce qu'il a dit et en le retournant.

q. **X.** Marmier dans son étude de *La Revue des Deux Mondes* et dans ses *Chants populaires du Nord* mentionnait le loup mythique Fenris, dont les mâchoires en s'ouvrant touchent la terre et le ciel. C'est le principe du mal que les dieux tiennent enchaîné ; quand il se libère, il engloutit Odin dans ses entrailles et provoque la fin du monde.

r. Ce trajet où les chiens et le cheval géants ont d'emblée quelque chose de fantastique et de fabuleux est symbolique et initiatique et cela par le jeu chromatique du paysage. Oluf passe du lac d'une blancheur marmoréenne où tout est pétrifié et comme purifié par la mort, à la forêt de sapins, noire et blanche, mais surtout *noire* pat la terreur qu'elle abrite et les monstres qu'elle couve, puis au bois de bouleaux tout blanc (mais il succède à un passage étroit et comme infranchissable qui semble retenir le chevalier) et qui est décrit comme un écrin naturel de douceur et de beauté. La forêt est noire bien que blanche, le bois est blanc bien qu'obscur.

s. *Odin :* divinité scandinave qui est le principe de toutes choses, et qui détient les pouvoirs magiques, la science, l'éloquence, la poésie, la vaillance. *Mospe :* devin, fils d'Apollon, nous ramène à l'Antiquité.

t. *Monder :* débarrasser des éléments hétérogènes et inutiles ; l'orge *mondée* est une orge privée de sa pellicule. La description propose un sourd travail des formes et des substances et fait apparaître l'être fantastique et merveilleux des objets : la glace délicatement sculptée, la forêt spectrale, le bois qui tient du bijou, de la grotte, du boudoir.

u. Le dédoublement nie l'amour ; mais l'amour à son tour refuse la dualité de l'identité : il unifie les individus pour les unir. La phrase de Brenda *pourrait* être dite par l'héroïne d'*Avatar* : l'amoureuse démasque et dénonce les troubles et les malversations de l'identité.

v. À l'instant décisif où se joue le destin, tout recommence, tout remonte à la nuit d'épouvante initiale et tout revient en place : même décor, même agression des choses, même menace des corbeaux, même coalition négative qu'au début.

w. *Surcot :* vêtement de dessus au Moyen Âge, c'est une tunique pour les gens de guerre qui recouvre cotte de mailes et armure. *Historier :* enjoliver de petits ornements.

x. Combat épique, furieux, symétrique d'une manière absolue, opposant les hommes et les animaux réels aux hommes et aux animaux irréels. Peu à peu le duel devient fantastique : il est symétrique et réversible ; donner, c'est recevoir ; les combattants sont les mêmes, et les opposés sont identiques. Sauf sur un point : Oluf souffre d'un coup dans la poitrine qu'il n'a pas reçu, premier et dernier écart dans la réciprocité.

y. Le double n'est pas exactement l'autre partie du moi : jusqu'à présent les deux étoiles semblaient opposées, mais de même nature ou de même puissance. À l'instant où le charme du dédoublement cesse, l'Autre apparaît comme un spectre ; c'est un moi spectral, la création artificieuse et sans poids ou sans durée de la magie démoniaque. Et tous les enchantements cessent en même temps. Les hommes et le cosmos tout entier sont en paix et sous le signe du bleu.

z. *L'incube* est un démon qui prend un corps d'homme pour jouir des femmes endormies ou des sorcières au sabbat. L'incube, c'était donc le chanteur, ou du moins il en a joué le rôle grâce à l'« influence » de son œil ; l'histoire revient en arrière pour corriger le mal déjà fait et annuler la malédiction héréditaire ; la libération est rétrospective autant que future. Oluf, l'homme, a vaincu le démon en tuant son double.

aa. Le récit-poème a ainsi trois fins : l'une « bonne », et complaisamment conventionnelle, récompense le chevalier de son exploit par la main de la châtelaine aimée ; la deuxième est morale et ambiguë : le narrateur tire la leçon du récit pour les jeunes femmes, pour les jeunes filles et pour « les doubles » ; il se fait édifiant et profond ; le pouvoir de l'œil, le combat inévitable contre le Double sont des thèmes rien moins que frivoles chez Gautier ; enfin vient le cygne (oiseau d'Apollon), à la fois jaune et blanc (est-ce un signe de réunion des couleurs opposées ?), qui fait du poème un don surnaturel, une œuvre des dieux, qui réplique aux « poésies enivrantes et diaboliques » du chanteur ; les deux influences sont aussi des poétiques.

LE PIED DE MOMIE

a. *Bric-à-brac* : Dans *Omphale* Gautier a usé de ce mot sans le souligner ; il le fait en 1840 pour créer un effet de réel et d'actualité, car la mode a fait évoluer le mot ; bientôt va venir (1847) *Le Cousin Pons* dont le héros sera un maniaque de la « bricabracologie », un intoxiqué de la brocante, et un passionné de la collection. Dans les années quarante selon l'exemple donné par des amateurs hautement éclairés – Alexandre Lenoir, Vivant Denon, Revoil, du Sommerard (le créateur du musée de Cluny, acheté par l'État en 1843, que Balzac appelle « le prince du Bric-à-Brac »), Debruge-Duménil, pionniers de la redécouverte des richesses artistiques du passé –, l'engouement pour les meubles et les objets se développe de façon extraordinaire : « Il n'est pas un honnête bourgeois qui n'ait dans sa maison son bahut gothique, son armoire Renaissance ou son canapé Pompadour » (*Le cabinet de l'amateur et de l'antiquaire*, 1840, cité dans Balzac, *La comédie humaine*, t. VII, Pléiade, p. 459, introd. de R. Lorant au *Cousin Pons*). Balzac lui-même partageait non sans malaise cette obsession de la « curiosité ». Gautier n'a aucune peine à se donner le *rôle* du jeune artiste collectionneur, un peu gêné de ce qu'il y a de *bourgeois* dans ce goût et de ce qu'il comprend de profanation de l'œuvre d'art par ce qu'il faut bien appeler sa transformation en objet de consommation ; il est utilisé, réduit à un rôle d'apparence sociale. Mais le bric à brac est Jeune-France ou inversement le Jeune-France est un bric à brac culturel. Dès le Doyenné, Gautier a vécu tous les aspects du bric-à-brac. Les brocanteurs de la rue de Lappe, les « Auvergnats de la bande noire » avaient fourni les tableaux, les meubles, les bibelots des « bohèmes », et Nerval avait été « un grand amateur d'antiquités et de *bric-à-brac* au temps où le mot ni la chose n'existaient pas » (Jasinski, *Les années* […], p. 262). Nerval pour Gautier restera associé à un autre *bric-à-brac*, celui des paperasses, des fragments, et des bouts désordonnés d'écrits (voir dans l'*Histoire du romantisme*, Folio, 2011, le chapitre « Le carton vert »). Le « chic » des pieds de momie est-il devenu banal ? Flaubert en avait deux comme presse-papier…Le magasin renvoie au commerce ordinaire, ferraille, étoffes, à l'illusionnisme du faux savant, à la mise en scène du peintre par lui-même. Et le vieux est d'abord du faux vieux : les *guipures* ou dentelles de soie sont moins authentiques que les toiles d'araignée, et le faux bois de vieux poirier est plus jeune que l'acajou importé d'Amérique.

b. *Capharnaüm* : Ville de Judée mentionnée dans les Évangiles ; cette ville commerciale est devenue le synonyme de « lieu où mille choses sont entassées » (Littré).

c. *Boule* : Célèbre fabricant de meubles sous Louis XV. « Aujourd'hui, dit Littré, les meubles de Boule sont des meubles à incrustations de cuivre et d'écaillé. »

d. *Duchesse* : Sorte de lit de repos à dossier. On notera que les verbes d'action appliqués à des objets traduisent une sourde activité, une mobilité latente dans l'immobilité ; le bric-à-brac vit, travaille obscurément. Le dépôt des objets morts est le lieu d'une autre vie : c'était le sens de la description archétypale du magasin d'antiquités dans la *Peau de Chagrin* de Balzac.

e. *Rubané :* Ou marqué de bandes longitudinales qui ressemblent à des rubans ; terme d'histoire naturelle.

f. *Céladon :* Le mot désigne d'abord un vert pâle tirant sur la couleur du saule ou de la feuille de pêcher ; par extension ensuite une porcelaine orientale à fond d'émail très clair semblable à un empois ; le mot est attesté dès le XVIIᵉ siècle. Au XIXᵉ il renvoie à des pièces de porcelaine orientale sans fond vert clair mais d'un émail uniforme comportant toutes les nuances colorées. *Craquelé :* Porcelaine qui a reçu un émail fendillé (Littré) ; procédé de décoration sur verre ou porcelaine propre à l'Extrême-Orient.

g. *Dressoir :* Anciennement étagère sur laquelle on plaçait les pièces d'orfèvrerie, les choses remarquables à montrer ; aujourd'hui, armoires sans portes où l'on range la vaisselle et les objets d'usage courant (Littré).

h. *Lampas :* Étoffe de soie de Chine à grands dessins d'une couleur différente de celle du fond. *Brocatelle :* Étoffe qui imite le brocart, qui lui-même mélange plusieurs couleurs, l'or et l'argent, les fleurs et les figures.

i. *Antiquaire :* Le mot commence seulement à acquérir la signification actuelle. Est « antiquaire » tout homme qui se consacre à l'étude des « antiquités », c'est-à-dire des *monuments* des anciens temps dans le sens large du terme. Mais si le brocanteur de Gautier est « antiquaire », c'est aussi parce que le texte fait allusion à la description initiale du magasin de l'antiquaire dans *La Peau de chagrin* de Balzac qui fait du « bric-à-brac » un *lieu commun* romantique essentiel. En ce sens le prélude parisien de la nouvelle dépeint une modernité qui est l'opposé du monde fantastique avec lequel un passage rétrospectif est établi pour une nuit. Là-bas, en bas, dans une sorte de tombeau total de l'humanité, l'histoire est figée et éternisée dans la pierre et se conserve dans un ordre immuable. Rien ne se meurt, rien ne se crée. Ici dans le Paris sceptique et blagueur du Jeune-France, il y a le bric à brac, qui est une *vision de l'histoire* où des objets de « tous les siècles et tous les pays » sont présents : on peut les collectionner, on ne peut pas les ordonner, les classer dans un ordre préférentiel, hiérarchique, ou même historique et chronologique. L'histoire qui les connaît, les rassemble, les collectionne les a tués préalablement. Le rassemblement chaotique des créations de l'homme en une totalité dénuée d'ordre est un « thème » nihiliste qui symbolise le savoir, l'histoire, la transformation du travail séculaire de l'homme en un ensemble de signes tous différents et tous équivalents, désorbités, dépareillés, humiliés par la perte de leur environnement et de leur sens et prêts à tous les usages ; tout l'homme se résume dans ces objets du passé mis à mort deux fois, comme objets de rebuts, et comme objets à qui on peut donner n'importe quel sens. Il y a tout, toutes les séries, toutes les additions possibles de tous les meubles, tous les objets précieux et beaux, tous les styles, toutes les cultures, toutes les armes, toutes les images du sacré, et tout peut devenir le serre-papier que cherche aujourd'hui le curieux moderne. Comme Balzac, mais avec discrétion et en mineur, Gautier voit dans le bric-à-brac le regard rétrospectif et destructeur de l'histoire. En soi, le « capharnaüm » a quelque chose de « faustien » (le savoir aussi est une accumulation pure, une *série* indéfinie), et de maléfique ; l'inquiétante étrangeté commence à cette destruction de l'harmonie et du sens ; pour Gautier, le destin de l'objet (beau et/ ou utile) est le problème lancinant, le critère même de la culture moderne. Le magasin de l'antiquaire (usurier de la culture et de l'histoire en un sens, comme celui de Balzac l'est du savoir et de la vie) est lié à un malaise ; il nous projette dans le fantastique : le temps y est conservé, suspendu, l'objet peut revivre ; le stockage des œuvres, comme les ruines dont il est l'équivalent, démontre la dévastation du temps, l'usure de l'histoire et contient aussi un potentiel de résurrection et de retour.
Le bric-à-brac est aussi à rapporter à Nerval : dans *Aurelia*, le poète évoque son « capharnaüm » semblable à celui de Faust (*Œuvres*, t. I, 1956, Pléiade, p. 405) : c'est un « ensemble

bizarre qui tient du palais et de la chaumière, et qui résume assez bien mon existence errante ». Jules Janin, dans les *Débats* du 1ᵉʳ mars 1841 où il avait parlé de la première crise de folie de Nerval, avait mentionné ses achats déconcertants « de morceaux de toiles peintes, de fragments de bois vermoulu, toutes sortes de souvenirs des temps passés [...] ses vieilles lames ébréchées, ses vieux fauteuils sans dossiers, ses vieilles tables boiteuses, tous ces vieux lambeaux entassés ça et là avec tant d'amour ».

j. L'antiquaire, lui aussi, nous achemine vers le fantastique, c'est « un vieux gnome », un esprit de la terre, un magicien au savoir maléfique, il s'animalise en prédateur féroce et sénile : comme ses trésors paradoxaux, il donne une impression de malaise par le disparate ; les objets sont du temps matérialisé ; lui est un « usurier » avide, trompeur, mais c'est aussi un mort-vivant, une sorte de momie desséchée, un être en état de survie abusive, un rescapé de l'enfer avec ses yeux diaboliques et qui n'est d'aucun temps. Le pharaon, son ancien ennemi, sera son répondant.

k. Josepe de la Hera est un armurier de Tolède (pays des « bonnes lames » !), dont Gautier trouve le nom dans une étude d'Achille Jubinal, le médiéviste romantique, parue dans *Le Musée des familles* de juillet 1839 sur « Les armures depuis Homère jusqu'à nos jours » ; il y a eu cinq générations de Josepe de la Hera. Dans le *Voyage en Espagne* (chap. x) Gautier parle des armuriers tolédans et mentionne un livre de Jubinal de 1838 sur les Collections d'armes de Madrid. Il parlait aussi des « cochelimardes » qu'il croyait voir à Tolède. Le mot me laisse perplexe : aucun dictionnaire français ne le contient sous quelque orthographe que ce soit. *Fenestrée* : c'est-à-dire percé de fenêtres, percé à jour.

l. *Malachite* : Pierre précieuse dont la couleur tirant un peu sur celle de la mauve tient le milieu entre celle du jaspe et celle de la turquoise (Littré).

m. *Witziliputzili* : Dieu de la guerre et de la divination chez les anciens Aztèques, qui lui sacrifiaient d'innombrables victimes humaines ; Gautier (*L'Orient*, Charpentier, t. II, 1907, p. 97) l'a évoqué ainsi : « Là trônait l'affreuse idole de Witziliputzili à qui l'on fourrait dans la bouche tout une cuiller d'or, des cœurs d'hommes fumants. » Nous avons là une page *ironique* à la manière des *Jeunes-France* : ironie à l'égard des « moraux » ; ironie de l'« artiste » aux goûts non « communs », qui cherche le contraire des « bourgeois » et veut un presse-papier rare ; ironie à l'égard de l'artiste et du « romantique » qui est prêt à acheter n'importe quoi et qui tire une fierté immense de l'originalité de son goût. D'où l'ambiguïté de cet autre aspect du prélude parisien : ce jeune romantique n'est-il qu'un snob bourgeois, il éprouve un sentiment de vanité triomphale et *romantique* à être le seul possesseur de son trésor. Y a-t-il de la vulgarité dans le goût de la rareté (qui n'est pas la beauté) ? Musset (dans *La confession d'un enfant du siècle*, 1836) avait écrit (éd. Garnier, p. 35) : « Pour donner une idée de l'état où se trouvait alors mon esprit, je ne puis mieux le comparer qu'à un de ces appartements comme on en voit aujourd'hui où se trouvent rassemblés et confondus des meubles de tous les temps et de tous les pays. Notre siècle n'a point de formes. Nous n'avons imprimé le cachet de notre temps ni à nos maisons, ni à nos jardins, ni à quoi que ce soit [...]. Aussi les appartements des riches sont des cabinets de curiosités : l'antique, le gothique, le goût de la Renaissance, celui de Louis XIII, tout est pêle-mêle [...]. Nous prenons tout ce que nous trouvons, ceci pour sa beauté, cela pour sa commodité, telle autre chose pour son antiquité, telle autre pour sa laideur même ; en sorte que nous ne vivons que de débris, comme si la fin du monde était proche ».

n. Lysippe : Sculpteur grec du 1ᵉʳ siècle avant J.-C, né à Sicyone près de Corinthe.

o. *Gaufrure* : Ou empreinte faite sur une étoffe en la gaufrant, c'est-à-dire en lui donnant « une façon » par l'impression de figures au fer chaud. *Le Roman de la momie* (Pléiade, II, 515) décrit l'apparition de Tahoser hors de ses bandelettes avec les mêmes détails et les mêmes termes : « ... les pieds étroits, aux doigts terminés par des ongles brillants comme l'agate, [...] le corps [...] avait conservé l'élasticité de la chair, le grain de l'épiderme et presque la coloration naturelle ; la peau, d'un brun clair, avait la nuance blonde d'un bronze florentin neuf, et ce ton ambré et chaud qu'on admire dans les peintures de Giorgione ou du Titien [...] ne devait pas différer beaucoup du teint de la jeune Égyptienne en son vivant. »

p. Détail repris à Vivant Denon (voit *supra* notice) : il a pour Gautier une signification éminente. Ce pied n'a jamais « servi » à marcher ; il symbolise le corps oisif, voué au luxe et à l'« inutile », esthétique par essence. Voir *Le Roi Candaule*, Pl. I 972, à propos des pieds parfaits de Nyssia, « nous autres modernes, grâce à notre horrible système de chaussure, presque aussi absurde que le brodequin chinois, nous ne savons plus ce que c'est qu'un pied ».

q. Var. : « ... très beau damas, véritable damas des Indes, qui n'a jamais été reteint... » dans A et dans B, modifié dans C par le changement de place des virgules. On est là au sommet de la dégradation *moderne* et au cœur de l'annonce fantastique ; la fantaisie de l'« artiste » épris de chic mais désargenté et l'avidité du commerçant se livrent à un marchandage, aussi incongru que l'usage réservé au pied qui va *servir* à quelque chose ; la bizarrerie « artiste » redouble la dégradation mercantile. Le pied dépareillé et si beau est l'objet d'une opposition burlesque (ou tragique ?) résumée par le troc ; cette « figure » va dominer la nouvelle. Le principe de l'échange engage tout le fantastique : l'achat du pied (comme l'anneau mis au doigt de la statue dans la *Vénus d'Ille*) institue une liaison surnaturelle, une « évocation » qui est une résurrection, c'est au fond un acte d'amour (le jeune artiste épris du pied de la princesse) ; le don du pied, comme l'insinuait le galant Vivant Denon, est un *gage*, une « faveur », ce qui éloigne du commerce et de l'échange.

r. L'antiquaire inquiétant annonce le fantastique comme une menace ; le dandy facétieux lui répond par une plaisanterie qui est *vraie* littéralement. Tout est dit, tout est prêt.

s. Autre bric-à-brac, les « œuvres » en fragments, en miettes, en grimoires *indéchiffrables* comme les hiéroglyphes que l'on va voir ; autre résonance interne : à la perfection éternelle et statique de l'Antiquité, s'opposent la confusion moderne, l'inachèvement chronique, le culte de *l'effet romantique* qui est provisoire et fortuit.

t. Le héros s'amuse des autres, et de lui-même : c'est un « Jeune-France » et la nouvelle reste marquée toute entière par ce sentiment intérieur du ridicule ou de la réciprocité infinie du ridicule.

u. *Veines de gris de perle* : Jeu de mots un peu compliqué, sur « gris-de-perle » (couleur) et « gris », légèrement ivre.

v. *Natrum*, ou natron, ou nitrum : mélanges salins fournis par les effluescences du sol en Égypte et en général sur les bords des lacs salés. On le trouve aussi en croûte sur les eaux des lacs ; nom étendu à toutes les soudes naturelles. *Myrrhe* : gomme résine d'une plante térébinthacée qui se trouve en Arabie et Abyssinie ; les rois mages offrent de la myrrhe à l'enfant Jésus, car elle « honore son humanité et sa sépulture, parce que c'était le parfum dont on embaumait les morts » (Bossuet). *Paraschites* : Terme grec attesté chez Hérodote et Diodore de Sicile qui désigne parmi les embaumeurs spécialisés les *inciseurs* : ils faisaient au flanc des cadavres une ouverture par laquelle on sortait les viscères. Le corps une fois vidé des organes était rempli de vin de palmier et d'aromates ; de la myrrhe broyée avec des substances aromatiques était versée dans le ventre ; le corps recousu était plongé dans du natron pendant soixante-dix jours ; du bitume liquide était mis dans la tête et sur la peau. Des huiles cosmétiques imprégnaient les bandelettes.

w. Le parfum, qui est plus immatériel, est plus intemporel : c'est le signe précurseur de la résurrection, l'élément commun aux deux mondes qui sert le premier de lien. Mais toute l'Égypte qui « ne peut rien faire que d'éternel » comme le dira le prologue du *Roman de la momie* est une contrée du rêve, de l'idéal, du fantastique ; Lord Evandale (comme E. Poe dans *Petite discussion avec une momie*) devant ce pari sur l'éternel mettra en question « notre civilisation » fière de « quelques ingénieux mécanismes récemment inventés », comme la vapeur si inférieure à la « pensée qui [...] savait défendre contre le néant la fragile dépouille humaine, tant elle avait le sens de l'éternité » (*op. cit. ib.*).

x. Je rétablis ici le texte de A et B qui était bien « doucement estompée » ; la variante « estampée » apparaît dans C et me semble une erreur d'impression.

y. C'est le texte de C ; A donne ici un adverbe qui est un non-sens (« partivement »), B ne donne rien.

z. Amani, la jeune bayadère, appartenait à une troupe de danseuses et de danseurs indiens venus à Paris en 1838. Gautier et Nerval leur rendirent visite, et Gautier leur consacra deux articles les 20 et 27 août dans *La Presse ;* le premier a été repris dans *Caprices et zigzags* en 1852. L'Orient, ou le Sud, commence pour les romantiques à Angoulême et s'étend jusqu'à Calcutta ; la jeune Égyptienne de la Haute Antiquité est donc *comme* une danseuse indienne du XIXe siècle. En allant voir Amani, Gautier allait voir son rêve indien, et vérifier ce qu'il avait dit de l'Inde dans *Fortunio ;* il évoque sa peau semblable à un bronze florentin », sa « nuance olivâtre et dorée très chaude et très douce », elle est « soyeuse comme un papier de riz, froide comme le ventre d'un lézard » ; ses cheveux sont d'« un noir bleuâtre », ses pieds charmants et petits, (cheville très mince, très dégagée, le gros orteil est séparé des autres « comme dans les anciennes statues grecques ») ; quand les bayadères dansent les pieds nus, Gautier écrit : « au son clair et sec qu'elles produisent en marquant la mesure, on pourrait croire qu'elles sont ferrées » ; c'est à peu près l'impression du dormeur éveillé quelques lignes plus haut.

aa. *Syringe :* Mot grec qui désigne une flûte, et aussi une galerie souterraine, une mine ; au pluriel il renvoie aux sépultures souterraines de Thèbes. *Ser :* il y a un district de Basse-Nubie qui porte le nom de Serre, on y a trouvé des temples et une nécropole ; Champollion dans les *Lettres écrites* (p. 122, 130) parlait du pays de Serré ou Gharbi-Serré près de la seconde cataracte ; p. 328, à propos de Medinet-Habou, il évoquait « l'immense et prodigieuse excavation que les voyageurs admirent sous le nom de Grande Syringe ». Les *Coptes* sont des chrétiens d'Égypte ; mais la langue copte éteinte au XVIIe siècle était la forme tardive de l'égyptien antique ; sa transcription en caractères grecs a permis à Champollion le déchiffrement des hiéroglyphes.

ab. *Thabebs :* Ce sont des sandales royales à pointes recourbées.

ac. On sait, Gautier savait, que le scarabée représenté indéfiniment par les Égyptiens, stylisé en bijoux, amulettes, talismans, devenu un signe hiéroglyphique qui signifie être, devenir, était un animal sacré, lié à l'idée de génération spontanée et d'éternel retour : ce coléoptère coprophage se reproduit seul sans femelle.

ad. Est-ce une allusion au galant Vivant-Denon, auteur de récits libertins, et contemporain du « style troubadour » ? Ou la facile et frivole galanterie du Parisien vient-elle introduire le vaudeville dans le sérieux des millénaires ; elle annonce la demande en mariage présentée au beau-père pharaonique sous forme de calembour : « la main pour le pied ».

ae. Champollion, *Lettres écrites*, p. 227, parlait d'un pharaon qui avait commencé de son vivant la construction de son tombeau ; le même passage décrivait les fresques représentant la « psychostasie » ou pesée des âmes dans l'*Amenti* ou royaume des morts (p. 319-320) ; voir p. 378 encore sur l'« enfer égyptien », l'Amenthè, c'est-à-dire la contrée occidentale, « séjour redoutable où règnaient Isis et Osiris son époux, le juge souverain des âmes » ; *Amentet* semble avoir été une déesse personnifiant la contrée des morts et parfois assimilée à Isis.

af. Le récit progresse vers le fantastique, qui va se « réaliser » dans le voyage souterrain, la descente chez les morts-vivants, unissant l'exotisme spatial (c'est l'Égypte atteinte par un déplacement merveilleux) et la régression vers les origines intactes d'une humanité en son état premier et éternel, et il y a aussi une avancée dans la fantaisie burlesque ; le narrateur décidément étranger au fantastique, irréductiblement léger et désinvolte, se comporte dans le rêve comme dans *sa réalité;* il y a dissonance et amusement dès lors que le héros refuse le fantastique ou l'accepte comme quotidien, c'est-à-dire comme un jeu ; d'où le ton content de soi et vainqueur, la facilité à se prêter à l'étrange en le parodiant : robe de chambre « pharaonesque », pantoufles turques dans une aventure égyptienne, galanterie « française » toujours, blague parisienne sans fin.

ag. Nouveau troc : l'achat du pied-talisman, garantit l'éternité de la princesse et sa survie dans l'intégrité de son corps ; en échange elle donne un autre talisman, une statuette sacrée, qui va demeurer dans le temps actuel. Don de circonstance : la déesse Isis a rassemblé le corps morcelé d'Osiris.

ah. Var. : « ... douce et froide comme de la peau de couleuvre... » dans A et B, corrigé dans C.

ai. *Pylônes :* Terme adopté par les premiers égyptologues pour désigner les pyramides tronquées disposées à l'entrée des temples et qui ressemblent à de gigantesques piliers.

aj. Épervier : Erreur des égyptologues et de Gautier qui ont interprété le faucon sacré (Horus est un dieu-faucon) comme un épervier ; le *tau*, « mystérieux emblème d'immortalité » (*Roman de la momie*), attribut des dieux et des rois, appartient à l'alphabet hébreu et phénicien où il a la forme d'une croix ; en grec il a la forme d'un T. Le XIXᵉ siècle admet en général que les Phéniciens l'avaient emprunté aux Égyptiens. Le *tau* appartient au rituel maçonnique et on le trouve dans l'épisode d'Adoniram expliqué par Nerval (*Voyage en Orient*, Pléiade, p. 698 *sq.*). *Pedum :* le mot n'a de sens que dans l'Antiquité gréco-latine ; il désigne la houlette des bergers, un bâton au bout recourbé qui devint l'attribut de Pan, des génies champêtres et de certains personnages mythologiques ; le terme n'appartient pas du tout au lexique de l'égyptologie moderne ; mais Gautier a pu trouver dans les *Lettres* de Champollion (p. 249) la mention du « bâton pastoral » que porte Horus, et surtout dans les *Monuments* (par exemple, t. I, p. 145) la mention, la reproduction et l'explication d'un signe (un bâton vertical terminé par un prolongement perpendiculaire très court) que Champollion nomme le *pedum* et que le pharaon tient dans sa main droite ; *Bari :* Autre mot grec (*baris*) qui ne désigne rien d'autre qu'une barque du Nil ; il s'agit ici de la barque du voyage dans l'au-delà vers le paradis solaire et surtout de la barque solaire, cette barque « mystique », qui sert à la navigation cosmique du dieu Rê ou Râ (et du pharaon) identifiée au parcours du soleil d'est en ouest ; Champollion (*Lettres*, p. 210, 225 *sq.* ; *Monuments*, t. I, p. 407, 472) parlait de la « bari » processionnelle et décrivait « la bari divine naviguant dans le fleuve céleste sur le fluide primordial ou l'éther » dans la procession des heures et le passage de la vie à la survie. Gautier engage ses personnages dans un véritable voyage souterrain qui n'a plus rien à voir avec une sépulture pharaonique, c'est une descente vers les morts, et les écritures murales sont livrées au déchiffrement par les morts eux-mêmes.

ak. Le *pschent* est la couronne double du soleil divinisé et de Pharaon ; il comprend une mitre et un casque avec un enroulement par devant. La première symbolise la domination sur le Nord, le second la souveraineté sur la Haute-Égypte. Les pectoraux sont des ornements funéraires, des plaques rectangulaires décorées qui pendent au bas de colliers.

al. Var. : Dans A et B il n'y a pas de virgule entre « hausse-cols » et « constellés » ; la virgule apparaît dans C : dans le fond elle se conteste.

am. Var. : « raides » dans A et B, « roides » dans C. ; *codex hiératicus :* Gautier n'ignore pas que l'art égyptien est soumis à des règles très strictes concernant les attitudes, motifs, proportions ; qu'il est étranger à toute visée mimétique : art sacré, art pour l'art, il n'obéit qu'à ses impératifs internes, seuls donneurs de sens.

an. *Ibis* : Échassier à long bec dont il existe beaucoup d'espèces connues ; l'ibis égyptien était
   un animal sacré, devenu hiéroglyphique (il signifie : « resplendir »).
       Au magasin de l'antiquaire, conservatoire de tous les débris de l'histoire, succède et s'oppose
   ce rassemblement de toutes les humanités antiques, qui, elles, sont intactes, réellement
   immortelles dans leur perfection minérale. La princesse, une fois en possession de son
   intégralité corporelle, a pu revenir dans ce paradis des momies et y reprendre sa place de
   statue, de morte vivante pétrifiée et immortelle. Dans le rêve, le rêve de résurrection de
   tout le passé se réalise. Cette descente qui fait penser dans le *Voyage en Orient* de Nerval
   à un passage similaire où Adoniram est guidé par Tubal-Kaïn vers les profondeurs de
   la terre où il retrouve ses ancêtres, comme le narrateur d'*Aurélia* découvre en rêve dans
   une salle immense toute sa race, réalise les jonctions propres au fantastique (vie/mort,
   passé/présent, sur terre / sous terre) et aussi objective une sorte de vertige proprement
   « piranésien » : descente interminable et désorientée, architecture souterraine illimitée,
   construction inversée et secrète, à quoi s'ajoute le vertige de l'infini présent et absent à
   la fois. Un dénombrement impossible présente toute la temporalité, toute l'histoire, tous
   les peuples réunis dans un Jugement dernier immobile ; le fantastique s'épuise à dire la
   totalité. À remonter vers l'origine, vers l'origine des origines, par-delà tous les mythes
   rassemblés et unis en pleine fantaisie.

ao. *Chéops*, ou *Khoufoui* : deuxième roi de la IVe dynastie, vers 2650 av. J.-C, a fait construire la
   pyramide de Giseh ; *Chephren*, ou *Khâefrê* : quatrième roi de la IVe dynastie, vers 2620 av.
   J.-C, bâtisseur de la seconde Grande Pyramide et du Grand Sphinx ; *Psammetichus* : trois
   rois de la XXVIe dynastie ont porté ce nom ; parmi eux, le fondateur de la dynastie dont
   il est sans doute question ici est le plus connu (règne de 664 à 610 av. J.-C.) ; *Sésostris* : trois
   rois de la IIe dynastie ont porté ce nom ; le troisième (1878-1843 av. J.-C.) est le grand roi
   par excellence, l'apogée de la dynastie, divinisé sous le Nouvel Empire ; héros de légende
   il a conquis la Syrie et la Palestine. *Amenoteph* : Gautier confond-t-il Amennoteph, fils de
   Hayou, architecte divinisé avec le pharaon Aménophis III (XVIIIe dynastie, 1402-1364
   av. J.-C.) célèbre, parmi les quatre rois de la dynastie qui ont porté ce nom, par son faste,
   ses chasses, les créations artistiques de son règne ? *Chronos* chez les Grecs personnifie le
   principe des choses, et Gautier le confond avec Kronos, père de Zeus, le dernier des Titans ;
   il dévorait ses enfants. Zeus seul réussit à survivre et se révolta contre son père ; il n'a rien
   à faire ici, pas plus que *Xixouthos*, roi Chaldéen, qui, selon les traditions babyloniennes, fut
   averti du déluge et, comme Noé, construisit une arche. Par-dessus le marché Gautier lui
   attribue un trait légendaire qui appartient à l'empereur Frédéric Barberousse : dans son
   tombeau du Kiffhäuser sur les bords du Rhin sa barbe continue à pousser et fait plusieurs
   fois le tour d'une table de pierre. *Tubal Caïn*, descendant lointain de Caïn, appartient à
   la tradition de l'Ancien Testament : fils de Lamec, le père de Noé, donc frère de Noé,
   c'est l'ancêtre des forgerons (*Genèse*, IV, 22). Les égyptologues (Champollion) décrivent les
   fresques qui représentent l'univers entier : Gautier imagine que tous les hommes, morts
   et vivants, sont là, sur cette fresque fantastique. On jugera que la liste de Gautier est peu
   fournie, dénuée de toute chronologie : elle est aussi désinvolte que le héros de l'aventure.

ap. C'est en 1655 qu'un calviniste, La Peyrère, inventa qu'Adam n'était que l'ancêtre du
   peuple hébreu, et qu'il fallait admettre une humanité non adamite, ou préadamite, non
   soumise au déluge, et étrangère au sens strict au péché originel. Il s'appuyait sur une
   tradition musulmane qui faisait régner quarante monarques de l'univers avant Adam.
   Voir sur ce point l'*Encyclopédie* (article « Préadamites ») et surtout d'Herbelot, *Bibliothèque
   orientale ou Dictionnaire universel... des peuples d'Orient*, Maestricht, 1776, article « Soliman
   Ben Daoud » (Salomon fils de David) qui présente la tradition coranique selon laquelle
   avant Adam et l'homme il y eut d'autres créatures, et des monarques universels, les

Solimans, au nombre de quarante, ou de soixante-douze ; « l'on voyait dans la galerie d'Argenk qui régnait dans les montagnes de Caf au temps de Thamurath les statues de ces soixante-douze Solimans et des tableaux des créatures qui leur étaient soumises » ; le plus célèbre, qui vécut juste avant Adam, était Gian Ben Gian. Mais Gautier a-t-il lu d'Herbelot ? Nerval en tout cas l'avait lu et était très féru des préadamites qu'il évoque dans le *Voyage en Orient* ou dans *Aurélia*. Dans l'*Histoire du romantisme* (Folio, 2011, p. 126-127) Gautier, à propos de Nerval, rappelle justement son grand projet d'un opéra sur la reine de Saba, et se souvient alors « des soixante-quinze rois préadamites qui figuraient dans le prologue et que Meyerbeer aussi timide alors que plus tard avait envie de couper comme *dangereux* ».

aq. *Cf.* Champollion, *Lettres* (et aussi *Monuments*, t. I, p. 488) ; des prisonniers disent à Pharaon : « O toi vengeur roi de la terre de Kémé [Égypte], ton nom est grand dans la terre de Kousch [l'Éthiopie] dont tu as foulé les signes royaux sous tes pieds » (p. 187 et aussi 212) ; *cf.* encore p. 249 *sq.* le dénombrement des peuples représentés sur une fresque, où les Noirs sont désignés sous le nom général de *Nahasi*.

ar. Il est difficile ici de suivre Gautier qui se perd sans doute dans les mythologies : le nom qu'il donne au « cerbère égyptien », à cette « Dévorante » qui est un monstre, crocodile, lion, hippopotame, et pas un chien et qui attend sur les fresques de la psychostasie, la gueule ouverte, les âmes mauvaises n'est pas attesté ; Champollion (*Lettre*, p. 319) la nomme *Teoûôn-emeut*, la dévoratrice de l'Occident ou de l'enfer ; mais dans le même passage il évoque une déesse Thmei rectrice de l'Amenti (ou la justice) qui se dédouble et se présente à elle-même l'âme d'un mort à peser ; de même p. 238 sur la déesse Thmei (la vérité, la justice) qui préside à l'enfer ou à la région inférieure. Cléopâtre déjà (*Une nuit de Cléopâtre*, Pl. I, p. 765) jurait « par Oms, chien des enfers ».

as. Déjà les mains de l'antiquaire étaient coupantes comme des pinces de homard ou des tenailles d'acier. Lui et le pharaon survivent par une déshumanisation ou une minéralisation inquiétantes. Au point de conduire le fantastique à une sorte de retournement ironique. Cette exaltation de la *durée* du corps (*cf.* « Nostalgies d'obélisques », *Poésies complètes*, t. III, p. 42 : « Oh ! dans cent ans quels laids squelettes / Fera ce peuple impie et fou, / Qui se couche sans bandelettes / Dans des cercueils que ferme un clou, / Et n'a pas même d'hypogées / À l'abri des corruptions, / Dortoirs où, par siècles rangées, / Plongent les générations ! ») tourne insidieusement au cauchemar : c'est dans un monde conservé, mais figé, éternellement identique, condamné par l'absence du temps (qu'est-ce que trente, quinze siècles ?) à une immobilité et sans doute à un ennui sans fin ? Le rêve de pierre est un cauchemar minéral dont il est temps de se réveiller. Le rendez-vous d'amour est manqué : le père refuse le « futur » ; les mondes ne communiquent pas : Sur cette autre face de l'Égypte pour Gautier, voir encore « Nostalgies d'obélisques » (*ibid.*, p. 44 : « Nul ennui ne t'est comparable, / Spleen lumineux de l'Orient ! / Pas un accident ne dérange / La face de l'éternité ; / L'Égypte, en ce monde où tout change, / Trône sur l'immortalité. ») ; voir *Une nuit de Cléopâtre* (*op. cit.*, p. 746-750) : « Une tristesse immense et solennelle pesait sur cette terre qui ne fut jamais qu'un grand tombeau et dont les vivants semblent ne pas avoir d'autre occupation que d'embaumer les morts. » ; Cléopâtre s'effraie de ce « vertige de l'énormité, de cette ivresse du gigantesque », de cette momification générale, obsédée par « ces multitudes emmaillotées de bandelettes, ces myriades de spectres desséchés qui remplissent les puits funèbres », désespérée d'être « la reine des momies ».

at. Difficile de trouver une chute plus dure : c'est le retour au « métier » de feuilletoniste, le jeune artiste doit rendre compte de l'actualité artistique. Et celle-ci est la collection de tableaux espagnols, effectivement célèbre, ou célébrée dans la presse, du banquier d'origine portugaise Aguado, « personnalité » parisienne par sa fortune, son luxe, ses entreprises financières et ses tableaux. Est-ce un rappel du bric-à-brac : le bric-à-brac de luxe !

au. Reste Isis en figurine : la déesse avait réussi à reconstituer le corps démembré d'Osiris ; de même, comme dans le mythe, la princesse est parvenue à reconstituer son corps pour jouir de l'au-delà.

DEUX ACTEURS POUR UN RÔLE

a. Var. : « L'on touchait… » dans A et B ; le texte de Nerval est lui-même daté de décembre. On trouvera dans les *O.C.*, 1984, t. II, Pléiade, p. 209, l'origine de ces lignes : « Cependant la saison n'est pas encore sans charmes. Ce matin je suis entré dans le grand jardin impérial au bout de la ville ; on n'y voyait personne. Les grandes allées se terminaient très loin par des horizons gris et bleus charmants. Il y a au-delà un grand parc montueux coupé d'étangs pleins d'oiseaux. Les parterres étaient tellement gâtés par le mauvais temps que les rosiers cassés laissaient traîner leurs fleurs dans la boue. Au-delà la vue donnait sur le Prater et sur le Danube ; c'était ravissant malgré le froid. » Gautier dispose autrement les éléments que lui fournit le texte de départ, et surtout il le couvre de couleurs alors que Nerval ne lui proposait que le gris et le bleu des horizons.

b. Var. : « une bise aigre » dans A, corrigé dans B.

c. Var. : « … dont il paraissait récemment sortir… » dans A et B. Cette fois encore Gautier semble tributaire de Nerval qui avait joint à son *Leo Burckart* (1839) un appendice sur « Les universités d'Allemagne » où il décrivait la vie des étudiants, leurs organisations hiérarchisées et leurs rites ; les étudiants allemands formaient d'ailleurs à cette époque un foyer d'agitation politique. Les *philistins* sont traditionnellement les « bourgeois », les gens établis, désignés à la vindicte des romantiques comme des étudiants ; les *burschen* sont les étudiants à proprement parler, les *renards* sont les « bizuts », les étudiants débutants, qui doivent faire leurs preuves à la taverne et à la salle d'armes pour accéder aux mêmes privilèges que leurs aînés. Le héros est donc un ennemi du « bourgeois », mais l'ironie que l'on remarque en lui l'apparente aussi à l'ironiste par excellence, au ricaneur corrosif et sulfureux, à Satan.

d. Il s'agit selon toute vraisemblance de l'œuvre célèbre du sculpteur français Houdon (1745-1838) qui, en 1783 et 1785, a exécuté un groupe de deux statues *L'Hiver* et *L'Été* ; la première représente une nymphe court vêtue et si frissonnante qu'on l'a surnommée « La Frileuse ».

Le *barbet noir* appartient au démoniaque du premier *Faust* : c'est le signe précurseur de l'apparition de Méphistophélès. Les amours de Nerval (*O.C.*, p. 216) sont aussi associées à « un chien qui courait comme le barbet de Faust et qui avait l'air fou » ; ce chien noir est de mauvais augure : la belle que Nerval accompagne veut bien accueillir l'animal chez elle, mais pas Nerval ; d'ailleurs l'animal s'enfuit « comme un être fantastique ».

e. Avant de se décider pour Henrich, Gautier dans les premières versions a utilisé aussi « Heinrich ».

f. Cette vocation religieuse d'Henrich l'apparente à Romuald ; l'art et la prêtrise, qui reposent sur deux attitudes « idéalistes », qualifient pour l'aventure fantastique et aussi pour la tentation diabolique.

g. *Katy* : l'une des « conquêtes » de Nerval à Vienne, la première mentionnée, se nomme *(ibid.*, p. 202 et 206) Catarina ou Katty.

h. *Charles Moor :* Héros du drame de Schiller *Les Brigands* (1782) et modèle du bandit héroïque et révolté.

i. Le *Kärntnerthor-Theater* était indiqué à Gautier par Nerval qui à plusieurs reprises énumérait les grands théâtres de Vienne *(ibid.*, p. 204, 219, 226 et 1432). La porte de Carinthie est au sud de la ville et cette salle était en fait l'Opéra de Vienne. Nerval comptait y emmener sa Katty.

j. Parole prémonitoire ; le figuré va devenir littéral : les feux seront vraiment d'enfer, et Henrich sera englouti dans les trappes.

k. Limitée à son bon sens « bourgeois », à son idéal de vie de famille tranquille, à sa piété, la bonne Katy n'en est pas moins salvatrice : c'est sa petite croix qui fera obstacle au démon. La pureté virginale et le bon sens, et surtout l'amour, feront échouer Satan et l'arsenal de ses séductions, dont le dédoublement ; Katy rejoint Jacinta, et annonce Prascovie ; mais avec Brenda elle combat le double de son amant ou son désir d'*avatars* multiples. Gautier comme Henrich a porté toute sa vie autour du cou une médaille de la sainte Vierge donnée par sa mère.

l. Var. : « … non sans avoir répondu sous le mantelet de fourrures par une pression de ses jolis doigts effilés au serrement de main d'Henrich » dans A, corrigé dans B. Une des jolies viennoises que Nerval avait abordées *(ibid.*, p. 211) se laisse accompagner par lui dans les boutiques d'un marchand de mitaines et d'un pâtissier.

m. Gautier comme Nerval a d'abord francisé le mot allemand en *Gastoffe ;* Nerval logeait rue du Thabor au Gasthof de l'Aigle Noir ; l'aigle bicéphale symbolise Vienne (Orient-Occident), et bien sûr la dualité : deux têtes pour un aigle renvoie à deux acteurs pour un rôle.

n. Le mot de *caprice* et la double référence à Callot et Goya, à qui s'ajoute évidemment Hoffmann, ont presque valeur de profession de foi *poétique*. Le « fantastiqueur » intitulait ses récits, « fantaisies dans la manière de Callot » (1814). *La princesse Brambilla* se nomme aussi *Capriccio d'après Jacques Callot ;* en France au modèle Callot on joint aussi Rembrandt (ainsi Aloysius Bertrand dans le titre de *Gaspard de la nuit* en 1842, « *Fantaisies à la manière de Rembrandt et de Callot* »), Gautier pour sa part aime évoquer une correspondance esthétique qui unirait Callot, Goya, Hoffmann *(cf. La Presse*, 5 juillet 1838, et *Voyage en Espagne*, chapitre VIII). De Goya il écrit : « C'est un caricaturiste dans le genre d'Hoffmann où la fantaisie se mêle toujours à la critique et qui va souvent jusqu'au lugubre et au terrible […] on se sent transporté dans un monde inouï, impossible et cependant réel. » Une violente expressivité caricaturale unit le fantastique et le grotesque, ou les rend indivis, dans la mesure où l'outrance des formes et des choses dépasse le réel et le prolonge vers un réalisme visionnaire et impensable. Baudelaire (« Quelques caricaturistes étrangers », dans *O.C.*, t. II, Pléiade, 1976, p. 567 *sq.*) qui renvoie justement à Gautier dans le texte consacré à Goya associe grotesque et fantastique dans la notion de comique absolu. Car le « capriccio », terme musical ou plastique (au XVIIIe siècle le « capriccio » est un morceau de piano ou un exercice pour instruments à cordes traitant dans un style légèrement fugué un thème d'allure vive) suppose une allégresse, une bouffonnerie, une fantaisie ou même une absurdité délibérée, bref une exclusion du sérieux et de la régularité, une démarche bizarre et chaotique, qui fait de l'œuvre ainsi définie un *caprice* au sens propre de l'esprit.

o. Hoffmann a décrit beaucoup de tavernes ; lui-même on le voit de préférence comme un habitué de ces « caves » ou salles basses et cherchant l'inspiration fantastique dans l'ivresse. Il y a ici un bel exemple de l'utilisation à un niveau second du *fantastique* déjà connu : dans *La Nuit de la Saint-Sylvestre*, récit auquel pense évidemment Gautier, le héros d'Hoffmann rencontre dans une taverne berlinoise l'homme sans ombre, le Peter Schlemihl de Chamisso, et l'homme sans reflet qu'il a inventé à partir du premier. La taverne des buveurs et la nuit du 1ᵉʳ janvier, moment entre deux années, comme minuit se trouve entre les jours, sont favorables au surgissement des créatures surnaturelles et grimaçantes, vrais « caprices » humains. Le décor fantastique de Gautier est donc emprunté au fantastique admis et convenu ; mais aussi à Nerval qui justement le jour de la Saint-Sylvestre ne pouvait manquer de penser au conte d'Hoffmann en se trouvant dans une de ces tavernes : « Je t'écris non pas de ce cabaret enfumé et du fond de cette cave fantastique dont les marches étaient si usées qu'à peine avait-on le pied sur la première, qu'on se sentait sans le vouloir tout porté en bas, puis assis à une table, entre un pot de vin vieux et un pot de vin nouveau et à l'autre bout étaient "l'homme qui a perdu son reflet" et "l'homme qui a perdu son ombre" discutant fort gravement » (*ibidem*, p. 205, 212, 1422 et 1426). Nerval décrit alors une taverne viennoise ; et Gautier va s'en servir. Mais Nerval est parti d'Hoffmann pour voir Vienne, et Gautier part de Nerval pour entrer dans le fantastique en pénétrant dans une taverne de légende.

p. Var. : « des Tartars » dans A et B.

q. Var. : « un latakié » dans A, corrigé dans B. Il s'agit d'une variété de tabac noirâtre d'origine syrienne. Le cosmopolitisme de Vienne, capitale d'un empire qui comprend les Balkans et s'étend vers l'Orient, ville aux prolongements lointains et exotiques, assure une transition de l'étranger à l'étrange. Nerval cette fois encore sert de guide à Gautier : à plusieurs reprises, en particulier dans les tavernes, il énumère les types nationaux représentés (*ibidem*, p. 1426 et 207, 211, 213, 222) : Hongrois, Bohêmes, Grecs, Turcs, Tyroliens, Roumains, Transylvaniens, Moldaves, Serbes, Styriens.

r. Ces détails (le mélange des vins, la bière, le buffet des viandes et des pâtisseries) sont chez Nerval (*ibid.*, p. 211 et 212).

s. *Lanner* (1802-1843) est avant J. Strauss le plus célèbre des auteurs de valses viennoises. Nerval l'avait mentionné dans un texte du 29 juin 1840 (*cf. ibid.*, p. 1426).

t. La taverne fantastique permet le passage de l'exotisme à une sorte d'extase voluptueuse et musicale par la valse, qui est tourbillon, vertige, désorientation, envol, et qui autorise le départ vers les contrées pures de l'imagination analogues à celles que parcourt le drogué romantique. La taverne de Nerval ne s'étendait pas si loin : il avait seulement noté dans un premier texte que la valse à Vienne tenait de l'orgie païenne ou du sabbat gothique et lui rappelait la nuit de Walpurgis dans *Faust ;* mais il relevait que la valse à Vienne était « voluptueuse » et non « lascive ». Puis il parlait de l'« ardeur singulière » des danseuses, « du tourbillon de valses et de galopes » qui les emporte et les enivre ; mais il notait, et par là donnait à penser à Gautier, que le peuple de Vienne soucieux « d'occuper à la fois tous ses sens » réunit la table, la musique, le tabac, la danse, le théâtre, « mais reste dans ces plaisirs spirituel, poétique et curieux comme l'Italien » (*ibidem*, p. 1429 et 213-214). Selon Nerval enfin, dans la taverne, il y a des chanteurs, des acteurs qui jouent des sketches, des saltimbanques. Gautier confère à ces artistes une étrangeté plus primitive, plus indécise et plus inquiétante. La *guzla* est une guitare très rustique d'origine illyrienne, c'est-à-dire serbo-croate. Sous le titre de *La Guzla*, Mérimée a publié en 1827 un choix de pseudo-poèmes illyriens qui ont eu un immense succès ; il apparaissait que l'Illyrie était la contrée des vampires, du mauvais œil, des vengeances terribles. Le *tarbouch*, bonnet rouge à gland bleu, est une sorte de turban porté par les Turcs ou dans l'Empire ottoman.

u. Mot à mot : « il a du foin à la corne » (Horace, *Satires*, 4, v. 34) ; ce qui désigne un homme enragé, car le foin à la corne d'un bœuf avertissait qu'il pouvait être dangereux. Mais le diable a aussi des cornes et Henrich a un talent d'enragé.

v. Pourtant, comme l'a dit Henrich plus haut, il rêve d'avoir « vingt existences », d'« éprouver toutes ces passions qu'il exprime ». Livré au dédoublement, il doit être un autre, toujours un autre et à force d'être comme un autre, il va être remplacé par un autre, rejeté hors de lui-même.

w. Personnage double, comme tout dans le récit : le diable « en bourgeois » est en même temps un être bestial, aux yeux félins et verts comme les personnages cruels (*cf. La Morte amoureuse*, note j). Sous le bourgeois se voit le diable traditionnel, le diable des cathédrales.

x. M. Milner (*op. cit.*, t. II, p. 184-185) relève que cette vision du diable embourgeoisé, vulgaire et féroce à la fois, a eu des précédents. À propos de *Une larme du diable* (*ibid.*, p. 173 *sq.*), le même critique montre que Gautier est fort au courant de la littérature satanique dont il se moque, et en particulier qu'il connaît le *Faust* de Klinger, auquel le récit renvoie sans doute autant qu'à celui de Goethe. Le rire du diable, si tonitruant, si curieusement objet d'un *solo* autonome qu'il fait penser à un air d'opéra, pourrait renvoyer à des versions plus populaires et plus mélodramatiques du mythe de Faust. Plus simplement, il faudrait admettre que dans une diablerie le diable rit parce que sa fonction est de rire ; Satan rit parce qu'il nie et détruit, il rit enfin parce que le rire est satanique : Baudelaire le dira en 1855 dans *De l'essence du rire*.

y. Nouvel avertissement négligé ; Katy avait vu clair sans le savoir ; les amis de Henrich ont tenté le diable par leurs propos qui assimilaient l'acteur à son rôle ; Satan enfin a prévenu tout le monde. Le récit progresse vers la vérité *littérale*, ou la vérification de ce qui a été dit. Les personnages savent sans le savoir.

z. Var. : « Henrich se promenait en attendant le lever du rideau dans l'espace et arrivé au bout... » dans A, devenu dans B « Henrich en attendant le lever du rideau se promenait dans l'espace et... », corrigé enfin dans C.

aa. Se jouant lui-même, le diable improvise ; tel est le danger de le faire jouer ! La diablerie est encore du théâtre : le diable se parodie lui-même ; la scène devient infernale, les feux de l'enfer sont des lumières scéniques, des feux d'artifices, des « effets spéciaux », des trucs et des illusions. Mais l'illusion est vérité.

ab. La fin, c'est le début ; le souhait de Katy devient réalité : le rêve « bourgeois » et paradoxal révèle toute sa valeur ambiguë. Que vaut la sagesse qui sauve l'artiste et le perd ? Peut-il être comme tout le monde ? Le paradoxe de ce choix impossible fait-il apparaître que tout est paradoxe ? Est-il possible d'être simplement ce qu'on est ? L'inertie bourgeoise est-elle plus périlleuse que le Double ?

LE HASCHICH

a. Aux monstres classiques (*chimère* : lion+chèvre+ dragon ; *griffon* : lion+ aigle+cheval+poisson ; *licorne* : cheval avec corne au milieu du front), Gautier ajoute les créatures proprement rabelaisiennes : *coquesigrues*, oiseau, coq-grue, grue mâle, oiseau migrateur ; de là l'expression "la venue des coquecigrues" pour désigner une date improbable ; *oisons bridés* : jeune oie au cou de laquelle on mettait des brides pour la chevaucher ; mais le dictionnaire de Furetière supprime l'aspect imaginaire : « oisons à qui on a passé une plume à travers des ouvertures qui sont à la partie supérieure de son bec, pour les empescher de passer les hayes et d'entrer dans les jardins, où il est permis de les tuer » ; *cochemare* : sans doute déformation par Gautier (pour jouer avec *cauchemar ?*) du *cocquemart* médiéval, bouilloire à large panse avec couvercle ; *caprimulge* : ne semble pas spécifiquement rabelaisien, c'est un latinisme ("qui tête les chèvres"), qui désigne déjà en latin à la fois le chevrier et l'oiseau de nuit "engoulevent", supposé têter les chèvres. Je dois ces indications à la science de Mme Marie-Madeleine Fontaine que je remercie avec reconnaissance.

LE CLUB DES HACHICHINS

a. Gautier a songé à traiter le thème des vrais « assassins » islamiques : selon S. de Lovenjoul (*Les Lundis d'un chercheur*, p. 41), il a signé le 23 avril 1845 avec l'éditeur Delavigne un contrat portant sur un roman en deux volumes et intitulé *Le Vieux de la Montagne ;* mais en 1847 Rachel joua une pièce portant le même titre et Gautier qui avait reçu des avances renonça à ce projet. Mais le 10 novembre 1866 il laisse annoncer par *Le Moniteur universel*, un *Roi des Assassins*, « une sorte de Juif errant » méphistophélique qui exploite l'humanité grâce à son pouvoir absolu légué à ses fils et maintenu à travers toute l'histoire, du XIe au XIXe siècle ; le thème devait occuper une somme romanesque considérable. Gautier doit cette documentation à un ouvrage de Hammer-Purgstall, *Histoire de l'ordre des Assassins*, ouvrage traduit de l'allemand et augmenté de pièces justificatives par J. J. Hellert et P. A. De La Nourais, Paris, 1833. Une variante le mentionne explicitement. En 1809 l'orientaliste S. de Sacy avait écrit un mémoire sur la secte et sur l'origine du mot « assassin » ; le préambule historique du chapitre II contribue comme la description de l'hôtel à situer la séance de drogue hors du temps et presque hors de Paris, dans un désert urbain, où le temps s'est arrêté..

b. Il s'agit de l'hôtel Lauzun, situé dans l'île Saint-Louis sur le quai d'Anjou, construit en 1656 et propriété, à l'époque de Gautier, du baron Pichon. Baudelaire y a occupé en 1843-1845 un petit appartement sous les combles, alors que les pièces d'apparat où se déroule la séance de haschich étaient l'appartement du peintre Boissard de Boisdenier et de la belle Marix. Au moment des « fantasias » évoquées par Gautier, en décembre 1845, Baudelaire n'habite plus l'hôtel, il y revient en invité ; mais Gautier en 1848 a eu un pied-à-terre dans les dépendances de l'appartement de Boissard. Voir à ce sujet Cl. Pichois et J. Ziegler, *Baudelaire*, Paris, Julliard, 1986, p. 179 *sq.*, et J. Ziegler, *Gautier-Baudelaire, un carré de dames*, Paris, Nizet, 1977. On sait que Gautier a daté ses relations avec Baudelaire de 1849, date à laquelle ils auraient tous deux cohabité à l'hôtel Pimodan « dans un appartement fantastique » : légende, semble-t-il, à tous égards, car Gautier et Baudelaire se sont rencontrés dès 1843 ; en 1845 ils se sont retrouvés à l'hôtel, mais ils n'y habitaient pas au même moment.

c. Le manuscrit supprime toute précision topographique : après le mot « civilisation », toute la fin du paragraphe ne s'y trouve pas. Le récit fantastique renforce les aspects de mystère, de groupe secret à la fois moderne (« un club bizarre »), régulier (« des séances mensuelles »), comme un groupe de recherches et de débats (c'est bien ainsi que les surréalistes se présenteront et pour des visées analogues), et totalement *autre* puisqu'il exige la clandestinité et le dépaysement qui consiste à changer de quartier, à s'égarer dans une solitude urbaine (comme l'était déjà l'impasse du Doyenné), à plonger dans un univers nocturne, secret, presque intemporel.

d. *Gottfried Schalken* (1643-1706) est un peintre hollandais, élève de Gérard Dow, célèbre par sa technique du clair-obscur et par la flamme des chandelles qui éclaireraient ses scènes d'intérieur.

e. Renvoi discret au vers célèbre du *Cid* et à « la pâle clarté qui tombe des étoiles ».

f. *Tambour* : Terme de serrurerie qui désigne toute cloison de tôle ou de cuivre qui renferme sur une porte un mécanisme ou un ressort.

g. Ce retour en arrière, cette suspension des coordonnées temporelles ordinaires, qu'a préparés la description d'un décor désuet et presque ruiné, place le voyage du drogué dans un voyage dans le temps et assure la continuité de l'aventure du « fantastiqueur » et de celle du drogué.

h. *Strapassé* : Selon Littré, terme de peinture, qui désigne une œuvre peinte ou dessinée « à la hâte et sans correction en affectant la négligence et la facilité ». *François Lemoine*, né en 1668, a été premier peintre du roi et s'est suicidé en 1737. Il est l'auteur de nombreuses fresques et tableaux à sujets religieux ou mythologiques. On comparera cette description à celle beaucoup plus précise et nettement moins chargée de sens qui se trouve au début du grand article de Gautier sur Baudelaire, *cf. Baudelaire*, éd. Senninger, p. 116-117.

i. Présence savante, présence médicale, dans laquelle on peut reconnaître le docteur Moreau de Tours qui participait aux séances de l'hôtel Pimodan et chez qui Gautier avait été initié en 1843 ; *cf. supra* l'article sur le haschich : « … l'un de nos compagnons, le docteur […] qui a fait de longs voyages en Orient et qui est un déterminé mangeur de haschich… » La présence d'un homme de science garantit l'aspect *expérimental* du récit.

j. Le mot à coup sûr a moins de gravité que chez Baudelaire qui analyse la *passion* du drogué comme une perversion du sens de l'infini et une volonté d'effraction spirituelle. Mais dans l'article sur Baudelaire (*cf. Baudelaire*, éd. citée, p. 117), Gautier sévère pour son hôte, le peintre Boissard, trop *dilettante* pour être un véritable artiste, trop dispersé dans de multiples violons d'Ingres, trop voluptueux enfin pour avoir envie d'« exprimer » le beau, conclut sur son cas : « Comme Baudelaire, amoureux des sensations rares, fussent-elles dangereuses, il voulut connaître ces *paradis artificiels* qui plus tard vous font payer si cher leurs menteuses extases, et l'abus du haschich dut altérer sans doute cette santé si robuste et si florissante… ». La confiture paradisiaque, « le bonheur absolu » dans une petite cuiller, est décrite de la même manière dans l'article de Gautier, dans ceux de Baudelaire, dans le livre de Moreau de Tours ; celui-ci (*op. cit.*, p. 7-9) en analyse la composition, explique le sens de *dawamesk*, mot souvent employé, et décrit les conditions de consommation : à jeun, plusieurs heures après le repas, avec du café qui « aide » les effets et les rend plus intenses.

k. Dans A, Gautier avait ménagé une coupure à partir de : « … qu'on lui donne sa part ! » Commençait alors un chapitre II très court, sous le titre : « De la moutarde avant dîner », qui allait jusqu'à « … mérite une explication. » ; là se situait le chapitre III sous le titre conservé : « Parenthèse ». Dès le texte B, se trouve la disposition définitive des chapitres. Baudelaire décrit d'une manière sensiblement différente l'absorption de la drogue : il faut « délayer » la confiture dans un café noir pris à jeun, le souper est reculé plus tard, vers neuf ou dix heures du soir. Gautier fait carrément dîner ses adeptes et met le café avant la soupe : est-ce pour accentuer cette « interversion », ce mouvement à rebours qui renverse l'ordre des nourritures, désordre évidemment symbolique, qui suit cette remontée initiale du temps, et qui annonce le reflux total de l'existence vers l'imagination (*cf.* Baudelaire, *Du vin* […], chap. IV, et *Les Paradis artificiels*, chap. III).

l. Var. ms : tout le début du chapitre jusqu'à « mystérieuse composition » manque dans le ms ; voici le texte hésitant, avouons-le ; de la première version : « (Sans avoir lu l'histoire de M. Hammer) il existait autrefois en Orient un Scheik redoutable qu'on appelait le vieux de la Montagne ou le prince des assassins dont les émissaires tentèrent de poignarder saint Louis et qui ce fait révéla à l'Europe ce vieux de la montagne était entouré d'une armée de fanatiques qui lui obéissaient avec un dévouement absolu. Il lui suffisait de dire à l'un d'eux jette toi du haut de cette tour dans cet abyme (*sic*) pour qu'il s'y précipitât sans la moindre hésitation – par quel moyen le Scheik avait-il acquis un tel empire sur ses sujets ? par une préparation dont il avait le secret et qui plongeait ceux qui n'en avaient pas dans de telles délices leur procurant des rêves si merveilleux que la vie réelle leur devenait insupportable et que pour rentrer dans le paradis de leurs rêves ils consentaient à tout et faisaient avec joie le sacrifice de leur vie, car tout homme, tué en accomplissant un ordre du Scheik allait au ciel de droit ou s'il échappait il était admis de nouveau aux félicités de la merveilleuse composition ».

m.   Var. ms : première version de cette fin de phrase, « qui servit il y a des siècles de moyen d'excitation à un Scheik d'Orient pour pousser des fanatiques à l'assassinat d'un vieux roi de ce nom, tant il est vrai de dire que Paris est une ville où rien ne doit surprendre ».

n.   Un « ordre » des hachichins modernes, ou un « club », comme le dit, d'une manière plus moderne et plus amusante, le titre ? Le récit transpose la réalité dans ce mouvement de va-et-vient entre le Paris ordinaire, et l'Ailleurs absolu, l'Orient, l'Autrefois, le Crime fanatique, l'Extase presque paradisiaque. Les deux plans se confondent dès lors que le Gautier vrai, le narrateur banal qui semble venir dîner en ville et peut-être en famille est *en même temps* celui qui répète les rites d'une secte féroce et accède à des plaisirs impensables. La drogue réalise un fantastique « en tenue parfaitement bourgeoise », c'est-à-dire l'alliance du *vrai* rigoureux et de l'*invraisemblable* complet. Rimbaud se souvient-il de Gautier quand il écrit « Voici le temps des assassins » dans *Matinée d'ivresse* ?

o.   Dans A ce chapitre porte le numéro IV et, dans B, il y a le sous-titre seul sans numérotation.

p.   *Vidrecome* : Vieux mot où l'on retrouve l'allemand, *widerkommen*, revenir, et qui désigne un grand verre à boire.

q.   Il y a à l'époque de Gautier un Louis Lebeuf qui possède la manufacture de porcelaine de Fontainebleau. Comme toujours le passage à l'univers fantastique se fait par étapes ; il y a eu le dépaysement parisien, l'évasion dans un quartier désert et vieux, l'entrée dans une maison qui survit au temps (ou bien où le temps survit), la *montée* d'un escalier, le décor suranné et magnifique du vieil hôtel ; il y a maintenant le repas bizarre, inversé dans l'ordre des nourritures, et réalisant une sorte de bric-à-brac à sa manière ; soit une réunion hétéroclite d'objets de toutes les provenances, chacun différent de tout autre, une véritable « débauche » de vaisselles qui annonce le jeu effréné des formes et des êtres qui suit. Les convives aussi réalisent un sabbat des chevelures, des couverts, ou des couteaux. L'état étrange, inquiétant, *excessif*, de la réalité ménage le passage à l'image pure. On notera l'ensauvagement des convives revenus à la férocité des Jeunes-France, à leur exubérance du système pileux et leur arsenal cosmopolite : le navaja est un long couteau espagnol à la lame recourbée.

r.   *Proboscide* : Vieux mot qui désigne la trompe de l'éléphant ou de l'insecte. La première modification du réel, qui signale les premiers effets de la pâte verte, est un déplacement et une accentuation des formes, donc le passage des êtres à leur caricature ; la difformité place les êtres dans le grotesque et le monstrueux.

s.   Dans A, c'est le chapitre V avec le même titre ; dans B, le chapitre a le numéro III et le même titre.

t.   Baudelaire de même définit l'expérience du drogué comme une *exagération* simultanée de l'individu et du milieu : il faut l'objet pour que le sujet transforme ses rapports avec lui, s'oublie en lui et atteigne l'objectivité du panthéisme ; l'hallucination est progressive et *part* de l'objet qui semble en avoir l'initiative ; de même Gautier (*Souvenirs*, p. 326) indique que « ce qu'on voit, c'est soi-même agrandi, sensibilisé, excité démesurément, hors du temps et de l'espace, dont la notion disparaît, dans un milieu d'abord réel mais qui bientôt se déforme, s'accentue, s'exagère... » ; tout moment extatique a une origine dans la réalité ; d'où la nécessité de préparer le décor de ces *magies*, de donner des « motifs » aux « variations extravagantes et aux fantaisies désordonnées » et de se préparer soi-même moralement. Baudelaire précise que le moi halluciné reste le moi ordinaire, que l'identité ou les états d'âme antérieurs aux paradis artificiels s'y conservent tout en étant simplement accentués et Gautier (qui rapproche l'hallucination du rêve) constate que le milieu du drogué accède à un état *essentiel* et se conforme à l'idéal ou la perfection de lui-même.

u. *Blésaient* : le verbe *bléser* signifie, parler avec une espèce de grasseyement, ce vice de la prononciation consiste en particulier à utiliser le *z* au lieu du *s*, le *d* pour le *t*.

v. Daucus-Carota est un héros d'Hoffmann, il ne figure pas dans le récit *Le Pot d'or* (plus connu sous le titre, *Le Vase d'or*), Gautier commet une erreur intentionnelle ou non, il se trouve dans *La Fiancée du roi* (1821). Cette étrange nouvelle, qui ne fait pas partie des éternels morceaux d'anthologie que l'on donne d'Hoffmann, est un conte de fées grotesque et allégorique, qui met en scène des esprits élémentaires : en particulier le souverain saugrenu des Légumes qui est amoureux d'une mortelle. C'est un jeu proprement « ironique » sur les formes, les identités, la puissance de l'illusion et de la désillusion. Baudelaire (*O.C.*, t. II, Pléiade, p. 541) a analysé la nouvelle, et aussi *Peregrinus Tyss, La princesse Brambilla, Le pot d'or* comme des exemples du « comique absolu ». Une jeune fille fort prosaïque (elle ne s'occupe que de légumes), fille d'un magicien amoureux d'une sylphide, est la fiancée d'un poète fumeux et ridicule ; mais elle est demandée en mariage par Daucus-Carota Ier, le roi des Légumes, qui vient avec son armée de Carottes s'installer dans son potager ; il pourrait être né de l'union d'une salamandre avec une femme ; mais il n'est qu'un gnome de race inférieure qui préside à la germination des légumes, sauf des Radis avec lesquels il est au plus mal. Aveuglée, en pleine illusion fascinatrice, l'héroïne accepte de l'épouser ; mais elle voit l'intérieur de sa tente plantée dans le potager : l'armée rutilante des Carottes n'est qu'une mare de vase traversée de vers de terre et de limaces ; c'est le laboratoire légumier de la nature. On chassera l'affreux gnome en menaçant de le faire cuire avec ses troupes. Gautier opère un véritable repiquage du fantastique (comme dans *Onuphrius*) ; il fait intervenir un personnage pourvu d'une identité littéraire notoire, et signalée par sa carte de visite qui mentionne son origine ; il respecte les traits généraux donnés par Hoffmann, la petitesse, la tête plus grosse que le corps, les jambes (minuscules, frêles, courtes), mais il innove dans sa réécriture : il donne un costume *moderne* à la Carotte, et non un costume d'apparat, comme chez Hoffmann, il détaille son visage, il supprime les plumes vertes au chapeau qui renvoyaient aux fanes de carotte, il ajoute des traits d'animalité (un nez comme un bec, ne poitrine de chapon), il accentue les références au légume à propos de ses jambes, mais il substitue à la carotte la mandragore, bien plus fantastique ; c'est une plante aux vertus aphrodisiaques, et dont la racine ressemble à une poupée humaine. Enfin, alors que le héros d'Hoffmann avait une démarche maladroite (le poids de sa tête le faisait tout le temps culbuter), il donne à son *revenant* littéraire une « activité » effrayante ; surtout il fait du fantoche lilliputien et végétal un émissaire inquiétant, un tourmenteur comique, un cauchemar a-humain.

w. C'est le supplice du rire : « ... ce malaise dans la joie [...] malade de trop de vie, malade de joie », a dit Baudelaire (*Paradis artificiels*, chap. III), il y voit « une véritable folie » ou au moins « une niaiserie de maniaque » (*Le Poème du haschich*). Si l'*ironie*, le jeu absolu deviennent hilarité, ce paroxysme de la vie totale est mortel et d'emblée le rêve contient le cauchemar.

x. Dans A, c'est le chapitre VI ; dans B, c'est le chapitre IV et il porte ce sous-titre. Le mot « fantasia » était employé par Moreau de Tours dans *Du haschich* : c'est l'état auquel on peut accéder moyennant une dose plus forte de drogue, qu'il fixait à 30 gr ; la dose de 15 g ne produit que l'état de gaieté (*op. cit.*, p. 9). Mais avec Gautier le mot de « fantasia », loin de désigner seulement une phase de la séance de drogue, devient *vrai* : il s'agit vraiment de l'accès à la « fantaisie », ou à la *Phantasie*, d'où vient le fantastique qui se trouve ici à l'état pur, rassemblé dans sa totalité (c'est le souhait romantique du Tout), et dans son essentialité, autre souhait romantique. La scène *qui se réalise* dans la vision du haschich (elle est vraiment vue, elle est présente, réelle, au milieu du salon) réunit toutes les créations comiques de l'esprit humain. Tout le grotesque, tous les « caprices », tous les écarts de l'imagination, tous les personnages et archétypes de tout le comique, toutes les créatures du songe fantastique ou hilarant, toutes les danses, tous les masques, tous les clowns, tous les acteurs comiques, tous les farceurs, toutes les caricatures sont là, dans ce panthéon du rire, ce festival de l'imagination, ce sabbat de la dérision (d'où l'allusion à la nuit de Walpurgis), qui au reste ne manque pas de cruauté. La drogue réalise au fond le souhait d'un théâtre universel, d'une théâtralité déchaînée et absolue qui figure dans *Mademoiselle de Maupin* (chap. XI) et que Gautier a peut-être trouvée dans *La Princesse Brambilla*. Sa vision en tout cas fait penser au passage sur le grotesque dans *La préface de Cromwell* ou à une *Tentation de saint Antoine* où l'homme ne serait plus assiégé par le défilé des formes du divin, mais par l'hilarité et ses grimaces inépuisables. La drogue tourne à l'épuisement des formes ou à l'épuisement par les formes. Le haschich se rapproche de l'acte poétique ou magique qui transporte l'âme dans son univers, hors du temps et de l'espace, dans le monde des Types et des Créations.

y. Il n'y a pas seulement une sorte de somme des créatures du comique universel, il y a aussi une intensification, un renforcement des êtres imaginaires. L'univers littéraire ou plastique qui est restitué dans sa totalité par la drogue est aussi l'objet d'une incarnation vigoureuse, d'un déchaînement vertigineux de vitalité. C'est un « bric-à-brac » vivant, qui unit l'hétéroclite au monstrueux. Avec les visions d'un Bosch ou d'un Brueghel, on va parvenir un peu plus loin à une sorte de sabbat du chaos, à l'Absolu du désordre.

z. Aux personnages de *la commedia dell'arte* (Cassandre, le vieillard crédule, Tartaglia, le valet bavard et peureux, venu de Naples, don Spavento, type de fanfaron, Polichinelle), Gautier ajoute une marionnette turque, Karagheuz, personnage fort célèbre au XIXe siècle ; Nerval, qui lui consacre en 1850 tout un chapitre des *Nuits du Ramazan*, en a déjà parlé à Gautier dans une lettre du 6 septembre 1843 (*O.C.*, t. I, Pléiade, 1989, p. 764). Il a vu Kazagheuz au Caire : « Je n'en n'avais jamais entendu parler que comme d'une simple ombre chinoise, mais on lui accorde au Caire une existence toute plastique » ; ce qu'il voit réalise « les plus exorbitantes images des songes drolatiques de Rabelais ». Gautier ne le connaît encore que de réputation : en 1852, il le verra à Constantinople et le décrira comme « un mélange de bêtise, de luxure et d'astuce, car il est à la fois Priape, Prud'homme et Robert Macaire ». (D'où l'allusion « au bâton obscène » dont il est armé). Nerval aussi le compare aux bouffonneries osques : il est, dit-il (*O.C.*, t. II, p. 647) « le Polichinelle des Osques dont on voit encore de si beaux exemplaires au musée de Naples ». Les *atellane* (du nom d'Atella, ville des Osques, peuple italiote de l'Antiquité) sont les pièces satiriques et obscènes qui mettaient en scène les bouffons osques. Les types ici sont réels, opposés deux à deux, en un duel : comme dans *Brambilla*.

aa. *Cf. Faust I*, v. 4016-4018, où le *cela* repris par Gautier désigne bien l'innommable de la confusion : « Cela se serre, cela pousse, cela saute, cela glapit ; cela siffle et se remue, cela marche et babille, cela reluit, étincelle, pue et brûle. » À *Faust tenté* par les formes, répond Gautier *amusé* divinement par le jeu sur les formes.

ab. Nous allons d'une vision rabelaisienne à l'actualité des théâtres parisiens : *Chicard* : d'abord adjectif, « qui a du chic », le mot désigne ensuite une danse (une sorte de cancan), puis un danseur, un coureur de bals masqués ; le chicard est alors un déguisement de carnaval, qui comprend de hautes bottes, une culotte, un casque à plumes. Gavarni a représenté très souvent les chicards. *Musard* (1793-1859) est un musicien, qui a été chef d'orchestre à l'Opéra. Il a créé des concerts d'hiver et d'été aux Champs-Élysées et rue Saint-Honoré, avant de créer en 1836 rue Vivienne un bal à son nom. *Bal de Gustave* : l'allusion n'est pas claire ; s'agit-il de l'opéra d'Aubert et Scribe, *Gustave III ou la Bal masqué* (1833), dont une scène célèbre et quelquefois isolée représente un bal masqué ?

ac. *Odry* (1781-1853), acteur très célèbre, a joué en particulier aux Variétés ; il excellait dans les rôles de paysans balourds et stupides ; il était absurde et irrésistible. *Tousez* (1806-1850), vedette du Palais-Royal où il joua dix-sept ans de suite avec un immense succès ; il a créé et interprété cent quarante rôles ; il était sans rival dans la bêtise ridicule : un nez grotesque, un visage grêlé, une voix éraillée, un regard niaisement langoureux, un débit volubile en faisaient un admirable nigaud. *Arnal* (1794-1872) a joué au Palais-Royal, au Vaudeville, au Gymnase ; il a incarné avec génie le Jocrisse, il excellait dans la naïveté ahurie et la niaiserie excentrique. *Ravel* né en 1814, entré au Palais-Royal en 1841, était le continuateur et l'émule d'Arnal ; c'était un farceur, un spécialiste du monologue, capable d'une sensibilité naïve et émouvante ; c'était aussi un virtuose du calembour, il lui arrivait de se déguiser en spectateur et de s'installer dans la salle. Il a incarné Fadinard dans *Le Chapeau de paille d'Italie* de Labiche.

ad. À propos des troubles intellectuels, Moreau de Tours (*op. cit.* p. 48) emploie la même image : « Le cerveau bouillonne et semble soulever la calotte du crâne pour s'échapper. »

ae. Après avoir cité l'article de Gautier et les passages concernant l'intensification des sensations auditives et l'influence de la musique, Moreau de Tours montrait comment celle-ci agit sur le drogue et produit un ébranlement physique et moral ; il parlait de l'« influence absolue » de l'harmonie ; « les sensations musicales, disait-il, en passant à l'état d'hallucination atteignent toute leur énergie et peuvent déterminer de véritables paroxysmes de plaisir ou de douleur » ; il se donnait en exemple (*op. cit.* p. 74) : lors d'une séance, pour modérer « la fougue » de ses idées et sensations, pour leur donner une « direction unique », il fallut l'intervention d'une jeune dame qui joua au piano un air triste et mélancolique, une valse de Weber qui parvint à chasser tout effroi, puis la « prière de Moïse » de Rossini qui fit régner le calme. Par ailleurs, le détail des drogués tentés de sauter par la fenêtre se retrouve aussi dans Moreau de Tours (*op. cit.*, p. 132) : il s'agit encore de son propre cas ; voyant une fenêtre ouverte, « l'idée me vint que je pourrais si je voulais me précipiter par cette croisée » ; il la fit fermer : il craignait que l'idée se changeât en impulsion irrésistible : « J'ai l'intime conviction que j'y aurais cédé avec un degré d'excitation de plus. »
Alors que Baudelaire enregistre sans plus la phase euphorique du haschich, moment d'« une certaine hilarité saugrenue et irrésistible », d'une « gaieté incompréhensible » pour le drogué qui la subit et pour les autres qui la partagent, qu'il se borne à noter qu'elle est « insupportable à vous-même », ou « douloureuse comme un chatouillement », Gautier développe cette expérience des limites de l'homme : une gaieté surhumaine et paroxystique contenant une menace de mort (le cliché « mourir de rire »), organisée par le grotesque et terrible Daucus-Carota. Moins fidèle peut-être que Baudelaire à l'*expérience*, Gautier l'est davantage à la signification ; la vision obtenue par la drogue est *esthétique*, elle est l'exagération paradisiaque et infernale de l'art.

af. Dans la version A, il s'agit du chapitre VII ; dans la version B, il porte le même titre, mais devient le chapitre V ; « du kief », *farniente* radical et extatique, où l'on devient comme une plante, Gautier a dit : « À moins d'être mort, on ne saurait être plus heureux » (*Voyage en Algérie*, Boîte à Documents, 1989, p. 73). Baudelaire ne parvient à cette phase qu'après une deuxième étape, proprement hallucinatoire ; il la déclare « indescriptible » : « C'est ce que les Orientaux appellent le *kief* : c'est le bonheur absolu [...] une béatitude calme et immobile [...]. L'homme est passé *dieu* » ; Gautier semble combiner ce qui est pour Baudelaire la deuxième et la troisième phase. Ainsi la séparation en trois phases chez Gautier paraît rythmée par autre chose que l'expérience propre du drogué à laquelle Baudelaire est fidèle : le premier temps, cette hilarité *ironique* est davantage esthétique, c'est le paroxysme du comique, du grotesque, du fantaisiste ; la deuxième phase est celle d'un nirvâna où s'effacent le corps, le désir, la réalité, les objets, le moi, immergé dans les choses, la conscience qui est *objectivée ;* la troisième phase est celle de la punition et de la terreur, qui inverse la seconde : dans le « temps mort », la matière est prison ; dans l'absence de catégories, le moi est une *chose* à jamais fixée.

ag. Dans l'opéra de Weber, le personnage d'Agathe a ce même rôle : il doit conjurer le désespoir et la tentation démoniaque. Mais C. Bonnet dans *Gautier et la musique, op. cit.* p. 266-267, explique qu'il est difficile de parler *d'un air* d'Agathe, de se référer à un passage précis, l'héroïne innocente et pure, définie comme salvatrice dans l'ensemble de l'opéra ne s'exprime pas séparément dans une vocalise particulière, dès l'ouverture elle est *le motif* du bien. Gautier restitue l'organisation du « club » et l'aspect expérimental de ses séances, contrôlées dans leur déroulement, et garanties contre les périls par le « voyant », c'est-à-dire l'adepte sobre qui surveille le « voyage » des autres, discipline leur ivresse et oriente leur imagination par la musique et son rôle modérateur ou consolateur. Léon Cellier (*op. cit.*, p. 67) avait vu dans ce « voyant », qui justement ne participe pas au déchaînement de la « fantaisie » la personne du poète : dans *Spirite* le baron de Féroë, qui a un peu la même place par rapport à l'aventure surnaturelle du héros que le pianiste du *Club* (il est à l'extérieur, il conseille, oriente, avertit), est un « voyant ». Il n'est pas favorisé par la vision, mais il voit *au-delà*, il a une double vue du monde naturel et du monde surnaturel. Ici aussi le *voyant* qui ordonne et régularise la vision en détient le savoir et la conscience.

ah. Il se produit ici ce que Baudelaire appelle le « développement poétique excessif de l'homme ». C'est aussi cet *état* d'inspiration que Flaubert nomme « les bals masqués de l'imagination », et qu'il juge stériles. Le drogué participe à une créativité infinie et nulle ; son rêve est comme une génération spontanée d'œuvres qui ne sont pas des ouvrages ; l'âme conçoit et ne crée pas : il y a peut-être ici un rapprochement à faire avec *Le Chevalier Glück* d'Hoffmann, et les chefs-d'œuvre non notés du personnage inspiré et fou ; le romantique est guetté par cette supériorité fallacieuse de l'*idée* sur l'exécution. *Félicien David* (1810-1876), saint-simonien, musicien, qui composa des *Hymnes*, tenta l'aventure orientale de la secte socialiste, écrivit en 1844 *Le désert*, ode-symphonie qui eut son temps de célébrité, et, en 1851 se consacra au théâtre lyrique. Gautier, toujours très élogieux pour Félicien David, en particulier pour *Le désert*, a travaillé avec lui en 1845 justement et pour trois chansons orientales.

Pillet (1803-1868), journaliste, directeur de journal, devint en 1841 directeur de l'Opéra et le resta jusqu'en 1847.

Eugène Vatel est, de son côté, de 1843 à 1848 le directeur du Théâtre-Italien ; Gautier entretient avec lui les meilleurs rapports : il peut être favorable à la carrière d'Ernesta Grisi.

ai. Ici commence, ou recommence, car les premières impressions du « hachichin » étaient du même ordre, le moment d'une véritable déformation de la perception, où l'état de rêverie dépasse le sensible, et substitue une autre réalité à la réalité, par les moyens explorés beaucoup plus longuement par Baudelaire (cette magie génératrice d'un monde *poétique* n'est-elle pas voisine de sa poésie ?) ; il s'agit de l'hyperesthésie, de la synesthésie, de la perception analogique (l'article de Gautier leur faisait au fond plus de place que le *Club*). Alors que Baudelaire encore insiste sur l'aspect surhumain et blasphématoire de l'expérience, Gautier enregistre la désincarnation angélique, la libération de l'âme des liens de la matière, sa mise en liberté dans un monde à elle où le sensible est l'équivalent immédiat du spirituel.

aj. Le mot *aromal* (« plein d'arômes ou provenant d'arômes ») est tout récent à l'époque de Gautier ; Littré ne l'a pas repris. Il a une connotation très précise : en 1837 Charles Fourier l'a utilisé dans sa *Théorie de l'unité universelle ;* Gautier lui-même le lui reprend en 1844 (d'après le *Trésor de la langue française*). Le mot renvoie à la cosmogonie fouriériste, qui admet un mouvement « aromal », une mécanique « aromale », il caractérise entre autres les relations entre les astres. Il annonce cet univers stellaire et éthéré, l'au-delà du ciel hiérarchisé qui est évoqué plus loin et qui préfigure *Spirite*. La drogue produit un *paradis* qui pour être artificiel n'en est pas moins authentique.

ak. La fête de tous les sens, cet état édénique, ont-ils quelque chose d'érotique ? *Cf.* Baudelaire, *Paradis artificiels*, chap. IV : le drogué est à la fois hypersensible, hypersensuel, mais paralysé par l'atonie, même s'il est menacé comme les vrais hachichins de l'abîme dans une « hérésie obscène, une religion monstrueuse » défiant le sexe. Moreau de Tours est très proche de Gautier (*op. cit.* p. 130) : la « lésion des affections » produite par la drogue rend le désir despotique et mobile, et dans le cas de l'érotisme, produit une exacerbation du désir (le haschich agit comme un « philtre »), mais le rend immatériel et imaginaire. Dans son article nécrologique sur Baudelaire (*cf.* op. cit., p. 154 *sq.*), Gautier a repris en substance ce passage, re-traduisant ainsi l'expérience baudelairienne dans celle que présente le *Club.*

al. *Cf. Du vin et du haschich*, chap. IV : « les objets extérieurs [...] entrent dans votre être, ou bien vous entrez en eux [...] vous êtes assis et vous fumez ; vous croyez être assis dans votre pipe, et c'est vous que votre pipe fume [...] l'objectivité disparaît [...] vous vous confondez avec les êtres extérieurs ». De même dans *Paradis artificiels*, chap. III. La confusion objet/ sujet, animé/inanimé, la mobilité et la métamorphose des formes, l'abolition des *catégories* intellectuelles et réelles, toutes ces expériences sont ici moins révélatrices pour Gautier qui oriente différemment sa libération psychique.

am. *Syrinx* dans la mythologie était une hamadryade arcadienne qui fut aimée et poursuivie par Pan ; comme Daphné se change en laurier pour fuir Apollon, Syrinx se change en roseau sur les bords du fleuve Ladon ; le bruit des roseaux donna à Pan l'idée de l'instrument de musique nommé « syrinx » ; mais Gautier mélange le mythe de Daphné et celui de Syrinx : Daphné était la fille du fleuve Ladon et de la Terre. La drogue aboutit, on ne s'en étonnera pas, à un « avatar » mythique.

an. Var. : Chapitre VIII dans A, chapitre VI dans B, mais avec le même titre. Quincey et Baudelaire évoquaient tous deux le châtiment du drogué : soit par l'esclavage de la drogue, soit par le gaspillage du moi et de son énergie. Gautier fait surgir la punition du *rêve* lui-même : le cauchemar, qui est latent dès le début, se développe de lui-même, c'est le fantastique sous sa forme redoutable, sous son *autre* forme, qui vient retourner l'illusion de paradis en enfer (ou en illusion d'enfer : l'humour colore notablement cette fin).

ao. L'être *élémentaire* et grotesque d'Hoffmann tourne au monstre persécuteur ; d'emblée Gautier lui avait ajouté un bec d'oiseau qui est ici franchement inquiétant ; animal composé, hybride malfaisant, Daucus-Carota vend ses jambes, vole les têtes, a un pouvoir actif de métamorphose. Il est comparé à un personnage du *Songe d'une nuit d'été* de Shakespeare (III, 1).

ap. Le haschich renouvelle l'aliénation d'Onuphrius confisqué par un *autre* et dépossédé de lui-même. Dans l'extase (forme de mort), le moi perd sa tête, égare son être, devient un autre monstrueux et inquiétant, un animal, une idole.

aq. *Tread-Mill*, ou moulin de discipline : le mot désigne les roues à écureuil servant de treuil et mises en mouvement par des hommes (forçats ou non).

ar. *Cf.* Moreau de Tours, *op. cit.*, p. 70 *sq.*, qui s'appuie encore sur l'exemple de Gautier : dans *Le Haschich* il avait décrit un quart d'heure particulièrement riche en sensations « nombreuses et pressées » comme durant trois cents ans. La drogue ralentit ou accélère le temps, c'est au fond la même chose, ici elle perturbe aussi le mouvement spatial, on ne peut avancer qu'en reculant. Moreau lui-même, comme Gautier ici, avait eu l'impression en traversant sous l'influence de la drogue le passage de l'Opéra d'avoir mis deux ou trois heures à faire quelques pas. De même Baudelaire : « Les proportions du temps et de l'être sont dérangées par la multitude innombrable et par l'intensité des sensations et des idées ; on vit plusieurs vies d'homme en l'espace d'une heure. » Mais ici le ralentissement du temps correspond à une paralysie de l'être, à une minéralisation de l'homme (*Mademoiselle de Maupin* évoquait déjà cette crainte du héros), l'âme punie devient matière, le moi se confond, mais avec les pierres. La métamorphose joue dans un sens malfaisant.

as. Dans l'aventure du drogué, *revient* la séquence ordinaire du fantastique de Gautier : la communication surnaturelle et comme intérieure ou immédiate, avec une féminité de l'au-delà, le rendez-vous (comme dans *La pipe d'opium*) mystérieux avec Elle, l'échéance mystérieuse qui renvoie au destin.

at. Coustou en 1714 a sculpté une « Daphné poursuivie par Apollon » qui a figuré après la Révolution dans le jardin des Tuileries avant d'être exposée au Louvre.

au. C'est le nom que Gautier affectionne pour désigner la Tour de Babel ; voir sur « Paris futur », dans *Le Pays* du 20 décembre 1851 : « Lylacq, ce colosse d'orgueil dont l'Ancien des jours a fait se lézarder les murailles en appuyant la main sur son sommet comme sur un bâton trop faible. »
Sommes-nous encore dans les vapeurs du haschich ou revenus dans celles de l'opium ? Les architectures gigantesques, la double spirale de l'escalier ascensionnel et du gouffre sans fond, les ruptures d'échelle, la perspective déformée et amplifiée, les visions d'infini ouvert, plongeant, montant, appartiennent avec Quincey et le modèle « piranésien » à l'opiomane. Et cet « accroissement monstrueux du temps et de l'espace », Baudelaire l'évoque d'une manière identique en reprenant l'exemple de Quincey (*Paradis artificiels, Le mangeur d'opium*, chap. IV) : « Monuments et paysages prirent des formes trop vastes pour ne pas être une douleur pour l'œil humain. L'espace s'enfla pour ainsi dire à l'infini. Mais l'expansion du temps devint une angoisse encore plus vive […]. D'étonnantes et monstrueuses architectures se dressaient dans son cerveau, semblables à ces constructions mouvantes que l'œil du poète aperçoit dans les nuages colorés par le soleil couchant… ». Le « hachichin » est hanté par Quincey et Piranèse, les visions vertigineuses, l'expansion de l'espace, le figement du temps en éternité immobile, les rêves de milliers d'années ; le sujet absolu qui s'est donné son monde est absolument aliéné à celui-ci, assimilé à sa création comme un pur objet.

av. C'était déjà l'action diabolique contre Onuphrius : éterniser l'espace. Ici il y a encore une inversion des réalités qui consacre la perte du moi ; alors que les choses solides deviennent molles, que les objets empruntent les qualités des êtres vivants, le moi, qui a voulu cet échange, a la pesanteur, l'immobilité de la pierre. L'objet le possède, l'envahit, il est envahi par l'*objectivité;* l'âme sans le corps devient le corps sans l'âme.

aw. L'architecture de la vision n'est pas seulement une présentation accablante de l'éternel ou du sempiternel figurés en objets ou en espace-temps ; c'est aussi un paysage titanique, une tentative vraiment « babélienne », où la profusion des formes et des objets a par sa démesure quelque chose de néfaste et de mauvais. Le narrateur attribue la ville gigantesque aux « magiciens », aux persécuteurs. Il est ici à un carrefour entre une influence bienfaisante et le persécuteur Daucus-Carota, qui en éternisant l'espace et le déplacement, en volant la tête du drogué, et en la vidant avec une cuiller renouvelle les farces et attrapes du diable contre Onuphrius. Aussi devient-il comme le héros « fou, délirant ». Mais le personnage qui est ici Gautier est aussi dans cette expérience conscient de la vivre : l'humour (Moreau de Tours spécifiait que le drogué restait conscient et double dans la vision), domine *peut-être* le récit et surtout sa fin, où le héros semble manifester qu'il n'est pas dupe.

ax. Var. : C'est le chapitre x dans A, et vii dans B. Le titre ne change pas. Le récit aboutit au même point que *Le pied de momie* : l'arrêt du temps dans une éternité de matière. Gautier a-t-il jamais voulu autre chose que supprimer le temps, pouvoir combiner et mêler les durées, réunir les époques ? Quincey avait dit lui-même : « Je croyais quelquefois avoir vécu dix ou cent ans en une nuit ; j'ai même eu un rêve de milliers d'années » ; le fait que la drogue concentre, enrichit, régit la temporalité, est simplement pris au pied de la lettre dans cette fin, et comme ramené au souhait fondamental du fantastique, mais l'expérience vire au désastre. La mise à mort du temps met la vie à mort. Ironiquement l'événement est présenté comme un décès normal et prend place dans un deuil banal ; nous *revenons* au Club, à la vie ordinaire, l'enchantement-cauchemar cesse, les pendules (malgré l'avertissement du titre) remarchent et *on y croit ;* on est revenu à la vie telle qu'elle est. Moralité : la pensée ne peut pas tout créer, elle ne contient pas tout, l'homme n'est que l'homme, il ne coïncide pas avec l'Idéal, la drogue le matérialise et il faut savoir « rompre le charme » pour se sauver et sauver l'idéal.

ay. Allusion à la Bible (Ier livre de Samuel, xvi, 14-23), David en jouant de la harpe libère le roi Samuel de ses obsessions malfaisantes. La musique a déjà opéré un premier sauvetage des drogués ; ici elle les écarte de ce que Moreau de Tours nomme les « idées fixes », les convictions délirantes qui ne circulent plus, qui ne bougent plus, comme s'il se produisait un blocage dans la créativité imaginaire. Il donnait son propre exemple : au cours d'une séance il se croit empoisonné. Ici Gautier se croit figé dans une temporalité immobile. La musique ressuscite le temps, parce que peut-être elle est elle-même mouvement, dynamisme et temporalité.

az. *Pivots* : selon Littré le mot utilisé en botanique ou horticulture est un synonyme de *racine*. Daucus-Carota a la même fin dans le récit d'Hoffmann : le mauvais poème que le fiancé de l'héroïne récite provoque la crise et l'évanouissement de l'homme-légume ; en l'écoutant, il se rapetisse, et redevient lentement une toute petite carotte.

ba. Tout finit par des chansons, ici par une chanson ridicule et enfantine, *Malbrough s'en va-t-en guerre*, après l'enterrement du grand général, « la cérémonie faite / chacun s'en fut coucher » : c'est la fin en queue de poisson.

bb. Le haschich comme l'opium a une puissance onirique : tel était le postulat de Moreau de Tours (*op. cit.*, p. 29) : la drogue provoque un délire qui est de nature *absolument identique* au rêve. Elle engendre un état de rêve sans sommeil, qui justement amalgame et confond sommeil et veille (p. 37). La fin est donc analogue au réveil où l'on est chez soi, avant le travail, « en pleine réalité » ; mais ce n'est vraiment pas gai.

ARRIA MARCELLA

a. *Studj* : C'est le musée archéologique national de Naples, qui fut appelé ainsi parce qu'il se logea dans l'édifice qui était l'université ou Palazzo degli Studii.

b. Sur ce sein légendaire au XIXᵉ siècle, maintenant perdu puisque le moulage s'est décomposé, voir plus bas note ag. Comme les archéologues dont il se sert, Gautier discerne dans l'empreinte fortuitement saisie une statue brute, une œuvre d'art naturelle ; le corps vrai est déjà une œuvre, un miracle de beauté ; il a ce trait essentiel de l'art : la forme, la solidité, la pérennité. La beauté de chair est en soi une œuvre : puisqu'elle est *forme*, elle peut revivre et elle attend dans le monde des *Types* son rappel. *Gradiva* dont le héros est un archéologue commence aussi par les collections d'antiques, et par la contemplation du moulage d'un bas-relief ; la villa d'Arrius Diomèdes, sa cave, le corps moulé y sont aussi mentionnés (p. 89, *sq.*), et la villa elle-même joue un grand rôle dans l'aventure finale du héros.

c. *Cf.* Émaux et camées, « L'art » : « Tout passe, – L'art robuste / Seul a l'éternité / Le buste / Survit à la cité. »

d. Sur ce moyen de transport spécifiquement napolitain, voir *Jettatura*, p. 111-112 et note q. Littéralement « petite calèche », le *corricolo* est une voiture à deux roues tirée par un cheval ou à la rigueur deux chevaux. Depuis le récit du voyage de Dumas (1843) qui se nomme justement *Le Corricolo* (1843), c'est un *lieu commun* du voyage à Naples.

e. *La Muette de Portici* est un opéra d'Auber sur un livret de Scribe et Delavigne, joué à Paris le 29 février 1828. Voici la première référence culturelle du récit. Un rapprochement paradoxal identifie dans le paysage de la baie de Naples celui des régions les plus industrielles de la Grande-Bretagne : les hauts-fourneaux de l'industrie se retrouvent dans le haut-fourneau naturel, ou surnaturel, qu'est le volcan.

f. *Plutonien :* Terme ambigu ; au XIXᵉ siècle, il a une signification géologique, il désigne les théories qui font état de l'action du feu central dans l'explication de la structure de la terre ; mais il conserve un sens mythologique : Pluton reste dans « plutonisme » et Pluton est le dieu des morts.

g. L'antithèse vire à l'oxymore : le nom de la gare réalise la jonction des mondes, des temps, des humanités.

h. Selon le *Guide du voyageur en Italie* de Richard, dans l'édition de 1852 (p. 568), l'excursion de Pompéi se fait de Naples, par le chemin de fer et demande une demi-journée, « à moins qu'on ne veuille se livrer à des études particulières » ; le guide indique la présence toute récente d'une auberge, les tarifs des visites (qui comme aujourd'hui distinguent les espaces publics et les édifices fermés) ; la nouvelle suit en gros la différence entre ce que les jeunes gens voient seuls et ce qu'ils voient avec un guide ; le guide précise qu'un quart seulement de la ville a été fouillé : Gautier n'oublie pas ce point. Bien entendu, la villa *suburbana* de Diomèdes est longuement détaillée : le guide en fait la maison type de Pompéi. *Cf.* les premières lignes d'*Isis* : « Avant l'établissement du chemin de fer de Naples à Résina, une course à Pompéi était tout un voyage. Il fallait une journée pour visiter successivement Herculanum, et Pompéi, situé à deux milles plus loin ; souvent même on restait sur les lieux jusqu'au lendemain afin de parcourir Pompéi pendant la nuit, à la clarté de la lune, et de se faire une illusion complète. »

i. *Crête écimée :* selon Littré le verbe écimer signifie, couper la cime des arbres.

j. Le réel est déjà du rêve, il est estompé et ouaté comme une image onirique, et il tend aussi vers une sorte de grotesque familier. Le volcan est une « cassolette », un fourneau de pipe. Le volcan, parodique, n'en est pas moins là, il « halète et fume », comme s'il vivait, et le paysage funéraire est aussi féminisé, il propose des « hanches de femmes », comme s'il annonçait l'héroïne.

k. Le mot est important, et à prendre au sens le plus général de contenant ; à la limite la « forme » esthétique, ou stylistique, n'est-elle pas un contenant en attente d'un contenu ? Comme le remarque judicieusement l'étude citée de H. Kars dans le *CRIN* de 1985, dans l'ensemble de la nouvelle la vacuité d'une « forme », d'une empreinte, d'un creux, joue comme un appel au contenant absent, à la substance détruite qui doit reprendre sa place : ainsi le creux du moulage du sein, les rainures de la herse, les ornières des chars, les récipients vides, les maisons réduites à leurs murs : le vide, l'absence, font appel au plein, au retour des choses, des êtres, bref à la complétude idéale. Le sein moulé par la lave, instrument de destruction et de conservation à la fois, est comme la matrice du « thème » : le moule reproduit, répète, conserve la forme pour d'innombrables retours du contenu.

l. Contemplatif, ravi en extase, le héros est comme le « somnambule », mais le mot désigne la mise sous hypnose ; encore ne faut-il pas durcir le sens des mots dans l'ensemble de la nouvelle, il y a bien aussi confusion de la veille et du rêve, en particulier dans la deuxième partie, l'état de veille est comme un songe. *Cf.* Mazois, *Les ruines de Pompéi*, t. I, préface, sur « l'espèce d'enthousiasme dont on est saisi en se trouvant tout à coup transporté au milieu d'une ville antique à laquelle il ne semble manquer que ses habitants, [...] on finit par oublier qu'on se promène au milieu de ruines, on croit seulement traverser une ville habitée à ces heures brûlantes du jour où les cités les plus peuplées d'Italie sont désertes... ».

m. *Cf.* Mazois, *Ibid.*, p. 26 sur ces fameuses ornières, « traces profondes que les roues ont laissées sur le pavé », sur les trottoirs aussi dont parle Gautier plus bas, et sur les pierres disposées au milieu des rues pour en permettre le franchissement sans se salir, p. 36.

n. Romanelli dans *Le voyage à Pompéi* insistant sur la nature des inscriptions : elles n'étaient pas gravées, mais écrites en caractères rouges, à la main, naïvement ; elles révélaient comment l'on écrivait (p. 94). On trouve dans le livre la même énumération que chez Gautier : affiches, avis au public, annonces de locations, de ventes, de fêtes, de jeux.

o. Le thème romantique ou préromantique des ruines a pris cette forme chez Gautier dès la préface de *Mademoiselle de Maupin* : que serait Paris anéanti et retrouvé sous « un linceul de cendre » et dans « un tombeau de lave » comme Pompéi ? Il s'agit alors de comparer les civilisations à partir de la survie des objets qu'elles produisent. Seule la beauté a le pouvoir de transcender les siècles, et cela en dérision du progrès technique et de la camelote fabriquée et consommée par les modernes.

p. Mazois (*op. cit.*, t. II, p. 56) écrivait : « On pénètre jusque dans les plus petits détails de la vie privée, les siècles sont d'hier », c'est « l'antiquité sans voiles », ainsi les boutiques (celle d'un boulanger, par exemple) minutieusement décrites. C'est l'antiquité non classique, non littéraire, non académique : une antiquité quotidienne, vécue, *réaliste*.

q. Gautier se souvient-il des premiers vers de *Rolla* où Musset avait écrit : « Regrettez-vous le temps où le ciel sur la terre / Marchait et respirait dans un peuple de dieux ; / [...] / Où le monde adorait ce qu'il tue aujourd'hui ; / Où quatre mille dieux n'avaient pas un athée ; / ...? »

r. *Cf.* Mazois, *op. cit.*, t. II, p. 43 *sq.*, sur les boutiques de Pompéi et leurs diverses destinations ; ainsi les *thermopolia* ou « cafés », ou débits de boissons chaudes, dont l'un offre « des traces de vases sur le marbre du comptoir ». De même, mais avec plus de précision chez Romanelli, *op. cit.*, p. 110, sur le comptoir en marbre blanc, « on remarque encore les taches des liqueurs que les tasses y ont laissées empreintes ».

s. Le *bondon* est à la fois ce qui sert à boucher la bonde d'un tonneau et la bonde elle-même ; le *lut* est un enduit tenace utilisé pour boucher les récipients ; *luter* signifie fermer avec du lut. Gautier renvoie ici à *Hamlet*, acte V, scène 1, à la scène du cimetière, où Hamlet dit : « Qu'est-ce qui me retiendrait d'imaginer cette noble cendre d'empereur réduite à calfater une barrique ? [...] Écoute, Alexandre est mort, Alexandre est inhumé, Alexandre tourne en poussière, la poussière, c'est de la terre ; avec la terre nous faisons de l'argile, et pourquoi de cette argile en quoi le voici commué, ne se servirait-on pas comme bouchon pour un fût de bière ? Le plus grand des Césars n'est plus qu'un peu de cendre. Et celui qui faisait trembler tout l'univers au plus modeste emploi nous le voyons descendre : boucher un trou par où souffle le vent d'hiver. » (Pléiade, t. II, p. 691).

t. Le *thymelé*, disait Mazois (*op. cit.*, t. IV, p. 57) est une espèce de pupitre pour les musiciens, ou un autel dédié à Bacchus et placé dans l'orchestre. À Pompéi il y a deux théâtres : le théâtre tragique, dont il est question ici, et qui en général est décrit en dernier, et le petit théâtre, ou Odéon, dont il sera question plus loin. Était-il réservé à la comédie ? Mazois (*Ibid.*, t. IV, p. 55-58) en discutait avec Romanelli qui le considérait comme voué uniquement à la Muse comique. Mais Mazois à propos de l'Odéon a pu inspirer Gautier : il le décrivait dans un tel état de conservation qu'il lui semblait aisé d'y « ressentir une illusion complète » d'antiquité : c'est ce qui va arriver au héros de la nouvelle. Mazois se mettait à déclamer des vers des tragiques grecs : « Étrange situation que celle d'un fils des Barbares, membres d'une civilisation née d'hier, faisant retentir de nouveau sur un théâtre datant de dix-huit siècles des vers vieux de 2 300 années. » Telle est bien la conviction de Gautier : le vers survit, la forme seule est réelle. Et après son voyage (*cf. La Presse*, 16 décembre 1851), Gautier se souvient qu'à Pompéi pour mettre à l'épreuve la sonorité du théâtre, il a déclamé une tirade d'*Hernani* en arpentant le thymelé.

u. Le détail vient de Romanelli (*op. cit.*, p. 257) : il distinguait sur les parois du théâtre tragique de petites alvéoles destinées à recevoir des vases de bronze qui rendaient plus retentissantes les voix des acteurs.

v. Voir *Voyage en Italie*, chap. VI, où Gautier décrit les arènes de Vérone et rêve d'y renouveler les jeux du cirque ; il fait alors la même jonction des temps, la même résurrection que dans la nouvelle : si les arènes servaient à des courses de taureaux ?

w. *Cf.* Mazois, *op. cit.*, t. I, p. 29, sur les portes de la ville : il évoquait les vanteaux, les trous pour les pivots et, du côté extérieur, ceux destinés à une herse. Romanelli (*op. cit.*, p. 87) dit de son côté à propos de la porte de Pompéi : « Dans les deux murs qui forment le portique, on voit deux rainures profondes qui sans doute étaient destinées à recevoir et à fixer une porte fort grosse, qui descendait du faîte et fermait hermétiquement l'entrée » ; il ajoutait que ce type de porte n'était pas réservé au Moyen Âge. Mais dans le commentaire qui unit à nouveau deux époques, Antiquité et Moyen Âge, deux civilisations, gréco-latine et médiévale, les personnages de Gautier suivent le *Faust II* qui installait Hélène dans un *burg* gothique et opposait les chevaliers aux troupes de Ménélas.

x. Voir Mazois, *op. cit.*, t. III, p. 46 (pl. XXVIII) sur les annonces des combats de gladiateurs avec les mots que glose Gautier, *venatio et vela* : « il y aura chasse et tente ». Mais Gautier suit davantage Romanelli (*op. cit.*, p. 95) qui indiquait par exemple : « combat et chasse pour le 5 des nones d'avril, des mâts seront dressés [...] vingt paires de gladiateurs combattront aux nones [...] combats de gladiateurs, les voiles seront tendus » ; aux portes de la ville il trouvait cette inscription retenue par Gautier : « Trente paires de gladiateurs combattront au lever du soleil [...] *matutini erunt* », et une note précisait les diverses sortes de combats, contre des bêtes, entre gladiateurs, le matin ou à midi. Il est vrai aussi que le *Corricolo* (chap. XXXVIII) présente et commente les mêmes affichages.

y. Gautier paraphrase la première phrase des *Épigrammes* de Goethe, texte écrit en 1790 à Venise et traduit en français en 1837 : « Le païen paraît les sarcophages et les urnes des signes de la vie. » Voir sur le même thème le poème d'*Émaux et camées* qui se nomme symboliquement « Bûchers et tombeaux » et qui oppose la mort païenne à la mort chrétienne.

z. Mazois (*op. cit.*, t. I, p. 52) à propos des hémicycles ornés de bancs trouvés parmi les rangées de tombeaux, ajoutait ces lignes : « Les Anciens ne plaçaient point comme nous un mur d'airain entre ce monde et l'autre, selon eux les ombres erraient autour des tombeaux, elles accouraient à la voix qui les évoquait, elles recevaient les offrandes des personnes chéries, entendaient leurs vœux et l'expression de leurs douleurs. » Ce « commerce continuel entre la vie et la tombe » était consolant, religieux et donnait « un charme aux lieux funèbres qu'ils n'ont plus pour nous ». Gautier « païen », croit en un hédonisme antique qui serait le contraire de l'ascétisme, ou dédain du corps, attribué au christianisme ; l'inhumation, liée au mépris de la « chair », à l'image horrible du corps pourrissant, à la peur de l'au-delà, est accusée d'être trop spiritualiste.

aa. C'est le tour classique des touristes : les personnages de Gautier suivent la Voie des Tombeaux ; Mazois (*op. cit.*, t. I, p. 26) commençait par là et, en se dirigeant vers la ville, il trouvait la sépulture de la famille Arria, proche de la villa qu'on lui attribuait. La sépulture de la prêtresse Mammia est décrite par Mazois (*Ibid.*, p. 28), mais il ne parle que de la petite borne qui porte les décrets des décurions en faveur de la prêtresse. Mazois place le tombeau de la famille Labeon tout près de celui de la famille Arria (*Ibid.*, p. 38 et pl. XVI) et en donne l'inscription funéraire. Vient ensuite le tombeau de la famille Nevoleia (*cf.* Mazois, *Ibid.*, p. 40, Romanelli, *op. cit.*, p. 48) et la description de la salle à manger funéraire où les personnages de Gautier s'amusent tellement. Une inscription votive présentait un ou une affranchie du nom de Tyché Nevoleia qui va devenir chez Gautier l'entremetteuse d'Arria sous le nom à peine déformé de Tyché Novoleja (voir note bu). C'est qu'une autre inscription (Mazois, p. 58, Romanelli, p. 69), libellée ainsi : « Junoni Tuche Juliae Augustae venerea » laissait entrevoir aux deux archéologues un second personnage du même nom, mais peut-être au prix d'un mauvais déchiffrage ou d'un contre-sens, une « Tyché venerea », une Tyché entremetteuse d'une certaine Julia Augusta que tous deux identifiaient évidemment au membre de la famille Nevoleia qui avait le même prénom. Dumas (*Corricolo* chap. XXXVII) insistait évidemment sur la découverte, les discussions des savants, leur timidité et leurs prétentions.

ab. L'article de Pierre Laubriet dans les *Mélanges P. Jourda*, qui suppose que, pour cette description, Gautier suit Mazois et amalgame la maison d'Arrius et celle dite d'Actéon, n'est pas convaincant. Il n'en dit plus un mot dans ses annotations de l'édition de la Pléiade. On retrouve certes dans Mazois (*op. cit.*, t. II, p. 17 *sq.*) la description et la nomenclature de la maison pompéienne, mais cette évocation a un caractère général et exemplaire ; ce n'est pas là que Gautier a puisé. En revanche, si on suit Romanelli (p. 30 *sq.*), on trouve mot pour mot parfois, phrase par phrase toujours, le texte dont Gautier est parti ; il est intéressant de comparer le canevas archéologique à la description pittoresque, enrichie, émue, et pré-fantastique de Gautier, qui se laisse conduire par le texte de départ, mais lui ajoute à chaque moment.

Viennent d'abord « quelques degrés revêtus de grandes briques et embellis de deux petites colonnes latérales [...] quatorze colonnes de briques revêtues de stuc [...] un portique ou péristyle ouvert sous lequel on pouvait circuler sans craindre la pluie [avec les termes de *cavoedium* ou *impluvium*], [...] dans le centre de la cour découverte était placé un grand échenot de marbre bien taillé en forme de carré long pour recevoir l'eau de pluie qui tombait du toit du portique... » ; puis vient un détail non retenu par Gautier : le puits en pierre et ses margelles « où sont encore empreints les passages de la corde qui servait à puiser l'eau [...] le pavé est une mosaïque composée de petites pièces de briques et de marbre blanc » ; puis le grand salon, ou exèdre, « ouvert du côté de la mer [...] dans cette pièce les Anciens recevaient et faisaient en été la méridienne. De là nous sommes passés dans une galerie fort longue et ouverte, appelée *basilica* qui communiquait le jour aux appartements voisins, là les visiteurs et les clients attendaient leur tour pour être introduits, au bout de la basilique est une terrasse [...] découverte, embellie de marbres blancs, elle domine le jardin, la vue s'étend sur la mer » ; revenus dans l'*impluvium* les touristes de Romanelli entraient « à main droite dans le *nymphaeum* ou petite salle de bains, entourée de colonnes de stucs proportionnées à la localité, peinte en jaune [...] le pavé est une mosaïque » ; l'on décrit alors les installations du bain : « une cuve qui sert à prendre les bains », elle est en briques revêtues de marbre, les tuyaux, les fourneaux, les fioles d'huile odorante, les « frottoirs » (Gautier les mentionne plus loin, p. 220), les diverses salles à la température graduée ; c'était alors « la partie de la maison destinée au sommeil, ou *cubiculum* », les chambres donnant sur l'*impluvium*, le lit placé sur un gradin de marbre dans un « encaissement du mur qui l'enfermait de trois côtés », de l'autre il y avait un rideau ou *conoepeum* « dont nous reconnûmes les anneaux en bronze ramassés à terre » ; on accédait à la grande salle à manger, au « *tétrastyle* ou petite salle à manger », au « *lararium* ou oratoire », à la bibliothèque, au « *tablinium* ou dépôt des archives », à la « *pinacotheca* ou musée des tableaux », au gynécée, « longue suite de chambres toutes ruinées » ; au rez-de-chaussée les visiteurs parcouraient « huit chambres peintes à fond rouge avec voûtes », dont l'une présente « une quantité de petites armoires en stuc incrustées dans les murs », puis la cave souterraine, avec les amphores de grès terminées par un goulot, où l'on a retrouvé les dix-sept squelettes. Ajoutons que le chapitre XXXVII du *Corricolo* de Dumas contient une description aussi complète de la maison d'Arrius.

ac. *Nomenclateur :* Ce personnage ne figure que dans *Le palais de Scaurus* (p. 52) où Mazois le décrit comme une sorte d'huissier chargé de dire au maître de maison le nom de chaque personne qui se présente.

ad. Autre *forme*, autre creux qui attend le contenu et prépare la résurrection fantastique des corps.

ae. Selon *l'Odyssée*, puis l'Énéide les songes passent par les portes d'ivoire s'ils sont trompeurs ou menteurs, ou par la porte de corne, ils sont alors porteurs de sens. Plus loin (p. 218) Octavien accepte la réalité d'Arria « comme dans le rêve on admet l'intervention des personnes mortes depuis longtemps ». De même, le père d'Arria sera annoncé par le mouvement du rideau brusquement tiré.

af. *Falerne*, le falerne comme le *massique* sont des vins de Campanie souvent mentionnés par Horace ; le falerne en particulier est un vin rouge très estimé qui avait une extraordinaire capacité à vieillir : on pouvait le boire encore à vingt ans d'âge.
La lumière, élément de vie, de gaieté, de chaleur, élément solaire, assure, comme les lézards ou la végétation qui pousse dans les ruines, l'interpénétration de la vie et de la mort, l'animation sourde et latente des monuments qui prélude à leur résurrection.

ag. Selon Mazois (*op. cit.*, t. II, p. 89 *sq.*), la maison dite d'Arrius Diomède ne devait pas lui être attribuée : la confusion venait de la proximité de cette maison de campagne et du tombeau de la famille Arria. Il parlait de la jeune fille de cette famille « jeune et d'une beauté dont un hasard miraculeux ne saurait nous permettre de douter » ; il reconstituait l'histoire de la famille entièrement détruite : la mère, la fille et les domestiques étouffés dans le souterrain où ils croyaient avoir trouvé refuge ; le père s'était enfui avec un esclave portant ses trésors, on avait trouvé leurs squelettes à tous deux dans le jardin et on avait découvert dans la cave ensevelie sous les cendres dix-sept squelettes au pied des marches d'entrée « immobiles dans leur dernière attitude depuis dix-huit siècles », ils « semblaient attendre pour nous retracer toute l'horreur ». La cendre avait formé une « matière semblable à celle des moules en sable des fondeurs », de sorte qu'elle « avait moulé les objets qu'elle recouvrait ». « On s'aperçut malheureusement trop tard de cette particularité, expliquait l'archéologue, si bien qu'on ne put sauver que l'empreinte de la gorge de la jeune personne qu'on s'empressa de mouler en plâtre [...], on m'a montré aussi autant que je puis me rappeler un fragment moulé d'une vieille femme qui devait être sa mère ou sa nourrice » ; le sein coulé avec du plâtre, fut déposé au musée de Portici, « jamais le beau idéal dans les ouvrages de l'art n'a offert des formes plus pures, plus virginales » ; sur le plâtre qui avait moulé le sein on voyait « les traces d'une étoffe bien visible, mais dont la finesse rappelle les gazes transparentes que Sénèque appelait du vent tissu ». ; Romanelli (*op. cit.*, p. 40) disait d'une manière saisissante : « J'ai vu dans le musée royal de Portici l'empreinte de cette dame sur les cendres consolidées qu'on y conserve ; on peut y distinguer encore les formes de son sein, et y remarquer les lambeaux du vêtement fin et élégant qu'elle portait », et sa description comme celle de Gautier parlait de cette « lumière qui est introduite [dans la cave] par certains soupiraux ».

ah. Cette larme en retard de deux mille ans est sans doute dans le récit le point significatif et rien ne la signale au lecteur. Elle signifie que la mort d'Arria est devenue pour Octavien un deuil personnel, les pleurs rétrospectifs, marques de tendresse et de pitié, assurent la coïncidence miraculeuse des deux personnages, c'est le second appel d'amour qu'Arria reçoit, le premier est la contemplation au musée ; « ému d'un sentiment tout à fait douloureux », Mazois commentait ainsi la découverte miraculeuse : « La jeunesse et la beauté semblent être là d'hier pour exercer sur le cœur toute la puissance de la pitié. ».

ai. Citation de l'*Art poétique* de Boileau (IV, 50) qui est fort banale et par-dessus le marché, inexacte (le vrai texte est : « Un fat quelquefois ouvre un avis important »).

aj. Le *caciocavallo* est un fromage de vache ou de brebis de l'Italie méridionale en forme de poire, il est utilisé pour le macaroni dont Gautier est un grand amateur. Nous sommes là dans la résurrection parodique et vulgaire de l'Antiquité : cuisine, érudition scolaire, désirs communs et banals de touristes affamés et vaguement teintés de souvenirs classiques.

ak. L'*Espagnolet* est le peintre espagnol José Ribera (1588-1656), qui fut le peintre favori du viceroi de Naples ; le *chevalier Massimo* ou *Massimo Stanzioni* (1585-1656) est son contemporain et rival. Ribera parvint à détruire un de ses plus célèbres tableaux ; *S. Rosa* (1615-1673) est le plus illustre représentant de l'école napolitaine du XVIIᵉ siècle. Cette fois, c'est la peinture qui tombe au niveau du tourisme, du charlatanisme, du « souvenir » effronté-ment falsifié. Nous sommes dans « le moderne » ; y a-t-il jeu de mots sur ces « croûtes » vendues par un aubergiste ?

al. Terme prétendument italien, que les auteurs de la traduction italienne d'*Arria Marcella* considèrent comme inconnu dans leur langue. Gautier en effet se moque du lecteur et se livre à un discret hommage envers Musset ; il fait un nom commun du nom d'un hôtelier, Palforio, qui figure dans *Les Marrons du feu*.

am. Le lecteur moderne reconnaît dans cette « carte des vins » et boissons des bordeaux célèbres, des marques de champagne (Moët, Hochmeyer) et aussi des crus champenois (Sillery, à dix kilomètres de Reims, produit le plus estimé des champagnes ; la maison Moët d'Epernay y avait un domaine), des vins adaptés au goût et au langage britanniques, des bières anglaises, et pour finir des vins italiens dont le nom parle sur le champ aux touristes qui ont fait du latin, et lu Horace. L'hôte ne pense qu'au « falerne » moderne. Évidents méfaits du tourisme international, qui se présente comme le contraire même du voyage romantique : l'auberge, «dénationalisée», et retranchée de son authenticité italienne, offre – dans un désordre significatif qui met les vins italiens en dernier –, une «internationale» des boissons pour vacanciers ; elles sont fausses sans doute comme les croûtes : faux art, faux luxe, fausse nourriture. Nous sommes dans le «grotesque» moderne, qui n'est qu'incohérence, mélange de tout, truquage, confusion (de la galerie et de la cave).

an. Il s'agit d'un petit reste d'éducation classique : les Anciens pour dater le vin utilisaient le nom du consul en fonction cette année-là. Munatius Plancus, lieutenant de César, proconsul en Gaule, fondateur de Lyon, fut consul en 46 av. J.-C.

La «couleur locale», ou historique plutôt ici, est l'exigence du voyageur romantique ; le tourisme la vulgarise, en fait un cliché facile et répétitif et la supprime : le voyageur vulgaire ne veut pas se quitter, il revendique sa vie ordinaire ; ainsi le «Commodore» de *Jettatura*.

ao. Le consul Nepos Duilius remporta en 261 av. J.-C. une victoire navale sur les Carthaginois ; cet exploit était le premier succès sur mer de Rome opposée à Carthage dans la Première Guerre punique ; il fut récompensé : Rome l'autorisa à se faire escorter tous les soirs et pour toute sa vie de joueurs de flûtes et de porteurs de torches.

Le jeune homme, «vrai» Italien, vrai musicien napolitain, est par-là même antique. La passion romantique de l'autochtonie et de la continuité ethnique en fait un descendant des Pompéiens, un survivant, déjà ; nous sommes ici au centre du récit, au moment charnière où il va basculer dans l'autre temps et recommencer dans le même espace mais avec dix-huit siècles d'écart ; ce jeune homme qui est une statue a une fonction de «lieur» entre les époques, entre le réel et le fantastique. De même le paysage, soudain immobile comme s'il était arrêté, se met à tout confondre : la nuit est lumineuse, la terre est comme le ciel, le ciel est comme la terre.

ap. *Gaditane* ou *gaditaine* : c'est-à-dire originaire de Cadix ; *Le palais de Scaurus* à la fin évoquait ces danseuses à l'érotisme violent : voir Juvénal (XI, 162-164). Le festin des touristes tourne à la parodie de l'antiquité et aux propos vulgaires.

Les trois jeunes gens se définissent, se répartissent, en fonction de leurs rapports avec la réalité et l'idéal : Fabio, le positif, purement attaché aux réalités du plaisir ; Max, le séducteur, qui aime la conquête en elle-même, plus que l'objet conquis, recherche des plaisirs d'amour-propre ; Octavien, l'idéaliste, le rêveur, aime la Beauté seule. Cette distribution n'est pas sans faire penser à celle de Nodier, dans *Inès de las Sierras* (dont Nerval en 1849 a transposé l'argument dans *Les Monténégrins*). Nodier met en contraste, d'un côté, le héros, Sergy, qui aime la danseuse fantastique, «âme ardente» et toujours déçue qui quête l'idéal, «l'objet inconnu de ses vœux n'habitait pas la terre», «spiritualiste par raisonnement ou par éducation, il l'était bien davantage par imagination ou par instinct, il croit à la chimère, il l'attend». Et, en face, Boutraix, qui ignore «l'amour moral», aime les bons repas et le vin, qui est un *voltairien* prosaïque et pratique.

aq. Le nom de Polybe est une erreur de Gautier, il confond l'historien (mort sans doute en 120 av. Jésus-Christ) avec un autre historien grec, Polyen, du IIe siècle après, auteur d'un *Traité des Stratagèmes ou ruses de guerre.*

ar. *Charles-Albert Demoustier* (1760-1801) a fait les délices de la fin du XVIIIe siècle : auteur en 1786 des *Lettres à Émilie sur la mythologie*, d'un *Siège de Cythère* (1790), et de nombreuses poésies, pièces de théâtre, livrets d'opéras, exemples de grâce mignarde et précieuse.

as. Octavien est l'*amant* des récits de Gautier : comme eux il méprise les amours simples et ordinaires ; il veut la passion, la beauté, l'aventure idéale. Mais en lui le désir se fait plus platonicien que platonique : sa passion est celle du Type, de l'Idée, et pour lui les modèles de beauté et de désir sont indifféremment des femmes qui ont existé, qui demeurent dans un paradis des types, et des êtres imaginés ou figurés par l'art. Et d'emblée il se définit par analogie avec Faust, le Faust amant d'Hélène (voir à ce sujet l'article de G. Poulet (*op. cit.*, p. 289), « type terrestre de l'éternel idéal », ou selon la formule de Goethe, « l'Éternel féminin ».

at. *Sémiramis*, héroïne d'une tragédie de Voltaire et d'un opéra de Rossini, reine légendaire de Babylone qui a épousé et assassiné Ninus et qui a régné quarante-deux ans. *Aspasie :* courtisane athénienne, originaire de Milet, maîtresse de Périclès qui l'a défendue contre une accusation d'impiété, amie de Socrate. *Diane de Poitiers* (1499-1566) : maîtresse du roi Henri II, représentée et magnifiée par tous les artistes de son temps. *Jeanne d'Aragon :* femme du prince Colonna, célèbre pour son courage et sa beauté ; prise comme otage par le pape Paul IV (qui règne de 1555 à 1559), elle parvint à s'évader de Rome. La région des Mères selon Gautier comprend, comme une sorte de Panthéon romantique, tous les êtres capables d'existence idéale, donc de survie et de retour. Les formes disparues et éternellement présentes, puisque parvenues à une virtualité qui autorise leur actualisation poétique, sont les femmes dont l'histoire a célébré la beauté, celles à qui la représentation de l'art a donné une forme immortelle et qui relèvent plus directement du Type ou de l'Idée, les mortes enfin inconnues mais belles et désirables.

au. Le prélude de l'apparition fantastique a quelque chose de volontaire : « il tentait… » ; l'initiative vient de l'esprit vraiment idéaliste et l'au-delà répond. *Cf. Le roman de la momie*, Prologue : « À l'aspect de la belle morte, le jeune Lord éprouva ce désir rétrospectif qu'inspire souvent la vue d'un marbre ou d'un tableau représentant une femme du temps passé célèbre par ses charmes. »

av. Ici la rupture commence : Octavien n'a pas la même *ivresse*. La sienne est une inspiration, une « fureur » de poète ; car le poète a le pouvoir de matérialiser le rêve en paroles, il évoque au sens strict du mot par le verbe.

aw. Oxymore capital qui introduit directement le moment fantastique : le jour et la nuit coïncident, les contraires sont unis dans l'expression, puis dans les faits. Une fois qu'il a franchi, « sans qu'il en eût conscience », la frontière des deux villes, qui est celle des vivants et des morts, Octavien s'avance vers l'expérience fantastique. Elle a été préparée, amorcée dans la première découverte de Pompéi, où la réalité tendait la main à l'irréalité, au passé qui la complétait et semblait attendre d'être ranimée. Puis commence le retour (vers les ruines, en arrière du temps) ; la lune (« peut-être n'y a-t-il rien de nouveau sous la lune », a dit prophétiquement Octavien : sous la lumière de la lune, le passé revient) permet la dissimulation des ruines, l'*illusion* qu'elles sont reconstruites, la présence supposée, illusion ou erreur, d'autres êtres ; puis viennent les faits indubitables, la maison restaurée, le jour levé à minuit, le bouvier. À chaque fois Octavien résiste, réplique, ergote ; l'impossible conclusion qui venait à l'esprit s'impose enfin, il capitule, libéré et ravi du prodige dont il est favorisé. L'« hallucination » prend la place de la réalité, les « fantômes » qui ont des ombres sont bien des vivants.

ax. P. Laubriet (art. cité) a montré que Gautier ici combine deux planches de Mazois qui montrait, d'une part, les colonnes doriques et, d'autre part, les fûts de colonnes peints en rouge.

ay. *Rubrique :* Ou ocre rouge artificielle.

az. *Acrotère :* Piédestal des figures que les Anciens plaçaient sur les toits et les frontons des édifices.

ba. Les textes A et B portent une variante : « … reculé de vingt heures millénaires… ». On comparera à Nerval, *op. cit.* à propos du retour d'Hélène : « Le cercle d'un siècle vient donc de recommencer […]. Il semble […] que l'horloge éternelle retardée par un doigt invisible, et fixée à nouveau, à un certain jour passé depuis longtemps, va se détraquer, comme un mouvement dont la chaîne est brisée, et marquer ensuite peut-être un siècle pour chaque heure. »

bb. Le *forum nundinarium*, ou marché, champ de foire, fait partie de tous les itinéraires pompéiens. L'esclave est immédiatement présenté par le personnage de la comédie latine (Plaute et Térence) qui l'ont « typifié » : le Dave est le modèle antique du valet de comédie.

bc. Le temps, simple catégorie subjective (« Le temps n'existe que par rapport à nous », *La Presse*, 31 mars 1846), est réversible : il peut recommencer identiquement. La métaphore traditionnelle de l'écoulement sans retour du temps est *retournée ;* dans *Le Roman de la momie* (Pl. II, 504), on retrouve la même formule ; frappé par le spectacle d'une trace de pied *moulé* dans la poussière du tombeau, le héros de Gautier croit que « la roue du temps était sortie de son ornière », qu'une « main invisible avait retourné le sablier de l'éternité, et les siècles, tombés grain à grain, comme des heures dans la solitude et la nuit, recommençaient leur chute ».

bd. Pompéi ressuscité est semblable à Naples : la croyance est bien doublement fantastique, car elle autorise les prodiges et lie les époques en une chaîne continue. Mazois n'avait parlé que d'un phallus trouvé dans la maison du Faune ; Gautier généralise le trait à la plupart des échoppes (voir Laubriet, art. cité). Pour Romanelli, mieux inspiré (*op. cit.*, p. 112 et 144), les phallus étaient des amulettes ou des porte-bonheur ; l'inscription « hic habitat felicitas » se trouvait selon lui dans le four public et accompagnait un Priape en vermillon. Gautier ne fait apparaître le symbole qu'une fois la ville revenue à la vie : le désir sous sa forme la plus tangible est la condition et la conséquence de la résurrection.

be. Les *Botocudos* sont les membres d'une tribu du Brésil célèbre par les disques (*botoques*) que ses membres se mettent aux lèvres et aux oreilles ; les *Ioway* sont des Indiens d'Amérique du Nord. En 1845 le peintre américain G. Catlin avait exposé des portraits de guerriers Ioway et présenté des Indiens qui accompagnaient ses tableaux.

bf. « Étranger, salut ! ». Premier problème plausible réglé avec vraisemblance, la langue. Octavien est un latiniste honorable, malgré l'accent « parisien » ; il a de bons souvenirs scolaires.

bg. Le *De viris illustribus* dû à l'abbé Lhomond (1727-1794) est un résumé d'histoire romaine en latin classique et facile, écrit pour les élèves débutants ; le *Selectae e profanis scriptoribus historiae* (ou *Histoires choisies d'auteurs profanes*) qui remonte aussi au XVIIIe siècle était un choix de textes moraux destiné aux classes de 5e.

bh. *Rufus Holconius :* Nom éminemment pompéien ! Dans Mazois (*Les ruines de Pompéi*, t. II, p. 42) Gautier a pu lire le texte d'une inscription relevée sur une porte et qui est un hommage à M. Holconius Priscus *duumvir* pour la justice. Le t. IV (p. 37 et pl. XVI) contient le texte complet d'une autre inscription relative au temple de Vénus ; Marcus Holconius Rufus duumvir avait acheté le droit d'ouvrir des fenêtres donnant sur la cour du temple. Et on revoyait cette illustre famille locale au théâtre (t. III, p. 69) où « M. Holconius Rufus fils de Marcus cinq fois duumvir chargé de la justice et de nouveau duumvir quinquennal, tribun des soldats, nommé par le peuple, flamine d'Auguste, patron de la colonie par décret des decemvirs » était l'objet d'une nouvelle consécration.

bi. Le tourisme *antique* requiert un guide des hôtels. L'*auberge d'Albinus* est bien connue du *Guide* Richard : c'était la poste, on y a trouvé des roues de voitures, des ossements de chevaux, et un beau phallus, « talisman contre le mal'occhio ». L'*auberge de Sarinus* est évoquée par Romanelli (*op. cit.*, p. 135) et par Dumas qui en donna une publicité antique. Ces indications assurent la symétrie des deux parties du récit, ou son recommencement spatial dans un temps totalement autre.

bj. Il y a eu le guide écrit, le guide oral, vivant et actuel ; vient maintenant le guide « romain » ; viendra l'entremetteuse qui fera parcourir à Octavien la partie totalement inconnue de la ville. L'archéologie se présente comme une initiation, qui désormais devient un voyage parmi les morts, une *nekuia* moderne.

bk. La *Casina* de *Plaute* : Romanelli parlait de la *tessera theatralis*, « ce sont nos billets d'entrée », avec l'indication (Gautier le suit religieusement) de la travée, du coin, du gradin ; il donnait un *exemple* idéal de la *tessera* : CAV II, CUN III, GRAD VIII, CASINA PLAUTI (2ᵉ travée, 3ᵉ coin, 8ᵉ gradin, pour la *Casina* de Plaute). C'est sans doute dans cet exemple reconstitué par l'archéologue que Gautier a trouvé l'idée de faire jouer à Pompéi la pièce de Plaute, mais la même indication se trouve dans Dumas (chap.. XXXVIII) qui en donne le libellé précis.

bl. La description du petit théâtre est selon toute vraisemblance, comme celle de la maison d'Arrius, venue de Romanelli (*op. cit.*, p. 237) ; Gautier suit le même ordre, retient les mêmes détails : le fait que le théâtre (couvert) comportait dans le toit une ouverture qui favorisait les courants d'air ; l'orchestre (ou parterre) pavé de marbre, les pattes de lion sculptées, les divisions des gradins par des « chemins », les « cinq *cunei* ou compartiments appelés coins, parce qu'ils étaient plus larges en haut qu'en bas », la répartition du public en catégories auxquelles une division des gradins était réservée : les magistrats, les jeunes gens, les hommes mariés, les soldats (Romanelli distinguait encore les écoliers et les hôtes de la ville) ; la répartition encore par étages, en haut les femmes, et enfin le peuple, « ceux vêtus de gris » qui voyaient le spectacle du gradin le plus élevé.

bm. Gautier a-t-il sur ce point suivi Mazois ? Laubriet (art. cité) le croit et remarque que Mazois (t. IV, p. 58) avait parlé de six escaliers divisant les gradins en cinq coins ; mais la planche correspondante, que Gautier aurait suivie de préférence au texte écrit, ne montre que quatre escaliers et cinq coins.

bn. Le détail est aussi chez Mazois (*op. cit.*, t. III, p. 66) : l'archéologue opposait les premiers gradins couverts d'hommes en blanc aux gradins supérieurs où se logeait « la race habillée de gris » des « prolétaires ».

bo. *Cf.* Mazois, *op. cit.*, t. III, p. 53 : « On arrosait les sièges avec des eaux parfumées qui au moyen de pompes pneumatiques étaient lancées dans les airs d'où elles retombaient en pluie fine et odorante. » Romanelli (*op. cit.*, p. 257) parlait des fioles « au moyen desquelles on répandait sur le théâtre une vapeur très odorante de *crocus* [safran] si agréable aux Anciens, ou des eaux de senteur et odeurs balsamiques ».

bp. Romanelli (*op. cit.*, p. 271) décrivait assez confusément le mécanisme non pas de la levée, mais de la chute du rideau : Gautier en retient l'essentiel.

bq. Les *alcyons* sont des oiseaux de mer ; selon la croyance des Anciens, une décision de Zeus faisait que la mer était toujours calme pendant la période où ils faisaient leurs nids.
Gautier se trompe sur le nom des personnages : il doit suivre une édition absolument fautive ; en fait l'intrigue oppose un vieux débauché, Lysidame, à sa femme, Cléostrate, et cette erreur mise à part le résumé qu'il donne est bien dans le Prologue et il est correct. Gautier a sûrement lu le Prologue, qui en effet se moque de l'intérêt dramatique qu'il semble s'amuser à détruire : il préfère les vieilles pièces bien connues aux anciennes, révèle une source grecque pour celle-ci, résume la pièce en annonçant la fin, la justifie de reposer sur une donnée socialement impossible.
Pourquoi le choix de cette étrange comédie où la jeune première ni le jeune premier n'apparaisse, et qui relève de la farce pure, d'un comique absolument cynique fondé sur la convention, appétits et ruses, instincts et tromperies, sexe et fourberies, et dont le morceau essentiel est tout de même la découverte par le mari luxurieux que la jeune esclave qu'il a mariée à son fermier pour se l'adjuger est un garçon ? Et pourtant s'est installé un lieu commun critique selon lequel la présence de *Casina* aurait la valeur d'une « mise en abyme » de la nouvelle, et même d'une mise en abyme inversée, ce qui supposerait entre

la pièce et le récit une relation de sens quelconque, une analogie, une mise en miroir, un approfondissement réciproque. M. Eigeldinger l'a présentée ainsi (*cf.* « L'inscription du théâtre dans l'œuvre narrative de Gautier », dans *Romantisme*, n° 38). De même l'article de Maxence Mousseron, « Spectacle, théâtralité et mise en abyme dans Arria-Marcella », Bulletin, 2004.

br. Mais que Gautier apprécie ce *théâtre* intemporel et nous explique pourquoi, c'est l'évidence. C'est une *forme* en attente de survie. La comédie pompéienne relève du Type, de l'Idée, elle a l'éternité pour elle : l'œuvre sans vérité et sans prétention représentative survit avec la cité, dédaignant tout réalisme elle s'en tient aux caractères établis et *formés* ; dans le panthéon des Types, survivent aussi les personnages comiques : c'est ce qui se passe dans *Le Club des Hachichins*. Gautier reprend les réflexions qu'il a pu lire dans Mazois, (*op. cit.*, t. IV, p. 53) sur le théâtre antique et qui confirment le rôle capital de la convention ; le lieu n'y était pas représenté, mais seulement *indiqué*, chaque partie de la scène avait un sens et servait à avertir des circonstances de lieu. Il y avait trois portes figurées, les portes latérales indiquaient que le personnage venait du forum ou de la campagne ; la porte centrale était réservée au héros : s'il venait de loin, il prenait les portes latérales. De même le décor ne représente pas : il indique abstraitement le lieu de l'action. Le public enfin adhère sans mesure à la pièce « sans s'inquiéter ni des invraisemblances que pouvait fournir l'action dramatique ni de l'absence de toute illusion théâtrale. » L'archéologue rejoignait étrangement les conceptions *poétiques* et le culte de la convention de Gautier lui-même. Et l'on va passer de la survie théâtrale, de l'éternité des masques et des types de la comédie, à l'éternelle beauté, celle d'Arria. La rencontre fantastique se fait au théâtre : pour Gautier le théâtre est « l'incarnation de l'idée dans la matière, [...] il met sous les yeux ce que l'imagination concevait seule... » ; thème hoffmannesque, thème gautiériste : le théâtre, espace autre, temps autre, assure la jonction de l'idéal et de la réalité. La pièce de Plaute ménage l'entrée dans le songe *absolu*. Le théâtre, « lieu magique », dit Nerval.

bs. *Cléomène :* Statuaire athénien à qui on attribue la *Vénus* dite de Médicis ; il vécut vers 220 av. J.-C. Arria ressemble-t-elle à Marie Mattei, à Maria Lhomme ? Voir à ce sujet l'étude de Mlle Cottin, « Autour d'un album », dans les *Nouvelles littéraires* du 1er sept. 1966.

bt. Traduction libre d'une phrase de *Hamlet*, acte I, scène 5, v. 189 : « le temps est hors de ses gonds », qui au reste pourrait définir tout ce fantastique. Mais l'infidélité de la traduction fait apparaître l'*ornière*, et le texte plus bas (« sa vie se remplissait d'un seul coup ») insiste sur le remplissage du creux, la nouvelle occupation par la substance de la forme vide. Sur cette formule, voir Poulet, *op. cit.*, p. 297-298 : elle peut venir aussi de *Wilhem Meister* où Goethe l'avait citée, et Gautier suit la traduction de Shakespeare *via* le texte allemand et son adaptation française. Il la réutilise dans *Le Roman de la momie* (Pl. II, 504), et dans *Le capitaine Fracasse* (chap. XIX, ib. 1066). On lira dans l'article de Maria Teresa Puleio, « Échos et fantômes de la "Commedia dell'arte" chez Gautier et Nerval », dans L'*imaginaire nervalien. L'espace de l'Italie*, Naples, 1988, p. 241 *sq.*, des remarques suggestives sur l'influence du roman de Goethe sur les deux écrivains.

bu. Dans A et B, l'on trouve d'abord : « Tyche Nevoleja » ; Gautier confondait alors la famille illustrée par des inscriptions et l'entremetteuse d'Arria ; voir note aa sur le nom et l'origine du personnage.

bv. Encore des ornières, encore un guide, mais cette fois la route d'Octavien s'avance dans l'inconnu radical, hors de tout repère, dans la partie secrète de la ville et vers les appartements les plus cachés d'Arria. Nouveau départ, nouveau seuil franchi.

bw. Nouvelle plongée dans la vie quotidienne des Anciens, plus secrète cette fois et plus « païenne », et plus artistique aussi : le décor intime d'Arria est composé d'œuvres d'art véritables. Certes le *venereum* ou *aphrodisium* est mentionné par Mazois (*op. cit.*, t. II, p. 30

et 33) à propos cette fois de la villa Negroni où un pavillon isolé et « consacré au plaisir » est « un véritable *venereum* ». La maison d'Actéon (*ibid.*, p. 72 *sq.* et pl. XXX-XXXVIII) en proposait un plus complet et plus évocateur ; Mazois en détaillait la disposition (dans une cour retirée, avec un jardin), les ornements, le coloris, les fresques. Mais P. Laubriet a montré comment Gautier a pu s'inspirer, pour l'appartement secret d'Arria, de la description du temple de Vénus dans *Le palais de Scaurus*, reconstitution idéale de Mazois qui partait de la maison d'Actéon de Pompéi : même porte dérobée « qui devait clore parfaitement », même portique de colonnes peintes et de chapiteaux coloriés, (jaune, rouge, bleu), même bassin encadré de plantes, même plafond (déjà évoqué dans le livre sur Pompéi), même mosaïque en trompe-l'œil avec les débris de repas ; mais la frise vient du *triclinium* pour repas funèbres (Mazois, pl. XXXVII).

bx. *Cipolin* : Espèce de marbre de structure foliacée auquel on a cru trouver de la ressemblance avec les tuniques des plantes bulbeuses (Littré).

by. *Sorimus de Pergame* : Il est à craindre que cet artiste soit une invention de Gautier ; mais Mazois dans *Le palais de Scaurus* (p. 121) avait évoqué « un pavé de mosaïque imité de celui que Sosus fit à Pergame » avec une référence à Pline.

bz. Détail classique qui n'a pas échappé à Gautier : dans la maison d'Actéon (*Les ruines de Pompéi*, t. II, p. 52), Mazois décrivait une mosaïque qui représentait une salle mal balayée avec des reliefs de repas en trompe-l'œil sur le sol. *Cf.* aussi *Le palais de Scaurus*, p. 214, sur le « singulier caprice » d'un artiste qui avait figuré les débris d'un repas « comme s'ils fussent tombés naturellement à terre, la mosaïque semblait n'avoir point été balayée depuis le dernier festin ».

ca. *Byssus* : Nom donné par les Anciens à la matière textile (sorte de lin jaunâtre) dont ils se servaient pour fabriquer les plus riches étoffes (Littré).

cb. Ces bijoux sont dans Romanelli (*op. cit.*, p. 74) : sur le squelette d'une vieille femme, on avait trouvé des anneaux d'or « en forme de serpent reployé sur lui-même dont la tête était faite pour être placée dans la longueur du doigt », et des boucles d'oreille « en forme de balance » et composées « d'une aiguille transversale ayant à chaque bout deux perles que supportait un fil d'or ». Le serpent qui se mord la queue est-il le signe du recommencement du temps, du retour cyclique dans l'éternité, celui de la résurrection/disparition ? Ou l'allusion à la mort de Cléopâtre signifie-t-elle qu'Arria est bien morte ?

cc. Pour ce détail, il est possible que Gautier s'inspire d'une peinture de Pompéi (*cf.* Mazois, *Les ruines de Pompéi*, t. II, p. 46 et pl. X) représentant une femme couchée sur un lit de table, ou d'une remarque de Mazois qui indique que dans le *venereum* tout lit est accompagné d'une table.

cd. *Le Phase* est un fleuve de Transcaucasie, qui se jette dans la mer Noire ; pour les Anciens, il constituait une frontière un peu mystérieuse entre l'Europe et l'Asie. L'oiseau du Phase est le « faisan », bien entendu ; mais Mazois (*Le palais de Scaurus*, p. 259) le distinguait mal du paon : « des paons étalent leur riche plumage [...] ; l'insatiable sensualité des Romains est allée les chercher au-delà du Phase dans des contrées défendues alors par la terreur qu'inspire tout ce qu'on raconte de ces pays éloignés ». Le luxe, l'artifice exercent sur la nature une contrainte et ne respectent pas l'ordre des saisons : est-ce la marque qu'Arria en dehors de la nature ?

ce. Raffinement signalé par Mazois (*Les ruines de Pompéi*, t. II, p. 52 et *Le palais de Scaurus*, p. 22) : dans la maison d'Actéon, un bassin servait à maintenir les flacons de vin au frais ; il contenait de la neige pilée. Ou bien, selon l'archéologue, le vin était « tempéré » de neige, puis d'eau chaude.

cf. Il était question dans *Le palais de Scaurus* (p. 259-260) d'une coupe de *murrhin*, matière inconnue d'origine mystérieuse qui était ailleurs confondue avec le cristal.

Cette discrète allusion à un « vampirisme » d'Arria renvoie à *La Fiancée de Corinthe*, *cf.* supra dans la *Notice*. Le trait le plus significatif c'est qu'Arria ne mange pas ; manger, c'est renouveler ses forces pour vivre, alors que le vin sombre fait référence au sang que les ombres des morts doivent boire pour profiter d'une apparence momentanée de vie. Au reste Gautier dans sa notice sur Baudelaire (*Souvenirs...*, p. 267) et dans *Fortunio* a parlé des Javanaises, comme de « vampires d'amours, succubes diurnes dont la passion tarit en quinze jours le sang, les moelles et l'âme d'un Européen ».

cg. *Pensée*, désir, ou parole, semblent se confondre dans le même pouvoir de transcender le temps, et de surmonter la séparation des vivants et des morts ; tous trois relèvent de l'*esprit*, qui croit, aime, imagine, qui a le pouvoir de créer, ou recréer, par-delà la réalité donnée.

ch. *Cydnus* : Fleuve d'Asie Mineure, resté célèbre par les fêtes que Marc-Antoine fit célébrer en l'honneur de Cléopâtre lors de leur première rencontre (42 av. J.-C).

ci. Pour le commentaire de ce texte, voir G. Poulet, *op. cit.*, p. 298 *sq.* Il faut le comparer à la présentation pat Nerval du *Second Faust* (*cf. O.C.*, t. I, Pléiade, p. 501 *sq.*) dont nous avons étudiés les passages les plus importants.

cj. *Ixion* : Personnage mythologique qui était amoureux de Junon : Jupiter lui envoya un nuage ressemblant à la déesse avec lequel il s'unit et dont il eut un fils. Jupiter le condamna à être attaché aux Enfers sur une roue enflammée qui tourne éternellement.

ck. L'oxymore du froid brûlant, du gel ardent, va se décomposer : la morte vivante est de moins en moins double et de plus en plus morte. Le personnage d'Arria se détériore sous les accusations de son père : femme sans cœur, morte et débauchée, aux frasques posthumes répétées, sorte de vampire sexuel qui ne veut pas laisser les vivants vivre « dans leur sphère ».

cl. Il y a chez Gautier deux griefs à l'encontre du christianisme : d'une part, c'est une religion de l'esprit non compatible avec l'épanouissement de la beauté et du plaisir ; et il méconnaît la forme ou le sensible au profit du sens ; d'autre part, il *mesure* la vie humaine, fixe les ordres de réalité, sépare ici-bas et au-delà, vie et mort, être et néant. La création divine est un ordre figé, contre lequel proteste la révolte romantique. Pour Arrius, ce qui a été n'est plus et se trouve rejeté dans les limbes.

cm. L'*Empouse* qui figure dans *Faust II* est un monstre infernal, un spectre nocturne analogue au vampire et qui effraye les voyageurs ; *Phorkyas* n'appartient pas à la mythologie grecque qui ne connaît que le dieu marin Phorkys dont les filles, les Phorkides, sont les Gorgones ; en revanche, Phorkias est une invention de Goethe dans le *Second Faust* encore (actes II et III) : Nerval en parle ; c'est l'intendante du palais de Ménélas, en fait, Méphistophélès lui-même.

cn. « ... vox faucibus haesit » (*Énéide*, III, 48).

co. C'est le matin, qui chasse les apparitions, c'est le matin chrétien qui semble réaliser l'exorcisme d'Arrius, c'est le matin réel qui ramène aux ruines. Décomposée Arria redevient ce qu'elle fut, des restes informes et confus dans les ruines de sa maison : on a l'impression que Pompéi est anéanti encore ; le récit circulaire revient à son début.

cp. *Amalia Ferraris* : Danseuse italienne (1830-1904) de réputation européenne qui a dansé à Paris, à l'Opéra, et, plus tard, en 1856 et 1858, dans un ballet dont Gautier était le co-auteur. J. Richer (article de *Micromegas*)a confirmé que ce spectacle d'horreur et de pudeur n'est pas une invention : il s'agit du ballet de Taglioni, *La Fedeltà premiata*, qui était dansé au Théâtre San Carlo en octobre et novembre 1850, avant que Gautier ne fût expulsé de Naples le 4 novembre. Amalia Ferraris y participait. C'est en tout cas le moderne : la haine du corps, le vêtement pudique et laid, le grotesque des couleurs, la maladresse frénétique des gestes ; bref le moderne est une « civilisation » où l'homme ne sait plus habiter, respecter, représenter le corps, qui est la forme par excellence. Il est vrai que le règlement du théâtre écrit par le roi Ferdinand II spécifiait la longueur des jupes des danseuses, la couleur de leurs maillots (il devait être vert au-dessus du genou); tout cela pour décourager les imaginations.

cq. Troisième visite de Pompéi : mais cette fois le réel est absolument inerte; il ne fait aucun pas en direction de l'irréel; il ne reste dans la ville morte que des animaux vivants.

cr. Octavien, à sa manière, a épousé *Hélène* : il reste fidèle à Faust, à Goethe, à Nerval, il ressuscite comme il peut l'héroïne antique, la Beauté immortelle du monde gréco-latin. Il n'y a pas d'oubli possible pour lui, il n'y a pas de vie possible; l'amour réel est en arrière, non plus idéal comme avant l'aventure fantastique, mais doublement rétrospectif, puisque la rencontre a eu lieu, et qu'elle destitue de toute valeur, de tout désir, la réalité.

Le récit se clôt au présent, comme tant de romans ou contes du xixe siècle; c'est le présent actuel, présent de l'écriture, présent de l'époque, de l'actualité mondaine et parisienne (mariages, adultères, danseuses entretenues); du présent encore qui dure, car il est vide, et ne mène à rien. L'article de H. Kars déjà cité étudie les «strates temporels» de la nouvelle : il y a le niveau «parisien» indiqué par le «dernièrement», le niveau du narrateur qui a mentionné initialement que l'aventure a eu lieu «l'année dernière»; le présent des personnages qui ont donc visité Pompéi en 1851, il y a le Moyen Âge, le règne de Titus et l'éruption du Vésuve en 79, le temps du Christ et des premiers martyrs. Dans un seul espace se produit cette circulation temporelle qui traverse vingt siècles et plus, si l'on compte encore le temps mythique évoqué.

INDEX DES NOMS

TABLE DES MATIÈRES

DOCUMENTS

IMPRIM'VERT®

Achevé d'imprimer par Corlet,
Condé-en-Normandie (Calvados),
en Août 2023
N° d'impression : 181867 - dépôt légal : Août 2023
Imprimé en France